李健吾译文集 Ⅲ

上海译文出版社

- 三故事
- 萨郎宝
- 福楼拜信函选

1934年,北平盔甲厂家中

文化生活出版社 1949 年初版《三故事》

商务印书馆 1936 年初版《福楼拜短篇小说集》

目　录

三故事 …………………………………………………… *001*
萨郎宝 …………………………………………………… *229*
福楼拜信函选 …………………………………………… *535*

三 故 事

[法]福楼拜 著

目 录

《三故事》引言 · 019
《福楼拜小说集》译序 · 023
福楼拜的《短篇小说集》 · 033
译者序 · 051

慈悲·圣·朱莲的传说 · 061
一颗简单的心 · 091
希罗底 · 127

《福楼拜短篇小说集》跋 · 167
附录
高芒维勒夫人：亲密的回忆 · · · · · · · · · · · · · · · · · · 171
路易·布耶《遗诗》序 · 205

鲁昂大礼拜堂的花玻璃窗
（上半——圣·朱莲的传说）

鲁昂大礼拜堂的花玻璃窗
（下半——圣·朱莲的传说）

鲁昂大礼拜堂的西门门拱
（浮雕——圣·朱莲的故事）

"朱莲顺手一剑。"
(《慈悲·圣·朱莲的传说》)

"一个老年人和一个老妇人……走进屋子。"
（《慈悲·圣·朱莲的传说》）

"他拔出刀。"
(《慈悲·圣·朱莲的传说》)

朱莲——"每打一桨,波浪的回澜举起船头。"
《慈悲·圣·朱莲的传说》

全福——"她为了一年一百法郎……收拾房间……"
(《一颗简单的心》)

全福——"她最后睡着了。"
（《一颗简单的心》）

全福——"她在担心鹦鹉。"
（《一颗简单的心》）

莎乐美——"她取下她的面纱。……随即开始跳舞。"
（《希罗底》）

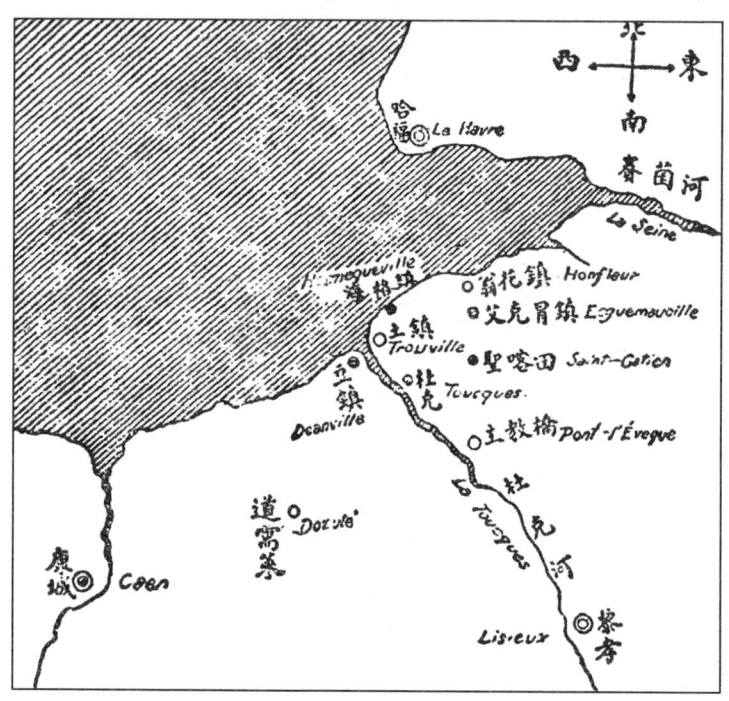

《一颗简单的心》的故事中心地域图(译者绘)

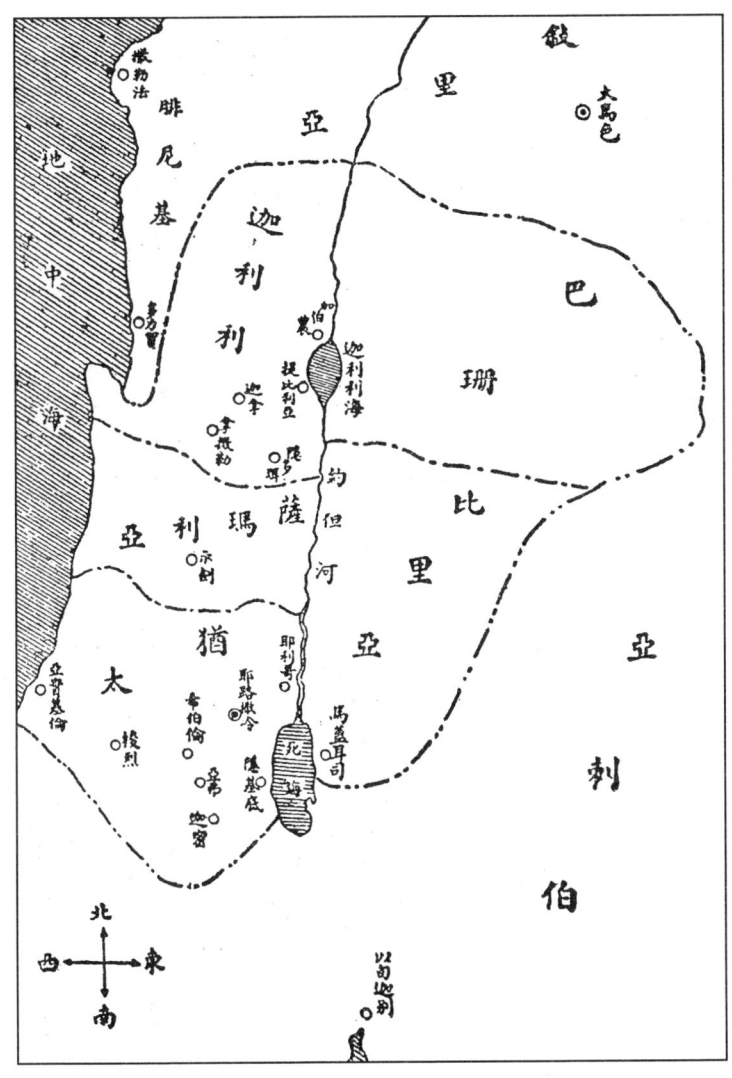

《希罗底》的故事中心地域图(译者绘)

《三故事》引言[①]

一八二一年十二月十三日，居斯塔夫·福楼拜 Gustave Flaubert 生在法兰西的鲁昂。他的家庭是一个医学世家，祖父是兽医，父亲是有名的外科医生，最后哥哥又继承了父亲的鲁昂市立医院院长的崇高的位置。父亲临死，给他留下一份地产，他靠土地剥削，安安静静地过活着。在他的时代，科学精神和科学方法对他有着很大的影响，现实主义在十九世纪后半叶出现，作为一种明确而有意识的创作方法，我们晓得，是和科学在十九世纪的发展有着密切的关系。这同样也养成了他对宇宙的唯物看法。他终生喜爱的宗教哲学是无神论者斯宾诺莎。他在《圣·安东的诱惑》里，写一个隐修士的梦境，以最辉煌的篇幅描绘众神死亡，结论是歌颂物质的存在。

所以，像在《慈悲·圣·朱莲的传说》里面，一篇中世纪的圣者传，《十三世纪先圣传说》La Legende de dorée 里一篇不到一千字的叙述，他一方面把它当做民间传说处理，另一方面他以科学的解释给了它一个正确的分析：我们在中世纪或者古希腊的宿命论之外，还看到了更多的武士的嗜杀和信徒的善行。它们交织成它的经纬。然而整个气息仍是民间传说，福楼拜决不冒昧破坏它的生命纤维。朱莲不像安东那样在做梦，但是他活在字句上，就像活在梦境一样，一切都像摆好了，就等一个心地单纯的人走过来，也正如同作者形容的："他不理会是在什么地方打猎，也不清楚是从什么时间开始，唯一的感觉是他本人的存在，就像做梦一样，全很容易就成功了。"

提醒他注意这个传说的，是鲁昂礼拜堂的一幅正对合唱厅的十三世纪末叶的玻璃窗画，上面画着朱莲一生的行事。福楼拜年轻的时候，应当就留意到这幅宗教作品了。一八五六年六月，他写完他的成名杰作《包法利夫人》，给朋友写信，说起他在"读着一些关于中世纪的家庭生活和行猎的书籍。我找到许多动人的新颖的枝节。我相信能够拿它们配成一片赏心悦目的颜色"。显然，他很早就在孕育这个短篇的生命了。

福楼拜生在资产阶级社会，不过他在思想感情上却成了它的叛徒，他所观察到和体会到的东西是作为憎恨表现出来的。他把资产阶级看作"化石"，甚至谈起他的哥哥，他也这样说："怎样的半性格！怎样的半意志！怎样的半热情！脑子里一切是漂浮、踌躇、脆弱！"他痛恨有产者的自私，和他们比起来，"丑恶"倒有了"道德的密度"。大家记得，他晚年生活很苦，因为他几乎把他父亲留给他的全部产业给了他心爱的外甥女，抵补她丈夫破产给她带来的祸害。他在《包法利夫人》里面给了我们好几个被剥削的苦人：药房的学徒玉司旦、饭店的伙计伊包里特和辛苦了将近一世纪的"矮小的老妇人"。在《情感教育》里，唯一坚持革命到底的人物是一个无家可归的私生子、令人肃然起敬的穷伙计。他们在社会上没有地位，但是全有高尚的人格。他们不像资产阶级那样为一种"虚伪的理想"服务。他们唯一的过失是失之于太忠厚、太坦率、太相信坏人。

《一颗简单的心》里面的女用人全福是一个更集中、更生动的例子：生活在这里平凡到了极点，而感动人也感动到了极点。我们记得高尔基读这篇故事跑到阁楼上恸哭的事情。福楼拜给朋友写信，说它是"非常严肃、非常忧郁的"。女用人全福有坚忍不拔的优秀的农民品质，爱劳动、勇敢、不计较，但是，像旧社会所有雇工一样，孤苦伶仃活了一辈子，得不到资产阶级丝毫感谢：这伺候了上上下下两代的老女用人，差一点点就叫小主人撵出大门，死于沟壑。第五节圣体瞻礼

---

① 此文是李健吾先生1980年为计划中重新出版的《三故事》所写而从未发表过的手稿。——编者

节的游行如果对资产阶级读者是一种精神上的慰藉,实质上,我们明白,只是一种讽刺罢了。窗外举行宗教大典,而窗内孤孤单单死掉了一个苦老婆子。世俗的宗教同她有什么关联呢?她临死仅仅"看见一只绝大的鹦鹉"。它曾经是她的"儿子、情人"啊!福楼拜并不渲染,也不叫喊,他的笔致那样精炼,那样强烈,现实主义在这里达到高度艺术水平。

他的同情显然不在没落的欧班地主家庭方面。而这些实际上都是他的亲友。

他憎恨资产阶级,而且由于这种不妥协的仇视,他放弃对生活应有的热爱,错误地钻进艺术之宫,几乎(在最坏的时候)把美提到半空,四无着落。他一辈子崇拜雨果,我们奇怪,雨果对艺术的战斗的人道主义主张,对他竟然不起半点作用。但是,尽管理论上不一致,甚至批评雨果的人道主义,实际在精神上却和雨果是一致的。浪漫主义停在他的灵魂深处。他对莎士比亚、歌德和雨果的膜拜,也正说明他这一点。年轻时候,他游过近东,老年他梦想近东,甚至愿意离开欧洲,活在中国(他最好的朋友是学中国文、读中国诗的),和他在画里看见的竹林同老虎待在一起。通常把他看作现实主义大师,但是,在他的作品和书信里,我们感染到一种高度的反抗的浪漫精神。

他给他末一个短篇选了一段《新约》的故事,并非他有所偏爱于施洗者圣·约翰的传说,而是他可以在这里把他想念的近东具体描绘出来。他告诉朋友:"《希罗底》的故事,就我所了解的来看,和宗教毫无关系。其间诱惑我的,乃是希律(一个真正县长[①])官气十足的容

[①] 希律(Herod Antipas,公元前4年—公元39年),是希律大帝所娶第四任妻子撒玛利亚女人玛尔撒斯 Malthace 的次子。大帝死后,犹太国一分为四,希律是四位藩王之一,所属藩地为加利利 Galilée 与比利亚 Pérée 两省。

貌、希罗底（克莱奥佩特拉与曼特隆①一类妇女）犷野的面孔。种族问题主有一切"。时代在公元前后，地点远在近东，但是它们活在福楼拜心头："如今我和全福握别，希罗底又露了面，我看见（清清楚楚，就像我看见塞纳河一样）死海的水面，太阳照着发亮。希律同他女人站在阳台上，从这里可以望见大庙的金瓦"。

也正因为先在作者心里活过来，这个短篇具有一种坚定的组织的美丽（尤其是材料那样庞杂），而罗马帝国的统治、犹太封建阶层的没落、穷苦老百姓（约翰所代表的）的忿怒，在五颜六色的民族交流中间，通过一天的时间限制，像一出一幕三场的戏一样，得以栩栩如生地表现出来。王尔德的《莎乐美》就是从这里受到暗示写出来的。

《三故事》在一八七七年四月和世人见面，立即获得绝高的评价。屠格涅夫不等成书，就把它译成俄文。这是福楼拜生前最后一部和世人见面的作品。他死在一八八〇年五月十八日。

一九八〇年（手稿，未发表）

---

① 克莱奥佩特拉（Cléopâtre，公元前 69 年—公元前 30 年），古代埃及托勒密王朝最后一任法老，通称"埃及艳后"。曼特隆（Marquise de Maintenon，公元 1635 年—公元 1719 年），侯爵夫人，原名弗朗索瓦丝·奥比涅，是法国国王路易十四的第二任妻子，以美艳和富于同情心著称。

《福楼拜小说集》译序

将近二十年前,我为自己选择一个文学研究的对象,虽说在创作上已经学着写戏,我并没有把戏剧算进去,摆在心头的只有两个东西,一个是诗,一个是小说,全是跟随温德① Robert Winter 老师读了四年法文的心得结果。当时象征主义初在中国诗坛流行,我在课室读的也多是鲍德莱耳 Baudelaire、栾保 Arther Rimbaud、外尔兰 Paul Verlaine,和更其现代的大师梵乐希 Paul Valéry,偶尔也听温德先生兴会淋漓地读几首十六世纪龙萨耳 Ronsard 的不朽情诗。鲍德莱耳的真挚,栾保的炫丽,外尔兰的铿锵,尤其是梵乐希的明净,都曾经有一时期和我的感情融在一起。但是,好不容易来到巴黎,想要为自己选择一面深造的借镜的时候,出乎意外,我转了一个一百八十度的大弯,走到小说方面,甚至于有些不太和象征主义相容的现实主义方面,因为我最后看中的是第三年法文班上读过的《包法利夫人》Madame Bovary 的作者,居斯塔夫·福楼拜。说实话,我开头对他和他的作品并不怎么清楚;根据文学史的简括然而往往浮浅,甚至于谬误的知识,我知道现实主义和他因缘最近,而我的苦难的国家,需要现实的认识远在梦境的制造以上,于是带着一种冒险的心情,多少有些近似吉诃德,开始走上自己并不熟悉的路程。一走便走了将近二十年之久,寂寞然而不时遇到鼓励,疲倦而良心有所不安,终于不顾感情和理智的双重压抑,我陆续把福氏的作品介绍翻译过来。

温德师对我有启蒙作用,锺书兄帮我为《包法利夫人》留意注释,而师友前后慰勉有加,如新近过世的佩弦师,如金甫师,徽因女士,从文兄和达元兄,还不算时常见面的西谛兄,麟瑞兄,靳以兄,西禾兄,钰亭兄,调孚兄等,时时都在感念之中,我不说起淑芬,不曾有过一天安乐，伺候一家大小，偶尔还要帮我抄写，嫁我以来，每每不是为我，似乎多是为了福氏勤劳。最后当然我要大大地写下P.K.兄②的名字，在书店经济拮据之下，不顾负担加重，毅然肩起印行的荷负。我开头就拿他们的名姓放在前面，表示感情真挚，好比办喜事，张灯结彩，进了礼堂，红红绿绿都是亲友的人情。

福氏活着的时候只有五部小说问世，其中薄薄一册，是他发表的《三故事》Trois Contes，而《圣安东的诱惑》La Tentation de Saint Antoine，形式不似小说，倒像一出宏丽的宗教"戏文"Pageant，可以列入通常所谓正常小说的，最先有《包法利夫人》，然后是《萨郎宝》Salammbô，然后是《情感教育》L'Education sentimentale；现今传诵的《布法与白居谢》Bouvard et Pécuchet，只是他的未完成稿，就福氏一向对于作品的慎重态度看来，他一定不太欢喜这样送到读者手里。活着的时候，读者可能以为他是一位晚产而且慢产的小说家。《包法利夫人》问世，他已经三十五岁，其后平均每隔五年，他才又有一部新作应世。他的真正面目终于在他死后显露，仗着两种意外收获，不仅揭穿误解，而且增深敬爱，分外提高他的文学地位。一种是他秘而不宣的早年的写作，一种是他更其重要的书简，同样说明他的浪漫心性，同样把一个活生生的人的精神历程天真烂漫地摆在我们眼前。尤其是他的书简，十九世纪文学的密室，由于经验亲切，是是否否，形成每一文人思考的手册，纪德André Gide就坦白承认："他的翰札是我的枕边书"。放下社会意识和艺术造诣不谈，就福氏全生来看，他所发表的作品都可以说做他对自己的艺术要求最后修正的答案。他写过三次《圣

---

① 温德（1887—1987）美国学者，1923年来华后，先后在南京东南大学、清华大学和北京大学教授英语与英国文学，历经抗日战争、解放战争和文化大革命，矢志不渝，坚持在华任教。去世后被安葬于北京八宝山革命公墓。——编者
② 文中提及的诸位师长亲友依次是：钱锺书、朱自清（佩弦）、杨振声（金甫）、林徽因、沈从文、吴达元、郑振铎（西谛）、陈麟瑞、章方叙（靳以）、陈西禾、成钰亭、徐调孚。尤淑芬是作者的夫人。P.K.兄是李尧棠（芾甘，笔名巴金）。——编者

安东的诱惑》，两次用《情感教育》（内容不同）做一本现实小说的书名，《布法与白居谢》还是他做学生时候就种下了根苗，很早他就讲起《圣朱莲的传说》，《包法利夫人》是他鞭挞他的浪漫心性的成就，至于《萨郎宝》和《希罗底》，不用说，满足他对历史和近东和野蛮的癖好。狄保戴 Albert Dhibaudet 说得好："福氏的作品不是一个世界，如巴尔扎克的作品。它不曾组成文学身体，不曾组成宇宙，如《人曲》Comédie Humaine 之见于标题。它奔往不同的方向，探寻不同的经验。福氏的作品假如也像巴氏的作品起一个共同的标题，想来应该就是蒙田 Montaigne 的标题：《尝试》Essais。"①

能够尝试成功，早晚达到个别的崇高的造诣，不见得每一文人都有这种幸运。对于福氏，这不是一种侥幸获致的幸运，正相反，这是埋头苦干的辛勤收获。阿尔巴拉 Antoine Albalat 研究《包法利夫人》的稿本和修改，做过一次结论："福氏是工作的化身。没有一位艺术家曾经为了风格的欢忭受过更久的苦难。他是文学的基督。他用了二十年和字奋斗，他在词句前面断气。他中风而死，还握着笔。他的情形成了传说，人所共知。他对完美的渴求，他的痛苦的呼喊，一生完全献与艺术的信仰，绝无二致，做成许多研究的目标，也永远将是批评的一个景慕和怜悯的主题。大作家全都工作。这位先生死在勤劳上头。"这种追求理想的风格的苦修精神，这种对于风格的坚定明晰的认识："这仿佛灵魂与肉体；对于我，形体与观念就是一个，我不知道一个之外另有一个。"让他在推进小说的使命以外，还帮法兰西文字带来一种不朽的使命，甚至于伊可维支 Marc Ickowicz 在他的《唯物史观的文学论》里面也说："人们称他为'法国散文的悲多汶②'，那是并非无故的。他的

---

① "尝试"是它的本义，通常用做"散论"或者"杂文"。
② 即今译贝多芬。——编者注

语言有水晶的纯粹和一种微妙难言的和谐。……福氏的散文是一个奇迹。"①然而这不就是说,他所有的小说只有一个风格,如古人所云,"文如其人":除非一个人是如死水一般固定,并不随同岁月往前进行,并不根据内容有所变化,我们可以接受这个大致不差的原则。事实上,往细里体验,一本书有一本书的风格,因为一个观念决定一个形式。狄保戴为我们分析福氏的风格道:"福氏是唯一的小说家完美地看到这些区别,同时也是唯一的小说家完美地付诸实行。《包法利夫人》的风格还有学习气息。含有他雄辩的领洗圣水,它是丰盈、和悦、富于肉感。《萨郎宝》的风格,更聚敛、更推敲、更雄壮,由于临近历史,从历史的精神里面,汲取它的性质。《情感教育》的风格给人一种流动轻适的印象,具有一种无可比拟的变化和力量。假如必须就中选择一个,作为最完美的例子,我看中《情感教育》。《圣安东》的风格,保留许多一八四九年和一八五七年稿本的文字,是复合的,达到一种戏剧风格的错综和行动。《布法与白居谢》的风格,由于缩减,由于剥蚀,由于遒劲的干枯,正好和《包法利夫人》的风格作对。"

现在,让我们来问一句,福氏怎样达到这种个别的艺术效能呢?莫泊桑有一篇详明的研究,报告他所心得于福氏的探索的过程和根据,赶着同时问世的福氏的书简做对证,特别是关于"单字的追逐",如散慈玻芮 Gerge Saintsbury 所述,自从派特 Walter Pater 有所阐述以来,在英法两国的文坛可以说是甚嚣尘上。站在一个介绍人的立场,莫氏的重要论述让我直接抄在下面:

"字有一个灵魂。大多数读者,甚至与作者,只问字要一个意思。我们必须寻找这个灵魂,一和别的字接触,它就出现了,裂开了,以一

---

① 根据江思先生的中译。

种人所不知的明光（很难使它涌射出来）把若干书照亮了。

"若干人写的语言，在聚拢和组合之中，就有一个诗的世界出现，然而世俗之士看不出，也猜测不出。……

"他绝对相信世上只有一种样式表现一种东西，一个字说它，一个形容词描它，一个动词使它活动，他以超人的辛劳从事措辞，为每一词句掘发这个字，这个形容词和这个动词。他这样相信表现有一种神秘的谐和，他要是觉得一个正确的词句并不调和，他认为自己没有抓住那真实的、唯一的字，于是以一种不可克服的耐心，寻找另一个字。"

但是，字的重要不就止于本身，因为只有组合才能显出它们的品德，只有继续或者节奏才能说明全部的存在。所以莫氏接下去引证福氏的论断道：

"他说，在诗里面，诗人有一定的规律。他有音节、顿挫、韵脚，和一堆实际指示，全部技术科学。在散文里面，我们必须对节奏有一种深厚的感觉，逃亡的节奏，没有规律，没有准则，必须具有一些内在的性质，和一种理论的能力，一种艺术的官感，无限地更精细，更尖锐，依照要说的东西，随时变更风格的行动、颜色、声音。等你知道怎么样料理法兰西散文，这个活动的东西，等你知道字的正确价值，等你知道依照字的排列来修改这种价值，等你知道怎么样把一页的注意引到一行，使一个观念在一百个观念之中格外明显，完全由于表现观念的词句的选择和位置；等你知道怎么样安置一个字，唯一的一个字，在某一情式之下去打击，如同用一件武器去打击；等你知道怎么样倾覆一个灵魂，猛然拿喜悦或者恐惧、热情、忧虑或者忿怒充满灵魂，就只因为你往读者的眼睛下面放来一个形容字，你才真是一位艺术家，最卓越的艺术家,一位真正的散文家。"

生命是一个有机体,每个细胞有它的位置和机能,但是唯有严密的组织,然后才能有机地成为一个壮丽的生命。这不是唯美,也不是机械论,这是一个有血有肉的有理性的灵性存在。所以临到现代一位大小说家浦鲁斯提 Marcel Proust,分析福氏的风格,首先指出他常犯文法上的错误,甚至于《情感教育》这个书名,就字面来看,应当译作《感情教育》才是,①然而由于坚定,非常美丽,所以浦鲁斯提指出,文法上的美丽和正确并不相干。

福氏追寻散文的节奏,满足他对小说的个别内容的要求。贡古兄弟在《日记》Journal des Goncourt 里面曾经记述高地耶 Gautier 的一句话:"你们想想看,福楼拜前一天对我讲:'就完啦,我要写的也就只有十来页了,不过我已经有了词句的全部收煞 Chutes'。那么,词句还没有写,他已经找到结束的音乐!已经有了他的收煞,真是滑稽!嗯?"收煞是一个音乐名词。福氏在风格上一生想解决的正是他为他自己提出来的问题:"那么,介乎正确的字和音乐的字之间,为什么有一种必然的关联?"这种声音和意思的关联,实际就是福氏对于风格终极的努力。往大里和深里看,这有自然哲学和一种对人生的看法做根据,专就文学表现来看,他注重景,他观察物,只为彼此的过程和关联。一本书对于他就像一个宏大的合奏曲,错综然而自然,繁复然而单纯。一本书如此,一章如此,一段或者一句也如此;单独来看是一个画面,例如《包法利夫人》里面的农产改进竞赛会,然而前后来看,忽正忽反,忽雅忽俗,忽而喧嚣忽而喋喋,上下起伏,正是一片音乐。他从复杂的

---

① Sentimental 这个法文形容字,是十八世纪末叶从英国借来的,直到一八三五年,国家学会才正式承认。中译或作"感伤"。最能说明它的意思的是一句中文成语:"感情用事"。福氏虽然用了这个形容字,限于一般而言,专就 Sentiment 一字引申出去,没有通行的"感情用事"的意思,所以我才译成"情感教育"。

组合寻找自然的气势。他用两种方法完成他的目的。这两种方法不是玩弄文字的结果，正相反，是尊重生命的收获。写坏了的句子经不起朗诵的试验："它们压抑胸口，妨害心跳，因之落在生命的条件以外。"

在中国，读书种子往往只是一种光荣的懒人，炫耀典故，因袭成语，在典雅的文字里面卖弄花巧，一切匠心留在字面，成就的仅仅属于形式的唯美的颓废倾向。法国多数文人，在福氏之前，同样走着下坡路，把流畅当做容易的风格 Style Facile，顺手牵羊，不问情感思想的深致，全朝现成笔墨奔了过去。福氏就恨这种风格，德·拉·布洛陶 Restif de la Bretonne，尚夫勒芮 Champfleury，甚至于诗人缪塞 Alfred de Musset，他心折的巴尔扎克，都没有逃出他这种无情的尺度。他表白自己："不，千万别拿现成的词句写文章。我宁可让人活活剥皮，也不接受这样一种原理。我承认这非常方便，然而也就是方便而已。"为什么反对？太简单了，因为这流成一种滥调，缺乏生命，缺乏灵魂，不可能拿来组合风格。把现成笔墨从文章里面剔出，然后我们就找到福氏完成理想风格的一个秘诀：运用直接来自生活的真实语言。了解这一点，我们才可以接受经典文学，我们才可以接近大师如莫里哀，如辣辛 Racine，如拉·风丹 La Fontaine，如拉·布芮耶耳 La Bruyère，也才可以明白福氏小说的笔墨成分。文字只是一个符志，是一种历史的文化的遗留。然而你所表现的却是活生生的现实，一个含有过去的有灵性的存在。文字应当和现实一致。这时候所谓文字就成了一种说的语言，活的语言。一位作家必须随时随地用心听取、理会、分析、采纳这里活跃的奥妙和细致，揉在他的作品里面，拿活血注在活血里面，成为一个血。

另外一个方法，我们前面已经说起，在文字范围以内，如浦鲁斯提所云，是一种文法的美丽。我们常常听人谈起福氏对于文字独具只眼，另有一种不同于人的用法，特别是动词、介词和副词的认识和使用，有人甚至于说，他用未完成时 l'imparfait 救活了渐将就朽的法文。所谓文法的美丽，实际是不照文法行文的结果，一种更大的要求帮福氏在做取舍的考虑。有的由于节奏的需要，例如"和"et 这个介词或者连续词，就浦鲁斯提看来，"凡是常人用'和'的地方，福氏全都弃而不用"。我们偶尔在《圣经》里面遇到这种奇特然而和情感一致的用法，但是福氏对它具有异常清醒的偏嗜。下面是一段《情感教育》的文字，阿尔鲁夫人最后一次来看福赖代芮克：

Frédéric soupçonna Mme Arnoux d'être venue pour s'offrir; et il était repris par une convoitise plus forte gue jamais, furieuse, enragée. Cependant, il sentait quelque chose d'inexprimable, une répulsion, et comme l'effroi d'un inceste. Une autre crainte l'arreta, celle d'en avoir dégoût plus tard. D'ailleurs, quel embarras ce serait! —et tout à la fois par prudence et pour ne pas dégrader son idéal, il tourrna sur ses talons et semit à faire une cigarette.

老实说，前三个 et 在文法上都是赘疣，然而在行文的节奏上，具有不可言喻的美妙。更胆大的，例如同章最后一段，只有一句，原文是：

Et ce fut tout.

朗诵的节奏第一。又如浦鲁斯提指出，《希罗底》最后一个字是一个副词，"轮流"：

Comme elle était très lourde, ils la portaient alternativement.

地位的明显，音节的众多，立刻令人感到死者的头颅的沉重分量，和精神上无比的时代暗示。但是更重要的是，福氏根据一个领会自然的哲学观点，大量使用未完成时动词，浦鲁斯提尊做"永生的未完成时"，和他小说的进行和景物打成一片，宣示生命的不间断的关联，不仅止于说明环境而已。浦鲁斯提进一步告诉我们，福氏在作家之中最有时间的印象，也正是这个缘故，"就我看来，《情感教育》最美的东西不是一个词，而是一片空白。"他举下卷的第五和第六章为例。第五章临尾，我们知道他的好友杜萨笛耶在街上被一位警察杀死，而警察正是他的另一相识："福赖代芮克，张着口，认出是赛耐喀"。于是跳过一段了不起的空白，我们来到第六章的开始：

"他旅行。

"他认识商船的忧郁，帐下寒冷的醒寤，风景与废墟的晕眩，同情中断了的辛辣。

"他回来。

"他出入社会，又有了别的爱情。……"

我们马上看出，这里不就止于干净利落。

所有福氏在法文上行文的特征，我相信看了上面的简略解说，便稍稍明白译成另一种语言，特别是中文，本身就是一种隔离，而动词最最没有时间的功能，困难到了什么程度。"单字"的正确含义已经需要耐心寻找，而那些近乎神韵的"节奏"，神，因为还要传达一种精神上的哲理的要求，就不可能用另一种语言表达。用流行的滥调来翻译，根本违误原作的语言风格，然而一律用"和"字去翻译 et，忠实于形式，去精神固不止一万八千里。而原文字句的位置，到了另一种语言，尽量接近，自然而然还是要有一种改易的必要。这就是翻译福氏的困难,他不仅是一位写小说的人,而且是一位有良心的文章圣手。介绍他的小说,假如抛开他的风格,等于扬弃精华,汲取糟粕。散慈玻芮曾经表扬他的成就道:"风格技巧和小说技巧互相结合,如此完美,凝成一体,做成爱好文学者的享受。"中译绝对到不了这种艺术上的完美境界,我所以在这篇序文里面叙述原作的风格,实际是我向福氏和他的中文读者表示真诚的歉忱。关于时代意义和内容动向,我不想在这里多所饶舌,因为我希望至少我在文字方面能够勉强应付字面的要求,读者可以直接体会,而且,伊可维支有一段案语,不妨借了过来,供给读者参考,勿需我再浪费无足轻重的笔墨:

"福楼拜在我们看来是他的社会环境和他的阶级的儿子,但是他是一个不肖之子,正如宙斯一样,斩了他的父亲克洛诺思的头。福楼拜反叛他的环境,憎恶他自己的阶级,用他的伟大的艺术才能,他描绘出那资产阶级的最无耻厚脸的恶德的巨大真实而深切地写实的画图。

"巴尔扎克颂扬资产阶级,福楼拜却宣告了它的死刑。"

译者　民国三七年八月

(取自《三故事》,1949年7月上海文化生活出版社初版)

福楼拜的《短篇小说集》①

十九世纪的法兰西，在文学方面，几乎没有一个大作家像居斯塔夫·福楼拜 Gustave Flaubert 那样发表少而造诣高的。一八二一年腊月十二日，他生在鲁昂 Rouen 市立医院大门南首的一座小楼。他父亲，亚世勒·克莱奥法司 Achille Cléophas，好久就在这里任职院长。这是一个世代业医的著名外科医生。包法利 Bovary 夫人病榻一旁的拉瑞维耶 Larivière 大夫正是他的写照。一八四六年春天，他去世，遗下相当的资产，作为寡妻孤儿的日常用度。福氏侍奉母亲，离开鲁昂，移到西郊塞纳河北岸的克瓦塞 Croisset 居住。除去近东的旅行，偶尔的出游，足有三十四年，他埋首田园，从事文学的刈获。每隔五六年他发表一部创作，而每部创作，全是不朽的杰作。然而他第一部长篇小说的荣誉，掩住他其后的成就。布吕地耶 Brunetière，学院派的批评家，反对福氏和他的文友，特别是左拉 Zola，始终把《包法利夫人》作为武器，攻斥福氏其后艺术的制作，以为福氏只是一部《包法利夫人》的作者，"《包法利》，——好像我没有写过别的东西。"福氏的忿怒不言而喻。他甚至于要收回这部书，如若不是晚年的贫困的话。和他的第二部长篇小说《萨郎宝》Salammbô 比较，《情感教育》L'Éducation Sentimentale 和《圣安东的诱惑》La Tentation de St. Antoine 的失败最伤作者的心情。一八七四年，《圣安东的诱惑》出版之后，他向屠格涅夫 Tourgueneff 写信抱怨道：

"你向我谈《圣安东》，你说广大的读众不属于它。我早就明白，然而我还以为少数读者总该多多了解。不是坠孟 Drumont 和小白莱当 Pelletan，我就不用梦想有人作文章恭维。……好在只要你爱这部作品，我就得到报酬了。从《萨郎宝》以来，大的胜利离开了我。我心上最难受的是，《情感教育》的失败；人家不明白这本书，我真奇怪。"

实际上不仅著作方面的失意，便是人事方面，福氏同样遭遇接二连三的不幸。一八六九年，眼看《情感教育》就要问世，他的挚友布耶 Bouilhet 病故，"一个老朋友，失掉他就无从补救！"他向圣佩甫 Sainte-Beuve 报告布耶去世，临尾道："嗐！文笔的可怜的情人，他们全去了！"同年十月，圣佩甫病故。而《情感教育》还要一个月成书。所以福氏向他甥女诉苦道：

"我并不快活！圣佩甫昨天下午一点半钟死掉。我走进他家，他正好咽气。他虽说不算知己，他的去世极其令我痛苦。我可以谈话的人们越来越少了。……我写《情感教育》，一部分还是为了圣佩甫。然而他死了，一行没有看到！布耶没有听到末后两章。这就是我们的计划，一八六九年对我苦极了！"

一八七〇年并没有给他带来安慰。半年之中，就死掉两位朋友，杜蒲朗 Duplan 和贡古的兄弟虞勒 Jules de Goncourt，不由福氏不叹息道："我理智的友谊全完了。我觉得自己孤零零的，和在大沙漠一样。"于是普法之战起来，他被选作国民义勇军的军官，随后辞了职，逃开乡居，侍奉母亲住在鲁昂城中避难。而母亲是"一天比一天老、弱、唧哝！和她把话谈得稍微严重一点都不可能"。普鲁士的军队好容易退出克瓦塞，他母亲却在一八七二年四月去世。克瓦塞遗给她的甥女，条件是他可以住下去。就在这千愁万苦之际，他避进《圣安东的诱

---

① 本文原载于 1935 年 9 月 16 日的《文学季刊》二卷三期。1936 年 1 月商务印书馆发行《福楼拜短篇小说集》时用做"序"——编者

惑》，完成了他二十五年以来未了的心愿。上天仿佛嫉妒他早年的安乐，六个月以后，更让他失去他的师友高地耶 Gautier。福氏自悼道：

"呵！死的太多了，一个一个死的太多了！我从来没有多所持著于人生，然而把我连在上面的线却一条跟着一条全折了。不久就要什么也没有了"

他绝不会因为悲伤有所消极。他开始收集《布法与白居谢》Bouvard et Pécuchet 的繁重的材料。"这要压杀我的，"但是他鼓勇干下去，因为他要在这里报复人生的酷虐。然而人世，仿佛没有苦够他，不断给他寂寞的晚年添加烦恼。一八七五年，福氏视如已出的唯一的甥女的丈夫，因为商业失败，濒于破产的危险。为了挽救甥女的幸福，他缩小生活范围，辞退巴黎赁居的住宅，最后出售他豆镇 Deauville 的田产，来维持他甥婿的信用。他保全下了克瓦塞；但是他不得不牺牲他的骄傲，卖文糊口。《布法与白居谢》的工作太繁重，也太浩大了，他缺乏绥静的心情支持。一八七五年七月十四日，他给甥女写信道：

"昨天，我强迫自己来工作；然而不可能，一阵发疯的头疼拦住了我，最后还是流泪完事。
"我还寻得见我可怜的头脑吗？
"我的上帝，这一切如何地苦我！苦我！我变得如何地痴骏！"

他需要休息，他接受了生物学者浦晒 Pouchet 的邀请，来到孔喀奴 Concarneau 海滨。他暂时放下《布法与白居谢》。同年十二月，回到巴黎，他向乔治·桑 George Sand 报告他的近况道：

"你知道,我已经撇下我的大小说,来写一个不到三十页的中世纪的小东西。这比现世叫我好受多了。"

这"中世纪的小东西",不是别的,正是一八七七年四月二十四日问世的《短篇小说集》Trois Contes 的第二篇:《圣朱莲外传》La Légende de Saint Julien l'Hospitalier。这用了差不多六个月功夫。一八七六年二月,他接着计划《短篇小说集》的第一篇:《一颗简单的心》Un Cœur simple。同年八月,回到克瓦塞,他开始预备第三篇:《希罗底》Hérodias。一八七七年二月,他完成这最后的一篇。《一颗简单的心》先在《正报》Le Moniteur 披载;随即《圣朱莲外传》在《益世报》Le Bien Publique 揭露。这样一来,他可以多得三千法郎。这是他第一次卖文为生,然而也是末一次,因为《短篇小说集》成为他生时出版的最后一部书。一八八〇年五月八日,《布法与白居谢》还欠两章完成,他骤然死掉,猛得连邻近大夫都来不及诊治。

现在我们先从《圣朱莲外传》看起。根据杜刚 Du Camp 的《回忆录》Souvenirs Littéraires,一八四六年,福氏开始想到圣朱莲的故事;延到一八五六年,完成《包法利夫人》,在一封写给布耶的信里,福氏说他"读些关于中世纪的家庭生活与行猎的书籍",预备写作《圣朱莲外传》。但是他正式提笔,却在将近二十年以后。

一八七九年二月,书局打算刊印《短篇小说集》的精本,福氏要求在《圣朱莲外传》后面,附上鲁昂礼拜堂的窗画,"正因为这不是一种插图,而是一种史料"。这幅玻璃窗画就在礼拜堂后身北墙,对着乐堂的第四圆拱。共总十二层,除去顶尖一层为救主赐福,下余每层分做三图。这是十三世纪末叶鲁昂渔商公司捐赠的,所以底层三图绘着鱼贩。朱莲的故事从第二层开始,依照高塞 Gossez 的解释,应理是:

"朱莲在父母家里，援救贫弱，有一天，他告别远游。犹如十三世纪的贵胄子弟，他投依了一个领袖，后者收留下他。然而领袖病故。朱莲和他女儿缔婚，从事十字之役的远征。有一夜，朱莲的女人，看见她丈夫的老年的父母寻来；第二天早晨，她走出府邸。正当她不在，朱莲回来。他进去，以为妻室不贞，杀死他的双亲。他认了罪。他离开府邸，远行赎罪，他女人随着他。他们看护病人，朱莲做了舟子。有一夜，他们听见一个旅客呼唤，不顾乌云四起，朱莲摇他渡河，他女人岸边打着灯亮。他们把救主耶稣迎进家。然而试探来了：魔鬼同样在岸边呼唤朱莲；朱莲把魔鬼接上岸。他们拒绝魔鬼的诱惑。不久两个人全死了。天使捧着他们赤裸裸的灵魂升空，来到救主脚下。"

这幅窗画最先引起福氏的灵感，却不是他写作唯一的根据。他参考种种关于圣朱莲的宗教典籍，在这些十三世纪的传记里面，他特别向他的甥女介绍佛辣吉迺 Jacques de Voragine 的《先圣外传》La Légende dorée。现在我们译出的全篇如下——第二十八章第四节：

"这里还有一位圣朱莲。他生于高贵的门第，年轻时候，有一天在打猎，追赶一只公鹿，但是公鹿，神明附体，忽然回身朝他问道：'你怎么敢追赶我，你命里注定是你父母的凶手？'听见这话，年轻人骇坏了，唯恐公鹿的预言灵验，他悄悄逃开，走过广大的地土，终于来在一个国王手下做事。无论战争和平，他全应付得非常得体，所以国王封他男爵，把一个极其富裕的宰辅的寡妇赏他为妻。然而朱莲的父母，不见了他，十分伤心，流浪各地，寻找他们的儿子。直到有一天，他们来到朱莲现住的堡子。不过，他凑巧不在，由他女人接待两位旅客。听完了他们的故事，她明白他们就是她丈夫的父母：因为，不用说，他时常对她说到他们。于是因为爱她丈夫的关系，她热诚欢迎他们：

她让他们睡在她自己的床上。第二天清早,她正在教堂,朱莲却回来了。他走到床边要叫醒他女人;看见被下面睡着两个人,他以为是他女人和她情夫。一言不发,他拔出剑,杀掉两个睡觉的人。随后,走出家门,他遇见他女人从教堂回来,于是吓傻了,他问睡在她床上的两个人是谁。他女人回答他道:'是你父母,他们寻你寻了好久!我让他们睡在我们的床上。'一听这话,朱莲难受得要死。他哭着说:'我应当怎么办,我这该死的东西?我杀了我亲亲的父母!原要躲避公鹿的预言,如今反而应验了公鹿的预言!那么再见罢,我多情的小妹;因为将来我再也不会安宁,除非我晓得上帝允了我的忏悔!'不过她道:'我亲爱的哥哥,不要以为我会叫你不带我,一个人走!我既然分到你的喜悦,我也就要分到你的痛苦!'于是,一同逃开,他们走来住在一条大河的岸边,过渡十分危险;他们一壁忏悔,一壁从河这边把愿意过河的人们渡到河那边。他们盖了一座医院款待旅客。过了许久,有一冻冰的夜晚,朱莲累坏了,躺在床上,听见一个生人呼吁的声音,求他把他渡过河。他马上起来,跑向冻了半死的生人;他把他驮进屋子,点起一个大火来暖和他,随后,见他总是冷,他把他扶进自己的床,小心把他盖好。于是这全身癞疮,令人作呕的生人,忽然变成一位明光焕照的天使。一壁向空升起,一壁向他的居停道:'朱莲,主差我下来告诉你,你的忏悔业已见允,你女人和你指日就要升天。'天使不见了;过了不久,朱莲和他女人,行了无数施舍和善举,睡到主的胸怀。"

我们晓得福氏怎样利用这些质朴的民间传说,渲染成功他的小说,而又不失其神话的性质。他把所有的材料聚拢,经过他白炽的想象,或去或取,将一堆不合理的初民的事实,融成一个合理的艺术的谐和。在他小说的临尾,福氏妙笔生花,一语收住他的想象,点定而且唤醒读者的梦魇道：

"这就是慈悲圣朱莲的故事，在我的故乡，在教堂一张玻璃窗上，大致你可以寻见的。"

实际福氏的改造，如若不是创造，正是我们今日想象不到的神异。窗画和《先圣外传》所表现的故事是质朴而且残缺的，仿佛出于口授，遗漏的关节不知该要多少。福氏遇见应当补的全补了起来，应当删的全删了下去，而一补一删，又那样准情近理，不露一丝痕迹。这是一个近代科学的心灵和中世纪初民的观感的美妙的合作，现实与梦魇在这里手牵手地进行。在古代命运的统治之下，近代科学得到完美的应用。古代将不可知者叫作命运；近代分之为二，一个是遗传，一个是环境。我们不晓得圣朱莲确实的年月与乡土，但是总应该在中世纪的黑暗时代：一方面是宗教高潮，一方面是武士流血；一方面是耶稣，一方面是默罕默德；一方面是民族的混乱，一方面是基督教的全盛。看圣朱莲的一生，我们可以截然分为武士与教士的前后两期。一方面嗜杀如命，一方面慈悲成性。这两种并行不悖的矛盾的本能，从小就带在他深厚的心性上面。同时他自己，又是环境与遗传的产物。只要一比较前人的故事和福氏的写作，我们便会承认散慈玻芮Saintsbury的见解："就我所知，在文学上，在这一类，我总觉得圣朱莲近于完美，而且是使用近代手法，调理《圣者行传》Acta Sanitorum 的最好的例子之一，如若不是那极其最好的例子。"

下面是《圣朱莲外传》故事的缩要：

"上帝垂怜他们虔诚，赐了他们一个儿子，就是朱莲。母亲梦见一位老人，说她的儿子来日要做圣者；父亲遇见一个乞丐，说他儿子前程远大,流血成名。因为双亲钟爱,他受有圣者武士的全部教育。他从小残忍。他用棍击死一只小白老鼠,掰死一只鸽子。他酷嗜打猎。有一次,他一个人,在树林里面,射杀无数的禽兽。天黑,他遇见一对大鹿,带着一只小鹿。他射杀了这一家大小。公鹿临危诅咒他道:"有一天,残忍的心肠,你杀你的父母!"他惊病下来。复元以后,他拾梯搬取一柄重剑,失了手,险些砍伤他父亲。有一次,他一镖投向一只仙鹤,却是他母亲的帽子。唯恐恶咒应验,他逃出了堡子。

"从流浪的风尘,渐渐他受众人的拥戴,成为一军首领,东征西讨,解救各国的危急。西班牙的回教教主囚起奥克西达尼的皇帝,他率兵救出后者,恢复他的帝国。皇帝招他做驸马。他和公主退居在她的堡子。想着公鹿的预言,他禁不住抑郁,不过有一黄昏,听见四野禽兽的噪叫,他却动了猎兴。他出去不久,来了一对老夫妻,求见公主。这正是他父母,抛家离开,寻访朱莲。公主请他们安息在自己的床上。朱莲一夜行猎,不唯无成,而且饱受禽兽的欺虐,狼狈逃回,却见床上躺着一对男女。以为是公主和她情夫,他一刀杀死。事后忏悔也迟了。他抛下富贵妻室,来在人间行乞。

"他用心洗渡他的罪孽。受尽世俗的冷落、苦难、折磨,出水入火,终于百死一生,有一天他来到一条波涛汹涌的河边。他做了一只渡船,迎送过往的旅客。有一夜已经睡下,他听见对岸有人呼唤,起来把船撑过去。这是个奇丑绝恶的老丐,一身癞疮。到了朱莲的茅屋,他要吃要喝,睡在床上又嫌冷,叫朱莲陪他躺在一起。这原是耶稣,亲自接他上天。"

在福氏三篇小说之中,布吕地耶仅仅推重《一颗简单的心》。他以为这里依然是"对于人类愚蠢的行为,和对于中产阶级的道德的无理的激忿;对于小说家的人物和对于人的同样深厚的憎恨;同样的取笑,同样的粗鲁，同样属于喜剧的蛮横，有时引起一种比眼泪还要忧郁的笑——"。这位学院派的批评家，因为成见太深，这次一丝不假，输给了印象派的批评家勒麦屯（Lèmaître）。勒麦屯一眼看出福氏"这篇小说，非常短，绝不反驳他以往的小说，而且有所安慰"。这里活着一种永久的赤裸的德性，是低能的，是本能的，然而象征着我们一切无名的女德，为了爱而爱，为了工作而工作，为了生存而生存。没有力量，没有智慧，然而道德；生来良善，然而不自知其良善：一种璞玉浑金的美丽。

"她叫做全福，自幼无父无母，为人放牛。蒙了冤，被人赶走，她另换一家，管理鸡鸭。十八岁的时候，她发生了一段爱史。情人是一个懦夫，为了避免兵役，娶了一个有钱的老寡妇。她哭了一夜，离开她主人，来到主教桥，正好逢着欧班太太寻找一个女厨子，说妥了停下。欧班太太很早守了寡，膝下一儿一女：男的七岁，叫做保尔；女的不到四岁，叫做维尔吉妮。全福早晚忙于理家，得眼哄哄少爷小姐，日子过得倒也悠适。有一年，秋天的黄昏，一家人穿过牧场回去，雾里奔出一只公牛，向他们发怒撞了过来。全福掩护着主妇三口，竟然侥幸生还。小姐因此受惊，神经衰弱下来。

"为了女儿恢复健康，欧班太太带着一家人，来到海滨的土镇。全福在这里遇见一个姐姐，嫁给水手，带着好几个儿女。从海滨回来，保尔打发在学校寄宿。全福每天伴着小姐，到教堂学习教理问答。随即她也领了洗礼。不久小姐送在学校寄宿，家里益发冷清。幸而全福的外甥维克道尔，每星期过来看她一次。她把他看做亲生儿子。不过他随着船去了美洲，染上黄热病死掉。祸不单行，小姐因为肺痨，也死在学校。从此一年复一年，平安无事，直到一八三〇年，七月革命。一位新区长，去过美洲，送了欧班太太一只鹦鹉；嫌淘神，她又赏给全福。

"鹦鹉叫做球球，给她添了不少麻烦，不过她总算有事占住心。过了好些年，她聋了，仅仅听见鹦鹉的嘈杂。一八三七年冬天，冻死了她的鹦鹉。她亲自托人送去，好把鹦鹉做成标本。半路遇见邮车，吃亏耳聋，回避不及，撞伤了她的腿。半年以后，鹦鹉装成送了来，安置在屋里小架子上。她把这当做圣灵，因为她在教堂看见的鸽子，花里胡哨，倒像她的鹦鹉。

"保尔如今成了亲，另自立家。亲友越来越零落。一八五三年，欧班太太去世。少奶奶把家具一移而空，只有房子卖不出去，落的全福一个人，住在她的鸽子窝。她的眼睛起了蒙，不久她又吐血。圣体瞻礼节到了。没有礼物可献，她送上她的鹦鹉。当天行礼的地点，正好选定欧班太太房前的空场。于是钟声抑扬，牧师颂扬圣德，而这一颗简单的心，随着一只硕大无比的鹦鹉，上了天堂。"

这篇小说充满福氏过去的岁月，发生在他脑尔芒第 Normandie 的故乡。主教桥和土镇完全是他儿时嬉戏的地方。人物，甚至于琐碎的节目，几乎无一不是回忆的出产。所以他甥女特别告诉我们：

"住在海滨，好些格别的人物，深深嵌入他的记忆，其中有一个老水手，巴尔拜 Barbet 船长……写《一颗简单的心》，他想起这些年月。欧班太太，她的一双儿女，她的住宅，这简单的故事所有的枝节，如此真实，如此明洁，具有一种惊人的正确。欧班太太是我外祖母的一个长辈亲戚，全福和她的鹦鹉也真有其人其物。

"在他晚年，我舅父非常喜好温习他的儿时。他母亲逝世以后，他写《一颗简单的心》。描写她生长的镇邑，她嬉戏的家园，她儿时的伴侣，是重新寻见她，同时这种柔和的心情，助成他的笔墨，写出他最动人的篇幅，也许是最易使人觉出作者私人气息的篇幅。我们只要记一记这一景：欧班太太和她女仆一同整理那些属于维尔吉妮的小物件。我外祖母一顶大黑草帽兜起我舅父一种同样的情绪；他从钉子上摘下遗物，静静地看着它，眼睛湿了，恭恭敬敬地重新把它挂上。"

参看杜买尼 Dumensnil 和翟辣·喀利 Gérard-Gailly 的索隐，我们直可以把《一颗简单的心》当做福氏童年亲切的综合。但是他绝不出面，破坏全篇的一致。他用艺术藏起自己。布吕地耶错以为作者在这里表示的是憎恨，正是不了解他艺术的观念和手法的错误。福氏自己剖析道：

"《一颗简单的心》的故事，质直地叙述一个隐微的生命，一个乡间的穷女孩子，虔笃而神秘，忠诚而不激扬，而且是新出屉的馒头一样的柔和。她先爱一个男子，其后她主妇的儿女，其后一个外甥，其后一个经她收养的老汉，其后她的鹦鹉，鹦鹉死了，她叫人装成标本，临到她死，也分不清鹦鹉和圣灵。你以为这有所反嘲，一点也不，而且正相反，非常严重，非常忧郁。我想打动慈心的人们，令其唏嘘不已，犹如我自己，便是其中的一个。是的，上星期六，安葬乔治·桑，我失声哭了起来……"

福氏写作《一颗简单的心》，几乎完全由于乔治·桑的劝勉。这"可怜的亲爱的伟大的女子"，体会福氏的寂寞，从一八七二年就借口布耶去世，谏正他道：

"现在我看清为什么他死得那样年轻；他死是由于过分重视精神生活。我求你，别那么太专心文学，致志学问。换换地方，活动活动，弄些情妇或者女人，随便你，只要在这时光，你不工作：因为蜡烛不应两头全点，然而却要换换点的那头。"

她劝他走出"象牙之塔"，回到实际的人生。福氏接受下来，但是立即宣告，他不感到兴趣。"不用说，只有神圣的文学引起我的兴趣。"乔治·桑用她自己的幸福做例道："你所谓的'神圣的文学'，我却看得次于人生。我爱谁总比爱文学利害，爱我的家庭更比谁都利害。"于是福氏不再倔强，或者不再辞费，进一步分析自己道：

"不！文学不是人世我所最爱的，我前信没有解释明白。我和你所说仅仅限于娱乐，不算其他在内。我并不那么学究，把字句看得比人还重。"

无论如何，他绝不像乔治·桑那样利用文学，发泄一己的私欲。他有坚定的艺术理论做根据，而且对于他，文学是神圣的。所以三年之后，正当福氏限于深沉的痛苦，她苦口劝解，委婉其辞道：

"我们写什么呢？你，不用说，你要写些令人伤心的东西，我哪，写些令人慰心的东西。我不知道我们的命运持著在什么上面，你看它过去，你批评，你根据你文学的立场，不肯近前欣赏，你限制自己于描写，一面用心，而且执意于掩藏你私人的情绪。然而看完你的故事，人家一样看穿你的情绪，可怜是你的读者更加忧郁。我哪，我愿意减轻他们的愁苦。……艺术不仅仅属于批评和讽刺：批评和讽刺只写到真实的一面。人是什么样子，我愿意看他什么样子。他不是好或坏，他是好和坏。而且这里还有一种……——细微的差异！对于我，艺术的鹄的就是差异，——既是好和坏，他便具有一种内在的力量，引他走向极坏和'差好'（还有一点点好的意思），——或者极好和'差坏'（还有一点点坏的意思）。我觉得你的学派不大留心事务的本质，而过分止于表面。因为寻找形式，你不免轻视本质，你的读者仅仅限于文人。然而根本就无所谓文人。大家都是人。"

她的恳挚一直沁进福氏强韧的灵魂。于是五内为动，他不由请示道："你愿意我做什么呢？"见她默不作声，他情急道："我伫候你的意见。不是你，那么谁给我劝告，那么谁有意见可说？"于是这七十来岁的泛爱为怀的女子，情不可却，进而指示困于生活的福氏道：

"在一种恶运，一种深深激动你的恶运以后，你应该写一部成功的著作；我告诉你哪里是这种成功的、确然的条件，维护你形式的信仰；不过你要多多留心于本质。不要把真实的道德看做文学的百宝箱。给它来一个代表，让你所爱嘲笑的那种愚痴，也有一个忠实，也有一个强壮。精神残缺也罢，中途而废也罢，指出它应有的坚固的品德。总之，离开现实主义者的信条，返回真实的真实。所谓真实的真实，即是丑与美、明与暗的混合；同时这里，行善的意志，也有它的地位，也有它的职司。"

福氏遵循她的情谊，用他动情的过去，雕出这真实而且太真实的《一颗简单的心》。他要拿这篇小说讨她欢喜。但是小说没有写到一半，她便不及欣赏去了世。

依照通常的分类，《希罗底》应当归于历史小说。但是福氏，好古敏以求之，把历史看得和现实一样来写。他吸收过往所有可能的材料，仿佛他生命的一部分，融化在他的想象，成为一种永生的现实，供他完成艺术的使命。他有历史的癖嗜，然而历史的真实不是他最后的目的，对于他，历史也不是间断的。所谓历史的真实，好些读者因以苛责福氏，实际仅只形成他艺术的完美。这里不徒是一个充实，一种学问的炫耀。唯其不把学问当学问，学问反而容易为人口实，做成普通读者理解的扦格。这也正是泰尼 Taine，那样推重《希罗底》，并没有体会到作者创造问题的椎心。他向福氏写信道：

"我以为杰作是《希罗底》，朱莲非常真实，然而这是由中世纪而想象的世界，却不就是中世纪；这是你所希望的，因为你想产生玻璃窗画的效果；你得到这个效果，走兽追逐朱莲，癫者，全属于一千二百年的纯粹的理想。然而希罗底是纪元后三十年的犹太，现实的犹太，而且更其难于写出，唯其这里有关另一个种族，另一个文化，另一个气候。你对我讲，如今历史不能和小说分开，算你有理。——是的，不过小说要你那样写法。"

但是泰尼，历史学者，忽略了正因为"是由中世纪而想象的世界"，《圣朱莲外传》的艺术价值才显得更大。唯其不仅只属于一种历史的真实，而属于一种理想的真实。这是一个传说，需要历史的空气；然而希罗底，见于史书，本身就是一段历史。这不像《萨郎宝》的迦太基一火无余；因为材料的限制，物质的不自由，《希罗底》不得不受相当的亏损，但是马上我们就会看出，福氏的手法弥补了无数的空当，成为泰尼赞美的理由。

福氏在这里抓住人类文明的一个中心锁键。一方面是信仰基督开始，一方面是罗马权势鼎盛，活动的舞台正是毗连东西的耶路撒冷。在犹太的本身，一方面是外力的统治，一方面是内心的崩溃；一方面是贵族的骄淫，一方面是贫民的觉醒；一方面是教派纷争，渐渐失去羁縻的能力，一方面是耶稣创教，渐渐获有一般的同情；旧时代嬗递于新时代，耶和华禅让于耶稣。介乎其间的先觉，便是热狂的圣约翰，或者犹如福氏小说的称呼，伊奥喀南。所有当时复杂的光色、矛盾的心情、利害的冲突、精神（伊奥喀南）与物质（希律）的析离、因果的层次、环境的窘迫，福氏一丝不漏，交织在小说进行的经纬上。

圣约翰的故事，几乎尽人皆知，出于《新约》的《四福音书》。然而福氏的灵感，犹如《圣朱莲外传》，来自一件十三世纪的艺术品。在路昂礼拜堂北门的圆拱下面，有一横排浮雕，叙述圣约翰殉难的情景，半幅是莎乐美当着藩王希律跳舞："两手扶地，两脚抛在空中，她这样走遍了高坛，仿佛一只大金龟子；她忽然停住。她的颈项和脊椎形成一个直角。包腿的色鞘，垂过她的肩膀，仿佛一道虹，伴同她的脸，离地一尺远近。"半幅是圣约翰探首狱窗，伫候刽子手执刑；不远便是莎乐美捧着头，献给她的母后希罗底。

从这里图画的提示，福氏的想象扩展成一个富有戏剧性的故事：

"有一早晨，希律倚住栏杆，向四山瞭望。远远是围城的亚拉伯军队。他盼望罗马的援军，但是叙利亚总督维特里屋斯，姗姗来迟。先知伊奥喀南，辱骂他的妻室希罗底，虽说拘禁起来，究竟难以处置。希罗底走到他身边，告诉他：他们的心腹之患，她兄弟亚格瑞巴，已然被罗马皇帝下了狱。不过她思念她前夫的女儿莎乐美，自从离开罗马京城，再也未曾得见。今天是希律的生日，山道上行人熙攘，多是预备当夕的宴会。希罗底怂恿他杀掉伊奥喀南。希律却望着迎面一家平台，上面有一个老妇和一个绝代少女。希罗底也灼见了，立即走开。法女哀勒过来，恳求他释放伊奥喀南，话没有讲完，叙利亚总督却驾到了。

"维特里屋斯父子一同来的。接见犹太各派教长和各色人等以后，总督开始检阅砦堡的窖库。无意之间，他发现了伊奥喀南的囚牢。伊奥喀南咒骂希律夫妇。希罗底控他鼓动人民，抗不缴税，总督下令严加看守。责任卸在罗马人身上,希律叫住法女哀勒,说他自今爱莫能助。法女哀勒十分忧愁,他从月初观星,主定今晚贵人殒亡。希律以为死的必是自己,分外忧惧。他去看望希罗底。在她的寝宫,他见到一个老妇,却记不起什么地方遇过。

"宴会开始。总督的公子只是吞咽。来宾只是纷咴。有的演述耶稣的奇迹,有的不相信伊奥喀南即是先知以利亚的后身。民众得知伊奥喀南被拘,围住砦堡,要求释放。正值宾主喧闹,便见希罗底带着一位少女,盛装而入。她跳着舞。这是莎乐美。希罗底特意暗地接来她,蛊惑希律。希律果然坠入圈套,应下她的请求。于是伊奥喀南的头,放在铜盘上,沿着酒席传观。宴会告终,黎明的时光,法女哀勒会同两位师弟,捧住先知的头,走出砦堡安葬。"

这篇小说真正的特点,在它布局的开展,本身组织的绵密。这是一篇匠心之作。《一颗简单的心》富有同情,《圣朱莲外传》极其优美,然而《希罗底》,呈出一种坚定的伟大的气息。前两篇从生写到死,关于一生的事迹;《希罗底》从早写到晚,关于一日的事迹;正如一出戏,富有紧张的转折。不见丝毫突兀,一切出于自然的顺序,一切全预先埋伏下一个根苗。我们起首就灼见一个少女,直到最后,我们才知道是莎乐美。法女哀勒有重要的消息告诉希律,经过一节的篇幅,中间又是层层波澜,这才轮到他星象的观察。圣约翰派出两个弟子,最早出现于希律的耳目,也最后赶来收拾残局。太巧,太人工,然而一切组成一个紧严自然的结构。

《短篇小说集》为福氏争来盛大的成功,及身的荣誉。批评方面几乎交口称赞。便是素常毁谤他的人们,如今也幡然改悔,或者讲演,或者行文,站在颂扬的立场。萨尔塞 Sarcey 不了解希罗底,却以为"作者不仅以一个画家而自满,他还是一个音乐家"。毕高 Bigot 觉得作者把这三篇叫做短篇小说，未免谦抑，"然而这三篇小说为作者获得的光荣，怕是好些长篇作品所弄不来的"。圣法芮 Saint-Valry 对于这本小书的印象是"理想的现实主义"，犹如若干古人的著作，福氏的著作如若不幸汩丧，"在未来的文学史上，仅仅余下他的名姓，圣佩甫的零星评论，和这本小书，这本《短篇小说集》。这二百五十页，对于未来的批评家，关于遗失的部分，足够形成一个完整的观念的"。福尔考 Fourcaud 有句话最妥切："认识福氏的，在这里寻见他；不认识的，在这里认识他。"正如今人狄保戴 Thibaudet 所谓："《短篇小说集》代表三种不同的情态，三种仅有的情态，不是写历史，而是利用历史做成艺术的三种情态。"《一颗简单的心》分析"最真实的'简单的'现实"，全福不属于历史，然而她本身却是一段历史。《圣朱莲外传》是用历史做成的宗教传说；《希罗底》却是人类最伟大的一段传说变成历史。同样有散慈玻芮，把《短篇小说集》当做使福氏成名的所有风格的小例子，非常完美的例子。有人甚至于抱怨福氏不多写那样二十多篇。一九三三年，巴黎大学教授米修 Michaut 特开短篇小说集一科，作为学生全年的课程。

原本消愁解闷的"小东西"，便是福楼拜，怕也想不到会为自己成就下如此意外的名声。

民国　二十四年八月三日

译者序

这是福楼拜生前出版的最后的一本书，一本谦逊的小书，《三故事》，一八七七年四月和世人见面。自从《包法利夫人》问世以来，政治的纷扰，批评的挪揄，亲友的凋零，他越来越缩进自己的寂寞，就是巴黎也懒得光顾，除非为了搜集写作的资料，顺便看看有限的几位朋友。四围的中产气息使他噎室。《布法与白居谢》是他为中产者群的愚妄准备的最后一击。但是，命运并不垂青这位孤傲的巨灵，一八七五年春梢，他心爱的外甥女的丈夫，高芒维勒，经营商业失败，眼看就要宣告破产；为了维护外甥女的幸福，福氏把自己名下的房产卖掉，然后接受友人的邀请，避到海滨休息。他对自己很是悲观。同年十月，他写信给翟乃蒂夫人，叙述他的近况和心境道：

我到这儿有半个月了，虽说没有快活到了疯狂的程度，总算有点儿心平气和。最坏的情形是，我觉得自己眼看就要完蛋。创造艺术，必须无忧无虑，现在我已经是不可能了。我不是基督徒，也不是坚忍学派。不久我就五十四岁。活到这种年纪，人就变换不了他的生活，人就改变不了习惯。未来没有好东西献给我，过去可在吞咽我。我思念的只是消逝的岁月和去而不来的人们。衰老的症候，至于文学，我也不信自己干得来了；我觉得自己空空洞洞，这是一种并不慰心的发现。《布法与白居谢》是太难了，我放弃；我另寻一部小说，没有发现。在这等待的期间，我打算着手来写《慈悲·圣·朱莲的传说》，完全为了心有所不闲，看我还能不能够再写一个句子，我怕写不出来了。这很短，也许有三十来页。随后，找不到东西，心情好，我再继续《布法与白居谢》。

《三故事》对于福氏好比逃学,平均半年完成一个故事,和他以往的记录来比,勿怪他的外甥女要说"他写得很快"。

他从现时逃到他的过去。寂寞和平静好像放映机,把岁月带走的东西一个又一个栩栩如生地送到眼边。鲁昂的礼拜堂是他年轻时候常来常往的所在,一幅正对乐堂的玻璃窗画,十三世纪末叶鲁昂渔商公会捐赠的圣·朱莲的故事,很早就引起他要写这个美丽的传说的兴趣;而北门圆拱下面,一排十三世纪的浮雕,叙述圣·约翰殉难的情况,同样在他心里种下《希罗底》的根苗。远在一八五六年六月,紧跟着《包法利夫人》脱稿之后,他有一封信给他的知友布耶,说起他在"读些关于中世纪家庭生活同狩猎的书籍。我找到好些动人、新颖的节目。我相信能够配成一片赏心悦目的颜色"。至于《一颗简单的心》,几乎是他童年的重现,古代和中世纪是他精神上的喜好,如今却是活在他的心头的温暖的感情:全福含有带他长大的老"玉莉姑娘"的成分,欧班太太让人想起他守寡的母亲,一对小儿女有他和他早死的妹妹的影子,就是小鹦鹉,他也有一只曾经活在他的记忆之中,一只标本在写作期间经常摆在他的案头。

这就是慈悲·圣·朱莲的故事,大致如同在我的故乡,在教堂一扇花玻璃窗上面,人们看到的。

作者在小说最后一段点出它的来源,把我们从缥缈的传说重新带到现实上面。关于这个传说的最重要的文字记录,福氏特别推重十三世纪的《先圣传说》,我们现在完全译出,来和近代的艺术制作互相比较:

这里还有一位圣·朱莲。他生在高贵的门第,年轻时候,有一天打猎，追赶一只公鹿，但是公鹿，神明附体，忽然回身朝他回道："你怎么敢追赶我，你命里注定是你父母的凶手？"听见这话，年轻人骇坏了，唯恐公鹿的预言灵验，他悄悄逃开，走过广大的土地，最后来到一位国王手下做事。无论战争与和平，他全应付得非常得体，所以国王封他男爵，把一位极其富裕的寡妇赏他为妻。然而朱莲的父母，不见了他，十分伤心，流浪各地，寻找他们的儿子，直到有一天，他们来到朱莲现住的堡子。不过，他凑巧不在，由他女人接待两位旅客。听完了他们的故事，她明白他们就是她丈夫的父母：因为，不用说，他时常对她说起他们。于是因为爱她丈夫的关系，她热诚欢迎他们；她让他们睡在她自己的床上。第二天清早，她正在教堂，朱莲回来了。他走到床边要叫醒他女人，看见被子下面睡着两个人，他以为是他女人和她的情夫。一言不发，他拔出剑，杀掉两个睡觉的人，随后，走出家门，他遇见他女人从教堂回来，于是吓傻了，他问睡在她床上的两个人是谁。他女人回答他道："是你父母，他们寻你寻了好久！我让他们睡在我们的床上。"一听这话，朱莲难受得要死。他哭着说："我应当怎么办，我这该死的东西？我杀了我亲亲的父母！原要躲避公鹿的预言，如今应验了公鹿的预言！那么再见吧，我多情的小妹；将来我再也不会安宁了，除非我晓得上帝允了我的忏悔！"不过她道："我亲爱的哥哥，不要以为我会叫你不带我，一个人走！我既然分到你的喜悦，我也要分到你的痛苦！"于是，一同逃开，他们走来住在一条大河的岸边；过渡十分危险，他们一边忏悔，一边从河这边把愿意过河的人们渡到河那边。他们盖了一座医院款待旅客。过了许久，一个冻冰的夜晚，朱莲累坏了，躺在床上，听见一个生人呼吁的声音，求他把他渡过河。他马上起来，跑向冻得半死的生人；他把他驮进屋子，点起一个大火来暖和他。随后，见他总是冷，他把他扶上自己的床，小心把他盖好。于是这全身癞疮，令人作呕的生人，忽然变成一位明光焕发的天使，向空升起，对他的居停道："朱莲，主差我下来告诉你，你的忏悔业已见允，你女人和你指日就要升天。"天使不见了，过了不久，朱莲和他女人，行了无数施舍和善事，睡到主的胸怀。

从这个充满民间不伦不类的粗糙的想象的故事，福氏或取或去，不伤害传说的本质，然而处处留下初民的梦寐一般的现实，没有一丝斧凿的痕迹，所以散慈波芮认为在这一类文学作品之中，《慈悲·圣·朱莲的传说》到了完美的程度。这里是古人敬畏的命运，朱莲逃不出公鹿的诅咒，正如奥狄浦斯国王终其一生没有能够逃掉日神的预言的追逐；同时福氏，一位醉心古昔又受过科学洗礼的近代作者，把不可知的命运暗暗放在可能的认识之中。他很早就把这种看法说给他的女友："古代的形式不够我们的需要，我们的声音也不是用来专唱简单的歌调。"在另一封信里面，他发挥这种理论道：

如果人费若干时日，如物理之研究物质，大公无私地处理人类的灵魂，我们一定往前多走一步。把自己稍稍放在自己以外，这是人类唯一的方法。然后人类面照着自己的制作，才可以坦白地、单纯地观看自己。好像上帝，人类从上面审判自己。可不，我相信这办得到。犹如料理数学，要找的或许只是一种"方法"。这种方法特别可以应用到艺术和宗教上面，观念的两大表征。假定我们这样开始：上帝的原始观念有了（最薄弱的），诗的原始情绪在生长（就算最轻微的），先寻出它的征象，于是就容易从婴儿、野人等等身上寻出它来了。好吧，这是初步。这里你已然建立若干关联。然后，继续下去，把一切相对的偶然现象，气候、语言等等都算在里面。于是，一级又一级，你这样就高高进到未来的艺术，美的假定，它的存在的清晰的概念，总之，那种人力趋止的理想典型。

我们可以这样说，《慈悲·圣·朱莲的传说》就是运用这种客观方法（托尔斯泰，一位虔诚的宗教家，当然反对这种科学头脑）的美妙结果：近代和中世纪，科学和迷信，现实与梦魇，手挽手，并肩在丰盈流动的词句之中行走。汪洋而来的是命运，但是做成这片汪洋的却是错杂为用的两种波澜：遗传和环境。福氏并不点破这个谜。然而我们隐隐有所领会。嗜杀如命，和慈悲成性做成中世纪的黑暗时代，圣·朱莲的一生只是这两种并行不悖的矛盾的本能的发扬，一时是武士，一时是教士，正好应和民族的混乱和信仰的单纯，属于时代的两种基本特征。于是一个有深厚的存在的人物，如同在梦境踟蹰的圣·安东，踏着不真实的真实的土地，处处是障碍，处处是平滑，圣·朱莲在追逐禽兽，我们发现是禽兽自动呈现在他的四周，我们惊于积尸如山，然而他不见喘吁、出汗、疲倦。这里是纯粹的中世纪的气氛，圣者在受试探，然而又是童话的轻适的进行，一切似乎无往而不可。"自从一个无定的时间，他在一片无名的地域行猎，唯一的事实是他自身的存在，一切轻易完成，就和梦境的感受一样。"

福楼拜厌恶"中产阶级这片化石"，如他所分析，"怎样的半性格！怎样的半意志！怎样的半热情！脑里一切是漂浮、踌躇、脆弱！"和他们这些中间分子一比，愿恩也许含有更多的人性，因而也就更基本，更真实，更道德，所以伟大的诗人应当像莎士比亚，不完全为"虚伪的理想主义"工作，明白就是"丑恶也有道德的密度"。这是一群没有社会地位的渺小存在，本分然而真纯，可笑然而尊严，固执然而忠实，有同情，有感激，不勾引，而且缄默。福氏曾经在《包法利夫人》写过这样几个人物给我们领会，药房的学徒玉司旦，饭店的伙计伊包里特，还有那个"矮小的老妇人"，当着一群给奖的绅士，痴痴骏骏，畏畏缩缩，"本身就是多年辛苦的微贱的见证"。假如福氏反对一群高唱社会主义的清高学者，这种感情并不妨碍他的唯物观点和下层同情。前者做成《圣安东的诱惑》的终极哲理，后者有《一颗简单的心》帮助我们说明。温暖要从忠厚之中摄取，然而忠厚，这个难得在高等社会发现的品德，只有贫贱和它偶尔相依为命。所以临到乔治·桑劝他"写些安慰的东西"，他为她选的"坚固的品德"的代表，犹如《包法利夫人》里面服务五十四年的老婆婆勒鲁，竟是一个终其生为人操作的老姑娘，孤苦然而笃实，深深打动人心的全福。

一八七六年六月，福氏为翟乃蒂夫人解释他的故事道：

《一颗简单的心》的故事，老实说来，叙述一个隐微的生命，一个乡下可怜的女孩子，虔笃、然而神秘、忠诚、并不激扬，和新出屉的馒头一般柔和，她先爱一个男子，其后她主妇的儿女，其后一个外甥，其后一个她精心照料的老头子，最后她的鹦鹉；鹦鹉死了，她叫人把它制成标本，等到她死的时候，连鹦鹉和圣灵她也分不清了。你以为这有所嘲弄，一点也不，而且正相反，非常严肃，非常忧郁。我想打动慈心的人们，让他们哭，我自己便是其中的一个。

这篇故事"非常严肃，非常忧郁"，是的，严肃是作者的心情，忧郁是故事的本质，平淡的品德。在我们这个古老的国度，有多少妇女不做奴隶，然而昼夜勤劳，不声不响，牺牲自我，把别人的安乐看做工作的酬谢，正和全福相似！"脸瘦瘦的，声音尖尖的。二十五岁，人家看做四十。一上五十，她就失了年纪；——永远不做声，身子直挺挺，手势齐整，好像一个木头人做活，一副机械的样子。"想一想我们农民出身的母亲，牛马一样操作的妇女，本人无所忧郁，然而就在这种崇高的缄默之中，发出一种无色的、透明的光辉，所谓忧郁者是！这是一种动物的存在，没有诗，没有光色，消极、单调，苦脸多于笑纹，接受一切忧患，愚騃反而成为她的护符。

抑住这里生活的本质，福氏大刀阔斧，平铺直叙，化腐朽为神奇，把不是传奇的材料写成一篇动人的短篇小说：因为他相信"在任何地方，而且任何事物，都可以成功艺术"。过去没有一位作家敢于一试这种无所事事的自然的平淡的叙述，福氏做成他的文字的美丽：

随后许多年过去，一模一样，没有再出事，除非是节日去了又来：耶稣复活瞻礼、圣母升天瞻礼、诸圣瞻礼，家里有些事，过后想起，也成了重大事件。例如一八二五年，两个镶玻璃的工人粉刷过堂；一八二七年，屋顶有一部分掉在院里，险些砸死人。 一八二八年夏天，轮到太太献弥撒用的面包，布赖临近这时期，不知道捣什么鬼，人不见了，旧日亲友：居尤、李耶巴尔、勒沙坡杜瓦太太，罗伯兰，早已瘫了的长辈格洛芒维耳，都日渐疏远了。

放下他的生命的过去，他回到历史的过去，从《新约》的《四福音书》，提出圣·约翰的传说，安排成功他最后的一个短篇。虽说福氏一来就把自己称为"教会的末一位圣父"，由于他的幽居独处，也许更由于他的浪漫热情，他并非就是一个可以值得奖掖的基督信徒。他解释给他的朋友听："《希罗底》的故事，就我所了解者言，和宗教毫无关系。期间诱惑我的，乃是希律（一位真正的省长）的官气十足的容貌，希罗底（克莱奥佩特拉与曼特龙一型的女人）的犷野的面孔。种族问题主有一切。"不用说，这立刻让我们想到他的历史长篇《萨郎宝》。他明白这种危险，也许他尽了他所有的力量来追寻《希罗底》独有的艺术世界。然而，材料近似，方法相同，观点相同（"种族问题主有一切"），作者又是一个：《希罗底》怎么能够不带《萨郎宝》的气质；正如《一颗简单的心》怎么能不回应《包法利夫人》；《慈悲·圣·朱莲的传说》怎么能够不加强《圣安东的诱惑》的认识？《萨郎宝》有过一番学者的心血，《希罗底》同样得到史学家泰尼的喝彩：

> 你对我讲，如今历史和小说不能分开，算你有理。是的，不过小说要像你那样写法才成。这八十页，关于基督教的环境、发源与本质，比洛朗①的著述教我还要教的多。

这里是人类文明的一个中心关键：一方面是基督的信仰的肇始，一方面是罗马的势力的膨胀，活动的舞台是毗连东西的耶路撒冷。犹太受着外力的统治，面对着内心的崩溃：贵族骄淫，贫民觉醒，纷呶的教派失去羁縻的能力，耶稣开始得到一般的同情，旧嬗递于新，耶和华禅让于耶稣；介乎其间的先觉，便是热情奔放的施洗者圣·约翰。但是福氏决不抽象地加以陈述，他让历史活在想象的画幅里面，因为他说到临了还是艺术家，一切是直觉的、视觉的，他清清楚楚看见他的历史景物：

> 如今我和全福握别，希罗底又露了面，同时我看见（清清楚楚，犹如我看见塞纳河）死海的水面，迎着阳光熠耀。希律同他女人站在阳台上面，远远望见神庙的金瓦。

然而这里还是历史，不是诗人构织自己的幻想，如同王尔德从福氏的小说借去政治工具的莎乐美，把真实变成假定，把历史变成传奇。

《希罗底》好像一个雕镂精致的小银匣，盛了过多的事实，也正基于这个缘故，福氏加强它的组织的绵密，分外显出一种坚定的宏丽。这里是一天的事迹，由早到晚，不像前两篇，从生到死，娓娓叙来。我们在这里发现顺序的自然进行，埋伏的预定的效果：我们最先遇到的少

---

① 洛朗（一八二三年——一八九二年），法国研究中东古代语言文明的专家、哲学家、作家，以有关早期基督教及其政治理论的历史著作而闻名。

女，直到宴会临了，这才晓得是莎乐美；圣·约翰派出两个弟子，作者很早就借重希律告诉我们知道，最后赶来收拾残局：太巧了些，太人工了些，像是一出层层波澜的戏，具有戏的紧严的结构。

《三故事》为作者立时争到一致的赞扬。有人恨他不多写这样二三十篇东西。屠格涅夫不等法文原作成书，就陆续译成了俄文。圣法瑞把他对它的印象唤做"理想的现实主义"。福尔考说："认识福氏的，在这里寻见他；不认识的，在这里认识他。"一九三三年，巴黎大学教授米修专门开设《三故事》一课，为学生讲解了一年：一本薄薄的小书！

一九四九年二月

• 慈悲·圣·朱莲的传说 •

一

  朱莲的父母住在一座堡子，在树林中央，在一座山坡上面。

  四个角楼是尖顶子，上面盖着鳞样的铅皮，墙基倚住巨石，石头笔直斜下沟去。

  院子的石道和教堂的石地一样干净。好些长檐溜，龙的模样，嘴朝下，向储水池倾注雨水；在每层楼窗的边沿，一个彩画的瓦盆里面，开着一丛罗勒或者天芥菜①。

  另一块空地，用木桩子圈起，里面先是一所果木园，接着是一片花畦，拿花组成数目字；再往里去，是一座葡萄架，挂着摇床，预备人来纳凉，还有一所木球场，供给童仆游戏。对面是猎犬室、马厩、面包间、压榨所和仓库。一片绿茸茸的牧场在四周散开，外面围着一圈强韧的篱笆。

  天下承平已久，狼牙闸门②没有坠下来过；堑壕长满草③；燕子在雉堞的裂缝结巢；弓箭手整天在城头巡逻，太阳太强了，回到瞭望楼，僧人一般睡熟了。

  堡子里，所有的金属内饰，全都锃光发亮；屋内挂着毯子防冷；衣橱塞满了布帛，酒窖积着一桶一桶的酒，沉重的钱袋压得橡木的银柜吱喳在响。

  在演武厅，介乎旗帜和野兽的头面，可以看见任何时代与任何国家的兵器，从亚玛力人④的投石带子、加拉芒特人⑤的标枪，直到萨拉散人⑥的短剑、诺曼人⑦的锁子甲。

  厨房里主要的烤肉铁钎能够旋转一只牛；小礼拜堂有帝王内殿的富丽。甚至于在偏僻的角落，有一间罗马浴室；然而善心的堡主以为这是偶像崇拜者的习俗，并不使用。

  他永远披着一件狐皮大衣，在家里散步，审判家臣，调解邻居的纠纷。冬天到了，他看着雪花飘落，或者听人诵读故事。天气一好，他骑驴出来，顺着小道，沿着透绿的麦地，和庄稼汉闲谈，提供他们一些意见。经过许多离奇的遇合，他娶了一位名门小姐。

  她非常白，有点儿高傲和矜重。她的尖筒帽⑧碰着门楣；呢袍的尾梢拖在后面有三步长。她管理家务，和寺院里一样井然；每天早晨，她指示奴仆工作、监制蜜饯和膏药、纺织或者刺绣神坛的台布。因为祷告上帝，她生了一个儿子。

  于是盛大的庆典举行了，映着灯火的辉煌，谐着竖琴的音响，踩着遍地的枝叶，一顿饭继续了三天四夜。大家吃着绵羊一样大的母鸡，拌着最珍贵的香料；为娱乐客人，点心当中走出一个侏儒；碗碟不够使用，因为来宾总在增加，不得不拿象牙喇叭和铜盔饮酒。

  产妇并不参加这些宴会。她安安静静地躺在床上。有一夜晚，她醒了，借着窗户进来的一道月光，望见一个影子行动。这是一个老头子，穿着粗毛布道袍，腰际挂着一串念珠，肩膀搭着一个褡裢，活活一位隐士的容貌。他走近床头，嘴唇不见张开，向她道：

  ——欢悦，噢！夫人！你的儿子将是一位圣人！

  她要叫唤，然而他滑上月辐，渐渐升在半空，随即消逝了。宴会

---

① 罗勒又名零陵香，属唇形科；天芥菜，属紫草科。两者都属一年生芳香草本，前者特香。作者有意选用这两种花草：在中世纪，罗勒象征"忿怒"，天芥菜象征"神感"。
② 狼牙闸门设在城堡的入口，可以吊起放下，桩子尖头包铁或铁刺。
③ 有的版本作"水"，但是只有在战争时期，阻止敌人前进，才放水入沟堑；所以在承平时节，长满了草，更为合理。
④ 亚玛力人，见于《旧约·出埃及记》第十七章和《撒母耳记上》第十五章，居住在以东一带。以色列王扫罗加以重创，终为大卫所灭。
⑤ 加拉芒特人，是古代非洲利比亚境内的游牧民族，公元前二十一年，降于罗马。
⑥ 萨拉散人，是中世纪欧洲人对入侵欧洲、非洲的阿拉伯人的一种称呼。
⑦ 诺曼人，意即北方人，公元八世纪后由斯堪的纳维亚一带，南下入侵英法沿海各地。现在法国西北部通称诺曼底，仍然沿用旧名。
⑧ 尖筒帽，中世纪欧洲妇女爱戴的一种高极了的圆锥形女冠，顶端通常悬垂一幅薄纱，也叫尖顶饰。

的歌唱分外洪朗。她听见天使的声音；她的头重新倒向枕头。枕头上面挂着一块殉教者的骸骨，镶在一个红宝石架子里面。

第二天，盘问下人，全说没有看见隐士。梦也罢，真也罢，这一定是上天的一种启示；不过，怕人说她骄傲，她留心不说出口。

宾客赶着破晓动身；朱莲的父亲送走末一位客人，立在堡子便门外面，看见一个乞丐忽然站在他的眼前，在雾中。这是一个吉卜赛人，胡须编成辫子模样，两臂戴着银环，双瞳闪闪有光。仿佛神明附体，他结结巴巴地说着这些无头无尾的字句：

——啊！啊！你的儿子！……不少的血！不少的荣誉！……永远快乐！一个皇帝的家庭。

他弯下腰去拾布施，在草里消失，不见了。

善心的堡主左望右望，扯开嗓子喊叫。没有人！风在嘶，晨雾在飞。

他心想自己睡觉太少，头脑疲倦，构成这种幻象。他向自己道："我和人讲，人会笑话我的。"

然而儿子的辉煌命运眩惑他，虽说期许并不清切，甚至于不相信自己曾经听见。

夫妻藏起各自的隐秘。然而两个人全以同样的心情宝爱婴儿；他们敬他有如上帝的旨意，小心翼翼，珍护他的身体。小床塞满最轻最柔的羽毛；一盏鸽形油灯在上面不断燃烧；三个奶妈摇他入睡；襁褓扎紧，蓝眼睛，粉红脸蛋儿，披着锦缎外衣，戴着镶珠子的小帽，他活脱脱就是一个小耶稣。他出牙没有哭过一次。

长到七岁，母亲教他唱歌。父亲把他举上一匹大马，练习他的胆子。孩子满意地微笑着，不久就知道了一切关于战马的技艺。

一位学问渊博的老修士教他《圣经》、阿拉伯数字、拉丁文学，和在小牛皮上面绘制可爱的画。他们避开喧嚣，在一座小角楼的高处，一同工作。

功课完了,他们下到花园,一边散步,一边研究花草。

有时候,可以望见一队驮东西的牲口在谷底行走,前面有一个东方装束的人领路。庄主看出他是一个买卖人,打发听差去迎他。异乡人信从了,折出他的原路,来到客厅,从箱子取出好些天鹅绒、丝料、金银器、香料,和若干不知道用法的奇异东西;最后,老好人没有遭受任何凌辱,赚了一笔大财,告别了。又有时候,一队香客来叩门。他们湿淋淋的衣服在灶前烘干;饭吃饱了,演述他们一路的经过:船在波涛汹涌的海面漂泊,人在滚烫的沙地步行,异教徒的残暴,叙利亚的洞穴,耶稣的马槽和墓塚。随后,他们从外衣里面取出介壳送给少爷。

堡主时常邀宴他同伍的老友。他们一壁喝酒,一壁说起他们的战争,城堡的攻打,机器的轰击,和惊人的伤口。朱莲在一旁听,不由喊叫起来;于是父亲相信他来日将是一位征服者。然而黄昏,做完晚祷出来,走过佝偻的穷人,他伸手在腰袋掏钱,谦执而又高贵,母亲以为有一天要看见他做主教的。

他在小礼拜堂的座位就在父母旁边;祈祷哪怕再长,他跪在他的跪凳①上,小圆帽放在地面,手合在一起,动也不动。

有一天正做弥撒,他抬头望见一只小白鼠,走出一个墙窟窿,溜上神坛的第一级,向左向右绕了两三趟,仍从原来的方向逃回。下一个星期日,想着又要看见它,他的心乱了。它又来了;他每星期日等它,厌烦了,恨起它来,决计干掉它。

于是他关好门,往台级撒下点心的碎屑,拿着一根小棍,守在窟窿前面。

过了许久,露出一个粉红脸蛋儿,随即是老鼠的全身。他轻轻打

---

① 跪凳,一种祈祷用的矮凳。

了一棍,当着这不再走动的小小身体,他惊呆了。石地染着一滴血。他用袖子赶快揩掉,把老鼠扔到外面,不和人说起。

各色小鸟啄着花园的种子。他拿豆子装在一根空苇子里头。听见树上唧唧喤喤叫唤,他轻手轻脚凑近了,随即举起他的管子,鼓起他的腮帮子:小东西们和下雨一样落在他的两肩,多到他没法不笑,十分得意自己的恶作剧。

有一早晨,他从连接角楼的护墙回来,看见有一只肥鸽子在墙头,挺起脖子晒太阳。朱莲收住步望着它。墙在这里有一个缺口,手指底下就是一块碎石头。他抡起胳膊,一石子把鸟打落在沟里面。

他奔下去,在荆棘上撕破皮肉。他四处寻找,比一条小狗还要轻快。

鸽子翅膀折了,身子抽动,挂在一棵女贞①的枝子中间。

生命的延续惹恼了小孩子。他开始往死里掐它,鸟的抽搐让他心跳,兜起一种野蛮而骚乱的快感。临到它僵硬的时候,他觉得自己要晕了。

当天晚餐时,父亲说,到他这种年纪,一个人应当学习狩猎;他去找来一册旧抄本,一问一答,包含全部行猎的游戏。书中一位教师指示学生练狗,驯鹰,布设陷阱的技巧,怎样辨别公鹿的粪便、狐狸的脚印、狼留下的爪痕,鉴别它们的行踪的好方法,如何惊动它们出来,它们平时隐匿的地方,什么是最相宜的风,呼喊的种类和分配脏腑给猎狗吃的规则。

等到朱莲记熟了全部条例,父亲为他组织了一队猎犬。

最先引人注目的,是二十四只巴尔巴利的灵猩②,跑得比羚羊快,然而容易恼怒;其次是十七对布列塔尼的豺狗,红身子,白斑点,心性

---

① 女贞,一种欧亚和北非产的灌木,用作绿篱,有半常绿的叶,开小白花。
② 巴尔巴利,是古非洲北部的一个部落。灵猩,一种长腿细身的猎狗,奔驰敏捷,善于逐兔。

坚定，胸脯壮实，喜欢嗥叫。为了攻打野猪，对付危险的局面，另有四十只猎猪狗①，长毛活似狗熊。若干鞑靼②的巨獒，差不多和驴一样高，火红颜色，宽脊背，腿弯是直的，专门追逐原牛③。獚狗④的黑皮和缎子那样亮，谍犬⑤的吠声可以比㹴狗⑥的歌唱。八只阿兰血猩⑦，是不怕狮子、敢扑向骑士肚子的可怖的走兽，旋转着它们的眼睛，摇摆着它们的链子，单在一座院子里吼号。

这些狗全有一个响亮的名字，吃小麦面包，在石槽喝水。

鹰或许比猎犬还要出色；善心的堡主花大价钱，买到高加索的苍鹰⑧、巴比伦的狗鹫⑨、德意志的白隼和从遥远国度、寒冷的海边悬崖捕来的游隼。它们栖在一间草棚，按着身量大小，拴在架子上面，当前铺着一块草地，不时放上去，振作它们的精神。

捕兔网、鱼钩、捕狐机，各式各样的机关，制造出来。

他们时常带捕鸟狗到田野去，它们迅速伏在地面不动。于是犬夫，一步一步向前，小心翼翼，把一面大网在它们不动的身体上撒开，一声口令它们就吠了起来；鹌鹑惊飞，四邻邀来的贵妇，和她们的丈夫、小孩子们、丫鬟们，全扑过去，轻轻易易就把鹌鹑擒住。

别的时候，他们敲鼓，从树林赶出野兔；让狐狸落进设好的陷

---

① 猎猪狗，一种追捕野猪的长卷毛猎犬。神话里的一种狮身鹰头鹰翅的怪兽，也是林鸨的名称。
② 鞑靼，历史上最初是对蒙古高原和贝加尔湖一带突厥部落的统称，欧洲人则用来泛指蒙古人及随蒙古人入侵欧洲的其他游牧民族，如今主要是指俄罗斯境内的喀山鞑靼人和中国新疆的塔塔尔族。
③ 原牛，是一种体型庞大、力大无比的原始牛，现已绝种。
④ 獚狗，一种西班牙猎犬，长毛，耳下垂。épagneul 一词即"西班牙的 (espagnol)"变体。
⑤ 谍犬，一种大个头的捕鸟猎犬，宽嘴、大耳，通常白色，现多用于指示猎物所在，因英人泰包配养而得名。
⑥ 㹴狗，也称比格犬，英人旧日逐兔的一种猎狗，短腿，长毛平滑，善嗅。
⑦ 阿兰，属于西古提人种，西古提是散居在欧洲东北乃至中亚一带的游牧民族，也译作斯基泰或西徐亚，善于打造金饰。阿兰人在三世纪末曾一度侵入小亚细亚，现仅高加索一带有遗存。血猩，是看守犬的一种，大头，扁脸。
⑧ 高加索，是处于西亚，介乎黑海与里海之间的高加索山脉地区，苏联解体后，北高加索仍属俄罗斯，南高加索诸国则纷纷独立。苍鹰为鹰之雄者，较雌者小三分之一。
⑨ 巴比伦，位于巴格达以南约八十五公里处，沿幼发拉底河建造，曾是古代最大的都会。先受亚述人统治，其后自成一国，灭亚述，但终为波斯所亡。狗鹫较鹰为大，欧洲南部亦有。

坑；或者，弹簧一松，夹住一只狼的脚。

然而朱莲看不起这些方便的机关；他喜欢带着鹰，骑着马，到远僻的地方打猎。鹰差不多永远是一只西古提大鹫，雪一样白；它的皮帽尖尖①插着一束羽翎，金铃环绕着它的蓝爪子颤动；马跑着，大地展开，它直挺挺立在主人的臂上。朱莲松开系鹰的小绳，猛然把它放开，仿佛一支箭，这凶悍的东西笔直飞上天空；只见两个大小不等的黑点子旋转着，合在一起，随即在苍穹的高处消失了。不久鹰就撕着什么鸟儿飞下来，落在他的护手上面，两个翅膀颤索着。

就是这样子，朱莲攫获苍鹭、鸢子、乌鸦和秃鹫。

他爱一壁吹喇叭，一壁尾随他的狗，跑下山坡，跳过溪涧，重新往上奔向树林；公鹿被咬，开始呻吟，他快手快脚放倒它，随即高高兴兴，看着一群巨獒吞嚼它，皮冒着热气，切成了块。

有雾的日子，他隐在一片沼泽中间，窥伺着鹅、水獭和野鸭。

天一破晓，三个盾士②在石阶下面等他；老修士倚着天窗，白打手势招呼，朱莲不回转身来。他顶着赤热的太阳，冒着雨，迎着狂风出去；渴了掬起泉水喝，饿了跑着步嚼野苹果，累了在橡树底下一躺；半夜他回来了，一身泥血，头发杂着荆棘，发出野兽的气味。他变成了野兽。母亲吻他的时候，他冷冷地接受她的拥抱，好像梦想着深远的事物。

他用刀子杀死狗熊，用斧子砍死公牛，用狼牙棒打死野猪；甚至于有一次，遇见好些狼在啃绞刑台下面的尸首，他只用一根手杖保护自己。

冬季有一天，肩头挎着一张弩，鞍架带着一束箭，收拾定当，天

---

① 鹰平时戴帽子，为了遮盖眼睛，打猎时摘掉。
② 盾士比骑士低一级，给贵人执盾。

没有亮,他就出去了。

他的丹麦小马放平步子,趵着地响,后面随着两只匍狗①。冰屑沾着他的一口钟②,一阵猛烈的小风吹过。天的一边发亮;他借着破晓的白光,望见兔子在穴口跳跃。两只匍狗立即扑了上去;一刹那间,几口就咬断它们的脊梁。

不久,他进了一座树林。一只野鸡冻呆了,头藏在翅膀底下,在一根树枝的梢头睡觉。朱莲顺手一剑,削去它两个爪子,并不拾拣,就走下去了。

三小时以后,他来到一座山顶,山高极了,天差不多变成了黑的。当前一块磐石,好似一道长墙,笔直跨过一座绝崖;两只野山羊在尽头望着下面的深渊。因为没有带箭(他把马留在后面),他心想一直走到它们跟前;他弯着腰,赤着脚,终于来到第一只山羊旁边,一刺刀插入它的肋下。第二只吓死了,跳进半空。朱莲扑过去砍它,右脚一滑,两只胳膊分开,倒在另一只的尸首上面,脸冲着深渊。

他重新下到平地,沿着一排滨河的柳树走。仙鹤低低飞翔,不时掠过他的头顶。朱莲用鞭子抽打,没有一只仙鹤逃掉。

同时空气热了,霜融了,浮起一片浩淼的水汽,太阳出来了。他看见远远一个结了冰的湖,铅一样发亮。湖中心有一只朱莲不认识的走兽,一只黑脸的海狸。距离虽说远,一箭把它射倒;他取不走它的皮,未免于心怏怏。

随后他走进一条林道,树木高大,在森林的入口,树梢形成一座凯旋门的样式。一只狍子从一团矮树丛跳出来,一只黄鹿在一个十字路口露面,一只獾由一个窟窿里头走出,一只孔雀在草地打开它的尾巴;——他杀完它们,别的狍子出现了,别的黄鹿、别的獾、别的孔

---

① 匍狗,类似英国的匍狗,大耳下垂。
② 一口钟是古代一种宽大的类似披风的外套。

雀,还有乌鸫、松鸦、黄鼠狼、狐狸、刺猬、猞猁,无数的禽兽,一步多似一步。它们围住他旋转,哆哆嗦嗦,目光汪洋着温良和请求。然而朱莲杀起了性,挽弩、拔剑、挥刀,毫不疲倦,一无所思,任凭什么也记不起来。自从一个无定的时间,他在一片无名的地域行猎,唯一的事实是他自身的存在,一切轻易完成,就和梦境的感受一样。一个奇异的景象使他住手。一座竞技场模样的山谷堆满了公鹿,前拥后挤,嘘出的热气看得见在雾里冒着,它们紧紧相依,彼此取暖。

眼看这样一场屠杀到手,他有好几分钟,因为喜悦出不来气。他随即跳下马,卷起袖管,开始射箭。

听见第一支箭的嘘嘘的音响,公鹿同时转过头来。它们腾出好些空当,发出哀哀的鸣声,鹿群里激起了一阵大骚乱。

谷崖太陡,爬不上去。它们在谷底跳着,企图逃走。朱莲瞄准了射出去。箭好似暴雨连珠落下来。公鹿急疯了,互相打,互相踢,爬上别的鹿背;它们的身体和交错的鹿角形成一座大山阜,由于来回变动,随即坍了下去。

它们终于死了,躺在沙地,鼻孔冒着沫,肠子拖在外面,肚子的起伏渐渐低了,随即全无动静。

天快黑了;林子后面,在树枝的空当中间,天红红的,像一块血帕。

朱莲靠住一棵树,睁大了眼,端详这场异常的屠杀,不明白他怎么能够做到。

他在山谷另一侧,森林的边沿,望见一只公鹿、一只母鹿和它的小鹿。

公鹿,黑而硕大的躯干,一把白胡须,十六节犄角。母鹿,枯叶一样金黄,嚼着草;小鹿,一身斑点,不打搅母鹿行走,吸着乳。

弩嗡地一声又响了起来。小鹿立即被杀死。于是母鹿望着天,发出一种深沉的、哀痛的、人性的呼号。朱莲恼了,瞄准胸脯,一箭把它放倒。

大公鹿看在眼里,凭空一跃。朱莲朝它发出最末的一支箭,射中它的额头,陷在里面,动也不动。

大公鹿好像并不在乎,跳过死尸,一直向前,眼看就要扑过来,顶出他的脏腑;朱莲说不出来有多么惊恐,直往后退。神异的走兽猛然止住,眼睛冒着火光,庄严好似一位族长、一位法官一样,它一连重复了三次,同时远远钟在响着:

——恶人!恶人!恶人!有一天,残忍的心肠,你要杀死你的父母!

它弯下膝盖,从从容容闭拢眼睛,死了。

朱莲吓呆了,随即骤然感到沉重的疲倦;一阵厌烦、一阵广大的忧郁侵袭他。两手扶住前额,他哭了许久。

马丢了;狗扔下他走了;四周的寂静,他觉得,带有无限危险的胁迫。于是,胆战心惊,穿过田野,他随意选了一条小道,差不多立即来到堡子门口。

夜晚他睡不着。在挂灯摇曳的光亮下面,他总是看见大黑公鹿。它的预言折磨住他;他反抗道:

——不!不!不!我不能够杀他们!

他随即转念道:

——不过,万一我愿意?……

他害怕魔鬼引起他这种欲望。

足有三个月,母亲焦忧急虑,在他的床头祷告;父亲唉声叹气,在过道不住地徘徊。他请来最有名的郎中,开了许多药方。他们讲,朱莲得病的原因,由于一阵邪风,或者单相思。不过,随你怎么盘问,年轻人只是摇头。

他又有了力气：老修士和善良的堡主，一人扶着他一只胳膊，陪他在院子散步。

等他完全复原，他坚持不去打猎。

父亲图他欢喜，送了他一把萨拉散大宝剑。

它挂在一根柱子的顶端，一架盾形陈列板上面。取下来，必须用一把梯子。朱莲登上去，宝剑太沉了，滑出他的手指，落下来掠过善良的堡主，近极了，削破他的外套。朱莲以为杀死父亲，晕倒了。

从这时候起，他畏惧兵器。看见一把剑，他脸就白了。这种懦怯行径使家人痛苦。

最后，老修士以上帝、荣誉和祖先的名义，吩咐他继续世家子弟的操练。

盾士天天投镖枪消遣。朱莲很快就学会了。他能拿镖枪投入瓶口，打碎风向标的指针，在百步以外击中门钉。

夏季有一天黄昏，正当雾把视线弄模糊的时候，他站在花园葡萄架下面，望见深处有两个白翅膀在一排倚墙种植的果木端梢扇动。他相信是一只鹳；他投出他的镖枪。

传来一声哀号。

是他的母亲，她的长飘带帽子牢牢钉在墙上。

朱莲逃出堡子，再也不见了。

二

他加入一队过路的散兵。

他尝遍饥寒病热和虫咬蚊叮。他听惯格斗的喧哗,看遍垂死的面貌。皮肤被风刮成褐色;四肢因接触甲胄而变硬了。因为极其强壮、勇敢、温和、周密,他不费力气就得到一队人马的拥戴。

要交锋了,他挥动宝剑,激励他的兵卒。夜间,他不顾狂风暴雨吹打,带着一盘结好的绳子,攀缘砦墙,同时希腊火药①的星子沾着他的铠甲,雉堞倾下沸了的油和熔化的铅。石头往往砸坏他的盾牌。桥挤多了人,在他脚下倒坍。他抡起钉锤,摆脱开十四个骑士。在比武场,他打败所有挑衅的武士。足有二十多回,大家以为他死了。

邀天之福,他永远死里逃生;因为他保护教堂的人士、孤儿、寡妇,尤其是老年人。看见一位老年人走在前面,仿佛害怕杀错了人,他喊他仰起头给他看。

逃亡的奴仆、叛乱的农民、没有财产的私生子、各种各类的勇士,聚在他的旗帜之下。他给自己编了一支军队。

军队扩大。他有了名气。大家拉拢他。

他一时援救法兰西太子和英吉利王,一时又去援救耶路撒冷的大庙武士②、帕提亚人的须乃纳③、阿比西尼亚的赖固④,以及贾黎库蒂⑤的皇帝。他和黑人、印度人、斯堪的纳维亚人作战;黑人骑着红驴,拿着河马皮做的圆盾;金色印度人顶着华冕,在上空舞动着比镜子还亮的大刀;斯堪的纳维亚人披着一身鱼鳞。他征服陶格劳第特人和昂陶波法吉人⑥。他穿越赤热的地域,在太阳炙烤之下,头发犹如火把,自己燃烧起来;有些地域极其寒冷,胳膊离开身体,掉到地面;有些国度又是沉沉大雾,人在里面行走,四周全是幽灵。

遭逢忧患的共和国咨询他的意见。他和各国使臣会谈，获得意想不到的优越条件。假如国君为政过于酷虐，他立即前来，当面谏诤。他解除若干民族的桎梏。他营救塔堡之中幽禁的皇后。不是别人，就是他，打死米兰的蟒和上比尔巴赫的龙⑦。

　　奥克西达尼⑧的皇帝，打败西班牙的回教徒，娶了科尔多瓦⑨的回教教主的妹妹做贵妃；她给他留下一个女儿，他以基督的义理把她教养成人。但是回教教主，假说愿意皈依耶稣，带了大队的扈从来拜访他，屠杀他的全部卫戍，把他扔进地牢，拷问他的珍宝的下落。

　　朱莲跑去救他，摧毁异教徒的军队，围住城，杀死回教教主，取下他的首级，球一样从城头扔下。随后他从牢狱救出皇帝，当着所有的臣民，让他重登大宝。

　　皇帝酬庸勤劳，送他成筐的银子；朱莲不肯收受。他以为他嫌少，奉上他四分之三的财宝，又是拒绝。其后请他平分天下，朱莲还是辞谢。皇帝为难哭了，不知道怎么样表示感激，忽然他拍了一下额头，在一个侍臣的耳边说了一句话；绣幕揭开，露出一个年轻女孩子。

　　她的大而黑的眼睛，仿佛两盏柔和的灯熠耀。倩笑分开她的嘴唇。她的发环钩住她的微微敞开的衣服上的宝石；隔着透明的长内衣，可以猜想她身体的轻盈。腰细细的，她是又纤长，又圆润。

　　爱情折倒朱莲，尤其是因为，他自来过着一种非常清贞的生活。

---

① 中世纪希腊人有一种作战用的火药，可以在水面燃烧。
② 十字军战争期间，基督教有一批教士从军，公元一一一八年，自成一军，叫做大庙武士，以从土耳其手中收复耶路撒冷的大庙为职志。
③ 帕提亚人是西古提人的一支，曾一度在伊朗高原建立过一个强大的安息帝国，公元二二四年灭亡。须乃纳是帕提亚人对元帅的称呼。
④ 赖固是非洲东部的阿比西尼亚对皇帝的称呼。
⑤ 贾黎库蒂，是古印度西南部滨临阿拉伯海的大城，中国古籍中被称为南毗国或古里。
⑥ 陶格劳第特人是古代散居埃及东北的穴居民族。昂陶波法吉人是食人的野蛮民族。
⑦ 米兰的蟒见于中世纪意大利传说，所谓蟒是一种奇怪的蛇，通常画在旗帜或纹章上，他嘴着个婴儿，称为吞婴蛇。上比尔巴赫的龙见于日耳曼传说，上比尔巴赫是德国慕尼黑附近小镇。
⑧ 奥克西达尼是法国南方朗格多克一带的旧称。
⑨ 科尔多瓦，是西班牙南部的历史名城，中世纪曾是哈里发王朝的首都，留有众多建筑遗迹。

所以他接受公主下嫁，和一座她得自母亲的堡子；婚礼完成，宾主经过无数酬酢，尽礼而别。

这是一座白色大理石宫邸，摩尔式①建筑，在海岬一座橘子林里。花坛一级一级往下低，低到海湾的岸边，岸边有玫瑰色的介壳在脚底下响。一座扇形的森林在堡子后面展开。天永久是蓝的；山远远封住天边；树木一时被海风吹向这边，一时被山飙吹向那边。

房间布满了阴影，四墙的嵌镶物把它们映亮。苇子一样细的高柱，支撑着圆顶的穹隆，装饰着模仿山洞钟乳石的浮雕。

大厅有喷泉，院子有砌画，雕花剜叶的板壁，万千玲珑的建筑，到处一片寂静，可以听见飘带的窣窸、叹息的回声。

朱莲不再打仗。他歇息下来，四周是安分守己的百姓；每天有一群人，走过他的面前，和东方人一样下跪，吻手。

他穿着一身紫袍，倚住窗台，记起往年的行猎；他未尝不想在沙漠追逐羚羊和鸵鸟，藏在竹林等候豹子，穿过满是犀牛的森林，爬上最峣巉的峰峦瞭鹰，踩着海面的冰块袭击白熊。

有时候做梦，他看见自己，和我们的祖先亚当在乐园一样，站在所有的禽兽中间；他一伸臂，它们便是死；或者，一对一对，依照身体大小，从象、狮一直排到白鼬和鸭子，排队行走，好像它们走进挪亚方舟②的日子。闪在山洞的阴影里，他朝它们投出百无一失的镖枪；一批接一批，没有一个了结；醒来，他还在转着残酷的眼睛。

有些王公朋友邀他去打猎。他永远回绝，指望借着这种忏悔，转移他的祸殃；因为他觉得，禽兽的杀害关系着双亲的命运。然而看不见他们，他痛苦；同时另一种欲望又抑捺不下。

夫人叫来乐人和舞女帮他娱乐。

---

① 摩尔式应指北非与西班牙南部一带的伊斯兰教的建筑式样。
② 挪亚方舟，参阅《旧约·创世记》第六到第八章。

她和他坐着露天的舆轿，在田野散步；有时候，躺在游艇的边沿，他们看鱼在水里嬉戏，水清如天。她时常拿花往他的脸上扔；她蹲在他的脚前，弹着三根弦的曼陀林，随后，合拢两手，放在他的肩上，怯声问道：

——你怎么啦，亲爱的堡主？

他不回答，或者只有呜咽；终于有一天，他说出他可怖的思想。

她用力驳他，理由很对：他父母或许已经离世；就算万一他和他们重晤，什么机缘，什么目的，要他干出这种忤逆不孝的事呢？所以他的畏惧没有根据，他应当继续行猎。

朱莲一壁听她讲，一壁微笑；但是决定不下，满足自己的欲望。

八月有一夜晚，他们在寝室，她刚好上床，他跪下祈祷，就在这时候，听见一只狐狸叫唤，随即轻轻的脚步在窗户底下走过；他隐约望见阴影之中走兽迷离的形影。诱惑太大。他取下他的箭筒。

她未免惊讶。他道：

——我去正为遵从你！太阳出来，我就回来了。

不过她害怕他遇到危险。

他再三请她放心，随即走出，诧异她言行不一。

他走后不久，一个侍童进来回禀：有两个生人，因为堡主不在，立刻请见公主。

一个老年人和一个老妇人，弯着腰，一身土，穿着粗布衣服，每人挂着一根拐杖，不久走进屋子。

他们斗起胆，说他们给朱莲带来父母的消息。

她俯身向前听他们讲。

然而，交换了一下眼色，他们问她：他是否照常爱他们，有时提到他们。她道：

——噢，是的！

于是，他们喊道：

——好！我们就是！

他们又疲又倦，坐了下来。

少妇不相信丈夫就是他们的儿子。

他们形容他皮肤上面特有的痣做证明。

她跳下床，呼唤侍童，照料他们吃饭。

他们虽说十分饥饿，一点吃不下去；她在一旁观察他们瘦骨嶙嶙的手，哆哆嗦嗦，举起酒杯。

他们再三问起朱莲。她详细回答，不过到了关联他们的不幸的观念，她当心不说出口。

他们当年不见他回来，就离开他们的堡子，依着模糊的指引，永远怀着希望，漂泊了好些年。过桥，住店，王公的税收，强盗的索取，处处要钱，钱包空了，如今行乞。有什么关系？反正他们不久会和儿子见面的。他们说他有福，娶了这样一房可人的妻子，他们打量她，吻她，不嫌厌烦。

房间的华贵使他们惊奇；老年人察看墙壁，问为什么这里有奥克西达尼皇帝的国徽。

她答道：

——那是家父！

他记起吉卜赛人的预言，哆嗦了；老妇人却想着隐士的语言。不用说，儿子的荣誉好比永生的光辉，如今起始上升；对着照亮桌子的枝形大烛台，两个人全瞠目结舌。

年轻的时候他们一定很美。母亲的头发依然全在，优雅的发辫仿佛雪片，一直垂到下颐。父亲是高身量，大胡须，好似一座教堂的雕像。

朱莲的女人劝他们不要等他。她亲自服侍他们躺在她的床上，随后关好窗户；他们睡着了。天就要亮，小鸟在玻璃窗外开始歌唱起来。

朱莲穿过花园，走进森林，踏着优柔的青草，吸着温馨的空气，心轻体适，脚步有力。

苔上树影横斜。月亮有时把树林中的空地照成白点子，他以为望见一摊水，迟疑不前；要不就是平静的水塘和草色混成一片。到处是广大的沉静；几分钟以前，在堡子四周逡巡的走兽，他一个没有发现。

树林稠密，黑暗越发幽深。一阵一阵热风吹来，充满销魂的气味。他陷在成堆的枯叶里面，倚住一棵橡树换气。

背后忽然跃出一堆更黑的东西，一只野猪。朱莲没有时间取弓，他和遭了难一样难过。

随后，走出树林，他望见一只狼沿着篱笆溜。

朱莲赏了它一箭。狼停住，回过头看看他，重新上路。它永远保持同一的距离奔跑，中间不时停停，看见有人朝它瞄准，重新开始逃走。

就是这样子，朱莲跑过一片无尽的平原和高高低低的沙阜，最后来到一座高岗，俯视着浩瀚的土地。介乎残坟破穴之间，地上石片凌乱。骸骨绊着脚；随地是虫蛀的十字架，东倒西歪，一副哀怜的模样。不过有形体在坟墓绰约的影子中间移动；里面跳出好些鬣狗，惊慌失措，喘着气。爪子蹬着石地，它们过来闻他，咧开嘴，把牙床露在外面。他拔出刀。它们同时散往所有的方向，连蹦带蹿，远远消失在一片尘土之下。

一点钟以后，他来在一块洼地，遇见一只雄赳赳的公牛，两只犄角向前，蹄子刨着沙地。朱莲拿枪照准牛膊下面扎进去。枪断了，牛好像是铜打的。他闭住眼睛等死。眼睛睁开，牛已经不见了。

079

于是惭愧折倒他的盛气。一种更高的权能摧毁他的力量;他走回森林,预备返回宫邸。

葛蔓碍人行走;他正在用刀刈除,一只榉貂忽然溜过他的腿缝,一只豹子跳越他的肩膀,一条蛇在一棵梣树上盘旋。

树的叶簇里面,一只奇大的寒鸦望着朱莲;或远或近,权桠之间现出无数晶莹的亮光,好像天空把它所有的星宿坠入森林。它们是禽兽的眼睛,是野猫、松鼠、鸱鸮、鹦鹉、猴子的眼睛。

朱莲放箭去射;箭和箭羽停在树叶上,好似白蝴蝶。他投石子;石子什么也没有碰到,掉了下来。他诅咒,恨不得打自己一顿,他喊,他骂,他出不来气。

先前他追逐的禽兽全露了面,密密匝匝把他围在中间。有的屁股贴地,有的直直站立。他待在中央,心有所慑,动弹不得。他仰仗意志最后的力量,走了一步;栖在树上的飞禽张开翅膀;停在地面的走兽移动四肢;全伴着他走。

鬣狗在前面走,狼和野猪随在后面。公牛在右面摆头,蛇在左面草地起伏,同时豹子弓起背,伸出绒绒的脚爪,大步向前跨。他害怕激怒它们,尽量把步子放慢;他看见荆棘深处走出好些箭猪、狐狸、蝮蛇、豺狼和狗熊。

朱莲放开步子奔跑,它们也奔跑。蛇窣窣着,腥臭的走兽流着口涎。野猪的长牙蹭着他的脚踵,狼的面毛蹭着他的手心。猴子做鬼脸掐他,榉貂在他的脚背打滚。狗熊一爪子摘掉他的帽子;豹子一副轻蔑的模样,吐出一支噙在嘴里的箭。

它们狡黠的行态富有嘲弄的意味。它们一壁从眼角观察他,一壁好像寻思一种报复的计划;昆虫的营营震聋耳朵,鸟的尾巴拍打着,走兽的气息噎窒着,他蹒跚在中间,胳膊张开,眼皮合拢仿佛瞎子,甚至于呼喊"饶命"的力量也没有。

空里传出一只公鸡的啼叫,别的公鸡回应着;天亮了;隔着橘树,他认出宫邸的尖顶。

随后,在田边,离他三步之遥,他看见好些红鹧鸪在田边稿秆里面飞翔。他解开大衣,作为网把它们扣住。他掀开一看,只有一只,死了好久,已经烂了。

这次落空比任何一次让他气闷。他又起了屠杀的渴望;没有禽兽,他未尝不想杀人。

他爬上三层平台,一拳把门打开;然而,走到楼梯底下,想起亲爱的妻子,他心软了。不用说,她在睡觉,他会吵醒她。

他脱掉软鞋①,轻轻转开锁簧,走进卧室。

镶着铅的花玻璃窗,弄暗了发白的晨曦。朱莲的脚绊着地上的衣服;走了不远,碰到一张碗碟未撤的餐几。他向自己道:"还用说,她吃东西来的。"床在房间紧里阴暗看不清的地方搁着,他走过去。他靠近床沿,身子弯向枕头,吻他的女人。两个头紧紧枕在枕头上面。于是,他觉得嘴唇碰到一把胡须。

他往后退,相信自己变成疯子;不过他又回到床边,手指摸索着,遇见极长的头发。唯恐自己错误,他慢慢把手重新伸到枕头上面。这一次,的确是一把胡须,一个男人!一个男人和他的女人睡在一起。

怒不可遏,他跳在他们身上,举起刺刀就扎;他跺着脚,吐着沫,野兽似的吼号。他随即停住。刺刀插在心口,死者一动也不动。他用心谛听他们近乎平行的临死的喘哼,就在喘哼变微细的时候,另一个,远远的,接续着。起初悠长的呻吟有些模糊,渐渐近了,扩大了,变酷虐了:他听出是大黑公鹿的鸣声,吓坏了。

---

① 软鞋,类似中国的僧鞋或芒鞋,大都是皮带子做的,极为考究,中世纪贵人穿着。

他转回身,相信在门道看见他的女人的鬼魂,举着一盏灯。

谋杀的响动引她过来。眼睛向四下一望,她全明白了,又惊又怕,丢下烛台,逃了出去。

他拾起烛台。

父母躺在他的面前,背朝下,胸前一个伤口;他们的面孔,呈现出一种庄严的恬静,神情好似持有一个永生的隐秘。溅出来的血和涌出来的血,染红他们的白皮肤、床褥、地面和一座挂在壁龛里的象牙基督。太阳射着窗户,花玻璃映下朱色的反光,照亮这些红斑点,给全屋扔下更多的红斑点。朱莲自言自语,走向两位死人,心想这不可能,他弄错了,人间有时尽有不可解说的相似。最后,他稍稍低头,凑近看那老年人;眼皮没有闭好,他望见中间熄灭的瞳孔和火一样燃烧他。他随即转向床的另一侧,躺着另一个身子,白头发遮住一部分脸。朱莲拿手指伸在发辫底下,举起她的头;——他端详着这颗头,用他强韧的胳膊托住,同时另一只手,举起烛台打亮。好些血点子,渗过床褥,一点一点滴在地板上面。

临到天黑,他来到他的女人面前;他变了声音,吩咐她第一不要回答他,不要靠近他,甚至于不要看他,同时想要避免永劫不复,她必须遵行他一切挽回不了的命令。

他在死人房间的跪凳上面,留下一份写好了的丧仪,一切要照指示办理。他交给她他的宫邸、他的奴仆、他的全部财产,甚至身上的衣服。他的软鞋,脱在楼梯上面。

她既然奉行上帝的意旨,造下他犯罪的机缘,就该为他的灵魂祈祷,因为自今以后,他不复存在了。

殡葬豪华。死人埋在一座离堡子有三日路程的修道院的教堂。一个修道士披着拉下风帽的无袖僧衣,只露出眼睛,随着仪仗,远远离开所有的男女，没有一个人敢于同他说话。

  做弥撒的时候，他匍匐在门洞的中央，胳膊交成十字，额头贴住尘土。

  入土以后，大家看见他沿着小道，走进了山。他好几次转回身子，最后消失了。

三

他走了,在人世乞讨过活。

他向行路的骑士伸手,或者走近收获的人们跪下,或者在院子的栅栏前面站住不动;他的脸十分忧悒,从来没有人拒绝施舍。

他以谦抑的精神演述他的故事;于是大家做着十字记号,纷纷回避。他已经走过的村庄,认出是他,不是关门,便是高声恫吓,或者扔石头砸他。最慈悲的人们拿一个盘子搁在窗沿,然后放下挡雨披檐,不去看他。

处处见摈,他躲开人群;他吃根茎、花草、落下来的果子和海滩捡拾的蚌蛤。

有时候,转过一座山脚,他望见下面一堆拥挤的屋顶、石尖、桥梁、塔和交错的黑街,隐隐传上来不断的喧阗。

他动了尘心,来到城市。然而禽兽般的面相、店铺的吵闹、语言的冷酷,使他心寒。过节的日子,礼拜堂的钟声从黎明就把喜悦带给居民,他看着他们走出各自的家门,又看着广场的跳舞、十字街头供应啤酒的酒槽①、王公宅第前的锦帐;黄昏来了,隔着底楼的玻璃,一家人团团围住长桌,祖父母把小孙孙抱在膝盖上面;他忍住唏嘘,重新回到田野。

当着牧场的小马、巢里的鸟、花上的虫,他感到爱的激扬;他一凑近,它们远远跑开,惊慌藏起,急忙飞掉。

他追寻孤寂。然而风给他的耳朵带来仿佛垂危的喘哮;落在地面的露珠让他想起更为沉重的血滴。每天黄昏,太阳把血染在云彩;每天夜晚,他重新梦见弑父弑母。

他给自己织了一件带有铁针的苦衣。山顶有一座小教堂,他膝行而上。但是残忍的思想翳蔽神龛的辉煌,在他苦修领罪的时候,加以折磨。

上帝罚他弑父弑母,他并不因此有所怨恨,然而自己竟然真干了,未免绝望。

他厌恶自己的形骸,不顾生死,希冀解脱。他从大火中救出疯瘫、从渊潭中救出婴提。深渊抛出他,火焰免却他。

时间并未减轻他的痛苦,反而越来越难忍受。他决定寻死。

有一天,他站在泉水旁边,俯在上面,捉摸水的深浅,看见对着他出现了一个瘦骨嶙嶙的白胡子老头,容貌极其悲惨,他止不住哭了。另一个人也在哭。没有认出自己的影子,朱莲胡乱想起一个相似的面孔。他叫了一声;这是他的父亲;他不再想自杀了。

于是,他带着回忆的重负,跋涉了许多国度,来到一条河边,因为水势湍急,因为两岸有大幅的淤泥,摆渡危险,久已没有人敢于过河了。

一条旧划子,尾梢埋陷,前梢露在芦苇之中;朱莲加以检视,发现了一对桨;他想到献出生命为人服务。

他先在水滩修出一条路,可以往下走到河槽;他移动大石头,弄折了指甲,拿肚子顶住石头搬运,滑进淤泥,往下陷,好几回险些送掉性命。

随后,他用大船残留的部分修好小船,拿陶土和树干为自己造了一间茅屋。

听说有了渡船,旅客就来了。他们在对岸喊他,摇着旗帜;朱莲急急忙忙跳上他的划子。船沉极了,满满载着各色行李和包裹,还不算惊惧的牲口,直躁蹄子,越发显出堆杂。他不要任何苦力钱;有些人

---

① 啤酒,是古代高卢人饮用的一种啤酒;酒槽,是一种带龙头的槽罐。

从褡裢取出剩饭或者不要的太旧的衣裳给他。有些粗人说着难听的话。朱莲和声悦气地责备他们;他们用咒骂回答。他反而为他们祝福。

一张小桌子、一只凳子、一张枯叶床、三只陶土杯子,是他全份的家具。墙上两个洞算是窗户。一边是一片无涯的荒原,或远或近点缀着好些惨白的池塘;当前是那条大河,翻滚着发绿的波浪。春天,地湿湿的,发出一种腐烂的气味。随即一阵混乱的风刮起尘土旋转。处处全有尘土进来,搅浑了水,在牙龈之间砾砾作响。过了不久,又是成群的蚊子,昼夜不息地飞来叮人。最后,剧烈的寒冱,把东西冻成石头一样僵挺,引起一种想吃肉的疯狂欲望。

过了好些月,朱莲没有见到一个人。他时常闭住眼,想从记忆回到他的青春;——一座堡子的院落出现了,石阶站着好些灵猩,演武厅挤满了奴仆,一座葡萄架底下,一个金黄色头发的童子,站在一位穿皮衣服的老年人和一位戴尖筒帽的贵妇人中间;忽然,摊出两具死尸。他扑在床上,脸朝下,一壁哭一壁重复道:"啊!可怜的父亲!可怜的母亲!可怜的母亲!"他朦胧过去,悲惨的幻象继续进行。

有一夜晚他睡了,恍惚听见有人喊他。他伸长耳朵,仅仅辨出波浪的吼声号。

但是同一的声音重新起来:

——朱莲!

这从对岸来;想着河面的宽阔,他觉得非常奇怪。

第三次喊着:

——朱莲!

这洪朗的声音像教堂的钟声般抑扬。

他点好灯,走出茅屋。狂暴的旋风壅滞黑夜。跳荡的波涛的白光,或远或近,撕破深沉的夜色。

经过一分钟的迟疑,朱莲解开缆索。水立即平静,划子滑到对岸。一个男子在这里等着。

他披着一块破布,脸仿佛一副石膏面具,两只眼比火炭还红。朱莲把灯提近,看见他染了一身可怕的癞疮;不过,他的风度显出一种帝王的尊严。

他一走进划子,他的重量活活把船压沉下去;摆了摆,又往上浮。朱莲开始划船。

每打一桨,波浪的回澜举起船头。水比墨还黑,沿着船的两侧,狂也似的流滚,一霎时挖成深渊,一霎时聚成高山,小船在上面跳跃,随即跌入深处,被风摇着来回打旋。

朱莲曲着身,伸直胳膊,然后弓起脚,上身往后一扔,提足力气。雹子打着他的手,雨流进他的背,空气的骤急噎窒呼吸,他只好住手。于是船驶出了航路。不过,明白这里攸关着一件重要事体、一种他必须服从的命令,就重新把住桨;桨环的响声割断狂风暴雨的呼啸。

小灯在他面前燃着。鸟上下飞翔,不时把灯遮住。然而他一直望见癞者的瞳孔;他站在船尾,动也不动,仿佛一根柱子。

这用了长久、非常之久的时间!

他们走进茅屋,朱莲把门关好;他看见他坐在凳子上面。他裹身的那幅尸布一直褪到他的屁股;他的肩膀、他的胸脯、他削瘦的胳膊全是鳞状的疹斑。额头有深深的皱纹。犹如一具骷髅,窟窿替代了他的鼻子;他发蓝的嘴唇呼出一股令人作呕的毒气,和雾一样厚。他道:

——我饿!

朱莲把他所有的东西给他:一小块陈的肥肉,一堆黑面包皮。

他吞咽完了,桌子、盘子、刀柄,全和他的身子一样,沾着同样的恶斑。

随后他道：

——我渴！

朱莲去寻他的罐子；他端起罐子，里面冒出一股香味，舒展他的鼻孔，他的心。是酒：亏他怎么找来的！不过癞者伸出胳膊，一口饮干了。然后他道：

——我冷！

朱莲用他的蜡烛，在屋子中央，燃起一捆铁线草。

癞者过来烤火；他蹲下去，四肢哆嗦，失了力气；眼睛不亮了，脓疮流着，他呢喃着，声音差不多没有气：

——你的床！

朱莲低心下气，扶他往床这边移动，甚至于解开船帆，盖在他的身上。

癞者呻吟着。他的嘴角露出他的牙齿，一种加快的喘哮摇撼他的胸脯，同时他的肚腹，每一呼吸，一直陷到脊椎。

随后他闭住眼帘。

——好像有冰在我的骨头里面！过来靠住我！

朱莲掀开帆，躺在枯叶上面，靠近他，贴在他的身旁。

癞者转过头。

——脱了衣裳，拿你的身子暖着我！

朱莲去掉他的衣服；随后，和他落生的日子一样光着，重新钻进床；他觉得癞者的皮肤贴住他的大腿，比蛇更冷，和锉一样粗。

他试着鼓舞他；另一个喘着气，答道：

——啊！我要死了！……贴近我，暖暖我！不是手！不！你整个身子！

朱莲完全躺在上面，嘴对嘴，胸对胸。

于是癞者搂住他；他的眼睛立时放出一道星光；他的头发放长了，和日辐一样；他的鼻息具有玫瑰的温馨；灶头升起一片香云，波浪歌唱着。

同时一种丰盈的欢乐、一种超人的愉悦，仿佛一片汪洋，流入昏迷的朱莲的灵魂；那紧紧搂住他的人，越来越大，越来越大，头脚一直顶住茅屋的两墙。屋顶掀掉，苍穹展开；——朱莲升向碧空，面对面，被救主耶稣带上了天。

这就是慈悲·圣·朱莲的故事，大致如同在我的故乡，在教堂一扇花玻璃窗上面，人们看到的。

• 一颗简单的心 •

一

提起欧班太太的女仆全福,主教桥的太太们眼红了半个世纪。

她为了一年一百法郎的工资,下厨房,收拾房间,又缝,又洗,又烫,又会套马,又会喂家禽,又会炼牛油,对主妇忠心到底——而她①却不是一个心性随和的人。

她嫁了一个没有家业的美少年,他在一八〇九年初去世,给她留下两个很小的孩子和一屁股债。她只好卖掉她的不动产;除掉杜克的田庄和皆佛司的田庄没有卖,这两所田庄的进项每年顶多也就是五千法郎。她离开她在圣木南的房子,住到一所开销比较小的房子。房子是她的祖上的,在菜场后头。

这所房子,上面铺着青石瓦,一边是一条夹道,一边是一条通到河边的小巷。房子里头地面高低不平,走路一不当心,就会摔跤。一间狭窄的过堂隔开厨房和厅房。欧班太太整天待在这里,靠近窗户,坐在一张草编的大靠背椅子上。八张桃花心木椅子,一平排,贴着漆成白颜色的板壁。晴雨表底下,有一架旧钢琴,上面放着匣子、硬纸盒子,堆得像金字塔似的。壁炉是黄颜色的大理石,路易十五②时代的式样,一边一张靠垫的小软椅,上面蒙着锦绣。当中是一只摆钟,模样活像一座维丝塔庙③。因为地板比花园低,整个房间有一点霉湿味道。

一上二楼,就是"太太"的卧室,非常高大,裱糊了一种浅浅颜色花朵的墙纸,挂着麝香公子④装束的"老爷"的画像。这间卧室连着一个较小的卧室,里头有两张不铺垫子的小人床。再过去就是客厅,一直关着,里面搁满了家具,家具全蒙着布。再靠后,有一个过道,通到一间书房;一张大乌木书桌,三面是书橱,书橱的架子上放着一些书和废纸。幸福年月和不存在了的奢华的遗物:什么钢笔画啦、水彩风景画啦、欧庄⑤的版画啦,把两块垂直的板壁全给遮住了。三楼有一扇天窗,正对牧场,阳光进来,照亮全福的卧室。

全福怕错过弥撒,天一亮就起床,手脚不停,一直干到天黑。随后晚饭用过,碗碟搁好,大门关上,把劈柴埋在灰烬底下,手里拿着她的念珠,就在灶前睡着了。买东西讲价钱,谁也跟不上她,咬定牙根,就是不添钱。说到干净,亮光光的锅,把别人家的女仆活活气死。她要省俭,吃饭慢悠悠的,拿手指粘起桌子上的面包屑,——一块十二磅重的面包,专为她烤的,够二十天吃。

她一年到头披一条印花布帕子,拿别针在背后别住,戴一顶遮没头发的帽子,穿一双灰袜子,系一条红裙子,袄外面加一条打褶子的长围裙,如同医院里的女护士一样。

她的脸是瘦的,她的声音是尖的。她在二十五岁上,人家看成四十岁。她一上五十,就看不出年纪有多大了。她永远不出声,身子挺直,四肢的姿势有板有眼,好像一个木头人,以一种机械的方式动作。

---

① "她"和下文的"她",全指欧班太太。
② 路易十五(一七一〇年——一七七四年),是法国国王。
③ 维丝塔,是古罗马的灶神,女性。庙在这里是圆亭式。
④ 麝香公子,是法国资产阶级革命时期的反动青年的服装,灰大衣,绿领带,紧裤腿,鞋和手杖包着铅皮,身上带麝香,拥护王室。
⑤ 欧庄,法国有名的版画世家,其中皆拉尔·欧庄(一六四〇年——一七〇三年)尤其有名。

二

她像别人一样,有过她的恋爱故事。

她父亲是一个泥水匠,从脚手架上跌下来摔死了。母亲过后也死了,姐妹们各走各的,一个佃农把她收留下来,小小年纪,就叫她在田野里放牛。她穿着破布烂条直打哆嗦。贴住地面喝池塘里的死水,平白无故就挨打,临了让撵走,冤枉她偷了三十苏①。她换了一家田庄,管理家禽,东家喜欢她,她的同伴却又妒忌她。

八月有一天晚上(她那时候十八岁),他们带她去参加考勒镇的晚会。提琴手刺耳的响声、树上的灯火、五颜六色的服装、花边、金十字架,还有一道蹦跳的那群人,马上就闹了她一个晕头转向,不知所以。她怯生生地闪在一旁,见一个有钱模样的年轻人,两个胳膊肘搭在一辆小车的辕木上吸着烟斗,走过来邀她跳舞。他请她喝苹果酒,喝咖啡,吃点心,送她一条绸帕子,自以为她猜出他的心思了,献殷勤送她回去。他在荞麦地头,楞头楞脑,把她翻倒了。她一害怕,叫唤起来。他只得走开。

又一天黄昏,一辆装干草的大车,在去宝孟的大路上,慢悠悠地走着,她想赶到前头去,在从车轮旁边蹭过的时候,认出了吆车的就是代奥道尔。

他一副安适的模样,走到她跟前,说一定要宽恕他才好,因为"毛病出在酒喝多了"。

她不晓得怎样回答,直想逃开。

他掉转话头,谈起收成和乡里的名流,因为他父亲已经离开考勒镇,住到艾考田庄,所以他们如今成了邻居。她说了一句:"啊!"他接下去就讲,家里盼他成家,其实他并不急,等到有了对胃口的女人再说。她低下了头。他于是问她，想不想嫁人。她带笑回答：不好寻人开心的。——"没有的话，我对你赌咒！"他拿左胳膊围住她的腰；她就这样由他搂着走路；他们放慢步子。风柔柔的，星星照耀着，老大一车干草在他们前面摇来摇去；四匹马悠着步子，扬起尘土，走着走着，不用吆喝，就朝右转。他又吻了她一回。她在夜色中跑开了。

下一个星期，代奥道尔约她幽会约到了。

他们在院子紧里，一堵墙后，孤零零一棵树底下相会。她不像小姐们那样不懂事——牲口早就教会了她；可是理智和从一而终的天性没有让她失身。她一抵抗，越发煽起了代奥道尔的爱火。他为了得到满足（或者也许不存坏心思）起见，提议娶她。她就不相信他的话。他立下天大的誓。

没有多久，他讲起一件不如意的事来：他父母去年给他买过一个替身②，可是说不定哪一天，就需要他入伍；他想起当兵就害怕。对于全福，这种怯懦成了一种钟情的证据；她加倍爱他。她夜晚偷偷出来，溜到幽会地点，代奥道尔说起话来，不是发愁，就是央求，直磨难她。

最后他讲，他要亲自去州长衙门打听一下消息，下一个星期天，十一点到半夜之间，他带消息来。

到了时候，她跑去会她的情人。

她见到的是他的一位朋友。

他告诉她：她不会再看见他了。代奥道尔为了逃避征役，已经娶了杜克一个很有钱的老寡妇勒胡塞太太。

她听了这话，万分难过，扑在地上，放声大哭，喊叫上帝，一个人在田野里哽噎到大天明。接着她就回到田庄，说她不打算做下去了。

---

① 二十苏合一法郎，数目很小。
② 法国，特别在拿破仑帝国时代（书中年月），二十岁青年有应征军役的义务。有钱人家可以买一个穷人顶替。

到月底,她支了工钱,拿一条帕子包起她的全部小行李,来到主教桥。

她在客店前面,问一个戴寡妇帽子的太太,凑巧她就在找一个烧饭的。年轻女孩子没有什么本事,可是看样子肯学,又样样迁就,欧班太太临了道:

"好吧,我就用你!"

一刻钟后,全福住到她家来了。

这家人家,处处讲究"家风",对"老爷"的悼念,又是时刻不忘,她起初战战兢兢,直怕做错事!保尔和维尔吉妮,一个七岁大,一个不到四岁,在她看来,像是贵重的东西做的,她像马一样背他们,只是欧班太太不许她随时亲他们,扫她的兴。不过她觉得自己很快活,环境安适,她不再忧愁了。

每逢星期四,总有亲友来玩包司东①。全福事先把牌和脚炉准备好。他们准八点钟到,敲十一点以前告退。

每星期一早晨,住在林荫道树底下的杂货商,就地摊开他的破铜烂铁,接着镇上就人声喧闹,中间还夹杂着马嘶、羊咩、猪哼和车在街上吱吱嘎嘎走的响声。将近正午,赶集到了最热闹的时候,就见门槛上出现了一个高个子的老农夫,鸭舌帽歪在后头,钩鼻子,原来是皆佛司的佃户罗伯兰。不多光景,杜克的佃户李耶巴尔也来了,人又矮、又红、又胖,穿一件灰上身,皮裹腿带刺马距。

两个人全给女地主送来一些母鸡或者干酪。任凭他们花言巧语诡计多端,全福回回戳穿,不上他们的手,所以走的时候,他们对她敬服得不得了。

欧班太太接待格洛芒维耳侯爵,没有准定的日子。他是她的一位长辈,吃喝嫖赌败了家,住在法莱司他最后留下的一小块土地上。他

---

① 包司东,是四人玩的一种扑克牌游戏。

097

总在用午餐的时候来，带了一条可怕的卷毛狗，狗爪子弄脏了样样家具。他竭力摆出贵人的架式，甚至于每一次说起"先父"来，还举举帽子。可是习惯成自然，他照样一杯一杯给自己倒酒喝，说些不三不四的话。全福客客气气地把他推到外头："够数儿啦，格洛芒维耳老爷！下一回来吧！"她关上了大门。

她兴冲冲地给前公家律师布赖先生开门。一看见他的白领巾、他的秃头、他衬衫前面的皱纹、他宽大的棕色大衣、他弯胳膊捏鼻烟的姿势、他的全部形态，她就心慌意乱，像我们乍见到大人物一样。

他经管"太太"的产业，所以有好几小时和她待在"老爷"的书房。他总怕受牵连，万分尊敬官府，自命懂拉丁文。

为了用一种有趣的方式教导孩子，他送了他们一套地理知识图片，上面印着世界各地的景象：几个头上插羽毛的吃人的野人、一只抢去一位小姐的猴子、几个沙漠地的拜都安人①、一条中了标枪的鲸鱼，等等。

保尔解释这些图片给全福听。这就是她的全部文学教育。

孩子们的教育由居尤担任，一个在镇公所办事的可怜虫，出名是写一手好字，在他的靴子上磨他的小刀。

天气晴和的日子，全家一早就去皆佛司田庄。

院子在斜坡上，房子在正当中：往远里望，海像一个灰点子。

全福从篮子里取出一片一片冷肉，一家人就在靠近牛奶房的一间屋子用午饭。这是如今不在了的一所别墅的唯一残余的屋子。破烂的墙纸随风摆动。欧班太太回想当年，触目伤情，不由就低下了头；孩子们不敢再言语了。她说："你们玩去吧！"他们就溜掉了。

保尔爬上仓房，捉小鸟，在池边打水漂，或者拿手杖敲大桶，像

---

① 拜都安人是阿拉伯或非洲北部的游牧民族。

鼓一样响。

维尔吉妮喂兔子，跑过去采矢车菊，两条腿飞快，小绣花裤子露在外头。

秋季有一天黄昏，他们穿过草原回家。

上弦月照亮一部分天空，雾像纱一样，浮在杜克河弯弯曲曲的水面。牛躺在草地当中，安安静静，看这四个人走过。来到第三个牧场，有些牛站起来，后来就在他们前面，聚成一个圈子。全福说："别害怕！"她哼着一种悼歌似的调子，轻轻摩挲着顶近的一条牛的脊梁。它转过身子，别的牛也学它转过身子。可是穿过下一个草原，平空起了一声惊人的牛叫。原来是一条公牛，给雾挡住了。它朝两个女人走过来。欧班太太拔脚就跑。"不！不！别那么快！"不过她们还是放快步子，因为背后的粗鼻息越来越近。牛蹄子如同铁锤一样敲打牧场的青草，它奔腾起来了！全福扭回身，抓起两把土，朝它的眼睛丢过去。它低下头，摇摆犄角，狂蹦乱跳，怪声吼叫。欧班太太带了两个小孩子，跑到草原尽头，又急又怕，寻思怎样越过高堰子。全福总在公牛前面朝后退，不住手地拿泥丢它的眼睛，同时喊着："快呀！快呀！"

欧班太太推着维尔吉妮，紧跟着又推保尔，滑到沟底下，几次试着爬到坝上又跌了下去，后来总算鼓起勇气爬上去了。

公牛把全福逼到栅栏跟前，口沫溅着她的脸，再有一秒钟，就会顶穿她的肚子。她不迟不早，恰好从两根桩子当中钻出去；庞大的畜生，大吃一惊，站住了。

这事多年以来，成了主教桥的一种谈话资料。全福一点也不觉得这有什么好骄傲的，她连干下了什么英勇的事，也没有想到过。

维尔吉妮完全占住了她的心。因为自从这场惊恐以后，她就得了脑神经病，浦帕尔医生建议她到土镇洗海水浴。

那时候，到土镇洗海水浴的并不多。欧班太太四处打听，请教布赖，筹划一切，就像要出一趟远门一样①。

行李放在李耶巴尔的大车上，先一天走。第二天，他牵来两匹马，一匹有女鞍子，装着绒靠背；第二匹胯背上，放一件斗篷，卷成座椅式样。欧班太太骑在他后头。全福照管维尔吉妮，保尔跨上勒沙坡杜瓦先生的驴；驴是在小心照料的条件下借到的。

路坏极了，八公里路要走两小时。马陷在烂泥里头，一直陷到骹骨，拔出来要猛摇几下屁股，要不就是绊在车辙上，有时候又非跳不可。李耶巴尔的母马，走到一些地方，忽然停住不走。他耐着性子等它走；他说起沿路的地主，故事之外，还添上几句道德的感想。所以他们来到杜克乡镇中心，从围满旱金莲的窗户底下走过，他就耸肩膀道："这儿有一位勒胡塞太太，不挑年轻人嫁，反而……"全福没有听见下文；马走快了，驴奔着；大家走进一条小路，栅栏门开开，出来两个小孩子，他们就在门口粪池前面下了牲口。

李耶巴尔的妈妈看见女东家，做出种种欢喜的表示。她开出来的午饭有牛里脊、大肠、灌肠、炒仔鸡、起沫的苹果酒、蜜饯糕、酒醉李子，还一边说着礼貌话：太太身子像是更好了、小姐变得越发"俏"啦、保尔少爷格外"壮"啦，还提起他们过世的祖父母，因为李耶巴尔一家人在他们家做过好几代，所以全都认识。田庄像他们一样，显出古老的意味。虫蛀了房椽，烟熏黑了墙，玻璃窗蒙了一层尘土，灰灰的。一张栎木榍架，放着形形色色的器皿：罐子、碟子、锡盘子、捕狼的机器、剪羊毛的大剪子；一个老大的灌肠器把孩子们逗笑了。三所院子没有一棵树不靠根长着蘑菇或者杈桠中间长着槲寄生的。风刮下好些槲寄生，又从半腰长起；累累的果实把枝子全压弯了。草铺的房顶，看上去像棕色的绒，厚薄不等，不怕最强烈的暴风。不过车房坍掉

---

① 土镇离主教桥有十二公里。

了。欧班太太说她会搁在心上的,接着就吩咐套牲口。

他们又走了半小时才到土镇。过艾考的时候,这一小队旅客下了牲口步行,翻过这座突出在船舶上空的悬崖。三分钟以后,走到码头紧底,他们进了大卫妈妈开的金羔客店的院子。

换空气和洗海水浴有效验,维尔吉妮从头几天起,就觉得自己不那么虚弱了。她没有游泳衣,穿着衬衫下水;女仆在一间供人洗澡用的海关小屋给她穿衣裳。

下午,他们骑驴,翻过黑石崖,到海格镇那边游玩。小路开头越上越高,两旁的地一个浅壑又一个浅壑,如同公园的草坪一样,接着就是一片高地,有牧场,有耕田,前后错落开了。路边的荆棘丛里,冬青直挺挺立着;一棵高大的枯树,在碧空里,权枒随处纵横。

他们几乎总在一块小草地上休息,左边是豆镇,右边是哈福,前面是大海。阳光照耀,海像镜子一样光滑,而且那样平静,简直听不见潺湲的水声;几只麻雀躲在一旁啾唧;晴空万里,又把这一切罩在底下。欧班太太坐着做针线活;维尔吉妮在旁边编灯心草;全福采着薰衣草的花朵;保尔嫌气闷,直要走开。

有时候,他们乘船,渡过杜克河,找寻贝壳。潮退的时候,留下一些海胆、石决明、水母;孩子们跑来跑去,要捉风带来的泡沫。波浪像在睡觉一样,沿着海滩,静静落在沙上。海滩扩展开了,一望无际。只在陆地方面,沙丘为界,把它和跑马场似的马赖大草原分开。他们从这里回去,就见紧靠坡下尽头的土镇,一步一步渐渐大了起来;参差不齐的房屋,像笑盈盈的花,七歪八倒开满一片。

天气太热,他们就待在屋里不出去。耀眼的太阳,从帘子的隙缝,射进一道一道亮光。村子里没有任何声响。外边人行道上没有一个人。四下里一片沉静,越发显得安宁。远处有船工的铁锤敲打船底,热风带来柏油气味。

主要的娱乐是看渔船回来。它们一过浮标，开始纡徐行进；帆降到桅杆的三分之二高；它们破浪前进，前帆膨胀得好像一个气球，一直滑到港口中心，锚突然抛了下去。接着船就靠码头停住。水手隔着搪板，往外扔活鱼；一排大车等着装鱼；有些戴布帽子的女人，冲到前头拿筐子，搂抱她们的丈夫。

有一天，这中间有一个女人，走到全福跟前。没多久，全福欢天喜地走进院子：她找到了一位姐姐。接着就见勒鲁的老婆纳丝塔席·巴乃特出现了，胸前吊着一个吃奶的孩子，右手挽着一个孩子，左边还有一个小水手，拳头顶住屁股，圆帽子扣住耳朵。

一刻钟过后，欧班太太就把她打发走了。

他们总在厨房附近或者散步期间遇见这一家人，可丈夫并不露面。

全福对他们有了感情。她给他们买了一床被、几件衬衫、一只炉子；他们明明在揩她的油。欧班太太讨厌这种软心肠，而且也不喜欢那位外甥放肆——因为他你呀你呀地喊她的儿子；维尔吉妮又直咳嗽，季候不相宜了，她回到了主教桥。

布赖先生指点她给孩子挑选中学校。康城的中学校据说最好。保尔要到那边去了，他鼓起勇气告别：住到一个可有学伴的地方，他是满意的。

欧班太太容忍儿子远离，因为这是免不了的。维尔吉妮渐渐不大想念他了。听不见他的吵闹，全福直在念叨。可是很快有件事占住她的心：从圣诞节起，她天天带着小姑娘去学教理问答。

三

她先在门口跪一下，这才走进教堂，在两排椅子当中，打开欧班太太的凳子，坐下来，眼睛朝四周望。

男孩子在右，女孩子在左，坐满了唱经堂的椅子；教士站在经架一旁。后殿有一块花玻璃窗，画着圣灵和圣母，圣灵在圣母上面；另一块花玻璃窗，画的是圣婴耶稣，圣母跪在前面。圣体龛的背后，有圣·米迦勒①降龙的木雕。

教士先讲一遍圣史的梗概。她恍惚看见乐园、洪水、巴别塔、烧毁的城市、灭亡的民族、推倒的偶像；她听到后来，眼花耳热，充满对天父的尊敬和对他的震怒的畏惧。过后她听见耶稣殉难，哭起来了。他疼小孩子，给众人吃，治好瞎子，而且心性谦和，愿意降生在穷人中间一个牲口棚的粪堆上，他们为什么还要把他钉死在十字架上啊？《福音书》上说起的那些家常事：播种、收获、压榨机②，全在她的生活里头，通过上帝，神圣化了。她因为爱圣羔，也就越发爱羔羊；由于圣灵的缘故，也就越发爱鸽子③。

她不大想象得出圣灵的形体；因为它不仅是鸟，而且还是火，有时候又是气息。晚上在沼泽周围飞翔的或许就是它的亮光，云飘来飘去或许就是由于它的哈气，钟抑扬动听或许就是由于它的声音。她坐在那里，万分虔诚，享受着四壁的清凉和教堂的安静。

至于教义，她丝毫不懂，就连尝试了解的心思也没有。堂长在讲，孩子们在背，她最后睡着了，直到大家要走，木头鞋打着石板地响，这才忽然惊醒过来。

她就这样靠着听，学会了教理内容，因为她小时候没有受过宗教教育；从这时起，维尔吉妮做什么，她学什么，学她吃斋，和她一起忏悔。圣体瞻仰节那一天，她们合献了一张圣坛。

第一次圣体还没有领，她先忙坏了。她为了鞋、书、念珠、手套发急。她帮太太给维尔吉妮穿衣服，自己直打哆嗦！

弥撒进行的期间，她一直焦灼不安。布赖先生挡住她，唱经堂的一侧她看不见；不过，正在对面，有一群小姑娘，面网拉得低低的，上头压着白花冠，看上去好像一片大雪；她老远就从更细的颈项和文静的姿态认出了心爱的女孩子。钟响了。头全低下来；一片肃静。风琴一响，唱经班就和群众唱起"上帝的羔羊"④；接着男孩子就排队走动；女孩子跟着也站了起来。她们两手合十，一步一步，走向灯火辉煌的圣坛，跪在第一线，一个挨一个，领受祭饼，然后按照原来的行列，回到她们的跪几跟前。轮到维尔吉妮的时候，全福伸出身子看她，由于真心疼爱导致想象的缘故，觉得自己变成这孩子，长着她的小脸，穿着她的袍子，胸脯里面是她的心在跳。临到张嘴闭眼的时候，她险些晕了过去。

第二天一清早，她来到教堂的内堂，求堂长先生给她圣体。她虔诚地领受，但是感觉不出同样欢愉的味道。

欧班太太希望女儿成为一个十全十美的人；居尤既然不能教她英文和音乐，她决定送她到翁花镇的虞徐林修道院⑤作寄宿生。

女孩子并不反对。全福直叹气，觉得太太心狠。过后她想，也许她的主妇对。这些事不是她能理解的。

终于有一天，门前停了一辆有顶篷的旧车；车上下来一位修女，

---

① 圣·米迦勒是上帝的天使长。
② 压榨机，酿酒用。
③ 参看《旧约·创世记》第二、三、六、十一章以及《新约》，圣母即耶稣的母亲马利亚。圣灵用鸽子象征。《约翰福音》第一章用"上帝的羔羊"称呼耶稣。
④ 弥撒将完做祷告，第一句是"上帝的羔羊"。
⑤ 法国女孩子受教育，旧时只有女修道院。

她是接小姐来的。全福把行李放在顶篷上，叮咛车夫几句，给车座①里面搁了六罐蜜饯，一打上下的梨和一把紫罗兰。

临到分手，维尔吉妮抱住母亲，大哭起来，母亲吻着她的额头，说了好几遍："好啦！勇敢些！勇敢些！"脚凳朝上一翻，马车出发了。

欧班太太这时支持不住，晕了过去；她的朋友：劳尔冒夫妇、勒沙坡杜瓦太太，洛赦弗叶家的"那些"小姐、胡波维尔先生和布赖，夜晚全过来安慰她。

女儿不在，她起初很痛苦。不过她一星期收到女儿三封信，别的日子给她写回信，在花园散散步，看看书，时间也就这样消磨掉了。

全福早晨照例走进维尔吉妮的卧室，望望四墙，不再给她梳头，不再给她的小靴子系鞋带，不再帮她塞紧被窝，不再成天看她可爱的脸蛋儿，不再挽着她一块儿走出去；她觉得憋闷。她没有事干，试着织花边，手指又太笨，一来就弄断了线；她什么也不在心，睡又睡不着，照她说的，"毁啦"。

为了"解闷"起见，她求太太许她接见她的外甥维克道尔。

他星期天做完弥撒来，脸庞红红的，赤裸着胸膛，有一股从乡下带来的田野气味。她立刻给他摆好刀叉。他们面对面用午饭；她节省开支，自己尽量少吃，拼命塞饱他的肚子，吃到末了，他睡着了。晚课②钟声一响，她叫醒他，刷净他的裤子，帮他打好领带，然后扶住他的胳膊，走向教堂，像母亲一样得意。

他的父母总吩咐他带点儿东西回去，一包土糖呐，肥皂呐，酒精呐，有时候连钱也要。他拿他的破烂衣裤给她缝补；她接受这种工作，高兴有一个机会叫他再来。

---

① 车座仿佛一个长方盒子，盖子上面铺着坐垫。
② 晚课，是信徒下午三点左右的祷告。

临到八月，他父亲带他跑码头去了。

这时候正放暑假。孩子们回来了，她有了安慰。可是保尔变任性了，维尔吉妮到了不能用"你"呼唤的年龄，这造成她们中间的拘束、障碍。

维克道尔前后去过莫尔列、敦刻尔克、布赖顿；他每次出门回来，都送她一件礼物。头一次是一个贝壳盒子；第二次是一只咖啡杯子；第三次是一个大点心人儿。他好看了，长短相宜，留了点儿髭，有一对爽朗的眼睛，后脑勺戴一顶小皮帽，像一个领港的。他娱乐她，为她讲一些夹杂着水手语言的故事。

有一天，星期一，一八一九年七月十四日（她忘不了这一天），维克道尔说，他受雇跑外洋，后天夜晚，搭翁花镇的邮船，去赶他的快帆船；三两天内，就要从哈福启碇。他这一走，也许要去两年。

要好久不见面，全福难过了；于是星期三黄昏，太太用过晚饭，她换上木底鞋，一口气走完主教桥到翁花镇的四公里地，和他再话别一回。

她走到各各他①前面，不朝左转，反而朝右走，在造船厂迷了路，只得倒回来，她问路的人劝她快走。她绕着装满船只的水坞走，碰来碰去净是缆索，再走下去，地面低了，有几道光交在一起。她望见天空有几匹马，心想自己疯了。

码头边还有马在嘶叫。它们是看见了海害怕。一架起重机把它们吊上来，坠到船里头。船上的乘客，在苹果酒桶、酪饼筐和谷子口袋中间挤来挤去；母鸡在啼，船长在骂人；一个小水手，胳膊肘靠着船头的锚桩，什么也不在心上。全福没有认出他来，直喊："维克道尔！"他仰起了头，她朝前冲，梯子忽然抽掉。

---

① "各各他"，意为髑髅地，耶稣死难的地方。一般借用这一事件，在高岗上竖一个十字架，把高岗叫作"各各他"。

几个女人边唱边拉船。邮船出了港口。龙骨发出响声，沉重的波浪打着船头。帆掉转方向，什么人也望不见了——月亮照耀，一个黑点子在银光闪闪的海上越来越淡，沉下去，不见了。

全福从各各他的近旁走过，想把她顶心疼的人交托上帝；她站着祷告了老半天，眼睛望着云彩，满脸的眼泪。城市睡眠了，海关上有几个人员走来走去，水从闸孔不住地往外流，声音像瀑布一样响。正敲两点钟。

天亮以前，会客室不会开的①。回去迟了，太太一定会不开心的；她虽然直想搂搂另一个孩子，还是不去了。她走到主教桥，客店的女仆们正好醒来。

那么，可怜的孩子要在海上颠簸好些月！他先前出门，她不害怕。去英吉利，去布列塔尼，人回得来的；可是亚美利加洲、殖民地、群岛②，全在偏僻地方、世界的另一头啊。

全福从这时候起，一心挂念她的外甥。有太阳的日子，她愁他渴；起了暴风雨，她怕雷劈了他。她听见风在烟筒吼，刮下瓦来，就看见这同一的狂风也在吹他，他站在一根断桅的尖尖头，整个身子往后一倒，淹在一片泡沫底下；或者——想起地理知识图片——野蛮人吃掉他，猴子在树林捉住他，死在一个荒凉的海滩。可是她从不讲起她的挂虑。

欧班太太直在牵挂她的女儿。

善良的修女们觉得她感情重，过于脆弱。一点点刺激也受不了。钢琴还是停止不学才好。

她母亲要求修道院按时来信。有一天早晨，邮差没有来，她急了，在客厅来回走动，从她的大靠背椅踱到窗口。简直出人意料！四

---

① 指虞徐林修道院的会客室，修道院在翁花镇。全福想顺便看一下维尔吉妮。
② 群岛，指西印度群岛。

天了,没有消息!

全福希望拿她自己做榜样,把心放宽了,对她说:

"我,太太,半年没有得到消息!……"

"谁的消息?……"

女仆和颜悦色地回道:

"呵……我外甥的消息!"

"啊!你外甥!"欧班太太耸耸肩膀,又走动起来,意思好像是说:"我不想他!……再说,管我什么事!一个小水手,一个叫花子,可漂亮呐!……不过我女儿……想想看!……"

全福受惯了气,恼起太太来了,过后也就忘记了。

为了女儿失掉理性,她觉得是常情。

两个孩子同等重要;她的心把他们联在一起,他们的命运应当一样才是。

药剂师告诉她:维克道尔的船到了哈瓦那。他在报上看到了这段新闻。

哈瓦那出雪茄,她想象人在这地方,除去抽烟,不干别的事,维克道尔裹在烟雾里面,在黑人当中走来走去。"万一有急事的话",人能走陆地回来吗?那儿离主教桥有多远?她想晓得,就请教布赖先生去了。

他找出地图,开始解释经纬度;看见全福发呆,他显出扬扬得意的学究的微笑。最后,在一个椭圆斑点的裂口处,他拿他的笔套,指着一个看不清的黑点子说:"这儿就是。"她把身子弯在地图上,看着这些着色的线网,眼睛都看花了,什么道理也没有看出来;她有什么难处,布赖叫她说出来,她求他指出维克道尔住的房子。布赖举起胳膊,打喷嚏,哈哈大笑起来;他好笑她这样老实。全福不明白他为什么笑——她的理解力是那样有限,也许还希望看到她外甥的画像哩!

半个月以后，李耶巴尔照常在赶集的时候走进厨房，递给她一封她姐夫写来的信。两个人谁也不识字，她央求她的主妇念给她听。

欧班太太正在计算一件编织物的针数，她把活放在一旁，拆开信，哆嗦起来，声音放低，眼色严重：

"是坏消息……他们告诉你，你外甥……"

他死了。信上没有说起别的话。

全福倒在一张椅子上，头靠板壁，眼皮闭住，马上眼圈变成红的。接着她就低下头，垂下两只手，瞪着眼睛，停一时重复一回道：

"可怜的孩子！可怜的孩子！"

李耶巴尔望着她直叹气。欧班太太微微打颤。

她建议她到土镇看她姐姐去。

全福做了一个手势，表示她没有去的必要。

都不做声。李耶巴尔老头一想，还是走的好。

她这时候才说：

"他们才不拿这搁在心上，他们！"

她又垂下了头；她不时机械地拿起女红桌上的长针。

有些女人走过门口，抬着一块板子，上面放着湿淋淋的衣服。

她从玻璃窗望见她们，想起要洗的衣服；衣服昨天泡下去的，今天该洗出来了；她走出屋子。

她的搓板和水桶放在杜克河边。她把一堆衬衫扔在岸上。挽起袖子，拿起棒槌，打下去的有力的响声，附近的花园里也能听见。草原空落落的，风吹皱了河水；水底长着一些草，高高的，垂在水面，如同死人的头发在水里漂浮。她捺下痛苦，直到天黑，还很勇敢；但是走进她的屋子，她支持不住了，扑到褥子上，脸埋在枕头里，两个拳头顶住太阳穴。

过了好久，她从维克道尔的船长本人那边，打听到他死的情形。

他害黄热病①；医院放血放得太多了。四个医生同时治他，他马上就死了，为首的说：

"好！又死了一个！"

他父母一向苛待他。她也不高兴再见到他们。他们没有再来攀她，不是忘记，就是穷苦人的心硬吧。

维尔吉妮病下来了。

气闷、咳嗽、不断发烧、颧骨上有青纹，全都表示病症严重，浦帕尔先生建议住到普罗旺斯②。欧班太太决定照做，若不是主教桥气候不好，立刻就把女儿接回家了。

她同一个出赁车辆的人讲定，每星期二送她到修道院去一趟。花园里面有一座高台子，人在这里望得见塞纳河。维尔吉妮扶着她的胳膊，踩着落下来的葡萄叶子，在这里散步。她眺望远处的船帆和从唐卡尔镇的庄园到哈福的灯塔的天边，有时候太阳穿过云彩，照得她直眨眼睛。她们随后坐在花棚底下休息。母亲弄来一小坛马拉嘎③好酒，她想起会醉就笑了，喝两指高，不喝了。

她的元气恢复了。秋天平平安安地过去了。全福请欧班太太放心。但是有一天黄昏，她到邻近有事回来，看见门前停着浦帕尔先生的马车，他本人站在过堂。欧班太太在系帽带。

"拿我的脚炉、我的钱包、我的手套给我；快一点！"

维尔吉妮害肺炎；可能没有救。

医生说："还有希望！"于是两个人冒着飘旋的雪花，上了马车。天快黑了。天气很冷。

全福奔进教堂，点起一支蜡烛。接着她就追马车，一小时以后赶

---

① 墨西哥海湾当时流行一种传染病，病人全身发黄，呕吐，昏迷，很快就死了。
② 旧时法国南部一个省份。
③ 马拉嘎是西班牙南部的一个港口，葡萄酒很有名。

上了,从后头轻轻跳上去,抓住两边的穗子,忽然又想起:"院门没有关,万一贼进来呢?"就再跳下车来。

第二天,蒙蒙亮,她去探望医生。他回来又下了乡。她随后待在客店,以为会有生人捎信来的。最后,一清早,她上了黎孝来的邮车。

修道院在一条陡斜的小巷的紧底。上到半腰,她听见奇怪的响声,一种报丧的钟声。全福心想:"这是为别人敲的。"她拼命拍门环。

几分钟后,拖鞋踢踏踢踏地响了,门打开一半,出现了一位修女。

善良的修女显出沉痛的神情,说起"她方才过世"。就在同时,圣·莱奥纳教堂的丧钟更响更快了。

全福上了三楼。

她从门口就望见维尔吉妮仰天躺着,手合在一起,口张开,头在一个朝着她的黑色十字架下面向后仰着,两旁一动不动的幔子还不如她的脸白。欧班太太在床前,抱住床腿,抽抽噎噎,透不过气。院长站在右边。五斗橱上放着三只蜡烛台,滴下来一些红点子;雾漂白了窗户。几位修女搀走欧班太太。

一连两夜,全福没有离开死人。她重复着同一的祷告,拿圣水洒在单子上,回到原处坐下,细细端详她。守到第一夜临了,她看出死人脸色变黄,嘴唇变蓝,鼻子抽缩,眼睛下陷。她吻死人眼睛吻了好几回;万一维尔吉妮睁开眼睛的话,她也绝不会大吃一惊;对她这种人,怪异的事也很平常。她给她梳洗好,换上寿衣,放进棺材,戴上一顶花冠,把她的头发散开了。头发是金黄色,在她这种年龄,要算很长了。全福剪下一大绺来,一半放在自己的胸脯前头,立定主意,永不相离。

依照欧班太太的意思,尸首运回主教桥,她乘了一辆关严的马车,跟在柩车后面。

做完弥撒,还要走三刻钟,才到公墓。保尔领头走,呜咽着。布

111

赖先生跟在后头，接着就是重要的居民、披着黑纱的妇女和全福。她想到她的外甥，因为不能举行这种葬礼，分外悲伤，如同埋这一个，同时把另一个也埋了一样。

欧班太太悲痛到了极点。

开头她埋怨上帝，觉得他不公道，不该夺去了她的女儿——她从来没有做过坏事，一直良心安宁！不对！她早该带她去南方才是。旁的医生会救活她的！她怪自己不好，愿意跟着她走，梦中一来就哭醒。有一个梦，她特别入迷。她丈夫出远门回来，水手打扮，哭着对她讲：他奉命要带维尔吉妮走。他们于是商量妥当，寻找一个躲藏的地方。

有一回，她丢魂失魄，从花园回来。方才（她指出地点）在她面前，父女肩靠肩出现，什么也不做，只是望着她。

好几个月，她待在房间发愣。全福和颜悦色地开导她，她应该看在儿子分上，保重身体，而且要想到另一位①，思念"她"。

"她？"欧班太太回答着，好像才醒过来一样，"啊！是的！……是的！……你没有忘记！"她指公墓说，因为她是绝对不许去公墓的。

全福天天去。

一到四点整，她绕过几家人家，走到坡上，推开栅栏门，来到维尔吉妮的坟前。坟上是一根玫瑰色的大理石小柱，底下一块青石板，四周是链子圈起来的一个小花圃。一片花卉，畦界都分不出来了。她给叶子浇水，换上新沙，跪在地上翻土。欧班太太到了能来的时候，感到一阵轻松，像是得到了安慰。

随后许多年过去，一模一样，没有再出事，除非是节日去了又来：耶稣复活瞻礼、圣母升天瞻礼、诸圣瞻礼，家里有些事，过后想起，也

---

① 指欧班先生。

成了重大事件。例如一八二五年，两个镶玻璃的工人粉刷过堂；一八二七年，屋顶有一部分掉在院里，险些砸死人。一八二八年夏天，轮到太太献弥撒用的面包；布赖临近这时期，不知道捣什么鬼，人不见了；旧日亲友：居尤、李耶巴尔、勒沙坡杜瓦太太、罗伯兰、早已瘫了的长辈格洛芒维耳，都日渐疏远了。

有一天夜晚，邮车的车夫在主教桥讲起七月革命。不几天，派来了一位新县长：前任亚美利加洲的领事拉尔扫尼耶男爵。他家里除去太太，还有他的大姨和三位已经相当大了的小姐。大家望见她们穿着宽适的长背心，在她们的草地散步；她们有一个黑奴和一只鹦鹉。她们来拜望欧班太太时，全福远远望见，就跑去通知欧班太太。欧班太太会紧跟着回拜她们。不过真能感动她的只有一件事，就是她儿子的来信。

他沉湎在咖啡馆，一事无成。她替他还完旧债，他又有了新债。欧班太太在窗户旁边编织东西，叹气的声音，在厨房纺线的全福也听见了。

她们有时沿着贴墙的果木一起散步，永远说的是维尔吉妮，她喜不喜欢某件事物；遇到某一场面，她会说些什么话。

她的小东西统统放在有两张床的卧室的壁橱里。欧班太太平时尽可能减少查看的次数。夏季有一天，她决定去看一趟；橱里飞出好些蛾子。

她的袍子一平排挂在一块隔板底下，板上放着三个玩偶、几个圆环、一副小家具、她用过的洗脸盆。她们也把裙子、袜子、帕子取出来，在两张床上摊开了，晾晾再叠起来。太阳照着这些可怜的东西，显出上面的油渍和身体动来动去动出来的褶子。蓝蓝的天，空气暖暖和和，一只喜鹊在叫唤，似乎一切悠然自得，异常恬适。她们找到一顶栗色的长毛小绒帽，不过整个让虫蛀掉了。全福求主妇赏给她。她们含着一包眼泪,你看我,我看你,最后主妇张开胳膊,女仆扑过去,搂得紧紧的,在一个不分上下的吻里,满足她们的痛苦。

有生以来,她们这还是第一次吻抱,因为欧班太太不是一种喜怒见于外的性格。全福感激她,就像得到恩赏一样;从此以后,她疼爱她,怀有牲畜般的忠贞和宗教似的虔诚。

她越发心善了。

她听见街上过兵的铜鼓声,来到门前,捧着一坛苹果酒,请兵士喝。她照料霍乱病人①。她保护波兰人②;甚至于有一个波兰人讲,愿意娶她。不过两个人吵了嘴;因为有一天早晨,她做完礼拜回来,发现他偷偷溜进厨房,端起一盘拌好的生菜,安安静静地吃着。

在波兰人之后,就是考耳米赦老爹,一个据说在一七九三年③干过恶事的老头子,住在河边一个破猪圈里。孩子们从墙缝张望他,朝他扔石子,掉在他的破床上;他躺在上面,害着重感冒,老在咳嗽,身子不停地抽动,头发很长,眼皮发炎,胳膊上长着一个比他的头还大的瘤子。她给他找了些布,试着打扫干净他的脏窝,还打算把他安插在烤面包的地方,只要他不给太太添麻烦。瘤子破了以后,她天天帮他包扎,有时候带饼给他吃,把他放在太阳地的草堆上;可怜的老头子,流着涎水,哆哆嗦嗦,发出微弱的声音谢她,直怕丢掉她,看见她要走,就伸长了手。他死了;她为他的灵魂安息,求人做了一回弥撒。

她当天交了一个大好运:吃午饭的时候,拉尔扫尼耶太太的黑奴来了,拿着装在笼子里的鹦鹉,还有木架、链子和锁,男爵夫人有一个纸条给欧班太太,说她丈夫升了省长,黄昏动身,请她收下这只鸟儿,作为一个纪念和表示敬意的凭证。

---

① 一八三二年,法国发生霍乱,死了许多人。
② 波兰爱国志士反抗沙皇统治,在一八三〇年举义,第二年失败,大多数逃到法国。
③ 一七九三年是法国资产阶级革命时期。

全福许久以来,就在盘算它了,因为它是从亚美利加洲来的,这地名让她想起维克道尔,所以她常常在黑奴跟前问起它。有一次她甚至于说:"太太得到它,会开心的!"

黑奴又把这话说给他的主妇听,反正她不想带走,倒不如顺水人情把它送掉。

四

它叫琭琭。身子是绿颜色,翅膀的尖尖是玫瑰红,蓝额头,金脖子。

不过它有一种讨厌的怪癖:咬它的木架、拔它的羽毛、抛它的粪、泼它的杯子里的水;欧班太太嫌烦,把它永远给了全福。

她用心教它;不久它就重复着:"乖孩子!先生,您好!玛丽,向你致敬!"它挂在大门一旁,有些人奇怪叫它雅考不见答应,因为鹦鹉全叫雅考。大家把它说成一只火鸡、一根木头;一刀子一刀子刺全福的心!琭琭也出奇的固执,有人看它,就不言语了。

可是它喜欢人多;因为一到星期天,洛赦弗叶家的"那些"小姐、胡波维尔先生,以及新来的客人:药剂师翁弗洛瓦、法栾先生和马修队长,过来玩牌的时候,它就拿翅膀拍打玻璃窗,乱飞乱跳,闹得谁也听不见谁讲话。

不用说,它觉得布赖的脸很可笑。它一看见他,就笑开了,拼命大笑。笑声一直传到门外院子,回声重复笑声,把邻居引到窗口,也笑起来了。布赖先生不想要鹦鹉看见自己,拿帽子遮住侧脸,贴墙溜到河边,再从花园门进来;他投向鸟儿的眼神缺乏好感。

琭琭擅自把头探到肉铺伙计的篮子里头,他弹了它一下;从这时候起,它总试着隔着他的衬衫啄他。法布吓唬它,说要扭断它的脖子,其实他并不残忍,别看他胳膊上画着花纹,长着一脸络腮胡须。正相反,他倒喜欢鹦鹉,甚至于兴致勃勃,愿意教它说脏话。全福怕他胡闹,把它收进厨房。链子去掉,它就在房子里转着圈子飞。

下楼的时候,它用上嘴钩子顶住梯级,举起右爪,再举左爪;她直怕这种运动把它弄晕了。果不其然,它病了,不能说话,也不能吃东西。原来是它的舌头底下起了一层厚苔,母鸡有时候就得这种病。她拿指甲剥掉这层薄膜,治好了它。有一天,保尔少爷不小心,把雪茄烟喷进它的鼻孔;又有一次,劳尔冒太太拿伞尖儿逗它,它一口就把铁箍噙下来;最后,它不见了。

先是她要它吸吸新鲜空气,放在草地上走开了一会儿;她回来一看,鹦鹉不见了!起初她在灌木丛、河边、房顶上找,主妇对她喊:"留神呀,你疯了!"她也不听她劝。接着她就查访主教桥所有的花园;她拦住行人问:"你有没有,什么时候,凑巧看见我的鹦鹉?"有些人不认识鹦鹉,她就对他们形容一番。忽然她相信,在山坡下的磨坊后头,瞥见一个绿色东西在飞。可是到山顶一看,什么也没有!一个小贩告诉她,他方才在圣木南西蒙妈妈的铺子里遇到它。她跑过去问,人家听不懂她说些什么。她最后回来了,累得要命,鞋磨穿了,心里什么希望也没有了;她坐在凳子当中,靠近太太,述说她的全部经过,就觉得一个有点分量的东西,轻轻落在她的肩上:是琭琭!它干什么去了?或许在邻近散步来着!

她没有能一下子复原,或者不如说,永远不能复原了。

紧跟着由于着凉,她得了喉炎;没过多久,耳朵又出了毛病。三年以后,她聋了;她说话的声音提得很高,甚至于到了教堂也这样。她忏悔的罪过散布到教区每一个角落,这对她虽然没有什么不体面,对别人也没有什么不方便,可堂长先生以为听她忏悔,还是改到内堂比较适宜。

虚幻的耳鸣把她折磨坏了。主妇常对她说:"我的上帝!看你多蠢!"她会答道:"是啊,太太。"一边在周围寻找东西。

她的观念世界本来就小,现在越发缩小了。钟的铿锵,牛的哞鸣,都不存在了。生物全像鬼一样,静悄悄地行动。如今只有一个响声听得见,就是鹦鹉的声音。

它像是帮她解闷吧，学机器转烤肉铁钎子的滴答声、鱼贩尖锐的叫卖声、住在对面的木匠的拉锯声；它听见门铃响，就学欧班太太喊："全福！大门！大门！"

他们有话谈，它拼命卖弄它那烂熟的三句话，而她，回答一些无头无尾的字句，可是有真感情。在她索居独处的生涯里，它差不多成了一个儿子、一个情人。它爬上她的手指，咬她的嘴唇，抓她的肩巾；她有时额头朝前，像奶妈逗孩子那样摇头，帽子的宽檐和鸟翅膀就一道颤动起来。

云一聚，雷一响，它就叫唤，也许是记起家乡森林的暴雨了吧。看见水流，它就狂欢了，疯了一样飞上天花板，把东西全撞翻，从窗户飞到花园里头去淋雨；不过它很快就回来了，歇在壁炉的柴架上，一蹦一跳，抖干羽毛，一会儿露出尾巴，一会儿露出嘴。

一八三七年可怕的冬季，她看天冷，把它放在壁炉前面；有一天早晨，她发现它死了，在笼子当中，头朝下，爪子在铁丝的空当。想必是充血死的吧？她相信它中了芹菜毒①；虽然缺乏证据，她疑心是法布干的。

她哭得好不伤心，主妇对她道："好啦，做成标本不就得了！"

她请教药剂师，他一向待鹦鹉好。

他写信到勒阿弗尔。有一个叫佛拉晒的，承接这种活儿。不过公共马车往往遗失包裹，她决定亲自把它送到翁花镇。

沿路接连不断是没有叶子的苹果树。沟里结着冰。狗在田庄边沿吠着；她把手缩在小斗篷底下，踏着她的小黑木底鞋，挎着她的篮子，在石路当中快步走着。

她穿过森林，走过高栎村，来到圣喀田。

---

① 俗传芹菜能毒死鹦鹉。

她后面起了一阵尘土，就见一辆邮车飓风也似的从坡上驰了下来。车夫看见这女人不让路，站直了，身子露在车篷外，车童也在喊叫①，同时他的四匹马，不顾他的管制，加快跑着。头两匹从她旁边蹭过去；他摇起缰绳，死命把马揪到大路一旁的便道；可是他气极了，举起胳膊，抡起他的大鞭子，从她的肚子一直抽到她的后颈，她仰天倒下了。

她醒过来，头一个动作是打开它的篮子。总算好，琭琭没有受伤。她发觉右脸烧痛，用手一摸，手变成红的，血直流。

她坐在一堆石子上，拿帕子包住脸，然后取出篮子里预先搁好的干面包，咬一口，看着鸟儿，也就忘记她受伤了。

她走到艾克莫镇的坡顶，望见翁花镇的灯火，像一群星星在夜里闪烁；再往远去，海就隐隐约约展开了。于是她不由一阵伤心，收住了脚；儿时的贫苦、初恋的落空、外甥的离开、维尔吉妮的死去，好像一片潮水，同时卷来，涌到咽喉，噎住了她。

她随后希望和船长说话；她叮咛他小心，不过没有说明托他带去的是什么东西。

佛拉晒许久没有寄回鹦鹉，他总是答应下星期就寄；过了半年，他通知寄出一只箱子，再也没有下文了。琭琭简直就像永远不会回来了。她想："他们许是把它偷去了！"

它终于来了，——神气得很；红木座子嵌着一个树枝子，直挺挺立在上头，一个爪子伸在半空，侧着头，咬住一颗核桃。做标本的爱装潢，还给核桃镀了金。

她把它藏在她的屋里。

这地方她很少放人进来，里面塞满宗教物品和古怪东西，就像一

---

① 邮车的车童骑着头两匹马中间的一匹。

座小礼拜堂,又像一家百货店。

一个大橱立在门旁,妨碍开门。正对着伸展到花园上空的窗户,有一个朝院子开的小圆窗。帆布床旁边是一张桌子,上面放着一个水罐、两把篦梳、一个缺口碟子,碟子里面放着一小块蓝色胰子。沿墙摆着一些念珠、徽章、几尊圣母像、一个椰子做的圣水杯;五斗橱上,像圣坛一样盖着单子,上面放着维克道尔送他的贝壳盒子;此外,还有一把喷壶、一个皮球、几本练习簿、地理知识图片、一双女孩的小靴子;镜子的挂钉上,挂着帽带子,是那顶小绒帽!全福毕恭毕敬到了这种地步,连"老爷"的一件礼服,她也保存着;欧班太太不要的老古董,她全收到自己的屋子里。这就是为什么五斗橱靠边放着纸花,天窗紧里挂着阿尔杜瓦伯爵①的画像。

球球用一块小木板架住,放在屋里凸出的壁炉上。她每天早晨醒来,靠黎明的亮光望见它,于是想起过去的年月,那些无足轻重的事情,一直想到它们的细微末节,不但不痛苦,反而充满平静。

她不和任何人往来,日子过得懵懵懂懂的,活像一个梦游人。圣体瞻礼节游行,她兴奋起来,到四邻妇女家求了一些蜡烛和草垫,装扮搭在街心的圣坛。

她在教堂总望着圣灵,注意到它和鹦鹉有些地方相似。有一张厄比纳尔②的圣像,画着救主领洗,上面的圣灵她觉得特别像它。绯红翅膀和绿玉似的身子,活脱脱就是球球的写照。

她把画买回来,挂在原来挂阿尔杜瓦伯爵的地方——她正好一眼把它们同时看到。它们在她思想里面连接起来,由于和圣灵这种联系,鹦鹉神圣化了,同时在她看来,也就变得更生动、更容易理解了。天父显示自己,不会挑一个鸽子的,因为这类飞禽没有声音,倒是挑球

---

① 阿尔杜瓦伯爵,即法国复辟时期的国王查理十世,一八三〇年七月革命爆发,亡命国外。
② 厄比纳尔是法国东北部孚日省的省会,以基督教版画出名。

琭的一个祖先可靠。所以全福望着圣像祷告,可是身子不时斜过一点来对着鹦鹉。

教堂组织圣母的侍女队,她直想加入。欧班太太劝住了她。

来了一件大事:保尔结婚。

他起先给公证人当书记,后来经商,在关卡服务,在税局做事,甚至于活动水利和森林的差事,忽然临到三十六岁,不知道天上刮来一阵什么风,他发现他的出路了:登记处!他在这里显出很大的才干,有一位检察官居然把女儿许给他,答应栽培他。

保尔变严肃了,带她来见母亲。

她指摘主教桥的风俗习惯,摆少奶奶架子,作践全福。她走的时候,欧班太太觉得轻松。

接着下星期,传来布赖先生死在下布列塔尼一家客店的消息。自杀的谣言证实了;人们对他的正直起了疑心。欧班太太复查她的账簿。很快就看出他连串的弊端:挪用利息、私卖木材、滥开收据等等。而且他有一个私生子,"和道需莱的一个女人有来往"。

她很为这些事难过。一八五三年三月,她觉得胸口疼,舌头像是有烟罩着,放血也减轻不了气闷;第九天黄昏,她咽了气,正好七十二岁。

她看起来没有这样老,由于头发还是棕色的缘故;头发从鬓角散下来,兜着她苍白的有些细麻子的脸。很少朋友惋惜她,她拘礼的作风近乎拒人于千里之外的傲慢。

全福不像普通仆人哭主人那样哭她。"太太"会死在她的前头,她怎么也想不通,觉得这违反事物的程序,不能接受,简直荒唐。

十天以后(从贝藏松赶来需要的时间),继承的人们突然来了。少奶奶翻抽屉,挑家具,卖掉多余的家具,随后他们又回登记处去了。

"太太"的沙发椅、她的独腿圆桌、她的脚炉、八张椅子,全运走了！板壁上的画幅也摘掉了，留下一些黄颜色的方空当。他们带走两张小床和床垫，壁橱里头维尔吉妮的东西统统不见了！全福走上楼，满脸的忧郁。

第二天，门上多了一张招贴：药剂师冲着她的耳朵嚷嚷：出卖房子。

她站不住脚，一屁股坐了下来。

她顶难过的是放弃她的屋子——对可怜的琭琭是那样的方便，她哀求圣灵，焦灼的视线围着它，而且养成崇拜偶像的习惯，跪到鹦鹉前面祷告。太阳有时候从天窗下来，照到它的玻璃眼睛，反射出一道明晃晃的亮光，她入神了。

她一年有三百八十法郎收入，是主妇留给她的。花园供她青菜。至于衣服，足够穿戴到她末一天，而且节省灯火，天一黑，她就睡了。

她不出门，免得看见旧货铺子那边，摆着几件旧家具。自从她摔晕过去以来，她就拖着一条腿走路；她的气力衰了；开杂货铺开穷了的西蒙妈妈，天天早晨来帮她斫柴打水。

她的眼睛不中用了。百叶窗不再打开。许多年过去了。房子租不出去，也卖不掉。

全福怕人家撵她，决不要求修理。屋顶的板条烂了；一整个冬天，她的长枕头都是湿的。复活节后，她吐血。

西蒙妈妈于是请了一位医生。全福想知道她害什么病。不过耳朵太聋，她听不见，只抓住两个字："肺炎"。她晓得这个，和颜悦色地答道："啊！跟太太一样。"她觉得和太太一样是很自然的。

搭圣坛的日子近了。

第一座总在山坡底下，第二座在邮局前面，第三座在街中心。关于末一座的地点，大家起了争论；最后，教区妇女选定欧班太太房前的院子。

气闷和体温增加了。全福没有为圣坛做一点点事,觉得难过。起码她能放点儿东西上去也好!她于是想到鹦鹉。邻居妇女反对,说这不相宜。可是堂长答应了:她非常快活,请他收下她唯一的财宝琭琭,万一她死了的话。

从星期二到星期六,圣体瞻仰节的前一天,她咳嗽的回数越发多了。临到黄昏,脸绷紧,嘴唇粘在牙床上,她作呕了;第二天,一清早,她觉得险恶,托人请来一位教士。

涂抹圣油的时候,三个善良的妇女围着她。她随后说,她需要和法布谈谈。

他穿着星期天的好衣服来了,在这阴惨惨的空气中间,他很不舒服。

她用力伸出胳膊,说:"原谅我吧,我先前直以为是你把它害死的!"

什么意思,说这种废话?疑心他杀过人,像他这样一个男人!他动气了,要吵闹。

"她头脑不清楚,你看得出来。"

全福不时在同影子说话。善良的妇女走了。西蒙妈妈吃着午饭。

停了一会儿工夫,她拿起琭琭,送到全福面前。

"好啦!和它告别吧!"

虽然不是尸首,也被虫蛀了;一个翅膀断掉,麻絮从肚里散了出来。不过她如今眼睛瞎了,看不见。她吻它的额头,脸贴着它贴了许久。西蒙妈妈拿起它来,去把它放到圣坛上。

五

　　草原送来夏天的气味；苍蝇嗡嗡在飞；太阳照亮河水，晒暖房顶的青石瓦。西蒙妈妈回到屋里，不久也就睡着了。

　　钟声吵醒了她；人们做完晚课朝外走。全福的昏迷好些了。她想到游行，好像她跟在后头一样，看见了游行。

　　全体学童、唱经班和消防队，走在人行道上；同时领头在街心前行的，有握着斧钺的教堂守卫、捧着一个大十字架的教堂执事、管理男孩子们的教师、不放心小姑娘们的修女；三个最可爱的小女孩子，天仙一般，头发卷着，往空里散玫瑰花瓣；助祭教士张开胳膊，为音乐打拍子；两个管香炉的，走一步，向圣体回一回身；同时堂长先生，穿着华丽的祭披，在四个教堂财务员举着的鲜红绒盖底下，捧着圣体。在白布盖着的房墙之间有一大群人，熙熙攘攘，跟在后头；他们来到山坡底下。

　　全福的太阳穴直冒冷汗。西蒙妈妈拿一块布给她揩汗，自言自语，说我们都会有这一天的。

　　群众的呢喃变大了，有一时很响，随后又远了。

　　一阵枪声震动窗户玻璃。原来是车夫在向圣龛致敬。全福转动瞳孔，拼命提高声音说："它好吗？"她在担心鹦鹉。

　　她开始咽气。气越喘越急，两肋一上一下地掀动。嘴角起泡沫，浑身打颤。

　　没有多久，就听见铜喇叭呜嘟嘟的响声、儿童嘹亮的声音、男子低沉的声音。有时候一切寂静，脚踩着花，声音发闷，好像一群牛羊在草地上走。

　　教堂人员在院子里出现了。西蒙妈妈爬上一张椅子，凑近小圆窗，望出去就是圣坛。

祭桌挂着绿花环，周围镶着一道英吉利针织的边饰；当中一个小架子，托着一些先圣的遗物；桌角有两棵橘子树，四周全是银蜡烛台、瓷花瓶；花瓶插着葵花、百合、牡丹、毛地黄、小簇八仙花。这堆绚丽的色彩，从高处第一级朝下，斜着铺向伸到石路的毯子上。有几样罕见的东西引人注意：一个套着一顶紫罗兰花冠的鎏金的银糖罐，在青苔上闪烁的阿朗松的玉耳坠子，露出风景的两扇张开的中国屏风。琭琭藏在玫瑰花底下，只有它的蓝额头露出来，仿佛一片天青石。

教堂财务员、唱经班、儿童，全在院子三面排好。教士慢条斯理地走上台阶，把他的光芒四射的大金太阳[①]放在花边上。人们全跪下。一片沉静。香炉随着链子的摆动，摇过来摇过去。

一道青烟上来，进了全福的屋子。她伸出鼻孔吸着，有一种神秘的快感；她随后闭住眼皮，微笑着。她的心一回跳得比一回慢，每回都更模糊了，更柔和了，好像一道泉水干涸，一片回声散开。她呼最后一口气的时候，恍惚在天空分开的地方，看见一只巨大的鹦鹉，在她的头上飞翔。

---

① 指放着圣体的圣龛。

· 希罗底 ·

一

马盖耳司①的砦堡建在死海正东,一个圆锥形的火成岩的峰巅。前后左右,四面都有深谷围绕。沿着地势的高低,圈了一道起伏不定的墙;墙内紧靠砦堡的基石聚积了好些房屋;一条羊肠小道,切开山石,连接城市和堡垒。堡墙有一百二十尺高,角隅众多,外沿全是雉堞;或远或近的角楼,好似花饰,围住这顶悬在深渊之上的石冕。

里面是一座画廊回环的宫院,上面砌成一座露台,四周是一圈枫木栏杆,还有好些支撑天幔用的旗杆。

有一天早晨,天还没亮,藩王希律·安提帕②凭着栏杆遥望。

山正好就在他的身子下边开始露出它们的峰峦,同时山身直到谷底,仍在阴影之中。雾飘来飘去,把自己撕开,显出死海的轮廓。晨曦在马盖耳司后面升起,撒下一片红光,不久照亮了岸碛、丘陵、沙漠,再往远去,犹太所有的峦嶂。而这所有的峦嶂,斜斜露出它们高低不平的灰色表面。隐基底在中央做成一道黑棍子;希伯伦在后面弯成一个圆顶;以实各是漫山的石榴,梭烈谷是遍野的葡萄,迦密③是整畦的芝麻;安东尼塔④的奇大立方体主有耶路撒冷。藩王转开眼睛,瞭望右方耶利哥的棕榈,想起他在加利利的其他城邑:迦伯农、隐多珥、拿撒勒、提比利亚⑤,说不定他再也回不去了。然而约旦河在枯瘠的原野流着,白哗哗一片,雪一般耀眼。湖如今好像一片青石;在它的南端,也门那边,希律认出他所害怕望见的:好些棕色的帐幕散开,人们拿着长矛,在马群中间往来,同时将熄的营火,仿佛火花,在地面熠耀。

这是阿拉伯王⑥的军队。希律休掉他的女儿,和兄弟媳妇希罗底⑦同居。那位兄弟不想争权夺势,一个人住在意大利。

希律在等候罗马人援救；然而维特里屋斯⑧，叙利亚总督，迟迟不来，他忧恐到了极度。

不用说，是阿格芮巴⑨在皇帝⑩耳边进了谗言。腓力，他的三兄弟，巴珊的藩王⑪，私下在武装。犹太人不再容忍他崇拜偶像的风俗，别的民族也不再容忍他的统治；他拟了两种计划，苦于不知所从：是与

---

① 马盖耳司，现今的穆考，在死海之东，醋加·曼河之南，介乎阿拉伯与巴勒斯坦的边境。这是犹太人在比利亚一个重要的砦堡，中经数次修毁，直到希律大帝为了防御阿拉伯人，重新加以收拾，并增建宫殿。
② 藩王希律·安提帕是希律大帝所娶第四任妻子撒玛利亚女人玛尔撒斯的次子。希律大帝死后，犹太国被罗马帝国分封给他的三个儿子，希律是其中之一，属地为加利利与比利亚两省。在位时，以杀施洗者约翰名传后世。希律于公元三十九年被罗马皇帝嘉伊屋斯撤职流放。Térarque 原是古希腊把一个地方分封后设的一种官职。其后罗马沿用下来，分封地有了保护国或屏藩的意思，所以此地译做藩王。此外，为便利读者，希律·安提帕一律按照《新约》译为希律，不译"安提帕"。
③ 隐基底、希伯伦、以实各、梭烈、迦密，还有下文提到的耶利哥，都是死海附近的地名。隐基底在死海之西，希伯伦在耶路撒冷之南，以实各在希伯伦附近东北，梭烈在希伯伦之西，迦密在希伯伦东南，有城。耶利哥在约旦河西岸，死海正北。
④ 安东尼塔，在耶路撒冷城内偏东，神庙之北塔，塔初名巴芮斯，其后希律大帝重修，即以纪念罗马大将安东尼。
⑤ 迦伯农、隐多珥、拿撒勒、提比利亚，都是约旦河上游以西加利利境内的地名，靠近加利利海。迦伯农在加利利海以北、约旦河以西，隐多珥在加利利南部，拿撒勒是耶稣的生邑，在隐多珥西北。提比利亚在加利利海西岸，为希律所建，以罗马皇帝提比利屋斯命名。
⑥ 应为"酋长"，即阿奈塔斯四世，他为报休女之仇，于公元三十七年曾发兵进攻藩王希律。
⑦ 希罗底，是希律大帝的孙女，先嫁给希律大帝第三任妻子玛利安妮的儿子、她的叔父希律·腓力，生了一个女儿，即小说里的莎乐美。在罗马居留期间，又和她丈夫的异母兄弟希律·安提帕同居，即小说中的希律。希律的原配是阿拉伯酋长的女儿，闻听后逃回母国，同时希罗底和丈夫离婚，随藩王回到巴勒斯坦。阿拉伯人兴师问罪，希律转向罗马总督求救。希律后来被罗马皇帝撤职流放，她跟随着他，死于异域。
⑧ 维特里屋斯，生死年月不详，公元三十四年他是罗马帝国的执政官，公元三十五年至三十七年间，出任叙利亚总督。依据《犹太古史》的作者约瑟夫斯，维特里屋斯率领罗马援军来在圣·约翰去世以后，甚而或在希律被阿拉伯打败以后。
⑨ 阿格芮巴（公元前十年—公元四十四年），是希罗底的兄弟，即希律·阿格芮巴一世，反对她改嫁希律，在罗马因讨好皇储嘉伊屋斯·卡利古拉（公元十二年—公元四十一年），被罗马皇帝提比利屋斯（公元前四十二年—公元三十七年）发觉，把他投入监狱。
⑩ "皇帝"指提比利屋斯，是奥古士督皇帝的义子，奥古士督死后，公元十四年至三十七年他继任罗马皇帝。希律在加利利海西岸建立的提比利亚城就是用他的名字命名的。
⑪ 这个腓力是希律的另一个异母兄弟（希律大帝第五任妻子克莱奥佩特拉的儿子，公元前四年—公元三十四年），不是希罗底的丈夫，他在希律大帝死后被封为统治巴珊的藩王。他的王妃即本文的莎乐美，他的侄女。

130

阿拉伯人和解,还是与帕提亚人①联盟。他借口做寿,就在今天,邀请军队的统领,州县的官长和加利利的名流,举行盛大的宴会。

他拿锐利的视线搜索所有的道路。全都空空如也。鹰在他的头上盘旋;沿城的兵卒,倚墙打盹;堡内没有分毫动静。

忽然,一个遥远的声音,好像从地底上来,吓白了藩王的面孔。他俯下身子去听,声音没有了。接着又来了;他拍着手,喊道:

——马迺伊!马迺伊!

一个男子出现了,好像搓澡的,一直裸到腰围。他非常高大,又老又瘦,屁股挎着一把铜鞘腰刀。他的头发用篦子架起,越发把前额衬长了。眼睛因为半睡半醒有些发暗,然而他的牙齿发亮,脚趾轻轻踩着石板地,全身具有猿猴的柔软,面孔具有木乃伊的冷静。

藩王问道:

——他在什么地方?

马迺伊用拇指指着他们背后一个东西,回道:

——那儿,一直在那儿!

——我相信我听见他!

希律深深吸了一口气,问起伊奥喀南,也就是拉丁人呼做圣·施洗·约翰②的。上月,他特许进地窖探望的那两个人,谁再见到吗?从那时以来,有谁知道他们进去做了些什么吗?

马迺伊回答道:

---

① 帕提亚人是西古提人的一支。西古提人是公元前七至公元前三纪散居在欧洲东北和亚洲西北各地的野蛮游牧民族,也称斯基泰人或西徐亚人。公元前三世纪,塞琉西王朝衰落,帕提亚逐渐崛起成为一个庞大的军事帝国(公元前二四七年—公元二二四年),又名阿萨息斯王朝或安息帝国。

② 伊奥喀南即施洗·约翰,《路加福音》第一章记载,他是祭司撒迦利亚和以利沙伯的儿子,希伯伦附近人。《马可福音》第一章记载,"约翰来了,在旷野施洗,传悔改的洗礼,使罪得赦。犹太全地和耶路撒冷的人都出去到约翰那里,承认他们的罪,在约旦河里受他的洗。约翰穿骆驼毛的衣服,腰束皮带,吃的是蝗虫、野蜜。他传道说:'有一位在我以后来的,能力比我更大,我就是弯腰给他解鞋带,也是不配的。'"

——他们和他交换了几句秘密话，好像黄昏时分贼和贼在十字路口相会一样。随后他们去了上加利利①，说要带回一个大消息来。

希律低下头，随即一副恐怖模样，说道：

——看住他！看住他！什么人也不许进去！关好门！盖住洞！千万不要叫人疑心他还活着！

不等命令下来，马迺伊就办到了；因为伊奥喀南是犹太人，如同所有的撒玛利亚人，他恨犹太人②。

他们在基利心③的庙，摩西指定的以色列的中心，从席尔康王④以来就被毁掉了。所以对于他们，耶路撒冷的大庙是一种凌辱，一种长久的不公道，惹他们气忿。马迺伊曾经溜进去，想用死人骨头弄脏神坛。他的同伴，逃慢一步，全让斫了头。

在两山之间，他望见耶路撒冷的大庙。太阳映亮它的白色大理石墙和屋顶的金箔。这仿佛一座晶明的大山，一种超人的存在，以它的富裕和骄傲压倒一切。

于是他把胳膊伸向锡安⑤，以为语言具有实际的效力，挺直身子，头向后，握紧拳，咒骂了它一句。

希律虽然听见，并不介意。

撒玛利亚人又道：

——他有时候乱动，他想逃走，他希望人来搭救。又有时候，他

---

① 上加利利，指加利利北部多山的区域，正是耶稣当时传教的地带。《马太福音》第十一章和《路加福音》第七章对此事都有记载。不过，福楼拜把两个门徒归来，插在约翰死了的第二天。
② 撒玛利亚人与犹太人比邻而居，因为种族渊源和信仰不同，双方长久发生冲突，结仇甚深，其中有许多人跟随了耶稣。
③ 基利心，是撒玛利亚境内南部的一座高山。《旧约·申命记》第十一章录摩西遗训："及至耶和华你的神领你进入要去得为业的那地，你就要将祝福的话陈明在基利心山上，将咒诅的话陈明在以巴路山上。"
④ 席尔康一世（公元前一六四年—公元前一〇四年），古犹太国王，为罗马人所支持，被封为耶路撒冷主祭，属于马嘉比一姓，曾讨伐撒玛利亚人，攻取示剑及基利心山，并毁山上神庙。
⑤ 锡安，又名郇山，耶路撒冷城内西南的山峰，上有坚固的砦堡；大卫王即葬于此。

跟一只病了的走兽一样安静；要不我就看见他在黑地里走着，不停地重复道："有什么关系？要他大，必须我小！"①

希律和马迺伊互相望着。然而藩王懒得思索。

周围的峦嶂，犹如洪水化成石头的级层，悬崖侧壁的黑渊，碧天的浩瀚，白昼的强烈的光耀，谷壑的幽深，全使他心烦。望着沙漠上凌乱形成的沙丘，像是倾圮的剧场和宫殿，他感到绝望。热风卷来硫磺的气味，仿佛遭诅咒的死城的嘘息，它埋得比浊水下边的堤岸还要低。这些永生的忿怒的符志，吓倒他的思想；两肘倚住栏杆，眼睛定定的，两手拥住鬓角。

有人碰他。他转回身，希罗底站在他的面前。

一件浅紫色的长袍裹住身子，一直搭到鞋面；她匆匆走出寝宫，没有戴项圈，也没有戴耳环；有一束黑发垂在她的一只胳膊上面，发梢陷在两乳的空隙；她的鼻孔大开，悸动着；胜利的喜悦照亮她的面孔；她摇撼着藩王大声道：

——恺撒②爱我们！阿格芮巴下了狱！

——谁告诉你的？

——我知道么！

她添上一句：

——因为他想要嘉伊屋斯③做皇帝！

他全仗他们的赒济过活，然而野心和他们一样，暗地活动帝王的尊号。以后再也不用害怕了！

---

① 参看《新约·马太福音》第三章第十一节与《路加福音》第三章第十六节："约翰说：'我是用水给你们施洗，但有一位能力比我更大的要来，我就是给他解鞋带也不配。'"
② 这里恺撒说的不是当时已故的恺撒大帝（公元前一〇〇年—前四十四年），而是现任的罗马皇帝提比利屋斯，其阿格芮巴入狱发生在公元三十六年，远在约翰被杀之后，福楼拜有意把它提前，和故事放在一起。
③ 嘉伊屋斯在施洗约翰遇难时是王位继承者，公元三十七年至四十一年就任罗马皇帝，暴虐无道，为人暗杀。

"提比利屋斯的牢狱难开开,到了里头,性命往往不牢靠!"

希律明白她。她虽说是阿格芮巴的妹妹,她的残酷的用心,他觉得正当。暗杀是事件演变的一种结果,皇室的一种宿命。在希律这一姓,暗杀已经无从计数了。

她随即一桩桩叙述她的作为:收买食客,截阅信件,在城门派定奸细,和她怎么样引诱虞地该斯①告发。

——我什么都不在乎!为了你,我做的不是比这还要多吗?……我甚至丢下我的女儿!

离婚以后,她把女孩子留在罗马,指望藩王会有儿女给她。她从来不提起这个女孩子。他奇怪她会忽然心软。

天幔摊开,宽大的坐垫为他们拿来。希罗底倒在上面,转过背,哭着。随后她把手放在眼皮上,说她不再往这方面想了,她觉得自己快乐;她同他说起,从前他们在那边②天井的谈话,浴室的相会,沿着圣路③的散步,夜晚来到广大的别墅,谛听泉水呢喃,在扎花的凯旋门之下,眺望罗马的原野。和从前一样,她看着他,在他的胸前揉来揉去,做尽妖媚的姿态。——他推开她。她试想燃起的爱情是这样远,如今!这是他一切忧患的泉源;因为,几乎有十二年了,一直就在打仗,把藩王催老了。在一件紫边深色的长袍里面,他的肩膀弓着;他的白发和胡须搅在一起;太阳穿过帐篷,照亮他的愁苦的额头。希罗底的额头同样有了皱纹;他们面对面,一副残酷的模样互相打量。

山道渐渐有了行人。牧人吆着牛,孩子牵着驴,马夫领着马。从马盖耳司一旁的山头下来的人们,在堡子后面不见了;有些人从对面

---

① 虞地该斯是阿格芮巴的车夫,阿格芮巴发现他偷东西,车夫就去见提比利屋斯,告发了他主人,使主人下狱。第二年,嘉伊屋斯登基,阿格芮巴就恢复了自由。
② "那边"指罗马京城。
③ 圣路是罗马著名的街道,道旁以有几座神庙而得名。

山洼上来，进了城①，在宫院卸下他们的行李。他们不是藩王的厨役，就是宾客的前站奴仆。

然而从露台深处，左方，走来一个艾赛教士②，穿着白袍子，赤着脚，一副苦修的神情。马迺伊举起刀，从右方奔了过去。

希罗底向他喊着：

——杀了他！

藩王道：

——住手！

马迺伊站住了；另一个人也站住。

他们随即倒退，选了不同的楼梯，眼睛谁也不离开谁。

希罗底道：

——我认识他！他叫法女哀勒，打算探望伊奥喀南，都是你一意要他活着！

希律以为他有一天会有用。他攻击耶路撒冷，正好把其余的犹太人激到他们这边。

她继续道：

——才不！他们接受所有的主子，就没有本事组织一个国家。

至于有人利用尼希米③以来持有的希望煽惑人心，最好的政策便是加以制裁。

依照藩王，勿需乎急。说伊奥喀南危险？没有的话！他矫笑了：

——闭住嘴吧！

---

① "城"指马盖耳司。
② 艾赛教士是犹太教派之一，隐居山野，不结婚，好清洁，伊奥喀南属于艾赛教派。
③ 尼希米是公元前五世纪的犹太人，曾任波斯王亚达薛西一世的酒政，公元前四四五至公元前四四四年得到允准重新修复耶路撒冷，并被任命为犹大总督。《旧约》有《尼希米记》专篇记载。在这时期又有《旧约·玛拉基书》记载"耶和华借玛拉基传给以色列的默示"，"预言以利亚奉遣而至"。希罗底以为伊奥喀南有意利用先知预言作为反抗的护符。

她重新数说有一天她到基列①采集香脂，受到的羞辱：

——好些人正在河边穿衣服。一个人在旁边小山上面讲话。他腰间围了一块骆驼皮，头像一只狮子。他看见我，就拿先知的诅咒全冲我唾。他的眼睛冒火，放大声音吼号；他举起胳膊，像要抓下雷来。可我逃又逃不了！我的车的轮子连轴都是沙子；我慢慢地走开，藏在袍子底下，听凭人家咒骂，缩头缩脑就跟遭了暴雨一样。

伊奥喀南妨害她活。擒住他，用绳子把他捆住的时候，只要他抗拒，兵士就可以刺死他；他偏百依百顺。蛇放进他的牢狱，统统死了。

这些诡计没有用，希罗底越发气闷。而且，他为什么同她作对？他贪图什么？他的演讲，说给群众，张扬出去，四处传播；她什么地方也听见，填满了空间。她有胆子不怕军队，可是这种比剑还毒又无从捉拿的力量，真正惊人；她跑遍了阳台，脸让气成了灰色，缺乏字眼儿表现她的郁闷。

她又想，藩王迫于舆论，说不定就会想到驱逐她。那就全毁了！她从儿时就孕有一个大帝国的梦想。为了达到这个目的，她撇下她的前夫，和现在这位结合；然而他骗了她，她想：

——我寻了一个好帮手，来到你家！

藩王仅仅道：

——和你家一样好！

希罗底觉得她的脉管沸腾着她的祖先：祭司和帝王的血液。

——可是你祖父给亚实基伦②庙充打扫！还有些是放羊的、强盗、商队领路的，一个从大卫王以来就臣服犹太的游牧民族！全叫我祖先

---

① 基列山，字义是以石堆为证，故事见于《旧约·创世记》第十三章。其后借做地名，在约旦河以西，相当于希律时代的比利亚。
② 亚实基伦，古巴勒斯坦西南，地中海沿岸的一个重要商埠。

打败了的!马嘉比①的第一代把你们赶出希伯伦,席尔康逼你们行了割礼!

她倾出贵族对平民的厌恶,雅各对以东的憎恨②,责备他对凌辱冷淡,对出卖她的法利赛教士③软弱,对厌憎她的人民懦怯。

——你跟人民一样,你敢说不是!你想念那围着石头跳舞的阿拉伯姑娘!接她回来吧!跟她过活去,到她布屋子去!吃她灰里烤出来的面包去!喝她凝了的羊奶去!亲她的蓝脸④去,忘掉我好了!

藩王已经不听了。他望着一家露台,上面站着一个年轻女孩子和一个撑着伞的老妇人。苇子伞把,和渔夫的钓线一样长。在毡子当中,敞着一个旅行用的大篮子,腰带、面网、金银耳坠,乱七八糟塞满了。年轻女孩子间或俯向这些东西,拿在空里摇着。她和罗马女人一样,穿着一件打褶的内衣,一件碧玉流苏的坎肩;好些蓝色皮绦子束扎她的头发,不用说,头发太沉重,因为,她不时伸过手去托托。伞在上面护住她,把她遮了一半。有两三回,希律望见她俏丽的颈项、眼梢和一张小口的嘴角。他看见她全身弯下,从臀到颈,又弹性似的直了起来。他窥伺这种动作的重复,他的呼吸越发沉浊了,眼睛冒出火光。希罗底观察他。

---

① 马嘉比,是公元前二世纪犹太人中反抗外人侵略最坚决的王族。第一代是马达息亚斯,其后是儿子犹大继位,再后是犹大之弟西蒙,西蒙遇害之后传位子嗣约翰,即席尔康一世。席尔康攻占以东后,强迫该地人民接受割礼。希律的母亲即属于此种俘虏阶级,被纯犹太人侮视为"半"犹太人。希罗底便借此挖苦希律。
② 雅各,以色列人的远祖,是以撒和利百加的次子,用饼和红豆汤取得长子的名分,之后又在利百加的偏袒下取得以撒许给其兄长以扫(又称以东)的祝福,并为此避居母舅拉班处,娶其两女儿为妻,生下十二个儿子,之后携家人返回迦南祖居地,成为以色列的十二支族。以扫因与雅各不合,带领他的家族住在西珥山里,地当死海之南,成为以东人的始祖。就信奉耶和华的以色列人看来,以东人算是异教夷族。参阅《旧约·创世记》。
③ 法利赛教士,犹太的教派之一,属于正统派,外表严饬,实际生活糜烂,所以耶稣叫他的门徒和人民不要相信,骂他们是"粉饰的坟墓,外面好看,里面却装满了死人的骨头和一切的污秽"。后来法利赛教士坚持钉死耶稣。
④ 阿拉伯人经常用蓝颜色在孩子前额、两颊画些星星或者其他宗教标记,并非脸是蓝的。

他问：

——这是谁？

她答了一句不知道，立即心气平静地走开。

好些加利利人、主记官、牧场的场长、盐田的经理和一个统率他的骑兵的巴比伦来的犹太人，在门外两廊等候藩王。大家同声向他致敬。他随即走向内宫。

法女哀勒在走廊的拐角忽然出现。

——啊！还在这儿！不用说，你来是为了伊奥喀南？

——也为了你！我来告诉你一件重要的事。

于是，不离开希律，他随他走进一间发暗的厅房。

日光从斗拱下面一排铁丝长窗进来。墙漆成一种石榴色，差不多是黑的。深处支着一张乌木床，带着牛皮縰子。顶上一面金盾，太阳似的发亮。

希律穿过全厅，躺到床上。

法女哀勒站着。他举起胳膊，一种神灵附体的姿势：

——上天不时送下一个儿子。伊奥喀南便是一个。你要是压制他，上天会降罚于你的。

希律喊道：

——是他不放松我么！他要我做我做不到的事。从那时候起，他就毁谤我。起初我并不残酷！他甚至从马盖耳司差遣了好些人扰乱我的州县。他这叫自取其祸！他既然排斥我，我就得保护我！

法女哀勒回道：

——他发起怒来也太激烈。不过，总得开脱他。

藩王道：

——人不放野兽出去的！

艾赛教士答道：

——你不用过虑！他会到阿拉伯人、高卢人①、西古提人群里去的。他的工作应当一直扩展到地的尽头！

　　希律仿佛看到什么：

　　——他的能力也真大！……我就挡不住自己爱他！

　　——那么，好不好放他自由？

　　藩王摇摇头。他害怕希罗底、马迺伊和不识的未来。

　　法女哀勒努力劝告他，说是艾赛教派为了成全他的计划，一定臣服王室。大家尊敬这些披着麻布、不畏刑法的穷苦教士，能由星象窥测未来。

　　希律记起他方才的一句话：

　　——你要说的一件要紧事，是什么？

　　来了一个黑人，蒙着一层尘土，身上全白了。他喘着，仅仅说出：

　　——维特里屋斯！

　　——什么，他来啦？

　　——我看见他的。不到三小时，他就到了这儿！

　　游廊的帘子动着，和风在吹一样。堡子里充满了喧嚣，人跑的声音、移动木器的声音、银器倾覆的声音；同时号角在角楼的高处响了起来，警告散开的奴隶。

---

① 高卢人，古时著名游牧民族，散居阿尔卑斯山南北，受罗马抚绥，从事征讨。

二

维特里屋斯走近宫院的时候，城堞立满了人。他扶着通译官的胳膊，披着罗马人的长袍，围着紫色绶带，蹬着一双执政的靴子；后面随着一顶装潢着羽翎同镜子的大红轿和护卫他的皂隶。

皂隶在门外竖起他们的十二柄斧钺——好些小棒，中间一把斧子，用一条皮带捆在一起的仪仗。于是，人人当着罗马民族的华严景象颤索。

八人轿停住，下来一个大腹少年，一脸粉刺，沿着手指一溜珍珠。满满一杯香料泡成的酒献给他。他喝完了，还要一杯。

藩王跪在总督前面，说他心里难过，未能更早知道大驾幸临。否则，他一定盼咐沿途加意伺候。维特里屋斯原出女神维特利亚。由贾尼库①到海滨，有一条大路用的还是他们的姓。财政大臣、执政，在这一族就无从计数；至于路西屋斯②，他现今的贵宾，大家应当感谢，因为他是克里特③的征服者，年轻的欧路斯④的父亲，如今可以说重返故国，因为东方是众神的乡土。这些夸张的词句用拉丁文表现，维特里屋斯不动声色地领受着。

他回答，希律大帝足抵一个国家的光荣。雅典人请他做奥林匹克竞技的总裁⑤。他为奥古士督⑥立了好些庙，忍耐、聪慧、可畏、永久忠心于皇室。

大家望见希罗底，一副皇后的神情，在一群嫔从中间，从铜头柱子的空当，往前走来。宦官捧着香云瑷碟的镀银盘子。

总督迈前三步接她；她俯下头致敬，然后道：

——多福气！提比利屋斯的仇敌阿格芮巴，从今以后不能害人啦！

他不知道这事变，觉得她危险；所以希律宣誓，他为皇帝无所不为时，维特里屋斯接下去道：

——甚至于不顾别人？

他原先从帕提亚王那里弄来好些质礼，皇帝已经忘掉；然而希律曾经出席会议，为了叫人看重自己，抢先奏闻上去。因此，他怀恨于心，迟迟不来援救⑦。

藩王结巴着。但是欧路斯大笑道：

——放心，我保护你！

总督假装没有听见。父亲的前程仰仗儿子卑污。这朵贾浦赖⑧泥泞之花，为他弄来的利益不计其数，他不得不加以青睐；虽说花儿有毒，必须提防。

门下面起了一阵骚乱。进来一队白骡子，背上好些教士衣着的人们。这是撒都该教士⑨和法利赛教士，同一野心把他们领到马盖耳司来，前者想得到主祭的位置，后者想保全主祭的位置。他们的面孔是阴沉的，特别是法利赛教士，罗马和藩王的仇敌。他们的下摆在人丛里绊着他们；好些有字的羊皮细带环绕他们的额头，同时法冠在上面摇摆。

差不多就在同时，前站的兵士开到。为预防尘土，他们把盾牌装

---

① 贾尼库，罗马城内七座山岭之一，在提布河的右岸。
② 路西屋斯是维特里屋斯的名字。
③ 克里特，即西利西，小亚细亚的山地，公元前一世纪并入罗马帝国。
④ 欧路斯，生于公元十五年，继尼禄（三十七年—六十八年）之后做罗马皇帝，在位八个月，公元六十九年就被杀了。
⑤ 奥林匹克竞技会开始于公元前七七六年，维持到公元三九三年或四二六年。希律大帝曾被推举为终身名誉会长。
⑥ 奥古士督（公元前六十三年—公元十四年），恺撒大帝的义子，战胜政敌安东，被举为罗马皇帝。开明专制，文物鼎盛。死后，对他的崇拜形成藩邑主要的宗教，当时希律兴建了四五座大庙纪念。
⑦ 依据《犹太古史》作者约瑟夫斯，维特里屋斯的援军来在约翰被杀之后，可能还在阿拉伯人打败希律以后。
⑧ 贾浦赖是意大利那不勒斯附近一个小岛，提比利屋斯皇帝晚年在这里带大欧路斯。
⑨ 撒都该教士是犹太教派之一，多属富贵人家，经常掌握政权，生活更为糜烂。

141

进套子;他们后面是总督的参将马赛路斯①,和腋下夹着木版的税吏②。

希律引见他四周的主要人物:陶马伊、康特辣、赛洪、给他买沥青的亚历山大③人阿蒙尼屋斯、他的轻步兵队长纳阿蛮、巴比伦人伊阿散。

维特里屋斯注意到马廼伊。

——这一位,又是谁?

藩王比了比手势,让他明白他是刽子手。

随后,他引见撒都该教士。周纳塔斯,小身量,举止自如,说着希腊话,恳求总督赏脸,光降耶路撒冷。总督回答,他或许会去的。

艾赖阿茶,鹰钩鼻子、长胡须,为法利赛教士要求发还主祭的法衣,如今被官方扣在安东尼塔④。

接着,加利利人上来控告彼拉多⑤。说他杀了好些居民,借口有一个疯子,在靠近撒玛利亚的一座山洞寻找大卫的金瓶。大家同时嚷嚷,马廼伊比别人还要激烈。维特里屋斯表示要惩办罪犯。

门外廊庑前面发出好些叫骂的声音。原来兵士把盾牌挂在廊庑,摘去套子。盾心露出恺撒的容貌。犹太人把这看做偶像崇拜。希律训斥他们。维特里屋斯坐在廊柱中间一个高座上,惊于他们的愤怒。难怪提比利屋斯把四百犹太人流放到撒丁岛⑥,大有道理。不过,他们在

---

① 马赛路斯,是维特里屋斯的朋友,在犹太省巡抚彼拉多被罗马召回期间曾代理其职。
② 税吏,是罗马特有的一种财政官,采取包缴的制度,奸诈苛刻,尤其是在被征服的地区。
③ 亚历山大,是埃及沿地中海最重要的滨海大埠,公元前三三一年马其顿国王亚历山大大帝所建。
④ 洛朗的《圣徒行传》记载:希律大帝把大司祭的法衣扣在安东尼塔内,其后,维特里屋斯收买人心,取出发还犹太人。
⑤ 彼拉多是罗马统治下犹太省巡抚,耶稣在其任内被处死。先是希律同母的长兄亚基老,在希律大帝死后,被罗马人立为犹太藩王,由于残暴无道,被罗马皇帝奥古士督流放后,犹太国改为罗马直辖省,其最高行政长官为罗马任命的巡抚。
⑥ 撒丁岛,意大利西边地中海里的一个岛,山地多瘴,古时罗马流放囚犯的一个地方。

家乡是强悍的；他下令收起盾牌。

于是，他们围住总督，吁求公道、特恩、施舍。大家前拥后挤，衣服撕烂了；奴隶拿棍左右乱打，要他们腾出地方。靠门最近的人沿着小径下去，又是一批上来；大家潮水一样倒卷着；在这起伏不定的人海中，两股交割的人流，被围墙活生生挤作一团。

维特里屋斯问为什么这样多的人。希律解释：由于他的生日；他指向好几个他的仆役：倚住雉堞，正在往上吊起大筐的肉、果子、菜蔬、羚羊和鹳、天蓝色的大鱼、葡萄、西瓜、积成金字塔似的石榴。欧路斯馋不住了，他奔往厨房，心里只有一个东西作祟：撼震宇宙的饕餮。

走过一个地窖，维特里屋斯望见若干胸甲一样的锅。他过来观看，要人为他打开砦堡的地下房屋。

房屋由山石削成，穹隆高大，用柱子远远隔开。第一间存放旧铠甲；但是第二间全是长矛，一排排尖头透出一束束羽毛。第三间好像挂着苇席，全是密密匝匝的细箭，一个挨一个地竖着。第四间的墙壁被弯刀刀刃覆盖。第五间中央摆着几排铜盔，露出冠缨，仿佛一队红蛇。第六间仅仅看见一些箭筒；第七间仅仅看见一些护腿；第八间看见一些护臂；此后几间，看见一些叉、锚、梯、绳，甚至于弩炮用的旗杆，甚至于单峰骆驼胸脯挂的铃铛！山往下开展，心挖空了，仿佛蜜蜂窝，这些房屋之下还有更多而且更深的房屋。

维特里屋斯带着他的通译官费迺斯和税吏长席赛纳，一间一间巡视，三个宦官打着火把照亮。

他们在阴影之中，看见好些野蛮人发明的吓人东西：钉子棒、毒药矛、鳄鱼牙床似的剪子。总之，藩王在马盖耳司藏有四万人用的军火。

他把军火聚在一起，预防敌人结盟。然而，总督可能相信，或许这是攻打罗马人用的。他寻思解释。

军火不是他的，全是他父亲从前的东西；而且，许多用来防备寇贼；再说，需要军火抵挡阿拉伯人。他原本落在总督后头，紧走几步赶到前面。随后他沿墙立定，伸开两肘，用长袍把墙掩住。但是，门比他的头高，维特里屋斯注意到了，想知道里面锁着什么东西。

只有巴比伦人能够开开。

——叫巴比伦人来！

大家等他来。

他父亲带了五百骑兵，从幼发拉底河岸来朝见希律大帝，自告奋勇，防守东疆。王土分裂以后，伊阿散留下来侍奉腓力，如今又在希律底下做事。

他来了，肩头一张弓，手里一条鞭子。斑驳的绦带紧紧绑扎着他虬结的两腿。粗壮的胳膊挺在坎肩外面，一顶皮帽遮住他的面孔，胡须卷成环环。

起初，他做出不懂通译的模样。然而维特里屋斯扫了希律一眼，希律立即重复他的命令。于是伊阿散用他的两手拊住门，门滑进墙去。

黑地喷出一团热气。一条小道曲折而下；他们走进一座洞，比起别的地窖还要宽广。

洞底的绝崖形成砦堡这一面的天然防卫，顶端裂成弓形的豁口。一棵忍冬攀住穹隆，把花垂在辉煌的阳光里。一条浅溪贴住地潺湲。

这里有好些白马，一百匹左右，在一块与嘴相齐的板上咀嚼大麦。马鬣染成蓝颜色，蹄子包在棕套里面，耳间的毛飘在前额，仿佛一条辫子。长长的尾巴轻轻打着腿弯。总督说不出话来，景慕到了万分。

一群不可思议的走兽，蛇一样柔，鸟一样轻。它们和骑士的箭一同出手，冲入敌群，咬住敌人的肚腹，把他们放倒。无惧山石的崄巇，深渊一跃而过，可以整整一天在平原上不断地、疯狂地驰骋，一声口令便戛然止步。伊阿散一进来，它们拢到他的身边，仿佛羊看见牧童，它们伸长颈项，张开一双婴儿似的眼睛，不安地望着他。犹如平日，他从喉底发出一声沙哑的呼唤，它们欣快了，尥起后腿，渴望空地，要求奔跑。

希律害怕维特里屋斯打劫，把它们事先藏在这专为砦堡被围时存放牲畜而设的地点。

总督道：

——马厩坏极了，你简直是要它们性命！点点数目，席赛纳！

税吏长从腰带中抽出一块木板，一壁点马，一壁记下数目。

为了抢掠州县，税吏一来就贿赂地方长官。这位先生四处嗅着，闪动眼皮，伸长黄鼠狼的下颔。

最后，他们终于回到官院。

在石地中央，这里那里，好些铜盘盖住蓄水池。维特里屋斯发现一个比别的全大，踩上去也不及别的响亮。他一个一个轮流敲着，最后跺起脚，喊道：

——我寻见了！我寻见了！这儿是希律大帝的宝藏！

搜寻他的宝藏成为罗马人一种热狂。

藩王立誓说没有。

那么，下面是什么！

——什么也没有！一个人，一个囚犯。

维特里屋斯道：

——带上来！

藩王不服从；担心犹太人知道他的秘密。看见他不肯移动铜盘，维特里屋斯不耐烦了。他向皂隶喊道：

145

——砸开!

马迺伊猜出他们的心思。看见有人拎着一把斧子,以为他们要砍伊奥喀南的头;第一斧子砍上铜盘,他就止住皂隶,在石块和铜盘中间慢慢插进一个钩样的东西,然后,弯起他瘦长的胳膊,一点一点把铜盘拉开井口;人人赞美老头子的力量。

在盖子下面,展开一个同样大小的木条覆口。只一拳,它就折叠起来。大家于是看见一个窟窿,一个绝大的地洞,一架没有扶手的梯子盘绕下去;俯在边沿的人们,望见紧底一团可畏的模糊东西。

一个人躺在地上,盖在长头发底下,头发和他背上披的兽毛混在一起。他站直了,额头碰着一层横封的铁网;他不时消失在洞穴的深处。

太阳照得冠尖和剑柄发亮,蒸热了石地;鸽子飞出雕镂的斗拱,在院子上面盘旋。到了马迺伊通常给它们撒谷粒的时候。他蹲在藩王前面,藩王站在维特里屋斯一旁。加利利人、教士、兵卒在后面兜成一个圈子;全不作声,担心有事发生。

起初是一种浊重的声音送出洪朗的叹息。

希罗底在宫殿的另一头也听见了。她经不起声音的诱惑,穿过人群,一只手扶住马迺伊的肩膀,侧身听着。

声音起来了:

——有你们苦受的,法利赛教士和撒都该教士,毒蛇的遗种、膨胀的皮囊、响亮的铜镲!

大家听出是伊奥喀南,纷纷说起他的名字。人越来越多了。

——有你们苦受的!噢,百姓!犹大的叛逆、以法莲的酒鬼①,住在肥沃的山谷、喝酒喝得歪歪倒倒的人们!和水流一样,和边走边溶

---

① 犹大是雅各的第四子,后裔分到死海以西犹太的一块土地。以法莲是雅各第十一子约瑟的儿子,分到的土地约相当于撒玛利亚。

的蚰蜒一样,和一个不见太阳的小产孩子一样,你们将流离四散!

——摩押①,你要和麻雀一样逃入柏树林,和跳鼠②一样逃入山穴。堡子大门比胡桃壳还要碎得快,墙要倒,城要烧;上天的惩罚并不终止。他要在你们自己的血里翻转你们的四肢,好像毛在染坊的缸里面。他要像把新锄撕烂你们,他要把你们的肉一块一块散在山上!

谁是他说的征服者?难道是维特里屋斯?只有罗马人能够歼灭他们。有些人不禁呻吟道:

——够了!够了!叫他别说下去!

他继续下去,更高声了:

——靠近母亲的尸首,小孩子们要在灰上爬。大家要在夜里寻找面包,走过破烂房屋,说不定碰上刀剑。夜晚老头子谈天的广场,豺狼要来叼走他们的骨头。你的女儿咽下泪水,要在外国人的宴席上弹弄竖琴;你最勇敢的儿子,捐了过重的东西,皮要磨破,脊椎要压断!

人民重新看见他们逃亡的日子,一切他们历史上的灾患。这是古代先知的语言。好似当头棒喝,伊奥喀南一句一句嚷了出来。

然而声音变柔了,谐和了,铿锵了,他宣示自由的莅临,天空的辉耀,新生者把胳膊放入龙穴,土变成金子,沙漠仿佛一朵玫瑰开放③:

——现在值六十舍客勒的,到时候不值一个奥波④。石头里面会有乳泉涌溅;人肚子饱饱的会在酒坊里睡觉!我盼着的人啊,你什么时

---

① 摩押是死海东南一带居民的始祖。参看《旧约·创世记》第十九章第三十七节,以及《旧约·以赛亚书》第十五章。
② 跳鼠,产于非洲一带,后腿特长,蹲跃甚远,昼伏夜出。
③ 参看《旧约·以赛亚书》第十一章。
④ 舍客勒是犹太钱币。奥波是古希腊最小的辅币。

候才来？你还没来，全民族先跪下来了，你的统治将是永久的，大卫的儿子！

藩王往后退，大卫儿子的存在，凌辱他类似一种恐吓①。

伊奥喀南谩骂他的统治：

——除去上帝，人间再没有别的国王！

他诅咒藩王奢侈的花园，他的雕像、他的象牙陈设，全和无法无天的亚哈②一样。

希律揪断胸前印章的细绳，把它扔进地洞，吩咐他住嘴。

声音答道：

——我要和狗熊一样，和野驴、和临产的妇人一样叫唤！上帝已经惩罚你的乱伦，叫你和骡子一样绝后！

起来好些笑声，就同流水激溅一般响着。

维特里屋斯只是站住不走，通译官用一种平静的声调，翻成罗马语言，重复着伊奥喀南用自己的语言吼号出来的咒骂。藩王和希罗底不得不忍受两次。他喘着气，她张开嘴，望着井底。

这可怕的人仰起头，抓住栏杆，贴上脸去，脸像一丛荆棘，中间亮着两颗火炭：

——啊！是你，耶洗别③！你取了他的心，鞋吱喳在响。你和母马一样嘶叫。为了完成你的祭祀，你把床搭在山头！主要抓掉你的耳环，你的紫袍，你的亚麻丝巾，你的手镯，你的脚环，你额前摆动的小金月牙，你的银镜，你的驼羽扇，你镶螺钿的高跟鞋，你钻石般的骄傲，你头发的气味，你指甲的彩色，你卖弄风流的一切巧诈。砸死淫

---

① 大卫是古犹太一位贤明的君王，参看《旧约·撒母耳记上》和《撒母耳记下》。后人念念不忘，认为复兴犹太的仍是他的子孙，历代先知也这样鼓励犹太人。参看《旧约·以赛亚书》第七章。耶稣就利用人民的怀旧心情，把自己说成大卫的后人。藩王希律的母亲不是犹太人，他听了这话，自然就羞惭万分，认为是对他的恐吓。
② 亚哈是公元前九一七年至公元前八九七年以色列的暴君，参看《旧约·列王纪上》第十六章。
③ 耶洗别是亚哈的王后，原来是西顿国的公主，蛊惑亚哈信奉巴力教，迫害耶和华的信徒。

妇,石子都不够使用!

她用眼向四围寻求保卫。法利赛教士伪君子似的低下眼睛。撒都该教士转过头,怕得罪了总督。希律是一副要死的模样。

声音大了,扩展了,和雷鸣一样滚动,山里的回声重复着,和连续的电光一样殛撼马盖耳司。

——在尘土里面躺下吧,巴比伦的女儿!磨面粉去!摘掉你的腰带,脱掉你的鞋,挽起你的衣服,蹚河去,你的无耻要叫人发现,你的下流要叫人看见!你要哭掉你的牙!上天厌憎你罪恶的奇臭!该死!该死!像一只母狗一样死掉!①

覆口掩住,盖子扣上。马逎伊直想掐死伊奥喀南。

希罗底不见了。法利赛教士纷纷议论。希律站在中间为自己剖白。

艾赖阿茶道:

——自然哪,可以娶他的兄弟媳妇,不过希罗底不是寡妇,再说她有一个孩子,这是最要不得的。

撒都该教士周纳塔斯反对道:

——错了!错了!律法②谴责这类婚姻,并没有完全加以废止③。

希律道:

——反正大家待我太不公道!因为,就事实而论,押沙龙和他父亲的女人睡觉,犹大和他的儿媳睡觉,暗嫩和他的妹妹睡觉,罗得和她的女儿睡觉④。

---

① 参看《旧约·以赛亚书》第四十七章,先知预言巴比伦的覆亡。
② "律法"指《旧约》中耶和华即上帝对摩西(见《旧约·出埃及记》第二章)的指示。
③ 《旧约·利未记》第十八章,说耶和华指示"不可露你弟兄妻子的下体,这本是你弟兄的下体"。可是,《申命记》第二十五章却又认为弟兄死而无子,生者即应当娶其寡妻:"妇人生的长子必归死兄的名下,免得他的名在以色列中涂抹了。"
④ 押沙龙,大卫的儿子,其事见于《旧约·撒母耳记下》第十六章。犹大事见于《旧约·创世记》第三十八章。罗得事见于《旧约·创世记》第十九章。暗嫩事见于《旧约·撒母耳记下》第十三章。

欧路斯方才睡醒,正好在这时候露面。他问明白了事情,说他赞成藩王。别人不应当操心这种无聊的事情;听人讲起教士们的责备和伊奥喀南的愤怒,他大笑了一场。

希罗底在石阶中央向他转过身子道:

——你错了,我的主子!他不叫人民纳税来的。

税吏长立即问道:

——当真吗?

答复是一律肯定。藩王加以证实。

维特里屋斯以为囚犯能够逃逸;他觉得希律的行止不可靠,他在门口、沿墙和院里派好了站岗。

随后,他走向他的寝宫,教士的代表们伴着他。

不谈主祭的问题,各自向他诉苦。

他们缠住他不走,他辞退他们。

周纳塔斯离开他的时候,望见希律在雉堞中间和一个人谈话,长头发,白袍子,是个艾赛教士。他后悔刚才支持他。

藩王仔细一想,心倒安了。伊奥喀南不再归他管辖;罗马人出头负责。这下轻快多了!法女哀勒这时候正在城头小道散步。

他喊住他,指向兵卒道:

——他们是主子!我没有能力救他!不是我的错!

院子是空的。奴隶歇息去了。夕阳西下,天红红的照亮了天边,一点点垂直的事物都显得分外黑。希律辨出死海尽头的盐田,阿拉伯人的帐篷已经看不见了,难道他们解了围?月亮往上升;他的心平静下来。

法女哀勒既忧且苦,下颔垂在胸口。终于对藩王讲出他要说的话来。

从这个月开始,他在破晓之前观察天象,望见英仙星座正当天心，阿嘉拉星几乎望不见，阿高星不似以往灿烂，米辣星消失了①；因此，他断定将有一位要人死亡，就在今天夜晚，在马盖耳司。

谁呢？维特里屋斯保护周密。伊奥喀南不见其就受刑。藩王思索道："那么是我！"

或许阿拉伯人翻回来？总督说不定发现他和帕提亚人的关系！教士有耶路撒冷的剑客护送②，他们衣服底下藏着刺刀。藩王相信法女哀勒的学问。

他想求希罗底解救，然而他恨她。不过，她会提起他的勇气；他从前受到的蛊惑，链子并未全断。

他走进她的寝宫的时候，一个云石盘燃着肉桂；粉、膏、云样的衣料和轻似羽毛的绣货，随地皆是。

他不提起法女哀勒的预言，也不提起他对犹太人和阿拉伯人的畏惧；她会骂他懦弱。他仅仅说到罗马人，维特里屋斯没有同他说起军事计划。阿格芮巴和嘉伊屋斯有来往，他相信总督也是嘉伊屋斯的朋友；他会被放逐，或者说不定会被害。

希罗底蔑视而又宽纵，试着慰解。最后，她从小箱里取出一枚奇怪的徽章，上面有一帧提比利屋斯的侧面像，这个足够恐吓皂隶，消解谗诬。

希律满怀感激，问她怎么弄到手的。

她答道：

——人家给我的。

---

① 英仙星座，中国旧名大陵，是北极星群之一，据云共有五十九星，在仙女座与仙后座之间。阿嘉拉星，即大熊星，中国旧名帝车，即北斗。阿高星，字义为吸血鬼，属于英仙星座，据云由两组成，是有名的食变星，中国旧名积尸。米辣星，是有名的长周期变星，属于鲸鱼星座，中国旧名八魁二。
② 剑客指当时的宗教杀手，凡不遵守耶和华律法的，他们可以随时杀掉。

从对面的门帘，伸出一只光光的胳膊，稚嫩、可爱，好像鲍里克莱特①用象牙雕出的；有点儿笨拙，然而妩媚，在空里划动，打算抓起一件忘在靠墙的凳子上面的下衣。

一个老妇人掀起帘子，轻轻把它递了过去。

藩王若有所忆，却又记不清楚：

——这女用人是你的？

希罗底答道：

——关你什么事？

---

① 鲍里克莱特是公元前五世纪后半期古希腊的雕刻兼建筑家，和菲狄亚斯（公元前五世纪初——公元前四三一年）齐名，同出一门。

三

宾客挤满了宴会的大厅。

仿佛一座罗马大会堂,分做三间,用紫檀木柱子隔开,柱顶是雕镂的铜柱头,支着侧上方两座游廊看台;第三座看台,在后厅拱出,正面镶着金线,对着开在另一端的绝大的拱门。

就着厅内的长度,摆下一排一排的筵席,上面放着分枝烛台,它们在着色的瓦杯、铜碟、雪块和葡萄堆中间,形成一丛一丛的火树;然而,由于天花板过高,红光逐渐消失,只见好些亮点闪烁,仿佛星宿在夜晚透下树枝。从高大的窗口,可以望见人家露台上的火把;因为希律邀宴他的朋友、他的臣民和所有光临的人士。

好些奴隶托住盘,来来往往,脚趾拴着毡屐,犬一样敏捷。

总督席设在镀金看台底下,一张枫木高坛上面,巴比伦毡子在四周圈成一座亭子。

正面和两侧,三张象牙榻,坐着维特里屋斯、他的儿子和希律;总督在左首,靠近门,欧路斯在右首,藩王在当中。

希律披着一件沉重的黑色一口钟,彩色刺绣和耀眼装饰掩住底子的经纬,两颊打着胭脂,胡须梳成扇形,头发洒着蓝粉,一顶宝石冕从上兜住。维特里屋斯系着他的紫色绶带,斜搭在一件麻质的长袍上面。欧路斯穿着掺银线的堇色丝袍,袖管挽在背上。他的头发层叠盘旋,胸口肥白,有如妇女,上面亮晶晶的是一串蓝玉项圈。靠近他,在席上盘着腿,一个非常美丽的童子总在微笑。他在厨房看见这童子,割舍不下,又记不住他的巴比伦名字,便把他呼做"亚细亚人"。他不时往榻上横身一躺,于是他的赤脚主有全会。

他这边有希律的教士和官员、耶路撒冷的居民和希腊城邑的名流；总督底下，有马赛路斯同税吏、藩王的朋友以及迦拿、多利买①、耶利哥的缙绅；最后，淆杂在一起，有黎巴嫩的山民，希律大帝的老兵；十二个色雷斯人②，一个高卢人，两个日耳曼人；打羚羊的猎户，以东的牧人，巴尔米拉的苏丹③，以旬迦别④的水手。每人前面放着一块软饼，揩手指用；胳膊伸出去如同兀鹰的颈项，取着橄榄、阿月浑子⑤和杏仁。头上一顶花冠，人人喜形于色。

法利赛教士把花冠当做罗马耽于酒色的恶习，推开不戴⑥。看见有人拿神庙专用的阿魏和乳香⑦的溶液往身上洒，他们气得哆嗦了。

欧路斯拿来揩他的腋下；希律答应送他三筐这样真正的香脂，为了这种香脂，克莱奥佩特拉恨不得把巴勒斯坦征服了。

一位在提比利亚驻防的队长才来，坐在希律身子后面，打算报告重要事务；然而藩王的注意被总督和邻桌的议论分开。

大家在谈伊奥喀南和他的同类：用火洗罪的西门⑧，还有一位耶稣……

艾赖阿茶喊道：

——数他最坏！一个下贱的卖艺的！

有人在藩王后站起来，面孔和他战袍的滚边一样白。他走下高坛，向法利赛教士呼道：

---

① 迦拿在加利利的中心，今又称迦南，是耶稣第一次显示神迹变水为酒的地方，参见《新约·约翰福音》第二章；多利买，《旧约》通做亚柯，是腓尼基最南面一个古老的滨海城市，在地中海东岸。
② 色雷斯人的居住地约在黑海以西、马其顿以东，过去归希腊管辖，如今一半并入保加利亚。
③ 巴尔米拉是叙利亚的古城，即《旧约》中的达莫（见《历代志下》第八章），在大马士革的东北，后为罗马所毁。苏丹是伊斯兰教君王的称号。
④ 以旬迦别在以东的南端，红海亚喀巴湾的最北端，是古犹太最大的水港，即今以色列的埃拉特城。
⑤ 阿月浑子，漆树科黄连木属植物，雌雄异株，其果实是很受欢迎的坚果类零食，俗称开心果。
⑥ 戴花冠是罗马人宴会上的一种礼俗，虽然在罗马统治之下，法利赛教士也把这看做异教的物事，加以拒绝，表示不肯苟且。
⑦ 阿魏，多年生伞形科草本植物，产波斯一带，花小而黄，取其白色乳液，经年干凝即成，又称白松香或枫子香；乳香，橄榄科木本，产红海沿岸，高二丈许，树脂浸出凝固即成。
⑧ 西门，是撒玛利亚人，绰号"魔术士"，自命救主，参看《新约·使徒行传》第八章。

——扯谎！耶稣显了好些灵迹！

希律愿意见识见识：

——你应当带他来！给我们讲讲！

于是他说，他，雅各，有一个女孩子病重，他亲自到迦伯农邀请主去医治。主回道："你回去，她好了！"他回去就看见她站在门口，她走下病床，宫里的日晷指着三点钟，正是他谒见耶稣的时辰①。

法利赛教士驳道：可不是，人间有的是秘法和药草；甚至于就在眼前，在马盖耳司，有时候可以寻见巴辣草②，刀枪不入；然而不看不摸，就治好了病，绝不可能，除非耶稣役使魔鬼。

希律的朋友、加利利的名流，全摇头道：

——魔鬼，自然哪。

雅各站在他们和教士的筵席中间，样子又高傲、又温和，只是不言语。

他们唤他说话：

——再讲讲他的本领！

他俯下两肩，低着声，慢慢地，好像自己也怕了起来。

——那么你们不知道他就是弥赛亚③？

教士们互相观看；维特里屋斯要求解释这字给他听。他的通译官稽迟了一刻答复。

---

① 在《马可福音》、《马太福音》与《路加福音》里面，都有一节记载耶稣随着一个会堂的管事，叫做睚鲁的，到他家医治他的小女儿。走在半路，有人说她已经死了，但是耶稣仍然前去，叫她复活。和本文更相似的，却是《约翰福音》第四章的故事。有一个贵人，他的儿子在迦伯农患病，他特地到迦拿求耶稣前往医治。"耶稣对他说'回去吧！你的儿子活了。'那人信耶稣所说的话，就回去了。正下去的时候，他的仆人迎见他，说他的儿子活了。他就问什么时候见好的。他们说：'昨日未时热就退了。'他便知道这正是耶稣对他说'你儿子活了'的时候，他自己和全家就都信了。"可惜这里不是女儿，而是儿子。无论如何，福楼拜的来源是四部《福音书》的叙述。

② 巴辣草类似灵芝，作者在《萨郎宝》第十章中曾描述其有"火颜色的根，北方人用它驱除魔鬼"。

③ 弥赛亚指救世主，即犹太人历来希望拯救他们的人，见《新约·约翰福音》第一章第四十一节："'弥赛亚'翻出来就是'基督'"。

他们这样称呼一位解放者，他会使他们享受一切物产、统治一切民族。有些人甚至坚持解放者必是两位。第一位要让北方的魔鬼歌革和玛各征服①；然而第二位将铲除魔王；几世纪以来，他们每分钟都在等他。

教士公推艾赖阿茶发言。

第一，弥赛亚应当是大卫的儿子，不是一个木匠的儿子。他该承认律法，而这个拿撒勒人②攻击律法；更大的论据是：以利亚应当先他而来③。

雅各反驳道：

——然而他来了，以利亚！

直到大厅的另一端，人人重复着：

——以利亚！以利亚！

大家想象一个老年人，头上乌鸦飞翔，电火焚烧神坛，崇拜偶像的祭司被投进河水；阳台之中的妇女，想到撒勒法的寡妇④。

雅各用尽气力，说他认识他！他看见他！老百姓全看见他！

——他的名字？

于是，他尽他所有的力气喊道：

——伊奥喀南！

希律往后一仰，好像迎胸受了一刀。撒都该教士扑向雅各。艾赖

---

① 玛各是亚弗的儿子，见于《旧约·创世记》第十章，后裔发达，所占的地方也就随而叫做玛各，约在小亚细亚东北，或云即西古提人，通常视作上帝的仇敌。歌革是玛各的国王，见于《以西结书》第三十八章、第三十九章。福楼拜把他们当作北方两个魔鬼。
② 拿撒勒人指耶稣，参见《马太福音》第二章。
③ 以利亚是亚哈和耶洗别统治以色列时期的先知，遇见荒旱，耶和华特遭乌鸦衔食喂他。常人解释《旧约》，以为他没有死，而是隐遁，因为他和他的弟子"正走着说话，忽有火车火马将二人隔开，以利亚就乘旋风升天去了"。参看《旧约·列王纪上》第十七章和《列王纪下》第二章。
④ 撒勒法是古代腓尼基临近地中海的一座大城，在今黎巴嫩赛达港之南。《旧约·列王纪上》记载，以利亚遭旱，来到撒勒法，由一个寡妇收留供养；后来寡妇儿子病危，以利亚吁求上帝，把他救活。

阿茶大声喊叫，要人听他演说。

安静恢复了，藩王披好他的一口钟，仿佛一位法官鞫问：

——先知既已死去……

唧哝的声音打断他。有人相信以利亚仅仅隐遁而已。

他一壁和群众生气，一壁继续他的调查道：

——你以为他复活了吗？

雅各道：

——为什么不？

撒都该教士耸肩膀；周纳塔斯瞪圆他的小眼，好像一个小丑，强自发笑。肉身妄想永生，没有比这更愚骏的了；他为总督朗诵一个当代诗人的诗句道：

——既不再长，也不像在死后延续。

然而欧路斯倚住榻沿，额头出汗，面色发绿，拳放在胸口。

撒都该教士装出大惊的模样——他们第二天重新得到主祭的职位。希律表示真心绝望。维特里屋斯始终不动声色，他的忧虑其实分外急切，没有儿子，他会丧失他的权势。

欧路斯不等呕吐完毕，又想吃了：

——叫人给我取云石粉、纳克索斯①的页岩、海水，什么都成！要不我洗洗澡？

他嚼着雪，随后，看见高马建②的海碗鹅油和浅红的乌鸦，犹疑了一下，选定蜜渍西葫芦。小"亚细亚人"打量他，这种狼吞虎咽的本领表示他是一个非常人物，属于优秀民族。

端上来牛肾、睡鼠③、夜莺、葡萄叶肉丁；教士们讨论复活。阿蒙

---

① 纳克索斯是希腊爱琴海上的一个小岛，古代以产白大理石出名。
② 高马建是古代叙利亚东北一个小国。作者在《萨郎宝》第二章中曾说起"还有高马建的小罐，融了的鹅油，上面盖着雪和草屑"。
③ 睡鼠，山鼠一类，形似松鼠，经冬蛰居不出，昏昏如睡，多在橡榉树林。

尼屋斯，柏拉图学者费龙①的弟子，觉得他们愚蠢，讲给几个讥笑神谕的希腊人听。马赛路斯和雅各在一起谈论。前者告诉后者他往年随米塔②领洗感到的幸福；雅各劝他皈依耶稣。棕榈酒、柽柳酒、萨菲特酒和比布鲁斯酒③，从酒坛倒进酒壶，从酒壶倒进酒杯，从酒杯灌进喉咙；议论滔滔不绝，诉说衷肠。伊阿散虽说是犹太人，不再隐瞒他崇拜星象。一个亚弗④商人演述希拉波利斯⑤庙的灵异，惊呆了游牧的人们；他们打听进香的费用。有些人维护他们自来的宗教。一个差不多瞎了眼的日耳曼人，唱歌赞颂斯堪的纳维亚海岬，神仙在这里出现，全身闪闪有光；有些示剑人敬奉神鸽阿齐马⑥，不吃斑鸠。

好些人站在大厅中央说话；嘘气和烛焰在半空凝成一片雾。法女哀勒沿墙溜过来，他方才研究天象回来；然而害怕沾上油渍，并不一直走向藩王，因为艾赛教士把油渍看做一种异常的垢污。

堡子的大门被砸得通天价响。

人们如今知道伊奥喀南因在这里。好些人打着火把，爬上山道；山谷里黑压压聚了一片；他们不时喊着：

——伊奥喀南！伊奥喀南！

周纳塔斯道：

——什么事也被他吵闹得天翻地覆！

法利赛教士添上一句道：

---

① 费龙（约公元前二〇年—公元五〇年）是生于亚历山大城的犹太哲学家，用柏拉图哲学解释《圣经·旧约》，曾在罗马宫廷讲学。
② 米塔是古代波斯人信奉的善神之一，司光明。
③ 萨菲特是巴勒斯坦一座犹太古城。比布鲁斯是古腓尼基的一座商业城市，即今黎巴嫩的朱拜勒。
④ 亚弗有好几处，如加利利北端和希伯伦之南各有一处，《旧约》也没有确实指定。
⑤ 希拉波利斯是叙利亚的一座城邑，靠近美索不达米亚。居民膜拜一女性神戴尔且陶，庙内宝藏甚多，后遭罗马执政克辣苏斯劫掠。
⑥ 示剑位于撒玛利亚中心，基利心山之北，即今巴勒斯坦的纳布卢斯。传说撒玛利亚人在前往基利心山时曾得到神鸽阿齐马的帮助。

——他活下去，人就别想有钱！

怨詈之声四起：

——保护我们！

——收拾了他！

——你丢掉宗教！

——不信教，和希律家的人一样！

希律答道：

——比你们好！你们的庙是我父亲盖的！

于是法利赛教士、流放者的子裔、马达息亚斯的党徒①，一起数说藩王一家的罪过。

他们是尖脑壳，碴碴胡子，一双柔荏难看的手，或者塌鼻子脸，大圆眼，仿佛巨獒。教士有一打左右的书记和扈从，吃饱了祭祀过后的酒肉，一直扑到高坛底下，拔刀威胁希律。希律开导他们，撒都该教士懒洋洋地为他辩护。他望见马迺伊，打手势叫他走开。维特里屋斯的面孔表示这些事不和他相干。

法利赛教士坐在榻上，魔鬼一般发怒。他们摔碎当前的盘子。指责居然拿麦赛②心爱的红炖野驴端给他们吃，一种肮脏食品！

欧路斯拿驴头和他们取笑，据说他们尊敬驴头；他们对于猪的厌恶，也被他奚落了一场。不用说，因为这大家伙杀了他们的巴苦斯③；他们嗜酒如命，因为人在神庙发现一棵金葡萄。

教士不懂他的语言，而费迺斯的原籍是加利利，拒绝翻译。于是欧路斯大发脾气，尤其赶上小"亚细亚人"一害怕，溜掉了。筵席不中

---

① 马达息亚斯在这里指犹太经典的教授，因为企图拔掉耶路撒冷神庙栏杆上的罗马鹰旗，连另外四十二个居民，全被希律大帝烧死。不过也可以解释为马嘉比王族第一代的马达息亚斯，一直在领导犹太人反抗异族统治。
② 麦赛是罗马奥古士督的宠臣，以保护文艺著称。据传罗马人接受了雅典人嗜食驴肉的习俗。
③ 巴苦斯是罗马人的酒神，相当于希腊人的笛奥尼骚斯。逢到巴苦斯节会，专门有一种女巫，披发扎藤，手握短杖嘶吼狂舞。

他的意，菜肴平常，配合全不到家！看见叙利亚的绵羊尾，成团成团的脂肪，他才安静下来。

维特里屋斯觉得犹太人性格可憎。他们的上帝可能就是摩洛①。他沿路遇见好些摩洛的祭坛；记起他们拿私下里养胖的婴儿做牺牲的故事。这些犹太人，气量的狭小，破坏偶像的热狂，兽性的执拗，全使他的拉丁心灵作呕。总督想走，欧路斯不肯。后者的袍子一直褪到屁股，躺在一堆食品后面，饱到没有法子再吃了，然而不肯离席。

人民的激昂增高了。他们耽迷于独立的梦想。有人记起以色列的光荣，所有征服者全受惩罚：安提高、克辣苏斯、法鲁斯②……

总督骂道：

——混账东西！

因为他懂叙利亚语言；他的通译官只是延长他答复的晷刻而已。

希律急忙掏出皇帝的徽章，一壁颤颤索索地端详，一壁露出有肖像的一面。

镀金看台上的镶板忽然打开；在侍从和白头翁彩结之间，映着蜡烛的辉煌，希罗底出现了——戴着一顶颈带在额前挽牢的亚述③高冠，螺旋式的头发披在一件朱红的薄披丽士服④上，沿着袖子的长度散开。两只倚门而立的石兽，仿佛看守阿屯德⑤宝库的妖精，使她活像倚着狮子的西拜勒⑥；她举着一只酒樽，立在希律头上的栏杆近边，从高处

---

① 摩洛见于《旧约·列王纪上》第十一章第七节，认为是死海东北的亚扪人信奉的神。作者在《萨郎宝》有一章专写摩洛残忍的婴儿祭。
② 安提高是马嘉比朝代末一个犹太国王，公元前三十五年被希律大帝借罗马的援助所俘杀。克辣苏斯是罗马共和国的执政官，公元前五十三年，被帕提亚人暗杀。法鲁斯是奥古士督的大将，公元前九年，征讨日耳曼人，全军覆没。
③ 亚述是波斯湾西北的一个古国，传说中的伊甸园即在此地，为巴比伦所灭，亡于公元前七世纪末。
④ 薄披丽士服，是古希腊妇女的一种服装，以长布折叠披身并扣紧，在肩部用饰针别住。
⑤ 阿屯德是古希腊传说中征伐特洛伊的阿嘉麦穆龙和他的兄弟麦涅拉斯的统称。所谓"阿屯德宝库"即指他的陵墓。墓门圆拱下面，有两只浮雕狮子。
⑥ 西拜勒是古希腊女神，传说中的地母，雕像两旁总配一对狮子。

喊道:

——恺撒万岁!

维特里屋斯、希律和教士重复着这句敬礼。

然而后厅发出一阵惊异赞美的呢喃。进来一个年轻女孩子。

一块浅蓝的面纱遮住她的头和胸,不过眼睛的弧线、耳朵上的天青玛瑙、白净的皮肤,依稀可以辨出。一块方方的闪光缎,盖住两肩,兜住腰,由一条银色珠宝带子系住。黑色紧腿裤绣着曼陀罗花。一副漫不经心的模样,她打着她的蜂鸟羽毛的小鞋踢踏响。

上到高坛,她取下她的面纱,活脱脱一个回到往日少艾的希罗底,随即开始跳舞。

随着笛子和一对响板的音节,她的脚时前时后。圆润的胳膊伸长了,仿佛召唤一个永远逃亡的人。她追他,比一个蝴蝶还轻,仿佛一个好奇的浦西色①,仿佛一个流浪的灵魂,似乎就要飞起来。

金格辣②的凄凉的声音替换响板。忧郁承继希望。她的体态表示叹息,全身表示一种委顿,不知道她在哀悼一尊天神,还是在他的爱抚之中死去。眼皮半拢,上身旋扭,她摇动她的肚腹,波浪一样起伏,让她的两乳颤抖,同时面容不改,两脚不停。

维特里屋斯拿她和哑剧演员穆酒司特③比较。欧路斯仍在呕吐。藩王惝恍在一个梦境,不再想到希罗底。他相信看见她在撒都该教士一旁。幻象消失了。

这不是幻象。远在马盖耳司之外,她请人教练她的女儿莎乐美,希望藩王会一见倾心;这个念头生了效,她有了把握,如今!

然后,舞蹈转为企求餍足的爱情的热狂。她和印度的女尼一样,

---

① 浦西色是古希腊神话中小爱神丘比特的情人,以带有蝴蝶翅膀的少女的形象出现。
② 金格辣是古腓尼基的小笛,声音凄凉幽绝。
③ 穆酒司特是罗马皇室著名哑剧艺术家,因卷入宫廷政变,公元四十八年为皇帝克劳狄屋斯所杀。

和遍地瀑布的努比亚①的妇女一样,和吕底亚②的巴苦斯的女巫一样舞着。她倒往所有的方向,仿佛一朵花,遭受狂风暴雨的蹂躏。耳朵上的玉坠跳荡,背上的衣料闪烁。从她的胳膊、她的脚、她的衣服迸出看不见的火星,燃烧男人们的心。一架竖琴鸣响,群众发出彩声回答。她叉开腿,膝盖绷直,俯着身子,下颔轻轻掠过地板;习于节欲的游牧人、老于荒逸的罗马兵士、一毛不拔的税吏、争长论短的乖僻的老教士,全都张开他们的鼻孔,激荡于热烈的贪欲。

她随后围着希律的桌子旋转,疯狂地,仿佛巫婆的菱形法器;他向她道:

——来呀!来呀!

声音一再被愉快的呜咽割断。

她总在旋转;扬琴裂也似的响着,群众叫嚣着。

然而藩王的喊声更高:

——来呀!来呀!我给你迦伯农!提比利亚平原!我的城堡!平分我的王国!

两手扶地,两脚抛在空中,她这样走遍了高坛,仿佛一只大金龟子;她忽然停住。

她的颈项和脊椎形成一个直角。包腿的色鞘垂过她的肩膀,仿佛一道虹,伴同她的脸,离地一尺远近。她的唇是画过的,眉黑极了,眼睛令人望而生畏,额头的汗珠好似白色大理石上面的水汽。

她不言语;他们彼此望着。

看台上有手指在叩响。

---

① 努比亚即现今非洲埃及南部和苏丹北部地区,东临红海,西接利比亚沙漠,尼罗河著名的第一至第六瀑布就分布在其境内。
② 吕底亚是古代小亚细亚中西部的一个小国,濒临地中海,用银金矿铸就世界最早钱币。公元前六世纪中叶,国王克莱苏斯兵败,被波斯帝国所灭。

她走上去,再下来,一副婴孩的神气,有些咬不准字音,开口道:

——我要你用一个盘子,把……

她忘记了名字,但是微笑着,继续道:

——把伊奥喀南的头给我!

藩王支不住,倒做一团。

他有言在先,人民又在等候。不过,死亡的预言应到别人身上,他自己不就可能逃掉了吗?伊奥喀南如若真是以利亚,他可以避免;如若不是,杀害也就无足轻重了。

马迺伊站在旁边,明白他的心思。

维特里屋斯喊转他,把口令告诉他,因为有哨兵看守地洞。

希律感到一阵轻适。不到一刻,一切完结!

然而,马迺伊并不顺利。他心慌意乱地回来了。

他干了四十年刽子手的营生。他淹死阿里斯陶布①、掐死亚历山大②、活活烧死马达息亚斯、砍死骚西穆③、巴浦斯④、约瑟⑤和安提帕特⑥;如今他不敢杀伊奥喀南!他的牙齿捉对儿响,浑身都在哆嗦。

他在地洞前头望见撒玛利亚人的大天使,一身眼睛,挥着一把大双刃剑,火焰一般摇曳发红。同来的两个兵卒好做见证。

他们没有看见什么,仅仅有一位犹太队长朝他们冲过来,如今也不在了。

希罗底大怒,满口倾出粗俗狠辣的谩骂。她的指甲在看台的栏杆上面碰折了,两尊石狮仿佛咬着她的肩膀,和她一样在吼着。

---

① 阿里斯陶布,希律大帝第三任妻子玛利安妮的幼弟,曾封为大司祭,后因势大遭忌被淹死。
② 亚历山大,希律大帝和玛利安妮的儿子,因异母长安提帕特诬告,和同母兄弟阿里斯陶布四世(即希罗底父亲)在公元前六年被一同缢死。
③ 骚西穆,玛利安妮的看守人,因受诬告与玛利安妮有私,被希律大帝处死。
④ 巴浦斯,马嘉比朝代末一个犹太国王安提高的大将,被希律大帝俘虏后斩首。
⑤ 约瑟,希律大帝的叔叔和姐夫,也因遭诬陷被希律大帝于公元前三十三年处死。
⑥ 安提帕特,希律大帝与第一任妻子道瑞斯的儿子,因图谋不轨,于公元前四年被处死。

希律学她；教士、兵卒、法利赛教士全要求报复；此外的人也在生气，因为延宕他们的欢乐。

马迺伊藏起脸走出去。

宾客觉得时间比第一次还要长久，腻烦了。

忽然走廊起了一阵脚步声。杌陧越发不可忍耐。

头进来了；——马迺伊伸长胳膊，提着头发，为喝彩感到骄傲。

他把头放在一个盘子上面，献给莎乐美。

她轻手轻脚走上看台；过了几分钟，一个老妇人重新捧下头来，她正是藩王早晨在一家露台上、不久以前在希罗底的寝宫里望见的老妇人。

他缩回身子不看。维特里屋斯无所谓地瞥了一眼。

马迺伊走下高坛，把头献给罗马队长们看，随后，献给所有同侧用餐的人们看。

他们加以检视。

凶器的利刃自上而下，砍进牙床。嘴角抽搐着。血洒满胡须，已经凝结了。眼帘闭拢，仿佛介壳一样发白；四周的烛台映照着。

头传到教士的酒席。一个法利赛教士好奇地翻转着，马迺伊重新把它摆正，放在欧路斯面前，惊醒了他。死人的瞳孔对着他的昏沉的瞳孔，透过睫毛的孔隙，好像互相有话在说。

马迺伊最后把头献给希律。藩王的两颊流着眼泪。

火把熄了。宾客走了。大厅仅仅余下希律，手扶住鬓角，一直在端详割下来的人头。同时，法女哀勒站在大厅正中，伸开胳膊，呢呢喃喃地祷告。

太阳上升的时候，从前伊奥喀南派去的两个人回来了，带着盼了好久的回信。

他们说给法女哀勒听，法女哀勒不胜其喜。

他随即指给他们看残肴中间盘子上面的悲惨东西。其中一位向他道：

——放宽心吧！他到死人中间报告基督来了！

艾赛教士如今明白这句话了："要他大，必须我小。"

三个人捧起伊奥喀南的头，向加利利那边走去。

头重极了，他们轮流地捧着。

《福楼拜短篇小说集》跋

散慈玻芮以为小说家的福楼拜"是一个不仅值得,而且要求读两回三回,才能全然为人欣赏的作家"。他用最大的耐心和兴趣锤炼他的字句。临到晚年,渐渐失去相当的丰润,他的文章变得有些朴实、遒劲、干枯。有时假定读者自会领悟,他就不再浪费笔墨。例如在《希罗底》的临尾,他形容莎乐美跳舞将毕,头垂在地上,身腿耸在半空"包腿的色鞘垂过她的肩膀,仿佛一道虹,伴同她的脸,离地一尺远近。"紧接着他描写"她的唇是画过的,眉黑极了……"全是面对面,希律的眼睛就近看出,延到如今,作者才实写一笔。所以中间他应当插上一句: 她站了起来。他却交给读者去意会。莎乐美绝不会始终倒竖在那里的。有位英译者没有弄清楚这略而不述的动作,便猜错了意思。有位英译者高明了,活生生替作者添了几句正文。

有时福氏直接叙述人物内心的生活,全盘原样托出。他假定读者明白这种自然的进行。例如在《一颗简单的心》,他描写全福夜间送她外甥放洋,说:"两点钟响了"紧接着他就来一句:"天不亮,会客室不会开开,"意思是说全福想就近探望一下她的小姐,因为我们记得维尔吉妮原在翁花镇寄学的。《一颗简单的心》有许多这种情例,需要读者特别用心体会: 哪些是间接的描写,哪些是直接的披露。

有时福氏用一个简单而具体的辞句,代表复杂的内心的变迁。例如在《圣·朱莲外传》的第三节,他叙述朱莲决心寻死,"有一天,他站在泉水旁边,俯在上面,"看见一个白胡长者,"没有认出自己的影子,朱莲胡思乱想起一个相似的面孔。他叫了一声,这是他父亲,他再也不想自杀了。"朱莲想不到在外漂泊,自己上了年纪,所以才错把自己的面影当做他杀死的父亲出现。他吃了一惊,好像父亲在警告他,他因此取消了自杀念头。

这是三个实例，读者务必记住散慈玻芮的指示，否则对于欣赏福氏的小说，容易自生障碍。

关于人名、地名的中译，有时参加意思，例如《一颗简单的心》：Félicilté 我译做全福，Pont-L'Évêque 我译做主教桥，Honfleur 我译做翁花镇，Deauville 我译做豆镇。《希罗底》的人名地名的中译，我尽量采纳上海美华圣经会的官话《新旧约全书》或圣书公会的文理《新旧约圣书》。如若读者原系教徒，或者有意参阅《圣经》，查对自然方便许多。

为便利读者起见，我绘了两张简明的地图，各附在《一颗简单的心》与《希罗底》之后。

我用的原书版本属于高纳书店（Louis Conard）出版的《福楼拜全集》，原书有一个很好的附录。

关于《一颗简单的心》，第一等的参考书有：

1. Mme Commanville：Souvenirs intimes（A. Ferroud）

2. Gérard-Gailly：Les Fantomes de Trouville（La Renaissance du Livre）

关于《圣·朱莲外传》，有：

1. Marcel Schwob：Spiciège（Mercure de France）

2. A.-M. Gossez：L Saint Jullien de Flaubert（Lille, Editon du Beffroi）

关于《希罗底》有：

1. Anatole France：Préface da Hérolias compositions de Georges Rochegrosse（A. Ferroud）

2. E-L. Ferrère：Hérodisa commentaire historique et archeologique, dans L'Esthétique de Gustave Flaubert（A. Ferroud）

关于《短篇小说集》整个的参考书,重要的有:

1. La Correspondace de George Sand et Gustave Flaubert (Calmann Lévy)

2. La Correspondace de Gustave Flaubert (Louis Conard)

3. Ducamp: Souvenirs littéraires (Hachette)

4. René Descharmes et René Dumesnil: Autour de Flaubert (Mercure de France)

5. René Dumesnil: Gustave Flaubert (Desclée de Brouwer et C^{le})

中文方面,请参阅译者的《福楼拜评传》(商务印书馆)。

民国二十四年八月四日

(选自《福楼拜短篇小说集》1936年11月商务印书馆发行)

附录

· 亲密的回忆 ·

［法］高芒维勒夫人　著

福楼拜画像
高芒维勒夫人绘

福楼拜故居的书房

福楼拜故居的长台(他平常散步的地方)

这些文字并非一篇关于居斯塔夫·福楼拜的传记；仅仅是回忆罢了：我的和我所能聚在一起的。

舅父一生完全是在家庭的亲密之中过掉，介乎他母亲和我之间；演述他的一生，等于格外让他为人了解，为人敬爱；我相信我这样做，是完成对他的一份孝心。

在居斯塔夫·福楼拜出世以前，我的外祖父母已经生过三个孩子；老大，阿实勒，比他大九岁，另外两个很小就死掉；接着就是居斯塔夫出世，另外还有一个男孩子，几个月就死了。最后是我母亲，加罗林，末一个孩子。

她和她的小哥哥特别相爱。相隔不过三年，两个小的一步不肯离开；居斯塔夫一学会了点儿东西，马上就又讲给妹妹听；他顶欢喜做的一件事，就是让她领略他早期的文学制作。后来住到巴黎，他写信给她，她把每天的情形转禀父母知道，这种在一起思想的甜蜜方式一直跟了下来。

关于舅父儿时，大部分事实是我从一位老女用人那边听来的，她把他带大，在一八八三年去世，在他死了三年之后。和孩子在一起，当然亲昵，可是等孩子成了她的主人，接着便是尊敬和崇拜。她"充满了他"，记着他最琐细的动作，他最琐细的语言。说起"居斯塔夫先生"，她相信在说一位非常人物。认识老女用人的人们，一定欣赏在她天真的景仰之中含有的真实部分。

玉莉在一八二五年来到鲁昂，帮我外祖家做活，居斯塔夫·福楼拜当时正好四岁。她是福勒芮村子的人，村子就在那欣欣向荣的美丽的山谷里面。山谷从圣·彼耶·桥一直延展到里昂森林那个大镇。两情人山岭形成入口的屏障；堡子到处都是，有的挂着吊桥，被水围住，然后就是辣德彭的宏丽的产业，一座老寺院的废墟，和山头四周的树林。

这可爱的土地富有爱情和鬼怪的悠久的故事。玉莉统统知道；这个从民间来的心地单纯的女孩子，天性精细而又极其惹人欢喜，是一位说故事的能手。她的家人，从父亲到儿子，在驿站上做车夫，嗜酒，相当不好。

居斯塔夫顶小的时候，在她旁边一坐就是整整一天。为了逗他开心，玉莉拿她书里记下来的东西加在家里听到的所有传说上面，因为膝盖害病，在床上待了一年，和她那一阶层的妇女一比，她读的书要算很多了。

孩子属于一种平静、思维的性情，而且天真：这种天真他一辈子都留下一些痕迹。我的外祖母告诉我，他一来好几小时不动活，一个手指放在口里，想心事的模样，差不多愚驳的神气。六岁时候，一个大家叫做彼耶的老家人，觉得他不懂事好玩儿，碰见他磨烦他，就对他讲："到花园紧底，要不厨房，看我在不在。"孩子就去问女厨子："彼耶叫我来看他在不在这儿。"他不懂人家在骗他，当着大家笑，他显出一副沉思的样子，似乎看到一种神秘。

我的外祖母教她的大儿子识字，她愿意同样教二儿子；教的时候，小加罗林在居斯塔夫一旁马上就学会了，他自己可怎么也学不来，于是用了老大气力来了解这些符号，这些符号对他却默不作声，他只有淌眼泪哭。可是，他急于想知道，脑子在工作着。

和市立医院面对面，勒喀街上有一家寻常小房子，住着两个老年人，米鸟老爹夫妇。他们非常喜爱他们的小邻居。只要这边招手，孩子就不断打开市立医院沉重的大门，跑着穿过街，坐上米鸟老爹的膝头。

引诱他的不是老婆婆的点心,而是老头子的故事。他知道的才叫多,一个比一个俏皮,说起来又多有耐心!从此以后,玉莉有了替人。孩子并不烦难,不过有些极端的偏好;他爱听的故事,就得同他重说好些回。

米鸟老爹也念书给他听。唐吉诃德特别引起我舅父的喜爱;他对它永远不腻。他一辈子对塞万提斯保持同样的景慕。

遇到难教的地方,依照他,最后的理论总是:"学它干嘛,有米鸟爸爸念,不就得啦?"

不过,上学的年龄到了;他就要九岁,必须用功,老朋友跟不上他了。居斯塔夫下了决心,不到几个月,就赶上了同年龄的孩子们。他考进第八年级。

他不是常人所谓的一个用功学生。一来就不守规则,信口雌黄他的教师,挨罚次数很多,头奖没有得过,除掉历史,他永远抢到第一。他在哲学上出人头地,但是他永远不懂数学。

情感旺盛,做人慷慨,他结交了一些热烈的朋友,由于脾气好,才情高,朋友和他十分相得。他的忧郁,因为他当时已经有了忧郁,停在他的精神的一个角落,仅仅他自己可以出入,并不就和外在的生活糅混。他的记性很强,忘不掉人家对他的好处和他受到的烦扰;所以对他的历史教员晒吕艾勒,他保持着一种很大的感激心情,同时憎恨某一学监在温课的时候,不许他读一本他心爱的书。

可是,学校的岁月是艰苦的;厌恶纪律和一切有军事气息的组织,他就永远没有法子接受学校的习惯。变更操练,经常要鸣鼓宣示:这让他刺激;从一间教室走进另一间教室,经常要学生排队:这让他气闷。拘束对于他的行动是一种惩罚,星期四的结队散步不是一种愉快,并非因为身体软弱,而是因为天生对于他所认为无用的行动具有一种反感;对于走路的反感一直延续了一辈子。在所有运动之中,他仅仅喜欢游泳；他是一个很好的游泳家。

星期四和星期日回家，减轻学校的暗淡和痛苦；和心爱的家人在一起，和小妹妹在一起，是一种无可比拟的喜悦。

上课的日子，仰仗偷偷带来的蜡烛头，他在寝室读了维克多·雨果的一些剧本，舞台的爱好到了极点。

从十岁起，居斯塔夫就写悲剧。这些剧本他连角色都几几乎分不清楚，居然由他同学演了出来。连着客厅的一间大台球室送给他们去搞。球桌推在紧底，当舞台用；上去，便踩着花园一只凳子。加罗林管理布景和服装。妈妈的衣橱也让打开了，旧围巾正好充古时妇女的袍子。他写信给一位主要演员，艾耳迺斯提·佘法里耶："胜利，胜利，胜利，胜利，胜利！你来呀；阿麦珧，艾德孟，佘法里耶太太，妈妈，两个用人，也许还有一些学生来看我们演戏。我们要演四出你不知道的戏。可是很快你就会学会了的。一二三场的票子做好了。有扶手椅。还有房顶，布景；布安置好了。也许要有十到十二个人。所以，提起勇气，别怕"等等。

阿夫赖德·勒·浦瓦特万比居斯塔夫大几岁，和他的妹妹劳耳也参加演出。勒·浦瓦特万一家人和福楼拜一家人是两位母亲连结起来的，她们从九岁起就在寄宿学校认识了。阿夫赖德·勒·浦瓦特万帮助我舅父的文学发展，对他的少年时代具有很大的影响。天赋很高，富有才情，性格奇特，他年纪很轻就死掉，是一种极大的悲痛。他在《遗诗》的序里说起他来的。

关于我的外祖父母和我舅父的道德和理智的发展，下面再说。

一

　　我的外祖父是劳让一位兽医的儿子。在《包法利夫人》里面，拉里维耶尔大夫被邀了来，在临死的爱玛的床边，提供意见，他的形态就是借自外祖父的。家境极其贫寒；但是，不顾艰窘，家里把他送到巴黎学习。他在大考时候得到头奖，于是家里不必破费，由于这次胜利，就成了医学博士。他原来是杜皮团的住院见习生，所以考试一过，立刻就把他派到鲁昂，去做劳毛尼耶医生的助手，当时是医院的外科医生。留居的期间本来是短暂的；由于过分工作，生活贫苦，营养不良，健康受到了坏影响，出来不过是为了恢复健康的。年轻的医生不是待了几个月，一待就待了整整一辈子。许多朋友经常的邀请，在巴黎达到一个崇高医学地位的希望，就他的开始来看，希望可能实现，但是什么也没有让他下决心离开他的医院和他深深喜爱的人民。不过，在开始，是爱情把居留延长了的，他看到一位年轻姑娘，一个十三岁小孩子，劳毛尼耶太太的义女，一位孤女，住在寄宿学校，每星期回到她的义母家来。

　　安妮·玉丝婷·加罗林·福勒瑞奥，一七九四年，生在卡瓦道的主教桥。她经过母亲的关系，和下诺曼底的最老的家族也有联系。莎尔劳蒂·高尔达伊①有一封信就讲："关于莎尔劳蒂·冈布洛麦耳·德·克瓦马尔和无名医生约翰·巴浦第斯特·福朗斯瓦·浦罗斯派·福勒瑞奥的婚姻，门第不合，传说得很厉害。"临到三十岁，德·克瓦马尔小姐又叫关进修道院。但是障碍终于克服，跳出修道院的墙，完成了婚姻。一年以后，生下一个女儿，母亲在分娩的时候去世。孩子留在父亲的怀抱，成为他崇拜和恩爱的对象。我的外祖母活到六十岁，还带着感情，想起她父亲的亲吻。她说："每天夜晚他亲自给我脱衣服，把我放在我的小床，要处处代替我的母亲。"父亲的照料很快就停止了。福勒瑞奥医生看见自己要死，就把女儿托付给从前在圣·席耳待过的两位女教员，当时在翁花办了一家小型寄宿学校。她们答应照料她到她结婚，但是不久，她们也不在了；于是她的保护人，杜赖先生，把年轻女孩子送到劳毛尼耶太太这边，雅克·威廉·杜赖的妹妹，他是国家议会的鲁昂代表和主席。她和我的外祖父相见的时候，两个人都才来不久；几个月之后，他们承认相爱，订下婚约。

劳毛尼耶的家庭和当时许多家庭相仿，在风雅外表之下，容忍风俗的轻浮。我的外祖母的严肃的天性和她的爱情让她避开那种环境的危险。而且我的外祖父可能比她看事看得更清楚，要她在寄宿学校住到娶她的时候出来。他们结婚的时候，她十八岁，他二十七岁。他们的钱袋轻，但是他们的心并不因而畏缩。我的外祖父的财产只有他的未来，我的外祖母有一小块田庄，每年收到四千里如②。

小两口子住在小·福巷，靠近大桥街，一条小巷，房屋窄窄的，你靠紧我，我靠紧你，太阳就不可能送光线进来。在我儿时，外祖母常常带我走过这里，望着窗户，她以一种严重，差不多宗教的声音对我说道："你看，就是那儿，过掉我一辈子最好的年月。"

父亲是香槟人，母亲是诺曼底人，居斯塔夫·福楼拜具有这两种民族的特征，气质非常开朗，同时又被北方民族的茫漠的忧郁所翳罩。性情匀停快活，常常显出滑稽的姿态，可是本性之中，埋着一种缥缈的忧愁，一种杞虑；生理的存在是强壮的，倾向于完整强烈的享受，然而灵魂，向往于一种寻找不到的理想，未曾在任何地方遇见，因而不断陷入痛苦。这在最小的事情都看得出来：对于生命他真还不想有所

---

① 高尔达伊（一七六八年——一七九三年）是法国大革命时代一个外省贵族的女孩子，跑到巴黎，来把马拉刺死，自己死在断头台上。
② 里如，和法郎相当的钱币单位。

感觉,因为不停不息地寻觅精致,感觉对于他差不多永远变成一种痛苦。这当然是神经组织敏感的结果,好几次发病,特别是在年轻辰光,由于强烈的击撞,敏感就格外尖锐了。可是这也来自他对于理想的热爱。这种脑病好像一个面网,罩着他的全生;这是一种畏惧,最美的日子也因之而变黯淡了;不过,这对于他结实的身体并无影响,头脑的持久坚强的工作一直继续下去,没有中断。

居斯塔夫·福楼拜是一个疯狂的信士;他把艺术当做上帝,他就像一个信徒,熟悉他献上去的爱情的种种苦楚和酩酊。和抽象的形式在一起活过几小时,神秘之士重新变成了人,兴高采烈,开怀大笑,才情汪洋,兴会淋漓,演述一个有趣的故事,一桩本人的回忆。他最大的快乐之一就是娱乐他四周的人们。我发怒,或者我生病,为了逗我开心,他有什么没有做过?

他的根源的正确容易体会出来。他从父亲收到实验的倾向,对于事物的细心观察,和认识一切的嗜好:观察使他用无限时间来透彻了解最小的枝节,认识使他是艺术家还是学者。母亲把易于感染的心性传给他,还有那种差不多女性的感情,往往泛滥在他的心田外头,有时候看见一个婴儿,他的眼睛就湿润了。他对旅行的喜好,他对我讲,来自他的一位祖先,一位参加征服加拿大的水手。他十分骄傲地把这位勇士算作他的家人,他觉得他非常有"种",不像中产人,因为他恨"中产人",常常用到这个名词;但是,到了他的嘴里,它的意思等于庸俗、贪妒、道学,凌辱一切伟大和一切美丽。

劳毛尼耶一死,我的外祖父就接着他做市立医院的主任外科医生。居斯塔夫·福楼拜生在这座大厦里面。①

---

① 这里原文附有一个鲁昂市政府的出生证明书,大意是说住在勒喀街十七号的福楼拜,市立医院主任外科医生,一八一二年结婚,报告他在一八二一年十二月十三日星期四上午四时生了一个男孩子,取名居斯塔夫。

鲁昂市立医院，前一世纪的建筑，并不缺乏一种所谓性格；它的笔直的线条含有明慎和沉思的成分。位在克罗纳街的末梢，人从市中心出来，就看见迎面立着弓形的大铁栅栏，黑黑的，后面展开一座院子，种着成排的菩提树；沿边是房屋。

从前我的外祖父母住的那一部分做成大厦一翼，可以由医院一个独门进去；在栅栏大门的左手，一个高门连着一座院子，草长在古旧的石地的隙缝。在楼亭的另一边，一所花园形成街隅，一堵藤萝覆盖的墙在左手把它包住，右手是医院的建筑把它围拢。高高的灰墙，小小的花玻璃窗洞，玻璃后面贴着一些瘦削的面孔，头裹着一块白布。这些苍白的形影，眼睛下陷，表示痛苦，含有深深的忧愁。

居斯塔夫的房间是在二楼，靠大门院子那边。望出去是医院的花园，比树梢还高；在树叶浓绿之下，有太阳的日子，病人就来坐在石凳上面；有时，一位姆姆的大帽子的白翅膀快步穿过院子；偶尔还有一些难得的访客，病人的亲戚，或者住院见习生的朋友，但是永远听不到喧嚣，遇不到意外。

这种忧郁严酷的环境，对居斯塔夫·福楼拜，显然具有影响。他在这里养成那种对于人类一切苦难的卓越的同情，还有那种从来不曾离开过他的崇高的道德；决非那些畏惧他的不三不四的议论的人们所想得到的。

把我舅父唤做常人所谓的艺术家，没有比这再不相近的了。在他的性格的特征里面，让我永远惊奇的，是一种对立的现象。这个人专心致志于风格的美丽，拿那样高的地位送给形式，就算不是头等地位，对于四周事物的美丽极少表示关切，他使用的东西和家具的沉重或者粗糙的线条，会让最不雅致的人士嫌丑，对于我们这个时代流行的小摆设，他也无动于衷。他热爱秩序，简直到了疯狂程度，书要是不照某一样式排好，他就不能够工作。他用心保存着所有写给他的函札。我发现好些匣子都塞得满满的。

难道他以为人家同样看重他的信函,有意要我当做责任,聚在一起,公之于世?谁也推测不出。后来,他的书简以另一副面貌把他托出,和他的作品大不相同,引起极大注意。

他每天工作,一直保持着一种极端的规律;他把自己摆在工作里头,就像把一匹老牛驾在犁头,并不在乎灵感,他讲,等灵感会把人等枯竭的。关系到他的艺术,他的意志能力是坚定的,耐心从来不会疲荼。死前若干年,他喜欢对自己讲:"我是教会末一位圣父。"说实话,栗子颜色长袍一披,一顶黑缎小帽戴在头顶,他还真像皇港寺院的一位修士。

我像依然看见他沿着克瓦塞的平台散步,聚精会神地思索;他忽然停住,交起胳膊,头朝后一仰,好几分钟眼睛盯住他的上空,然后再安安详详,继续走动。

市立医院的生活是整齐、宽适而又良好。我的外祖父来到医学方面的高的地位,一切能为青年造福的安逸和温柔都给了子女。他在鲁昂附近的戴镇买了一所乡下房子,在他去世的前一年又把它甩掉,铁路穿过花园,离住宅也就是几米远。然后他买下塞纳河边的克瓦塞。

每隔两年,全家到劳让看望福楼拜一姓的亲戚。这和真正的旅行一模一样,乘着驿车,一清早上路,就像古时太平年月。这给我舅父留下有趣的回忆;但是特别感动他的回忆却是土镇消磨的假期,当时土镇也只是一个渔村而已。

他在这里遇到一家英国人,高利耶海军上将的家人,个个美丽而又聪明。两位大小姐,皆耳土德和亨丽艾特,很快就变成我舅父和我母亲的知已。皆耳土德后来就是特朗夫人,最近给我写来几页关于她少女时期的文字。我把下面几行译出来:"居斯塔夫·福楼拜当时就像一个年轻的希腊人。正当少年,高而瘦,敏而文,如同一位运动员,不体会他心身双双的天赋，不在乎他发出的印象，完全漠视礼貌。他的衣着是一件红法兰绒内衣，一条蓝粗布长裤，一根颜色相同的宽带子紧紧束着腰围，帽子随便一戴，常常光着头。我和他谈起名望或者影响，应当争取，我也敬重，他听我讲，微微笑着，似乎落寞之至。他欣赏自然、艺术和文学里面美丽的东西，他说，他愿意为它活着，不计私人利害。他一点也不想到光荣或者任何赢利。一个东西真实而又美丽，不也就够了吗？他最大的喜悦是寻到他认为值得景慕的东西。他的友谊的可爱是他对一切高贵的物事有热情，他的精神的可爱是他有一种浓烈的个性。他憎恨一切虚伪。他的天性里面缺欠的就是对外在的物事、有用的物事的关切。万一有人偶尔说到宗教、政治、经济，认为和文学艺术一样伟大，他会睁大了眼睛，惊奇而又怜悯。唯一值得活着的，是做一位文人、一位艺术家。"

也就是在土镇，他认识了音乐书籍发行人冒芮斯·施莱新格和他的太太。他在海滨居住的期间，有些特殊人物深深嵌在他的记忆里，其中如一位老水手，巴耳拜队长，和他的女儿小巴耳拜，小驼背，永远在喊骂她的孩子们；又如毕雅耳医生，古伊叶耳老爹，当地的区长，在他家里一用饭就用六小时。写《一颗简单的心》，他想起这些年月。欧班太太，她的两个小孩子，她住的房子，这简单的故事的琐细枝节，如此真实，如此明净，全都具有一种惊人的正确。欧班太太是我的外祖母的一位姑母；全福和她的鹦鹉也真有其人其物。

我舅父临到晚年，非常喜欢温习他的儿时。他写《一颗简单的心》，在他母亲去世以后。描绘她生长的城镇，她嬉戏的家园，她的同辈亲戚，儿时的伴侣，等于又找到了她，同时这种温柔的心情，帮助他的文笔，写出他的最动人的篇幅，他也许以作家的身份在这里留下最多的本人的存在。介乎欧班太太和她女仆之间的那个场面，她们在一起安排那些曾经属于维尔吉妮的零星物件，大家只要一想也就明白了。我的外祖母戴的一顶大黑草帽为我舅父唤醒一种相同的情绪；他从钉子上面取下遗物，静静地端详，眼睛湿润了，恭恭敬敬地放回原来地方。

最后，离开学校的幸福时日到了，可是选择一种职业、寻找一种工作的恐怖问题，毒药一样败坏他的喜悦。作为事业，他看中的也就是文学；可是，"文学"不是一种职业，不可能达到任何"地位"。我的外祖父满想他的儿子做一个学者和一个实行家。拿自己完全献于美，献于形式的唯一绝对的寻觅，他觉得近乎一种疯狂。他是一位性格极其坚强的人，习性非常活动，他很难了解艺术家心性的特征：有些女性的神经作用。在他母亲旁边，我舅父得到更多的鼓励，可是她认为儿子应当顺从父亲，所以决定下来，居斯塔夫在巴黎学法律。他去了，舍不得离开他的家人，特别是他的妹妹。

来到巴黎，他住在东街一家男子公寓。很不舒服。他觉得同伴的喧闹和易于满足的欢乐愚蠢，并不参加。于是他一个人，关上门，打开一本法律书，马上就又扔掉，躺在床上，拼命抽烟和梦想。他感到一百二十分无聊，变得忧郁了。

仅仅普辣笛耶的画室给他一点温暖；他在这里见到当代所有的艺术家，和他们一接近，他觉得他的本能扩张了。有一天，他在这里遇见雨果。有些女人也到这里来，他就是在这里第一次看见路易丝·高莱太太。他也常去看望土镇的两个漂亮英国女孩子，出入于发行人施莱新格的客厅，他父亲的朋友雨勒·克劳盖医生的煦和的住宅，他带他去过比利牛斯和科西嘉。写《情感教育》就有当时的回忆活在里面。

然而，友谊也罢，甚至于不用说，爱情也罢，无聊，一种无边无涯的无聊占有着他。这种违反他的爱好的工作越来越使他忍受不下去，他的健康受了严重的影响，只好回到鲁昂。

我母亲结婚，第二年她去世，不久又是我的外祖父去世①，我的外祖母太痛苦了，所以她也高兴儿子留在身旁。巴黎和法科统统放弃了。就是这时候，他和马克席穆·杜·刚到布列塔尼②旅行，一同用《穿过田野和沙滩》这个题目写过游记③。

回来，他开始写《圣安东》，他的第一部大作品：在这以前，他写过好些东西，直到死后，才有些残篇公之于世。这时候写的《圣安东》并非读者看到的稿本。这部作品在完全脱稿以前，曾经在三个不同的时期从事来的。

临到一八四九年，居斯塔夫第二次和杜·刚出门旅行。这一次，两位朋友去的方向是近东，久已梦想的近东！

---

① 福楼拜的父亲去世，早于他的妹妹三个月，这里记错了。
② 布列塔尼，旧日法国西北部的一个独立公国，位于英吉利海峡和比斯开湾之间的布列塔尼半岛，一五三二年始全然并入法国。
③ 原来题目是 Par les champs et par les grèves。

二

我的切身回忆从他到家的时候开始。他是夜晚回来的；我已经睡了；有人把我喊醒。他从我的小床把我抱起，猛然高高一举，觉得我穿着长睡衣好玩；我记得它比我的脚还要低。他放开嗓子大笑，然后在我的脸上亲着他的大吻，把我逗哭了；他的胡须湿漉漉地挂着露水，我觉得冰凉，所以放我再睡，我十分高兴。我当时五岁，我们是在劳让的亲戚家。三个月以后，到了英国，我还清清楚楚记得他的样子。那是伦敦举行第一届博览会的时期；他带我去看；群众使我害怕，我舅父让我坐在他的肩头；我穿过游廊，高高在上，一览无余，这次在他的怀抱，我快活得很。他为我选了一位保姆，我们才又回到克瓦塞。

我舅父有意为我启蒙。保姆教的也就只是英文；我的外祖母教我识字、写字；他把历史和地理留给自己。他觉得研究文法没有用，认为识字就会拼写，拿抽象东西来压一个小孩子的记忆，他觉得不好，放在后面的应当先教。

于是完全相似的岁月开始了。

我们居住的克瓦塞，是从鲁昂到哈福的头一个村子，靠着塞纳河岸。房子全是白颜色，形式低长，可能有两百年之久的光景，在先归圣·吴昂寺院所有，充僧侣的乡院用，我舅父喜欢假想浦赖渥方丈在这里写成《玛侬·莱丝荀》①。内院依然留下十七世纪的尖房顶和上下开启的窗户，建筑引人注意，但是前脸丑陋。在本世纪初叶，它有一次经人修缮，由于欣赏力恶劣而受了伤，这种情形在第一次帝国和路易·菲力普的统治时期常常遇到。大门上头，仿佛浮雕，有些丑恶的雕塑，模仿布夏尔东②的《四季》，客厅壁炉的架子的两角，用白大理石做了两具木乃伊，纪念埃及之役。

房间不多，然而相当宽大，底层是高大的饭厅，正占全房的中心，一扇花玻璃门连着花园，门旁一边一个窗户，望着河水。适目而又欣快。

　　左手，第一层，一条长走廊，通各房间；右手，我舅父的工作室。这是一间大屋子，天花板太低了些，但是光线很好，有五个窗户，三个一排开向花园那边，两个开向房子的前脸。望出去，风景宜人，草地、花畦和长坛的树木；塞纳河出现在一棵绝美的莲花木的枝叶之间。

　　一家人的习惯照我舅父的喜好养成，外祖母可以说是没有个人生活：她活着就为完成家人的幸福。假使她以为看出儿子有病苦的最小的征象，她就急了，想法子以一种完全安静的气氛把他包在当中。早晨，禁止发出最小的响声；将近十点钟，一阵急剧的铃声响了起来；我舅父的房间有人进去了；也就是这时候，人人才像醒来。用人拿进书信和报纸，往床几上放下一大杯极新鲜的冷水和一管装满了的烟斗；然后窗户打开，阳光一片汪洋进来。我舅父拿起书信，瞥一眼封面，但是在吸几口烟以前，难得拆一封信看，然后他一边读信，一边敲敲相近的隔板，呼唤他母亲，她马上跑过来，坐在他的床边，直到他起来。

　　他慢慢梳洗，有时中断了，到桌边再读一遍他念念于心的一段文字。虽说非常简单，他用心装梳，整饬到了精细的程度。

　　临到十一点钟，他下楼用早点，我的外祖母、巴栾姑爷爷、保姆和我早已坐好了。我们全都极其喜爱巴栾姑爷爷。他娶的是我外祖父的妹妹，他一年有大部分时间和我们在一起过。这时候我舅父吃得少，特别是早晨，觉得营养丰富反而使人昏沉，妨害工作；几乎永远没有肉、鸡蛋、青菜、一块干酪或者一个水果和一杯冷巧克力。临到用点心的时候，他燃起他的烟斗，一管陶土做的小烟斗，站起来，走向花

---

① 中文最早的译本叫《曼郎摄实戈》，好像是林琴南译的。
② 布夏尔东（一六九八年——七六二年）是宫廷雕刻家。

园,我们随在后面。他喜欢散步的地点是背靠着石头的土台,一边临着一些老菩提树,修剪笔直,仿佛一堵绝大的哨壁。这通到一座小亭子,路易十五的风格,窗户开向塞纳河。夏天夜晚,我们常常坐在雕镂细丽的阳台,好几小时静静的,全都听他谈话;渐渐夜晚来了,最后的行人也不见了;对面的纤路显出一匹马的影子,几乎看不清楚,拖着一只船,无声无息溜了过去,月亮开始照耀,仿佛一片精细的金刚钻的尘埃,万千银屑在我们的脚下面闪烁;一阵轻浮的水汽侵入河面,两三只小船离开了河岸。捞鳗鱼的渔夫出发了,抛下他们的网。我的外祖母,十分脆弱,咳嗽着,我舅父就说:"是去调理《包法利》的时候了。"《包法利》?这是什么?我不知道。我尊敬这个名字,这几个字,正如一切来自我舅父的我都尊敬,我迷迷茫茫相信这是工作的同义字,工作就是写,那不必说了。不错,就是这些年,从一八五二年到一八五六年,他写好这部作品。

我们极少在午饭以后到亭子那边去。躲避正午的太阳,我们上到一个地点,绰号"墨丘利",原因是从前有那么一座神像装潢它。这是第二条林道,位于平台之上,有一条可爱的幽径连着,密密匝匝全是树荫;石头里头冒出好些奇形怪状的老水松,肢解的树根和树身全都赤裸裸露在外面;它们好像仅仅仗着一些细小的须根,挂在山坡倾圮的墙壁上面。正在走道上面,仿佛半圆形的建筑,一条圆凳藏在一些栗树底下。穿过栗树叶子可以望见平静的水,往上望出是大片的天。不时一块云彩转眼就消失了。这是一条汽船的烟;马上就在树木的细长行列之间,露出船舶的尖桅,拖在汽船后面,一直拖到鲁昂,数目有七条到九条之多。这些活动房屋的行列,同你说起遥远的风土,真是没有比它们再庄严再美丽的了。将近一点钟,听见一阵尖锐的响声;就像本地人说的,"汽"来了。一天三回,这条船在鲁昂和拉布叶之间往来。启碇的信号响了。

我舅父就说"好啦，去上课，我的卡罗"，于是挽着我，我们两个人就回到那间大书房，百叶窗早已当心关好，不放酷热透进；房子气味挺好，可以闻到一种东方念珠的味道，掺着烟草的味道，还有一点香味，从洗脸房间的半开的门传了过来。我膜拜一张大白熊皮，一下子跳了上去；我拼命吻着它的大头。我舅父在这时候把烟斗放回壁炉上面，另选一管，塞满了，燃好，然后在房间另一端一张绿皮扶手椅里坐下；他交叉起两条腿，向后一仰，拿着一把锉，磨光他的指甲。"怎么样，你？好啦！你记得起那天讲些什么吗？""——噢！佩洛披达斯和埃帕米农达的故事，我全知道。""——那么，你讲。"我开始了，随即，自然喽，我记乱了，或者我忘掉了。"我再对你讲一遍。"我凑近了，我坐在他的对面一张长椅，或者无背的沙发上。集中注意，心跳着，我仔细听他给我讲的非常有趣的故事。

他就这样教我全部古代历史，一个又一个拿事实互相比证，就我了解的范围发挥一下大意，然而永远是观察真实，深沉；成熟的心灵听了他讲，也会觉得他的教学方法一点也不幼稚。我有时候打断他的话问他："这人好吗？"这句问话指着一些人如冈比斯、亚历山大或者阿尔西比亚德斯，他就不免窘于回答了。"好？……家伙，这些先生们很难断定。这跟你有什么关系？"可是我不满意，我以为"我的老爷子"——我总这样喊他，对他同我说起的人物的生活，就是最细的枝节也应当知道。

历史功课上完了，我们就上地理。他怎么也不要我拿一本书念。他说："顶多，也就是图儿，这是教小孩子的方法。"所以，我们有纸片，有球，有七巧图，我们在一起拼好了又拆开；然后，为了解释岛、半岛、港、湾、岬之间的区别，他拿起一把铲子、一桶水，在花园的一条小径里，做些自然的模型。

我越往大里长，功课也就越长，越严肃；他一直为我延长到十七岁,我出嫁的时候。等我十岁大,他要我在他说话的时候记笔记,等我能够领会了,他开始叫我注意一切物事的艺术方面,特别关于读书。

他认为书只要写得好,就不危险;他这种见解来自内容形式的密切的联合,写得好就不会想得坏,或者孕育下流。有毒的、有害的、可能玷污理智的,不会是粗野的枝节,天然的事实,一切都在自然之中;无所谓道德或者不道德,而是表现自然的人们的心灵使它伟大、美丽、安静、渺小、卑鄙或者使人苦恼。诲淫的书也会写得好,依着他,就不可能存在。

他要我读书的范围虽说很宽,但是他很严厉,一点也不要我读那些仅仅供我消遣的东西,也永远不许我看一本书半路放下。他写信给我:"继续读《征服》的历史。才开始读就又一搁搁上若干时,不要养成这种习惯。拿起一本书,必须一口气把它咽掉。这是唯一看见全盘和受益的方法。让你养成追求一个观念的习惯。你既然是我的学生,我就不要你有那种思想不连气的情形,那种没有后劲的情形,这正是你们女性的通病。"

他坚持这种理智的训练,认为极其有益;他的教育就是尽可能把它印入我的精神。他本人十分良善,在若干点上非常严格;就像他要一个女人纯正,不光就在行为规矩,还得她往这里添上通常所要求于一位正经男人的品德。我的功课完了,我舅父就坐在他的桌前,橡木背的高扶手椅里面,除非到窗边吸一大口空气,就不休息了,一待就是七小时。然后,用晚饭,如同午饭过后,大家又做亲密的谈话。九点钟,至迟十点钟,他又急急忙忙工作去了,延长到深夜才住。只有在这些寂静的时间,没有一点点声音搅扰他,他才分外起劲。

他就这样一连好几个月下去,不见人,除掉路易·布耶,他的知己朋友,每逢星期日来,待到星期一早晨。一部分夜晚用在读一星期的工作。什么样热情流露的辰光!大声呼喊,不休止的感叹,一个辞藻的取舍的争论，你来我去的热忱！一年有三四次，他到巴黎过几天，住在海德耳旅馆。他的娱乐也就是这种短暂的出行。

然而，临到一八五六年，决定发表《包法利夫人》，居斯塔夫·福楼拜来到庙街四十二号住，一所属于谋芮耶先生的房子，他是笑剧·养息剧院的经理。布耶在那一年要在奥代翁上演他的处女作《德·孟塔耳息夫人》。他早就在他的朋友之先离开鲁昂和他的教师职务，专心研攻文学。我的外祖母不久也就去了；她在冬天的月份来到一家有家具的公寓，两年以后，就在儿子居住的房子的下面一层住定了。

虽说相近，我们全很独立。我舅父带了一个听差贴身使唤，一个叫做纳耳席斯的，怕是世上最怪的人了。他原先是我的外祖父的用人；他的滑稽和他的热情让我舅父决意叫他跟在身边。纳耳席斯从事农耕，结过婚，是六个孩子的父亲，急急丢下妻子家室，追随他老主人的儿子：他对他的尊敬到了疯狂的程度，但是上下的距离一点也不搁在心上。有一天，他回来，完全醉了，我舅父望见他"坐"，或者不如说是"倒"，在厨房一张椅子上面。他帮他走到他的房间，躺到床上。于是纳耳席斯一副哀求的模样："啊！老爷！您就做好事做到底，把靴子给我脱掉。"主子宽恕之至，就照办了。

朋友们喜欢这用人的议论和回答的敏捷；有人拿自己的书送他。于是他坐在工作室或者书架前面，胳膊夹着一根羽毛掸帚，手里捧着一本书；他学他的主子，高声读着。但是这种艺术的抒情作风，加上好喝几盅酒，完全毁了这可怜虫的头脑；他不得不回乡下去了。

到了冬季这些月份，我想念夏季的日子，因为《包法利夫人》的盛大的成功，接着就是一场轰动的官司，使我舅父有了名，人人都要和他亲近。他一来就出门，我看见他的时候少多了。

庙街的公寓有些日子很热闹；在这里举行的亲密的小宴成为一种愉快；我记得有些次我也参加，围着饭桌聚拢的有圣·佩甫、桑斗夫妇、高耳吕夫妇,后者是玉勒·杜浦朗带来的,他是居斯塔夫·福楼拜的非常忠心的朋友;查理·道斯穆瓦,戴奥菲勒·高地耶也常常来,星期日门开得更大了,朋友特别多。

对我舅父,有几个关系在这时期开始,一直维持到他去世。他去玛笛耳德公主的客厅去得很殷勤;他在这里发现聚着一些学者、艺术家,若干亲密的朋友,十分喜好这种理智和浮华的环境。他去杜伊勒芮;贡比艾涅邀他;①在宫堡居住的期间,他想到写一部大小说,把法兰西和土耳其文化放在里面。

随后,又是马尼晚餐,起初只有十来个人:圣·佩甫、高地耶、贡古两兄弟、嘎法耳尼、洛朗、泰尼、德·晒维耶尔伯爵、布耶和我舅父。谈话趣味高尚,无拘无束,漫无止境。

最后,五月到了,我们回到克瓦塞,过着平静的美好生活。

一八六〇年,我舅父开始写《萨郎宝》,不久就感到有旅行迦太基原址一趟的必要,他去了突尼斯。回来,他陪母亲去维希,我们一连去过两年。

我的外祖母的健康不许她和我一同出外,舅父替她陪我;他陪我散步,星期日甚至于带我上教堂,不顾他的信仰的独立,或者不如说,由于这种独立。天气好的时候,我们常常去坐在那些沿着阿里耶的小白杨树底下;他读书,我作画,有时候他停住读书,同我讲起他的心得,或者开始默诗;他也啃得下整页整页的散文,他最常引证的是孟德斯鸠和夏多布里昂的散文。这种记忆同样在历史年月和实事上看得出来。但是,假如关系着一种文字回忆,那他真叫惊人了;二十年前念的一本书,他还记得住当时他注意的某页和某页某处,他走到书架,打开

---

① 杜伊勒芮是巴黎的王宫;贡比艾涅是帝王的别宫。当时是在拿破仑三世统治之下,玛笛耳德公主(一八二〇年——一九〇四年)是他的堂妹,非常喜欢和文艺界人士往来,自己也画两笔画。

书，告诉你："这儿是"，明亮的眼睛闪着一种满意的光彩。

他在维希重新遇见一些老朋友；在埃及邂逅的维勒曼医生和朗拜·贝，昂方丹神甫①的信徒之一。

但是临到一八六四年，我的婚姻来了，我们的生活完全换了一个样子。一年中有一大部分我住在笛耶浦附近的勒城，我去克瓦塞一年也就只有两次，春季和秋季。我舅父在我家里居住的期间并不长久，任何移动都异常扰乱他，妨害他工作。为了写作，他需要一种极端的紧张，他在别的地方不可能得到他醉心的境界，除非是在他的工作室，坐在他的大圆桌前面，明白没有东西会来扰乱他。这种喜好安静的心情，往往过分发展，已经对他最小的动作开始起了专制作用；过不到几天，我就看出他不安了，感觉他想回家，继续心爱的工作。

所以，足有十年，我们的生活很少混在一起，除去一八七一年的四月。我在英国过了好几个月，回来，我觉得他变了许多。战争给他留下一个深深的印象；他的"老拉丁人"的血使他厌恶重新回到野蛮。不得不离开他的家，因为他说什么也不肯低头和一个普鲁士人讲话，他逃到鲁昂，住在哈福码头一个小房子，非常不舒服。这和一无所有相差不远；我的外祖母年纪太大了，不再过问家事，所以乡间必要的家具和物事没有搬到城里，本来轻而易举，也全留在克瓦塞，那里驻了十来个士兵。

生活不安静，做事不能做，想着他的书房，他的书籍，他的住宅遭受敌人蹂躏，我舅父的心神陷在一种可怕的纷乱和痛苦之中。他觉得文艺死了。怎么？这可能？一个有文学修养的国家掀起这汪洋的血海！一群学者围攻巴黎，炮轰有纪念性的建筑！

---

① 昂方丹（一七九六年——一八六四年）是圣·西蒙社会主义学派领袖之一，组织过一次共同生活的社会，有四十个信徒，政府判了他一年徒刑，不久就去了埃及。

他以为回到家园，一无所有。他错了，除去一些没有价值的小物事，例如卡片、小刀、裁纸刀，他的东西没有受到丝毫骚扰，回来只有一件事气闷：气味，普鲁士人的气味，如法国人所称的，一种抹油的靴子的气味。三个月的长久占据把这种气味印在墙壁里面，于是为了消除起见，必须重新粉刷房间，再铺毡子。

六个月过去，我舅父还是不能够写作；最后，来到勒城我住的地方，经不住我的哀求，他重新拾起《圣安东的诱惑》，就在这回写成了。

居斯塔夫·福楼拜的生性对于幸福就有一种不可能容受的成分，由于一种不断的需要，再三走回头路，比较、分析。就在最最应当享乐的年月，他把享乐解剖到了一种田地，他看见的只有享乐的尸首。

游尼罗河的时候，他写出那篇题做《划子上》的文字，念念不忘的却是塞纳河畔的家园。他眼前的风景好像并不吸引他，直到后来，他才记了起来。例如人，人的愚蠢，人的谈话，他贪财一般感到兴趣。他说："愚妄和我的汗毛孔息息相应。"有人责备他不出去，不到田野舒散舒散，他就发脾气，嚷道："可是自然吃了我！我要是在草上躺长久了的话，我相信会有植物在我身上长出来的。"他再加上一句："你不知道这一切移动给我招致的坏处。"

他就自己来写他的感受，他一生最痛苦的遭际，从他的生性的深处搜索，讨究最隐蔽、最亲切的暗陬。报上一段新闻，他认识的人们的一件可笑的小事，当权的笔下的蠢话，他们的自尊心或者贪心的表征，都是求之不得的经验，记在本子里面；他不懂艺术需要事先考虑利润，依照他，银钱偿付不了艺术家的辛劳，介乎发行人米晒·莱维为《包法利夫人》五年版权所付的五百法郎和若干年后他为《萨郎宝》收到的一万法郎之间，他一点也看不出差别。

十七岁上，他到皮赖乃旅行，在苟布湖，加瓦尔涅附近的客店，在小本子上记下旅客写的最愚蠢的题辞。这已然是《入世语录》、《布法与白居谢》的开端。这种对滑稽物事的强烈理解,正是他对理想的喜爱的有用的对立,如同他对笑剧的欣赏修正他天性的忧郁。

三

　　一八七五年,银钱上大量的损失改变了我们的地位。我丈夫看着他的产业为了商业交易全部毁灭。我不能够提出我的财产的一部分来给他用,因为我嫁的时候,陪嫁的资产是照诺曼底极流行的制度办理的;于是我舅父慷慨天生,挺身而出,把他所有的产业给了我们,挽救我们的困难。他留下给自己过活的,只有我们答应给他的年息和他作品非常微薄的收入。我们开头想到出售克瓦塞;这份产业是我的外祖母老早留给我本人的,她唯一的愿望是她的儿子居斯塔夫继续在这里居住。由于这种考虑,加上我舅父和它分手或许感到不适,我们决定留着它不卖;孤独伤害他的多情的天性,所以,也就只有这种在一起生活的安排和他相宜。一年他有大半在乡间过;他在巴黎回掉缪芮要街的公寓,和我们住在一家楼房,五楼,在圣·奥恼赖·关厢街和奥尔唐丝王后林道的转角。

　　和往日一样,我们住在一起,谈话比我儿时是更丰富、更深沉、更亲密了。我们过的是退隐的生活,舅父把我当做一个朋友;我们无所不谈,然而我们最爱讨论的是文学、宗教和医学题目,意见虽说往往不同,我们中间从来没有引起任何不痛快、不愉快的情形。

　　写过《圣安东》的人,很容易看得出来,对于人类的宗教思想和它千变万化的表示,早就充满了一脑子。古老的神谱特别让他感到兴趣,任何种类的过度对他都有无限的吸力:隐士、戴巴伊德的修士,激起他的景慕,他觉得自己心向往之,如同向往恒河边的"佛"。他常常重读《圣经》。以赛亚的这句话:"那报佳音、传平安、报好信、传救恩的,⋯⋯这人的脚登山何等佳美。"① 他觉得好极了。"想想,给我研究研究这个。"他对我讲,充满热情。

就艺术方面来看，他是无神论者，但是就他灵魂的需要来看，他是泛神论者。他十分景慕的斯宾诺莎，不见得对他没有留下影响。再说，除去"美"的信仰，此外任何一种信仰在他的精神上都没有扎下太深的根，所以到了某一点上，他可能听取而且承认相反的看法。他喜欢重复蒙田的话，应当枕着怀疑的枕头睡觉，这大概是他在哲学方面最终的结论了。

然后，我们回到他一天的工作方面。他才写成的词句，异常鲜妍，他高高兴兴念给我听；一个无能为力的见证，我也参加那些辛苦收获的篇幅的缓慢创造。夜晚，统一的灯照亮我们；我，坐在大桌的边沿，从事女红，或者看书；他么，在工作辛勤之下挣扎，有时候，他俯向前，发热一般写着，于是往后一仰，压牢他的座椅的两只扶手，长叹一声，有时候，就像咽气一般。但是忽然他的声音柔柔地协调了，膨胀了，炸裂了：他找到追寻的表现，他向自己重复这个词句。于是他急忙立起，大步绕行他的工作室，一边走，一边分析单字，满意了，鞠躬尽瘁之后，终于到了胜利的时辰。

来到一章结尾，他常常休息一天，舒舒服服念给我们听，看看"效果"如何。他朗诵的调子无可比拟，有唱腔在里面，同时一切加重，开头好像过分，临完极其惹人欢喜。他不仅读他自己的作品给我们听；他不时给我们来些真正的文学集会，对他遇到的美丽热烈讴歌一番；他的热情有的是力量，你不可能冷静，一定和他一同颤动。

在古人里面，他把荷马和埃斯库罗斯看做神明；他喜欢阿里斯托芬在索福克勒斯之上，普劳图斯在贺拉斯之上，他认为贺拉斯的好处让人誉扬过了分。有多少次我听见他说，他直想做一个伟大的喜剧诗人！

---

① 这句话在《旧约·以赛亚书》的第五十二章第七节。

莎士比亚、拜伦和雨果使他深为景慕，但是他永远不了解米尔顿。他说："维吉尔创造多情的妇人，莎士比亚创造多情的才女；此外一切多情女子，多少都有些是狄东和朱丽叶的翻本。"

在法国散文之中，他不断重读拉伯雷和蒙田，他劝一切有意从事写作的人们多读他们。

这种文学热情永远活在他的心头；他喜欢说起一次热情的经验，从前他读浮士德的感受。他读的时候，正在复活节的前夕，走出学校；他没有回家，不知怎么一回事，他发现自己来到一个叫做王后林道的地点。这在塞纳河的左岸，离城有点远，一个长着高树的散步所在。他坐在岸边，对岸教堂的钟声在空中响着，和歌德的美丽的诗糅在一起："基督活过来了，和平与全部欢悦。复活日的第一点钟，幽深的钟，你就宣示了吗？……强壮甜蜜的仙歌，为什么你到尘土里面寻找我？"他失去理智，回到家和疯了一样，什么是地也不觉得了。

这个人，那样赞赏"美"，怎么又会那样高兴发现人类的蠢行，特别是浮面道德统治所在？难道这是他对"美"膜拜的缘故？这种发现似乎证明他的哲学，同时相信自己透入真实，更由于喜爱这种真实，他感到欢欣。

他的内心早已充满许多工作计划。他特别讲起一个关于戴耳冒比勒的故事，预备就要开始。他觉得他从事于他的作品的准备工作，荒废时间过多。打算用他的余生在"艺术"，纯"艺术"上。形式的关切一天比一天增加，有一天神经发作，热烈天真，他嚷嚷道："我才不在乎什么'观念'！"随即马上大笑了："这不坏，嗯？这是一种好的抒情，我开始了解'艺术'了。"

一个真正的艺术家，就他看来，不可能有恶意，一个艺术家先是一个观察者：看的第一个特征是有一对好眼睛。假如眼睛被热情激动，这就是说，被一种切身的利害激动，就看不清真相了；一颗好心就有许多才智!

他对"美"的膜拜让他说:"道德只是美学的一部分,然而是它的基本条件。"

他特别不喜欢两种人,对他们很冷:批评家,什么也写不出,裁判一切,他觉得一个蜡烛商人也比他好,还有,有学问的先生,自以为是艺术家,有幻想,以为威尼斯另是一个样子。他要是遇到这类人,蔑视就爆炸了,不是发为一阵伤人的利口(他说,他没有一点点想象,什么也不假想,什么也不知道),就是默不作声,显得格外高傲。

直到他死,我甜甜蜜蜜地过着这种严肃平静的生活,我的妇女的心灵在这里受益很多。我舅父许多最好的朋友都死了:布耶、杜浦朗、艾耳迺斯提·勒马芮耶、高地耶、玉勒·德·贡古、艾耳迺斯提·费斗、圣·佩甫;有的离开了。和杜·刚的来往老早就冷淡了;从一八五二年起,两位朋友开始不再走着同一道路,他们的书可以证明。

我舅父在友谊上是完美的,属于一种绝对忠实的真诚,不妒忌,听到朋友成功,远比听到自己成功还要快活,可是,他对这些友谊关系有些诛求,对方往往支持不了。一颗心和他连在一起,由于对"艺术"有一种相同的喜爱。(他的深厚的交往都有这个做基础,)应当没有保留地为它所有。

去世五年之前,他送《三故事》,收到这样一封简短的回笺:

亲爱的朋友,我谢谢你的书。我没有什么可谈,因为我完全叫我的工作的结尾弄成痴骇了。我大概八天或者十天就结束,到时我会读你的书,作为我的补偿的。

你的朋友

马克席穆·杜·刚

他的心受了伤,愤懑地缩了回去,什么地方是连忙认识朋友脑中涌出的思想的热烈的愿望?什么地方是年轻时候的美好岁月?互相期许的信义?

但是,有些人他很搁在心上。年轻人里头,首先是阿夫赖德·勒·浦瓦特万的外甥,盖·德·莫泊桑,"他的弟子",如他喜欢叫的。此外,他和乔治·桑的友谊,对他的精神,至少同样对他的心情,具有浩大的温柔的效力。但是,单就他这一代而言,给他留下的也就是艾德孟·德·贡古和伊万·屠格涅夫;他爱和他们做美学上的谈话,十分欣纳。唉!这种亲密的谈话时间越来越少,因为倾心相与,也得理智上爱好的东西相同,巴黎的居留自然也就越来越少。我不在的时候,原来不小的寂寞变得也就更大,常常为了逃出寂寞,他把儿时的老女用人喊来。她到壁炉跟前取一时暖。他在一封信里面告诉我:"我今天和'玉莉姑娘'谈话,极其称心。说起往日,她让我记起一大堆东西,人物、形象,我觉得很舒服。这像一阵清风。她有一种语言表现,将来我会用的。她说起一位太太:'她才叫脆弱……简直火爆!'脆弱之后就是火爆,深刻之至。随后我们谈到马尔孟太和《新哀劳伊丝》,许多太太都办不了,甚至于许多先生都莫名所以。"

只有独自一个人,偶尔他也喜欢到自然之中散散步,暂时停停他的工作。他写信给我:"昨天,为了清新我可怜的脑壳,我到冈特勒散了散步。一连走了两小时之后,我到巴斯盖那边喝了一盅麦酒,店面为了过年完全刷裱一新。看见我,巴斯盖对我显得非常高兴,因为我使他记起'那位可怜的布耶先生';他呻吟了好几次。天气非常晴丽,夜晚,月光好得不得了,十点钟我还在花园散步,'对着夜晚的月光'。你想不出我怎样变成了自然的情人;我望着天,树木和草地蓊绿一片,从来没有这样快乐过。我简直想做母牛,为了吃草。"

但是,他又坐到他的桌子前面,几个月过去,再也没有拾起同一愿望。

一八七四年开始，他进行《布法与白居谢》，这个题旨在他心里停了有三十年了。起初本来很短，一个四十来页的中篇故事；这就是他想到写的经过：

和布耶坐在鲁昂马路的一条凳子上，面对着养老院，他们梦想自己有一天会做什么，于是兴兴头头开始他们假定的生平，他们忽然喊道："谁知道？我们也许会跟这些龙钟老头子一样，临了死在救济所。"于是他们想象两个经纪人的友谊，他们的生平，退休下来，等等，等等，然后，在贫苦之中把晚年消磨掉。这两个经纪人变成《布法与白居谢》。这部小说，很难写成，不止一次让我舅父灰心；他甚至不得不中断一时，为了休息，到贡喀耳纽去看他的朋友，生物学家乔治·浦谢。

他在那边，在布列塔尼的沙滩，开始《慈悲·圣·朱莲的传说》，接着不久又写《一颗简单的心》和《希罗底》。这三个故事他写得很快，然后重新拾起《布法与白居谢》，沉重的工作，他把命在这上头送掉。

很少存在能够像他那样单纯如一，十全十美：他的书信指出他在九岁一心一意只为"艺术"，临到五十岁，依然如故。他的一生，谈他的人们全都在别的地方说起，从他理智清醒直到他死，只是同一热情的长久发展："文学"。他为它牺牲一切；他的爱情，他的友谊，全没有能够从他的"艺术"把他抢走。到了晚年，他有没有懊悔不曾走常人的道路？有一天，我们一同沿着塞纳河回来，从他的嘴唇滑出一些激动的语言，未免使我相信：我们去拜望我的一位女朋友，围在一群可爱的小孩子当中。说到这个规矩良善的人家，他对我讲："他们有道理。"他严重地向自己重复着："是呀。"我不搅扰他的思想，待在一旁，静静地。这是我们最后散步里面的一次。

死在健康的情况把他带走。前一天，他的信欢天喜地，说他对一棵植物的猜测证明对了，非常开心。关于他的工作，他给我写下这些有趣的辞句，说他没有几页就好结束："我对了！我从植物园的植物学教授得到我的解答，我对了，因为美学就是'真'，从某一理智角度看去（假如有方法），人就不错，现实不向理想低头，而是加以证实。我必须为《布法与白居谢》到各地做三次旅行，在找到它的框架，配合动作的环境之前。啊！啊！我胜利了！这呀，这是成功！这恭维我！"

  他打算到巴黎，同我相会。这在他动身的前一天，走出浴室，上他的书房；女厨子正要给他开午饭，听见有人喊叫。她奔过去；他的拳头痉挛，已经不可能打开手里握着的一个盐瓶子。他呢喃了一些含含糊糊的话，不过她听得出来的有："艾楼……去……我……大街……我认识他。"

  他早晨收到我一封信，告诉他：雨果就要住到艾楼大街；不用说，这是这段新闻的回忆；当然也有求救的意思，他想到他的邻居和朋友，佛耳旦医生。

  他思想上最后一道亮光是呼唤那曾经一再使他心灵颤动的大诗人。

  他立刻倒下去，不省人事。过了几分钟，他停住呼吸，中风是电闪一般飙急。①

加罗林·高芒维勒
巴黎，一八八六年十二月

---

① 福楼拜死在一八八〇年五月八日，介乎十一时和午时之间，享年五十八岁又四个月。五月十一日下葬，从巴黎赶来送殡的文人有左拉、贡古、都德、邦维勒、莫泊桑、赛阿尔、高拜、余斯芒、海尼克和阿莱克席。

·路易·布耶《遗诗》序①·

① 此文原载于一九三九年《宇宙风》第九十三、九十四、九十五期；一九四九年七月译者略加修改后，作为附录收入文化生活出版社发行的译文丛书之《三故事》。

这是福楼拜生时发表的唯一序文，为纪念亡友而写——因为他反对写序，一种承认作品不完整而另外需要有所表白的补苴；这同时也是他生时发表的唯一论文，为纪念亡友而写——因为除去他形象的创作以外，他永远不许自己曝露他的理论。犹如他的书信，这里不是空洞的议论，而是富有内省的经验与感情的提示。我们不见得完全同意，有时候恰巧相反。然而，不是一个批评家，既不瞎三话四，又不人云亦云，他根本没有要求我们听从。他不曾为一般人说法，仅是为若干有心人，以己为例，提供一些值得印证的创造问题。

　　路易·布耶是福氏仅有的长久同窗知己。有人甚至于诽谤，没有布耶，也许没有福氏的小说杰作。他们心心相印，布耶的文学意见几乎就是他的。但是，对于中国人，布耶并不单只因为福氏而值得提起。他是一个热诚的中国爱好者。他学中文，译中国诗，拟中国诗，用中国材料写诗。我们未尝不可以说，他是法国十九世纪最重要，最末一个真正醉心于中国文学的作家。因为，从他以后，——就是在他的时代，日本开始在法国取代了中国的研究地位。贡古 Goncourt 兄弟便是日本珍玩的搜集者。几次辱国的战争增加中国在外国人心目之中的没落。说到临了，没有一个民族不势利、不趋炎附热。胜利决定一切。

译者　廿八年一月十日

一

批评也许会简单化，假定一个人在判断以前，先宣布他的爱好；因为任何艺术作品含有一个特殊东西，和艺术家本人有关系，和制作不相干，而使我们入迷或者烦激。我们的赞美要想完全，除非作品同时满足我们的气质和我们的精神。忘记这种事前应有的差别，是不公正的一个大原因。

尤其是，书的时机可议。"为什么这本小说？一出戏有什么用，我们需要吗？等等"于是，不走进作者的意向，让他看看自己为什么错失他的目标，要想达到又该怎样去做，我们在他的主旨以外东挑剔，西挑剔，永远要求他所希冀的东西的反面。但是，假如批评家的才力超出方法，他应当一起头就建立他的美学和他的伦理。

谈到目前这位诗人，这些保障于我就没有任何可能。至于叙述他的生平，这太同我的生平混淆，而且个别的传记仅仅应当属于大人物，我在这上面只好简略。再者，难道大家没有滥用"说明"？历史不久就要吸收全部文学。过分研究做成一个作者的气氛的东西，简直妨害我们端详他的天才的独特所在。在拉阿尔普 La Harpe 时代，大家相信一部杰作依仗若干条例，来到人间，并不欠谁情分，如今缕列一下四周的景物，就以为自己发现它的根据。

另一种疑惧拦住我：我不愿意说破朋友经常保持的一种缄默。

在一个最卑微的中产者搜寻一个脚座的时代，活字印刷仿佛一切自负不凡的场合，最愚蠢的人物的竞争变成一种公众的瘟疫，这位先生却有骄傲仅仅露出他的谦虚。他的画像并不装璜马路的玻璃窗。我们从来没有看见报纸有过他一次吹嘘，一封信，一行字。他甚至于不列名本省的学会。

然而，没有生命像他更值得长久宣扬的。他是高贵的、辛勤的。贫穷，他能够终其身自由。他似一个冶工强壮，似一个婴孩柔顺，明慧而不诡邪，伟大而无姿态；——认识他的人们会觉得我应当再说重些才是。

二

路易-伊亚散特·布耶 Louis-Hyacinthe Bouilhet 一八二二年五月二十七日生在喀尼 Cany（下塞纳州 Seine-Inférieure）。父亲是一八一二年之役战地病院的长官，头上顶着联队的钱箱，涉过白赖席纳 Bérézina 河，因为创伤，年轻轻就死掉；外祖彼耶·胡尔喀斯特麦 Pierre Hourcastremé，研习法制、诗歌、几何，收到渥尔泰 Voltaire 的恭维，和杜尔高 Turgot、贡道尔塞 Condorect 通信，差不多一半财产耗在给自己买介壳，付梓《昂塞勒穆大人的奇遇》，《思想官能论》，《记忆先生的馈赠》等等，在抛 Pau 的按察司做律师，在巴黎做记者，在哈福 Le Havre 做海军部主事，在孟提维利耶 Montivilliers 做公寓老板。差不多一百岁的光景，离开这个世界，给外孙留下一个奇怪可爱的忠厚人的回忆，永远扑粉，穿着短裤，照料马兰花。

小孩子搁在安古维勒 Ingouville，一家寄宿学校，正在山头，望着海；其后，十二岁，来到鲁昂 Rouen 的中学，差不多每级的奖品统统让他得了去——虽说他非常不像一个通常所谓的好学生，这个名词用在庸碌的禀赋与当时少有的才智的一种节制。

我不清楚中学生的梦想是什么，然而我们的夸张到了万分，——浪漫主义最后一直扩展到了我们这里，不为外省环境所容，却在我们的头脑中形成奇异的沸腾。热狂的心灵希冀戏剧性的爱情，有游艇，黑面具，和晕在喀拉布尔 Calabrese 山林之间驿车里的贵夫人，同时有些比较严肃的性格（爱上了阿尔芒·喀耐勒 Armand Carrel，一位同乡）①，企望报章或者讲坛的喧嚣，叛逆的光荣。一位修辞科学生写了一篇《洛布斯比耶的辩状》Apologie de Robespierre，流传到校外，引起一位正人君子的忿慨，结局是交换函札，提议决斗，正人君子扮这个角色扮得并不漂亮。我记得一个好小伙子，永远戴着一顶红小帽；另一个好小伙子，许愿以后要像墨西哥人过活，我的一个知己打算出教，好去帮忙阿布德·艾勒·喀代尔 Abd el Kader。然而大家不仅是土巴都尔 troubadour②，反抗的，东方的，尤其是艺术家的，被罚的额外功课一做完，文学就开始了；有人睁破了眼睛，在寝室读小说；有人在口袋里带着一把刺刀，犹如安东尼 Antony；有人还厉害：厌恶生存；巴尔……一枪打碎脑壳，昂德……用他的领巾上吊；当然了，我们不配誉扬！然而多憎恨一切平庸！多心往伟大！多尊敬大师！大家怎样赞赏维克道·雨果 Victor Hugo!

在这一小群激昂者之中，布耶是诗人，悲哀的诗人，废墟和月光的歌者。不久他的弦收紧了，一切颓荼不见了——由于年龄，其次，由于一种十分天真的暴烈的共和党倾向，二十岁左右，他差一点就加入了一个秘密会社。

学士学位到手，有人告诉他选择一种职业；他决定学医，把他名下微小的收入留给母亲，开始教书去了。

于是开始了一种三重职务的生存，诗人，教员与医学生的工作。生活苦到不堪再苦，幸而两年以后，派在鲁昂市立医院做住院学生，他在先父指导之下实习外科。白天不能够停在医院，他守夜的次数便比别人全多；他自告奋勇担任，因为只有这些时间可以写作；——所有他青年时期的诗词，充满爱情花鸟，写在冬天守夜的

---

① 阿尔芒·喀耐勒是路昂人，著名的新闻记者，创办《国家日报》，死于决斗。
② 土巴都尔是中世纪法国南部行吟诗人的通称。

辰光，当着两排发出喘哮的病床；否则就在夏天的星期日，窗户底下沿着墙，有病人披着长袍在院子里散步。但是，这些忧郁的年月并不白白度过；最卑微的现实的端详坚强他一眼望去的正确，而且，因为绑扎过人的伤痕，解剖过人的身体，他知道人也就更其清楚。

换一个人，不见得就肯忍受这些疲劳，这些厌恶，这种职志相违的苦难。然而多谢体质充沛，神精健旺，他欣快地承受一切。到如今人还记得，在他的本城街角，时常遇见这具有一种阿坡龙 Apollon 式美丽的轻盈的孩子，姿态有点儿畏怯，稠密的金黄头发，胳膊底下永远挟着成本的册页。他往上迅速写下他遇到的诗词，不管在什么地方，在一圈朋友当中，在他的学生中间，在一家咖啡馆的桌子上，帮忙捆扎一条动脉施行手术的时候；之后，他把诗词送给随便什么人，少的是钱，多的是希望，古典意义的真正诗人。

隔了四年，我们再相会的时候，他拿三首可观的诗给我看。

第一首，题做《洪水》，表示一个情人的绝望，在就要覆灭的世界的废墟上，搂着他的情妇：

> 你听见山头
>
> 绿棕榈相撞？
>
> 你听见原野
>
> 宇宙的咆哮？

这里有冗长和铺张，然而自始至终，有一股热情奔放。

第二首，一篇讥刺耶稣会教士的讽喻诗，风格完全不同，更坚定了。

噢客厅的牧师，去向妇女们微笑好了；
拿你的镀金网收进这些可怜的灵魂！

……………………

可爱的神甫们在小小的忏悔阁
把罪过变成多情的小诗！
啊！你们在那边正是《福音》的英雄，
用你们风格的花熏香耶稣·基督，
每天踏着一些柔滑的地毯奔向
十字架，为了圣戒殉身！

……………………

这些商人蹲在各各他山脚
一块一块，随手去拿，我主呀，
去分您的袍子同您的大衣；
圣地的术士，噢奇迹，把您的心
卖做符箓，您的血盛在瓶子！

我们必须回想当时的成见，记住作者是二十二岁。这首诗的日期是一八四四年。

第三首是一篇斥责，《给一个被出卖的诗人》，他忽然回到政治生涯。

唤醒您的饿火有什么用？
到绿野追寻您的贞节的牧歌，
在银涛睡了的花堤上，
大天使，用您的阳光灌醉自己！
在柳叶底下唱着梅毒！

> 布路屠斯 Brutus 的大衣会伤您的肩膀,
> 您的天真的灵魂和您的孩心
> 也许又要控告一趟命运!
> 命运把您拾起……①

以下用同一声调,把阁部大大鞭挞了一顿。

他曾经把这首诗送往《改革》La Réforme,幻想会被刊载出来。回答是一个干脆的拒绝,报馆觉得犯不上走一趟法庭——为了文学。

就在这时期,将近一八四五年尾梢,先父去世,布耶决然丢开了医学。他继续教书的职业,随后,联合一个同学,从事于制造学士。一八四八年摇动他对共和党的信仰;他完全变成了一个文学者,好奇的仅仅是比喻、比较、意象,此外一切,相当冷漠。

他对于拉丁文深刻的认识(他用这语言写作,几乎和用法文一样轻易)启发他若干罗马诗章,收在《花垂与环端》Festons et Astragales;其后,便有《巴黎杂志》在政变前夕发表的长诗《麦丽妮丝》Melaenis。

诗在当时是悲惨的。想象犹如勇敢,让人磨得特别平,而读众好似当道,不情愿允许才智独立。再说,风格、艺术本身,在政府看来,永远是反叛的;在中产者看来,是不道德的。比什么时候都厉害,誉扬常识与羞辱诗歌是时髦;要想表示一些判断力,拼命朝着胡闹跑;凡不庸俗就惹厌。出于抗议,他避往消逝的世界和远东;这就是《化石》与各式中国诗章的来由。

不过,外省噎窒他。他需要一个比较宽大的环境,于是抛下他的钟爱,他来住在巴黎。

---

① 福氏共摘引四节,此处仅译第一节。

然而，到了某一年龄，巴黎的"官能"也就得不到了；有些东西，对于做小孩子就吸着马路空气的人，极其简单，对于一个三十三岁的成人并不相宜。来在大城市，无亲无友，没有收入，而且寂寞已久，不懂世故。于是，恶劣的日子开始了。

他第一部作品《孟塔耳息夫人》Madame de Montarcy，法兰西剧院接受修改，随后在二读的时候加以拒绝，足足等了两年，方才于一八五六年十一月，爬上奥带翁 Odéon 剧院的舞台。

演出美好。从第二幕起，彩声就时时打断了演员；一种青春的嘘息在席次流动，大家感到若干一八三〇年的情绪。胜利证实了。他有了名。

他应当利用时机，同人合作，结交朋友，发财才是。然而他丢下煊赫，住到芒特 Mantes，靠近一座老塔，桥角一家小房。他的朋友星期天来看他；剧本结束，他把它带到巴黎。

由于经理三心二意，检查无礼挑剔，约会一再改期，浪费时光，他每次从巴黎回来，便带着一种极端的疲茶，——不明白在艺术问题之中，艺术简直就那样没有地位！他被推参加一个铲除法兰西剧院弊端的委员会，在所有委员之中，他是唯一不埋怨作者版权的所得税的。

带着多大的快乐，他重新开始他日常的消遣：学习中文，因为十年以来就在研究，只为吸取中华民族的精英，指望以后写一首关于中国的大诗；否则，心太郁闷的日子，他用抒情诗舒解剧院的约束。

命运，垂青他的开始，转了方向；然而《昂布淫司的叛变》Conjuration d'Amboise 是一个抵补，演了一整冬天。

六个月以后，鲁昂市立图书馆馆长的位置给他做。这是闲暇和财产，一个实现了的旧梦。差不多做了不几天，一阵衰弱侵住他——他奋斗太久的消耗。为了排遣，他尝试不同的工作，他注释都巴尔塔斯

Dubartas,从奥芮皆呐Origène剔出赛勒斯Celse的文章,重新拾起希腊悲剧作家,迅速构成他最后一个剧本《阿伊赛小姐》Mademoiselle Aïssé。

他没有时间重读它。他的病(一种知道太迟的白尿症)不可挽救,一八六九年七月十八日,他没有痛苦就咽了气,身旁有他年轻时候一位老女朋友,和一个爱如己出的别人的孩子。

临终几天,他们加倍情好。然而另外两个人的表示却特别野蛮——好像就为证实这条规则;诗人在他们的家庭中遇见最辛辣的失望;因为刺激的语言,蜜似的讥诮,对于缪丝Muse的直接凌辱,一切加深绝望的,一切使人伤心的,他样样不少——甚至于蚕食良心,甚至于强奸最后一口气。

他的同乡办理他的丧事,犹如殡葬社会名流,最不文的人也明白一个优越的智慧适才熄掉,一个伟大的力量已然失去。全部巴黎报纸伤悼这个损失,甚至于最敌对的也不节省惋惜;这仿佛一顶花冠,远远送上他的坟头。一位天主教作家往里扔土。

不用说,诗词行家一定痛心于这样一架琴永远沉哑;然而那些与闻他的计划,沾润他的劝告,总之,接识他的精神的全副力量的人们,只有他们想象得出他可以达到怎样一种高度。

除去那本《阿伊赛》,他留下三出散文喜剧,一出神仙剧与《圣·雅克的香火》Pèlerinage de Saint-Jacques的第一幕,十景诗剧。

他计划的有两首小诗,一首题做《牛》,描写拉提欧穆Latium的田舍生活;另一首题做《最后的宴会》,令人看到一席贵族,在阿拉芮克Alaric快要占领罗马的夜晚,讲着古代的伟大和现实的琐细,在盛筵之中,统统服毒死掉。此外,他想写一部长篇小说,关于五世纪的异教徒,《殉教者》Les Martyrs的异曲,然而特别是他的中国故事,纲要完全写出;最后,野心的峰顶,一首长诗撮述近代科学,该是我们时代的自然综汇 de Natura rerum。

三

谁有权区分同代的才学,仿佛优于一切,有权说:这个人第一,那个人第二,另一个人第三?名望转变的事例是众多的。有一往而不复返的颠覆,有长期的隐蚀,有灿烂的再现。龙萨耳 Ronsard,在圣·佩甫 Sainte-Beuve 以前,不是已经为人忘掉?往常,圣·阿芒 Saint-Amant 被人看做一个比不上雅克·德李勒 Jacques Delille 的诗人。《吉诃德先生》,《吉尔·布拉斯》Gil Blas,《曼郎·摄实戈》Manon Lescaut,《白特》La Cousine Bette 以及一切小说杰作,全不曾得到《黑奴吁天录》Oncle Tom 的胜利。在我年轻的时候,我听见有人把喀西米尔·德拉维涅 Casimir Delavigne 和维克道·雨果相提并论;如今"我们伟大的国家诗人"似乎已开始贬价了。所以,还是谦挚些好。后世会撤消我们的评判的。它或许要大笑我们的讪谤,更其要大笑我们的赞美;因为一位作家的光荣并非由普选得来,而是由一小群智者,经年历月,颁布他的评判。

有些人要反对我给了我朋友一个太高的地位。我不知道他将来得到什么地位,他们同样不知道。

因为他第一部作品是六行一节,两个韵,犹如《纳穆纳》Namouna,而且这样开始:

> 自来所有在罗马散步的人,
> 从徐毕尔 Suburre 区到喀彼道兰 Capitolin 山,
> 希腊式的靴子,麻做的袍子,
> 最美丽的是包卢斯,

同这另一首的句法一样：

> 在这世界的城市（淫乐在这里
> 廉价出卖，罪恶最老也最多，
> 我是说巴黎）所有的荒唐鬼里，
> 最伟大的是雅克·罗兰。

不再多看一眼，昧于结构、诗律和气质的一切差别，有人就宣称麦丽妮丝的作者抄袭阿福赖·德·缪塞 Alfred de Musset！这成为一种不得上诉的定谳，一种滥调——给东西贴上一张标记，免去再度劳神，没有比这更方便的了！

我真不愿意露出凌辱神祇的模样。然而在缪塞作品之中，你指给我看一种随便什么的全般效果、描写、对话和情节连锁在一起，足足两千多行诗，结构如此紧严，语言同样一致，总之，一个属于这种局面的作品？重新产生罗马全部社会，不透学究气息，夹在一个戏剧性故事的狭隘的界石当中，必须什么样艺术才成！

假如在路易·布耶的诗歌里面寻找主要观念，天赋成分，会在这里看到一种自然主义，令人想到文艺复兴。他对庸俗的憎恨把他从一切平淡移开，他的英雄倾向被智慧提炼纯正；因为他有丰盈的智慧——这简直是他才分几乎不为人知的一面；他不大让它出面，觉得它比较低下。然而，如今，我们没有东西阻止承认他工于构制讽刺短诗 épigrammes，四行诗 quatrains，题韵诗 acrostiches，十三行两韵诗 rondeaux，限韵诗 bouts-rimés，与其他因排遣而做的"小玩意儿"，活像荒唐一番。也有因讨好而做的。我发见好些为官吏写的公众演说，为一个小姑娘写的新年颂语，为一个理发师，为一只钟的洗礼，为一位君主的航行写的诗词。他献给我们一位在一八四八年受伤的朋友一首歌行 ode，关连着《纳缪尔的占有》Prise de Namur 的保护者，铺张在这里达到了高度的腻烦。又有一位朋友用鞭子一下就抽死了一条蝮蛇，他送他一首小诗，题做《一个妖怪与一位法兰西艺术家的斗争》，含有相当俗浅的语法，残跛的比喻，痴骏的繁缛，倒好用作模特儿或者稻草人。然而他的拿手好戏是白浪翟 Béranger 的诗体！有些熟朋友永生会记着那首《睡帽》，一首颂扬"光荣，美人与哲学"的杰作，能够叫"小酒窖"Le Caveau 所有的社员醋死！①

他有娱乐的禀赋——一个诗人少有的东西。我们不妨比照一下他的中国诗和罗马诗，《奈艾辣》Néera 和《脑尔芒民歌》，《色铅笔画》和《月光》，《春天的史乘》和《阴沉的牧歌》，《舟》和《夜宴》，我们就要承认他多富饶，多机巧。

他戏剧化所有的热情，例如木乃伊的申诉，虚无的胜利，石头的忧郁，掘发世界，图绘野蛮民族，构织《圣经》的旅行与乳媪的歌唱。至于他想像的卓越，《化石》似乎十足加以证明，戴奥菲勒·高地耶 Theophile Gautier 把这部作品唤作"或许是一个诗人自来尝试的最艰难的作品！"我添一句：所有法国文学之中唯一的科学诗，然而还是诗。结尾关于未来的人的诗句，表示他怎样了解最高深的乌托邦；——至于他的《鸽子》，也许将是十九世纪宗教方面有历史性的信仰宣言。穿越这种普遍的同情，是他个性明显的呈露；它以悲惨的或者嘲弄的声调，在《最后一夜》、《致一妇女》、《当你离开我》、《噘嘴的妇人》等等里面宣泄，同时，以一种几乎犷野的姿态，它在《红花》（这独特的尖锐的呼声）里面迸裂。

他的形式是他自己的，没有派别的成见，并不苛求效果，柔而热烈，盈而多比，永远是音乐的。他最小的诗词也有组织。跨句，勾连，

---

① 白浪翟以民歌 chanson 体闻名当时。小酒窖是十八世纪初叶若干文人组织的诗酒社，他们的娱乐是制造民歌。白浪翟是会员之一，有人会歌一首。

韵，一切诗律的秘密，他全有；所以，他的作品簇拥着好些佳句，浑然天成的句子，无往而不佳，在《乐几》Le Lutrin 犹如在《惩罚》Les Châtiments。我随手拾取：

——鳄鱼一样伸开，鸟一样结束。①
——一只棕毛的大熊，戴着一顶金盔。
——是从喀浦 Capoue 来的一个骡夫。
——碧蓝的天，仿佛一片平静的海。
——在离合中看到万千错综。

同这行关于圣母的句子：

因为曾经承荷她的上帝，永生苍白。

因为就某一意义看来，他是古典的。譬如说《百万舅舅》L'Oncle Million，不就是美好的法文写的？

诗！用诗写！这简直是发疯！
不比这响亮的诗，我知道统让坏人关起，绑住！
家伙！谁说话用诗？漂亮的玩意儿！
难道我作诗，我？想象
难道我有，我？我有今天全仗自己，
一定是我吞了一些水蛇，我亲爱的，
才有一天把动人的快乐给你，

---

① 福氏原注："描写一个翼手龙 ptérodactyle"。

拿着古琴，去侦伺那风来的地方！
　　这些无聊的小把戏，随便玩玩
　　是好的，比方说，在我们扔掉的时间；
　　我呀，在另一家铺子，我就认识
　　一个编曲儿的傻孩子伙计。
　　……………………………

再往下：

　　可是我说莱翁就不是一个诗人！
　　他，诗人，算了吧！你冲我瞎恭维他，
　　我在铺子看着他长，不到那么高；
　　怎么？他哪点儿出奇：
　　他是一个糊涂虫，他是一个邪门儿货，
　　他只是一个傻瓜，我告诉你，我，
　　他要做买卖，不然的话，他得交代明白！

　　这是一种直奔目的而来的风格，你觉不出这里面有作者在；字消失在观念的清澄之中，或者不如说，胶着在上面，不以它任何荡漾妨害观念，而且准备好了行动。
　　然而，有人要反对我说，这些特征一上舞台就全丢掉，总之，他"不懂得戏园子！"
　　《孟塔耳息夫人》的七十八次上演，《海兰·白伊龙》Hélène Peyron 的八十次，《昂布渥司的叛变》的一百零五次，所表示的正好相反。其次，必须知道戏园子要的是什么——先必须承认这里有一个问题统理其他一切问题：成功的问题，有利可图的目前的成功。

最有心得的也在这上面受骗——不能够迎头赶上时髦的花样。从前，看戏为了听些美丽的语言传达的美丽的思想；临到一八三〇年，爱的是疯狂的热情，谩骂既定的状态；再往后，爱的是一种迅速的动作，迅速到英雄没有时间说话；以后，是问题，社会的目的；此后便来了俏皮对话的嗜好；如今，垂青的似乎完全是最胡闹的粗俗东西的再现。

当然，布耶看不起问题，他厌恶"字眼儿"，他爱发展，把常人所谓的现实主义看做一个极丑的东西。伟大的效果不能够由半色 demi-teintes 得到，他要的是明显的性格，紧张的遇合，唯其如此，他才是一位悲剧诗人。

他的情节有时候为了场所的叙写丧失力量。然而在诗剧之中，情节如果更为紧凑，却也噎室一切诗意。何况就这一点来看，《昂布湟司的叛变》与《阿伊赛小姐》正是一种进步；——为了人不责我徇私起见，我指摘《孟塔耳息夫人》里面路易十四过分理想化的性格，《百万舅舅》里面证官的佯病，《海兰·白伊龙》里面第四幕的倒数第二场的冗长，《道劳赖丝》Dolores 里面场所的空泛与风格的明确之间缺乏谐和；最后，他的人物太时常说话类似诗人，然而并不妨害他知道运用戏剧的惊奇。例如，在斗布赖 Daubret 先生家里玛尔丝丽娜 Marceline 的再度出现，《道劳赖丝》第三幕白德 Pèdre 先生的上场，地窖里面的布芮松 Brisson 伯爵夫人，《阿伊赛小姐》临尾的骑士，喀西屋斯 Cassius 像鬼一样回到浮丝媞娜 Faustine 女皇的宫廷。大家对于这部作品是不公道的。大家同样没有了解《百万舅舅》的雅典情调，在他所有剧作之中，它或许写得最好，犹如《阿伊赛小姐》，结构最为紧严。

临到结尾，它们全有深厚的动人力量，富有精致强烈的东西，无处不被一种真实的热情所激动，写得多宜于声音，这苗壮的六律，偕同它引起颤栗的字句，和那些巨翅扇扑似的高奈叶 Gorneille 式的激昂！

正是他戏剧的史诗的情调，每逢初次上演，令人兴奋。其实，他绝少为这些胜利酩酊，因为他向自己讲，一件作品的最高部分并不永远最为人了解，他的胜利会是由于次要方面。

假如同一剧本他用散文来写，大家或许颂扬他的戏剧天才。然而不走运，他偏偏用了一个通常让人憎恨的成语。大家起初讲："喜剧不要用诗！"其后，"悲剧不要用诗！"，临了变成这句格言："戏剧不要用诗！"

然而这是他的真正的语言。他不用散文翻译。他用韵思索——他那样爱韵，以一种相同的注意，读成各种各式。一个人爱上一件衣服的时候，夹里也宝贵；戏迷欢喜往后台溜；饕餮之流以看烧菜为乐；母亲给自己的孩子洗脸并不生气。幻灭是弱者的本色，不要信任厌倦者，他们几乎永远无能为力。

四

至于他——他以为艺术是一件严肃事，目的在产生一种朦胧的激越，甚而这就是它全部的道德意义。我从一本笔记抽出下面三段：

在诗里面，不应该问行为是否道德，而问行为是否与诗所介绍的人的行为相同。然后我们就好一视同仁，描述善恶的行动，而不专以恶的行动为例证。

彼耶·高奈叶。

艺术在它创造之中，应该想到取悦的仅仅是真正有权评判它的智能。假如不这样做，它便步入歧途。

歌德。

一个美好风格所具有的一切理智的美丽，一切组成它的关联，对于公众的心灵，犹如足以形成主旨本质的真理，是同一有用而且更为可贵的真理。

毕风 Buffon。

所以艺术,本身具有存在的理由,不应该看作一种方法。即使把某一寓言当做例证,全部天才用在它的发展,另一寓言能够做成相反的证明;因为结尾并非结论;一个特殊的事件不应当归纳成为一般;——以此自信进步的人士,走在现代科学(它要求在没有建立一种法则以前,先聚集许多事实)的反面。所以,布耶留心不碰那希冀教训、惩戒、劝诱的"布道艺术"。他更看不起"玩具艺术",企图娱乐如纸牌,惊魂动魄如法庭;他也决不干"民主艺术",相信形式要为人人接受,必须十分降低,然而在有文化的时代,尝试天真,反要变成愚骏。至于"官方艺术",他拒绝它的便利,因为他必须辩护一些生命短暂的事理。

回避怪议论、病理志、罕物什、一切小径,他拾起大道,这就是说,一般的情感,人类灵魂不动的方面,同时,正因为"观念形成风格的本质",他用心好好想,为了好好写。

他从来不说:

闹剧是好的,只要玛尔高哭。①

他写过一些惹人哭的戏,不相信情绪能够代替技巧。

他憎恨这新格言,"必须写得像说话"。说实话,用在一件作品的心思,长久的摸索,时间,苦难,往日是一种良好的建议,变成了一种取笑的对象——大家自命超乎这一切,充满了天才与容易!

---

① 缪塞的诗。

然而，他并不有所缺少：他的演员看见他在他们当中大事修改。他说的好："灵感应当驯致，不应当承受。"

造型是艺术的第一特征，所以他尽可能把最大的凹凸付与他的孕育，依照那同一的毕风，劝大家用一个意象表现每个观念。然而中产者根据他们的唯心论，以为颜色具有过多的物质，难以抒写情感；——何况法兰西的常识，端端坐在它安详的小马上，唯恐被人带上九霄，每分钟都在喊："比喻太多！"好像它有比喻转卖。

极少作者那样注意字的选择，语法的变幻，上下的转承——仅仅具有风格若干部分的人，他不奉送作家的头衔给他。有多少最被誉扬的人们，写不来一篇故事，一段一段把分析、描绘与对话连缀不在一起！

他酷酊于诗的节奏和散文的音调。散文犹如诗，应当能够朗诵，写坏了的句子经不起这种试验；它们压抑胸脯，妨害心跳，因而落在生命的条件以外。

他的自由主义让他接受一切派别；莎士比亚与布瀍鲁 Boileau，肩摩肩，摆在他的桌上。

希腊人里面，他爱好的第一是奥狄赛 Odyssée，其次是浩淼的阿芮斯陶法 Aristophane。拉丁人中间，他爱好的不是奥古斯提 Auguste 时期的作者（除去维吉尔 Virgile），而是另外一些人，如塔西特 Tacite 与玉外纳 Juvénal，有最峭硬和最响亮的成分。他曾经花了许多时间研究阿普莱 Apulée。

他不断在读辣布莱 Rabelais，爱高奈叶和拉·风丹 La Fontaine——他的全部浪漫主义拦不住他表扬渥尔泰。

然而他憎恨国家学会演说，呼唤上帝，劝告人民，有阴沟气息的东西，有香草臭味的东西，水手小帽诗歌，红鞋跟文学[①]，教皇类与内

[①]　红鞋跟文学即宫廷文学。往日，大臣所著鞋为红跟。

衣类。

许多高雅完全同他无缘,例如十七世纪的膜拜,喀尔万 Calvin 风格的赞赏,关于文艺浸微的不断的呻吟,他极不敬重德·麦斯特 De Maistre 先生,他也不曾为浦鲁东 Proud'hon 所眩惑。

依照他,才智慎重什么也不是,只是才智枯窘;他厌恶虚伪的好鉴赏,比坏鉴赏还要可憎;他厌恶关于"美"的讨论,批评家的雌黄。他宁可上吊,不写一篇序。下面会说的格外清楚,这是一册题做注释与计划(——计划!)的笔记簿的一页:

这世纪是本质地学究的。没有一个文氓不有他的演说出卖,没有一本可怜相的书不立在讲坛宣道!至于形式,驱逐出境。假如你偶尔写的好,人家便说你没有观念。没有观念,好上帝!说实话,不问观念的重要,以为自己用不着观念,定然是一个蠢货。秘诀是简单的,用两三个字:"未来、进步、社会",哪怕你是陶彼囊布 Topinambou①,你是诗人!方便事业,鼓励糊涂虫,安慰眼红者。噢,臭气熏天的中庸至尊,实利主义的诗歌,学监的文学,美学的饶舌,经济学的呕吐,一个元气耗竭的国家的瘰疬似的产物,我以我的灵魂全部力量憎恶你们!你们不是疽,你们是削瘦!你们不是发烧期间热红的疡肿,而是苍白边沿的冷脓,仿佛一道泉水,从什么深邃的骨炎流出!

在他去世的第二天,戴奥菲勒·高地耶写道:"他高高举起那在无数战争之中撕烂了的旧纛,人可以当做寿衣在里面滚转。艾尔纳尼 Hernani 勇敢的人马活了下来。"

这是真的。这是一种完全献给理想的存在,一个为文学而文学的

---

① 陶彼囊布是巴西印第安人的一族。

希有的住持之一，一种将近殒灭——或者已然殒灭的宗教的最后信徒之一。

有人要说，"二流天才"。然而四流天才如今也不见其就那么普遍！看看沙漠怎样在扩展！一阵愚骏的嘘息，一阵俗俚的飓风，把我们包住，眼看就要掩盖一切高尚，一切精致。不再尊敬大人物了，大家觉得快乐；或许同文学传统一起丢掉的，我们要丢掉我说不上名目的一种空气，那往生命放进比生命更高的什么东西。要想弄出耐久的作品，必须不要讥笑光荣。培养想象，可以获得一点理智；端详美丽的东西，可以获得许多高贵。

既然谈论一切，大家要求一种道德意义，我的就是这个：

在什么地方，有这样两个年轻人吗？消磨他们的星期天，一块儿读诗，报告彼此的工作，他们想写的作品的计划，来在他们脑子的比较，一句话、一个字——虽说蔑视此外一切，以一种处女的羞赧，藏起这种热情。有的话，我给他们一句劝告：

并排走进林子，吟着诗，把你们的灵魂搀入树液与杰作的永生；把你们遗失在历史的缅想，崇高的惊呆！把你们的青春消耗在缪丝的怀抱！她的爱情慰藉，代替其他爱情。

最后，假如你们感到人世的变故，觉得它们另换了一副面目，好像就为一种幻觉的描写而来，强烈到你们将感到一切事物，你们的存在也算在内，没有其他功用，而你们已然决心承受一切苛虐，准备一切牺牲，抵抗一切折磨，你们跳下去，发表罢！

然而，不论你们将遭逢什么，看见你们敌人的忧患而不忿怒，看见他们的光荣而不羡嫉；因为最失欢的一个将以最幸运的一个的成功而自慰；神经强壮的将扶持灰心的伴侣；每个人把自己得到的特别东西将看做彼此共有；这种相互的监督将防止骄傲，延缓颓废。

其后，有一个死了——因为生命从前是太美了——另一个珍重保留他的记忆,给自己做成一道防御卑鄙的城堞,一种晕迷之中的救急,或者最好说做一座家庭的神坛,他将到这里呢喃他的悲伤,松弛他的心弦。有多少次,夜晚,眼睛望着黑暗,在这往常照亮他们额头的灯后,他将迷迷漠漠搜寻一个影子,预备问他:"是这样吗?我该怎么做?回答我!"假如这回忆是他的绝望的永生的糌粮,这至少将是他寂寞之中一个游息所在。

一八七零年六月二十日

萨 郎 宝

［法］福楼拜 著
李健吾 李 玹 译

目 录

一 庆典 …………………………………………… 243
二 在西喀 ………………………………………… 260
三 萨郎宝 ………………………………………… 280
四 迦太基城下 …………………………………… 288
五 达妮媞 ………………………………………… 304
六 哈龙 …………………………………………… 318
七 哈米加·巴喀 ………………………………… 336
八 马加尔之战 …………………………………… 373
九 原野 …………………………………………… 391
十 蛇 ……………………………………………… 405
十一 营帐下 ……………………………………… 419
十二 引水渠 ……………………………………… 438
十三 摩洛神 ……………………………………… 457
十四 斧子隘 ……………………………………… 491
十五 马道 ………………………………………… 526

她在扁柏林道走着,在队长席间缓缓地走着。(第一章 庆典)

——噢,达妮娅! 你爱我,不是吗?(第三章 萨郎宝)

他吼着。司攀笛觉得他变了样,身子也高多了。(第五章 达妮媞)

三具尸身背朝天躺着,像三座泉眼一涌一涌往外冒血。(第六章 哈龙)

望见萨郎宝,哈米加站住了。(第七章 哈米加·巴喀)

萨郎宝让它绕在自己胁部、胳膊底下和两膝之间。(第十章 蛇)

他跪在她面前的地上,用两条胳膊搂住她的身子。(第十一章 营帐下)

眼泪引发出更多的眼泪,呜咽声变得越来越尖锐刺耳。(第十二章 引水渠)

——这就是他,主人!把他带走吧!(第十三章 摩洛神)

巨大的翅膀在他们周围投下晃动的阴影(第十四章 斧子刑)

一　庆典*

这是在麦嘉辣，迦太基的关厢，哈米加①的花园里面。

他从前在西西里率领的士卒，举行一个盛大的宴会，庆祝艾里克斯②之战的周年纪念，因为主人不在家，人数众多，他们大吃大喝，漫无法纪。

队长蹬着古铜厚底靴，坐在中央小道，上面是金流苏的紫帐，由厩墙一直架到宫殿的第一层平台。普通兵士在树下散开，掩映之中可以望见许多平顶的房屋，压榨间、储藏间、库房、面包房、军械库、一所象院、好些猛兽池、一座奴隶牢。

好些无花果树围绕着厨房；一座枫树林子远远连接一丛一丛的花草；好些石榴在草棉③的白花簇中间辉耀。好些结了实的葡萄高高挂在松枝当中；一片玫瑰在箄悬木④下面怒放；这里，百合花在青草上面摇曳；搀杂珊瑚粉的黑沙，撒满了小径；中央的扁柏林道，仿佛两排绿菁菁的方尖碑，从头一直竖到末梢。

紧里是奴米第亚⑤黄斑云石的建筑，宽大的石阶，托起有四层平台的宫殿。笔直的大乌木楼梯，每级的角隅露出一只征服的战舰的船首，一个黑十字分开的红门，防御下边蝎子的铜栅栏，封闭上面窗口的镀金小棒：富丽雄浑，对于兵士，它们就和哈米加的面孔一样，庄严，不可臆度。

国务会议指定他的府第给他们举行这次宴会；睡在艾实穆⑥庙养病的兵士，黎明就开始走动，拄着他们的拐杖，挨蹭了来。每分钟全有人来。沿着所有的小径，不断涌出士卒，仿佛湍流，急急汇在一个湖泽里面。厨房的仆役，惶惶张张，裸着半个身子，可以看见在树木中间跑来跑去；草地的羚羊一边咩，一边逃走；日落了，柠檬树的芬芳加重这群出汗的人们嘘息的恶浊。

这里有各国人：里古芮亚人、吕西塔尼亚人、巴莱阿里人⑦、黑人和罗马的遁客。在多利安⑧浊重的方言一旁，可以听见凯尔特人⑨战车一样乱哄哄的音节，同时沙漠⑩的子音，砾砾如胡狼的嗥叫，和爱奥尼亚⑪的语尾碰在一起。细腰是希腊人，肩膀上耸是埃及人，腓肚宽大是坎达布里亚人。有些喀芮安人傲然拴着他们的盔翎，有些喀巴多西亚的弓手，用草汁往身上涂着好些大花，若干吕第亚人用餐，穿着妇女的长袍，跂着便鞋，戴着耳环⑫。有些人，为了炫耀，抹了一身朱红，活像一尊珊瑚雕像。

他们有的躺在垫子上，有的蹲下来围着大盘子吃，或者，背向天，把大块肉扯到跟前，拄着臂，大吃大嚼，一副狮子撕烂捕获的东西的平和姿态。后来的兵士，靠着树，站直了，看着一半消失在朱红毡子

---

* 《萨郎宝》的前半部（约七章半）根据译者李健吾先生生前未出版的手稿排校，后半部由李健吾先生旅居加拿大魁北克省的孙女李昡补译完成。 前半部中个别译名由李昡略作修正，注释由李昡按手稿中的提示添加。
① 哈米加是萨郎宝与她的弟弟汉尼拔（第二次布匿之战时迦太基的统帅）之父，第一次布匿之战时哈米加和哈龙同为徐率特，即迦太基最高执政官和海军统帅。为抗议迦太基国务会议向罗马割岛、赔款求和的决定，哈米加将其率领的在西西里岛作战的佣兵交给部将吉斯孔带回迦太基，自己流亡海外。布匿是古代罗马人对腓尼基人特别是迦太基人的称呼。
② 艾里克斯是古西西里的城市，以山为名，是哈米加率军与罗马作战的重要据点。
③ 草棉又称非洲棉，比亚洲棉植株矮小，品质差，但抗性好，现多作为种质资源使用。
④ 絮悬木亦称悬铃木，俗称法国梧桐。
⑤ 奴米第亚是古罗马时期柏柏尔人在北非迦太基以西建立的王国，大致在今阿尔及利亚东北部，以骁勇善战的骑兵著称。
⑥ 艾实穆是古代腓尼基传说中的医神。
⑦ 里古芮亚人是地中海西北岸从西班牙到意大利几个古代民族的通称；吕西塔尼亚人是生活在伊比利亚半岛西部的古代民族；巴莱阿里人是西地中海巴莱阿里群岛上的古代居民。
⑧ 多利安人是古希腊的一个部族，属于印欧语系的游牧民族。
⑨ 凯尔特人是古代中欧一个由共同语言和文化传统凝合起来的松散族群，也是欧洲最早制造使用铁、金制品的民族，一度广泛分布于欧洲大陆并占领不列颠诸岛，公元前385年还曾洗劫过罗马。
⑩ 指非洲撒哈拉大沙漠，居民游牧无定。
⑪ 爱奥尼亚人是古希腊的一个部族，居住在希腊中东部和土耳其安纳托利亚地区。
⑫ 坎达布里亚是西班牙北部濒临大西洋比斯开湾的一片高地。喀芮安人是土耳其安纳托利亚西南部的古代居民。喀巴多西亚位于土耳其中部，以奇异的地貌著称。吕第亚是小亚细亚中西部濒临爱琴海的古国。

下面的矮桌，等候轮到他们。

哈米加的庖厨不够用，国务会议事先给他们送来奴隶、器皿、床榻。花园的中央，犹如战场焚化死尸，可以看见明熠的大火熏炙牛肉。巨大的干酪，比铁饼还重，和撒茴香的面包夹杂在一起；靠近镶金线的花篮，樽斝满了酒，缶盛满了水。他们终于能够痛痛快快，大吃大嚼一顿，欢悦胀大了所有的眼睛，远远近近，歌唱开始了。

最初给他们端上来绿汁鸟，盛在黑花红底的陶土盘子里面；随即是布匿海滩拣拾的各色贝介、小麦羹、蚕豆羹、大麦羹和小茴香蜗牛，盛在黄琥珀盘子里面。

饭桌随即摆满了肉：有角的羚羊、有羽的孔雀、甜酒烧烤全羊、母骆驼腿、水牛腿、鱼汁刺猬、油煎知了和糖渍睡鼠。大块脂肪，介乎藏红花之间，漂浮在当辣巴尼①木盆里面。盐卤、松露和阿魏，泛成一片；水果金字塔般垒高了，滚落在蜜糕上面；而用橄榄渣滓喂肥了的粉红细毛大肚子小狗，这道别的民族厌恶的迦太基菜，也没有被遗忘。食品新颖的惊奇，刺激肠胃的饕餮。高卢人②，长头发，当顶挽结，抓起西瓜和柠檬，连皮啃。有些黑人，从来不曾见过龙虾，脸让红刺扎破了。刮了脸的希腊人，比大理石还要白，把盘子里的残余扔在身子后面，同时布鲁提屋穆③的牧人，穿着狼皮，脸埋在他们分到的食物里面，静静地吞咽。

夜来了，扁柏林道的天幕被取去，火把送了来。

石油在红云白斑的石瓶里焚烧，明光闪闪，惊到那些献给月神的猴子。它们在雪松顶上乱喊乱叫，成就了士卒的欣怅。

长焰映在铜甲上面颤栗。嵌玉的盘子发出万千的光色。形象映在

---

① 当辣巴尼指当今的斯里兰卡或南印度的坦拉巴尼河地区。
② 高卢人是古代居住在西欧的凯尔特语系民族，其西南是伊比利亚人，东南部有里古芮亚人。
③ 布鲁提屋穆即今意大利南端的卡拉布里地区，隔墨西拿海峡和西西里岛遥遥相望。

凸镜镶口的尊上面，扩大了，增多了。兵士聚在四周，往里观看，显出惊异的样子，同时做鬼脸，引自己发笑。他们在桌子上空互相投掷象牙凳和金抹刀。他们牛饮皮囊之中所有的希腊酒，盛在双耳尖底瓮①里面的坎巴尼亚②酒，用桶运来的坎达布里亚酒、枣子酒、肉桂酒、芙蕖酒。酒在地上成了滩，人在上面滑倒。肉气和嘘息升在枝叶之间。同时可以听见颚骨的响动、话语的喧阗、歌唱声、杯盏声、坎巴尼亚瓶罐稀里哗啦摔得粉碎的声音，或者一个大银盘碰出的清澈颤音。

　　他们越来越醉，也就越发记起迦太基的不公道。说实话，共和国苦于战争，无力应付，听凭回来的兵士成群结队，在城内聚合。不过，他们的将军吉斯孔，谨慎将事，为了易于偿付饷糈，一批接一批把他们遣回，国务会议相信他们最后会同意于若干减缩。但是，今天，无力偿付，大家怨恨他们。在人民心目之中，这笔债和路塔提屋斯③要索的三千二百埃维厄达郎④没有分别。他们犹如罗马，成了迦太基的一个仇敌。佣兵明白这个，所以，他们的忿怒流于非分，变为恐吓。最后，他们要求聚在一起，庆祝他们作战中的一次胜利，和平派依顺了，转而拿哈米加出气，因为他从前那样子支持战争。不顾他所有的心力，战争宣告结束，他对迦太基太失望了，把军权交给吉斯孔。指定他的府第招待他们，等于把一部分仇恨他们的心思转移给他。而且，消费一定庞大，差不多全部由他担负。

　　佣兵使共和国屈服了，得意之余，相信他们终于能用一口钟⑤的风帽兜着他们的血汗钱，回转乡里了。但是，隔着酪酊的酒意，他们觉得自己辛劳万分，酬谢太少。他们指点他们的创伤，他们叙说他们的交

---

① 双耳尖底瓮是古希腊一种双耳齐瓶口的容器，也用作花瓶、装饰品或运动竞赛的奖品。
② 坎巴尼亚是意大利南部以那不勒斯为首府的农业区。
③ 路塔提屋斯是罗马执政官，第一次布匿之战后从迦太基手中夺占西西里岛并索要巨额赔款。
④ 达郎（《圣经》中译为他连得）是古代的重量和货币单位，约为36公斤，希腊埃维厄岛出产的金币被称为埃维厄达郎。
⑤ 一口钟是古代一种宽大的类似披风的外套。

锋、他们的旅行、故乡的行猎。他们模仿野兽的呼号，跳跃。随即是肮脏的赌注，他们拿头伸到双耳尖底瓮里面，仿佛渴了的骆驼，不住口地喝着。一个吕西塔尼亚人，巨灵一样身材，每条胳膊的末端架着一个人，鼻孔喷着火，沿着酒席奔驰。有些拉塞代冒[①]人，不脱他们的铠甲，用一种沉重的步伐蹦跳。有些人往前行走，类似妇女，做出淫荡的姿势；有些人脱光了，在杯盏之中，学角力的武士比斗；一队希腊人围住一只画着仙女的瓶子跳舞，同时一个黑人，拿起一根牛骨，敲打着一个铜盾伴奏。

忽然，他们听见一种哀怨的歌唱，一种高大温柔的歌唱，仿佛一只受了伤的鸟扇动翅膀，在空里上下起伏。

这是地窖牢房里面奴隶的声音。若干兵士去救他们，一跃而起，消失了。

他们回来了，在尘埃里面，在呼喊之中，吆喝着二十来个男子，可以由他们分外苍白的面孔辨识。一顶圆锥形小黑毡帽盖着他们的光头；他们全都穿着木头鞋，仿佛大车走动，发出一种烂铁的响声。

他们来到扁柏林道，受人盘问，在群众里面散失了。中间有一个人闪在一旁，站直了。隔着衬衣撕破的地方，可以瞥见肩膀上面一道一道长长的伤口。他低着下颌，不放心，向四周窥望，同时慑于灯火熠耀，微微闭拢眼帘；但是，看见这些武人没有一个人憎恨他，他的胸脯进出一声高大的呻吟：他口吃着，他苦笑着，清澄的眼泪浴着他的脸；随后，他抓起一只盛满了水的缶的耳环，高高举在空中，胳膊吊着链子，于是他望着天，一直举着杯子，说：

——救苦救难的艾实穆神，我的家乡把他唤做艾斯库拉庇俄斯[②]，我先向你致敬！泉林和光明的仙灵，我向你们致敬！藏在峰峦之下和

---

① 拉塞代冒是古代斯巴达地区的别称，神话传说中他是宙斯的儿子和斯巴达城的建立者。
② 艾斯库拉庇俄斯是古希腊神话中的医神，和腓尼基人说的艾实穆相当。

洞穴里面的神圣,我向你们致敬!最后,铠甲闪耀的勇士,你们给我自由,我向你们致敬!

随后,他放下杯子,演述他的身世。人家叫他司攀笛。阿吉纽西①之役,他做了迦太基人的俘虏。他用希腊话、里古芮亚话和布匿话又谢了一遍佣兵,他吻他们的手,最后,他恭维他们的酒筵,奇怪没有看见禁军的杯子。这些杯子,六面金,每面镶着一枝翡翠葡萄,属于一个纯粹由身材最高的年轻贵人组成的军团。这是一种特权,简直是一种祭师的荣誉;因而共和国的宝库,也就没有别的更其使佣兵垂涎的了。为了这个缘故,他们憎恨禁军,同时为了这种不可思议的用金杯饮酒的愉快,往常他们中间就有人冒百死而不惜。

所以,他们吩咐去取杯子来。这存放在席西特②那边,一群商人聚餐的会所。奴隶回来禀告:席西特的会员全睡觉了。

佣兵答道:

——叫醒他们好了!

经过第二次索取,人家向他们解释,它们锁在一座庙里面。

他们回道:

——打开庙门好了!

奴隶颤栗了,招了实话,说是由吉斯孔将军保存。他们嚷道:

——叫他拿来!

不久,在禁军护卫之下,吉斯孔在花园紧底出现了。一顶镶玉的金冠在头上收煞他宽大的黑色一口钟。一口钟垂在四周,碰到他的马蹄,远远和夜色混成一片。大家仅仅辨出他的白胡须,闪烁的冠饰和胸前飘打的三道大蓝片的项圈。

---

① 阿吉纽西是希腊在爱琴海东部的群岛,在伯罗奔尼撒战争中,斯巴达舰队曾在此处被雅典舰队击溃。
② 席西特是当时最高阶层的男人才能参加聚餐并议事的会所,被视为国家的实际决策核心。

他一进来，兵士发出一声欢呼致敬，全喊道：

——杯子！杯子！

他第一句话是：假如就他们的勇敢来看，他们配用它们。群众拍手，由于喜悦嗥叫着。他曾经在那边统率他们，曾经和最后的军队乘最后的船回来，他很清楚他们的勇敢！他们道：

——对！对！

吉斯孔继续道：不过，共和国也一直尊重他们民族的区分、他们的风习、他们的信仰，他们在迦太基是自由的！至于禁军的酒杯，这是一种特殊的财产。忽然，靠近司攀笛，一个高卢人跳上桌子，向前直扑，舞动两把利剑，恐吓吉斯孔。

将军一边演说，一边举起他沉重的象牙权杖打他的头，野蛮人①倒下去了。高卢人哗然了，他们的愤怒感染别人，简直要火并禁军。吉斯孔看见禁军失色，耸了耸肩膀。对付这些狂暴的野兽，他想，他的勇敢是没有用的。倒是将来用狡计报复更好，于是，他做手势给他的卫兵，慢慢地走开。随后，在门底下，他转向佣兵，喊道：他们会后悔的。

酒筵重新开始。但是，吉斯孔可能折回，围住贴连最外一道城墙的关厢，把他们挤到城边歼灭。虽说数目众多，他们感觉孤单；同时，他们下面阴影之中的大城，阶梯堆聚，房屋高而且黑，还有比人民更其野蛮的暧昧的神仙，沈沈入睡，忽然也让他们怕了起来。远处有些灯火在港口移动，嘉蒙②庙也发出光亮。他们想到哈米加。他在什么地方？和约订好，他为什么把他们丢开？他和国务会议的冲突，不用说，只是毁灭他们的一种把戏。他们没有满足的憎恨又落在他身上，他们诅咒他，各自的愤怒夹杂在里面互相煽动。就在这时，篆悬木下面聚

---

① 古希腊、古罗马和迦太基人都把其他外族人称作野蛮人。
② 嘉蒙是古代地中海东岸迦南人和后来的腓尼基人信奉的主神，也称为巴力或太阳神。

了一群人。他们在看一个黑人,瞳仁定定的,扭着颈项,嘴唇冒着沫,四肢打着地,滚来滚去。有人嚷,他中了毒。人人自以为中了毒。他们扑向奴隶,起来一阵可怕的喧嚣,一种破坏的晕眩,仿佛旋风,袭向酩酊的军伍。他们随手乱打,他们向四外不是砸,就是杀:有些人把火炬扔进树叶;有些人倚住狮子的栏杆,放箭屠射;最狂妄的奔往大象,要敲断象鼻,吃掉象牙。

同时,有些巴莱阿里的投弹兵,为了抢掠方便,绕过殿角,被一片白藤编成的高栅栏挡住。他们拿刺刀割断锁上的皮带,于是来到另外一座树木修剪整齐的花园,正好瞭望迦太基的前脸。好些白花,一行接连一行,在天蓝颜色的地面形成悠长的抛物线,仿佛星星的流射。黑郁郁的小树丛放出蜜一般温暖的香味。有些树身涂着朱砂,活像血的柱子。当中是十二只铜座,各自托着一颗巨大的琉璃球,淡红光零乱地填满这些空球,仿佛巨大的瞳仁还在闪烁。兵士用火把给自己打亮,一边跌跌打打,在深深翻掘过的土坡上面行走。

但是他们望见一座小湖,用蓝色石墙隔成几个水塘。水清澄极了,火把的光焰在小白石头和金沙铺成的湖底颤摇。水在冒泡,发光的亮片流过,好些嘴边挂着宝石的大鱼浮上水面。

兵士一面大笑,一面拿手指塞进鱼鳃,把鱼带回桌子。

这是巴咯①家族的神鱼。全是古代江鳕的种鱼,据说曾经孵养过月亮女神匿身的卵。犯神的观念重新激起佣兵们的饕餮;他们急忙在铜盆底下燃火,高高兴兴,看着美丽的鱼在滚水里面挣扎。

兵士像浪一样涌动。他们不再害怕了。他们重新喝酒。额头流下来的香水,一大滴一大滴沾湿了他们的褴褛的战袍,同时两个拳头拄着桌子,觉得桌子摇摇晃晃和船一样,他们向四外旋转他们醉了的大

---

① 巴咯是哈米加的姓,在腓尼基语中有"闪电"之意。

眼睛，拿视线来吞咽那取不来的东西。有些兵士在紫桌布上面的盘子当中行走，踩碎象牙凳子和推罗①小瓶。歌声和奴隶在破杯碎盏之间垂死的喘吼混成一片。他们要酒，要肉，要金子。他们喊着要女人。他们以一百种语言呓语。有些人以为自己是在浴室，由于四周水汽飘浮，要不然，看见树叶，他们想象自己是在打猎，把他们的同伴当作野兽追逐。树是一棵又一棵烧了起来，成片高大的绿树丛冒出螺旋状的白烟，好似火山口开始喷发。喧嚣加倍，受伤的狮子在阴影里面吼着。

宫殿最高一层平台忽然亮了，正中的门打开，一个女人，哈米加的女儿本人，一身黑衣服，在门限露面了。她走下斜斜盘绕第四层的楼梯，然后第三层，第二层，在末一层平台停住，站在船形楼梯的高处。她动也不动，低着头，望着兵士。

在她身后两侧，各自站着一排面色苍白的男子，穿着红流苏滚边的白袍，一直垂到他们的脚面。他们没有胡须，没有头发，没有眉毛。他们的手因为戒指闪闪有光，抱着很大的里拉琴②，声音尖尖的，一同唱着迦太基的神的赞美歌。他们是月神达妮媞庙的净身祭司，萨郎宝常常唤到家里。

她终于走下船形楼梯。祭司跟着她。她在扁柏林道走着，在队长席间缓缓地走着，他们看她过来，不由向后退了退。

她的头发，洒着紫粉，依照迦南③姑娘的时样，梳成塔的形状，把她显得分外高了。珠辫从鬓角一直垂到嘴角，嘴红红的活似一个半开的石榴。胸前亮晶晶一串串宝石，斑驳不一，模仿海鱼的鳞甲。胳膊缀着金刚钻，赤裸裸探出没有袖管的黑底洒红花的长裙。脚胫之间系

---

① 推罗又称泰尔，古代腓尼基人在地中海东岸的城邦，即今黎巴嫩南部的港口城市苏尔。传说中迦太基就是推罗公主狄东率众逃亡至北非所建立的。
② 里拉琴是古希腊的一种竖琴。
③ 迦南人被认为是最早居住在巴勒斯坦地区的闪族人，腓尼基人的祖先。

着一条小金链,调节她的步子,身后拖曳着她的深紫色宽大的一口钟,说不清是什么料子做的,好像一个大的浪头随着她的每一步晃动。

祭司不时弹着他们的里拉琴,声音差不多发闷,逢到停顿的时候,可以听见小金链的窸窣和她的纸莎草鞋的整饬的响声。

始终没有人认识她。大家仅仅知道她退居独处,练道修行。有些兵士曾经在夜晚望见她,在她的宫殿的高处,介乎燃烧的香炉的袅袅轻烟之间,当着星星跪下。是月亮让她这样苍白,仿佛有神灵如细雾笼罩着她。她的瞳仁仿佛凌越大地的空间,远远望了开去。她垂下头走路,右手握着一把小的乌木里拉琴。

他们听见她唧哝:

——死了!全死了!你们不再循着我的声音过来了,从前我坐在湖边,往你们的喉咙扔瓜子!达妮媞的神秘在你们的眼睛紧底旋转,你们的眼睛比水还要清澄。

于是她唤着它们的名字,按十二个月来称呼:

——西弗!西弯!塔莫斯!以禄,提斯利,细罢特![1]

——啊!可怜我,女神!

兵士不明白她的话,聚在她的四周。她的服饰让他们奇怪,但是她的受惊的目光在他们的身上久久盘旋,随即把头缩回肩膀,伸开胳膊,她重复了好几次:

——你们这是做什么!你们这是做什么!

——可是寻欢取乐,你们有的是面包、肉、油、仓廪里的月桂香料!我叫人运来海喀东皮勒[2]的牛,我派了猎户到沙漠地里去!

---

[1] 萨郎宝按犹太教历的月份给喂养的神鱼起名,分别表示犹太教历的2月、3月、4月、6月、7月和11月。

[2] 海喀东皮勒在希腊语意为"百门之城",这里指埃及尼罗河中游的古城底比斯,来源于荷马的史诗《伊利亚特》。此外,伊朗东北部的安息古国(又称帕提亚)的首府也曾被称为"百门之城"。

她的声音胀大了,脸也发紫了,她接下去讲:

——你们到底是在什么地方,请问?是在一座被征服的城,还是在一个主子的宫殿?主子是谁?徐率特哈米加我的父亲,神祇的仆役!你们的兵器,是他不肯给路塔提屋斯缴去的,如今却红红地染着他的奴隶的血!在你们的家乡,你们谁认识一个比他更会打仗的?看呀!我们宫殿的台阶堆满了我们打胜仗得来的东西!接着闹吧!烧好了!我会带着我的家神——那条黑蛇一块儿走的,它就睡在那边楼房里的荷叶上!我一打嚏,它就跟我来了;我要是上船,它就随着我的船掀起的浪花,在水面奔跑。

她秀丽的鼻孔翕动着,指甲顶住她的胸前的宝石。她的眼睛有了倦意,她继续道:

——啊!可怜的迦太基!伤心的城!再没有从前到海洋对岸修庙的壮士来保护你了。从前所有的邦国为你劳作,你的桨犁着海的田野,你的收成在海上摇摆。

于是她开始歌唱麦喀耳提的遭遇,西顿①人的神,她的祖先。

她说起艾耳西浮尼山的攀缘,塔耳特苏司的旅行,讨伐马西萨巴勒,为蛇后复仇:

——他在森林里面追赶女妖,女妖的尾在枯叶上面荡漾,好像一道银河。他来到一块草地,有些龙屁股女人,尾梢竖直,正围着一团大火。血颜色的月亮在一个苍白的圆圈里面熠耀,她们的朱红舌头,分开如鱼叉,鬈曲而前,一直伸到火边。

然后萨郎宝,并不中断,演述麦喀耳提在征服马西萨巴勒之后,怎样把他的头割下来挂在船头。

——每逢波涛击打,头就浸在浪花底下;但是太阳把它晒干,比

---

① 西顿也是古代腓尼基人的奴隶制城邦,和推罗相邻,即今黎巴嫩南部的赛达。麦喀耳提是西顿人信奉的保护神,类似于太阳神巴力和火神摩洛。

金子还硬；可是眼睛不停在哭，眼泪继续不断地落到水里。

她用一种野蛮人听不懂的迦南古语歌唱。他们看着她的可怕的手势陪伴她的演述，互相问询她同他们说了些什么；——于是围在她的四周，站在桌面和床榻上，枫树的权杖当中，嘴张着，脖子伸长了，他们直想了解这些模糊的故事，它们透过神谱的阴霾，在他们的想象之中摇曳，仿佛幽灵之于云霓。

只有没有胡须的祭司明白萨郎宝。他们老皱的手搭在琴弦上面颤索，不时弹出一种悲愁的音调：比老妇人还要衰弱，由于神秘的情绪，同时由于这些兵士引起的畏惧，他们在哆嗦。野蛮人根本就没有想到他们，而是一直在听女孩子歌唱。

看她看得最起劲的，是一个奴米第亚的年轻头领，坐在队长席，在本国的兵士中间。他的腰带插满了标枪，把他用皮带在两鬓挽住的宽大的一口钟胀成了一个鼓包。衣幅在肩膀分开，把脸包在阴影当中，人只看见他的定定的眼睛的光焰。他参加宴会是偶然的，——父亲派他住到巴喀府第，依照习俗，帝王差遣公子到名门世家住宿，作为缔婚的准备；然而纳哈法来了半年，始终没有见到萨郎宝；所以，盘腿坐在脚踵上面，胡须俯向他的标枪的柄，他张开鼻孔端详她，仿佛一只豹子蹲在竹林。

在酒席的另一侧，坐着一个利比亚人，身材高大，鬈鬈的短黑头发。他仅仅穿着他的军服，上面的铜片撕破了红床褥。一串银月项圈和他的胸毛纠结在一起。脸上染着血点子，他拄着右臂，嘴张大了，他微笑着。

萨郎宝不再演唱神曲。她以女人的细心，同时用各种野蛮人的语言来缓和他们的怒火。她对希腊人说希腊话，然后转向里古芮亚人、坎巴尼亚人、黑人，人人从她的声音听出故乡的甜蜜。基于对迦太基的回忆，她如今歌唱往昔兵临罗马的战争，他们喊好。利剑的光彩煽起她的热情,她伸开臂呐喊。琴摔下去,她住了口;——于是两手捺住心,她有好几分钟闭拢眼帘来领会这些男子的骚动。

利比亚人马道俯向她。她不自觉地走了过去,而且出于骄傲的感激,表示和军队修好,她往一只金杯斟了满满一杯酒。

她说:

——喝呀!

他举起杯子,端到唇边,忽然一个高卢人,正是吉斯孔击伤了的那人,打了一下他的肩膀,一边一副轻快模样,用本国语言讲些趣话。司攀笛相离不远,他自愿加以解释。

马道说:

——讲好啦!

——神保佑你,你就要发财了。什么时候成亲?

——成什么亲?

高卢人道:

——你的亲事呀!因为在我们那边,一个女人请一个兵喝酒,那就是她自己愿意了。

他还没有说完话,纳哈法一跃而起,从腰带抽出一根标枪,右脚蹬住桌沿,照准马道扔了出去。

标枪嘶的一声在杯盏之间穿过,连利比亚人的臂一同钉在桌布上面,劲儿太足了,标枪的握手直在空里颤动。

马道立即拔出标枪,但是他没有带兵器,身子光光的,最后,两臂举起摆满东西的桌子,穿过奔来调解的群众,他照纳哈法丢了过去。兵士和奴米第亚人挤成一团,没有办法亮刀。马道一边走,一边拿头往前撞。等他抬头再看,纳哈法不见了。他拿眼睛寻找。萨郎宝也走了。

于是他的视线转向宫殿,他望见高处黑十字红门正在关闭。他赶了过去。

大家看见他在船头之间奔驰,然后沿着三层楼梯重新出现,当着红门站住,拿身子乱撞。他直喘气,倚住墙,怕倒下去。

有一个人跟着他。他隔着黑夜,因为宴会的灯光被殿角挡住了,认出是司攀笛。

他说:

——滚开!

奴隶不回答,拿牙撕烂他的军服,然后他靠近马道跪下来,轻轻举起他的臂在阴影之中摸着,寻找伤口。

一线月光穿下云隙,司攀笛在臂上看见一个大伤口。他拿撕下来的布条子捆扎,但是另一个人,不耐烦地喊:

——离开我!离开我!

奴隶道:

——噢,不!你从地窖把我救出来。我成了你的!你是我的主子!吩咐好了!

马道摸着墙,绕着平台走了一匝。他走一步听一下,顺着镀金的芦管,窥到沉静的房间里面。他最后停住,一副绝望的模样。

奴隶向他道:

——听我讲!噢!不要因为我弱就看不起我!我在宫里住过。我可以像一条蝮蛇穿墙。来!祖祠每方砖底下有一块金锭,一条地道通着他们的坟。

马道说:

——哎!关我什么事!

司攀笛住口了。

他们站在平台。一大片阴影在他们面前展开,仿佛由什么模糊的东西堆积而成,活像石化了的黑色海洋的巨浪。

但是一条亮晶晶的光带在东方升起。紧底，左手边，麦嘉辣的运河开始以它蜿蜒的白线划分葱茏的花园。七角形庙宇的圆锥屋顶、楼梯、平台、壁垒，逐渐在黎明的苍白之上显露，一条白浪的带子围着迦太基半岛摇摆，同时碧玉颜色的海水，好像在晨氛之中冻凝了。随后，由于玫瑰色的天往开里扩展，俯向斜坡的高楼更高了，聚成一堆，仿佛一群黑山羊下山。冷清的街道放长；棕榈这里那里钻出墙缝，动也不动；蓄满水的水池好像扔在院子的银盾，海耳买屋穆岬①的灯塔开始黯淡。在卫城②高处，扁柏树林里，艾实穆庙的马群觉得光明来了，蹄子踩着大理石的垒台，对着太阳那边嘶鸣。

太阳出来了，司攀笛举起臂，发出一声呼喊。

在一片红光之中，凡百骚动，因为上帝，仿佛割破自己，把血管的金雨熠熠倾注到迦太基。尖尖的船艏闪烁着，嘉蒙庙的屋顶好像着了大火，门开了，露出里面的光芒。乡间来的大车在街石上面转动它们的轮子。运行李的骆驼走下斜坡。钱商在十字街口移开铺子的挡板。好些仙鹤在飞，好些白帆在动。达妮媞庙的树林传来神妓的鼓声：在马巴勒岬的尖梢，烘焙陶棺的炉灶开始冒烟。

司攀笛俯在平台外面，牙咬着响，他重复道：

——啊！是呀……是呀……主子！我明白你方才为什么不屑于打抢金锭了。

他的唑唑的声音好像唤醒了马道，他似乎听不懂，司攀笛继续道：

——啊！真富裕呀！这些阔人真还没有铁来保护财富呀！

于是，伸出右手，让他看若干贱民匍匐在堤外的沙滩淘金。

他向他道：

---

① 海耳买屋穆岬和下面提到的马巴勒岬分别是迦太基海湾的北岬和南岬。
② 卫城是建在山城最高处的城堡。

——看呀！政府好比这些苦人，趴在海边，把贪婪的胳膊伸进所有的沙滩，涛声充满耳朵，听不见后头有主子的脚步来了！

他把马道拉到平台的另一端，指花园给他看，兵士的剑在树当中，迎着太阳熠耀。

——可是这儿有的是壮士，怀恨到了极顶！又对迦太基毫无挂虑，没有家室，没有誓约，也不信这儿的神！

马道倚着墙不动，司攀笛走近了，继续低声道：

——兵大爷，你懂不懂我的意思？我们也好披着紫袍，和贵官达人一样散步。我们也好用香料沐浴，我也该轮到有了奴才！你在硬地上睡，喝营盘的醋，老听着军号，不也嫌腻？过后儿你会安息的，是不是？剥掉你的铠甲，把你的尸首丢给老鹰！要不然，拄着一根拐棍，瞎了眼，瘸了腿，身子弱弱的，挨家挨户对小孩子和卖盐卤的讲着你的少年。你只要想想你的头目所有的不公平，在雪地扎营，在太阳地奔波，操练的专横，十字架的永生的恐吓！吃了这么多的苦，你得到一条荣誉项圈，就像驴脖子挂了一圈铃铛，让它们在旅途变麻木，不觉得疲倦。一个像你这样的人，比皮洛斯①还勇猛！可是，只要愿意！啊！在清凉的大厅，听着琴声，躺在花儿上面，旁边是丑角儿，是女人，你要多快活有多快活！别对我讲，这干不得！难道佣兵不曾在意大利占领过赖吉屋穆②和别的重镇！谁拦着你！哈米加不在，人民憎恨富室，吉斯孔拿他四围的懦夫没有办法。可是你，你勇敢！佣兵们会服从你的。指挥他们！迦太基是我们的，我们扑上去就是了！

马道说：

---

① 皮洛斯是古希腊小国伊庇鲁斯国王，两岁即被逐，颠沛流离，成年后依仗显赫战功重夺王位并曾多次征服过马其顿、罗马和迦太基。
② 赖吉屋穆是意大利南端靠近墨西拿海峡的市镇，即今雷焦卡拉布里亚。

——不！摩洛神①的诅咒压在我的心上。我从她的眼睛已经感到了，就是方才，我看见一只黑公羊在一座庙里往后退。

他朝四外望了望，接着道：

——她在什么地方？

司攀笛明白他的心灵极不安宁，他不敢再多嘴了。

他们后面的树木还在冒烟；从熏黑了的树枝上，不时有烧焦一半的猴子的尸骸，跌在杯盘之间。醉了的兵士张着嘴，在死尸一旁打呼；没有睡觉的兵士低下头，怕阳光耀眼。踏平的土地消失在血水下面。象在象院的柱子当中甩着它们血淋淋的鼻子。打开的仓廪露出散了一地的小麦口袋，门底下是厚厚一行野蛮人堆集的大车，孔雀栖在柏树林里，打开它们的尾巴，开始啼叫。

然而马道的呆滞引起司攀笛的惊惶，看到他脸色比方才更苍白了，瞳仁定定的，两个拳头拄着平台的边沿，望着天边什么东西行动。司攀笛弯下腰，最后发现了他瞭望的东西。

在去雨地克②的大路上，一个金点子远远在尘土之中滚动；这是一辆驾着两匹骡子的大车的车毂；一个奴隶在辕前跑着，握着缰绳。车里坐着两个女人。骡子的鬣毛在耳朵当中蓬起，仿照波斯时样，搭着一面蓝色的珠网。司攀笛认出她们，他没有喊出口。

一幅大的面网在后边随风飘扬。

---

① 摩洛神也称米勒公，是古地中海东南沿岸流行的主神，有火祭儿童的传说，甚至有学者认为他也就是太阳神巴力。
② 雨地克是迦太基西北约三十公里的港口城市，也是古代腓尼基人的殖民地。

二 在西喀*

两天以后,佣兵离开迦太基。

每人给了一枚金币,条件是他们开到西喀驻扎,还拿种种的甜话哄他们:

——你们是迦太基的救命恩人!可是住在这儿,你们会把她弄穷的,那她就一筹莫展了。住远点儿!你们肯受这个委曲,共和国以后会感激的。我们马上就加捐,你们的饷会付清,还配几条船送你们回到故乡。

你一言,我一语,他们就不知道怎么样回答才是。这些人习于征战,住在城市感觉无聊,说服他们离开原也不费什么气力。人民上到墙头看他们开拔。

他们列队走过嘉蒙街和西耳塔① 门,熙熙攘攘,弓箭手和重装步兵,队长和兵士,吕西塔尼亚人和希腊人。他们迈步而前,沉重的厚底靴蹬着石地响。炮弹给盔甲留下高低痕迹,战场的阳光晒黑了他们的脸。浓密的胡须下发出沙哑的呼喊,破烂的护身甲拍打着刀柄,从铜片孔洞可以看到他们的裸臂,和作战机器一样怕人。枪、斧、棒、毡帽和铜盔,全以一个动作同时摇曳。他们塞满了街道,墙要裂开了;介乎涂抹沥青的六层高楼之间,拥出一片长浪似的武装兵士。妇女们头上蒙着一块面网,站在铁的或者芦苇的栅栏后面,静静地看着野蛮人走过。

平台、城堡、墙壁,在成群的穿黑衣服的迦太基人下面,全消失了。穿着红套衫的水手站在黑魆魆的群众中,像是些血点子。好些差不多赤身的小孩子,皮肤映着铜镯子发亮,攀在柱头或者棕榈的权桠之间,指手画脚。若干元老站在碉楼顶上瞭望。谁都不明白,何以相隔不远就有一位长胡须人物,以一副思维的姿态这样站立。他在天际遥遥出现,迷迷蒙蒙如同幽灵,石头一样动也不动。

其实,人人感到同样忧惧,大家害怕野蛮人觉出自己这样强大,一发脾气赖着不走。但是看到他们怀着信任真在移动,迦太基人有了胆量,也和兵士混在一起。他们拼命发誓、搂抱。有些人甚至以夸张的词令和厚颜的虚伪劝他们不要离开城市。他们扔给佣兵香料、花和银币。他们送佣兵除病的符咒,但是事先在上面唾过三次促他们早死,或者里面包过豺狗毛要他们变成懦夫。大家高声祈求麦喀耳提保佑他们,回过头来低声祈求诅咒。

随后,来了乱七八糟的行李、牲畜和落后的兵士。有些病人在骆驼上面哼唧,有些人拄着断枪一跛一瘸地走。醉鬼抱着酒袋,馋痨抱着大肉、糕饼、水果,无花果叶子包着牛油,布袋盛着雪块。手里是阳伞,肩头有鹦鹉。后面跟着獒犬、羚羊或者豹。有些利比亚妇人,骑在驴背上,骂着那些跑出马喀②的妓院跟兵士走的黑女人;有的喂婴儿吃奶,婴儿用皮带吊在她们的前胸。刀尖刺打着骡子,它们驮着帐幕,背快压折了;另外还有一群憔悴的侍从、水伕,因为发烧,脸也黄了,一身虱子,他们是迦太基贱民的渣滓,随野蛮人生活。

他们一走过,城门就在后面关上,人民并不走下城墙,军队不久就在地峡的幅面散开了。

军队分成多少不等的人群。先是长枪小到和高高的草叶一样,最后全在一阵尘土之中不见了;有些兵士扭转头望迦太基,仅仅看见长长的城墙,在天边显出空空的雉堞。

---

* 西喀是迦太基西南方向的一座古城,是迦太基人进入奴米第亚的门户,也是建有宏大月神庙的圣地。
① 西耳塔是奴米第亚王国的首府,即今阿尔及利亚的君士坦丁,这里是借来称呼迦太基的一座城门。
② 马喀是迦太基靠海的一个郊区,居民以水手和染工为主。

这时野蛮人听见一声狂喊。他们以为有些伙伴留在城里（因为他们不清楚他们的人数），野兴发作，抢掠庙宇。这样一想他们大笑了，于是继续赶路。

看见大家和往常一样，聚在田野行走，他们异常欢喜；有些希腊人唱着马麦耳提人①的古歌：

我有剑戟，
亦耕亦获；
我是一家之长。
败寇跪于前，
呼我主兮呼我王。

他们叫嚣，蹦跳，最快活的讲着故事，灾难的年月告终了。来到突尼斯，有些人注意到少了一队巴莱阿里的投弹兵——没有问题，肯定相离不远，他们不再搁在心上了。

有的寄宿到人家，有的在墙底下扎营，城里的居民过来和兵士谈话。

一整夜，他们望见迦太基那边有火在天边燃烧，火光仿佛庞大的火把，延扩到静静的湖水上面。佣兵的队伍里没有一个说得出那里在庆祝什么节日。

第二天，野蛮人走过一片耕种的田畴。沿着大路是不断的贵族的租田，水从水渠流进棕榈树林，橄榄树形成悠长的绿线，玫瑰色的水汽在山豀子飘浮，后面高高竖起蔚蓝的峰峦。一阵阵热风吹来。变色龙匍匐在仙人掌的大叶子上面。

---

① 马麦耳提人指从意大利南部坎巴尼亚来到西西里岛，为锡腊库扎王国服役的佣兵，在马麦耳提率领下发动叛乱，占据西西里岛东北角的墨西拿城宣告独立，成为第一次布匿战争的导火索。

野蛮人放慢步子。

他们行走，分成孤零零的小队，或者拖拖沓沓，留出一个大空当。他们在葡萄园的边沿吃葡萄。他们在草里睡觉，他们惊奇地望着牛的人工扭曲的大角，披着兽皮保护毛色的羊，交错成菱形的犁路，船锚一般的犁刃和用掺席芙穆①的水灌溉的石榴树。对着土地的肥沃和智慧的创造，他们眼花缭乱了。

晚晌，他们躺在没有打开的帐幕上面，脸朝着星星，他们一边睡，一边追想哈米加的宴会。

第二天中午，他们在河边一丛一丛的夹竹桃里面歇息。于是他们急急忙忙丢下枪、盾和腰带，一边呼喊，一边沐浴；他们用盔兜汲水，有的背朝天，在卸了行李的牲畜当中掬水喝。

司攀笛坐在一匹从哈米加的园子偷来的骆驼上面，远远望见马道，臂挂在前胸，光着头低着脸，一边看着水流，一边在饮他的骡子。他立即穿过人群，一边直叫他：

——主子！主子！

马道对于他的祝福差不多是谢也没有谢。司攀笛并不介意，跟在他后面走，不时朝迦太基那方面转回他的不安宁的眼睛。

他是希腊一个辩士和坎巴尼亚一个妓女的儿子。他起先贩卖妇女发了财，其后船沉了，他破了产，加入萨莫奈②的牧人，和罗马人作战。他被俘了，逃走，又叫人捉回来，在石矿做苦工，在浴室当仆役，在刑罚之下呼喊，换了好些主子，尝遍怨毒。终于有一天，他在战船摇橹，越想越没有意思，跳海寻死。哈米加的水手把他救活了，带到迦太基，关在麦嘉辣的地窖。但是，因为照规矩应当把逃犯送还罗马人，他

---

① 席芙穆是一种已灭绝的阿魏属伞状植物，古代视为不可或缺的调料和药，甚至钱币上都刻有它的图案。
② 萨莫奈是意大利中南部的山区，以牧业为主。萨莫奈人，也称桑尼特人，是当地的一个古代民族。

就利用混乱,和兵士一同逃了出来。

他一路待在马道的近旁,端饭给他吃,扶他下骡子,晚晌,把毡子给他在头下铺好。他的殷勤最后感动马道,渐渐松了口,谈起自己。

他生在锡尔特湾①。父亲曾经带他到阿蒙庙②朝拜。随后他在嘉辣芒特③森林猎象。后来,他就到迦太基入伍。攻下德赖帕纳穆④,他升为分队长。共和国欠他四匹马,二十三买定诺⑤小麦和一冬的饷银。他害怕神,希望死在家乡。

司攀笛同他谈起他的旅行、种族和他朝拜过的庙宇。他晓得许多事情,他会做皮带鞋和长矛,会织网、驯兽、烧鱼。

他有时停住,喉咙紧底发出一声沙嘎的呼喊,马道的骡子立即放快了蹄子,那些落后的也都往前赶,司攀笛永远担着心思,时不时又叫唤起来。直到第四天黄昏,他才放心。

他们并着肩,在山侧军队的右边行走。平原在下面展开,笼罩在夜气之中。兵士的行列在他们下边走过,在阴影里面忽起忽伏。行列不时走过月光照耀的丘陵,于是一颗星星在斧钺的尖头闪烁,盔兜一时发亮,一时全不见了,随即又有了,接连不断。远方,惊醒的羊群在叫,仿佛一片无限的温馨降落地面。

司攀笛仰起头,眼睛阖住一半,发出沉重的呻吟,吸着风的清爽。他伸开臂,动着手指,为了更好体味那流沁全身的柔绥。报复的希望又有了,他感到兴奋。为了防止呜咽,他拿手堵着他的嘴,于是心

---

① 锡尔特湾是地中海南岸最大的海湾,在利比亚境内。
② 阿蒙神是古埃及人信奉的太阳神,人身羊首,头上有弯曲的角。这里说的阿蒙庙是古埃及尼罗河中游的太阳神庙。
③ 嘉辣芒特是非洲撒哈拉沙漠东部的地区。
④ 德赖帕纳穆是西里岛西部的港口城市,即今特拉帕尼,第一次布匿之战中迦太基人曾在此处海战中打败过罗马人。
⑤ 买定诺是古代雅典计量谷物的单位,约合51.84升,即1.5蒲式耳。

醉神怡,他放松缰绳。骆驼以整齐的大步朝前走动。马道重新坠入忧郁,他的腿垂到地面,草打着他的高底靴,发出继续不断的窸窣。

但是,道路悠长,永远无终无了。走到一片平原的末端,永远又是一块圆形的高地,随即下到一座山谷,峰峦似乎堵住天边,然而走近了,却又滑着似的溜开了。不时一条河在柳绿之中出现,沿着山的拐角又消失了。有时突起一块大石头,恍如一座船头,或者巨像丢失的底座。

在相等的距离,他们遇见四方的小庙,这是接应香客朝拜西喀的驿站。门关着和坟墓一样。利比亚人要开门,拼命砸撞。里头没有人回应。

随即农植更稀少了。他们猝然进入荆棘丛生的沙漠地带。羊群在石头中间吃草,一个腰里捆着一块蓝羊皮的女人在看守。一望见石头中间露出兵士的斧钺,她就喊着跑了。

他们走到一个地方,仿佛一条大过道,两旁是绵延不断的浅红岗阜,一阵腥臭吹到鼻孔。他们相信看到什么怪样东西吊在一棵红树梢头,树叶子上面露出一只狮子的头。

他们跑过去。那是一只狮子,四肢钉在十字架,犹如一个囚犯。它的大脸垂在前胸,两只前爪一半隐在茸茸的鬣毛下面,远远分开,仿佛一双鸟翅。肋骨在绷紧的皮底下一根一根突出,后腿钉在一起,微微上耸,黑血从毛间往下淌,在尾梢聚成了钟乳,尾笔直垂在十字架上面。兵士在四围寻开心,把它喊做罗马的执政官和公民,拿石头扔它的眼睛,好让小苍蝇飞。

百步之外,他们又看到两只,随即忽然来了长长一行钉着狮子的十字架。有的死了许久,木架只剩下一堆残骨;有的腐烂了一半,歪着嘴,做出一副怪脸;有的大极了,木架让压弯了,在风里飘摇,同时上空盘旋着成队的乌鸦,永不休止。迦太基乡下人捉住了什么野兽,就这样报复，他们希望以一儆百。野蛮人收了笑，惊呆了。他们心想："以钉死狮子为乐，这种民族真够瞧的！"

而且他们迷迷蒙蒙感到不安、惶乱，特别是北方来的人，早已抱病；芦荟的尖刺撕破他们的手；大蚊子直在耳根营营；军队开始闹痢疾。看不见西喀，心中腻烦。他们害怕迷路，害怕走进沙漠，砂砾和恐怖之国。许多人不肯走了。有的折回迦太基。

最后第七天，沿着一座山绕了许久，他们忽然转到右手。于是露出一片城墙，雄踞白石，合而为一。全城忽然耸现；在墙上，在黄昏的红光里面，飘荡着青的、黄的、白的面网。这是达妮媞庙的女祭司，赶来欢迎这些男人。她们沿堞墙排列，敲着鼓，弹着琴，摇着响板。太阳落向奴米第亚的后山，余辉掠过里拉琴的弦子，照着她们伸长的裸臂在琴上拨弄。有时，乐器忽然停了，爆出一声尖锐的呼喊，急遽，激奋，连续，仿佛犬吠，用舌头打着嘴的两角。有的拄着肘子，手托着下颔，比狮身人面女妖斯芬克司还要凝重，大而黑的眼睛射向攀登的军队。

西喀虽是一座圣城，也容纳不下这么多的人。仅仅庙和它的附地就占了半座城。于是野蛮人随意在平原扎营，有的受过正式军队的训练，有的以国家区别，或者按照各自的高兴。

希腊人把他们的皮帐搭建成平行的行列；伊比利亚人①把他们的布幕摆成圆圈；高卢人用木板搭成小房子；利比亚人用干石头垒，黑人则用指甲在沙子里面刨坑睡觉。许多人不晓得怎么办，在行李中间踱来踱去，晚晌裹着他们的破一口钟，就地一躺。

四面环山的平原，在他们的四周铺开。这里那里，会有一棵棕榈

---

① 伊比利亚人是居住在西班牙南部和东部的古代民族，整个伊比利亚半岛因之得名。

树斜斜挂在沙丘,松树点染着悬崖的腹侧。有时候,一阵暴雨恍如一幅长的肩巾悬在天上,而田野处处全是碧蓝和晴朗,随即一阵热风追逐尘埃回旋;——一道细流从西喀的高处瀑布一般下来。高处金瓦铜柱,是迦太基的维纳丝①神庙。一方之主,她的灵魂汪洋一切。她以大地的激变、寒暑的更迭、明暗的游戏,显示力的浪费和永生的微笑的美丽。山顶是一个半月形,有的山仿佛妇女的前胸,鼓起膨胀的乳房,野蛮人在疲倦之上感到一种愉快的压抑。

司攀笛卖掉骆驼,给自己买了一个奴才。他一整天躺在马道的营帐前面。有时他在睡梦之中听见皮鞭响声惊醒,然后,带着微笑,拿手摸着腿上的疮疤,脚镣长久锁着的地方,随即又睡熟了。

马道接受他的陪伴,出去的时候,司攀笛在屁股上挂了一把长刀,护送他如一个卫士。有时马道随意拿臂倚靠他的肩膀,因为司攀笛身子矮小。

有一夜晚,他们一同穿过营盘的走道,望见一些披着白色一口钟的男人,其中有纳哈法,奴米第亚人的太子。马道颤栗了。

他喊:

——拿剑来!我要杀他!

司攀笛拦住他道:

——还不到时候!

纳哈法已经朝他走来了。

他吻他的两个拇指,表示讲和,用酒醉来解释他的忿怒,随后骂了半天迦太基,但是并不提起自己到野蛮人中间的缘故。

是为了出卖他们,还是为了出卖共和国?司攀笛自问自,因为他想利用一切混乱,所以对于纳哈法,虽说疑心他有背信的一天,反而

---

① 迦太基的维纳丝,就是指月神达妮媞。

感激。

奴米第亚人的首领在佣兵中间留下。他好像用心讨马道欢喜。他送他肥山羊、金屑和鸵鸟毛。利比亚人想不到他这样亲热，答礼也不是，怄气也不是。但是司攀笛劝住他，马道也就由着奴隶管他，——永远没有主意，陷入一种不可抑制的昏沉状态，就像那些服毒等死的人们一样。

有一早晨，三个人一同去猎狮子。纳哈法在一口钟里面藏了一把刺刀。司攀笛一直跟住他，于是刺刀动不得，他们回来了。

又有一回，纳哈法把他们带到极远的地方，直到他的王国的边境。他们走到一个窄狭的山峡，纳哈法微笑着，说他不认识路，司攀笛寻到了路。

但是，马道总是忧郁如同一个占卜先生，天一亮就到乡野散步去了。他躺在沙地，动也不动，待到黄昏。

他向一个又一个算命先生请教，有的观察蛇的行走，有的研究星宿，有的吹尸灰。他吃阿魏、西凤芹和能凝冷心脏的蝮蛇的毒液；求在月亮地唱蛮歌的黑女人，用金针扎他的额头；他戴各样项圈和符箓；轮流祈奉巴力－嘉蒙神、摩洛神、喀毕尔七妖①、达妮媞和希腊人的维纳丝。他在一块铜板上面刻了一个名字，埋在营帐门口。司攀笛听见他呻吟，自言自语。

有一夜晚，他走进营帐，看到马道赤裸裸像一个尸首，背朝天躺在一张狮皮上面，手捧着脸，一盏挂着的灯照亮他头上悬在帐柱上的武器。

奴隶向他道：

——你在难受？你要什么？回我的话！

---

① 喀毕尔诸神是古希腊爱琴海北部岛屿和中东部底比斯一带信奉的一组地下冥界的神祇，数目不定。

他摇着他的肩膀,重复了好几遍:

——主子!主子!……

马道最后朝他抬起他那惘惘然的大眼。

他低着声,一个手指放在唇上,道:

——听我讲!我招了神怒!哈米加的女儿缠着我!我害怕,司攀笛!

他抱住前胸,仿佛一个小孩子受了鬼惊。

——告诉我!我病了!我想治好!我全试了!可是,你也许知道一些更灵的神,或者什么上达天庭的祷告?

司攀笛问道:

——做什么用?

他拿两个拳头打着头回答:

——为了解除我的魔难!

随后,他自言自语,中间停顿半晌:

——我想必是她答应下神的什么燔祭的牺牲罢?……她拿一条看不见的链子拴着我。我要是举步,是她在走路;我停步,她休息!她的眼睛在烧我,我听见她的声音。她包住我,进了我的身子。我觉得她变成我的魂灵儿!可是,在我们两个人中间,好像有无边无涯的海洋掀起看不见的波涛!她在老远的地方,根本不可能接近!她的美丽的光晕在她的周围做成一片明霞。我有时相信,我从来没有见过她……她不存在……这一切是一个梦!

马道这样在黑地里哭着,野蛮人都睡了。司攀笛看着他,想起从前自己带着成群的妓女游城的时候,那些年轻人,捧着金瓶,苦苦求他。他起了怜悯,说:

——硬气些,我的主子!唤起你的意志,不要求神了,因为他们听见人的呼喊,也不管账的!你这样哭着,像一个懦夫!一个女人会让你这样痛苦，你倒不难为情！

马道说：

——我是一个小孩子？你以为她们的脸和她们的歌还动得了我的心？我们在德赖帕纳穆有的是女人，为我们打扫马厩。冲锋陷阵的时候，天花板往下掉，投石机还在颤响，我照样儿玩女人！……可是这女人，司攀笛，这女人！……

奴隶打断他：

——假使她不是哈米加的女儿……

马道嚷道：

——不！她不和别人的女儿一样！你没有看见她眉毛底下的大眼睛，就像凯旋门下面的太阳？你倒记记看：她出现的时候，火烛全黯然无光了。她的赤裸的胸脯，在她的项圈的金刚钻之间，有些地方熠熠发光；你像闻着她的身后缭绕着庙宇的香火，有些什么东西从她的生命发散，比酒还甘，比死还可怕。可是她在走，后来又停住了不走。

他张着嘴，低着头，瞳孔定定的。

——但是我要她！我非她不成！我为她死！一想到搂她，我禁不住一阵欢狂，然而我恨她，司攀笛！我直想打她！怎么好？我直想把我卖了，去当她的奴隶。你呀，你本来就是！你从前看得见她，同我谈谈她！是不是，她每天夜晚上到她宫殿的平台？啊！石头在她的皮带鞋底下应当颤索，星星应当弯下身子看她才是！

他又倒下去发狂，像一只受了伤的公牛喘吼。

马道随即唱着：

——他在森林里面追赶女妖，女妖的尾在枯叶上面动荡，好像一道银河。

于是拉长声音，他模仿萨郎宝的声音，同时他的手展开，仿佛两只轻悠悠的手弹奏琴弦。

任凭司攀笛慰解,他向他重复着同一语言,他们的夜晚就在呻吟和劝告之中消磨。

马道想拿酒来麻醉自己。酒疯发过,他更愁了。他试着掷骰子消遣,他一个一个输掉他项圈上的全部金片。他由人带他去玩女尼,但是下山的时候,他呜呜咽咽地哭了,好像出殡回来。

司攀笛正相反,越来越胆大,越快活。有人看见他在绿叶扶疏的酒馆,在兵士当中演述。他修理旧铠甲,他拿刺刀变戏法,他为病人到田地去采药草。他有急智,总有话说,滑稽、精细,野蛮人安于他的操劳,他叫他们爱。

同时,他们等待着一位迦太基专使来,他会为他们带来整筐的金子,驮在骡背,他们拿手指在沙上写着数目,永远重复同一的计算。每个人都在预先安排自己今后的生活,他们要弄一些姘头、奴隶、土地,有人打算埋藏他们的财宝,或者投资在一条船上碰运气。但是,整日浮闲,性情全坏了。骑兵与步兵,野蛮人与希腊人,无时不在争吵,妇女的尖锐的声音不断磨人。

每天跑来成群的男人,差不多光着身子,头上顶着草挡太阳,他们欠下迦太基富人的钱,被迫为他们耕田,逃了出来。还有利比亚人、毁于捐税的农民、流放在外的人、匪徒。再次便是一群商人,全是酒贩、油贩,收不回账,恨极了共和国,司攀笛就趁机大骂共和国。不久给养短缺。大家谈起要结队开往迦太基,还说要把罗马人请来。

有一天黄昏,用晚饭的时辰,大家听见沉重杂乱的声音往近里来,远处有什么红东西在高低不平的地面上出现。

这是一顶大红轿,四角装潢着一丛鸵鸟毛。水晶璎珞和珠环拍打着帐幔。跟在后面的骆驼摇响着胸前的大铃铛,周围可以望见好些骑兵,从脚跟到肩膀,披着一身金鳞铠甲。

他们在离营帐三百步的地方停住,为了从驮在后背的鞘袋里抽出他们的圆盾、他们的大刀和他们的拜奥夏①式的战盔。有些人和骆驼一同停住，其他人继续朝前走。共和国的标志终于出现了，那就是说，尖梢雕着马头或者松果的蓝木棒。野蛮人全体站起欢呼，妇女奔向禁军，吻他们的脚。

轿子架在十二个黑人的肩膀，小步又快又齐，往前走来。帐幕的绳索、乱走的牲畜、烤肉的三角架，随地皆是，他们不得不一时左走走，一时右走走。有时候，一只戴满戒指的肥手掀开一半轿帘，一个沙哑的声音发出诅咒，于是轿夫停住，然后换一条路穿过营帐。

终于红幔子掀开了，大家看见一个大枕头上面，靠着一颗虚肿的没有表情的人头，眉毛好像两张乌木弓，在尖梢连起；金叶子在鬈皱的头发中间闪烁；脸灰灰的仿佛上面洒了一层大理石粉。此外的身子消失在塞满轿子的羊毛下面。

这样躺着的这位先生，兵士认出是徐率特哈龙，曾经由于迟缓促成艾嘉特群岛之役②的失败；至于战胜利比亚人的海喀东皮勒之役，其所以显得宽厚，野蛮人以为是由于贪婪，因为他把俘虏全都卖掉，记在他的账上，对共和国却说他们死了。他用了些辰光寻找一个适当地点对佣兵训话，然后做了一个手势，轿子停下，哈龙扶着两个奴隶，摇摇晃晃下了地。

他穿着一双撒银月的黑毡靴。绦带捆扎他的腿，仿佛捆扎一具木乃伊，肉在交缝中间露出。朱红上衣掩住他的屁股，肚子挺起；颈项的肉褶搭到前胸，活像牛脖下的垂皮；画着花儿的长内衣在腋下崩裂开来；他搭着绶带，束着腰带，披着一件重袖有纽的宽大的黑一口钟。衣服的丰富、蓝宝石的大项圈、金纽和重耳环只有让他的丑恶更加丑恶，

---

① 拜奥夏是希腊的中东部地区，也称维奥蒂亚，是古希腊底比斯城邦国的所在地。
② 艾嘉特群岛之役是第一次布匿战争的最后一场海战，哈米加率军在西里岛作战，负责运送给养的哈龙所指挥的庞大舰队在西西里岛以西的艾嘉特群岛海上被路塔提屋斯指挥的罗马舰队击溃，使哈米加失去后援，迦太基元老院也因此决定向罗马乞和。

真可以说是拿一块石头瞎搞出来的奇胖的神像；因为一层灰白的癞疮，铺遍他的身体，给了他一副木然的容颜。然而他的鼻子，弯弯曲曲如鹰嘴，大张大阖，呼吸空气，同时他的小眼和胶着的睫毛，发出一种坚固金属的光彩。他握着一管沉香木如意给自己搔痒。

两个传令兵终于吹响他们的银角；骚动平静了，哈龙开始谈话。

他最先颂扬神和共和国，野蛮人应以曾为共和国效劳自相庆幸。但是年景坏，大家必须更有理性：

——主子只有三颗橄榄，留两颗给自己，不也应该吗？

于是老徐率特在他的演说中间夹上格言和寓言，一面直点头，暗示大家赞同。

他说的是布匿语言，环绕在他四围的（最轻捷的没有拿武器就跑来了）却是坎巴尼亚人、高卢人和希腊人，这群人就没有一个懂得他的话。哈龙感觉到了，他住了口，一边思索，一边腿搭着腿，重重地摇摆。

他想到召集队长，于是传令兵拿希腊语言喊着这个命令，——自从桑地浦①以来，迦太基军队就拿希腊语言发号施令。

禁军用鞭子轰开下等兵士，不久，斯巴达式步兵方阵的队长和野蛮人的头目全来了，穿着各自国家的盔甲，戴着各自级位的徽章。天黑了，原野发出一片洪大的喧嚣；远远近近燃着火；大家来来去去，相互询问，想知道出了什么事和为什么徐率特不散饷银。

他向队长解释共和国的无限的担负。国库是空的。罗马人的勒索害苦了共和国。

——我们不知道怎么办才好！……共和国真也可怜！

他不时拿着沉香木如意搔扒他的四肢，要不然，停住就着一个银

---

① 桑地浦是斯巴达军人，在第一次布匿战争中指挥希腊籍雇佣军在迦太基本土作战，击溃了渡海奔袭的罗马军队。

杯喝水,一个奴隶捧给他,里面是鼬鼠灰和醋煮的龙须菜煎成的汤药;他随即拿一块朱红帕子揩揩嘴唇,继续道:

——从前值一个银西克的东西今天合三枚金谢克①,战时荒了的田又是什么也没有收获!海螺的采集差不多全停了,珍珠越出越少,供神的香油我们也不多了!至于宴席上的东西,我就无需说了,糟不可言!没有船,我们运不来调味的作料;又因为昔兰尼②的边境叛乱,席芙穆的供应也是若断若续。西西里多的是奴隶,可我们现下也去不成!就是昨天,一个伺候洗澡的和四个厨役,我花的钱比从前买一对大象还要多!

他展开一张长长的纸卷,他读着政府的支出,一个数目字也不漏掉:为了修庙、铺路、造船、打捞珊瑚、扩建席西特,还有为了坎达布里亚地区采矿的机器都花了多少。

但是队长,犹如兵士,也不懂布匿语言,虽说佣兵全用这个语言致敬。平常在野蛮人军队,全有迦太基军官充当翻译;战争以后,害怕报复,他们躲藏了,哈龙事前没有想到带他们一同来;而且,他的声音太幽沉,迎风散失了。

铁腰带上束着挂剑的希腊人伸长耳朵,猜测他的词意;同时狗熊一样披着皮衣的山民,挂着他们的铜刺棒,看着他,不信任,或者打哈欠。不在意的高卢人冷笑着,摇晃着他们高高的头发;沙漠地的男子裹在灰呢衣服当中,动也不动地听着;不断有人从后面拥来;群众挤得卫士直在马上摇晃;黑人举着燃烧的松树枝;肥胖的迦太基人站在草丘上面继续训诫。

---

① 西克和谢克(《圣经》中译为舍客勒)都是古代希伯来的重量单位和货币,西克为6克,谢克约为12克。
② 昔兰尼是利比亚东北部濒临地中海的著名古城,最初是希腊人的殖民地,由于它掌控重要调料席芙穆的供应和交易,成为当时极其重要的经济中心,其周边整个利比亚东部地区也因之被称为昔兰尼加。

但是野蛮人不耐烦了，唧唧哝哝，全在数落他。哈龙拿着他的如意指指画画，有些人要别人安静，可自己喊声更高，加重了喧哗。

忽然，一个模样微贱的人跳到哈龙的脚底下，抢过一个传令兵的喇叭，往里吹着。司攀笛（正是他）用希腊、拉丁、高卢、利比亚和巴莱阿里五国语言急急忙忙宣称：他有要紧话讲。那些队长半笑半受惊地回道：

——说好啦！说好啦！

司攀笛迟疑了，他颤栗着，终于先对人数最多的利比亚人道：

——你们全听见这家伙的可怕的威吓！

哈龙并不驳斥，那么，他不懂利比亚话，于是司攀笛继续试验，用其他野蛮人的土话重复同一的词句。

他们互相观看，全在吃惊。然后，仿佛由于一种默契，或许以为听懂了，全低下头，表示同意。

于是司攀笛开始以一种激昂的声音道：

——他先说其他民族所有的神，和迦太基的神一比只是梦幻罢了！他把你们唤做懦夫、小偷、撒诳的、狗和狗养的！没有你们，共和国（他说的！）就不至于被迫献贡给罗马人了。由于你们瞎闹，你们弄光了香料、香水、奴隶和席芙穆，因为你们和昔兰尼边境的游牧人有来往！但是罪人要受惩罚的！他一条一条念着刑罚的种类：他们将被罚去铺街，去装船，去修席西特，有些人将被送到坎达布里亚去开矿。

司攀笛把同样的话说给高卢人、希腊人、坎巴尼亚人、巴莱阿里人听。原先听见的好几个专名词，佣兵现在又听到了，便以为他真是一五一十重述徐率特的演说。有些人朝他喊：

——你撒诳！

他们的声音在别人的骚乱之中散失了，司攀笛添话道：

——你们没有看见，他在营帐外边留下部分骑兵吗？一看到信号,他们就赶过来,把你们全都弄死。

野蛮人往那边望。人群于是分开了,就在他们中间,幽灵一样晃晃悠悠地走来一个人,弯着腰,瘦骨嶙峋,完全赤裸,头发杂着枯草败叶、尘土和荆棘,长长的,一直掩到他的腰胁。围着腰和膝盖的是草梗和破布,枯羸的四肢上搭着土一样的软塌塌的肉皮,仿佛褴褛破布搭在干树枝上面,手不断在颤抖,他拄着一根橄榄树棍子走路。

他走近举着火炬的黑人。一种痴呆的冷笑露出他的苍白的牙龈,畏惧的大眼睛打量着四周的野蛮人群。

但是,他惊恐了,发出一声喊,躲到人群后面,藏在他们的身后。他结结巴巴地说:

——是他们,就是他们!

他指着徐率特那些铠甲熠耀、一动不动的卫士。他们的马打着地,火把的光照花它们的眼睛,火把在黑夜里爆响着,那似鬼非鬼的人挣扎着,嗥叫着:

——他们把我的伙伴们全杀死了!

听见他嚷嚷的是巴莱阿里话,过来一些巴莱阿里人,认出他是谁了。他不回答他们,重复着:

——是的,全杀了,统统杀了!像葡萄一样压瘪了!那些好看的年轻人!那些投弹兵!我的伙伴,也是你们的!

大家拿酒给他喝,他哭着,然后他话多了起来。

司攀笛几乎包不住他的喜悦,——一边向希腊人和利比亚人解释查耳萨斯所讲的可怕的事,来得太是时候了,他简直不能够相信。巴莱阿里人的面色苍白了,知道了他们的伙伴是怎样受了害。

这是一队三百人的投弹兵,头天夜里上岸,当天睡得太迟了。等他们赶到嘉蒙广场,野蛮人已经动身,又因为土弹和别的行李已经放在骆驼上面,他们没有东西自卫。人民先由他们聚在萨泰布街,直到包铜的橡木城门前,然后一下子,朝他们拥了过去。

不错,兵士记起那声喊,司攀笛为了抢在队伍前面逃走,不曾听见。

随后,尸首放在沿着嘉蒙庙两边那些巴泰克①凶神的两臂上。人民把佣兵的罪过全给了他们:他们的饕餮、窃盗、亵渎、轻蔑和对萨郎宝花园内神鱼的屠杀。尸体遭到残毒的肢解;祭司焚烧他们的头发,折磨他们的阴魂;尸体一块一块挂在肉店;有些人简直拿牙来咬;夜晚在十字街口点起柴火,一烧了之。

就是这个火,远远在湖上照耀。但是有些房子也着了火,他们便把残余的尸首和没有断气的兵士急忙从墙头扔了过去。查耳萨斯藏在湖边的芦苇当中,一直藏到第二天,然后他在田野乱走,顺着尘土上面的脚迹追寻军队。早晨,他躲在洞里;夜晚,他开始上路,血淋淋的伤口、饥饿、疾病,吃草根和兽骸;终于有一天,他望见天边的枪矛,跟了过来,因为他的理智由于恐怖和苦难已经不很清楚了。

他说话的时候,兵士们忍着忿怒,他一终止,便暴风雨一样爆发了;他们要屠杀徐率特和卫士。有些人居中调处,说应当听他讲完,至少要弄清楚关不关饷。于是全体嚷嚷:

——我们的饷银!

哈龙回答他们,他已经带来了。

大家奔往前哨,徐率特的行李被野蛮人推到营帐中间。不等奴隶动手,他们很快就把筐子打开;他们在这里寻到赭玉色袍子、海绵、刮刀、刷子,香料和画眼睛的锑笔,——全是那些卫士,习于考究的富人的日用品。他们最后在一只骆驼背上发现一个古铜大盆,是徐率特一路洗澡用的;因为他事前准备周详,连海喀东皮勒的鼬鼠也装在笼子

---

① 巴泰克是腓尼基人给想象中的凶神恶煞所起的名字,所塑的神像也极其恐怖吓人。

里带来，活烤了煎汤用。因为他的病让他食欲大增，还带了许多食品和酒、盐卤，科马建①小罐里装着用蜂蜜保存的肉和鱼，或是拿雪和碎草护住的融炼过的鹅油。物品真是丰富，筐子一个个打开，东西越堆越多，于是笑声爆发了，仿佛相击相溅的波浪。

至于佣兵的饷银，勉强装满了两只棕草篓子，有一只甚至于还装了一些共和国替代硬币使用的皮钱。看见野蛮人显出十分惊奇的模样，哈龙向他们宣称，他们的账太难结算了，元老们没有闲暇加以审核。暂时先送这个给他们。

于是一切全被弄翻了，推倒了：骡子、侍从、轿子、日用品、行李。兵士从袋里抓起钱来打哈龙。好不容易爬上一头驴，他抓牢鬃毛逃命，嗥叫、哭号、震撼、受创，呼喊所有的天神降祸军队。他的大宝玉项圈跳动到耳根。他拿牙咬住一口钟，因为它太长了，拖在后面碍事。远远野蛮人在嚷：

——滚罢，懦夫！猪猡！摩洛神的屁眼！带着你的金子和瘟病去死吧！快！快！

扈从溃不成军，在他的两旁奔驰。

但是野蛮人并不就此罢休。他们记起有几个弟兄折返迦太基没有回来，不用说，被杀死了。为种种暴行激怒，他们动手拔掉帐幕的桩子，卷起一口钟，套好他们的马；人人拿起军盔和剑，一刹时全收拾齐备。没有武器的弟兄，跑到树林去砍棍棒。

天亮了，西喀的居民醒了，在街市骚动。大家说："他们去迦太基，"消息立刻传遍了四乡。

从小道，从洼地，冒出了好些人。大家望见牧羊人从山上往下跑。

---

① 科马建是安纳托利亚半岛东南部的古国，其境内的内姆鲁特山上有国王安条克一世的宏伟陵墓。

随后，野蛮人开拔了，司攀笛在平地转了一匝，骑着一匹布匿的种马，带着他的奴隶，奴隶还牵着第三匹马。

只有一个帐幕留着。司攀笛走进去。

——起来，主子！起来！我们走了！

马道问道：

——你们到什么地方去？

司攀笛喊道：

——迦太基！

马道跳上奴隶牵在门口的马。

三　萨郎宝

月亮升在水面，犹然黑暗的全城有些亮点，发出白色的闪光：停在院落的一辆车的辕、挂着的什么破布、一堵墙的犄角、神像前胸的一串金项圈。庙瓦上面的琉璃球，仿佛大金刚钻，远远近近放光。然而迷蒙的废墟，成堆的黑土，还有花园，在黑夜形成更为阴沉的块垒，同时，在马喀郊区的尽头，一家又一家伸出的渔网，好像大蝙蝠展开它们的翅膀。车水到最高层宫殿的砾砾的水轮声已经听不见了；骆驼贴着地，学鸵鸟的模样，静静伏在平台上休歇。看门的靠着门道，在街上睡觉；石像的影子在荒凉的广场往长里伸；远处，还在燃烧的牲祭的余烟，有时冒出铜瓦，而沉重的微风，挟着香料的馥郁，带来海水的腥味和太阳蒸晒的墙的气息。平静的波浪围着迦太基熠熠发亮，因为月光同时照着四山环绕的海湾和突尼斯湖。火烈鸟在沙丘之间形成长长的红线，同时远远在地下墓穴的下方，巨大的咸水潟湖仿佛一块银子闪烁。蔚蓝的穹苍在天边一面陷入原野的尘氛，一面陷入海上的大雾；邻近艾实穆庙的金字塔形的扁柏，在卫城的顶端摇曳着，呢呢喃喃，犹如有规律的波浪，沿着坝，在城堞底下慢悠悠地敲打。

萨郎宝上到宫殿的平台，一个女仆扶着她，端着一铁盘燃烧的炭。

平台当中放着一架小象牙榻，盖着狺猁皮，放着鹦鹉（未卜先知的神鸟）羽毛的靠垫，四角立着四只长炉，盛满了甘松香、乳香、肉桂和没药。女仆点燃香料。萨郎宝望着北极星，她慢慢地朝拜四方，跪在模仿天空铺着蓝粉又撒着金星的地面。然后两肘贴住上身，臂往前伸，手摊开，头在月光之下后仰，她道：

——噢，辣拜媞娜！……女神！达妮媞！

她的声音如泣如诉，拉长了，好像呼唤着什么人。

——娴娜伊媞丝！娴丝达泰！黛塞陶！娴丝陶赖媞！米里达！娴塔辣！艾里萨！媞辣塔！①……凭着隐秘的信经、玿珋的弦子、土地的犁痕、永生的沉默和永生的繁衍，向你，黑暗海洋和天蓝沙滩的统治者，噢，湿界的女王，敬礼！

她摇摆了两三回身子，然后臂伸开，把前额贴到尘土里面。

女仆敏捷地扶起她，因为依照仪式，必须有人过来把敬神者从礼拜之中拉起；这等于对他说，神依允他了；萨郎宝的乳媪从未忽略这种虔敬的职责。

乳媪在顶小的时候，皆土里－达里蒂安②的商人把她带到迦太基，等到自由以后，她不肯舍弃她的主子，她的右耳扎着一个大洞可以证明。一条有着五颜六色纹路的裙子，包紧屁股，垂到有两个锡环打着响的脚胫。她的脸有一点平，黄黄的如同她的上衣。一些极长极长的银针在后脑做成一个太阳头饰。鼻孔戴着一枚珊瑚扣，她立在床边，眼帘下垂，站得比赫耳墨斯雕像③还直。

萨郎宝一直走到平台的边沿。她的眼睛浏览了一下天边，然后俯视着睡熟的城市，她的胸脯因她叹气而凸起，同时那件没有勾子和带子的白袍虚垂在她的四周，也因之自上而下在波动。碧玉盖住她的尖翘的皮带鞋，红网兜住她的散乱的头发。

她仰起头来看着月亮，话里杂有片段的赞美诗，呢喃道：

——你在不可触摸的以太扶持之下，旋转得多么轻巧啊！你的周围高雅晶莹，是你的行动散布风和滋润的露。随着你的消长，猫的眼和豹的斑点伸长或者收缩。妻子在分娩的痛苦之中呼号着你的名字！

---

① 从辣拜媞娜到媞辣塔，都是人们给月神起的名字。
② 皆土里－达里蒂安是古代非洲西北部的一个地区。
③ 赫耳墨斯是古希腊司畜牧、道路、体操、辩论和商业之神，也被看做信使。

你使介类膨胀！你使酒沸腾！你使尸身腐烂！你使海底的珠子成形！

——噢，女神！所有的胚种在你的阴湿的深处滋生。

——你一出现，地上便是一片静谧；花儿闭了，波涛息了，疲倦的人朝你挺起胸脯，高山大水的世界在你的脸上看到自己，恍如照着一面镜子。你是雪白的、温柔的、晶莹的、洁净的、助人的、净化的、爽朗的。

月牙这时升到海湾的另一边，温泉山的两峰的空隙。底下是一颗小星，四周是一圈白晕。萨郎宝继续道：

——不过你也是可怕的女主！……妖异、吓人的鬼怪和蛊惑人的梦，全都因你而生；你的目光吞噬楼阁的基石。你每次返老还童，猴子就要生病。

——你到什么地方去？你为什么永远改变形体？你一时又细又弯，在天空滑过，活似一条没有桅的船；或者在星宿中间滑过，好像一个看管牛羊的牧人。你一时又亮又圆，拂过峰峦，仿佛一个车轮。

——噢，达妮媞！你爱我，不是吗？我望着你不知道有多少回！不！你在你的碧空奔跑，我呀，我待在动也不动的地面。

——达纳克，拿起你的乃巴，轻轻地拨动它的银弦，因为我的心是忧郁的！

女仆竖起一架比她还要高的乌木古琴，三角形，把尖端嵌在一个水晶球里面，两臂开始弹奏。

声音一个接一个，低沉、飙急，仿佛蜜蜂的嘤嘤，越来越响，飞入夜空，伴着波涛的嗟叹和卫城顶端大树的颤栗。

萨郎宝喊道：

——停住！

——你怎么了！小姐？吹着的风，浮去的云，如今一切让你不安，让你骚动。

她道：

——我不知道。

——祷告太久，你疲倦了。

——噢！达纳克，我真想融化在祷告之中，像一朵花在酒里面！

——那也许是你香料的气味熏的？

萨郎宝道：

——不对！神灵就住在香味之中。

于是女仆同她谈起她的父亲。人家以为他去了琥珀的国度，在麦喀耳提神殿的柱子后面。

她道：

——但是万一他不回来，你就应当，因为这是他的愿望，在元老的公子当中挑选一位丈夫，那时候你的苦恼就在一个男人的搂抱之中消散了。

——为什么？

女孩子问。所有她看到的男子，野兽般的笑和粗犷的四肢，早已使她厌恶。

——有时候，达纳克，从我生命的底里涌出一股热气，比一座火山的雾气还要沉重。有些声音呼唤我，一个火球在我的胸口滚动上升，堵住我的咽喉，我像要死了。然后，说不清什么柔和的东西，从我的额头流到我的两脚，经过我的肉体……我感到一种抚摸，我觉得自己被什么压坏了，好像一尊神躺在我的身上。噢！我真想把自己消散在夜雾之中、泉水之中、树液之中，脱出我的身体，变成一口气，一道光，滑过去，一直升到圣母，你的跟前，噢！

她尽量举高两臂，身子向后，苍白、轻盈、衣服长长的，如同月亮。她随即倒向象牙榻，喘吁着；但是达纳克给她挂上了一串琥珀和海豚牙的项圈，驱邪压惊。萨郎宝差不多是有气无声地道：

——给我找沙哈巴瑞来。

她的父亲早先不准她进女尼学校，也不许人教她达妮媞宗教的世俗传说。他留着她做缔结政治上的婚姻使用，所以萨郎宝只是一个人住在宫殿之中；母亲久已去世了。

她在静修、斋戒与净身之中长大，四周永远是精美庄严的物事，身体熏香，灵魂充满祷告。她从来没有尝过酒，吃过肉，碰过一只齷龊的牲畜，进过死人的住宅。

她不知道有淫猥的偶像，因为神常以不同的形象现身，往往矛盾的信仰同时证明同一法则，萨郎宝所膜拜的只是星体形象的女神。月亮对于童贞女具有巨大影响，每逢月亮往小里缩减，萨郎宝就转弱了。一整天无精打采，夜晚她又有了精神。遇到月蚀的时候，她就欠一死。

但是妒忌的辣拜媞娜因为得不到童贞供奉牺牲，反而加以蹂躏；她的信仰当中散布着若干传说，唯其茫昧，更为强烈，她把它们弄活了，折磨萨郎宝。

哈米加的女儿痴心地关切达妮媞。她熟知她的奇遇、巡游和所有的名字，虽说反复记诵，得不到清切的意义。为了深入她的教义，她直想走到神庙最秘密的所在，瞻拜那个古老的偶像和她身上披着的关乎迦太基命运的华丽的圣衣，——因为从描述中不能清楚神的意境，所以得到或者甚至于看到神的偶像，就等于取得一部分神力，而且在若干情形之下，等于统治了神。

萨郎宝转回头。沙哈巴瑞的下摆缝着金铃，她听出金铃的响声。

他走上楼梯，然后，站在平台的入口，交起两臂。

下陷的眼睛似墓穴的长明灯一样闪耀，瘦长的身体在袍子里面晃荡，下摆交错坠着铃铛和碧玉球，垂在脚跟。四肢孱弱，斜脑壳，尖下巴；皮肤似乎碰上去冰冷，黄脸刻着深深的皱纹，像是在一种欲望，一种永生的忧患之中形成的。

这是达妮娓的大祭司，是他把萨郎宝教大的。

他说：

——讲好啦！你要什么？

——我希望……从前你差不多答应了我的……

她呢喃着，心乱了，忽然脱口而出：

——你为什么讨厌我？难道我忘了什么祭神的礼节？你是我的师傅，你曾经对我讲，没有人比我更懂女神的了；可是有些事你还瞒着我。不是吗，噢，神父？

沙哈巴瑞记起哈米加的命令，他回道：

——不，我没有什么好教你的了！

她继续道：

——一种精灵引着我爱神。我爬上艾实穆庙的台阶，行星和智慧之神；我睡在麦喀耳提庙的金橄榄树底下，推罗属地的主宰；我推开嘉蒙神的庙门，光和肥沃的施与者；我祭祀地下的喀毕尔，树林、风、河和山的神祇：然而他们全都太远，太高，太无情义，你明白吗？然而女神，我觉得和我的生命打成一片；她充满我的灵魂，我因内心的激奋而颤栗，好像她为了溜走在跳跃。我觉得我就要听见她的声音，看见她的面貌，光一闪一闪照晕了我，然后我重新跌进黑暗。

沙哈巴瑞缄默着。她以哀求的视线看着他。

最后，他做手势叫女仆走开，她不是迦南人种。达纳克走后，沙哈巴瑞在空里举起一只胳膊，开始道：

——在神祇以前，仅有黑暗，浮动着一片嘘息，沉重、模糊，如人在梦中所有的感觉。嘘息收缩，创造欲望和云，从欲望和云出来最初的物。这是一种泥泞的黑水，冰冷、深沉，里面关着没有知觉的妖异，待生的形象的不连贯的部分，画在神殿的墙壁上面。

——物随即凝结，变成一枚蛋。蛋破裂了，一半做成地，另一半做成天。太阳、月亮、风、云出现了，雷声震醒了有智慧的动物。于是艾实穆在星空展开，嘉蒙在太阳里面熠耀，麦喀耳提拿臂把太阳从嘉代司①后面推出来，众喀毕尔下到火山底下，辣拜媞娜犹如乳媪，俯视人世，倾出光明如奶，倾出黑夜如一口钟。

她道：

——以后呢？

他对她讲述本原的秘密，希望她从较高的境界得到消遣；但是听到末了这些话，童女的欲望又被燃起，于是沙哈巴瑞让了一步，继续道：

——她激起并且管辖人类的爱情。

萨郎宝思索的样子重复道：

——人类的爱情！

祭司继续道：

——她是迦太基的灵魂，虽说照临四方，但披着神圣的面网，只在这里居住。

萨郎宝嚷道：

——啊，神父！我会看见她的，不是吗？你领我去！我迟疑了好久，我恨不得看见她的形象。可怜我！救救我！走罢！

他以一种热烈的手势推开她，充满骄傲。

——决不！你不知道人会因之而死吗？雌雄同体的神祇仅只对我们显露真身，我们既有男人的理性，又有女人的软弱。你的欲望是一种渎神的行为，拿你已有的学识满足自己！

她跪在地上，两个手指顶住耳朵，表示忏悔。祭司的语言压住了

---

① 嘉代司又译加的斯，是西班牙最南端直布罗陀海峡西侧古老的海港城市。

她，然而同时对他充满忿怒、恐惧和屈服，她呜咽了。沙哈巴瑞直直立着，比平台的石头还要无情。他从上往下看她在他的脚边颤索，感到一种愉悦，因为她为她的神明痛苦，正如他，也不能全部领会。鸟已然在啁哳，一阵冷风吹来，小块的云在更苍白的天空跑着。

忽然他望见天边，在突尼斯城后面，仿佛轻雾，在地面拖曳，随即一片灰粉的大幕在展开，在这熙熙攘攘的旋涡之中，出现了骆驼的头、枪和盾。野蛮人的军队奔向迦太基来了。

四　迦太基城下

　　乡民骑着驴或者撒开两脚跑着，面无人色，喘着气，怕死了，来到城里。他们在军队前面逃走。军队为了来到迦太基，毁灭一切，三天赶完西喀的道路。

　　城门刚关，野蛮人就立即露面，于是他们在湖边的海峡中间停了下来。

　　起初，他们没有宣示任何敌意。有些人手里握着棕榈树枝要过来。他们被箭射了回去，恐怖到了极度。

　　早晨和黄昏，有时候有人沿着城墙徘徊。大家特别注意到一个矮人，拿一口钟紧紧地裹起，帽檐低极了，脸看不见。他待好几个钟头端详水道，全神贯注，显然有意要叫迦太基人猜错他的真情。伴着他的还有一位，光着头，一个巨灵似的人物。

　　然而迦太基有宽阔的海峡作为防御：先是一道沟，次是一道草垒，最后是一道石墙，三十肘①高，两层。第一层里面有象房，容得下三百头象，还有库房存放它们的披甲、脚链和粮草；然后是马厩，容得下四千匹马、大麦和鞍鞯；另外还有营房，容得下两万兵士、盔甲和全部武器。第二层立着碉楼，全有孔眼，外边是挂在铁钩上的铜盾。

　　这第一线城墙直接掩护马喀，水手和染工聚居的郊区。远远可以望见晾着红帆的桅杆，在最高的平台上有熬盐卤的土灶。

　　再过去，立方形体的高楼大厦，一层一层叠满了全城。石头的、木板的、鹅卵石的、芦苇的、介壳的、泥土的，各种各样。在这五颜六色的层峦上面，庙宇的林木仿佛碧绿的沼泽。公共广场又以不等的距离把它削平，无数互相交错的小巷又从上到下把它割开。三个老城区本有墙隔开，如今已然分不出了，留存的残垣远远近近凸起，恍如高大的礁石，或是伸出的巨大墙幅，——一半被花草湮没，发黑，由于倾倒秽物，到处是道子，同时街道穿过它们豁开的大口，仿佛河在桥下流过。

一片凌乱的纪念物挡住了比耳萨②正中的卫城那座小山。它们是些庙宇，有螺旋形的柱子，古铜的柱头，还有金属链子；天蓝道子的石头垒积成的圆锥体；圆铜屋顶；大理石柱额；巴比伦式墙垛；尖头着地的方尖碑，就像倒过来的火炬。廊柱紧承着三角楣饰；涡形装饰在柱与柱间展开；花岗岩墙架着瓦挡；它们一个高似一个，一半挡住了，看不见，不可思议，无从了解，让人感到岁月的推衍，仿佛忘怀了的祖国的遗念。

在卫城后面，去马巴勒岬的路穿过红土地，介乎坟墓之间，由岸边笔直伸到地下墓穴，接着就是有花园隔离的宽适的住宅：这就是第三区，麦嘉辣，新城，一直拓展到悬崖边沿。一个夜夜发光的灯塔耸立在悬崖之上。

迦太基就这样当着驻在平原的兵士摊开。

他们远远认出市场，十字路口，他们为庙宇的地点争执。嘉蒙庙，正对席西特，是金瓦。麦喀耳提庙在艾实穆庙的左手，房顶上面有珊瑚枝；再远处是达妮媞庙，在棕榈树中露出圆圆的铜顶；黑黑的摩洛神庙是在蓄水池下方，靠近灯塔。在三角楣饰的角上，在墙头，在广场的角隅，处处可以望见神祇，凶恶的面孔，高大的、矮粗的、大肚子的，或者凹进去的，张着嘴、伸开臂，手里拿着叉、链子或者标枪；在街道深处可以瞥见海的蔚蓝，显得街道格外险峻。

从早到晚，街道充满了骚动的人民：年轻孩子摇着铃铛，在澡堂

---

① 肘是古代长度单位，由人的肘到中指端，1肘约为0.445米。
② 比耳萨是古代推罗王国的狄多公主逃亡北非创立迦太基时依山所建的城堡，位置在麦嘉辣区的南面，是迦太基的核心要塞。

门口呼喊；热饮店冒着热气；铁砧的响声震撼空气；祭献太阳的白公鸡在平台上面啼叫；要宰的牛在庙里哞吼；奴隶头顶着篮筐奔跑；在门洞深处有祭司出现，披着一件深沉的一口钟，光着脚，戴着尖帽子。

迦太基的景象刺激野蛮人。他们羡慕，他们憎恨，他们真想一下子毁灭了它，住了过去。但是在三道城墙环护的军港里面藏着什么？再说，城后面，麦嘉辣的深处，高于卫城，有哈米加的府第在。

马道的眼睛时时朝那边望。他爬上橄榄树，手放在眉前，倾斜着身子。花园是空的，黑十字红门经常关着。

他围着城堞转了二十多匝，寻找进城的豁口。有一夜，他跳进海湾，一口气足足游了三小时。他泅到马巴勒岬底下，打算爬上悬崖。膝盖流血，指甲破了，他摔到水里，只好回来。

他为他的无能为力气闷。他妒忌这拥有萨郎宝的迦太基，就像它是一个占有她的什么人。他的麻痹过去了，如今是一阵狂烈的不断的动作的兴奋。火炽的面颊，恼怒的眼睛，嗄哑的喉咙，他在营盘快步走动；或者，坐在岸边，他拿沙子揩着他的大刀。他拿箭射飞过的秃鹫。他的心汪洋着疯狂的语言。

司攀笛道：

——你生气就生个痛快，像一辆乱跑的战车。喊、骂、蹂躏、杀戮。血流了，痛苦也就轻了；既然你不能满足你的爱情，填饱你的怨恨；你会好过的！

马道重新统率兵士。他加紧操练，无所怜惜。大家敬重他的勇敢，特别是他的气力。而且他仿佛激起人一种神秘的畏惧，大家以为他夜晚在和鬼怪说话。他的榜样激励别的队长。军纪不久变好了。迦太基人在家里听见指挥操练的军号。最后，野蛮人逼近了。

要想在海峡歼灭野蛮人，必须同时有两队人马包剿他们的后路，一队在雨地克海湾的深处登陆，一队在温泉山登陆。但是仅仅仗着禁军,多也不过六千人,济得了什么事?万一他们朝东转向,勾结游牧部落,就可以截断迦太基去昔兰尼的道路和沙漠的交通。万一他们往西退,奴米第亚就翻身了。最后,粮草缺少,他们迟早会和蝗虫一样,毁坏四外的田野,富人为他们美丽的堡子、葡萄园和农产担心。

哈龙建议了些残忍和不实用的办法,例如悬重赏买每个野蛮人的头,或者利用船舶和器械焚烧他们的营寨。他的同僚吉斯孔不以为然,主张发还欠饷。然而元老们恨他,由于他的名望太高,因为他们怕有制造独裁的机会,唯恐帝国再现,用力消除余孽或者有助于复辟的力量。

城堡外面住着一群来源不明别属一种的人,——猎豪猪,吃软体动物和蛇。他们到洞穴捉来活的鬣狗,夜晚放在麦嘉辣的沙滩,在墓碑之间驰逐作乐。他们的小房子是用水藻和烂泥糊的,挂在悬崖上面,仿佛燕子窝。他们住在那里,没有政府,没有神祇,乱七八糟,完全赤裸,说软弱却又凶狠,由于吃"脏东西",若干世纪以来就为人民所厌恶。哨兵发现有一天早晨他们全走了。

终于有些国务会议的委员决定了。他们来到营盘,不戴项圈,不系腰带,云靴敞开,好像近邻的样子。他们安详地往前走,向队长们致敬,或者站住同兵士谈话,说误会解除了,他们的要求就要成功了。

他们中间有些人第一次看见佣兵的营寨。他们原先以为是乱糟糟一片,想不到竟是可怕的有秩序和肃静。一道高高的草墙翼蔽军队,弩炮打来也纹丝不动。走道洒着清水,他们望见帐孔露出褐色的瞳仁,在阴影之中熠耀。一束一束的枪矛和悬挂的甲胄,仿佛镜子,照花他们的眼睛。他们相互低声谈话。他们害怕自己的长袍弄翻了什么东西。

兵士要求食物,发清欠饷。

给他们送来了牛、羊、珠鸡、干果和绿豆,还有熏鲭鱼,是迦太基运到外埠卖的著名的鲭鱼。但是兵士围着肥大的牲畜，反而显出不屑的表示。他们故意贬低自己想望的东西，一只公羊只出一只鸽子的价钱，三只母山羊只出一枚石榴的价钱。吃脏东西的贱民担任评判，硬指他们受骗，于是他们拔出刀来，以杀人相威胁。

国务会议的专员写下每一兵士欠饷的年月数目。但是想要知道从前招募了多少佣兵，如今就不可能，而这笔要付的巨款吓坏了元老们。必须出售存留的席芙穆，增加商业城市的税收。佣兵表示不耐烦，突尼斯已经站在他们那边，哈龙的忿怒和他的同僚的指摘更搅昏了那些富人的头，凡可能认识野蛮人的市民，他们都求他立即去看野蛮人，说些好话，恢复友谊，指望这种信任或许能让他们安静。

商人、文书、制造军火的工人，一家大小全到野蛮人那边去了。

兵士放进所有的迦太基人。但是路窄极了，四个人并排走过，就要身子碰身子。司攀笛站在栅栏口，监督兵士细搜这群来人，马道站在对面观察，希望发现一个他曾经在萨郎宝家里见过的人。

营寨活似一座城，全是人，全在活动。两群人分得清清楚楚，一方面穿的是布，是毛，戴的是松果一样的呢帽；另一方面穿的是铁，戴的是盔；合在一起，并不混淆。在奴仆和行贩之间，来来往往的是各国的妇女，肤色各异：熟海枣一样棕，橄榄一样浅绿，橘子一样黄；来历各异：水手所卖，污泥中所拣，驼队中所盗，攻城时所掠。年轻时候苦于爱情，年老时候挨打挨踢，遭逢溃败，便在行李之间，和丢弃的牲畜一同死于道边。游牧人的妻穿着骆驼毛织的褐色方格袍子，垂在脚跟上摇摆；昔兰尼加的乐妓披着紫绡，画着眉毛，蹲在席上歌唱；奶头下垂的老黑女人拾捡晒干的兽粪烧火；锡腊库扎[①]女人在头发里插着金片，吕西塔尼亚女人戴着贝壳项圈，高卢女人用狼皮盖着白皙的

---

① 锡腊库扎，又称叙拉古，古代西西里岛东部的城邦国，第一次布匿之战中受迫支持罗马与迦太基作战，第二次布匿之战时坚决抵抗罗马入侵，支持迦太基，但最终被罗马所灭。

胸脯，还有结实的儿童，一身虱子，光光的，阳势不割，拿头顶撞行人的肚子，或者仿佛小老虎，从后面过来咬他们的手。

迦太基人在营盘踱来踱去，看见里面存储的东西都要堆积不下了，很是惊讶。最穷苦的人们感到忧郁，其他人也都掩饰着他们的机阻。

兵士拍打他们的肩膀，激逗他们快活。一见有人来，他们就请过去和他们一同娱乐。扔铁饼的时候，他们安排好了踩他们的脚；斗拳的时候，头一回合就打碎他的牙床。投弹兵以他们的土弹、玩蛇者以他们的蝮蛇、骑兵以他们的马，吓唬迦太基人。这些安分守己的人们，碰到任何强暴，低下头，强勉自己微笑。有些人表示勇敢，做手势愿意当兵。他们被带去劈柴，刷洗骡子。他们被扣在铠甲里面，像桶一样在营盘的走道滚动。随后，他们想走了，佣兵又以做鬼脸揪头发假意挽留。

许多佣兵由于愚蠢或者成见，天真烂漫地以为迦太基人全都非常富足，跟在后面，求他们赏点儿东西。他们要一切他们认为美丽的东西：戒指、腰带、皮带鞋、袍子的流苏，等迦太基人被剥光了，嚷嚷："我什么也没有了。你们还要什么？"他们回答："你的女人！"有的就说："你的性命！"

欠饷清单交给队长，念给兵士听，完全同意了。他们还要营帐，营帐也给了他们。接着希腊的军官又要迦太基制造的美丽的甲胄，国务会议公决了一个数目去买。然后骑兵又说，共和国应当赔偿他们的马匹：一个说在某次攻城丧失了三匹，另一个说在某次进军损失了五匹，又一个说在某次翻越深谷死了十四匹；给他们送来海喀东皮勒的种马，他们却只愿要钱。

随后他们要求拿现银（银币，不是皮钱）付清积欠他们的全部麦子，照战争期间最高的售价计算，结果一份面粉的要价会比一袋小麦高出四百倍。这样的不公道也太欺人了，但是必须接受。

于是佣兵的代表和国务会议的代表达成一致，以迦太基的守护神和野蛮人的神灵宣誓。他们以东方繁琐的礼貌和冗赘的语言互相道歉，互表亲爱。然后佣兵要求惩罚那些诬使他们叛离共和国的奸人，作为一种友谊的证明。

迦太基人假装没有听懂。他们往更清楚里解释，说他们要哈龙的脑袋。

白天，他们走出营寨好几次。他们在城墙底下散步，喊着要他们丢下徐率特的头颅，摊开袍子来接。

国务会议眼看就要认输，然而来了一个最后的异常混账的要索：他们要求挑选名门闺秀和他们的首领缔婚。这是司攀笛的主意，好些人也就以为应当，办得到。但是妄想和布匿的血统混合，却惹翻了迦太基人。大家干脆向他们表示，不再接受任何条件。于是他们闹闹嚷嚷，说他们受骗了；假如三天以内不关饷，他们就要亲自到迦太基来取。

佣兵们一再失信，他们的敌人以为无过于此，其实还有甚于此者在。哈米加曾经许下他们一些过分的希望，虽说模糊，却也严肃而又重复了好些次。他们原以为回到迦太基，城就归了他们，宝藏由他们均分。等他们一看连饷银几几乎都不关，因而幻灭的不仅是他们的骄傲，正也是他们的贪婪。

戴尼[①]、皮洛斯，阿嘉陶克来斯[②]和亚历山大[③]的将军们，不全都

[①] 戴尼又译狄奥尼修，公元前405—前367年的锡腊库扎国王，曾一度战胜迦太基成为西西里岛的霸主。
[②] 阿嘉陶克来斯，出身低微，甚至做过陶工，因军事天才步步高升，在贫民和佣兵支持下经过三次努力终于政变成功，公元前317—前289年成为叙拉古的僭主，曾率军渡海与迦太基争战，并自封为西西里王。
[③] 亚历山大，这里应指公元前336—前323年马其顿国王亚历山大大帝，他是著名的军事统帅，建立了马其顿领导下的统一的希腊诸城邦，并征服了波斯及其他亚洲王国，直至印度的边界。

是运气异常好的榜样？海格力斯①，迦南人当作太阳，是所有军队天边熠耀的理想。大家知道，小兵也加过冕，高卢人在他的橡树林，埃塞俄比亚人在他的沙漠，听见帝国倾覆的声响，不由起了遐想。同时另有一种人民永远准备好了利用别人的勇敢：部落驱出的窃贼，道路流亡的杀父奸究，神灵追逐的回邪，所有的饿汉，所有的亡走，全都设法抵达迦太基招募兵士的码头。平时它还说话算话。然而这次，过度的吝啬把它卷入一种不名誉的险境。奴米第亚人、利比亚人、全非洲眼看就要朝迦太基扑去。似乎只有海是平安的，可是在这方面又遇到罗马人，仿佛一个人碰到好些刺客，他觉得四周全是死亡。

必须再求吉斯孔出面，野蛮人接受他的调解。有一天早晨，他们看见码头的铁链放下，三条平底船，穿过代尼亚运河，进了潟湖。

在第一条船的船头，大家望见吉斯孔。身子后面，比灵台还高，立着一个大柜，垂着一个花冠一样的铁环。再次是一队翻译，头梳得如同斯芬克司，胸脯画着一只鹦鹉。好些朋友和奴仆跟随着，全没有武器，肩碰肩，多到不可胜数。三条长船，满到要沉了，在遥望的军队欢呼之中驶来。

吉斯孔一下船，兵士立刻跑来迎他。他拿口袋搭成一个讲台，宣布他在欠饷没有全部付清之前绝不走开。

一片喊好的声音，他许久不能够讲话。

他接着责备共和国和野蛮人各自的过错，承当过失的应是少数几个乱徒，他们的暴烈吓坏了迦太基。它的好意的最好的证明，就是派他到他们这里，他，徐率特哈龙的死对头。他们千万不要假想人民胡闹，有意招惹勇士们生气，也不要以为人民忘恩负义，否认他们的功

---

① 海格力斯，希腊神话中著名的大力神，也被称为赫拉克勒斯，是宙斯的私生子，不惧天后赫拉的贬斥，神勇地完成了十二项伟业还解救了被缚的普罗米修斯。

绩。然后吉斯孔着手发饷,由利比亚人开始。因为他们曾经宣称名单不实,他就不再使用。

他们按照国籍,挨次在他面前走过,伸出手指,表示年限;然后一个挨一个,左臂画一道绿;文书在敞开的箱口掏摸,有的拿小锥往铅板上戳窟窿。

过来一个人,牛一样慢条斯理走着。

徐率特疑心有弊,说:

——上来,靠近我,你干了多少年?

利比亚人答道:

——十二年。

吉斯孔拿手指伸到他的下巴底下,因为盔带绑久了,会在这里留下两块胼胝,大家把这叫做荚儿,"结荚儿"就等于说那人是老兵。

徐率特喊道:

——混账!脸上没有,你肩膀上也应当有!

他撕开他的军服,露出他的血淋淋的长癣的背脊,这是伊包荼芮特①的一个佣夫。起了骂声,他被砍了头。

到了夜晚,司攀笛就去喊醒利比亚人。他对他们讲:

——里古芮亚人、希腊人、巴莱阿里人和意大利人关过饷,就全回去了。可是你们,你们待在非洲,在你们的部落零星散开,没有一点抵挡的东西!那时候呀,看共和国不报仇的!出门千万要提防!你们真就相信他的话吗?两位徐率特是一伙的!这家伙明明在欺负你们!你们想想白骨岛②和拿烂船送回斯巴达的桑地浦吧!

他们问:

——我们怎么办?

---

① 伊包荼芮特是腓尼基人建立的殖民地,北非最北端的城市,即今天突尼斯的比塞大港。
② 白骨岛,指西西里岛,战场上留下成千上万佣兵的残骸。

司攀笛道：

——细细想想！

结连两天付清马格达拉人、莱浦地司人①、海喀东皮勒人，司攀笛来到高卢人当中挑拨：

——利比亚人付清了，接着要付的是希腊人，再后是巴莱阿里人、亚细亚人，所有别人！可是你们人数不多，人家什么也不会给你们！你们再也不会看见你们的祖国！你们也不会有船！他们会弄死你们，为了节省粮食。

高卢人来看徐率特。欧塔芮特，被他在哈米加府上打伤的那个人，向他提出质问。欧塔芮特被奴隶推开，不见了，但是发誓要报仇。

要求和怨言增加了。最固执的冲进徐率特的帐幕。为了感动他，他们拿起他的手，要他摸摸他们没有牙的嘴、消瘦的臂和伤疤。没有关到饷的发怒了，关了饷的又想为他们的马多要钱；流氓、被放逐的人们，拿起兵士的武器，硬说他们被遗忘了。每一分钟，旋风一样赶来一群人；帐幕响着，倒了；人群挤在营垒之间，从门到中央，叫嚣着，摇曳着。骚乱太厉害了，吉斯孔便拿一个肘子拄着他的象牙权杖，一动不动，手指伸在胡须里面，望着海。

马道时常走开和司攀笛谈话，然后他站在徐率特对面，吉斯孔永远感觉他的瞳孔像两枝火箭向他射来。好几回隔着群众，他们互相咒骂，但是谁都听不见；然而分发在继续，徐率特遇见困难，总想出办法救急。

那些希腊人有意在货币兑换上寻事。他详详细细为他们解释，他们哑口无言地走开。黑人要非洲腹地做交易用的白贝。他说他差人到迦太基去取，于是，他们就如别人一样接受了银钱。

---

① 马格达拉即《圣经》中所称加利利海附近的抹大拉；莱浦地司在奴米第亚境内，即今利比亚的胡姆斯地区。

但是曾经许下巴莱阿里人更好的东西，就是女人。徐率特回答，正有一队姑娘为他们运来，道路长，还得等六个月。等她们长胖了，抹上安息油，会拿船送到巴莱阿里人的码头的。

忽然，查耳萨斯，如今将息得又美又壮，像一个卖艺人跳上朋友的肩膀，指着迦太基城内的嘉蒙庙门，喊道：

——你给死人也留的有吗？

从上到下护着庙门的铜片迎着夕阳辉耀，野蛮人相信望得到上面残留的血迹。每逢吉斯孔要说话，他们的呼声就又开始了。最后，步子重重地，他走下来，把自己关在帐幕里。

黎明他走出帐幕，他的翻译睡在外面，全不动弹；他们朝天躺着，眼睛定定的，脸发青，舌头垂在牙边。鼻子流出一些白浆，四肢僵挺，好像一夜的寒冷把他们全冻死了。每人颈项扣紧一匝灯心草。

从这时起，反叛再也止不住了。查耳萨斯提醒人杀害巴莱阿里人那件事，证实司攀笛的疑惧。他们想象共和国永远设法欺骗他们。必须告终！勿需乎翻译！查耳萨斯拿投弹带扎头，唱着战歌，欧塔芮特挥动他的大刀，司攀笛对这个人耳语几句，送那个人一把刺刀。最强项的试着自己关饷，火气最小的要求继续分发。人人如今不离开武器。所有忿怒联合起来对付吉斯孔，合成一种乱纷纷的憎恨。

有些人上来，站在他的两旁。只要他们是在咒骂，大家耐住心听，但是他们要是有半个字回护他，他们不是马上挨石头打，就是后头要来一刀，砍下他们的脑袋。口袋堆积的讲台变得比一座祭坛还红。

用过饭，喝了酒，他们才叫可怕！布匿军队是把喝酒的愉快当死罪禁止的，他们却朝迦太基那边举起杯子，讥笑它的纪律。然后他们走向管钱的奴隶，重新开始屠杀。"打"这个字，各种语言不同，然而人人听得懂。

吉斯孔清楚祖国舍弃他了，然而尽管祖国忘恩负义，他不愿意玷辱。他们提醒他曾经许下他们船舶,他以摩洛神发誓,会亲自出钱解决,并且抓下他的蓝宝石项圈,丢进人群,作为信物。

于是非洲人根据国务会议的契约,要求麦子。吉斯孔摊开席西特提供的用紫颜色写在羊皮上面的账目,按着时间,一月又一月,一天又一天,读着一切迦太基的进货。

忽然两眼睁圆,他住了口,仿佛在数字中间发现死刑的宣告。

说实话,元老们舞弊,减小数字,在战争最艰难的期间,麦子的卖价低到除非是瞎子才会相信的程度。他们嚷道:

——念呀!高点儿声!啊!懦夫,他想撒谎!别相信他。

他迟疑了一时。最后,他继续他的任务。

兵士想不到元老舞弊,当真接受席西特的账目。于是迦太基的富裕使他们陷入一种疯狂的嫉妒。他们打开空了四分之三的枫木柜。他们看见里面出来那么多钱,以为取之不竭,吉斯孔想必拿钱埋在帐幕里了。他们攀着口袋往上爬。马道领头。他们嚷着:"银子!银子!"吉斯孔最后回答:

——叫你们的将军给你们!

他看着他们的脸,不言语,眼睛大而黄,脸长长的比他的胡须还白。飞来一枝箭,羽翎阻住,停在他的大金耳环里面。血从他的金冠流到他的肩膀。

看见马道挥手,大家全往前冲。吉斯孔伸开两臂,司攀笛拿一个活结套住他的手腕,另一个人把他放倒,群众在口袋上面跌跌打打,他消失在混乱之中。

他们进攻他的帐幕。他们只在这里寻到生活必需的东西,然后,细加搜索,三个达妮媞的神像,一张猴皮包着一块月亮掉下来的黑石。许多有身份的迦太基人愿意陪伴他,全属主战的一派。

他们都被拖到帐外,丢在粪坑里面。铁链兜住肚子把他们拴在牢实的木桩上面,食物拿枪尖伸给他们。

欧塔芮特一边看守他们,一边拿话咒骂,然而因为他们不懂他的语言,他们并不还口。高卢人不时拿石子丢他们的脸,为听他们叫唤。

从第二天起,一种类似厌倦的感觉侵袭军队。如今怒火消了,他们感到不安。马道为一种迷蒙的忧郁所苦。他觉得他像间接污渎了萨郎宝。这些富人仿佛是她的一种附属品。他夜晚坐在他们的坑沿,他从他们的呻吟听到什么汪洋在他的心田的声音。

然而人人怨尤利比亚人,只有他们关过饷。不过,种族间的恶感和个人的恩怨虽说复苏,大家同时却也感到其中的危险。在这样一种杀害之后,报复会是可怖的。所以必须预防迦太基报仇。聚会和议论就没有一个终止。人人说话,谁也不听谁,司攀迪平时多嘴多舌,如今听到各种建议就只是摇头。

有一天黄昏,他随意地问马道城内有没有泉眼。马道回道:

——没有!

第二天,司攀笛把他带到湖滨。

旧日的奴隶道:

——主子!你要是有胆子,我带你到迦太基去。

另一位喘吁道:

——怎么样去?

——你发誓执行我的一切命令,跟着我如一个影子!

于是马道,朝沙巴行星①举起臂,喊道:

——达妮媞在上,我全依你!

司攀笛继续道:

---

① 沙巴行星就是金星。

——明天太阳落了以后，你到引水渠的尽头等我，在桥洞九和十之间。你带一把铁斧、一顶没有帽缨的军盔、一双皮带鞋。

他所说的引水渠，斜斜穿过全部海峡，——一件了不起的工程，后来再经罗马人加宽。虽说蔑视其他民族，正如罗马仿造布匿式战船，迦太基也向他们拙笨地学来引水渠这种新发明：五排叠杂的拱架，一种臃肿的建筑，靠底有支墙，尖端饰以狮首，在卫城的西部收煞，然后进入城底下，差不多河水一般注入麦嘉辣的蓄水池。

临到约好的时间，司攀笛在这里寻到马道。他在一条绳子的末梢拴了一个鱼叉模样的东西，迅速旋转如一条投弹带，于是铁器钩牢了，他们便一个跟一个，缘墙而上。

然而等他们爬上第一层，他们每次往上抛的鱼叉都掉了下去；为了寻找裂缝，他们不得不在飞檐的边沿行走；每上一层拱架，他们就发现飞檐越发窄了。随后绳子也变松了，好几次险些断掉。

他们终于上到最高的平台。司攀笛不时弯下身子，用手试探石头。

他道：

——就是这里。动手好了！

于是顶住马道带来的棍棒，他们总算撬开一块石板。

他们望见远远驰来一队骑兵，骑着不戴笼头的马。他们佩戴的金镯随着一口钟上襞褶的波动而跳跃。他们看清领头的一个人戴着鸵鸟羽毛，一手握着一管枪。

马道喊道：

——纳哈法！

司攀笛道：

——管它哪！

他跳进他们方才掀开的窟窿。

马道依从他的命令，试着推动一块石头。但是没有空地，他伸不开两肘。

司攀笛道：

——我们回来再说，你领前。

于是他们钻进水管。

水淹着他们的肚子。不久就蹒跚了，他们必须游泳。他们的四肢撞着太窄的运河的墙壁。水差不多就贴着头上的石板流，他们的脸剐破了。水涌着他们流。一种比冢穴还要阴沉的空气压抑他们的胸脯，头在两臂中间，膝盖并紧了，尽量往长里伸，他们箭也似的在暗中流过，噎窒，喘吼，差不多和死了一样。忽然，眼前一片黑，水速加快，他们沉了下去。

等他们重新浮到水面，他们好几分钟仰天不动，吸着空气，心神感到舒畅。宽大的墙壁把水塘隔开，拱洞就在墙壁当中挖成，一个接一个。所有的水池都是满满的，彼此相通，连成一片。从天花板圆顶上的风眼射下一道道苍白的光线，在水面上摊开，仿佛若干光盘。而四周的黑暗，离墙越近越厚，把墙推向一个无限的距离。一点点声音引起一片大的回声。

司攀笛和马道重新游泳，穿过拱洞，一边泅过好几个水房。两排较小的水塘，在两旁平行地展开。他们迷了路，转着圈，又回来了。最后，有什么东西抵住他们的脚跟。这是沿着池塘边的走廊的石地。

于是他们小心翼翼地往前走，摸着墙，寻找出路。但是，脚滑了，他们跌进深深的水潭。他们浮上来，又沉了下去。他们感到一阵可怕的疲倦，好像游泳时节，四肢在水里融化了。他们闭住眼睛，他们等死。

司攀笛的手触到一个栅栏的铁棍。他们摇动它，栅栏倒了，他们爬上一座楼梯的台阶。顶高处有扇关住的铜门。他们拿刀尖拨开从外开启的门闩,忽然,纯洁的新鲜空气包围他们。

夜静极了,天高得不得了。一丛一丛的树木探出院墙长长的行列。全城在安睡。前哨的灯火像失落的星星在闪耀。

司攀笛曾经在地窖待过三年,辨别不出区域。马道推测,要去哈米加府第,他们应当朝左手走,穿过马巴勒岬区。

司攀笛道:

——不,带我到达妮媞神庙去。

马道想说话。

旧日的奴隶举起臂,指着辉耀的沙巴行星道:

——想着你的话呀!

于是马道不作声,转向卫城。

他们沿着道边的仙人掌篱笆匐匍向前。水从他们的四肢滴到尘土上面。湿淋淋的皮带鞋没有一点声音,司攀笛走一步搜索一下低矮的树丛,眼睛比火把还要明亮;——他走在马道后面,手放在两臂戴着的一对刺刀上面,用一个皮环吊在腋下。

五　达妮媞

走出花园，他们发现麦嘉辣的围墙挡住他们的去路。但是他们在高大的墙上找到了一个豁口，就又过来了。

地势低了，形成一片十分宽阔的溪谷，藏身不得。

司攀笛道：

——听！先什么也不要怕！……我要完成我的诺言的！

他停住，他仿佛寻找话，一副思维的模样。

——你还记得那一回，天才亮，在萨郎宝的平台上，我指迦太基给你看？我们那一天挺强，可是你不肯听话！

随即以一种严重的声音道：

——主子，在达妮媞的神龛有一条神秘的纱帔，天上掉下来，盖着女神。

马道说：

——我知道。

司攀笛继续道：

——因为做成女神的一部分，纱帔本身也就神化了。神住在有偶像的地方。正因为迦太基有这条纱帔，所以迦太基强大。

然后俯向他的耳朵：

——我带你来就为把它抢走！

马道往后惊退：

——走开！找别人干这个！我不要帮你干这种无法无天的恶事。

司攀笛回道：

——不过达妮媞是你的对头。她折磨你，你在她的愤怒之中死亡。拿颜色给她看。她就顺从你了。你会变得不朽和无敌。

马道低下头。他继续道：

——我们要完蛋了，军队眼看就要溃散。我们别妄想逃走，也别妄想有人援救、饶恕！神有什么惩罚你好怕的，既然你手里握住神的法宝？难道你真还愿意有一天黄昏打败仗，走投无路，躲在矮树丛；要不，挨老百姓辱骂，丢在火里？主子，有一天你杀进迦太基，两旁跪着大祭司，亲你的皮带鞋，达妮娘的纱帔要是让你心身不宁，你将来送回她的庙好了。跟我走！把纱帔拿走。

一种可怕的欲望吞蚀马道。他愿意得到纱帔，然而不要渎神。他对自己讲，垄断它的效能，不一定就需要把它弄走。他并不追究到底，思想才一让他害怕，他就不想下去了。

他说：

——走吧！

于是他们快步走开，并着肩，不言语。

地又高了，房屋近了。他们在暗地里转进窄巷。好些封门的破席片打着墙响。好些骆驼在一个广场当着成堆割下来的草咀嚼。然后他们穿过一个树叶荫翳的回廊。一队狗在吠。但是地面忽然放开阔了，他们认出是卫城的西面。在比耳萨底下露出一堆又长又黑的东西，这是达妮娘庙，由纪念物、花园、前院和后院组成，一堵石头垒成的矮墙围在四匝。司攀笛和马道跳过墙。

这头一道围墙是一片箂悬木树林，防御瘟疫和空气的腐恶。远远近近搭着一些帐幕，白天有人在这里卖些拔毛药膏、香料、衣服、月饼和用玉石浮挖的女神像与庙的景物。

他们没有什么好害怕的，因为没有月亮的夜晚，一切典礼停止举行。但是马道放慢步子，当看到第二道围墙的三个乌木台阶，他站住了。

司攀笛道：

——往前去呀！

石榴树、杏树、扁柏和桃金娘树，一动不动如古铜枝叶，整齐地交错而立。铺着蓝石子的小路，在脚步之下响着，开放的玫瑰一团一团悬在全部小径的上空。他们来到一个卵形的窟窿，护在一座栅栏里面。于是，被沉静吓住了的马道便向司攀笛道：

——甜水和苦水就在这里混合。

旧日的奴隶道：

——我在叙利亚马浮格城里全经见过。

他们登上一座六级银台阶，来到第三道围墙。

正中立着一棵庞大的柏树。最低的树枝全被信士们悬挂的布幅和项圈遮掩住了。他们又走了几步，庙的前脸露出来了。

柱额压着短粗的柱子，两道长廊环绕一座方塔，它的楼板装潢着月牙。廊隅和塔的四角立着一些瓶子，里面充满燃烧的香料。柱头坠着石榴和葫芦。墙上是绶带饰、菱形和珠线的错落重复。一个银线篱笆做成一个半圆，围住下到过厅的铜楼梯。

入口立着一个石圆锥，介乎一座金碑和一座碧玉碑之间。马道在旁边走过，吻着自己的右手。

第一间房非常高，顶上有无数孔隙；仰头可以望见星宿。沿墙的苇筐里面，堆着胡须和头发，青春时期的新生之物；圆室正中躺着一个女身，探出一个饰满乳房的罩子。肥胖、有胡须，眼帘低垂，微笑的模样，两手交搭在她那被群众的亲吻磨光了的大肚子的边沿。

他们随即吸到新鲜空气，走进一道横廊，一座小到不能再小的神坛贴住一扇象牙门。这里不许常人通过，只有祭司可以出入，因为庙宇不是一个群众集合的所在，而是一尊神的私宅。

马道说：

——事情没有成功的可能。你就没有往这上头想！回去罢！

司攀笛检查四墙。

他要纱帔,不是因为他信任它灵验(司攀笛只信神签),而是以为迦太基人看见自己没有了它,就会颓丧的。为了寻找门路,他们在后边兜了一个圈子。

在一丛一丛菩提子树底下,可以望见好些形式不同的小建筑。远远近近立着一根根石头阳具。好些大公鹿安安详详地溜达,蹄子踢着落在地面的松实。

他们退到两座平行前进的长廊中间。靠边是修行的小居室。柏木柱子,从上到下,挂着小鼓和铙钹。有些女人躺在室外的席上睡觉。她们的身体肥渍渍的,全是油膏,发出一种熄了的香炉和香料的气味;她们一身的文采,戴着项圈和戒指,涂着朱砂和锑,要不是肚子在动,别人真还以为是横在地面的木偶。荷花围着一道泉水,里面游着和萨郎宝家相同的鱼;再往里去,贴住庙墙,展开一架葡萄,琉璃做成的嫩枝嫩叶,碧玉做成的葡萄;宝石的亮光在画柱之间,在酣睡的面孔上做着光的游戏。

热气回环于柏木板壁之间,使马道感到噎窒。这些繁殖的符志,这些香味,这些闪烁,这些嘘息,全在压抑他。在这些神秘的眩惑之中,他想着萨郎宝。她和女神本人成为一体,他的爱情因而更强,就像大荷花在深深的水面之上开放。

司攀笛在计算拿这些女人卖掉,依照从前,他可以赚多少银子。他走过的时候,快眼一掠,估出金项圈的重量。

在这边犹如在那边,庙还是进不去。他们回到第一间房后面。司攀笛摸索、搜寻,马道却匍匐在门前,向达妮媞呼吁。他求她不要允许渎神的举动成功。他试着用甜言蜜语软化她,就像对付一个生气的人。

司攀笛注意到门上有一个狭窄的气孔,他向马道说:

——起来!

他让他靠墙站直了,然后,一只脚蹬住他的手,一只脚踩住他的头,他爬到通气孔,进去,不见了。马道随即觉得一个绳结下来打着他的肩膀,那是司攀笛跳进池沼以前缠在身上的那根绳子。于是两手揪牢,他不久发现自己站在他一旁,来到一个充满阴影的大厅。

像这样劫盗的事的确少有。防范不周证明人人以为这不可能。恐怖保卫神龛,比墙好多了。马道走一步,等一回死。

然而黑暗的深处晃荡着一点亮光,他们走了过去。这是一盏灯,在蚌壳里面燃烧,放在一尊雕像的座子上面。雕像戴着喀毕尔神的帽子,蓝长袍上撒着金刚钻圆盘,链子陷在石板底下,拴牢她的脚跟。马道险些喊了出来。他呢喃道:"啊!她在这里!她在这里!……"司攀笛拿起灯照亮。

马道唧哝着:"你这人多不敬神!"不过他还是跟着他走。

他们走进去的房间只有一幅黑色的画,形象是另一个女人。她的腿一直伸到墙头。身子占了整个天花板。从肚脐垂下一根线,连着一枚大蛋,然后头向下,翻到另一堵墙,尖尖的手指垂到石地。

他们掀开一块壁毡,为了往前走。但是风吹过来,灯灭了。

于是他们迷失方向,在繁复的建筑之中乱走。忽然,他们觉得脚底下有什么东西,奇怪的柔滑。火星在闪、在冒,他们走在火里。司攀笛拿手摸地,才清楚地上仔细地铺着一层猞猁皮。随后,他们觉得一条粗绳子,又湿、又冷、又黏,在腿裆溜过。墙上有些裂口,射下一些细的白光。他们朝着这些莫名其妙的光走。他们终于看清一条大黑蛇。它连忙蹿开,不见了。

马道喊道:

——快逃!是她,我觉得;她来了。

司攀笛回道:

——没有的话！庙是空的。

于是一道强光照来，他们不得不低下眼睛。他们随即看清四周无限的走兽，枯瘦、喘吁，耸起脚爪，以一种神秘的惊人的层次，一个叠积一个。蛇有脚，牛有翅，人头的鱼在吞果子，花在鳄鱼的牙床开放，象在天空高举着鼻子，傲然如鹰。它们以一种可怕的力量张开自己残缺不全或者生长过多的肢体。它们伸出舌头，好似有意吐出它们的灵魂；这里有万千形象，好像孵化的胎盘忽然裂开，全部倾在厅墙上面。

老虎一样的妖怪托着十二个蓝水晶球，团团排在大厅的四周。瞳孔探出，仿佛蜗牛的眼睛，它们弯着粗腰，转向紧底：在一辆象牙车上，辉耀着至高无上的辣拜媞娜，司掌繁殖，最后创造。

鳞、羽、花和鸟一直堆到她的肚子。她的耳环是打着她的面颊的银铙钹。她的定定的大眼睛看着你，一块发光的宝石，一种淫邪的符志，嵌在她的额头，映着门上的红铜镜子，照亮全厅。

马道迈前一步，一块石板踩下去了，于是圆球开始旋转，妖怪吼号；起来一阵音乐，抑扬婉转，有如天乐；达妮媞的骚乱的灵魂流泻散开。她要站起来了，臂伸开，大厅一样大。妖怪忽然闭住喉咙，水晶球不再旋转。随即一种悲惨的音调，在空中摇曳了一时，终于息止。

司攀笛道：

——纱帔呢？

他们什么地方也没有望见。到底在什么地方？怎么寻找？是不是祭司把它藏掉了？马道感到一阵心痛，仿佛白白信仰了一番。

司攀笛细声道：

——这边走！

一种灵感指引着他。他把马道领到达妮媞的车后，墙面自上而下，开着一条裂缝，有一肘宽。

于是他们走进一间小小的圆厅，高极了，活像一根空心的柱子。

当中是一块半圆的大黑石头,仿佛一面鼓,上面燃着火焰,后边立着一个乌木圆锥,有头有双臂。

但是,再往远去,真可以说是一片云,还有星星闪烁;有些形象露在云层深处,它们是艾实穆和喀毕尔、若干已经见过的妖怪、巴比伦人的神兽和好些他们不认识的禽兽。这片云在木偶的面孔底下形成一件一口钟,再高高的在墙上摊开,挂在角隅,浅蓝如夜,黄如晨曦,红如太阳,层叠、透明、闪耀、轻盈。这正是女神的一口钟,常人无缘得见的圣衣。

两个人脸色苍白了。

马道最后说:

——拿走它!

司攀笛并不迟疑,他靠住木偶,摘下纱帔,落在地上。马道伸过手去接住,然后由它的开口钻进头,裹住全身,伸开臂,为了更好端详。

司攀笛道:

——走吧!

马道喘吁着,两眼定定看住石地。

他忽然喊道:

——我到她家不好吗?我不再害怕她美了,不是吗?她能够把我怎么样?现在,我不是一个寻常人了。我可以蹈火,我可以履海!什么力量带着我走!萨郎宝!萨郎宝!我成了你的主子!

他吼着。司攀笛觉得他变了样,身子也高多了。

来了一片脚步声,一扇门打开,露出一个人,是个祭司,高帽子,眼睛裂开。不等他有什么动静,司攀笛扑了上去,大把搂紧,拿两把刺刀插进他的腰胁。接着是头跌在石地上的响声。

然后,一动不动如死尸,他们静静听了一会儿,只有风在半开的门缝呢喃。

门对着一个窄狭的过道。司攀笛奔过去,马道尾随着,他们差不多立即来到第三道围墙,介乎侧庑之间,这里是祭司的居室。

小屋子后面应当有一条近路出去。他们迟疑着。

司攀笛蹲在泉水旁边,洗他的血手。妇女睡着。碧玉的葡萄闪耀着。他们重新上路。

但是有人在树底下追着他们跑。马道披着纱帔,觉得好几回有人轻轻从下面揪它。这是一只大狒狒,自由地栖息在女神庙四周的生物之一。它好像清楚这是偷盗,抓住纱帔不放。然而他们不敢打它,害怕加强它的呼喊;它的愤怒忽然平息,和他们并肩走着,摇着身子,长长的胳膊垂着。随后,走到栅栏,它只一纵,就跳上一棵棕榈树去了。

走出最末的围墙,他们奔向哈米加的府第,司攀笛明白想叫马道不去是没有用的。

他们穿过皮匠街、缪丹巴广场、草市和席纳散街口。有个人走到墙角,看见黑暗之中有东西发亮,吓回去了。

司攀笛道:

——藏起圣衣!

又过来一些别的人,但是没有注意到他们。

他们终于认出麦嘉辣的房屋。

盖在后面的灯塔,站在绝崖顶端,射出一道强大的红光照耀着夜空。宫殿带着一层又一层平台,把影子投向花园,仿佛一座绝大的金字塔。他们拿刺刀砍掉树枝,由枣树篱笆进来。

一切持有佣兵宴会的痕迹。园囿是残破的,水渠干了,地窖的门敞开。厨房和库房附近不见有人。一片沉静,有时上了脚桎、行动不便的大象发出沙哑的嘘息,灯塔上面燃着一堆芦荟,噼里啪啦在响,此外就什么声音也没有了。他们惊讶了。

但是，马道一再重复：

——她在什么地方？我要见她！带我去！

司攀笛道：

——你疯了！她一喊叫，奴隶跑来，别瞧你气力大，你死定了！

他们就这样来到船形楼梯。马道仰起头，他以为望见顶高的地方有一片朦胧的柔和的亮光。司攀笛才想拦他，他已经奔上台阶了。

他回到从前看见她的地方，光阴在他的记忆之中留下的空当消灭了。她方才还在酒席之间歌唱，她不见了，从那时起，他一直在上这个楼梯。头上的天全是火光，海充满天边，他走一步，就有一片更大的浩瀚环绕他的四周。他继续往上爬，奇怪地轻捷，就和做梦一样。

纱帔拂着石头的窸窣让他想起他的新的权能，但是希望过分强烈，他现在反而不清楚他应当怎么做了，心里没有准章程，他胆怯了。

他不时拿脸贴住关闭的房门或者房窗的四方框架，以为看见有些人在若干房间睡觉。

最后一层更窄了，活像一粒骰子放在平台的顶端。马道慢悠悠地绕了一匝。

一道乳色的光充满堵塞墙上小洞的滑石薄板，这些薄板平行嵌镶，在黑暗之中仿佛一行一行的珍珠。他认出那黑十字红门。心跳得更厉害了，他直想逃。他推门，门开了。

一盏灯船挂在房间远僻处燃烧，银的船身下露出三道光，在高高的红底黑道的板壁上面颤栗。天花板由镀金的梁条拼成，木头结节当中嵌着紫晶黄玉。一张白皮带做的矮床，顶着房间两边的高墙，介壳一般的圆形拱架，嵌在上面墙里，露出一件垂下的衣服拖到地上。

一条玛瑙走道环绕着一个卵形浴池，精巧的蛇皮拖鞋和一只白玉水壶放在边沿。远处有湿淋淋的脚印，幽雅的香味弥漫着。

马道轻轻踏着镶嵌金子、珠贝和琉璃的石地，地面虽说光滑洁净,他觉得他的脚往下陷,似乎走在沙里。

他望见银灯后面,有一幅大的天蓝方块,由上面垂下四条绳子悬在半空。于是他张着嘴,弯着腰,朝前走。

嵌在黑珊瑚枝头的丹凤羽翎,散在红垫子、玳瑁马刷、柏木箱和象牙调药器之间。戒指、镯子挂在羚羊角上,陶土瓶子放在墙洞的一个芦苇架子上面晾干。他踬了好几回,因为地面要把房间分隔开,弄得高低不平。紧底,银栏杆围着一块画着花的毯子。他最后来到挂着的床前,靠近一只上床的乌木凳。

但是光在床边停住了;——阴影仿佛一副大帐子把床遮住,只露出一角红褥和一只朝上的光光的小脚的脚尖。马道于是轻轻移过灯来。

她睡着,脸贴住一只手,另一只臂伸直了。一圈一圈头发在她四围散开,密密匝匝,她好像躺在黑羽毛上面;她的宽大的白内衣顺着她的身体的曲线,起起伏伏,形成柔柔的褶子,直到脚边。眼帘闭着一半,眼睛微微显露;帐子笔直垂下,以一种浅蓝气氛包围着她;她的呼吸的运动传给绳子,好像在半空摇她。一个长长的蚊子正在营营。

马道动也不动,远远拿着银船,不料蚊帐忽地一下子燃着,不见了,惊醒萨郎宝。

火自己熄了。她不言语。灯照着板壁,形成大的亮晶晶的花纹摇曳。

她说:

——那是什么?

他回道:

——是女神的纱帔!

——女神的纱帔!

萨郎宝叫唤起来。于是挂着两个拳头,她探身向外,颤颤索索。

他继续道：

——我为你到神龛的深处找了它来！看呀！

圣衣放出光芒，绚烂一片。

马道说：

——你还记得吗？那夜，你在我的梦里出现，不过我猜不出你的眼睛的无字的命令！

她拿一只脚放在乌木凳上。

马道继续道：

——我要是懂，我早就赶来了，我会丢开军队来的。我也就不会离开迦太基了。为了服从你，我可以穿过哈德鲁梅①洞，下阴曹地府……原谅我！这些日子就像有大山压着我，可是又有什么带着我走！我试着到你跟前来！不是神的话，我怎么也不敢这么做！……我们走吧！你一定要跟我走！如若不然，你不愿意走，我就待下来。我什么也不在乎……把我的灵魂沉没在你的嘘息里面！让我的嘴唇为了香你的手压碎！

她道：

——让我看呀！再近点儿！再近点儿！

曙光起了，一种葡萄酒的颜色充满墙里滑石薄板。萨郎宝有些软弱，倚住枕头。

马道喊着：

——我爱你！

她呢喃着："把它给我！"于是他们凑近了。

她一直在朝前走，披着她的拖地的白袍，大眼睛瞪着纱帔。马道端详着她，慑于她头部的光辉，拿纱帔向她张开，要在搂抱之中把她裹

---

① 哈德鲁梅是北非丰饶的萨赫勒地区一颗明珠、濒临地中海的港口城市，曾是腓尼基人的殖民地，即今突尼斯的苏萨港。在希腊神话中冥王被称为哈得斯，哈德鲁梅洞窟的传说与其有关。

住。她伸出臂。她忽然停住，于是他们张着嘴，相互看着。

不明白他企求些什么，她恐惧了。她的两道细眉聚起来了，她的嘴唇张开，她打哆嗦。最后，她敲着悬在红褥角落的铜器，嚷着：

——救人呀！救人呀！走开，渎神的人！混账东西！该死的东西！到我这儿来呀，达纳克，克罗屋穆，艾瓦，米席浦萨，沙奥屋尔！

司攀笛惊恐的脸，在墙上陶土瓶子之间出现了，急急喊着：

——逃呀！他们来了！

一阵大的骚乱自下而上，摇撼楼梯；妇女、厮走、奴隶，洪水一样冲进屋子，拿着棍、棒、刀、匕首。望见一个男子，他们差不多气瘫了；女仆号丧似的哭喊着，阉奴的黑皮大为失色。

马道站在栏杆后面。圣衣裹住他，他活似一尊星神，环绕着他的是苍天。奴隶朝他扑了过来。她止住他们。

——别碰他！那是女神的纱帔！

她缩在一个角落，但是她向他迈出一步，伸长她赤裸裸的臂：

——诅咒你，你这偷达妮媞的人！你会遭到仇恨、报复、屠杀和痛苦！让战神古耳日撕烂你！让死神马捏斯芒噎杀你！让另一尊天神①——那不好呼出口的——烧死你！

马道好像挨了一剑似的叫了一声。她重复了好几次：

——滚开！滚开！

一群奴仆闪开，马道低下头，在他们中间慢慢走过；但是，走到门口，他停住了，因为圣衣的流苏勾住了铺地的一粒金星。他动了一下肩膀，一下子把它拉过来，走下楼梯。

司攀笛一座平台又一座平台蹦跳，跃过篱笆、水渠，逃出花园。他跑到灯塔底下。城墙在这一段没有人看管，因为爬上悬崖是太不可

---

① 指摩洛神。

能了。他走到悬崖边上，背贴地一躺，脚朝前，一直滑到底下。然后他泅水到墓塚海岬，沿着咸水潟湖兜了一个大圈子，赶天黑回到野蛮人营盘。

太阳升起了，马道好像一只狮子走开，一边走下坡路，一边瞪着可怕的眼睛朝四外看。

一片模糊的喧嚣传到他的耳朵。它先由宫邸发出，又在远处卫城那边重新开始。有人说，摩洛神庙里共和国的宝藏让人拿走了，有人谈起一个祭司被人暗杀了。还有人以为野蛮人进了城。

马道不知道怎么样绕出那些围墙，便朝前照直走去。大家望见他了，于是起来一片叫喊。全明白了，先是瞋目不知所云，接着就是大怒。

从马巴勒岬区的深处，从卫城的高处，从地下墓穴，从湖边，跑来成群的人。阔人离开他们的府第，商人离开他们的店铺，妇女丢下她们的孩子。大家拿起剑、斧子、棍子。然而曾经阻止萨郎宝的障碍如今也成为他们的难题。怎么才好再把纱帔取回？看它就是一种罪行，它和天神一体，碰着就死。

绝望的祭司们站在庙宇的前廊，直扭胳膊。禁军骑着马乱跑。有人爬上房屋、平台、巨像的肩膀、船的桅杆。他依然向前走去。他走一步，怒火上升，然而恐怖也跟着起来。看见他来，街全空了。逃散的人群怒潮一样从西边重新冒出，墙头站着的也有。他看出处处只是一些睁大了像要吞掉他的眼睛，砾砾在响的牙齿，伸过来的拳头。萨郎宝的诅咒更响了，也增加了。

忽然，一枝长箭响了起来，接着又是一枝，还有石头嗡然在响，但是都不瞄准（因为大家害怕碰到圣衣），全从头上掠过。而且，他拿纱帔当盾牌用，时而右，时而左，时而前，时而后。他们想不出任何方法。他走进没有遮拦的街道，越走越快。街道拿绳子、车辆、陷阱拦好，他拐一个弯，又折回来。他终于走到巴莱阿里人覆亡的嘉蒙广场。马道站住，脸变白了，好像一个人快要死了。他这次真毁了，群众拍手。

他一直奔到关闭的城门。门非常高，全是橡木心做的，铜皮、铁钉子。马道扑了上去。人民看见他干着急，没有用，欢喜得直跺脚。于是他脱下皮带鞋，吐痰上去，拿它敲打动也不动的门板。全城吼了起来。大家现在忘记纱帔，要上去弄死他。马道的迷蒙的大眼扫着人群。他的太阳穴跳得他发昏，他觉得一种酩酊的味道麻木他的感受。忽然他瞥见拽门的长链。他一下子跳过去，抓牢了，弓起臂，蹬住脚，最后，巨大的门扇开出一条缝来。

来到城外，他从脖子上解下宽大的圣衣，尽可能把它高高举在头上。海风吹开纱帔，迎着太阳，它的颜色、它的珠宝和它的神像熠熠发光。马道这样举着它，穿过全部平原，来到兵营，人民站在墙头，眼睁睁望着迦太基的护国之宝丢了。

六　哈龙

黄昏他对司攀笛道：

——我真应当抢了她走！应当捉牢她，把她从家里夺走！没有人敢把我怎么样的！

司攀笛没有听他讲。他惬意地休歇着，仰天一躺，靠近一只盛满蜜水的大罐子，不时拿头伸进去喝个痛快。

马道继续着：

——怎么办？……怎么样才好再进迦太基？

司攀笛道：

——我不知道。

这种漠不关心的样子气坏了他，他嚷道：

——哎！全是你不好！你带我去，你又把我丢了，你是懦夫一个！我凭什么听你支配？你以为你是我的主子？啊！妓女贩子、奴才、奴才的儿子！

他咬着牙，把大手举向司攀笛。

希腊人不理他。靠着帐杆，一盏陶土灯微微燃着，圣衣在挂着武器的架子上面熠耀。

马道忽然蹬上厚底靴子，扣着他的铜锁子甲，取下他的战盔。

司攀笛问道：

——你到什么地方去？

——我回到那边去！放我走！我要把她带回来！他们要是露面，我弄死他们，就像弄死蝮蛇一样！司攀笛，我要她死！

他重复着：

——是的！我杀死她！你看好了，我杀死她！

但是司攀笛，伸长耳朵听外面的动静，猛然摘下圣衣，扔到一个角落，往上盖了一些羊毛。他们听见一阵呢喃的声音，火把亮着，纳哈法进来，后面随着二十多人。

他们披着白呢一口钟，插着长刺刀，挂着皮项圈，戴着木耳环，穿着鬣狗皮的鞋子；他们停在门限，靠住他们的长枪，仿佛休歇的牧羊人。在他们中间，纳哈法最美；镶着珠子的皮条束着他的细臂；金圈子围住他的头，把他的宽大的衣服压在四周，同时压着一根鸵鸟毛，垂在他的肩膀后面；一串不断的微笑露出他的牙齿；眼睛是箭一般尖锐，全身流露一种注意而又轻巧的神情。

他宣称他来加入佣兵，因为共和国许久以来就在恐吓他的王国。所以他有兴趣援助野蛮人，同时对他们也可能有用。

——我可以供给你们象（我的森林多的是）、酒、油、大麦、海枣、攻城用的树胶和硫磺、两万步兵和一万匹马。我之所以和你谈，马道，是因为你有圣衣，成了军队的首脑。

他添一句道：

——再说，我们是老朋友。

同时马道看着司攀笛。后者坐在羊皮上面听，一边点着头，做出同意的样子。纳哈法谈着。他引神为证，他诅咒迦太基。在他咒骂之中，他弄折了一管标枪。他的人手同时发出一声大吼，马道基于这种忿怒，喊他接受同盟。

于是牵来一头白公牛和一只黑绵羊，昼的象征和夜的象征。在一座坑边杀死。血流满坑，他们便把臂伸了进去。随即纳哈法把手摊在马道的胸脯，马道把手摊在纳哈法的胸脯。他们把血印子染在他们的营帐的帆布上面。然后他们吃了一整夜，把剩余的肉同皮、骨、角和蹄烧掉。

马道举着女神的纱帔回来的时候，一片广大的欢呼向他致敬；那些并不信奉迦南宗教的人们，也以迷蒙的热情，感到神明佑庇。至于设法占有圣衣，没有一个人往这上面想。他获得它的神秘方式就够使得野蛮人的心灵认为他的占有正当了。非洲人种的兵士就这样想。别人对迦太基的仇恨没有那么深和持久，不知道怎样决定才好。假如他们有船，他们立即走了。

司攀笛、纳哈法和马道派人到布匿地区的所有部落游说。

迦太基弄穷了这些部族。它加给他们过分的捐税，用镣铐、斧，或者十字架来惩罚稽迟，甚至于唧哝。共和国认为相宜的东西，必须种植；它诛求的东西，必须供给；任何人没有权利储藏一件兵器；村庄造反，便卖掉居民；行政长官犹如压榨机，好坏全凭出货多寡。然后，越过迦太基直辖的区域，便是纳贡少许的同盟国家；同盟之外，便是漂泊无定的游牧部落，只能听之任之。依照这种方法，收获永远丰盈，马场管理得当，农田开垦优良。九十二年之后，老喀东①，精于农耕与奴隶事务，极为惊恐，在罗马不断发出死亡呐喊，只是一种贪婪的嫉妒的呼号。

在最近这次战争中，迦太基加倍横征暴敛，利比亚的城市走投无路，几乎全部降了赖古路斯②。为了惩罚它们，它们必须赔出一千达郎、两万匹牛、三百袋金沙，预付大量粮食，各部落的头目不是钉了十字架，便是扔给狮子吃。

突尼斯特别憎恨宗主国迦太基，它比后者年代久远，不饶恕它比自己伟大。它在迦太基的城墙对面，蹲在水边的泥泞里面，好像一只毒兽在凝视。流放、屠杀和瘟疫没有使它衰微。它曾经支持阿耳喀嘉特——锡腊库扎僭王阿嘉陶克来斯的儿子，征伐迦太基。那些吃"不

---

① 喀东是第二次布匿之战后，罗马派驻迦太基的使节，他每次回到罗马元老院发言必以"迦太基必须被消灭"的口号结束，是第三次布匿之战的坚定鼓吹者。
② 赖古路斯是罗马执政官，在第一次布匿之战中率领罗马军队渡海奔袭迦太基，最终被迦太基的佣兵将领桑地浦全歼于突尼斯，本人被俘。

洁食物"的人们，立刻在这里找到武器。

信使还没有出发，普遍的欢悦早在外省爆裂。大家迫不及待，在浴缸扼死富室的管事与共和国的官员，大家从穴洞抽出埋藏的旧兵器，大家拿犁头的铁来铸剑，小孩子在门上磨尖标枪，妇女捧出她们的项圈、戒指、耳环，一切有助于毁灭迦太基的东西。人人愿意帮忙。枪在镇里一堆一堆聚起来，好像一捆一捆的玉蜀黍。大家送来牲畜和银钱。马道很快付清佣兵的欠饷，司攀笛这个主意见效了，马道被举为元帅，野蛮人的大统领。

同时，人也源源而来。最先露面的是土著，再次是田间的奴隶。黑人的沙漠商队被掳掠了来，武装起来；有些去迦太基的商人，希望得到一种比较切实的利益，也加入野蛮人的行伍。数不清的人马前前后后赶来。站在卫城的高处，可以望见军队在扩大。

禁军被派到引水渠的露台站岗。靠近他们，相隔不远，架着好些铜桶，里面滚沸着的沥青的溶液。下面，平原之中，庞大的人群乱糟糟在动。他们举棋不定，感到野蛮人遇见城墙便惶惑不安的心情。

雨地克和伊包茶芮特拒绝和他们联盟。它们犹如迦太基，是腓尼基的殖民地，自己管理自己，每次同共和国订立条约，便用文字特别加以区别。然而它们尊敬这位保护它们的更强大的姐姐，决不相信一堆野蛮人就能够把它征服；正相反，他们要被铲除。它们情愿保持中立，过着平静的岁月。

但是它们的地位使它们不可或缺。雨地克位于一个海湾的深处，是迦太基的外援必经之道。假如雨地克被攻下，沿海相隔六小时路程的伊包茶芮特正好顶替，这样一来，接济不断，迦太基就不要妄想打下来了。

司攀笛希望立即进攻，纳哈法反对；应当先巩固边境。这是老于行伍的人们的见解，也是马道本人的见解，最后议决司攀笛进攻雨地克，马道进攻伊包茶芮特；第三支军队，凭附突尼斯，设法占有迦太基平原，欧塔芮特自告奋勇去做这件事。至于纳哈法，他应当回国把象带来，率领他的骑兵巡逻道路。

妇女高声疾呼，反对这种决定。她们一心就盼把布匦阔太太们的珠宝弄到手。利比亚人也反对。他们被邀来为了攻打迦太基，如今倒又走了！差不多只有兵卒自己出发。马道统带他的伙伴和伊比利亚人、吕西塔尼亚人、西方人和岛屿的人；说希腊话的人全要求司攀笛率领，因为觉得他聪明。

看见军队忽然移动，迦太基人惊奇到了极点。然后军队沿着海岸，顺着雨地克的道路，在阿芮阿那山底下伸长了。一小部分留在突尼斯前面，此外全不见了，随即又在海湾的另一侧出现，先还贴着树林的边沿，后来钻进去了。

他们或许有八万人。那两座推罗人的城①不会抵抗的，他们就要回来围攻迦太基。留下一支相当强大的军队，由地面占据海峡，已然插进一脚，不久，迦太基挨饿不了，就要颠覆的，因为市民和在罗马一样，不纳捐税，没有外省援助，它就不可能活下去。迦太基缺乏政治天才，永远关切赢利，最高的野心所应有的那种谨慎将事的精神自然也就不会有了。好比一条战船泊在利比亚沙滩，它靠劳作在这里支撑自己。四邻的国家怒涛一般围住它吼号，只要一点点暴风雨就会摇动这架可怕的机器。

罗马战争弄穷了国库，加以和野蛮人谈判、浪费、乱扔，国库早已枯竭。作战的兵士必须有，然而没有一个国家的政府信任共和国，埃及托勒密②最近就拒绝借给两千达郎。而且圣衣的丧失减低他们的勇

---

① 指雨地克和伊包茶芮特。
② 埃及托勒密王朝是马其顿君主亚历山大大帝死后，其将军托勒密一世在公元前 305 年所开创的一个王朝，统治埃及和周围地区。直到公元前 30 年埃及女王克莱奥佩特拉七世（埃及艳后）兵败自杀为止，历经 275 年。

气。司攀笛早已料到这层。

但是这个感觉人人见恨的民族，反而当胸搂紧它的银钱和神明，政府的组织也正支持人民的爱国心。

第一，权力是大家的，没有一个人强到可以攫为己有。私人的债务当作公众的债务看待，只要属于迦南人种，就有商业的专利；用高利贷的利益增加海上剽窃的利益，另外剥削土地、奴隶和贫民，有时也就发财了。财富是做官的唯一捷径，虽说权威和银钱在同一家族延续下去，大家接受寡头政治，因为人人都希望做到这一步。

拟订规程的商团选出审计官；审计官任期届满，便可指派元老院的一百名委员；元老院隶属于国民大会，后者由全体富人出席。至于两位徐率特，犹如国王的遗痕，但权比罗马执政官小，同一日由两个家族提出。二者之间因种种仇恨隔离，相互抵消权势。他们不能决定战争与否，但是战败了，国务会议就把他们钉上十字架。

所以，迦太基的力量来自席西特，这就是说，来自一个大院子，在马喀中心，据说，腓尼基水手的第一支划子就在这里停泊，从那时起，海水退下去不少。这是一堆古老的建筑，棕榈树木做的小房间，四角用石头一间一间分开，为了分头款待不同的商人。富人整天聚在这里，讨论自身的利害和政府的利害，从胡椒的收购，一直说到罗马的颠覆。他们每个月移三回床榻，抬到贴近院墙的高台子上；大家从地下望见他们在半空围桌而坐，不穿厚底靴，不披一口钟，戴着金刚钻的手指在肉碗上来来去去，大耳环垂在酒壶之间，——全都又壮又胖，半身赤着，快活，在碧空又喷又笑，活像大鲨鱼在海里游戏。

但是现在，他们不能掩饰他们的杌陧，脸色太惨白了；群众在门口等候他们，为了打听消息，一直护送他们回家。就和闹瘟疫期间一样，家家关着门；街道忽然满了，忽然空了；有人爬上卫城，有人朝码头跑，国务会议夜夜开会。最后，把人民召集在嘉蒙广场聚合，大家决定交给哈龙办理,海喀东皮勒的战胜者。

这是一个敬神、狡猾之人,对待非洲人残忍,一个真正的迦太基人,他的收入抵得过巴喀家族。关于行政事务,任谁也赶不上他的经验。

他宣布征召所有强健的公民入伍,把投石机搬到碉楼,征集大量的武器,他甚至于吩咐建造十四条并不需要的战船。他要一样一样登记,仔细写好。他叫人把自己抬到军械库、灯塔、庙库。大家永远看见他的大轿,摇摇晃晃,一级一级抬上卫城的台阶。夜晚,筹划作战,他在府第睡不着,用一种可怕的声音,喊着有关战争的操演。

人人由于过分恐怖变勇敢了。公鸡一啼,富人便沿着马巴勒岬排齐了。他们挽起袍子,练习使用长枪。但是,没有教师,他们彼此争吵。他们喘着气,坐在坟头,然后重新开始。好些人甚至于要生活纪律化。有的人以为增长气力必须多吃,便大吃而特吃;有的人太胖了,嫌不方便,尽量不吃东西,叫自己瘦。

雨地克已经好几次向迦太基求救。但是只要投石机缺一个钉眼儿,哈龙就不肯出发。他空耗三个月来装备住在城墙里面的一百一十二头战象,它们是赖古路斯的战胜者,人民爱护它们,对待这些老朋友绝无所谓太好。它们胸前的铜片护甲,他要重新铸过,象牙镀金,象塔放宽,象衣用最美的红料裁剪,缀着极其沉重的流苏。最后,正如大家把象奴叫做印度人(不用说,由于最早的象奴来自印度),他吩咐全按印度人打扮,这就是说,白包袱围着太阳穴,一条亚麻小裤,由于褶子打横,仿佛一个蚌的两个壳儿贴牢屁股。

欧塔芮特的军队一直停在突尼斯前面。湖里烂泥做的一堵墙把军队藏在当中,墙头全是有刺的荆棘。好些黑人或远或近立了一些大棍子,画着怕人的脸,插着鸟毛的人的面具,豺狗头,或者蛇头,张着嘴吓唬他们的敌人;——自以为用这种方法败不了,野蛮人跳舞、角斗、变戏法，相信迦太基就要颠覆了。他们背负牲畜和妇女的累赘，只要不是哈龙，随便换个人很容易就把这群人踏扁了。而且，他们不懂操练，欧塔芮特拿他们没有办法，索性不管。

他转着他的大蓝眼睛过来了，他们避开。随后，来到湖边，他脱下他的海豹皮一口钟，解开那束着他的长红头发的绳子，在水里泡着头发。他后悔当初没有和艾里克斯神庙里的两千高卢人一起逃往罗马人那边。

有时候，正当中午，太阳忽然丧失光线。于是海湾和大海，动也不动，和熔了的铅一样。一团棕色浮尘，垂直展开，盘旋奔驰；棕榈树弯下身子，天不见了，就听见石子跳起来，打着走兽的屁股；这个高卢人，嘴唇贴着营帐的窟窿，因为疲软和忧郁，也就是奄奄一息。他想着秋天早晨牧场的香味、雪花、雾里迷失的野牛的哞声，于是闭住眼皮，他相信望见树林深处长长的茅草房子，有火光在水塘上面摇曳。

虽说别人的祖国没有那么远，可是和他一样，也在想念。说实话，被俘虏的迦太基人隔着海湾，顺着比耳萨的山坡，可以望见家里的帘帐搭在院子。但是哨兵不断围着他们走动。一条共同的链子拴着他们。每人戴着一块铁枷，群众来看他们，看了又看，也不嫌腻。妇女给小孩子指点看他们的褴褛的美袍，挂在他们消瘦的四肢。

欧塔芮特每次端详吉斯孔，想到他的羞辱，就勾起一股怒火；不是他曾经对纳哈法起过誓，他早已弄死他了。于是，回到营帐，他喝着大麦和茴香合成的饮料，直到沉沉酣醉为止，——然后红日高升，他醒转过来，异常干渴。

同时马道在攻打伊包茶芮特。

但是这座城有个通着海的湖屏翼。它有三道围墙，俯瞰全城的山头还筑有一道碉楼林立的城墙。他从来没有打过类似的仗。何况念念不忘萨郎宝，他梦想自己酩酊于她的美丽，正如报复的喜悦使他骄傲。再见她一面成了一种需要，辛烈、热狂、永久。他甚至于梦想举荐自己充当议和的使者，希望进了迦太基，他就好到她跟前。他常常发出进攻的口令，等也不等，就冲向对方企图在海里建立的土坝。他拿手扳着石头，举着他的剑，到处挥着、砍着、戳着。野蛮人乱哄哄一拥向前，梯子咔嚓折了，一大堆人落到水里，掀起一片红涛击打城墙。骚乱终于平静，兵士走开，准备再来。

马道坐到营帐外面，他拿臂拭着脸上溅到的血，然后转向迦太基，望着天边。

在他对面，橄榄树、棕榈树、桃金娘、篆悬木里面，露出两座大水塘，和另一座望不见边涯的湖水相连。一座山后突出别的山，大湖当中立着一座金字塔似的纯黑小岛。在左手，海湾的尖端，一堆一堆沙子好像静止的金黄色巨浪，同时大海，平平如青石地，在不知不觉之中，一直上到天边。有些地段的碧绿野草在黄色长片砂砾之下消失了；刺槐豆树的果实熠耀着，如同珊瑚纽扣；枫树梢头垂下葡萄的枝叶；他听见水在呢喃；有冠的云雀在跳跃；龟从灯芯草走出，呼吸清风，夕阳镀亮了龟甲。

马道发出大声叹息。他背朝天躺着，手指抠入土中，哭了起来。他觉得自己凄凉、软弱、被弃。他永远不会占有她，他连一座城也打不下来。

夜晚，他一个人，在营帐里面，定定看着圣衣。这件神物对他有什么用处？这野蛮人越想越怀疑。随即，反过来，他又觉得女神的衣服属于萨郎宝，她的灵魂的一部分在上面飘浮，比一口气还要细微；他摸，他嗅，他把脸塞进去，一边呜咽，一边吻它。他拿它盖着肩膀，制造一种幻觉，自以为就在她的身旁。

有时候，他忽然溜了出来。他借着星光，跨过和衣而睡的兵士。随即，来到营门，他跳上一匹马，两小时后，赶到雨地克，走进司攀笛的营帐。

他先谈围城。其实，他赶来先是为了谈萨郎宝，减轻他的痛苦而已。司攀笛劝他往明白里想：

——把这些无谓的苦楚从你的灵魂里面剔除了罢，它们让你的灵魂低落！从前你服从，现在你指挥一支军队；假如迦太基征服不下，我们至少也有外省到手；我们就为帝为王了！

但是，圣衣弄到手，他们为什么还不胜利？依照司攀笛，必须等待。

马道以为纱帔仅仅和迦南人种有关，他以一种野蛮人的精细向自己道：

——所以，圣衣不帮我忙；不过，他们已经丢掉它，也不会帮他们忙。

随即，他的良心起了不安。他害怕信奉阿浦土克闹斯——利比亚人的神，得罪摩洛神。他胆怯地请教司攀笛，要是一个人献身于神的话，两位神里面献给哪一位相宜。

司攀笛笑着道：

——你就永远献下去好了！

马道不明白这种冷淡的心境，疑心希腊人另有一位神，不肯说出来。

各种宗教犹如各种民族，全到野蛮人的军队相会，别人的神也为人尊敬，因为同样令人畏惧。有些人拿外国仪式混入他们原有的宗教。大家不信奉星宿也不成，某座星尊主凶主吉，大家杀牲相祭；一张不认识的符箓，偶然在危难之中拾到，便成了神明；或者一个名字，只是一个名字，大家重来复去，也不追究一下到底是什么意思。但是，由于抢掠过庙宇，又看惯了众多国家和杀戮，许多人临了也就只还相信命运和死亡；每天夜晚，他们沉沉睡去，如野兽般安恬。司攀笛或许敢朝奥林匹斯的裘彼特神像唾口水，然而他害怕在黑暗之中高声谈话，每天穿鞋一定先从右脚穿起。

他在雨地克对面立起一座四方长台。但是，随着它的增高，城墙也在增高；这些人所毁坏的，差不多立刻就被另一些人修好。司攀笛怜惜他的人手，思索对策。他努力追忆他在旅程之中听人讲起的战略。为什么纳哈法还不回来？大家充满了疑虑。

哈龙已经完成他的准备。他在一个没有月亮的夜晚，把他的象和他的兵士用木筏渡过迦太基海湾。随即绕过温泉山，回避欧塔芮特，——尽量纡徐其行，徐率特预期赶在一个早晨惊动野蛮人，不料却在第三天大太阳底下来到。

在雨地克东边有一块平原，一直延展到迦太基的巨大潟湖；两座忽然断了的低山夹着一个山谷，成为直角，连在平原后面；野蛮人远远在左手扎营，截断码头的来往；他们正在营盘睡觉（因为双方在这一天太累了，不打仗，休息着），迦太基的军队在山的拐角出现了。

有投石器配备的随军仆役编在两翼。披着金鳞铠甲的禁军形成第一线，骑着无鬣无毛无耳的大马，马的额头当中安了一只银角，活赛犀牛。介乎他们的骑兵团之间，有些年轻人戴着一顶小盔，每只手挥着一支榛木标枪；重甲步兵举着长枪在后面向前移动。这些商人全尽量往身上聚集兵器，就见他们同时拿着一管矛、一把斧、一根棍、两把刀，有的活似箭猪，插了一身短枪，手臂不得不从角片的或铁皮的甲胄里尽量往开里伸。最后出现的是高大的作战机械：投石车、石弩炮、投石机和蝎弩机，在骡和四条牛挽拽的车上摇摇摆摆；——就在军队展开的时候，队长喘着气，左右奔驰，传达命令，松开的行列接紧，应有的空当留出。那些带兵的元老戴着红盔，盔上辉煌的缨子垂下来和他们的厚底靴的皮带绞在一起。他们的脸涂满了朱红，在立有神像的巨盔底下熠熠发光；他们的盾牌缘着象牙，饰着宝石，你简直可以说是太阳走过铜墙。

迦太基人的动作异常笨重，兵士取笑他们，请他们坐下。他们嚷嚷他们马上就要掏空他们的大肚子，拂净他们的皮肤的金饰，让他们喝铁。

司攀笛的营帐前面立着一根旗杆，高头飘着一块绿布，这是作战的标记。迦太基军队接受挑战，响起一片乱糟糟的喇叭、铙钹、驴骨笛和打琴的噪音。野蛮人已然跳出栅栏。大家面对面，隔着投枪的距离。

一个巴莱阿里的投弹兵迈前一步，拾起一枚陶土弹放进皮带，甩开他的胳膊；一个象牙盾牌裂碎，两军交锋了。

希腊人挺起矛尖，专刺马的鼻孔，马往后一仰，翻在它们的主子身上。奴隶应当扔石头，石头太大，落在他们附近。布匿的步兵举起他们的长剑砍去，露出自己的右臂。野蛮人冲破他们的阵势，挥刀便斩；他们在将死已死的尸身上面颠踬，血溅着他们的脸，眼睛也看不清了。这堆混淆的枪剑、盔甲和四肢，具有弹性的胀缩，忽开忽关，兜着自身团团旋转。迦太基队伍的裂缝越来越大，他们的机炮陷进沙土，出不来了。最后，大家就见徐率特的轿子（他的水晶璎珞大轿），开头在兵士中间摇摇摆摆，好像波浪之上一条小船，忽然沉了下去。他大概死了罢？野蛮人发觉只有他们自己留下。

四周的尘土落了下去，他们开始歌唱；这时哈龙本人，高高在一座象背上出现了。他光着头，上面是毕苏丝①阳伞，一个黑人在他后面举着。蓝玉片项圈拍打着他黑内衣上的花卉，金刚钻圆环束紧他粗大的胳膊，他张着嘴，挥动一把大极了的长矛，尖尖头仿佛一朵荷花怒

---

① 毕苏丝是古代一种用某类海洋软体动物足部分泌的丝状物织成的名贵布料。

放,比一面镜子还要亮。地面立即震动了,——野蛮人看见迦太基所有的象,形成一个行列奔来,象牙镀金,耳朵涂蓝,披着古铜,摇着朱红象衣上面的皮塔,每座象塔有三个弓箭手挽着一张强弩。

蛮族兵士差不多就来不及拿兵器。他们随意排列。一种恐怖的心情凝结住他们,他们张皇失措了。

标枪、箭、火箭、铅球,已然从象塔高处朝着他们扔下。有些人想上去,揪牢象衣的流苏。大刀砍断他们的手,他们仰身倒在伸过来的剑戟上。矛不管用,一碰象身就断了;象冲进队伍,就像野猪走进草堆;它们拿鼻子拔掉扎营的椿子,从这一头穿到那一头,把营帐翻倒在它们的胸脯底下。野蛮人逃光了。他们躲到峡谷(迦太基人就是从这里来的)两边的山里。

哈龙战胜了,来到雨地克的城门前面。他盼咐吹喇叭。城里三位审判官露面了,站在一座堞楼的高处。

雨地克的居民不肯迎接武装这样齐整的贵宾进城。哈龙动了肝火。他们最后同意放他带一小队护卫进城。

街道对于象确实是太窄了,只好留在城外。

徐率特一进城,要人纷纷前来致敬。他传唤厨子,同时叫人把他带到浴室。

三小时后,他还泡在盛满肉桂油的澡缸里面。他一边洗,一边吃着放在一张绷紧的牛皮上面的火烈鸟舌头,拌着罂粟子蜜饯。他的医生靠近他,动也不动,穿着一件长黄袍,不时弄热浴室,两个年轻孩子伏在浴盆的台阶给他擦腿。但是身体的将息并不妨害他热衷公事,他口述一封信给国务会议,又因为有了俘虏,他思索用什么样的酷刑才好。

他对一个站着在手心书写的奴隶道:

——停住! 给我带他们来! 我要看看他们!

厅房浮着一片浅白的水汽，火把扔出一些红点，从深处推出三个野蛮人：一个萨莫奈人、一个斯巴达人和一个喀巴多西亚人。

哈龙道：

——接着写！

——诸神明鉴，你们可以喜悦了！你们的徐率特已将暴犬铲除！祝福共和国！请为祈祷！

他看见俘虏，于是大笑起来：

——啊！啊！我的西喀勇士！你们今天不再大声喊叫了！是我！你们认识我吗？你们的剑到什么地方去了？多可怕的人，真也是的！

他假装有意躲避，好像他害怕他们：

——你们要马，要女人，要地，不用说，要官爵，还要祭司的职位！为什么不？好啦，我给你们，给你们地，永远出不来！你们有崭新的缢架好娶！你们的饷银？拿铅块在你们的嘴里熔！我要把你们搁在好地方，非常高，在云里面，和鹰亲近！

三个野蛮人，长头发，一身褴褛，看着他，听不懂他说些什么。膝盖受了伤，他们远远让绳子套过来了，他们手上的粗链子有一头拖在石地。他们无动于衷，哈龙生气了。

——跪下！跪下！豺狗！尘土！虱子！臭大粪！他们不答话！够啦！住口！活剥他们的皮！不！等一下！

他旋转眼珠，喘气如一只大河马。香精油在他的体重之下泛溢。黏牢他的皮肤的癣疥，照着火把的光，皮肤成了玫瑰颜色。

他继续口述道：

——我们在太阳地整整吃了四天苦。过马喀的时候，丢了好些骡子。虽然他们的地势好，勇猛异常——啊！戴冒纳代斯①！我真难受！

---

① 戴冒纳代斯是哈龙的医生。

把砖烧热，烧个通红！

传来一阵耙和火炉的响声。香在香炉里面更旺了。精赤条条的搓澡小厮，像海绵一样出汗，拼命往他的关节涂抹一种配好的药膏：小麦、硫磺、黑酒、狗奶、没药、阿魏和安息香。他永远感到口渴，穿黄衣服的医生并不依顺他的欲望，端一只金杯给他，里面是一剂热气腾腾的蝮蛇汤，一边说道：

——喝好了！蛇生自太阳，让蛇的力量钻进你的骨髓，诸神的回光，你要勇敢！而且你知道，艾实穆的一个祭司观察天狼，发现四围的凶星是你致病的来由。它们颜色惨白，和你的皮肤的斑点一样，你不会死在这上面的！

徐率特重复道：

——噢！是呀，不是吗？我不会死在这上面的！

从他的发紫的嘴唇出来一股秽气，比一具腐尸的臭气还要难闻。没有眉毛，眼睛好像两块炭在烧；一堆凹凸不平的皮搭在他的额头；两只耳朵离开头，往开里张；围着他的鼻孔，老皱纹形成半圆，给了他一副奇怪可怕的面貌，一只野兽的神态。他的变质的声音仿佛一种吼号，他说道：

——戴冒纳代斯，说不定你就对？真的，现在就有好些脓疮收口了。我觉得自己又结实了。可不！看我吃！

他啃着切碎的干酪和牛至①肉饼、去骨的鱼、葫芦、牡蛎，拌着鸡蛋、辣根菜、松露②和成串熏烤的小鸟，不只由于贪吃，更是由于炫耀，也为了向自己证明身体健康。他一边望着囚犯，一边耽乐于对他们惩罚的想象中。但是他想起西喀来了，他吐出全部痛苦的怒水来咒骂这三个人。

---

① 牛至也称止痢草、披萨草，唇形科多年生草本植物，可入药和作调料。
② 松露也叫块菰，生长在橡树须根部土里的天然真菌类植物，十分昂贵。

——啊！奸贼！啊！混账东西！不要脸！该死！你们竟敢侮辱我！我！我！徐率特！

他们服役、他们流血的酬劳，如他们所说！啊！是呀！他们的血！他们的血！

随即向自己道：

——全弄死！一个也不卖掉！顶好把他们带到迦太基！大家会看见我……可是，真也是的，我怕没有带足够的链子吧？继续写：给我送来……要多少条？叫人去问缪丹巴！去！用不着可怜！把他们的手剁掉，拿篮子给我端来！

但是奇怪的呼喊，又哑又尖，传到厅房，压住哈龙的声音和放在他四周的盘子的响声，呼喊加强了，忽然，象的怒鸣爆发，好像战争又开始了。闹哄哄一片环绕城市。

迦太基人没有想到追逐野蛮人。他们屯驻在城墙底下，有行李，有奴仆，有全部王侯的供应。他们在珠子滚边的美丽的帐幕底下尽情享乐，同时佣兵的营盘在平原只是一堆废墟。司攀笛重新鼓起勇气。他派查耳萨斯去见马道，自己出入树林，集合人马（损失并不大）——没有打仗就败了，他们又恨又气，重新整好行列，同时有人找到一桶石油，不用说，是迦太基人丢下来的。于是司攀笛叫人到田舍抢了些猪来，用地沥青涂抹了，点上火，赶向雨地克。火焰吓坏了象，逃散了。地势朝外高，标枪丢了下来，它们只好往回蹿；——用牙戳破迦太基人的肚肠，再用脚践踏、踩扁。野蛮人跟在后面下了山。布匿营盘没有屏障，在第一次进攻之下就毁了，迦太基人全被歼灭在城门口，因为里头害怕佣兵，不肯开城。

天亮了，大家看见西方来了马道的步兵。同时也有骑兵出现，这是纳哈法和他的奴米第亚人。他们跳过洼地和荆棘，逼回逃走的迦太基人，就像猎狗追逐野兔。命运的转变打断徐率特的口述。他喊人帮他爬出浴室。

三个俘虏依然在他面前。于是一个埃塞俄比亚人（就是在战场为他举阳伞的那个黑人）俯向他的耳边。

徐率特慢悠悠地答道：

——怎么样？……啊！杀掉！

他以一种粗暴的声调添了一句。

埃塞俄比亚人从腰带抽出一把长刺刀，三颗头颅落在浴缸里面，张开嘴，瞪圆眼睛，漂浮了好半晌。墙隙透进晨曦，三具尸身背朝天躺着，像三座泉眼一涌一涌往外冒血，撒蓝粉的花石地上流着一摊血。徐率特拿手泡在这热腾腾的血池里面，再在膝盖上面搽抹，这是一种药方。

天色一黑，他和他的护卫溜出城，来到山里，和他的军队会合。

他总算找到残余的兵士。

四天后，他在高耳茶一座山峡的高处，司攀笛的队伍在底下出现了。如果他正面出击，二十管枪就能轻易把蛮兵队伍挡住；可是迦太基人望着他们通过峡谷，早惊呆了。哈龙认出后卫里有奴米第亚国王，纳哈法弯腰向他致敬，做了一个他不懂的手势。

他们回到迦太基，怀着种种恐惧。他们只在夜间行走，白天，他们躲在橄榄树林。每逢打尖，就有人死掉，好几回他们以为死定了。最后终于走到海耳买屋穆岬，有船放过来接他们。

哈龙是又疲倦又绝望，——象的损失特别让他难受，——他问戴冒纳代斯要毒药，想一死了之。再说，他早就觉得自己要被钉上十字架了。

迦太基没有精力和他生气。他们已经损失四十万零九百七十二西克银子、一万五千六百二十三谢克金子、十八匹象、十四名国务会议委员、三百位富人、八千名公民、三个月的麦子，还有数不清的行李和全部战具！纳哈法的背信是确然了，两地的围攻重新开始。欧塔芮特的军队如今从突尼斯扩展到相去不远的小镇辣代司。站在卫城的高处，可以望见田野有烟柱往天上升，富人的别墅烧毁了。

只有一个人可能救共和国。大家懊悔从前小看他，就连主和派都赞成举行燔牲的祭奠，请求哈米加回来。

萨郎宝自从看见圣衣以来，就有些神志不清。夜晚，她相信听见女神的脚步，醒的时候吓得直叫唤。她天天打发人把食品送到各个庙宇。达纳克执行她的命令，疲于奔命，沙哈巴瑞不敢再离开她。

七　哈米加·巴喀

报月的人夜夜在艾实穆庙的高处守望，月亮有了变动，就吹喇叭通知。有一早晨，他望见西方有一个鸟样的东西，长翼拂着海面。

这是一支有三排桨的船，船头雕着一匹马。太阳出来了，报月的人把手放在眼前面，然后他用力抓住他的军号，向迦太基吹出响亮的铜声。

家家有人走出。大家不相信传言，纷纷辩论，坝上挤满了人。大家终于看出是哈米加的战舰。

帆架笔直，帆顺着桅杆绷开，显出一种傲慢不驯的姿态；船朝前走，击破四周的泡沫。它的大桨有节奏地打着水，船身的尖端不时露出，样子仿佛犁刃，船头的冲角下面是那匹象牙头的马，举起两只蹄子，好像在海面驰骋。

靠近海岬，风熄了，帆收了，大家望见一个人光着头，直挺挺立在领港人旁边；这是他，徐率特哈米加！他的两肋有铁片熠熠发光；红色的一口钟搭在他的肩膀，露出他的胳膊；耳朵挂着两粒极长的珠子，黑绒绒的胡须飘在他的胸前。

船在礁石中间摇摇摆摆，沿着坝，群众在石地上随着船走，喊着：

——敬礼！祝福！嘉蒙的眼睛！啊！救我们呀！是有钱人们的错！他们要你死！你得当心呀，巴喀！

他不回答，好像海洋和战争的呼啸早已完全震聋了他的耳朵。但是，等他走在卫城的台阶底下，哈米加仰起头，交着臂，他望着艾实穆庙。他的视线往高里移，移向浩瀚的蓝天；嗓音涩涩的，他传令给他的水手；船跳着，蹭伤立在坝的转角阻挡风暴的木偶，冲进全是垢秽、木屑和水果皮的商港，径自撞开其他拴在木桩上、尾梢用鳄鱼嘴装潢的船只。人民奔了过来,有的跳进水里泅了过来。船已经驶到紧里的钉子门前面。门拉了上来,船在幽深的穹隆底下不见了。

军港和城市完全分开。大使来了,他们必须在两座城墙中间穿过一条水道,口子开在左手,正当嘉蒙庙之前。这是个大水池,杯子一样圆,沿边码头盖着好些翼蔽船只的房子。每所房子前面立着两根柱子,柱头是阿蒙神的角,正好环绕水池成为一个连绵不断的门廊。当中一座小岛,上面峙立着一所海军徐率特的官邸。

水是澄清的,望得见水底铺的白石子。街市的声音传不到这里,哈米加经过的时候,认出他从前统帅的军舰。

仅仅余下二十来只藏在天棚下面,船身上镀着金,涂着神秘的符志,有的侧身靠在地上,有的龙骨笔直竖着,船尾高翘,船头肿胀变形。装饰的怪兽石麦耳①丢了翅膀,凶神巴泰克缺了胳膊,公牛少了银角;——船漆都有一多半褪了色、朽烂、没有生气,但是充满故事,依然发出跨海征战的气息,仿佛伤兵重新见到了主帅,似乎在对他说:

——是我们!是我们!你,你也被打败了啊!

除去海军徐率特,没有人能够进司令官邸。坐实不了他的死亡,只好永远把他当作活着。这样一来,元老们避免再来一个主子,尽管不喜欢哈米加,他们总算没有违反惯例。

徐率特走进荒凉的房屋。他每走一步,就又看到铠甲、家具、熟悉而又让他惊奇的器皿,甚至于出发时候祷告麦喀耳提燃烧的香灰,还在前厅的香炉里面。他所希望于归来的原不是这样!他所做的,他所看的,——在他的记忆之中展开: 攻打,焚烧,禁军,风暴,德赖帕纳,锡腊库扎,里里拜②,埃特纳火山③,艾里克斯高原,五年的战

---

① 石麦耳是西方神话中幻想出来的一种狮头、羊身、龙尾的吐火怪物。
② 里里拜是西西里岛最西端的港口,即今马尔萨拉。迦太基与罗马曾在此进行激烈海战。
③ 埃特纳火山是西西里岛东岸的活火山,也是欧洲最高的活火山。

争,——直到不幸的那一天,放下武器,丧失西西里。他随即又看见柠檬树林,灰色山峦上放羊的牧人,他的心因为在那边另建一个新迦太基的想象而跳跃。他的计划,他的回忆萦萦于他的脑内,船的颠簸还在让他头晕,一阵受伤的感觉压抑着他,他忽然变软弱了,感到有接近神明的需要。

于是他走上他的官邸的最高一层,然后从挂在臂上的一枚金蚌里面,取出一把带钉头的平勺,打开一间卵形小屋。

好些嵌在墙上的小黑圆片,琉璃一样透明,柔柔地照亮房间。介乎这些同一大小的圆盘的行列之间,挖了好些窟窿,犹如大墓穴里存放骨灰罐的窟窿。每个窟窿放着一块圆石头,发乌,样子像很沉重。这是只有灵性优异的人们才配崇奉的,月亮上落下来的神石。它们由陨落表示星宿、天和火,由颜色表示黑夜,由密度表示地上东西的黏合。一种窒息的气氛充满这神秘所在。海沙(大概是门隙吹进来的)给放在神龛的圆石头蒙上些许白色。哈米加拿指尖一个又一个数着,随后他拿一块黄巾把脸掩住,跪了下去,展开两臂,伏在地上。

外边的日光照射着黑色的窗格。通过它们透明的厚度显出树木、丘陵、漩涡和形体迷蒙的走兽;光投了进来,可怕而又平静;在太阳背后,那创造未来的阴暗的空间里,大概就是这样的。他努力从他的思想逐出神明的所有形象、标志和名号,为了彻底了解外表掩蔽下的不变的精神。某种星宿的生命力进入了他的身体,他对于死亡和一切不测感到一种更聪慧也更出自内心的蔑视。站起来的时候,他充满一种开朗的刚毅,怜悯或恐惧全无法伤害。他觉得胸口发闷,走上那可以俯视迦太基的塔顶。

全城以一条长弧线往下陷落,露出圆顶、庙宇、金瓦、房屋、一丛一丛的棕榈树,远远近近散布着射出火光的琉璃球,城堞围成迦太基的边界,就像一只巨大的向他倾诉的丰收角①。他望见下面的港口、广场、庭院的内部、街道的图案,人小到几乎和石地一样平。啊!假如哈龙那天早晨来到艾嘉特群岛不太迟?那么……!他的眼睛望向最远的天边,他把他的颤索的两臂伸向罗马。

群众站满了卫城的台阶。嘉蒙广场也熙熙攘攘全是人,都等着看徐率特出来,各处平台也逐渐挤满了人;有些人认出他来,向他致敬;他退回去,为了加强人民盼他复出的焦灼。

哈米加在底下大厅看见本派最重要的人物:伊思塔滕、徐拜狄亚、席克塔蒙、余巴斯和另外一些人。他们告诉他自从向罗马求和以来的一切经过:元老们的吝啬、佣兵的离开和返回、他们的需索、吉斯孔被俘、月神圣衣失窃、赴援雨地克和随后被迫放弃;但是谁也不敢告诉他和他有关的事情。最后,大家散了,约定夜晚在摩洛神庙元老们聚会的时候再见。

他们才一离开,门外起了一阵骚动。不顾奴仆拦阻,有人企图进来;吵闹太凶了,哈米加盼咐引见生客。

大家看见来了一个年老的黑女人,衰弱,有皱纹,打哆嗦,一副蠢样子,一领巨大的蓝色面网从头一直把她包到脚跟。她走向徐率特,面对面,互相望了一会儿;哈米加忽然颤栗了;他挥了挥手,让奴隶走开。然后,他做手势叫她当心走路,拉着她的胳膊,来到一间远僻的房间。

黑女人扑在地上,吻他的脚。他叫她起来,粗野地。

——伊狄巴,你把他留在什么地方?

——主子,那边。

她摘下面网,拿袖管揩着脸。黑颜色、衰老的颤抖、弯着的腰,

---

① 当地有用缀满花果的羊角表示丰饶的习俗,称为丰收角,在哈米加眼中迦太基本身就是丰收角。

全消失了。这是一个强壮的老人,皮肤仿佛让沙子、风和海染成了茶色。头皮上竖着一束白发,好像鸟的冠子,他以嘲弄的神情向掉在地上的梳妆扫了一眼。

——伊狄巴,真有你的!好!

然后用他锐利的视线盯着他:

——没有人起疑心吗?

老人以喀毕尔诸神的名义向他起誓,秘密没有泄露。他们从不离开他们的茅庐,离哈坠麦特[①]有三天路程,岸边多的是乌龟,沙丘上长着棕榈树。——"照着你的吩咐,噢,主子!我教他扔标枪、驾马!"

——他壮不壮?

——是呀,主子,胆子也大!他不怕蛇,不怕雷,也不怕鬼。他光着脚,像一个放羊的,在崖边跑来跑去。

——讲下去!讲下去!

——他发明了好些家伙对付野兽。信不信由你,上一个月他打下一只鹰;他拖着鹰,鸟的血和孩子的血在空里大滴飞溅着,就像玫瑰在落。鹰生了气,拿翅膀围着他乱打;他贴胸掐住它,看着它死,他的笑声越来越高,又响又美,和剑跟剑碰在一起一样。

哈米加低下头,这些鹏程万里的先兆使他目眩了。

——不过,好些时了,他起了一种不安的心情。他远远望着海上驶过的帆,他忧愁,他推开面包,他问神,他要认识迦太基。

徐率特喊道:

——不,不!还不到时候!

老奴似乎明白哈米加所畏惧的危险,继续道:

——怎么样管他呢?我已经非答应他点儿什么不可了,我来迦太

[①] 哈坠麦特是来自东方的海上商人在地中海哈马马特湾最早开发的商埠港口,先于迦太基,即今突尼斯的苏塞港。布匿战争中因与罗马结盟而免遭涂炭。

基就为给他买一把银柄刺刀,四周全是珠子。

接着他讲,望见徐率特在平台上,他告诉军港的守兵他是萨郎宝的一个女佣。

哈米加半天不言语,好像想出了神,最后他说:

——明天,太阳下去的时候,你到麦嘉辣来,在红颜料厂后面,连学三遍豺狗的叫唤。你要是看不见我,每个月的头一天你到迦太基来。别忘记!好生爱他!现在,你可以同他说起我哈米加了。

奴隶重新拾起他的服装,他们一同走出房间和军港。

哈米加继续一个人走路,没有护卫,因为元老们的聚会,遇到非常情态,永远保持秘密,大家瞒着人去。

起先他沿着卫城的东面走,然后经过草市、肯西道的画廊、香料商业区。稀少的灯光熄了,较宽的街道静了,随即有些人影子在黑地溜来溜去。他们跟着他走,中间还有人来,全和他一样朝马巴勒岬区去。

摩洛神庙建在一个凶恶地点,一座险峻的山峡底下。从下面往上望,只见到连绵上升的高墙,仿佛一座巨坟的墙壁。夜色深沉,一片浅灰的雾好像悬在海面。海打着崖岸,发出一种断气和呜咽的响声。人影渐渐消失,活似穿墙而过。

但是一跨进门,就发现自己站在一个四方大院,周围是连环拱廊。中央立着一座八面相等的建筑。穹顶之下的二楼托住一座圆亭,当中一个带凹曲线的圆锥体,顶端架着一个圆球。

好些人举着竿子,尖端套着金银细线镶嵌的圆筒,里面有火燃烧。风一阵一阵吹来,火光摇曳,映红了插在脑后发髻的金篦。他们奔走招呼,接待元老们。

石地上相隔不远,蹲着一些巨狮,吞噬一切的太阳的活的象征,犹如斯芬克司。它们眼帘半闭,睡着。但是脚步和声音把它们惊醒,它们慢慢立起，走向元老们，认识他们的衣着，拱起背，蹭着他们的臀，打着响亮的呵欠，它们的嘘息拂着火把的光。骚动加剧了，门关了，祭司全溜了，元老们也在围着庙形成的一片幽深的前廊柱子底下消失了。

柱子用圆环方式排列，一个包一个，表现农神时代①的岁历，年含月，月含日，直到神坛的正墙才算完了。

元老们就在这里，放下他们用独角鲸的角做的手杖，因为有一条法律，大家一直遵守，禁止携带任何种类的武器走进会场，违者处死。有几位衣服的下摆撕了一条口子，用一个红缏子止住，表示他们哀悼亲友的死亡并未怜惜衣服，而这种伤恸的物证又防止裂缝扩大。有的把胡须封在一只紫皮小袋，用两根绳子挂在耳朵上面。大家走近了，胸贴胸，互相拥抱。他们围住哈米加，他们恭喜他，真可以说作兄弟们又见到兄弟。

这些人大都是短粗，钩鼻子，和亚述人②的石像的鼻子相仿。同时有些人，颧骨更尖，身材更高，脚更窄，显然属于非洲人种，祖先是游牧的土著。一直在柜台紧里过活的人们，脸色发白；有的身上带着沙漠的严酷，不见经传的太阳烧黑了他们的手，手指全有奇怪的饰物闪烁；辨别航海的人们，单看他们摇摇摆摆的步履就成；至于务农的人们，身上发出压榨机、干草和骡子臭汗的气味。如今这些年老的海盗也置产耕田，敛银子的商贾也配备船舶，传统的地主也养些做手艺的奴隶。他们熟悉宗教的清规，精于策略，残暴而富裕。他们的神情由于长久的思虑显得疲倦。他们的眼睛充满了火焰，看人都是全不相信，同时旅行、撒谎、交易和指挥的习惯给了他们本人一副狡猾和暴烈

---

① 农神是西方人们想象中现今的大陆形成之前，原初之大地丰饶神；农神时代指罗马神话中农神萨图努斯司掌的黄金时代。
② 亚述人是古代生活在西亚两河流域的一支闪族人，黑发钩鼻多须，凶残黩武，曾建立强大的亚述帝国。

的容貌,一种谨慎而又激动的野蛮。再说,神的影响使他们忧郁。

他们先穿过一个卵形圆顶的厅房。七扇门,有如七座行星,在墙上散出不同颜色的七个方块。他们走过一个长房间,来到另一个类似的房间。

一支镂花的灯台在紧底燃烧,八个金的分支各自托着一枚金刚钻花萼,里面燃着一根毕苏丝灯芯。它被放在连着一座大神坛(四角末端是铜的犄角)的长台阶的末一级。两旁的台阶通到神坛的平顶,看不见平顶上的石头,仿佛一座灰堆成的山,有什么模糊东西在上面慢慢焚烧。接着再往后,比灯台还要高,比神坛还要高许多,立着摩洛神,浑身铁,男人的胸脯,开着好些孔。他的翅膀张开,摊在墙上,拉长的手一直伸到地面,额头有三粒黑石,围着一个黄圈,表示三颗瞳仁。他用了老大的气力仰起自己的牛头,好像要叫唤。

围着房间排好了乌木凳子。每只凳子后面,有一根三脚古铜杆托着一盏灯。铺地的菱形贝珠又把所有的灯光反射出去。大厅高极了,四墙的红颜色临到屋顶成了黑的,偶像的三只眼睛高高在上,仿佛星星在夜晚隐去一半。

元老们坐在乌木凳子上面,袍子的后摆放在头上。他们一动不动,手交叉在宽大的袖管里面,地面的贝珠活似一条晶莹的河,从神坛流向门口,在他们的赤脚底下经过。

四位大祭司在中央,背靠背,坐在四只排成十字架的象牙座位,艾实穆的大祭司穿着橘黄袍子,达妮媞的大祭司穿着白麻布袍子,嘉蒙的大祭司穿着褐色呢袍子,摩洛神的大祭司穿着大红袍子。

哈米加走向灯台。他看着燃烧的灯芯,转了一匝,然后往上撒了一种香粉,紫焰在分支的梢头出现。

于是起来一个尖锐的声音,另一个声音在回答;一百名元老、四位大祭司和站着的哈米加,全同时唱着一首赞美诗,永远重复着同一音节,加重字音,他们的声音提高,裂开,变得可怖了,随即一下子,全都静默了。

大家等了些时。最后哈米加从胸怀取出一尊三头小像,蓝如碧玉,放在面前。这是真理的神像,他的语言的护法。然后他重新把它放进胸怀,同时全体仿佛激于一阵暴怒,嚷道:

——那些野蛮人是你的好朋友!卖国贼!混账东西!你回来看我们毁灭,是不是?让他说话!

——不许!不许!

他们要报复方才的政治仪式加于他们的拘束;虽说欢迎哈米加回来,他们现在气他事前没有预防他们的祸患,或者不如说是,没有和他们一样吃苦。

骚乱终于静了,摩洛神的大祭司站起来。

——我们问你,为什么你不回迦太基来?

徐率特蔑视地答道:

——关你们什么事!

他们的呼喊越发高了。

——你们指责我什么!是因为我仗打得不好?可你们看见我怎么布置战术的,你们却轻易就叫野蛮人……

——够了!够了!

他放低声音,要他们往清楚里听:

——噢!可不是!我弄错啦,诸神明鉴:你们当中还是有勇敢的人!吉斯孔,站起来!

于是眼帘半闭,扫一眼神坛的台阶,好像寻找什么人,他重复道:

——起来呀,吉斯孔!你可以控告我,他们会保护你的!可是他在什么地方?

随即,好像换了主意:

——啊！在家里，不用说？顾盼儿孙，使唤奴隶，快乐逍遥，数着墙上那些祖国奖给他的荣誉项圈？

他们耸耸肩，骚动着，似乎皮鞭在抽打他们。

——你们真就连他是死还是活都不知道吗？

他不再理会他们的叫嚣，说大家舍弃徐率特，就是舍弃共和国。同罗马人签订的合约，尽管他们以为上算，其实比打二十回仗还要悲惨。有人喊好，国务会议最没有钱的人，永远倾向于人民或者倾向于有专制嫌疑的人。他们的反对派，席西特的领袖和行政官员，以数目占胜；最重要的全坐在哈龙一边；他坐在大厅的另一端，正当高门，用一条橘黄墙毡挡住。

他拿粉涂抹他脸上的脓疮。但是他的头发上的金粉落在他的肩膀，做成两块明亮的片子，而头发倒显得发白，又细又卷，活像羊毛。手用浸过香油的布包住，油滴在石地上；他的病不用说是加重了许多，因为他的眼睛在眼帘的皱纹下面消失了。为了看，他必须把头往后仰。他的同党要他说话。最后他开了口，声音嗄哑而又难听：

——巴喀，少神气！我们全吃过败仗！各人有各人的不幸！你就客气点儿罢！

哈米加微笑道：

——你倒对我们讲呀，你在罗马舰队当中怎样指挥你的战船来的？

哈龙答道：

——我是叫风刮散的。

——你就像犀牛，踏着自己的粪，一动不动：你表白的是你的蠢！闭嘴罢！

于是他们开始就艾嘉特群岛之战互相责难。

哈龙指摘他不和他会师。

——但是那等于放弃艾里克斯。你应该离开岸边驶入大海，谁拦着你来的？啊！我忘了！象全怕海！

哈米加这边的人觉得玩笑开得很好，大笑了。笑声在穹顶回环，就像打琴在响。

哈龙宣称，这种侮辱不值一驳；他这场病就是由于攻打海喀东皮勒着凉得来的，于是眼泪流下他的脸，仿佛冬季一阵雨打着破墙。

哈米加重新道：

——你们从前要是爱我也像爱这家伙一样，如今迦太基就许喜出望外了！有多少回我求你们！可你们总是拒不给钱！

席西特的领袖说：

——我们也需要钱。

——我的事情到了走投无路的时候，我们喝骡子的尿，吃我们的鞋带，——我真愿意草也变成兵，让腐烂的死尸起立作战，可你们却在这时候把我仅有的船只也调了回去！

巴提巴勒，皆土里的金矿的所有人，回道：

——我们不能全牺牲掉呀。

——可是你们在这里，在迦太基，在你们的家里，在你们的墙后，又干了什么？波江①上面的高卢人需要驱离，昔兰尼的迦南人很可能过来，就在罗马人派大使去见埃及托勒密王的时候……

——他居然向我们夸耀罗马，现在！

有人向他喊：

——他们给了你多少好处替他们辩护？

——去问布鲁提屋穆的平原，劳克耳、麦达彭特和海辣克莱②的废

---

① 波江是意大利最大的河流，今称波河，在意大利北部，米兰、都灵、威尼斯等大城市都在波河平原上。天文学中的波江座就是取自波江在西方神话中的名字。
② 这些都是意大利最南端濒临爱奥尼亚海的古代城市，当年哈米加征战过的地方。

墟好了！我烧了所有他们的树，我抢了所有他们的庙，弄死他们的孙子的孙子……

喀浦辣斯，一个极有名的商人道：

——哎！你演说起来，像一个辩士！你到底想要什么？

——我说呀，必须更机诈，或者更凶狠！假如全非洲抛弃你们的枷铐，那是因为你们，懦弱无能的主子们，不知道把枷铐在它的肩膀上绑牢！阿嘉陶克来斯、赖古路斯、盖皮奥①，所有胆大的人，一上岸就会把它弄到手；有一天东边的利比亚人和西边的奴米第亚人携起手，游牧部落从南边来，罗马人从北边来……

起来一片恐怖的呼声，但他毫不理睬：

——噢！你们捶你们的胸，你们在尘土之中打滚，你们撕烂你们的衣服！有什么用！你们将被赶到徐布尔去推磨，拉提屋穆的山头去收葡萄②。

他们拍打着右腿，表示他们的震惊，袖子举起来，好像受惊了的鸟，张开大翅膀。哈米加站在神坛的最高一级，被一种精神所激动，继续着，颤索着，可怖的样子。他举起臂，在他背后燃烧的灯台投来的光线，由他的手指中间穿过，仿佛一根根金色的长枪。他继续喊道：

——你们将失去你们的船、你们的田地、你们的车、你们的吊床和给你们擦脚的奴隶！豺狗将睡在你们的府第，犁将翻过你们的坟。将来也只有鹰在叫唤和一片片废墟。你将灭亡，迦太基！

四位大祭司伸开手，把恶咒挡开。全站起来。但是海军徐率特，只要富人的会议没有判他罪，就受太阳神的保护，有神圣的职级，不可侵犯。神坛附有一种恐怖。他们往后退。

---

① 盖皮奥也是第一次布匿之战时的罗马执政官。
② 徐布尔是古代罗马城内的贫民区，也是当时的红灯区；拉提屋穆即今意大利罗马城所在的拉齐奥地区。

哈米加不再言语。眼睛定定的，脸和他的帽珠一样苍白，他喘着气，差不多也被自己惊住了，精神惝恍在悲惨的幻象当中。他站在高地方，觉得所有古铜分枝的灯光好像一顶绝大的火冠，和石地一样平；黑烟从里面冒出，往上升到圆顶的黑暗；足有好些时，静极了，可以听见远处海声。

元老们随即互相询问。他们的利益、他们的生存，在被野蛮人攻击。但是，没有徐率特的援助，没有人能够征服他们。虽说傲气冲天，这样考虑让他们忘记其他一切不满。他们把哈米加的朋友请到一旁。利害所在，双方达成妥协，有了谅解和承诺。但哈米加不肯再卷入任何政府事务。大家一齐劝解，他们求他。听见话里有卖国贼这个字眼儿，他生了气。唯一的卖国贼，是国务会议，因为佣兵的义务随战争一同终止，战争一结束，他们就自由了；他甚至于颂扬他们的勇敢，鼓吹给他们颁赏和授以特权来收买人心对于共和国的巨大好处。

于是玛格达桑，一位前任州长，转动着他的黄眼珠道：

——真的，巴喀，你因为旅行，变成一个希腊人、一个拉丁人、一个我说不上是什么的人了！你说拿什么来奖赏那些人？我是宁可死一群野蛮人，也比死我们中间一个人强！

元老们点头赞同，呢喃道：

——是呀，用得着那么麻烦？佣兵永远有的是！

——说甩就甩，对吗？把他们丢了不管，像你们在撒丁岛那样。还把他们要走的路线告诉敌人，就像高卢人在西西里所遭遇的，或者把他们在大海中赶下船。我在回来的时候，看见礁石上白花花的全是他们的骨头！

喀浦辣斯寡廉鲜耻地道：

——多可怜！

别人嚷道：

——难道他们以往没有一百回投降过敌人？！

哈米加喊道：

——那么请问，你们为什么违背你们的法律，把他们召回迦太基？等他们进了你们的城，又穷，人又多，眼睁睁看着你们的万般豪华，你们怎么就不想想办法，把他们一组一组分开，让他们失掉作用！后来，你们打发他们走，让他们连女人带孩子一块儿上路，居然一个人质也不留！你们真就以为他们会自相残杀，自动帮你们解除守信的痛苦？你们恨他们，因为他们强！你们尤其恨我，因为我是他们的主帅！噢！方才你们吻我手的时候，我就觉到了，你们只是强制自己，不咬我的手就是了！

如若睡在院子的狮子吼着进来，叫嚣的声音也不会更惊人。但是艾实穆的大祭司站了起来，膝盖贴着膝盖，两肘靠紧身子，立得笔直，把手张开一半，说道：

——巴喀，迦太基需要你统率布匿大军去讨伐佣兵！

哈米加回道：

——我拒绝。

席西特的领袖嚷道：

——我们给你一切权力！

——不干！

——没有监督，军权统一，钱随你要，所有俘虏、全部战利品都归你。打死一个敌人，给五十柴赖①土地。

——不干！不干！因为有你们在，就赢不了！

——他害怕！

---

① 柴赖是古代面积单位，约为1/4平方肘；50柴赖大约为2.5平方米。

——因为你们懦怯、吝啬、忘恩负义、畏首畏尾、疯狂!

——他才偏爱他们哪!

有人道:

——好做他们的头领呀。

另一个人道:

——再来干掉我们。

在大厅的深处,哈龙嗷叫道:

——他想称王呀!

于是他们一跃而起,翻倒凳子和灯台,他们成群奔向神坛,他们挥动刺刀。但是,哈米加在袖子底下摸了摸,抽出两把大刀;腰弯一半,左脚向前,眼睛闪闪发光,牙咬紧,他在金的灯台下面动也不动,等待他们。

他们为安全起见,全带着武器,可这是犯法的,他们心怀鬼胎,彼此张望,恐惧了。因为全都一样有罪,人人很快安下心来。于是他们拿背转向徐率特,慢慢退下来,又忿怒,又惭愧。他们这是第二回在他面前退却。他们直直站立了好些时。好几个人伤了手指,含在嘴里,或者轻轻用他们的下摆揉搓。哈米加听见他们在走开的时候说:

——哎!因为他多个心眼,怕惹女儿难受!

传来一个更高的声音:

——那还用说,她的情人都是在佣兵当中挑的么!

他先是犹疑,随即急忙拿眼睛寻找沙哈巴瑞。但是,达妮媂的祭司,独自一人留在他的座位,哈米加从远处仅仅望见他的高帽子。人人当面嘲笑他,他的痛苦越增加,他们的喜悦也越高;漫骂之中,留在后面的人们还喊着:

——有人看见他从她的房间走出来!

——塔莫斯月的一个早晨！

——就是偷走圣衣的那个人！

——一个美极了的男子！

——个子比你还高！

他摘下他的冠，他的地位的符志，——他的有八道神秘排列的冠，正中镶着一个碧玉的贝介——他用两只手，用全副气力，把它丢在地上。金道道裂了，往上跳跃，珍珠在石地上滚响。他们于是看见他的白额头有一条长长的疤痕，蛇一样，在他的眉毛中间抖动，他的四肢颤栗着。他奔上旁边一个台阶，通到神坛，在上面走着！这是向神献身，把自己当作牺牲献了上去。

灯比他的皮带鞋还要低，光因为他的一口钟的飘拂而摇曳不定，他的脚扬起细粉，仿佛一片云，一直围到他的肚腹。他在铜像的腿当中停住。他用手满满扬起两把这种灰尘（仅仅看一眼这种灰尘，迦太基人就全都吓呆了），他说：

——凭你的智慧的百道明光！凭喀毕尔的八道圣火！凭星辰、陨石和火山！凭一切燃烧的东西！凭沙漠的渴和海洋的咸！凭哈德鲁梅的洞穴和灵魂的权势！凭死尽死绝！凭你们儿子们的尸灰、你们祖先的兄弟们的尸灰，现在我把我的尸灰也添上！你们，迦太基国务会议的一百个委员，你们毁谤我的女儿，你们在撒谎！我，哈米加·巴喀，海军徐率特，富人们的首领和人民的长官，当着牛头摩洛神，我发誓……

大家以为他有惊天动地的话要说出来，但是他的声音更高也更平静：

——我一个字也不会同她说起这件事！

戴着金篦的神仆进来了，——有的拿着红海绵，有的拿着棕榈枝子。他们掀起挂在门前的橘黄帷帘；这个角落一打开，就可以透过别的大厅的深处，望见玫瑰色的天空，似乎接续着厅房的穹隆，直至天边倚着蔚蓝的海。太阳走出波涛往上升。阳光忽然射到有栅栏关着的分成七块的铜像的胸脯。巨像的嘴张大了，露出红牙，像是打着奇丑的呵欠；它巨大的鼻孔裂开，阳光让它有了生气，赋予它一种不耐烦的可怖的神情，仿佛它想跳到外面，和太阳和神合成一体，一同邀游宇宙的浩瀚。

但是碰倒在地上的火炬还在燃烧，四散在镶嵌贝珠的地上，延伸开去仿佛血的斑点。元老们力竭了，蹒跚着，他们大口大口吸进新鲜的空气，汗流在他们惨白的脸上，由于叫嚷过度，几乎发不出声了。但是他们对于徐率特的恼怒并未减轻，他们不向他辞别，仅仅拿话恐吓，哈米加也这样回应他们：

——巴喀，今天夜晚，艾实穆庙！

——我要来的！

——我们要让富人们判你罪！

——我呀，有人民！

——当心钉十字架！

——你们小心别在街上给人撕烂了！

他们一走到院口，就恢复一副平静的容颜。

厮走和车夫在门口等着他们。大部分骑着白母骡走了。徐率特跳上车，拾起缰绳，两匹牲口弯下颈肩，有节奏地踢打着跳掷的石子，朝上奔向马巴勒岬区的大路，车头的银鹭似乎在飞，车快极了。

路经过一块田地，立着好些长石碑，顶端尖尖的，仿佛金字塔，中央雕着一只手，摊开了，好像埋在底下的死人朝天伸着手，呼呼什么东西。随后是四散分开的一些小房子，泥土的、树枝的、灯芯草的，全是圆锥形。石子矮墙、活水沟渠、北非的茅草绳或仙人掌篱笆，不规则地隔开这些茅舍；靠近徐率特的花园，茅舍越聚越密。但是哈米加拿眼睛望着一座高塔，三个奇大的圆柱形成的三层塔楼，第一层用石头建筑，第二层用砖，第三层全用柏木，——二十四根桧木柱子支着一个圆铜顶，垂下互相交结的铜链，仿佛流苏。这座高大的建筑俯瞰着右侧的房屋、仓库、交易所，同时妇女居住的内宅立在扁柏深处——这些扁柏排列整齐，犹如两堵古铜墙壁。

辚辚而响的车由窄门进来，在一个宽大的厩棚底下停住。有些马，腿上绑着绊索，在这里吃着割下来的成堆的草。

奴仆全奔了过来。他们是一大堆人，在田野工作的人们害怕兵士，也聚到了迦太基。农夫们披着兽皮，拖着钉在脚踵的链子；制造红颜料的工人们，胳膊红红的如同屠夫；水手们戴着绿帽子；渔夫们戴着珊瑚项圈；猎户们的肩膀搭着一张网；住在麦嘉辣的人们，依照他们的服务或者他们不同的工艺，穿白上衣或黑上衣、皮短裤，戴小草帽、小毡帽或者小布帽。

后头挤着一群褴褛的贱民，这群人没有任何职务，远远离开居室，夜晚就睡在花园，嚼着厨房残余的饭菜——活在府第的阴影之下的霉菌一样的人。哈米加出于远见收留下他们，倒不是由于蔑视。他们表示喜悦，耳边插着一朵花，其中许多人就从来没有见过他。

但是有些男子，头梳成斯芬克司样式，拿着大棍，赶进人群，左右乱打。他们要撑开那些急于见到主子的好奇的奴隶，怕他们人多挤坏了他，他们身上的气味熏坏了他。

于是全体扑在地面喊着：

——神的眼睛，保佑你的家丁兴旺！

在这些人中间，在扁柏林道，这样伏在地面的有总管阿布达努尼穆，戴着一顶白冠，手里捧着一个香炉，走向哈米加。

萨郎宝在这时候也走下船形楼梯。她的侍女全随在后面。她下一步台阶，她们也下一步。金箔闪闪的带子捆扎着罗马女奴的前额，黑女奴的头杂在她们的行列里做成大的黑点子。还有的女奴头发里面插着银箭、碧玉蝴蝶，或者长针摊开如太阳。在这些相互掩映的白衣服、黄衣服和蓝衣服之间，熠耀着戒指、钩子、项圈、流苏、镯子；传来一片轻薄衣衫的窸窣响声；大家听见皮带鞋在响，还有赤脚踏着木头的发闷的声音；——这里那里，会有一个高大的阉侍，高过她们一肩膀，微笑着，脸在空里仰起。男人们的呼喊平静了，然后妇女们拿袖子遮住各自的脸，一同发出一声奇怪的嘶喊，仿佛母狼在嗥叫，这样发狂，这样尖锐，站满了妇女的大乌木楼梯，从上到下，好像一架里拉琴在颤响。

风掀起她们的面网，纸莎草的细枝轻轻摇摆着。时令是深冬，正当细罢特月。石榴花迎着碧空怒放，隔着遮挡的树枝，大海和一座岛屿在雾里若隐若现。

望见萨郎宝，哈米加站住了。她是他死了好几个男孩子才有的。而且，信奉太阳的宗教把生女孩子看做一种灾难。虽说神在后来给了他一个男孩子，但是他内心仍有愿望被出卖的感觉和从前对她的诅咒带来的震撼。但是萨郎宝继续走动。

颜色不同的珍珠缀成她的长耳坠，垂到她的肩膀，甚至于碰到肘子。头发卷着，模样仿佛一片云。围着她的颈项是四四方方的小金片，刻着一个女人站在两只蹲起后脚的狮子中间的图案，她的衣服完全依照女神的服装式样。橘黄袍子束着她的腰，宽袖，下摆放开。嘴唇鲜红，显得她的牙分外白，眼皮发蓝，显得她的眼睛分外长。她的皮带鞋用鸟羽剪成，后跟很高。她的脸色异常苍白，不用说，由于冷的缘故。

她终于走到哈米加跟前，不看他，也没有举起头，向他道：

——敬礼，众神的眼睛，永生的光荣！祝您胜利！安闲！如意！富裕！许久以来，我的心是忧郁的，一家人也都没有生趣。但是主子回来,就像塔莫斯①复活了;在您的关注之下,噢,父亲,一种欢悦,一种新的生命要在四处绽放!

她从达纳克的两手接过一支长方小瓶,里面有一种面粉、牛油、白豆蔻和酒的混合物在冒热气,她说:

——您的丫头制备的接风的饮料,您就大口喝了罢。

他回答:

——愿你有福!

他机械地拿起她献给他的金瓶。

同时,他打量她,那样严酷专一,萨郎宝不安了,结巴道:

——噢,主子!人家对您讲了……

哈米加低声道:

——是的!我全知道!

这是她在认罪?还是讲那些野蛮人?于是他泛泛地表示,希望自己一个人就可以解决这些令公众困扰的事。

萨郎宝嚷道:

——噢,父亲!您抹不掉那已经铸成的大错!

于是他往后倒退,萨郎宝惊于他的震惊,因为她没有想到过迦太基,仅仅想着她曾经参与的渎神的罪行。这位威慑三军的人物,她根本就不熟悉,神明一样使她畏惧,他已经猜破了,他知道一切,有什么可怕的事情就要发生了。她喊着:

——饶恕我!

哈米加低下头,慢慢地。

虽然愿意认罪,她不敢张开嘴唇,但几几乎被怜恤和安慰的需要窒息了。哈米加直想毁弃他的誓言。他没有,由于骄傲,也由于害怕

---

① 塔莫斯是古代两河流域苏美尔人信奉的主管食物与植被的天神,也是犹太教历中 4 月(塔莫斯月)名称的由来。

真就结束了他的猜疑,所以面对面,为了刺取她藏在心底的东西,他用尽力量看着她。

视线太沉重了,萨郎宝喘吁着,支持不住,一点一点把头缩进肩膀。他现在确定她曾经接受一个野蛮人的拥抱了,他颤栗了,举起两个拳头。她喊了一声,倒在她的侍女中间,她们急急围了过来。

哈米加旋转脚跟。随从全跟他走了。

货栈的门打开,他走进一座大的圆厅,仿佛辐辏之于轴,连结各个厅房的长廊全在这里聚集,中央立着一座石盘,四周有栏杆撑持着堆在地毯上面的坐垫。

徐率特先是大步疾行,喘着粗气,脚后跟打着地面,手在额头拂来拂去,就像一个人让苍蝇困住了。他摇着头,但是瞥见他积聚的财富,他平静了。长廊的距离引着他的思想,流散在其他充满了更珍贵的宝藏的厅房。铜片、银块、铁条和从锡岛①跨过黑暗之海②带来的锡球交错着;黑人地区生产的树胶溢出了棕榈树皮做的口袋;聚在皮袋里面的金沙,不知不觉又从太旧的缝口漏掉。由海洋植物抽得的细线,悬在来自埃及、希腊、塔浦拉班岛③和犹太山地④的亚麻中间;好些珊瑚般的摆设,仿佛大捧的荆棘,在墙边权枒倒竖;香料、皮革、调料和一大把一大捆在房顶的鸵鸟羽毛,发出一种形容不来的气味在空中飘浮。象牙在尖梢绑好,直立在每一长廊之前,形成门上一座穹隆。

最后,他走上石盘。随从全交起臂,低下头,同时阿布达努尼穆,一副骄傲的神情,举起他头上尖尖的小冠。

---

① 锡岛是传说中法国布列塔尼半岛以西,比斯开湾中靠近卢瓦河入海口处的一些出产锡的小岛。由于泥土淤积,如今已不复存在。
② 黑暗之海是当时航海人对环绕西班牙的大西洋海域的一种敬畏提法。
③ 塔浦拉班岛是靠近斯里兰卡南部海岸的一座小岛。
④ 犹太山地又称朱迪亚,是古巴勒斯坦南部地区的名称,即今巴勒斯坦南部和约旦西南部。

哈米加问着管船务的头目。这是一位老水手，眼皮经不住海风吹打，粗糙皲裂；一团团白胡子一直垂到腰臀，就像风暴的泡沫还留在他的胡须上面。

他回答，他曾经由嘉代司和提米亚马塔派出一队船，绕过南角和香料海岬，打算驶到以旬迦别①。

别的船继续在西方航行，四个月里面没有遇到海岸，但是船头和水草搅在一起，天边不断有瀑布的声音在响，血色的雾翳蔽住太阳，一阵香喷喷的风把水手全吹困了，他们的记忆已经乱了，如今是话也说不清了。不过，船总算进了西古提人②的河流，深入克尔奇斯③、因格拉人④和艾斯提安人⑤的地域，在群岛上抢到了一千五百名姑娘，为了保守航行路线的秘密，把所有在艾斯垂孟海岬⑥之外航行的外国船只击沉。托勒密王扣下了舍巴耳⑦的香料，锡腊库扎、以拉他⑧、科西嘉和一些小岛没有东西给。接着老水手放低声音，宣布有一艘三层橹的战舰在卢西喀达⑨被奴米第亚人掳去了，

——主子，因为他们和他们有勾结。

哈米加皱着眉，随后他做手势叫管商旅的头目讲话，这人裹着一件棕色袍子，不扎带子，头拿一条长长的白幅包起，飘过他的口边，朝后搭在肩膀上面。

商队照常在冬分出发。可是，一千五百人走进偏僻的埃塞俄比亚，他们有优良的骆驼、崭新的皮袋和大批的花布，却只有一个人回到

---

① 以旬迦别是亚喀巴湾最北端港口的旧称，即今以色列的埃拉特港。
② 西古提人，又称斯基泰人、西徐亚人，是古代居住在黑海以北的具有伊朗血统的游牧民族，善骑射，曾击败波斯帝国大流士的入侵。
③ 克尔奇斯是古代格鲁吉亚地区的一个王国。
④ 因格拉人是古代波罗的海地区芬兰－乌戈尔语系的一个土著分支。
⑤ 艾斯提安人是小亚细亚西北部，古代比提尼亚地区的一个民族。
⑥ 艾斯垂孟海岬位于西班牙的加斯科涅海湾。
⑦ 舍巴耳在埃塞俄比亚境内。
⑧ 以拉他，也称以禄，位于红海亚喀巴湾顶端沿岸的古代城市，即今约旦的亚喀巴。
⑨ 卢西喀达是古代奴米第亚的海港，即今利比亚的斯基克达港。

357

迦太基，——此外不是累死，便是由于沙漠的恐怖疯了；——这个人说他走过阿塔朗特人①和大猿的地区，远在黑哈路实山②以外，曾经看见若干广袤的王国，最无谓的器皿全是金子铸的；一条奶色的河流，海一样浩渺；蓝色的树林，香料堆成的山，在岩石上生长的人脸妖怪，瞳仁看着你，像花一样绽放；随后，在满是巨龙的湖泊后面，有水晶的山架住太阳。有从印度回来的人，带着孔雀、胡椒和新的织物。至于那些沿着锡尔特湾和阿蒙庙去买玛瑙的人们，不用说，在沙漠地里死光了。皆土里和法沙纳③的商队照旧供给各自的商品，但是如今，商旅头目却不敢组织任何商队了。

哈米加明白，佣兵占住了四乡。默默呻吟了一声，换了个肘子支撑，管田地的头目虽说肩膀宽，瞳仁又红又大，可是害怕说话，直打哆嗦。扁鼻子像只獒犬，脸上蒙着一个树皮的筋编织的网，他系了一条带毛的豹皮腰带，上面挂着两把可怕的宽刀。

哈米加一朝他转过身子，他就开始叫喊，援引了所有的神明。这不是他的错！他没办法！他注意气候、土壤、星宿，在冬至播种，在下弦芟剪，检查奴隶，留心他们的衣着。

但是哈米加嫌他啰嗦。他响了一下舌头，挂刀的人连忙就说：

——啊！主子！他们抢光了一切！什么也砸！什么也毁！在马萨拉，他们砍掉了三千棵树；在雨巴达，他们捣毁了仓库，填死了水池子！在特代司，他们装走了一千五百高冒④的面粉；在马辣萨纳，他们杀了牧羊人，吃了羊，还烧了你的房子，你夏天来住的柏木大梁的好房子！在杜布耳包收割大麦的奴隶全逃进山里去了；驴、驴骡、骡子、陶

---

① 阿塔朗特人是利比亚的土著部落。
② 黑哈路实山是位于非洲北部的山脉。
③ 法沙纳是在利比亚昔兰尼加地区的一座城市。
④ 高冒是古代容量单位。

耳闵①的牛、奥兰日②的马,一只也不见了!全带走了!毁定了!我简直活不下去了!

他哭着继续道:

——啊!您要是知道从前地窖里有多满,犁头有多亮!啊!壮实的公羊!啊!壮实的公牛!……

哈米加的怒火把自己噎住,最后爆发了:

——住嘴!难道我真就成了一个穷光蛋?别撒谎!讲真话!我要弄清楚我全部丢掉的东西,哪怕只剩一谢克,只剩一辆车,我也要弄清楚!阿布达努尼穆,拿账给我看,船账、商队账、田地账、家用账!你们要是黑了良心的话,当心你们的脑壳!——走开!

所有的管事,全头垂到地面,倒退着,走了出去。

阿布达努尼穆到壁阁中间取出一些绳结、布条或者纸莎草条,写着细字的羊肩胛骨,把它们放在哈米加的脚边,另拿一个木框呈到他的两手当中,木框里面嵌着三根串着金球、银球和角球的线。他开始念道:

——马巴勒岬区有一百九十二所房子租给新迦太基人,按月收一个拜喀③。

——不成!太多了!对穷人要慈悲!你记下那些你觉得最有胆量的人的名字,想法子打听一下他们拥护不拥护共和国!还有呢?

阿布达努尼穆惊于这种慷慨,迟疑了。

哈米加从他的手里夺过布条。

——怎么的啦?围着嘉蒙的三座府第,一个月才十二开西塔④!改

---

① 陶耳闵是西西里岛东北部靠近墨西拿的山城。
② 奥兰日是西班牙的地名,出产良马。
③ 拜喀(《圣经》中译为比加)是和西克等值的货币单位,等于半个谢克。
④ 开西塔也是古代货币单位,数值不详,应不低于谢克。

成二十！我不想让有钱人把我给坑了。

大总管行了一个长礼，然后道：

——借给提伊拉斯两吉卡耳^①，季终为期，按海上利息，本三利一；借给巴耳马喀耳提一千五百西克，三十名奴隶做抵押。不过十二名在咸水地死掉了。

徐率特笑着道：

——那是因为他们不结实！没有关系！他要钱，借给他好了！钱永远应该出借，但利息不同，依照各人的财富。

于是总管急急忙忙往下读着一切进账：阿纳巴^②的铁矿、珊瑚采集地、红颜料作坊、希腊居留民的田赋、运往阿拉伯的银子（能换回十倍金子）、抢掠船舶的收益——其中要扣除月神庙征收的什一税。

——主子，每回我都少报给他们四分之一！

哈米加拨弄算盘，球在手指底下响着。

——够啦！你支付了些什么？

——依据这些凭信（已经确认了），付给科林斯^③的斯塔陶尼克莱斯和三位亚历山大城^④的商人三千雅典德拉克马^⑤和十二叙利亚金达郎。一艘三层橹的战舰，每月水手的粮食涨到二十弥那^⑥……

——我知道！丢掉的有多少？

总管道：

——这是那些铅皮上记的账。至于合伙租借的船只，因为必须常常把货物丢到海里，后来就按照合伙的人数，匀摊数目不等的损失。

---

① 吉卡耳是古代重量与货币单位，有轻重之分，分别相当于 1 个达郎（36 公斤）或 2 个达郎（72 公斤）。
② 阿纳巴是阿尔及利亚东北部的天然良港，靠近突尼斯。
③ 科林斯是古希腊的重要城邦，在伯罗奔尼撒半岛的东北。
④ 亚历山大城是古埃及地中海的重要港口城市。
⑤ 德拉克马是古希腊重量和货币单位，约 3.24 克，相当于半个西克。
⑥ 弥那是古希腊重量和货币单位，等于 200 德拉克马，相当于 50 个谢克。

从军械库借来的缆索，因为没有办法归还，在远征雨地克之前，席西特要了八百开西塔去。

哈米加低下头道：

——又是他们！

他好半晌没有作声，他觉得好像所有怒恨的重量压在他的身上：

——可是麦嘉辣的开销，我怎么没有看见？

阿布达努尼穆的脸色苍白了，他从另一个壁阁取出好些皮绳子一捆一捆串好的枫木小板。

哈米加听他读，对于家常琐碎感到兴趣，列举数字的声音的单调使他平静下来，阿布达努尼穆的声音越来越慢。他忽然把木板子丢在地上，自己也趴了下去，伸开胳膊，做出罪犯受刑的姿势。哈米加无动于衷，捡起账片，他的嘴唇咧开了，他的眼睛睁大了，仅仅一天的工夫就见肉、鱼、鸟、酒和香料的消费到了令人难以置信的程度，还不算砸碎的瓶罐、死了的奴隶、丢掉的地毯。

阿布达努尼穆一直匍匐着，把野蛮人的宴会说给他听。他没有能够推脱掉元老们的命令，——再说，萨郎宝愿意多花钱，好好儿招待兵士。

听到女儿的名字，哈米加一下跳起来。随后他收紧嘴唇，蹲到坐垫上面，拿指甲撕着坐垫的穗子，喘着气，瞳仁定定的。他说道：

——起来！

他走下了石盘。

阿布达努尼穆跟着他走，膝盖直打哆嗦。于是，抓住一根铁棍子，他像个疯子似的掀动铺地的石板。一块圆木盖跳了起来，不一会儿，沿着长廊，露出好几块这样大的圆木盖，盖子底下都是收藏谷物的地洞。

颤索的总管道：

——您看,神的眼睛,他们还没有全拿走!它们每个有五十肘深,全都是满的!您在外的期间,我叫人在军械库、在花园,到处全挖了洞!您的家里藏满了麦子,就像您的心里全是智慧。

微笑飘过哈米加的脸:

——办得好,阿布达努尼穆!

随后,附在他的耳边:

——不管什么价钱,不管什么地方,伊特鲁里亚①也好,布鲁提屋穆也好,弄麦子来!聚着,守着!我必须一个人霸占迦太基的全部麦子。

接着,他们来到长廊的尽头,阿布达努尼穆拿起一把挂在腰带上的钥匙,打开一间方方正正的大屋子,中央拿柏木柱子分开。金钱、银钱和铜钱,放在桌子上面,或者塞在壁龛里面,顺着四边的墙,一直上到屋子的顶梁。河马皮做的大筐子在角落托着整排稍小的口袋;石板上的铜币堆成了小山;有些地方,钱堆太高了,倒了下来,样子好像倒塌了的柱子。迦太基的大钱,上面铸着达妮媞和一匹马在一株棕榈树底下,它们和殖民地的大钱混在一起,上面铸着公牛、星星、圆球或者月牙。随后就见数目不等、面值不同、大大小小、各种年代的货币——亚述的古币,如指甲般薄;拉提屋穆的古钱,比巴掌还厚;艾伊纳②的纽扣货币,巴克特里亚③的板形货币,拉塞代冒的短棒货币;有些钱长了锈,起了油,被水浸绿了,或者给火烧黑了,不是渔网捞起来的,便是围城之后废墟中间捡到的。徐率特很快就计算出来眼前的数目和方才他听到的亏盈是否相符,他正要走开,瞥见三只铜坛完全成了空

---

① 伊特鲁里亚是古代意大利中北部地区的称呼。
② 艾伊纳是距离雅典仅17海里的小岛,但古希腊时期却是雅典经济上的主要竞争对手。岛名含义"鸽子岛",也是早年腓尼基定居者命名的。
③ 巴克特里亚在兴都库什山以北的阿富汗东北部地区,公元前3世纪中叶希腊殖民者曾在此建立奴隶制的巴克特里亚王国,中国史书上称之为"大夏"。

的。阿布达努尼穆表示恐怖，把头转开，哈米加耐下心，不作声。

他们穿过别的长廊、别的厅房，最后来到一座门前，为了门户加严，依照新近传到迦太基的罗马人的习惯，拿一条长链子把一个人拦腰捆在墙上。他的胡须和他的指甲异常之长，他不停地左右摆动，仿佛一只被囚的野兽。他一认出哈米加，便扑向他嚷道：

——慈悲呀，神的眼睛！可怜呀！杀了我罢！我有十年没有看见太阳了！看在你父亲的份上，发发慈悲！

哈米加不回答他，拍了拍手，出来三个人。于是四个人同时挺起胳膊，把关住门的大棍子从门环抽出。哈米加拿了一根火把，在黑暗之中消失了。

据说这里是家族坟穴所在，然而见到的只是一口大井。井掘来仅仅为了欺唬窃盗，实际空无所有。哈米加走过旁边，随后，他弯下腰，推着一个十分沉重的磨，围着轴座旋开，顺着这个洞口，走进一间锥形房子。

铜片覆着墙，中央是一个花岗石座，上面立着一尊叫做阿莱特的喀毕尔神像，传说中塞提拜芮①矿穴的发现者。靠地，在神座底下，十字交叉地堆放着一些巨大的金盾和极其硕大的实心银瓶，这些银瓶奇形怪状，根本无法使用，只是由于人们惯于把大量的金属铸成这种难以盗用、甚至连动也几乎不能动的东西。

他用火炬点着了固定在神像帽子上的一盏矿灯，于是绿色、黄色、蓝色、紫色、像酒一样颜色、像血一样颜色的火光，立即照亮了大厅。这里到处都是宝石，有的装在金葫芦里，这些葫芦像路灯一样悬挂在铜片上，有的还保持天然的矿石形态沿着墙脚堆放。它们有用投石器从山上砸下来的柯拉伊石②、猞猁尿凝结成的红宝石、月亮上掉下

---

① 塞提拜芮指西班牙东北部的山区。
② 柯拉伊石是一种古代浅蓝绿色的半成品宝石。

来的陨石、波斯的纯绿宝石、金刚钻、印度的闪色宝石、绿柱石，还有三种不同类型的红宝石、四种不同的蓝宝石、十二种不同的绿宝石。它们闪烁着，像飞溅的乳汁、蓝色的冰晶和银粉，向四周散发出成片、成束，或星星般的光芒。因雷电而生的雷公石挨着能疗毒的玉髓璀璨发光。来自扎巴喀山的黄玉，可以克制恐惧；巴克特里亚的蛋白石，可以预防流产；还有阿蒙角，放在床下就可以使人做梦。

宝石的光芒和灯光同时从巨大的金盾中反射出来。哈米加抱着胳膊，站在那里微笑；——他意识到自己拥有财富的欢乐远胜于实际看到这些珍宝。他的财富是无人企及的、取之不竭的、无穷无尽的。长眠在他脚下的祖先，把他们某些永生的东西注入他内心深处。他觉得自己同地下的神祇十分接近。就如同喀毕尔诸神中的一位一样快乐，他感到强烈的光线照到他的脸上，就像有一张看不见的网，越过深渊，用网的尽头把他系在世界的中心。

一个念头让他心头猛地一颤，立刻转到神像后面，直接奔墙而去。他抬起胳膊看臂上刺的花纹：一条横线加两条竖线，这是迦南人记录的数字十三。于是数到第十三块铜片，他把宽大的袖筒卷了起来，伸直右臂，仔细辨认上面另一些更复杂的线条，同时手指像弹里拉琴一样在墙上移动。然后，他用大拇指敲了七下，那块墙体就整个移开了。

墙后面藏着个小地窖，里面是些神秘的、叫不上名字、无法估价的奇珍异宝。哈米加走下三级台阶，从一个银桶里捞出一块浸泡在黑色液体里的羊驼皮，然后再回到上面。

这时，阿布达劳尼穆赶到他的前面行走。手里握着一根圆头上装着铃铛的长手杖，边走边用它敲打地面的石板，走到每间屋子前面，他都呼喊着哈米加的名字，还加上许多动听的颂词和祝福。

所有的走廊都汇聚到一个环形的回廊，这里沿墙码放着檀香木条、成袋的散沫花①、成瓶的利姆诺斯土②，以及盛满珍珠的龟壳。徐率特走过的时候，他的外衣毫不在意地拂着这些宝物，甚至连太阳神的光线培育出来的巨大琥珀也照样一眼都不看。

一阵香雾飘了出来。

——把门打开！

他们走了进去。

许多赤条条的男人正在揉面、研磨草药、拨弄炭火、把油灌进坛子、打开和关上在墙的四壁上挖的无数卵形小巢，整间屋子就像是个蜂窠。小巢里塞满了诃子③、伪没药④、藏红花和香堇菜⑤。到处散放着树胶、粉末、根茎、玻璃药瓶、绣线菊⑥枝叶、玫瑰花瓣，等等；尽管屋子中央一个旋转的青铜三脚架上有安息香⑦在劈啪作响，这里的种种气味仍然使人窒息。

香料总管身子细长而脸色苍白，就像根蜡烛，他走到哈米加跟前，把一卷香脂捏碎放在哈米加手里，另外两个人用香根菊⑧叶来给哈米加摩擦脚跟。哈米加把他们推开。他们都是些品行不端的昔兰尼人，只是由于身怀秘技才受到重视。

为了卖乖，香料总管用一个金银合金勺，盛了一点叙利亚蒌叶⑨油给徐率特品尝，接着他又用一把锥子刺破了三粒印度牛黄。主人是懂行的，他拿起一只装满香料的羚羊角，把它挪近炭火，侧举在袍子上

---

① 散沫花，俗称指甲花，生长于热带的一种灌木，花极香，叶可作红色染料。
② 利姆诺斯是希腊位于爱琴海北部的岛屿，以火山岩为主，东部有肥沃平原。古时候，利姆诺斯土被用于治疗蛇咬伤、创伤和鼠疫。
③ 诃子是一种使君子科乔木，高 30 米，果实入药。
④ 伪没药，音译普渡拉克，又称非洲香脂，是一种类似于没药的芳香树脂，从某种没药属灌木或树木中提取。
⑤ 香堇菜是一种多年生草本植物，全草入药。
⑥ 绣线菊是蔷薇科直立灌木，高达 2 米，它的子、叶、根均可入药。
⑦ 安息香是安息香科植物的干燥树脂，是一种宝贵的药材。
⑧ 香根菊是菊属大灌木，水生植物，多用于化妆保健品。
⑨ 蒌叶，又名蒟酱、槟榔蒌，攀援藤本植物，富含挥发油，可入药或作调料。

方，登时袍子上出现了一滴棕色斑点，原来这是假货。于是他狠狠盯住香料总管，一句话不说就把羚羊角扔他脸上。

这些假货会带来很大损失，他气愤得那么厉害，以致看见准备出口的成包的甘松香膏①，他就下令往里面多掺些锑，使货物更重些。

然后，他问专供他使用的三盒波斯香精油到哪里去了。

香料总管供认自己失察，当时佣兵举着刀狂吼着冲进来，他只好把墙上的巢房全打开了。

徐率特大喝道：

——原来你害怕他们更甚于害怕我！

他的两只眼珠透过烟雾就像火炬一样射到脸色惨白的总管身上，这大个子刚开始醒悟过来。

——阿布达劳尼穆！在日落以前你让他尝尝鞭刑的滋味，要打到他皮开肉绽！

这点损失比起别的损失来显然微不足道，可是却把他激怒了；因为尽管他拼命想从脑子里赶走蛮族人，可他们总是回来。他们似乎无处不在并且和他女儿的耻辱紧密相联，他痛恨整个府第的人都知道这事却没人告诉他。冥冥中有股力量在强把他推入灾难的深渊，于是他发疯似的四处巡视，查看了交易所后面仓库里的沥青、木材、铁锚和缆索、蜂蜜和蜡的存量，视察了布匹堆栈、食品储藏室、大理石工场以及存放席芙穆的库房。

接着，他又走到花园的另一边，视察府第手艺人的窝棚，他们的产品都用来出售。裁缝在绣一口钟，有的人在织网，还有的人在装饰靠垫或裁剪皮带鞋，埃及工人在用贝介磨纸莎草，织布的梭子声和打造兵器的铁砧声不绝于耳。

---

① 甘松香膏，古代一种贵重的香膏，有麝香味，取自匙叶甘松的根茎。

哈米加对兵器匠说：

——多给我打些利剑！不停地打！我太需要它们了。

说完他从怀里扯出那块在毒液里浸过的羚羊皮，叫人给他裁剪一副护胸甲，它会比青铜甲更结实，刀枪和火攻都不怕。

当他走近工人的时候，阿布达劳尼穆想把哈米加的怒气转移到工人们的身上，于是嘴里嘀嘀咕咕地指责工人们的工作：

——这算干的什么活！真可耻！主人对你们太宽容了。

哈米加没有理他的话，就走出去了。

他放慢了脚步，因为到处都有烧焦了的大树挡住了去路，就像是牧人扎过营的树林一样，而且栅栏也倒了，沟渠里的水也没了，烂泥水洼当中布满了玻璃碎片和猴子的枯骨。破布条东一处西一处地挂在灌木丛里，柠檬树底下腐烂的花朵已成了一堆堆黄色的粪土。奴仆们满心以为主人再不会回来，所以一切全都撂下不管了。

每走一步，他都会发现新的灾难，给他所不想知道的那件事多加了一份佐证。他真是穿着大红短靴偏踩秽物，自找晦气，而他又不能把这些蛮族人都抓来，当着他的面用投石机打得粉身碎骨！他恨自己不该为他们辩护，这太丢人，完全是欺骗、是背叛！眼下他既不能对佣兵进行报复，又不能对元老们、对萨郎宝或者其他任何人进行报复，为了发泄怒气，所以他就把管理花园的所有奴隶全都罚到矿里去服苦役。

阿布达劳尼穆每次看见他走近象园，便禁不住哆嗦起来。可是哈米加还是走上了通磨坊的小路，因为听到那里传来一片凄凉的悲鸣。

沉重的石磨在漫天的粉尘中转动。石磨就是两块叠在一起的锥形斑岩石，上面那块有个漏斗，依靠几根结实的粗木杠子推着它，在下面那块磨盘上旋转。有些男人在用胸膛和手臂推着木杠，另一些人套着轭在牵拉。胸带的摩擦在他们腋窝四周留下了一片片化脓的痂盖，就像人们在驴子的肩上看到的那样；身上虚披着污黑的破衣烂衫，差点儿都遮不住腚，垂下来的破布条像条长尾巴拍打着他们的小腿。他们的两眼通红，胸脯伴着脚上铁链的响声在一上一下喘气。他们的嘴上戴着嘴套，用两根铜链系紧，让他们没法吃面粉；手上套着无指手套，让他们没法偷拿。

主人一走进来，木杠子嘎嘎地响得更厉害了。谷粒吱吱地被碾得粉碎。有几个人跌倒了跪在地上，别的人跨了过去继续推着。

他召见奴隶总管吉德南。这个人来了，拿华丽的服饰来炫耀他的高贵职位。他穿的长衫，底边两侧开衩，是拿精美的红衣料裁制的；耳朵上挂着沉甸甸的耳环；裹腿布里夹着一条金带子，像金蛇绕树，从脚踝一直缚到腰胯；手上戴满戒指，握着一串鸡麻①核果做的手串，说是用来识别那些癫痫病人。

哈米加做个手势叫他去掉那些奴隶的嘴套。于是这群人像饿狼般嚎叫着，冲向面粉，把脸埋到面粉堆里拼命吞咽。

徐率特道：

——你把他们弄得太虚弱了！

吉德南解释说这是制服他们的唯一办法。

——看来用不着送你去锡腊库扎的奴隶学堂了。把所有人都给我叫来！

于是厨师、膳食总管、马夫、跑腿的、轿夫、浴室的侍者、带着孩子的妇女，全在花园里排成一行，从交易所一直站到兽园。他们都屏息静气，一片死寂笼罩着麦嘉辣。拉长了的太阳光，照到了地下墓穴下方的潟湖。孔雀在叽叽喳喳地叫。哈米加沿着队列一步一步地走着。

---

① 鸡麻，又称白棣棠、双珠母，蔷薇科落叶灌木，其黑色或褐色核果可入药，也可供玩赏。

他说道：

——我要这么多老头儿干吗？卖掉！高卢人太多了，他们全是些酒鬼！克里特①人也太多了，他们都是骗子！给我多买些喀巴多西亚人、亚洲人和黑人！

他对于孩子那么少感到惊讶：

——吉德南，府里年年都该有孩子出生！你要在晚上把所有小屋的门全都打开，让他们使劲交配。

然后他又指示把小偷、懒虫、抗命不从的人带出来。他一边安排惩罚，一边厉声怒斥吉德南；吉德南拧着两道浓眉，像公牛一般垂着低矮的额头。

他指着一个健壮的利比亚人道：

——请看，神的眼睛，这个人想要上吊自杀，被我们发现了。

徐率特鄙夷地问那奴隶道：

——啊！你想死吗？

那人不动声色地回答：

——是的！

于是哈米加毫不考虑示范的恶果和金钱上的损失，就下令道：

——把他带走！

或许他有意向天神献祭，借此避免遭受更大的灾祸。

吉德南想把那些残疾人藏到别人后面，可哈米加还是看到了：

——你说，是谁砍掉了你的胳膊？

——是佣兵，神的眼睛。

然后他又问一个像受伤的鹭鸶一样站立不稳的萨莫奈人：

——你呢，谁把你弄成这样的？

---

① 克里特人，指克里特岛上的居民，该岛位于希腊东南的地中海域，是希腊的第一大岛。

原来他是被总管用铁条打折了腿。

这种愚蠢的暴行激怒了徐率特,他从吉德南的手里一把夺过手串:

——慈悲的月神啊!你这条咬伤羊群的狗,该受诅咒!居然敢把我奴隶的肢体打残!啊!你这败家的畜生!把他给我扔到粪堆里去。还有许多没来的人呢?他们去哪儿了?是你和佣兵把他们给杀了吗?

他的样子恐怖至极,妇女们都吓得四散奔逃。奴隶们向后退缩,把他们两人围在中间;吉德南疯子般吻着哈米加的鞋子,哈米加站着,双臂始终举在头上。

可是,就像他在最激烈的战斗中仍能保持清醒一样,脑海中涌起了千百件令人气恼的事,想到了所有那些他极力回避的奇耻大辱;他在愤怒的刺激下,恍若置身暴风雨中的闪电,一眼就看清了以往所有的灾难。那些乡间总管由于害怕佣兵,不是逃走便是跟佣兵串通起来,他们都在坑骗他,他已经忍无可忍了。

他大声咆哮道:

——把他们带来!拿烧红的铁在他们前额烙上懦夫的印记!

于是人们就搬来了脚镣、颈枷、刀子、矿坑里苦役犯用的锁链、拴腿的短石柱、箍住双肩的夹具,还有蝎尾鞭:一种三股末端有青铜倒钩的皮条拧成的鞭子,把它们全都码放在花园中间。

总管们全冲着太阳,贴近折磨人的摩洛神,脸朝上或朝下趴在地上;受笞刑的人靠树立着,旁边站着两个人,一个行刑,一个计数。

行刑的人甩开两臂举着鞭子抽打,皮条飕飕作响,连箓悬木的树皮都飞溅开来。血像雨点般洒在树叶上,鲜红的肉体瘫在树底下扭动,发出凄厉的惨叫。受烙刑的人用指甲去抓烫焦的脸皮。可以听见木头螺杆在劈啪作响,还有沉闷的撞击声,时不时有声尖叫蓦地划破天空。厨房那边,一些破衣烂衫、披头散发的男人正在努力把炭火扇旺，不停地飘来焦糊的肉味。受刑的人昏死过去，全靠捆扎胳膊的绳链拽住，才没有跌倒，他们的眼睛紧闭着，脑袋倒在肩膀上。围观的人们都吓得尖叫起来。那些狮子，或许是想起了那天的盛宴，都张开大嘴打着哈欠，伸长躯干趴在猛兽池的坑沿上。

这时候大家看见萨郎宝出现在顶层的平台上，惊慌失措地左右奔走。哈米加看见了她，感觉她似乎是在举起双臂向他求情，他挥了个厌恶的手势便钻进了象园。

这些大象是布匿各个有财势的大家族的骄傲。祖辈们曾经骑着它们建功立业，它们被看做太阳神的宠儿倍受尊崇。

麦嘉辣的象群是全迦太基最强悍的。哈米加在出征前，曾责令阿布达劳尼穆起誓照护好它们。可是如今整个象群全因伤残而死，只有三头还勉强活着，对着破碎的食槽，裹着满身尘土躺在象园的中间。

它们认出了他，向他走了过来。

一头象的两只耳朵完全撕裂了，模样可怕；另一头象的膝盖上有个巨大的伤疤；第三头象的鼻子被割断了。

它们望着他的眼神充满哀伤，就像有理性的人那样；被割去鼻子的象跪了下来，低下巨大的脑袋，试图用它那残留的难看的鼻端轻柔地爱抚他。

受到这样的爱抚，忍不住的眼泪夺眶而出，他扑到阿布达劳尼穆跟前狂喊道：

——啊！你这坏蛋！钉十字架！给我钉十字架！

阿布达劳尼穆吓晕了，仰面朝天倒在地上。

从青烟缓缓上升的红颜料工场后面，传来一声豺狗的嗥叫，哈米加顿住了。

一想到儿子，就像受到天神的触摸一样，他马上平静下来。儿子是他生命力量的扩展，仿佛是他自身的无限延续，四周的奴隶全弄不懂他为什么会突然怒气全消。

去往红颜料工场的路要经过地窖牢房，那是一间黑条石砌成的长屋子，盖在一个方坑里面，四周有小路环绕，每个拐角上各有一架楼梯。

伊狄巴准要挨到天黑才会发出全部信号，哈米加想：现在还用不着忙。于是他进了地牢。有几个人向他叫道：

——回来！

最大胆的人跟着他走下去。

敞开的门在风中劈啪作响。借着透过狭窄的枪眼射进来的黄昏的阳光，可以瞥见牢内墙上悬挂着的一根根被砍断的链条。

这就是那些战俘留下的一切。

哈米加的脸色变得异常惨白，那些俯身在坑外张望的人都能看见他用一只手扶着墙，以免跌倒。

这时候豺狗已经一连嗥叫了三次。哈米加抬起头，但是默不作声，动也不动。直到太阳完全下山后，他才隐没在仙人掌篱笆后面；晚上，在艾实穆神庙里的富豪大会上，他一进门就说道：

——凭天神之光，我接受布匿军队的指挥权，去讨伐蛮族军队！

八 马加尔*之战

第二天，他就跟席西特要走二十二万三千吉卡耳金子，又让每个富豪交纳十四个金谢克的税。就连妇女和小孩也不放过。还有一件在迦太基闻所未闻的怪事，就是宗教团体也得出钱。

他征用所有的马匹、骡子和武器。谁隐匿家产，就干脆全部收缴变卖；为了警示那些守财奴，他一下子就捐了六十副铠甲、一千五百高冒的面粉，一个人的出资就和象牙商社一样多。

他派人找里古芮亚人来当佣兵，招募了三千擅长猎熊的山里人；按每人每天十五弥那的军饷，预付半年。不过还必须有一支自己的军队。他不像哈龙那样，是个公民就接收。首先他不要整天坐着不动的业者，其次，也拒绝那些大腹便便、样子胆小的人；他倒宁愿收留那些声名狼藉的人、马喀的坏蛋、蛮族人的后代和获得自由的奴隶。作为回报，他许给这些新迦太基人以完全的公民权。

他先着手整饬禁军。这些出身豪门的年轻人极其自负，认为自己执掌共和国的军机，便可恣意妄为。他解除了所有军官的职务，进行严酷的训练，让他们不停地跑步、跳跃、一口气爬上比耳萨山顶、投掷标枪、肉搏，夜里就在广场上露宿。家人们来探望，都心疼至极。

他让人打造更短的佩剑、更结实的战靴。他限制侍从的数目，下令减少辎重；摩洛神庙里藏着三百支罗马的重标枪，他不理睬大祭司的再三恳求，坚持征用。

他把从雨地克战场上生还的象，同各家私养的象集合起来，组成了一支拥有七十二头战象的可怕力量。他给所有象倌都配上木槌和凿子，一旦它们在混战中发了狂，就可以迅速凿破它们的脑壳。

他拒绝国务会议给他指派将军。元老们试图以法律逼他就范，却被他钻空子驳倒了；大家全都噤若寒蝉，臣服于他暴虐的天才。

他把战争、政府和国家财政的权责统统攥在自己手里；为避免日后遭人诟病，又特意请徐率特哈龙来审核他的账目。

他要求加固城堞，为了得到石头，他下令拆掉早已失去作用的内城的老旧城墙。虽说如今财产的多寡已取代往昔种族的藩篱，但在征服者同被征服者的后嗣之间的鸿沟依旧；因此贵族们对拆除这道残垣断壁怒目而视，而平民却莫名地感到心情舒畅。

从早到晚，全副武装的部队在街上巡行，军号声响个不停，载满盾牌、篷帐、梭标的车子开来开去。各处庭院都看到在撕扯布料的妇女，人们的热情相互感染，共和国每个角落都能触摸到哈米加的灵魂。

他让兵士成双结对，按一强一弱这样的组合交替站队，使体弱或胆小的人能在左右两个强者的引导下前进。可是他那三千里古芮亚步兵加上迦太基最优秀的战士，只够组成一个四千零九十六名重装步兵的方阵，他们头上戴着紫铜盔，手里举着七米长的梣木长矛。

他用投石器和匕首武装了两千名青年，发给他们皮带鞋，还给他们配上八百个手持圆盾和罗马佩剑的战士。

他把剩下的一千九百名禁军组成一支重骑兵，就像亚述人的胸甲骑兵一样，用红色铜甲护体。此外他还有四百多名被称为塔兰托人[①]的马上弓箭手，头戴鼬皮帽，手持双锋斧，身穿皮战袍。最后还有来自商队的一千二百个黑人，让他们混杂在胸甲骑兵队伍里，冲锋的时候用手揪着马鬃毛，随着战马奔走。一切就绪，可哈米加还是按兵不动。

他经常独自一人夤夜出城，越过潟湖一直走到马加尔河的入海

---

* 马加尔是北非的一条河流，源头在阿尔及利亚的阿特拉斯山脉，流经突尼斯北部地区，经迦太基注入地中海突尼斯湾。
[①] 塔兰托是意大利南部濒临爱奥尼亚海的港口城市。

口。他是想去投降佣兵吗？里古芮亚兵士守卫着他在马巴勒岬区的府第。

富豪们的猜忌似乎得到了证实：有一天，大家发现有三百个蛮族兵士来到城门口。徐率特把他们放了进来，不清楚他们是出于畏惧还是表示忠诚，总之，投奔老主人来了。

哈米加的归来并未使佣兵感到惊异；在他们看来，他是决不会死的，他回来是要履行他的承诺，这一点都不荒谬可笑，因为他们和共和国之间存在极深的隔阂。况且他们一点不认为自己有什么错，他们压根就没把在哈米加府第的花园里忘情饕餮当回事儿。

抓获的密探断了佣兵的这点痴念。他们中的激进派更加振振有词，就连温和派也被激怒了。而且，两处毫无进展的围城令人腻烦，还不如痛痛快快打一仗！许多人离开了队伍，四下游荡。听到迦太基在备战，他们全归了队，马道兴奋得直跳脚，他叫道：

——太好了，太好了！终于盼到了！

他把对萨郎宝的怨怼转到了哈米加身上。现在他仇恨的对象明确了，报复的愿望也就容易落实，他觉得自己胜券在握，禁不住手舞足蹈起来。他的心里同时升腾着热烈的柔情和更加狂暴的欲念。他一会儿看见自己在兵士的簇拥下，手握长矛挑着徐率特的头颅；一会儿又觉得自己在那间有红色吊床的闺房，怀中紧搂着那个处女，一边吻着她的脸颊，一边抚摸她浓密的黑发。由于明知这只是个无法实现的幻想，他因而倍感折磨。不过，他向自己立誓，既然伙伴们让他当统帅，他就一定要打好这场仗；他还认定自己难以生还，所以这场战争注定残酷无情。

他去到司攀笛跟前，对他说道：

——你赶紧带上你的兵士行动！我带上我的！立刻通知欧塔芮特！一旦哈米加发动攻击，我们就全完了！听见吗？快起来！

看到马道这样威严地发号施令,司攀笛不禁惊呆了。通常马道总是听命于人的,即使发怒也很快就会过去。可现在他却是既平静又可怖,目光显得异乎寻常的坚毅,闪耀如同燔祭时的烈焰。

希腊人压根儿没理睬他提出的理由。他舒舒服服住在珠子滚边的迦太基营帐里,用银杯喝着冷饮,沉迷于用残酒占卜,重新留起头发,消消停停地指挥着围城。而且,他有耳目在城里给他通风报信,确信用不了多久就能拿下雨地克,所以不想离开。

纳哈法在佣兵的三支部队之间游走,这时恰好也在。他支持司攀笛,甚至指责利比亚人一味恃勇好斗,一点不顾及他们的事业。

马道大声呵斥道:

——如果你怕你就滚开!你答应过的那些松脂、硫磺、大象、步兵,还有马匹,它们都在哪儿?

纳哈法提醒他,说自己上次歼灭了哈龙的最后几个步兵大队[①];——至于大象,他们正在森林里猎捕,步兵正在装备,马匹也正在路上;这个奴米第亚人,一边摸弄垂在肩上的鸵鸟翎,一边恼人地讪笑着,并且那对恍若女人的眼睛转来转去。马道在他面前一句话也说不出来。

这时候一个陌生人冲了进来,他满头大汗,慌里慌张,两只脚淌着血,腰带也散开了。他急促的呼吸掀动消瘦的胸脯,仿佛即将炸裂。他瞪大了眼睛,说着一种听不懂的方言,似乎是在讲述一场战争。奴米第亚国王立刻跳了起来,跑出去召集他的骑兵。

骑兵们在旷野上把他围在中间。纳哈法咬紧嘴唇,低着头骑上马。然后把人马一分为二,一半留在原地待命;另一半则在他威严手势的招呼下,跟随他飞奔而去,消逝在远山之中。

---

① 步兵大队是古罗马的战斗编制,每队三百至六百人,十个步兵大队组成一个军团。

司攀笛嘟囔道：

——主人！我讨厌总遇到这种猝不及防的怪事，一会儿是徐率特回来，一会儿是纳哈法跑掉……

马道轻蔑地说道：

——哼！这有什么关系？

不过，这倒显得更有必要抢在哈米加动手之前和欧塔芮特会合。可是放弃围城，又担心两座城里的居民会出来迎合迦太基人对他们前后夹击。深思熟虑之后，他们决定并且立即实施以下措施：

司攀笛率领一万五千人，开拔到离雨地克三里①远的马加尔河大桥，为加强防御，在桥的四角建起四座配备弩炮的塔楼。再用树干、岩石、荆棘和石墙封锁所有的山路和隘口，在各个山头用柴草搭起烽火台，并且安排擅长眺望的牧人在各处设立岗哨。

哈米加肯定不会像哈龙那样取道温泉山。他该考虑到掌控着内地的欧塔芮特会截断他的去路。一开战就吃败仗必定会把他拖垮，而初战告捷可以让他开个好头，因为从国外招募佣兵还要等相当久。他也可以考虑在葡萄岬登陆，从那里出发去攻击某一支围城部队。可是这样一来他势必会遭到两支围城部队的前后夹攻，既然他手下的人少，他决不可能这样冒险。因此他只能沿着阿芮阿那山脚进军，然后向左躲开马加尔河口，直奔大桥。马道算准了就在这里等着他。

晚上，依仗火把照明，他督着工兵干活。他在伊包茶芮特、山里的工事和大桥之间马不停蹄地来回奔波。司攀笛佩服他的精力。可是在安插密探、调派哨兵、操作作战机械和制订防御计划方面，马道乖乖地听他指挥。他们谁都不再提萨郎宝，——一个是压根没想到，另一个则是羞于启齿。

---

① 这里的"里"，指罗马古里，等于现今的 1.472 5 公里。

马道经常朝迦太基的方向走动,企望能发现哈米加的部队。他的眼睛死盯着远处的天际,他甚至趴在地上谛听,把自己的心跳当成是行军的脚步。

他对司攀笛说,如果三天之内哈米加还不来,他就带着他的人马去找他决战。这样又拖了两天,司攀笛尽力挽留他。到了第六天一早,他还是走了。

迦太基人也和野蛮人一样亟盼着开战。无论是军营里的战士还是房舍里的平民,全都在渴望和焦躁不安。大家都在疑虑,为什么哈米加总拖着不肯出发。

哈米加不时登上艾实穆庙的圆顶,在报月人身边,观测和记录风向。

有一天,那是提别月①的第三天,人们看到哈米加急匆匆下了卫城。接着在马巴勒岬区,响起一片激昂的呐喊。街道突然变得异常热闹,到处是忙着武装自己的兵士,女人们围着他们边哭边紧紧地搂抱。随后他们全赶到太阳神广场集结。不许任何亲友跟随,不许同他们交谈,甚至不许走近围墙;全城一下子变得像座大坟墓一般沉寂,兵士们倚着长枪沉思默想,其他的人关在家里唉声叹气。

傍晚,部队出了迦太基城的西门,他们既没有取道突尼斯也没有进山朝雨地克方向走,而是继续沿着海岸行进。没多久就到了潟湖,那里有许多积满白盐的洼地,像一个个落在岸边的大银盘在熠耀。

水洼越来越多,地面也越来越软,把脚都捂住了。哈米加却毫不在意,带领部队继续前进。他的马身上沾满了黄色的泥点,恍若一条龙,在泥沼中扭动腰身,奋力跋涉,四周水花飞溅。天黑了下来,而且

---

① 提别月是犹太教的10月,相当于公历12月到1月之间。

正好没有月亮。有几个人叫嚷说要淹死了,他就让奴仆过去替他们扛起武器。淤泥越来越深了。人们爬到负重的驮子背上,一些人拽紧了马尾巴前进,强者挽着弱者,里古芮亚兵士用矛尖督着步兵向前。夜更黑了。大家辨不清方向,只好停了下来。

这时徐率特打发奴仆赶到前头去找路标,那是他们事先依照他的命令按一定间隔竖好的。他们在黑暗中用叫声引路,部队便远远地摸索着跟进。

终于大家感到地面变结实了。这时,前面出现了一道模糊的白色弧线,原来他们已经到了马加尔河边。天很冷,可是不准生火取暖。

午夜时分,起了狂风。哈米加让兵士起身,可是不许吹号,全靠长官们轻叩肩膀把他们叫醒。

一个身材魁梧的大个子走进河里。水不及腰,涉水过河不成问题。

徐率特命令三十二头大象在河中百步远的地方排成一线,其余的象站在下游,挡住可能被水冲散的兵士。然后所有人举着武器,从两座墙壁似的通道中间渡过了马加尔河。原来哈米加早已判定西风会把沙子吹送过来壅塞河流,形成一条过河的天然通道。

部队登上河的左岸,正对着雨地克,面前是一片宽阔的平原,这对他视为部队主力的战象极为有利。

这个天才的行动使部队的士气大振。大家都信心倍增,直想马上就向蛮族人杀过去,徐率特却强迫他们休整两个时辰。天一亮,部队就分成三个梯队在平原上向前推进:第一队是大象,中间是轻步兵大队和骑兵,重装步兵方阵殿后。

在雨地克城下扎营的蛮族兵士和守在大桥周围的一万五千人,都惊讶地发现远处的地面在波动。风很猛,把地面的黄沙全都刮了起来,旋转着形成一幅接一幅遮天蔽日的沙幕,使蛮族人完全无法辨认出布匿军队。有些佣兵看到有角的头盔，误认为来的是一群公牛；另一些人看见飘舞的一口钟，还以为是翅膀；那些有旅行经验的人则耸耸肩膀，宣称这些不过是海市蜃楼。然而那个庞然大物还在继续前进。一团团缥缈如同哈气般的雾霭，在沙漠表面飘移；太阳升得更高，变得更加炙热；酷虐的光线仿佛在震颤，使天空显得更加深邃，并且穿透被照射的物体，使距离越加难以捉摸。广袤无垠的平原向四面八方伸展开去，一眼望不到边；几乎难以察觉起伏的地面，直达天尽头一抹粗大的蓝线，那就是众所周知的大海。两支蛮族的军队都走出营帐观看，雨地克的守军为了看得更清楚些，都挤到了城头上。

他们终于分辨出有几条横杠，上面耸立着平整的尖头。它们变粗变大，像黑色的山丘在摇晃。突然，出现了方形的灌木丛，原来是大象和长矛。所有的人齐声狂叫："迦太基人！"然后不等信号和指挥，雨地克城下和大桥周围的两支蛮族军队就乱乱哄哄地一齐朝哈米加的部队扑去。

提起哈米加的名字，司攀笛就哆嗦起来。他喘着气不断念叨："哈米加！哈米加！"而马道偏又不在！怎么办？无路可逃！事发突然，他惧怕徐率特，可是时间紧迫，必须当机立断，他一下子急昏了头，乱了方寸；他仿佛看见自己挨了千刀，砍了脑袋，已经死掉。可眼下正有人需要他，三万人要听他指挥，心中掀起一阵痛恨自己的暴怒，他期盼能取胜，胜利的冀望使人快乐，他自诩勇猛胜过伊巴密浓达[①]。为了遮掩自己惨白的脸色，他在两颊上涂抹了朱砂，然后扣上胫甲，披好胸甲，喝了一爵烈酒，便去追赶他的部下，他们正急匆匆地奔跑着去和从雨地克方向来的队伍相会。

交战双方如此快就相遇，以致徐率特竟来不及把队伍布好战斗阵

[①] 伊巴密浓达是古希腊城邦底比斯的著名军事政治家，在他的领导下底比斯战胜了斯巴达，成为当时希腊最强的城邦国。

列。他逐步放慢推进的速度,大象停了下来;它们一边摇晃装饰着鸵鸟翎毛的大脑袋,一边甩动长鼻子拍打双肩。

从象阵的空隙可以望见轻步兵大队和稍后一点的胸甲骑兵,他们戴着硕大的头盔,还有在阳光下闪亮的兵器、铠甲、翎饰和舞动的军旗。这是一支拥有一万一千三百九十六人的迦太基军队,可是看上去人数好像没有这么多,因为他们排成一个两翼狭窄的长方形,所有的人全紧紧挤在一起。

看见对方人数比自己少三倍,蛮族人高兴得手舞足蹈;他们见不到哈米加,也许他留在后方了?这有什么关系!对这群生意人的蔑视,更加强了他们的勇气,他们可是打仗的行家里手,不等司攀笛发号施令,他们就已经行动起来。

他们排列成一条很长的直线,去包抄布匿军队的两翼,想把他们团团围住。可是,等到他们相距还有大约三百步时,大象不但不再前进,反而掉头往回走了。接着那些胸甲骑兵也掉转身跟着往回走。更使佣兵们惊讶的是,只见那些投弹兵也在往回跑。那么,迦太基人害怕了,他们在逃跑!蛮族兵士中响起一阵巨大的嘲骂声,司攀笛也从他骑的单峰骆驼上大声嚷道:

——啊!我早就料到了!冲啊!冲啊!

于是投枪、尖矛、弹丸一齐抛射出去。大象屁股挨扎,越跑越快,随之带起一片浓密的尘埃,一转眼它们就如魅影般消失在茫茫云雾里。

突然,从云雾深处传来了杂沓的沉重的脚步声,还有那疯狂吹响的盖过脚步声的尖厉的军号。蛮族兵士面前那片喧嚣嘈杂、尘埃弥漫的空间,就像一个有巨大吸力的漩涡,有些人冲了进去。一队队布匿的轻步兵大队出现了,他们在合拢起来。同时,大家都看到有些兵士用脚追着飞驰的骑兵在狂奔。

原来哈米加命令重装步兵方阵拉开空当,让大象、轻步兵和骑兵从中间通过,迅速转到两翼。他对蛮族军队的距离估算得极其精准,以致当他们冲到跟前时,整个迦太基军队已经排成一长条直线。

中央矗立着重装步兵方阵,由每边十六个人的一组组实心小方阵①组成。每一列的排头兵都被高低不平突出在他们面前的锋利的长矛裹在中间,因为前六行的兵士都用手握着枪杆的中部,相互交叉地举着,而后十行则把长矛分别架在前一行兵士的肩上。每个人的脸都在面甲的遮掩下若隐若现,右腿都有紫铜胫甲保护,巨大的柱形盾牌可以一直盖到膝部,这个可怕的方阵整齐划一地行动,就像一只活着的野兽,又像一台在运转的机器。两队大象按常规的阵列守护着方阵的两翼,一边在不停地把刺进它们黑皮肤里的箭和矛抖落下来。印度象倌蜷缩在大象肩头一簇簇白翎饰中间,用匙状鱼叉来管束它们;肩膀以下藏身在象塔里的兵士,靠着巨大弓弩不停地摆弄装有点燃的麻絮的卷线杆。在大象左右两侧是轻快地奔跑着的投弹兵,腰间和头上各拴着一个投石器,右手里还拿着一个。接下去是胸甲骑兵,每个骑兵都有一名黑人掩护,骑手和坐骑都披挂着金甲,长矛的矛尖搁置在战马的两耳之间。再后边是散开的轻步兵,在他们举着的猞猁皮盾牌上头,露出用左手握着的标枪的枪尖。在这道兵墙的两头作为收煞的,则是塔兰托弓箭手,每人带着两匹拴在一起的战马。

蛮族军队正好相反,没有办法维持住他们的队列。他们的阵线拉得太长,出现了凹陷和空当,每个人都跑得气喘吁吁,上气不接下气。

迦太基的重装步兵方阵凶猛地行动起来了,所有的长矛都向前戳;佣兵脆弱的战线在这样的重压下,很快就被从中间切断了。

于是迦太基人的两翼便伸展开来包抄他们,大象也跟着前进。重

---

① 这种每边16人的小方阵是古罗马军队步兵建制的基本单位,即256人为一组。

装步兵方阵斜伸着的长矛把蛮族军队切成两半，这两大块军队在拼命挣扎，迦太基的两翼用投石器和弓箭把他们压回到重装步兵方阵跟前。没有骑兵来救他们脱困，仅有的两百名奴米第亚骑兵遇上了右路的胸甲骑兵队。其他人全被围在里面，突不出来。情势危急，必须迅速采取对策。

司攀笛下令同时攻击方阵两侧，企图从侧翼打开缺口。可是方阵较短的那几行从较长的那几行下溜进去，然后迅速复位，转过来用两翼对付蛮族军队，同刚才的正面进攻一样可怕。

蛮族兵士想把对手的长矛砍断，可是受到背后骑兵的牵制。重装步兵方阵凭借大象，时而收紧，时而展开，而且不断变换阵型：方形、锥形、菱形、梯形，或者金字塔形。方阵内部还在不停地进行着排头到排尾之间的双向运动，让力竭和负伤的战士得到喘息和替换。蛮族军队发现自己被重装步兵方阵死死卡住，根本没法前进。这里简直是一片跃动着青铜鳞片和红色羽饰的海洋，而翻滚着的耀眼的盾牌就像海上的银色泡沫。汹涌的巨浪有时从一处最高点猛降到另一处最低点，然后又翻卷上来，但是有个庞然大物却立在中央一动不动。长矛交替地戳下去又抬起来。到处是飞舞着的出鞘的刀剑，快得只能看到一点闪光，骑兵队兜了个大圈子，又旋风般从后面围拢过来。

铅弹和石弹在空中飞过的嘶嘶声盖过了军官的叫喊、刺耳的喇叭和激越的里拉琴，刀剑被这些弹丸从手里打飞，脑浆给砸出了脑壳。伤兵们一只手举着盾牌护身，倚着插在地上的剑的手柄支撑自己，有些人则躺在血泊里还翻滚着去咬敌人的脚后跟。人群那么拥挤，尘土那么浓密，声音那么嘈杂，一切全都无法分辨，就连胆小鬼乞降求饶的呼喊也没人能听得见。丢失武器的人伸出手贴近扭打，胸口被铠甲挤得咔咔直响，死尸的脑袋向后耷拉着还被人用两臂紧紧箍住。有一支六十个翁布里亚人①组成的蛮军队伍,死命站稳脚跟,高举矛枪,咬紧牙根,一动不动,一鼓作气打退了两组小方阵的进攻。一些伊庇鲁斯②牧人出身的蛮族兵士,奔向左侧的胸甲骑兵,抓住马鬃,挥舞着手中的木棍,于是那些牲口把背上的人掀翻在地,自己逃到平原里去了。布匿的投弹兵们被完全冲散开了,目瞪口呆地傻站着。重装步兵方阵开始动摇了,军官们失魂落魄地来回奔走,督着兵士们向前,可是蛮族军队已经重整旗鼓,缓过气来;胜利将是他们的了。

突然一阵骇人的吼声爆发了,这是由七十二头大象发出的既痛苦又愤怒的咆哮,它们分两排冲了过来;哈米加一直等到佣兵紧紧挤作一团时才把大象放出来,印度象倌使足全力刺它们,鲜血顺着它们宽大的耳朵往下淌。它们的长鼻子涂了朱红的丹铅,笔直地伸在空中,像条红蛇,它们的前胸安装了长矛,背上披着铠甲,象牙用弯曲的铁片加长,成了两把军刀,——而且,为了使它们更凶猛,人们用胡椒、烈酒和香料合成的饮料把它们给灌醉了。它们摇动着铃铛项圈,大声吼叫,火箭开始从象背上的攻城塔里射出去,象倌都把头低下来。

为了更好地进行抵抗,蛮族兵士紧紧聚在一起向前冲,那些大象也凶猛地径直冲进人群中心。它们前胸的长矛就像船艏,在步兵大队中破浪前进,逼得他们像潮涌般后退。它们用长鼻把人勒死,或者把人卷起来,越过脑袋,甩给象塔上的兵士,它们用象牙扎透人的肚子,抛向空中,长牙上悬挂着死者的肚肠,就像船桅上悬挂着的一捆捆缆绳。蛮族兵士拼命想刺瞎它们的眼睛,砍断它们的腿;有些人钻到它们的肚子下面,奋力把利剑插进它们的肚子,一直没到剑柄,但是自己也被碾压致死;最勇猛的设法吊挂在大象身上,全然不顾火焰、弹丸和

---

① 翁布里亚地区位于亚平宁半岛中部,被称为意大利的"绿色心脏"。翁布里亚人是构成古意大利人的一个民族。
② 伊庇鲁斯位于希腊西北部,临爱奥尼亚海,是希腊最多山的地区。

箭矢的危险，使劲割断捆绑象塔的皮带，使得柳条编的象塔也像砖石砌的塔一样垮塌。最右边的十四头大象被身上的剑伤激怒了，掉头向后排冲去；象倌急忙拿起木槌和凿子，对准它们的头骨缝，抡起胳膊狠命砸下去。

这些庞然大物倒了下去，一只压一只，叠成了一座大山。在这一大堆尸体和盔甲中间，一头体形硕大被称为"复仇之神"的战象，由于腿被链条缠住，眼睛又给箭扎瞎，被遗弃在战场哀嚎到深夜。

然而，其余的大象却像征服者那样，以毁灭一切自娱，撞倒、挤压、践踏一切，甚至攻击、踩烂死尸和残骸。为了打垮以密集环形队列包围着它们的步兵分队①，它们一边前进，一边以后腿为轴心不停地旋转。迦太基人一下子勇气倍增，重新开始战斗。

蛮族兵士的力量逐渐衰竭，一些希腊的重装步兵放下了武器，恐慌蔓延开来。他们看到司攀笛趴在他的单峰骆驼背上，用两支标枪猛扎肩头催它快跑。于是所有人都仓皇地从两翼冲出去，向着雨地克方向奔跑。

胸甲骑兵的坐骑已经疲惫不堪，没有力气再去追杀。里古芮亚步兵口渴难耐，一心只想赶到河边饮水。只有迦太基人，守在各组小方阵的中央，没吃多大苦头，眼睁睁看着复仇的良机要错过，急得跳脚。就在他们马上要拔腿去追的当口，哈米加出现了。

他胯下的那匹身上带斑点的战马，大汗淋漓，被他用银缰绳使劲勒住。他那系在军盔尖顶上的飘带在脑后飞舞，一面椭圆盾牌遮住了他的左腿。他把手中的三叉长矛一挥，全军立刻停下。

那些塔兰托骑兵飞快地从骑着的马跃到身边的备用马上，分成左右两路向河边和城市疾驰而去。

---

① 步兵分队是古罗马的战斗编制，每队60至120人。

重装步兵方阵轻而易举地就消灭了残留在战场上的野蛮人。只要刀剑一举，他们闭上眼睛伸长脖子等死。遇上有人拼命反抗，迦太基人就像围打疯狗似的，从远处用石头猛砸。哈米加曾下令要留下俘虏，可是迦太基人压根儿就不打算照办，他们只想享受手刃野蛮人的快意。由于太热，他们就打着赤膊像割草人那样来收拾伤兵，等到歇手换气的时候，他们就抬眼张望着田野里的骑兵追杀蛮族兵士，看他怎样抓住对手的头发，拖着他奔跑，然后一斧头砍倒。

夜幕降临了。无论迦太基人还是野蛮人，全都不见了。一些逃散的战象，驮着烧毁的象塔在天际四处游荡。黑地里东一处西一处尚未燃尽的象塔，仿佛在浓雾中隐约可见的灯塔；原野上一片死寂，只有马加尔河水在汹涌起伏，河水被漂浮的死尸抬高了水位，把它们一直冲到了海里。

两个小时以后，马道才赶到。借着星光，他能隐约看见地上有一堆堆长短不一的东西。

原来那是一堆堆野蛮人。他俯下身子，他们都死了，他向远处呼喊，没有任何回应。

当天早上，他带着部队离开伊包茶芮特向迦太基进发。到了雨地克，司攀笛的部队刚离开，雨地克人正在焚毁那些攻城机具。他们马上开始激烈厮杀。但是大桥那边传来了令人费解的越来越响的喧嚣，马道立刻抄最近的山路赶过去，由于蛮族兵士都循着平原逃跑，一路上他谁都没碰上。

河对岸，黑暗中矗立着一堆小型金字塔似的建筑物；河这边，离他不远的地面上有许多一动不动的灯火。原来迦太基人已经撤到大桥后面，可是徐率特为了迷惑野蛮人，在河的这边又竖了无数骗人的岗哨。

马道继续前进，自以为看见了布匿的标志，因为他眼前出现了一些一动不动的马头，其实它们是固定在被隐匿起来的成捆的矛枪柄上的；而且他还听见了大声的吵闹、嘈杂的歌声和杯盏的撞击。

他弄不清自己身在何处，也不知道如何找到司攀笛，内心极度焦虑，感到惊慌失措，而且在黑暗中辨不清方向，于是他赶紧循着原路更急切地往回返。天已开始见亮，他从山顶上望见了雨地克城，望见了被火烧焦的攻城机具的残骸，像巨人的骷髅一样倚在城墙上。

四下里一片异乎寻常的死寂，笼罩在一股沉重压抑的氛围里。营帐跟前，在他的兵士之间，躺着无数几乎全裸的人，有的仰面朝天，有的前额枕在铠甲支撑的胳膊上。有几个人在解开腿上沾满了血的绷带。濒死的伤兵缓缓地转动着脑袋，另一些人吃力地拖着腿给他们取水喝。哨兵肩扛长矛，沿着狭窄的通道来回踱步取暖，或者恶狠狠地站着转过脸去仰望天空。

马道找到了司攀笛，他躲在一块用两根棍子支撑起来的破帆布底下，两手抱膝，耷拉着脑袋。

他们呆了好长时间没有开口说话。

最后马道低声道：

——打败了。

司攀笛凄切地重复道：

——是的，打败了！

无论问什么，他都只回以绝望的手势。

他们的耳边不停地传来揪心的唏嘘和垂死者的喘哮。马道掀开破帆布，眼前的景象立刻使他想起另一场败仗，就在这同一个地方！他恨恨地咬着牙说道：

——可恶！已经有过一次……

387

司攀笛打断他：

——那次你也不在。

马道叫起来：

——真倒霉！不过最终我一定能抓住他！打败他！宰了他！啊！要是当时我能在那儿的话……

一想起他错过了这场战斗，简直比吃了败仗更让他失望。他气得拔出剑，摔到地上。

——可是迦太基人到底是怎么把你打败的？

旧日的奴隶就开始讲述作战的经过。马道仿佛身临其境般地大发雷霆：驻守雨地克的部队不该扑向大桥，应该从后面围攻哈米加。

司攀笛道：

——咳！我知道！

——应该把队列的厚度沿纵深加大一倍，不该让轻步兵去对抗重装步兵方阵，要给大象让出一条通道。你们在最后关头完全可以反败为胜，用不着逃跑。

司攀笛答道：

——我看见他高举着手臂，披着宽大的红色一口钟，在飞扬的尘土上，在步兵大队的两侧，像只鹰似的来回翱翔；队伍完全按照他摆头的示意，忽儿聚拢，忽儿向前突击；人群把我们往一起推，他盯住我看，就像有把冷冰冰的剑扎进我的心脏。

马道低声自言自语道：

——他或许是特意挑好了这个日子来的？

他们一起琢磨起来，力求查明为什么徐率特会恰好在这个对他们最不利的时机到来。接着他们谈论眼下的形势，司攀笛为了减轻罪责，或者为了给自己鼓劲，宣称他们还有希望取胜。

马道道：

——我才不在乎有没有希望！哪怕只剩我一个人，我也要打到底！

希腊人跳起来嚷道：

——我也是！

他踏着大步来回走，两眼放光，一种异样的笑容使他的豺狼面孔起了皱纹。

——我们可以从头再来，只是别再离开我！我不能在阳光下作战，刀剑的光芒让我眼晕，这是种病，因为我被关在地窖里太久了。可是我能在黑夜攀越城墙，摸进城堡，要我处死的人等不到公鸡打鸣，尸首就已经冰凉！给我指定任何一样东西：仇人、珍宝、一个女人——（他又重复一遍）——一个女人，哪怕是国王的女儿，我也能很快把她送到你的脚下。你责备我被哈龙打败，其实最后我还是赢了。你承认吧！我那群猪帮了大忙，比斯巴达的步兵方阵还管用。

他急于抬高自己和重树声望，开始细数他为佣兵干下的种种业绩：

——是我，在徐率特的花园里，挑唆高卢人闹事！之后在西喀，是我利用佣兵对共和国的疑虑把他们激怒！吉斯孔想说服佣兵接受遣返，是我堵住他翻译的嘴不让他们开口。啊！那些死鬼的舌头伸出嘴外多长！你忘了吗？是我把你带进了迦太基，我偷了圣衣。把你领到她面前，我能干的事还多着呐，你等着瞧吧！

他哈哈大笑起来，像疯了一样。

马道瞠目结舌地看着他。这个人总是让他感到浑身不自在，一个既怯懦又可怕的家伙！

希腊人把手指拧得劈啪响，同时改用快活的口吻道：

——哟嚯！雨过天会晴，苦尽甘必来！我在采石场里服过苦役，可是也曾乘着我自己的船，躺在金线编织的天篷底下，像托勒密王一样,喝过马西科①的葡萄酒。灾难会让我们变得更精明。只要坚持不懈,命运会向我们低头。它偏爱懂谋略的人。它会让步的!

他又回到马道身边,抓住他的胳膊道:

——主人,眼下迦太基人以为他们已经胜利了。其实你手里的整支军队都还没动用过,他们全听你的。你让他们打前锋,我的兵士为了报仇,会跟着走的。我这里也还剩下三千喀芮安人,一千二百名投弹兵和弓箭手,完整的步兵大队!组建起方阵来也没问题,我们打回去吧!

战败的不幸使马道变得痴骏了,迄今他脑子里还没有任何摆脱困境的主意。他张着大嘴听着,胸前的铜片随着剧烈的心跳起伏。他捡起剑,大叫道:

——跟我来,前进!

可是打探消息的人回来报告说,迦太基人把阵亡的将士都带走了,大桥被彻底毁掉。哈米加去向不明。

---

① 马西科是意大利中部山区名,在那不勒斯东北,有数千年葡萄酒出产史。

九 原野

哈米加预料佣兵会在雨地克等他，或者掉头反攻；他觉得自己既无力再次发动攻击，又难以抵御对方的反击，于是就沿着河的右岸向南方进军，这样就可以立即避免遭到突袭。

他打算先对各个部族的背叛装聋作哑，努力离间他们和蛮族人的关系，等到蛮族人在各省都被孤立了，他再扑过去，把他们彻底歼灭。

在十四天内，他首先安抚了图卡拜到雨地克的周边地区，包括狄尼喀巴、特索辣、瓦喀这样的市镇以及更加偏西的地区。接着建在山上的宗哈尔、以庙宇闻名的阿苏辣，盛产刺柏的德热拉多，以及塔比第斯和哈格尔，也都派来使臣示好。乡民们手中捧满粮食来见他，请求保护，吻他的和兵士们的脚，控告蛮族人。有的人向他献上用口袋装着的佣兵的脑袋，声称这是他们亲手杀的，其实都是从尸体上割下来的；因为有许多佣兵在溃逃时迷了路，橄榄树下和葡萄藤下，随处都可以发现死人。

为了向民众炫耀，哈米加在胜利的次日，就把在战场上抓获的两千个俘虏送到了迦太基。他们每百人编为一队，队伍拉得长长的，胳膊都用一根铜棍缚住，绑在脖子后面；伤员流着血也照样跟着跑；背后有骑兵在挥着鞭子驱赶。

迦太基一片欢腾！大家口口相传说已经有六千蛮族兵士被杀，剩下的人也指日可待，战争结束了；人们在街上互相拥抱，还往那些凶神巴泰克的脸上涂抹黄油和肉桂向它们致谢。这些凶神鼓着大眼睛，挺着大肚子，两臂高高举到肩头，新抹上去的涂料像是让它们活了过来，要分享民众的欢乐。富豪们敞开了大门，整个城市又响起了欢乐的铃鼓声，庙宇里夜夜灯火辉煌，月神的侍女们来到马喀，在十字路口的拐角支起枫木台子，就在里面卖淫。通过表决一致同意，向战胜者奖励土地，给麦喀耳提神献上燔祭，送徐率特三百顶金冠，哈米加的同党还建议授予他新的特权和荣誉。

哈米加请求元老院同欧塔芮特进行谈判，必要时用全部蛮族俘虏来交换老吉斯孔以及所有和他一起被囚禁的迦太基人。欧塔芮特的部队尽是利比亚人和游牧部落的人，而这批蛮族俘虏主要是意大利人和希腊人，他们几乎全不相识，既然共和国肯用这么多的蛮族人来交换这么少的迦太基人，这就说明前者不值钱，而后者非常值钱。他们害怕其中有诈，因此欧塔芮特一口回绝。

于是，尽管徐率特来过信请求别杀害俘虏，因为他计划收编一些优秀的加入他的队伍，也可以借此鼓励叛军起义。可惜仇恨早已冲昏头脑，元老院还是下令将俘虏全部处死。

两千蛮族俘虏被捆在马巴勒海岬的墓碑上；商人、厨役、绣花工，甚至妇女、战死者的寡妇和她们的孩子，这些人只要愿意，都可以来用箭把他们射死。大家故意放慢动作，意图延长对他们的折磨；手中的武器时而举起，又时而放下；群众一拥而上，大声叫骂。瘫痪的人叫人用担架抬来；很多有备之人带来了干粮，在那里一直逗留到傍晚；有些人就干脆在那里过夜。有人支起帐篷提供宴饮。还有好几个人靠出租弓箭赚了一大笔钱。

这些受尽折磨的死尸就那样直直地立在那里，仿佛墓地里平添了无数红色雕像；兴奋的情绪甚至传染给马喀的原住民，他们是当地土著的后代，平素从不过问国事；出于感激迦太基给他们带来的欢乐，如今他们也表示认同自己是迦太基人，关心起它的命运来了。元老院也因而认为把全体民众捏合在同一件复仇行动之中的做法是个绝妙的主意。

天神的认可也是毋庸置疑的了，因为数不清的乌鸦从四面八方聚拢过来，在墓地上空盘旋、呱唣，就像一团巨大的不停打着转的乌云。从克利佩亚①、辣代司、海耳买屋穆岬，都可以望得见它们。有时这团乌云会突然裂开，黑色的涡旋随之扩散到远处，原来是只老鹰冲进它们中间，然后又飞走了。在露台、圆屋顶、方尖碑和庙宇的三角楣饰上面，站满了用染红的喙叼着一片片人肉的大鸟。

迫于腐尸臭气熏人，迦太基人不得不把死尸解下来。他们焚烧了一些，其余的统统扔进了大海；海浪在北风驱动下，把它们推送到海湾尽头的海滩上，正在欧塔芮特的军营跟前。

毫无疑问，这样凶残的惩罚把野蛮人吓坏了，因为从艾实穆神庙的高处望下去，可以看到他们拆掉营帐，聚拢畜群，把行李装上驴背，全军连夜就都撤走了。

欧塔芮特部队的任务是在温泉山和伊包茶芮特两地来回巡视，阻止徐率特接近推罗人的城市，以及粉碎他们返回迦太基的图谋。

在此期间，另两支部队正设法在南方同它会合，一支是东边司攀笛的部队，一支是西边马道的部队，三支部队准备联手对哈米加开展突袭和围歼。而且他们的军力还得到了出乎意外的加强：纳哈法带着三百头驮着沥青的骆驼、二十五头大象和六千骑兵赶来了。

徐率特为了削弱佣兵，曾经做过精心的策划，要使纳哈法远远地留在他的王国里。所以他在迦太基内地收买了一个盖图利②强盗马斯喀帕，后者一心想要拥有一个自己的王国。有了布匿人的资助，这位冒险家便鼓动奴米第亚各省造反，许诺给它们以自由。可是纳哈法得到他奶妈儿子的告警，突然回到西尔塔，在饮水里下毒把那些胜利者毒死，砍了几个脑袋，恢复了权力，然后率兵到来，心里对徐率特的愤

---

① 克利佩亚是突尼斯附近的非洲小城。
② 盖图利人是古代北非洲的一个最古老的游牧民族，居住在阿特拉斯山脉一带的盖图利亚地区。

恨，几乎超过了野蛮人。

这四支部队的头领统一了对战争部署的看法。这将是一场旷日持久的战争，必须做万全的准备。

首先，他们一致赞同去请求罗马人来助战。本来想把这件事交给司攀笛，可他不敢去，因为他是罗马的逃犯。于是改派了十二个希腊殖民地的人在阿纳巴港登上一艘奴米第亚的单桅帆船出使罗马。然后各个头领要求全体野蛮人宣誓绝对服从指挥。他们责成军官每天查看兵士的衣服和鞋；禁止哨兵携带盾牌上岗，担心哨兵靠着盾牌倚在长矛上打盹；命令每个人都要学罗马人把行囊背在背上，多余的行李统统扔掉。为了将来对付大象的攻击，马道组建了一支重甲骑兵队，人和马都藏在一副河马皮铠甲后面，铠甲上插着尖钉；为着保护马蹄，用芦苇草绳给它们编了草靴。

他们禁止兵士劫掠村镇和虐待非布匿族居民。可是由于当地的物资已耗尽，马道指示按兵士人头配给粮食，不再照顾随军妇女。起初，兵士同妇女分享自己的口粮。很快由于饥饿，身体便衰弱下来。这也引发了无休止的争吵和谩骂，有人用食物做诱饵，或者仅凭许诺，就抢走别人的女伴。马道下令毫不留情地把妇女统统赶走。她们躲进了欧塔芮特的营盘，可是高卢人和利比亚人用残暴的行为逼她们离开。

走投无路的她们来到迦太基城下祈求得到席瑞斯女神①和普洛塞庇娜女神②的保佑，因为在比耳萨山上，为给曾经的锡腊库扎之战中的暴行赎罪，有祭祀她们的神庙和僧侣。席西特宣称他们依法享有对无家可归者的处置权，把其中那些最年轻的妇女带走卖了；那些新迦太基

---

① 席瑞斯，也译为刻瑞斯，是罗马神话中的谷物女神，和希腊神话中的得墨忒耳相对应，被视为西西里岛的守护神。
② 普洛塞庇娜在罗马神话中是席瑞斯的女儿，被劫入冥间成为冥后，和希腊神话中的珀耳塞福涅相对应，冥王允诺普洛塞庇娜每年冬季可以回去探母，于是谷物女神在此期间便放下工作陪伴女儿。

人娶了那些金头发的拉塞代冒妇女。

少数妇女宁死也不肯离开雇佣军。她们追着军官在各组小方阵的侧翼奔走颠踬。她们呼喊着自己的男人，揪住他们的一口钟，搥着胸脯咒骂他们，尽着胳膊的长度高举着她们光溜溜的、哇哇大哭的小孩。这样的情景使野蛮人心软，她们已经成为一种障碍、一种危险。无数次她们被驱散后又返回来；马道让纳哈法的骑兵用枪尖攻击她们；当那些巴莱阿里人对他叫喊说他们需要女人时，马道答道：

——我也一样没有女人！

如今他像是被摩洛神附了体。尽管昧于自己的良知，他还是干了许多残忍恐怖的事，并且自认为这是天神的旨意。他即使不能蹂躏农田，也要往地里扔些石头，让它变得荒芜贫瘠。

他不停地派人传话催促欧塔芮特和司攀笛加快行动。可是徐率特的意图实在难于揣测。他先后在艾突斯、蒙萨耳、特罕三地扎过营；有些探报说在靠近纳哈法边境的伊希耳附近见到过他，之后又来探报说他从特布耳帕上游过了河，仿佛要回迦太基。他几乎不停歇地转移驻地，而且行进的路线无人知晓。徐率特用不着打仗，就始终占尽优势；他好像在被野蛮人追击，实际却是在牵着他们的鼻子走。

不过这样频繁往返的行军也把迦太基人搞得更加疲惫，得不到休整和补充，兵力在逐日下降。如今乡下人也不再积极交纳粮食，来自各处的只是无声的迟疑和怨恨，尽管他向国务会议一再请求，可是迦太基没有给过一丁点援助。

人们说（或许是以为）他不需要援助。求援不过是一种诡计或故作姿态。哈龙一派为了害他，故意夸大他那场胜利的伟大。为了装备他的军队大家已经做出过牺牲，再不能这样无止境地满足他的要求。战争的负担太沉重了！花费实在太高，哈米加一派的贵族虽然出于高傲表示支持，但也软弱无力。

既然指望不上共和国，哈米加只能用武力向各个部落征收全部军需：谷物、油料、木材、牲畜和人丁。但是很快当地居民就都闻风而逃了。所有经过的村子全是空的，他们搜遍宅子也一无所得，布匿军队很快便陷入一种可怕的孤立境地。

被激怒的迦太基人开始在各省大肆劫掠，他们填塞水槽，焚毁房屋。火星随风向远处飘散，山岭上的森林也全都着了火，仿佛给山谷围上了一顶火冠，队伍想要通过，经常要等许久，然后才能在大太阳底下，踏着炽热的灰烬继续前进。

有时他们发现路边灌木丛里有类似山猫的眼睛在闪光，其实是一个蹲伏着的蛮族人，浑身涂抹着模仿树叶颜色的泥土；又有时他们沿着山涧行走，靠边的人会突然听见有石头滚落，抬头一望，就看见有赤脚的人在峡谷的隘口上空跳跃。

这时候雨地克同伊包茶芮特已经不再遭受佣兵的围攻了。当哈米加命令他们提供帮助的时候，他们竟然不顾体面地用暧昧、客套和虚情假意来搪塞。

他再次突然折向北方进军，哪怕围城也决心要敲开某个推罗人的城门。他必须在靠海处找到一个据点，以便从海岛或者从昔兰尼获取粮食和补充兵力；他最想占据的是雨地克，因为它最贴近迦太基。

于是徐率特离开祖伊坦，小心翼翼地绕过伊包茶芮特湖。但是没过多久，为了翻越那座把两个山谷隔开的大山，他就不得不把他的步兵阵列拉长成为单行去爬山。日落时分他们才从漏斗形的山巅下到谷底，同时发现眼前的地平面上有好些青铜色的母狼，它们好像正在穿过草地奔跑。

猛然间地上竖起许多巨大的羽翎，惊天动地的歌声伴着嘹亮的笛声在空中炸响。原来那是司攀笛的队伍，队伍里的坎帕尼亚人和希腊人，出于对迦太基人的厌憎，所以穿上了罗马人的装束。同时左边也出现了长矛、豹皮盾牌、亚麻铠甲和一些裸露的肩膀。他们是马道手下的伊比利亚人、吕西塔尼亚人、巴莱阿里人和盖图利人,传来了纳哈法部队的马嘶声,他们散布在小山的周围,跟着到达的是欧塔芮特率领的乌合之众:高卢人、利比亚人和游牧人;一眼就可以看出他们中间混杂着那些吃"不洁食物"的人,因为他们的头发上插着鱼骨。

原来这是野蛮人的四支部队想方设法协调了各自的行动,终于再次会合。这样的相遇让他们自己也吃了一惊,不能不停下来,花点时间商量对策。

徐率特赶紧把自己的人马排成一个球形阵列,使部队在任何方向都能同样抗住攻击。带尖头的高大盾牌被一个接一个地插在草地上,把步兵团团围住。外面是胸甲骑兵,大象被拉开距离安置在更靠外的地方。佣兵们觉得自己疲累至极,最好等明天再打;野蛮人认为自己必胜无疑,所以整个晚上都在吃喝。

他们点燃了一堆堆明晃晃的篝火,火光在照亮着他们的同时,却把布匿军队藏在他们下方的黑影里。哈米加按罗马人的方式,围着营盘挖了一条十五步宽、三肘深的壕沟,用挖出来的土在壕沟后面筑起一道胸墙,墙上交错竖立尖利的木桩;等到太阳升起的时候,佣兵们惊讶地发现所有的迦太基人都像在要塞里似的,有堑壕保护着。

他们认出了在营帐间走动的哈米加,他在发布命令。他身上披挂着一副棕色的鳞片铠甲,后面跟着他的战马,时不时停下来伸出右臂指点着什么。

于是不少佣兵都回想起,也是这样的清晨,在军号声中他慢慢地从他们面前走过,他的目光像烈酒使他们坚强。他们都有点动情。与他们相反,那些不认识哈米加的人,都因为马上能抓住他而欣喜若狂。

可是，如果大家一起进攻，由于地势狭窄，极有可能彼此误伤。奴米第亚人或许能越过壕沟，可是他们对付不了有铠甲护身的胸甲骑兵，再说怎么才能跨过那些尖桩围栏呢？至于大象，眼下它们又还没训练好。

马道喊道：

——你们全是些胆小鬼！

他领着一批兵士中的佼佼者向堑壕冲去，却被一阵乱石给打退了，因为徐率特用上了对方在大桥上丢弃的投石机。

进攻失败立刻对野蛮人易变的精神产生巨大的影响。超凡的勇气都消失了，他们渴望胜利，又不想冒太大风险。照司攀笛的主张，就该小心在意地维持好现有的态势，饿就能把布匿军队整垮。不承想迦太基人居然挖起井来，这是周围有大山包着的小丘，他们找到了泉水。

他们从尖桩栅栏的最高处往下射箭，还从地上捡起土块、粪便以及鹅卵石往下扔，他们有六台投石机，不停地沿着平台来回投射。

不过泉水慢慢会干涸，粮食早晚被耗尽，投石机也会出故障；而佣兵人数比他们多十倍，最后终将获胜。徐率特于是想法子用谈判来拖延时间，一天早上野蛮人在他们的阵地上发现了一张写满字的羊皮。徐率特先为自己那场败仗开脱：这全是元老们逼着他干的；为了表明愿意履行过去对他们的承诺，他提出可以随他们挑选，去抢劫雨地克，或者伊包茶芮特；最后，哈米加宣称他毫不惧怕，因为蛮族部队里有许多内奸在帮他，所以他很容易就可以打败他们。

野蛮人心乱了：马上能得到战利品的建议值得考虑；他们害怕被内奸出卖，根本没想到徐率特的夸夸其谈只不过是个圈套，反而开始相互猜疑。他们留意别人的言行，晚上常被噩梦惊醒。好些人离开了自己的同伴，随自己的心意另选队伍；跟随欧塔芮特的高卢人去找内阿尔卑斯高卢人①组队，因为他们听得懂彼此的语言。

四位头领每晚都在马道的营帐里聚会，蹲在一面盾牌周围，专心致志地把一些小木偶移来移去，这些木偶是皮洛斯的发明，用来演练战术的。司攀笛论证哈米加资源匮乏，他凭借所有天神之名赌咒发誓，恳求他们千万别错失良机。马道愤怒地打着手势来回走动。向迦太基开战是他个人的事，他讨厌别人干预和不服从。欧塔芮特从他的脸上猜出了他的心思，表示赞赏。纳哈法仰着下巴表示轻蔑，没有一种方案能行，脸上惯有的微笑也不见了。他没完没了地唉声叹气，仿佛要缓解自己为无法实现的梦想和注定失败的事业感到的绝望与痛苦。

就在野蛮人还没商量出个头绪的时候，徐率特却在加强防御：他在尖桩围栏里面又挖了一圈壕沟，又垒了一道围墙，在营盘的各个角落搭建了木碉楼；并且把奴隶们赶到前哨的中间地带，埋设下许多铁蒺藜。可是大象由于喂食太少，却在脚镣里拼命挣扎。为了节省草料，他命令胸甲骑兵宰杀那些不够健壮的战马吃掉。有个别人拒不执行，他就砍了他们的头。大家把马肉吃了。随后好几天，对这些鲜肉的回味，想起来就让他们特别伤心。

他们被围困在圆形剧场般的山谷里，从这里向四外望去，可以看见竖立在四周高地上的蛮族部队的四座营寨。妇女头顶着羊皮袋来回走动，山羊咩咩叫着在成堆架立的矛枪下面游荡，时常有哨兵在换岗，时常有人围着三脚支架大吃大喝。事实上，各个部落提供的食物极为丰足，野蛮人也根本没想到布匿军队如此害怕他们这样按兵不动。

从第二天起，迦太基人就注意到在游牧人的营地里有一支被单

---

① 内阿尔卑斯高卢人是居住在阿尔卑斯山靠近意大利一侧的居民。

独隔离开的三百个人的队伍。他们就是开战以来一直被拘禁着的迦太基富豪们。一些利比亚人把他们排在坑边，拿他们当护墙，在他们身后向外投掷标枪。这些可怜虫已经让人无法辨认，脸上满是蛆和污垢，头发多处被拔掉，脑袋上长着烂疮，消瘦、可怖，就像裹在破烂尸布里的木乃伊。有几个人浑身颤抖，痴骏地啜泣；其他人则拼命喊叫他们的朋友向野蛮人还击。其中有一个人，动也不动，耷拉着脑袋，一声不吭，长长的白胡子垂下来盖在戴着镣铐的手上。迦太基人认出他是吉斯孔，心底里一下子就觉得共和国已经崩溃了。尽管危险，但他们还是推挤着来看他。尽管马道不喜欢，可人们还是按欧塔芮特的主意给他的头上戴了一顶奇丑无比的镶着石子的河马皮王冠。

被激怒的哈米加命令打开围栏，决心无论如何冲杀出去；如怒涛般涌出的迦太基人一口气爬上了半山腰，冲了三百步左右。然而像潮水似的从上面扑下来的野蛮人又把他们压了回去。一个禁军被石头绊倒，落在了外边。查耳萨斯追上了他，把他打倒，举起短剑插进他的咽喉，接着把它拔出来，扑到伤口上，——并且，伴着快活的唧哝和传遍全身直到脚跟的震颤，把嘴贴住伤口，使劲吸血，然后静静地坐在尸体上，他抬起脸，仰着脖，就像一头刚在山涧中喝过水的母鹿那样，用力呼吸空气，接着就用尖嗓子唱起一支巴莱阿里人的歌，一首充满拖长音节的含糊不清的曲调，时断时续，互相交替，仿佛在山谷间相互呼应的回声；他在召唤阵亡的兄弟们，邀请他们参加这个宴会；——然后，把手垂在两腿之间，他慢慢地低下头来哭泣。这样残酷的情景使野蛮人感到毛骨悚然，尤其是希腊人。

从此以后，迦太基人再也不敢尝试突围；——他们也不想投降，因为投降会被折磨至死。

可是无论哈米加如何精打细算，粮食还是在急遽减少。平均每个人只剩下不到十贺梅珥①麦子，三欣②小米和十二贝扎③的干果。没有肉、没有油、没有腌货，连喂马的大麦也一粒不剩，那些瘦骨嶙峋的战马伸长着脖子，努力在尘土中搜寻几株踩踏过的麦秸。在平台上站岗的哨兵一旦在月光下看到野蛮人的狗在壕沟底下的垃圾堆之间游荡，就用石头把它砸死，利用盾牌上的皮带沿着栅栏滑下去，一声不吭，就把那条狗吃了。可有时会听见凶猛的狗吠声，那个人就再也上不来了。在重装步兵方阵的第十二组小方阵的第四列，有三个兵士为了争抢一只耗子，竟拔刀互砍致死。

大家都在怀念家庭，怀念房屋：穷人们怀念他们那蜂窠般的茅舍、门槛上的贝介和挂着的网；贵族们怀念那宽敞的浅蓝色调的幽暗大厅，在一天之中最慵懒的时刻，他们躺在那里休息，倾听着街衢上隐约可闻的喧闹，夹杂着花园里树叶摇曳的窸窣——为了能更深地浸淫在遐思中，更多些享受，他们半阖住眼冥想，只有伤口突发剧痛，才会把他们惊醒。每一分钟都有零星战斗、新的警报。木硐楼起火了，那些吃"不洁食物"的人爬上了栅栏，守卫用斧子砍他们的手，别的人又冲上来，一阵阵铁雨砸落到营帐上。为了预防投射过来的标枪和矢石，迦太基人筑起一道灯芯草编的围廊，躲在里面，再也不动弹。

每天，太阳都会在山丘上空熠耀，但从一大早起它就躲开谷底，把他们留在阴影里。在他们的前后，都是向上延伸的灰色的斜坡，上面布满了有零星苔藓点缀的石子；高悬在他们头上的天空永远那么碧净，看起来比金属的穹顶更光洁冰冷。哈米加对迦太基气愤之极，甚至想投身到野蛮人中，率领他们杀向迦太基。而且，如今连挑夫、随军小贩，甚至奴隶都开始怨声载道，可是无论从人民、从国务会议，还是

---

① 贺梅珥是古代容量单位，等于220升。
② 欣是古代容量单位，等于3.6升。
③ 贝扎是古代度量单位，折算关系不详。

从任何地方，都没有带来一点希望。这种局面已经让人无法忍受，一想起将来还会更糟，就加倍难挨。

听到哈米加军队陷入重围的噩耗，迦太基人气愤和憎恨得跳了起来；如果徐率特让自己一开始就吃了败仗，或许大家还没那么忿恨。

如今既来不及也没钱去购买新的佣兵。至于在城里招募兵士，拿什么装备他们？哈米加把所有武器都拿走了！而且谁来指挥？最优秀的军官都跟着他走了！可是徐率特派来的信使跑到街上，向人民大声疾呼。国务会议甚为震动，赶紧设法灭口。

其实这种预防措施毫无必要，因为大家都在谴责哈米加太软弱。他应该在初战告捷之后就彻底消灭那些佣兵。他干吗要去劫掠各个部落？大家作出的牺牲已经够沉重了！贵族们心疼他们捐助的十四个金谢克，席西特惋惜他们那二十二万三千吉卡耳的金子，什么也没捐过的人也同其他人一样抱怨。贱民们则嫉妒那些新迦太基人，因为哈米加答应给他们完整的公民权；甚至那些为迦太基拼死战斗过的里古芮亚人，也照样被看作是野蛮人，并且同样受到诅咒，出身于这个种族就有罪，至少是同谋犯。站在店铺门前的商贾、手握铅尺的过路小工、冲洗篮筐的盐卤贩子、在澡堂沐浴的客人、出售热饮的小贩，全都在讨论作战的部署。人们用手指在地上描画作战计划，任何一个粗人都能出来指摘哈米加犯的错误。

祭司们则宣称，这是对他长期不敬神的惩罚。他不献燔祭，不为他的部队赎罪，甚至拒绝把占卜官带在身边，——这种种渎神的丑闻加剧了人们强忍的憎恨和希望破灭的愤怒。大家回忆起他在西西里岛打的败仗，回忆起被迫长期忍受他的佞妄而背负的重担！大祭司们不能宽宥他曾经夺走他们的珍宝，他们要求国务会议允诺，一旦他回来，就把他钉在十字架上凌迟处死。

这一年的以禄月特别溽热，这又是一种灾难。从湖边升腾起一股令人作呕的气味，它随空气飘散，同香料的烟雾糅混起来，在街角弥漫。哀乐在耳边不停地回响。庙宇的台阶上站满了人，墙壁上全蒙着黑纱，点燃的蜡烛在巴泰克神像的额头上摇曳，为祭献而砍杀的骆驼的血顺着一级级楼梯流淌下来，在台阶上形成了红色的瀑布。葬礼的狂热使迦太基动荡不安。从最狭窄的小巷深处，从最阴暗的窝棚里，一些脸色惨白、身子如蝮蛇般蜷曲的人被抬了出来，牙齿咬得咯咯直响。屋子里回荡着妇女撕心裂肺的尖叫，透过窗子格栅传到广场上，站着谈话的人都吃惊地回过头来。有几次大家以为蛮族人来了，有人在温泉山后看到他们，有人说他们驻扎在突尼斯，于是人声越来越多，越来越响，末了竟汇成一片鼎沸。然后一切复归静寂，一些人依旧攀在建筑物的三角楣饰上，手搭凉棚向远处张望，另一些人脸贴在堞墙脚下，侧着耳朵谛听。恐惧过去以后，怒火又重新燃起。可由于意识到自己的软弱无能，人们很快就复归于同样的悲哀之中。

这悲哀每天傍晚都会加剧，因为那时候他们全都登上平台，鞠躬九次并伴以大声呼喊来向太阳致敬，看着它慢慢落到潟湖后面，然后突然间消失在野蛮人所在的群山之中。

大家都在等待那三重神圣的佳节[①]，届时，一只雄鹰要从焚烧的火堆之巅飞上天空，它是年岁更新的象征，也是人们向巴力神传递的信息，它被视为一种缔约，一种获得太阳神力的途径。此外，由于如今内心充满怨恨，他们就极自然地转向嗜杀的摩洛神，彻底舍弃了达妮媞。实际上，月神丢失圣衣之后，似乎就被解除了某些神力。她拒不恩赐她的水，她背弃了迦太基；她成了叛徒，成了敌人。有人向她扔石头来侮辱她。可是大多数人一边痛骂，一边又可怜她；人们还在爱她，

[①] 指从犹太教历的 7 月（提斯利月）审判日开始的赎罪节、住棚节和庆法节，宣告新的一年开始。

或许爱得较前更深。

可以说,一切不幸皆因丢失圣衣而起。萨郎宝间接参与其中,也就遭到人们同样的怨恨,她应受惩罚。一种要拿她作为牺牲祭神的模糊想法不久就在私下流传开来。要使天神息怒,必须献上一件无价之宝,一个年轻俊美的处女,出身显贵,是神祇的后裔,人类之星。每天都有陌生人闯入麦嘉辣的花园,奴隶们出于自保都不敢出面阻拦。不过,他们从不跨上那座船形楼梯。他们只是站在下面,仰望最高处的平台,等着看萨郎宝;他们一连几小时大声呼喊着责骂她,就像狂犬在吠月。

十 蛇

哈米加的女儿并不在意这些贱民的扰攘。

她的心被更高层次的烦恼占据了：她的大蛇，那条黑色的巨蟒，日见委顿，气息奄奄；而在迦太基人眼中，蛇是国家的也是私人的吉祥物。大家认为蛇是土地的儿子，因为蛇从土地深处出来，不用脚就能走遍大地，它的行进方式使人想起江河的蜿蜒，它的体温使人想起古代黏稠而繁殖力旺盛的黑暗，它咬着自己的尾巴所描绘的运行轨道使人想起星辰的和谐与艾实穆神的智慧。

萨郎宝的那条蛇已经多次在满月和新月时，拒绝捕食按例供给它的四只活麻雀了。它那像苍穹般在纯黑的底子上布满金色斑点的靓丽的皮肤，现在却变成黄色，松软起皱，对它的身体似乎有些过大，头部长满了毛茸茸的霉菌，在它的眼角还可以看到仿佛有红色的小斑点在移动。萨郎宝时不时地走近它的银丝篮子，掀开深红色的帘子、荷叶和鸟毛；它始终蜷成一团，仿佛一盘枯藤，动也不动。她长时间盯着它看，最后竟恍惚觉得心里也有一团东西，另一条蛇正一点一点爬上她的咽喉，要把她勒死。

她为见过圣衣而感到绝望，可同时也有点快活，内心深处还隐隐有些引以为傲。在圣衣华丽的皱褶中隐藏着某种神迹，那是翳蔽天神的云霞，宇宙存在的秘密，尽管萨郎宝对自己的好奇心感到害怕，但还是后悔没有把它掀开看。

她几乎整天蜷缩在自己房间的深处，双手抱住曲着的左腿，半张着嘴，下颏低垂，眼神呆滞。她惊恐地回想起父亲的面容，她希望进入腓尼基的深山，到阿法卡庙①里去朝圣，那里是达妮媞化为星星降临的地方，各种想象吸引着她，使她害怕，一天比一天加剧的孤独感包围着她。她甚至连哈米加现在的情况都不清楚。①

沉思冥想到厌倦以后,她就会站起身,拖着她的那双小凉鞋在宽敞静寂的屋子里漫无目的地穿行,每走一步,鞋底都在她的脚后跟上敲一下。天花板上的紫晶和黄玉随处发出些光点在闪烁,萨郎宝会一边走,一边轻轻转过头来欣赏。她会走过去握住悬挂着的双耳尖底瓮的瓶颈,她会拿把大扇子来扇凉胸脯,或者在珍珠凹孔里焚烧肉桂自娱。日落时分,达纳克打开遮住墙上窗洞的菱形黑色毛毡,然后她的那几只同达妮媞庙里的鸽子一样搽抹过麝香的鸽子就突然飞进来,粉红色的脚爪在玻璃地板上的大麦粒中间滑动,那是她用手像在田间播种似的一把把撒下去的。然而转眼间她又会呜咽起来,动也不动地直躺在牛皮带编成的大床上,嘴里反复念叨着同一句话儿,睁着眼睛,死人一样惨白,浑身冰冷,毫无感觉;可同时她却又能听到棕榈树丛里猴群的啼叫,还有那越过一层层楼台把清水车到中央斑岩蓄水池的巨轮的永无休止的辚辚声。

有时候,她会一连几天拒绝进食。她会梦见汹涌的群星在她脚下飘荡。她会把沙哈巴瑞叫来,可是等他来了,她又没有什么话要对他说。

他的存在对她是一种慰藉,否则她简直活不下去。可是在她内心深处却又抗拒这样的掌控,对于这位祭司她既感到畏惧、嫉妒、憎恨,又怀有些许爱恋,她感激在他身边能体验到的一种奇妙的快感。

沙哈巴瑞擅长辨别各种疾病是哪位神祇送来的,他认定萨郎宝是受了月神辣拜媞娜的影响。为了治她的病,他叫人在她的房间里洒了

---

① 阿法卡神庙在黎巴嫩,是希腊神话传说中美少年阿多尼斯被野猪咬死之地。罗马帝国时期阿法卡神庙被君士坦丁大帝摧毁。

马鞭草①和铁线蕨②泡制的药水，每天早上让她服用曼德拉草③，睡觉时枕的是大祭司们亲手调配的装有各种香料的香囊，他连巴辣草④也用上了，这种植物有火一样颜色的根，能把致命的凶神赶回北方，最后他还转向北极星，嘟嚷了三次达妮缇的神秘名字；可是萨郎宝照样难受，苦闷更加深了。

在迦太基，没人能比沙哈巴瑞更有学问。年轻时他曾经在巴比伦附近波尔西帕⑤城的祆教⑥主祭学校念过书，后来又遨游过萨莫色雷斯⑦、培希奴⑧、以弗所⑨、塞萨利⑩、朱迪亚，以及迷失在沙漠中的纳巴泰人⑪的庙宇，并且沿着尼罗河岸，从大瀑布一直步行到海边。他还曾经脸上戴着面罩，挥舞着火把，当着恐怖之父斯芬克司像的胸前，把一只黑公鸡扔进山达树木⑫的火堆里。他又曾下过冥后普洛塞庇娜的岩洞，他曾经见过利姆诺斯岛上迷宫中那五百根旋转的柱子，也见过塔兰托的巨大的分支烛台大放光芒，这个烛台的烛托数目同一年的日数相同；他时常在夜间会见希腊人，向他们提出问题。他对于世界的构

---

① 马鞭草，又名龙牙草，多年生草本植物，入药有活血化瘀之功效。古代基督教视为驱魔之神草，用于装饰祭坛。
② 铁线蕨又称少女发丝，多年生草本挺水植物，常用于观赏栽培，入药有消炎止血化瘀之功效。
③ 曼德拉草是茄参属植物，又称风茄或毒参茄，有很强的麻醉致幻作用。
④ 巴辣草是迦南人传说中一种能驱魔的植物，福楼拜在小说《希罗底》中也曾提及。
⑤ 波尔西帕，又称尼姆鲁德，曾是亚述帝国都城，位于伊拉克摩苏尔南39公里。
⑥ 祆教又称拜火教，或以其创教者名称之为琐罗亚斯德教，曾是古波斯国的国教，这里的主祭学校是祆教培训其主管重大庆典的祭司的机构。
⑦ 萨莫色雷斯是北爱琴海中的希腊岛屿，岛上有古希腊的万神庙，法国卢浮宫的镇馆三宝之一的"有翼胜利女神"雕像便是在该岛上发现的。
⑧ 培希奴是土耳其小亚细亚北方位于萨卡里亚河上游的一座小城，因希腊神话传说中弗里吉亚国王弥达斯在此为地母库柏勒修建神庙而著称。
⑨ 以弗所，又译艾菲索斯，土耳其伊兹米尔市东南40公里的古城，有保存最完好的希腊罗马古迹，其中的阿尔忒弥斯神庙被列为世界七大奇迹之一。
⑩ 塞萨利，是希腊中部群山环抱的一片开阔山谷区，历史上以良马和骑兵闻名，西边与伊庇鲁斯接壤，东临爱琴海。
⑪ 纳巴泰人，是阿拉伯一个游牧民族，由于其占据的约旦古城佩特拉是古代骆驼商队的必经之隘口而一度成为阿拉伯与印度香料、埃及黄金、地中海沥青、中国丝绸的交易中心，如今又以其建于岩石中的奇特陵墓、神庙和壁画而引起关注。
⑫ 山达树是一种非洲松香树，其树脂用于制作香料和清漆。

成同对天神的本性一样关注，他曾经用放在亚历山大城柱廊里的天文仪器观测过春分秋分，还伴随托勒密三世①的丈量官②一直走到昔兰尼，通过计算自己的步数来测量天空；——由于有过这些经历，在他的头脑里萌发着一种特殊的宗教，没有清晰的模式，却因此更令人着迷和热狂。他再也不相信大地的构成像松果，认为大地是圆的，并且不停地在浩瀚的宇宙中跌落，不过跌落的速度如此神奇，以致没有任何人能察觉。

由于太阳位置在月亮之上，他就得出结论说巴力神是主神，而月亮只是它的反光和表象；何况他在人世间所看见的一切，也迫使他承认男性主掌生杀大权的法则是至高无上的。而且他私下始终把他一生不幸的原因归罪于辣拜媞娜。难道从前不是为了她，大祭司才拿一爵沸水在铙钹声中把他的生殖器阉割掉的吗？如今他只能忧郁地目送那些男人领着月神庙的女尼们消失在笃薅香树③丛的深处。

他的日子全用在检查香炉、金瓶、火钳、祭坛上拨香灰的耙子、所有的神像袍子，直到一根铜针，那是为第三小神殿里挨着祖母绿葡萄旁的一座老旧的达妮媞神像卷头发用的。每天在同样的时刻，他把悬挂在规定的几扇门前的大挂毯撩起来，用同样的姿态张开两条臂膀守在那里，或者在同一块石板上跪下祈祷；在他的周围，则是一大群赤着脚的祭司在昏暗的走廊里走来走去。

在他枯燥乏味的生活中，萨郎宝宛如墓穴坟头的一丛迎春。可是他对她非常严厉，从不减轻赎罪的苦行或尖刻的责备。他的生理缺陷好像在他们之间建立起一种无性别差异的平等关系。他怨怼这年轻的

---

① 托勒密三世（公元前284年—前221年）又名奥尼葛瑞提斯（施主），其妻为昔兰尼加王国贝蕾尼西二世公主。
② 丈量官，古希腊御用的计量官员，经过专门培训，用步数测量距离。希腊步略大于罗马步，600希腊步约等于625罗马步，约等于185米。
③ 笃薅香树，和阿月浑子即开心果同为黄连木属落叶乔木，常用做其嫁接树种。

姑娘，并非由于不能占有，而是由于她的美丽，更是由于她的清纯。他经常看出来她厌倦追随他的思绪。于是他回来后更加忧郁，被抛弃、空虚、孤独的感觉也更加剧了。

有时他会脱口说出一些奇怪的话，宛如巨大的闪电在萨郎宝面前划过，照亮了深渊。那通常是在晚上，他们两人单独在露台上，一起仰望星空的时候，迦太基展开在他们脚下，海湾和涨潮的大海模糊地隐在黑暗之中。

他对她解释灵魂降临人间的学说，它遵循太阳在黄道十二宫图里同样的运行路线。他伸长胳膊，指点说人类降生之门在白羊星座，而回归天神之门在摩羯星座；萨郎宝竭力要看到这两个星座，因为她把这些设想都当作事实；即使这纯属一种象征，甚至只是一种表达的方式，她也不加区别地当作真理接受，其实祭司自己也并非总能分清这种区别。

他说道：

——死者的灵魂在月亮里分解，就如尸体在地上分解一样。它们的眼泪使月亮潮湿，使它成了一个充满泥泞、残骸和风暴的黑暗居所。

她问她将来在那里会怎么样。

——首先，你将萎靡无力，轻盈得像在水面上飘浮的雾气，然后经过漫长的考验和焦虑以后，你将返回太阳的中心，到智慧的泉源里去！

可是他没有谈起辣拜媞娜。萨郎宝以为这是他不好意思提起这位被征服的女神，于是她就用惯用的名称来呼唤月亮，并且开始祝福这颗多产而又温柔的星辰。最后，他终于忍不住喊道：

——不！不！它的繁殖能力全都是别人给的！你没有看见它总围着太阳转悠，就像一个怀春的女子在田野里追逐男子一样吗？

同时他不绝口地赞美阳光的效力。

他不仅不压制她探究神秘事物的欲望,相反,他还力图激励这种欲望,甚至似乎还很陶醉于通过阐述这种冷酷的学说来折磨她。萨郎宝尽管在对月神的爱上受到伤害,仍然全身心耽思于这种学说。

可是沙哈巴瑞越感觉自己在怀疑达妮媞,就越希望自己坚定信仰。在他的内心深处,有种内疚在揪扯他。他急需某种证明,某种天神的启示才行;为此,祭司筹划了一个方案,它既能挽救他的祖国,又能拯救他的信仰。

于是,他就开始在萨郎宝面前哀叹那桩圣衣被窃的渎神罪行和随之而来的灾难,这灾难甚至会殃及天国。然后,他突然向她说起徐率特的危险处境,他遭到马道统率的三支军队的围攻;因为在迦太基人看来,马道凭借那件圣衣,当上了野蛮人的国王;他还加上一句,说共和国和她父亲的安危,如今全在她一个人身上。

她失声喊道:

——在我身上?我怎么能够……?

祭司带着轻蔑的微笑说道:

——你当然是不会同意的!

她求他说出来。最后沙哈巴瑞对她说道:

——你必须到野蛮人那里去把圣衣拿回来!

她软瘫在乌木矮凳上,两臂垂在膝间,浑身颤抖,就像在祭坛下等待被击杀的牺牲。她的太阳穴在嗡嗡作响,眼前火花乱转;在昏昏沉沉中,她只明白一件事,那就是她快要死了。

可是沙哈巴瑞认为,如果辣拜媞娜获胜,圣衣取回而且迦太基得救,死一个女人算得了什么!何况,她也有可能拿到纱帔而不至于丧命。

他一连三天没有过来。到了第四天傍晚,她派人去找他。

为了加强蛊惑，他向她转述了元老聚会中大家对哈米加的肆口谩骂，并且说她是有罪的，应该赎罪，辣拜媞娜要她作出牺牲。

不时有巨大的叫喊声越过马巴勒岬区传到麦嘉辣来。沙哈巴瑞和萨郎宝急忙走出去，站在船形楼梯上向下张望。

那是聚集在嘉蒙广场上的人群，大声叫嚷着要求得到武器。元老们不想提供，认为这种努力得不偿失；有些没有将领的人擅自行动，结果都白送了命。最后他们终于得到出发的许可，为了向摩洛神致敬，或者受朦胧的破坏欲驱使，他们将庙宇林子中的大柏树连根拔起，在喀毕尔神的火炬上点着树干，扛着它们走到街上唱歌游行。这些巨大的火炬摇晃着缓慢行进，它们把火光映射在庙宇屋顶的玻璃球上、巨大神像的装饰上和船舶的冲角上，它们经过城里的一座座平台，就像有许多太阳在各处滚动。他们走下了卫城。马喀的城门打开了。

沙哈巴瑞喊道：

——你准备好了吗？否则就托他们转告你父亲说你已经把他抛弃了。

她把脸藏在面纱中；巨大的火光远去了，慢慢地消失在海边的波浪里。

一种无法形容的惊恐攫住了她；她害怕摩洛神，也害怕马道。这个身材像个巨人似的男子，既然当了圣衣的主人，就能像巴力神一样驾驭辣拜媞娜，而且在她看来，他也同样会有电闪雷鸣环绕。天神的灵魂不是也有时会附身人的躯体吗？沙哈巴瑞谈到马道的时候，不也说她应该战胜摩洛神吗？马道同摩洛神已经合为一体，她无法区分，他们两个都在折磨着她。

她想预卜未来，就走到那条蛇前面，因为可以通过蛇的形态判断凶吉。可是篮子里空空如也，萨郎宝极为不安。

她发现那条蛇用尾巴卷在吊床旁的一根银栏杆上，使劲磨蹭栏杆,蜕掉暗黄的旧皮,它的身子变得又光又亮,像一把半出鞘的宝剑。

以后几天,随着她听任自己慢慢被说服,愿意去拯救达妮媞,那条大蟒也逐步复原和变粗,似乎重生了。

于是在她的内心深处建立起一个确切的信念,认为沙哈巴瑞所表达的是神旨。一天早上,她醒过来时决心已定,便问要怎么做才能使马道交还纱帔。

沙哈巴瑞答道:

——问他要。

她又问:

——可是,如果他拒绝呢?

祭司专注地细看着她,露出一个她从来没见过的微笑。

萨郎宝仍坚持问:

——是呀,那怎么办呢?

他用手指揉搓着从法冠上垂到肩头的带子的末端,双眼低垂,动也不动。最后,看见她还是不明白,才说道:

——你要和他单独相处。

她问道:

——然后呢?

——单独待在他的营帐里。

——那又怎么样?

沙哈巴瑞咬了咬嘴唇。他在努力寻找一种委婉的表达方式:

——即便你要去死,那也是以后的事,以后的事!所以不用害怕!不管他做什么,都不要叫喊!不要吃惊!你必须卑躬屈膝,明白吗?必须依从他的意愿,他的意愿就是上天的旨意!

——那纱帔呢?

沙哈巴瑞答道:

——天神会作出安排的。

她又央求道：

——你能陪我一起去吗，师父？

——不能！

他让她跪下，然后举起左手，伸直右手，代她起誓说一定要把达妮媞的纱帔带回迦太基。她发毒誓表示自己愿为天神牺牲一切，沙哈巴瑞每说一句，她就声音颤抖地重复一句。

他告诉她所有该做的洁身礼和斋戒，以及怎样到达马道身边。而且会有一个熟识道路的人陪着她去。

她觉得自己得到了解脱。现在她只想着重见圣衣的快乐，感谢沙哈巴瑞给她的劝告。

如今正是迦太基的鸽子迁徙西西里岛的季节，它们要飞往艾里克斯山和维纳丝神庙。在动身之前，连着好些天它们在彼此寻觅，相互召唤，为了聚合成群。最后，在一个黄昏，它们起飞了，就像被风吹送着的一大片白云，在大海之上的高空掠过。

天际染着血红的颜色。鸽群好像逐渐贴近海面，最后完全消失了，仿佛被波涛吞没或者跌进了太阳的大嘴。萨郎宝一直望着它们远去，最后低下了头；达纳克自以为猜出了她的哀愁，温柔地对她说道：

——女主人，它们会飞回来的。

——是的，我知道。

——你还会见到它们的。

她叹了一口气道：

——也许吧！

她没有向任何人吐露自己的决心，极其小心谨慎地实施她的计划，她不向管家们要，而是打发达纳克到肯西道的郊外去购买所需要的各种东西：朱砂、香料、亚麻腰带和几件新衣服。老女奴对这些准备非常惊奇,可又不敢问任何问题;沙哈巴瑞指定的日子到了,萨郎宝该动身了。

在十二点左右,她望见枫林深处有一个瞎老头,一只手搭在走在他前面的一个孩子的肩上,另一只手拿着一把靠住臀部的类似齐特拉琴①的黑木乐器。净身祭司、奴隶和侍女们,都被小心地支开了,谁也不让知道这件在准备中的秘密。

达纳克在房间的四角点起了四只装满松果和小豆蔻的三足香炉,然后打开几幅巴比伦的大挂毯,把它们系在绳子上,在房间四周张挂起来,因为萨郎宝不愿意被人瞧见,连墙壁也不行。那个基诺尔琴②琴师就蹲在门背后,孩子在他旁边,嘴唇贴在一支芦笛上。远处街道上的喧嚣已渐消失,庙宇的列柱廊前拉出一片长长的紫色阴影,同时,在海湾的另一边,山麓、橄榄田、黄色的荒地,起起伏伏,全融入了一片青蓝色的氤氲;四周如此静谧,充溢着一种难言的沉重、压抑的气氛。

萨郎宝蹲在浴池旁的玛瑙台阶上,挽起宽大的衣袖,拿来系在肩后,然后按照宗教的仪式按部就班地开始洁身礼。

接着,达纳克递给她一个雪花石膏瓶,里面装着一种凝固的液体:一条黑狗的血,它是被一些不能生育的妇女在冬夜带到荒墓宰杀的。她拿这狗血来涂抹耳朵、脚跟、右手的拇指,以致指甲都被染红了,好像刚用手捏碎过浆果似的。

月亮升起来了,于是基诺尔琴和芦笛同时演奏起来。

萨郎宝褪下她的耳坠、项圈和手镯,脱去白色长袍;她松开发箍,让头发披落在肩上,缓缓地摇动了几分钟,为了凉快,也为了让头发完全散开。门外的音乐在继续;只有三个音符,翻来覆去都是同样的三个音符,急促而且激烈;琴弦铮铮,笛子呜呜;达纳克跟着节奏击

---

① 齐特拉琴是古希腊的一种和里拉琴相似的大号抱琴,有木质音板。
② 基诺尔琴是古代犹太人用的一种七弦竖琴。

掌；萨郎宝扭动着身躯，吟诵着祷文，身上的衣服一件件飘落在她脚边。

沉重的挂毯颤动起来，在悬挂它的绳子上出现了蟒蛇的脑袋。它慢慢地滑落下来，像一滴水沿着墙壁流下来一样，在洒落一地的衣衫中爬行，然后，把尾巴贴住地面，笔直地立起身来；它那比红宝石还明亮的眼睛，凝视着萨郎宝。

起初或许是怕冷，也可能是害羞，她有些犹豫。可是想起了沙哈巴瑞的命令，她立刻迎上前去；蟒蛇折下身子，拿它的中段搭住她的后脖，头和尾垂下来，就像一条断开的项链，两端一直落到地上。萨郎宝让它绕在自己胁部、胳膊底下和两膝之间，然后抓住它的下颚，让它的三角形尖嘴凑近自己的牙齿，然后半阖住眼睛，头向后仰，沉浸在月亮下。皎洁的月光仿佛一层银色的薄雾把她裹住，她的湿脚印在石板上闪着亮光，繁星在浴池深处颤动；蟒蛇有金色斑点的墨黑身子缠得更紧了。萨郎宝在它沉重的挤压下喘不过气来，腰也弯了，觉得自己像要死了；蛇用尾巴轻轻撩着她的大腿，随着音乐停止，它也跌落下来。

达纳克端着两个枝形大烛台过来，在她的身边放好，烛台里面的灯火都在一个个盛满水的水晶球里面燃烧，然后拿散沫花染红手心，把萨郎宝的双颊染红，拿锑粉给她抹上眼影，拿树胶、麝香、乌木和碾碎的飞虫脚制作的调和剂把她的眉毛画长。

萨郎宝坐在一把象牙靠背的椅子上，听任女奴给她打扮。可是这些触摸、香料的气味和长时间的斋戒，快要使她精力耗尽了。她的脸色变得这样苍白，以致达纳克赶快住了手。

萨郎宝挺了挺身子，突然振作起来。她感到不耐烦，催促女奴道：

——快接着做！

老女奴叽咕道：

——好了！好了！女主人！……再说，又没有人在等你！

萨郎宝说：

——有的！有人在等我。

达纳克惊得退开一步，她想知道得更多一点：

——女主人，你对我有什么吩咐？因为你要是离开挺长时间的话……

萨郎宝呜咽起来，女奴惊叫道：

——你在难受！为什么？别走了！或者带上我！你特别小的时候，只要一哭，我就把你抱在怀里，用我的奶头来逗你乐；如今它已被你吸干了，女主人！

她拍了拍自己干瘪的胸脯，继续道：

——现在，我老了！我没有什么用处了！你不再爱我！有痛苦也不跟我说，你看不起你的奶妈！

于是她既心疼又气恼，眼泪沿着双颊流下来，渗进她在脸上刺的花纹里。

萨郎宝说：

——不！不！我爱你！你放心吧！

达纳克释怀了，带着像一只老猴子做鬼脸般的微笑，继续为萨郎宝梳妆打扮。听从沙哈巴瑞的指示，萨郎宝命令女奴把自己打扮得华丽些，于是她就按蛮族人的口味把她打扮得既考究又纯朴。

她贴身的长内衣很薄，是葡萄酒的颜色，外面再套上一件绣有鸟羽的长衫。腰上束着一条贴有金色鳞片的宽腰带，腰带下是条带波浪皱褶的蓝底银星衬裤。然后达纳克再给她穿上一件用赛里斯[①]绸裁制的白底绿条纹的宽松长袍。肩上系了一块红色方巾，边沿坠着一粒粒印

[①] 赛里斯，古代希腊和罗马人对中国（主要是西部地区）的称呼，意为丝之国或丝来的地方。

度闪色绿宝石,最后,又在所有这些服饰外面,披上一件拖着长裙的黑一口钟。然后达纳克打量着她,为自己的杰作感到骄傲,忍不住说道:

——你就是到了结婚那天也不会比今天更美!

——结婚那天!

萨郎宝跟着应了一句,把手肘支在象牙靠背的椅子上,胡思乱想起来。

这时达纳克已经在她面前竖起了一面又大又高的铜镜子,可以看见全身。于是她站了起来,用手指轻轻地把一个垂得太低的发卷撩了上去。

她的头发撒了金粉,前额的刘海卷曲着,后面的头发像螺旋形的波浪垂在背后,发梢系着珍珠。她那红扑扑的脸颊、金光闪闪的衣饰和白皙的皮肤,在烛台的灯光照耀下,显得更加鲜艳;她的腰肢、胳膊、手指和脚趾上佩戴着那么多珠宝,铜镜就像太阳,把它们的闪光全反射过来;——萨郎宝站在侧身望着她的达纳克旁边,在一片眼花缭乱的景象中微笑着。

然后,她在房间里来回踱步,不知该如何打发剩下的时间。

突然,鸡叫了。她急忙往头发上别了块很长的黄色面纱,拿了条肩巾裹住脖子,两只脚蹬进蓝色小皮靴,对达纳克说道:

——去看看桃金娘树下面是不是有个人牵着两匹马?

达纳克刚回来,萨郎宝已经走下了船形楼梯。

乳媪叫道:

——女主人!

萨郎宝回过头来,一个指头按在嘴唇上,示意她别出声,不要动。

达纳克于是沿着船艄悄悄地溜到平台尽头,远远地在月光下望见柏树林荫道上有个高大歪斜的黑影在萨郎宝身边跟着她移动,这是死

417

亡的预兆。

达纳克回到屋里,扑在地上,用指甲抓自己的脸,揪自己的头发,发出声嘶力竭的尖叫。

一想到别人会听见,她便住了口,双手抱头,脸贴住石板,改为低声的呜咽。

十一　营帐下

给萨郎宝带路的男子领着她攀越过灯塔，朝地下墓穴方向行进，然后沿着到处是陡峭小街的长长的莫洛亚郊区走下去。天色开始泛白。有好多次，他们需要低头躲开从墙上伸出来的棕榈木的房梁。行进中的两匹马脚下经常打滑，他们就这样来到了特韦思特城门。

两扇沉重的城门半开着；他们一走过去，城门就在他们身后关上了。

起初他们沿着城堞的墙根走了好久，到了蓄水池的高处，他们就沿着代尼亚运河走上一条黄土小路，它像一条窄带子把海湾同湖隔开，一直伸展到辣代司。

无论是海上还是在原野，迦太基周围全都见不到人。深灰色的波浪在轻轻地翻滚，微风把它们的泡沫吹散，给海面添上些白色的裂痕。萨郎宝虽然裹上了所有的披巾，还是在清冷的晨风中索索发抖，长途跋涉和旷野的空气使她晕眩。接着，太阳升起，晒着她的后脑勺，又让她忍不住打瞌睡。两只牲口并排漫步小跑，蹄子陷进悄无声息的沙子里。

走过温泉山以后，地面变硬，他们速度也加快了。

尽管早已到了耕地和播种的季节，然而放眼望去，田野却像沙漠般空旷。四下里散布着一堆堆麦垛，别的地方则是焦黄的穗子正在脱落的大麦。清晰的地平线上，露出杂乱无章的村落的暗影。

路边到处都是半截烧焦的残墙断壁。村舍的屋顶坍塌了，可以看到里面尽是些陶器的碎片、破衣烂衫和各种已经被砸烂到无法辨认的生活用具。有时从废墟里会突然蹿出一个人来，衣衫褴褛，灰头土脸，两眼冒火，可是很快他就跑掉或者消失在洞穴里。萨郎宝和她的向导并没有停下他们的脚步。

　　荒废的田野连绵不绝。在大片黄色的土地上，撒布着一缕缕不规整的炭灰，马蹄把这些炭灰扬在他们身后。有时他们也会遇到一处宁静的地方，一条小溪在高大的草丛里流淌；萨郎宝跨过小溪之后，总要揪几片湿漉漉的叶子，让自己的双手清凉一下。在拐过一片夹竹桃林的时候，地上躺着的一具男尸把她的马惊得跳了起来。

　　那个奴隶赶快过来扶她重新在马背上坐稳。他是庙里的一个圣奴，沙哈巴瑞遇到危险的差事，总是打发他去。

　　如今他格外小心，干脆下马，在她身边和两匹马中间步行起来；他一边奔跑，一边不时用缠在胳膊上的皮鞭抽打牲口，或者从挂在胸前的旅行袋里取出包在荷叶里的用小麦、椰枣和蛋黄做的团子，默不作声地递给萨郎宝。

　　中午的时候，有三个披兽皮的蛮族人在路上同他们错身而过。渐渐地人多了起来，这些人成群结队，十个、十二个、二十五个地一组一组到处游荡，有的还赶着几只山羊或者一头跛脚的母牛。他们沉重的木棍上插满了青铜尖钉，脏极了的衣服上挂着明晃晃的刀剑；瞪着两眼，露出威吓而又惊讶的表情。相遇时，有的表示惯常的问候，有些则说几句猥亵的俏皮话，沙哈巴瑞的圣奴总是用他们各自的家乡话作答。他对他们说，他护送一个生病的年轻人到远方的庙宇去治病。

　　日落了。听见狗吠的声音，他们循着这声音前进。

　　暮色中，他们看见了一幢由干燥的石头围墙围着的轮廓模糊不清的建筑。一条狗沿着墙头在奔跑，带路的圣奴朝它扔了几块小石子，然后他们走进了一间高大的有拱形圆顶的大厅。

　　一个老女人蜷缩在屋子中央，挨着一堆用荆棘点燃的火堆边取暖，烟从屋顶上的窟窿里冒出去。她的身子有一半藏在垂到膝盖的白头发里，什么问话也不回答，一副痴呆的模样，嘴里不停地嘟囔着要向蛮族人和迦太基人报仇的话。

带路的四下里搜索了一阵,然后回到老女人身边,问她要吃的东西。她摇摇头,两眼盯着炭火,喃喃地说道:

——我本来有手。十个指头全被砍掉。嘴巴也用不着吃了。

圣奴抓了一把金币给她看。她朝钱扑了过去,可是很快又回归僵冷不动的状态。

最后他从腰带里拔出一把匕首,搁在她的脖子上。她这才战战兢兢地掀开一块大石板,拿出来一罐酒和几条用蜜糖浸渍过的伊包茶芮特的鱼。

萨郎宝转过身,不想触碰这些不洁的食物,她在大厅一角躺在铺开的马衣上睡着了。

他在天亮以前就把她叫醒。

狗在狂吠。圣奴静悄悄地走近它,一匕首就砍下了它的脑袋。然后他拿血涂抹马的鼻孔,使它们振奋起来。老女人在背后诅咒他,萨郎宝察觉了,赶忙按住挂在胸口的护身符。

他们又继续赶路。

萨郎宝不断询问是不是快要到了。道路在一座座山丘上起起伏伏。耳边听到的只是蝉鸣。阳光晒热了枯黄的野草;土地到处都是裂口,它们把地面分割成块,就像大块的铺路石板。有时爬过一条毒蛇,或者飞过几只老鹰。圣奴始终在奔跑,萨郎宝裹在披巾下面遐想,尽管天气很热,也不肯解开这些披巾,因为她怕弄脏了身上漂亮的衣服。

每隔一定距离,就立着一座塔楼,那是迦太基人建造来监视各部落的。他们走进去凉快一下,然后接着上路。

为谨慎起见,昨天他们绕了个大圈子。可是眼下一个人也碰不到,这地区非常贫瘠,野蛮人从不往这里来。

可是战争留下的疮痍又渐渐出现了。有时，在田野中央会见到一片马赛克，这可能是一座宅邸残留下来的唯一痕迹；没了叶子的光秃秃的橄榄树，远远看去就像是一片荆棘。他们穿过一个小镇，镇里的房屋都被烧光夷平。沿墙可以看到人的骷髅，也有骆驼和骡子的骸骨。被啃掉半截的腐尸会把街道堵住。

夜幕降临。天低云密。

他们继续向西往上走了两个小时，眼前突然出现了许多小火堆。

火堆在圆形剧场般的谷底熠耀。有些金甲在移动时会在四下里闪闪发光，那是布匿军营里胸甲骑兵们的铠甲。接着，他们又在四周看到别的更多的火光，那是野蛮人的兵营，因为现在蛮族的各路部队都混在一起，占据了很大一片地方。

萨郎宝动了一下，像是要继续前进。可是沙哈巴瑞的圣奴把她拉了过去，让她沿着包围野蛮人营盘的高台走。看到前面出现了一个豁口，圣奴便躲开了。

一个哨兵在堑壕的顶上踱步，手里握着弓，肩上扛着长矛。

萨郎宝越走越近，蛮族哨兵跪下瞄准，一支长箭射穿了她的一口钟的下摆。于是她站住不动并且大声呼喊，哨兵问她要干什么。她回答道：

——我是从迦太基逃出来的，我有话要同马道说。

哨兵吹了个口哨，这口哨声一级级传递下去，直到远处。

萨郎宝在等待，她的马受了惊，打着响鼻在团团转。

马道到来的时候，月亮已经从她背后升起。可是她的脸上蒙着黄底黑花的面纱，身上又穿着许多衣服，实在难以猜出她是谁。马道从高台上注视着这个模糊的形体，在昏暗的暮色中就如同一个幽灵立在那里。

最后她对他说道：

——把我带到你的营帐里去！我要去！

一个他难以确定的回忆扫过他的脑海。他感到心跳得厉害。这种命令的口吻威慑住他。他说道：

——跟我来！

栅门放了下来，她马上进入了野蛮人的营盘。

营盘里人头攒动，一片喧嚷。明亮的火焰在悬挂着的锅子下面燃烧，它们深红色的反光照亮了一些地方，却使别的地方更加黑暗。叫嚷声、呼唤声不绝于耳，系着绊索的马匹在营盘中间排成一条条笔直的长线，皮制的或帆布的营帐有圆的也有方的，还有用芦苇搭的窝棚，甚至有像狗一样在沙土里掏出来的洞。有些兵士在装运柴禾，有的把手肘支在地上休息，或者裹着席子准备睡觉，萨郎宝的马有时要伸开腿往前跳才能跨过去。

她想起来她曾经见过他们，只不过眼下他们的胡子更长，脸更黑，嗓音也更加沙哑。马道走在她的前面，做手势让他们分开的时候，胳膊带起了身上红色的一口钟。有些人过来吻他的手，另一些人弯着腰过来问他有什么吩咐，因为他如今是野蛮人真正的、唯一的领袖了。司攀笛、欧塔芮特和纳哈法都泄了气，只有他显得极其大胆和顽强，所以大家都服从他。

萨郎宝跟着他穿过了整个营盘。他的营帐在最里边，离哈米加的堑壕有三百步远。

她注意到右边有一个大坑，坑边上挨着地面似乎搁着不少人脸，就像是被砍下来的人头。不过他们的眼睛会动，半张着的嘴巴里发出来的呻吟，说的是布匿语。

两个举着树脂提灯的黑人，站在门的两侧。马道猛地把布帘掀开，她随着走了进去。

这是一个很深的营帐，中央立着一根柱子。一盏形如莲花的大灯台照亮了整个营帐，灯里盛满黄色的灯油，上面浮着几把燃烧的麻屑，在灯影中可以辨出一些兵器在熠耀。一柄出鞘的利剑倚在一张凳子上，旁边是一面圆盾；河马皮制的鞭子、铙钹、铃铛、项圈，乱糟糟地堆放在芦苇筐里；一条毡毯上撒落着黑面包屑；角落里的一块圆石上随意地码着一堆铜币；透过营帐的缝隙，风把外面的尘土连同大象的气味一起吹进来，还可以听见象群摇动着铁链吃东西的声音。

马道问道：

——你是谁？

她没有回答，只是慢慢地环顾四周，然后她的视线落到营帐深处一张用棕榈枝搭的床铺上，那里有件浅蓝色的东西在熠耀。

她急忙跑过去，不由自主地惊叫起来。马道跟在她后面，顿着足问道：

——谁带你来的？你来干吗？

——为了取它！

她指着那件圣衣，一边说一边用另一只手扯下了她头上的面纱。他连连后退，两肘缩在身后，张着大嘴，几乎惊呆了。

她觉得仿佛有众神之力在给自己做后盾，面对面地瞧着他，一边滔滔不绝地用华丽动听的语言向他索要那件圣衣。

马道什么也没听见，只是一味凝望着她，在他眼里，她的服饰同她的身体是一个整体。衣料上的云彩波纹，同她皮肤的美丽光泽一样，全都是独特的，仅只她一个人拥有。她的眼睛同她的金刚钻交相辉映，光润的指甲仿佛是手指上宝石的精美延续，她的乳房被紧身内衣的两个搭扣挤在一起，鼓了起来，他的思绪迷失在她狭窄的乳沟里，那儿垂着一条挂链，透过紫色的薄纱可以看见它下面系着的一片祖母绿玉石。她的耳坠子是两朵蓝宝石的鳞苞，各自托着一粒装满香水的空心珍珠。从珍珠的小孔里不时滴下一滴香水，润湿着她的裸露的双肩。马道看着它滴下来。

在一种无法抑制的好奇心驱策下，就像小孩子伸手触摸一个奇异的水果似的，他用颤抖的指尖轻轻碰了一下她的胸脯，清凉的肌肤富有弹性地凹陷了。

这个几乎无法感知的触摸，却使马道一直震撼到灵魂深处。他的体内狂潮汹涌，忍不住冲了过去，一心就想搂紧她，把她吞下去、咽下去。他的胸膛在剧烈起伏，牙齿在震颤。

他抓住她的两只手腕，把她轻轻地拉到身边，然后在一副铠甲上坐下，旁边是一张铺着狮皮的棕榈床。她站着。他仰望着她，把她夹在两腿之间，一边不断重复道：

——你多么漂亮！多么漂亮！

他的眼睛始终盯着她，让她感到难受；这种不舒服的、厌恶的感觉变得这样尖锐，使得萨郎宝差点忍不住喊出声来。可是一想起沙哈巴瑞的叮嘱，她就只能强迫自己去顺从。

马道始终把她的两只小手握在自己手里；尽管有祭司的命令，她还是不时扭过脸，晃动着胳膊想要挣开。他张大鼻孔以便更好地嗅她身上散发出来的香气。这是一种难以确认的新鲜香气，然而却像香炉的烟一样使他晕眩。这里面有蜂蜜的、胡椒的、乳香的、玫瑰的香味，还混着其他的香味。

可是她怎么会和他一起待在他的营帐里，顺从他的心愿？肯定是有人在支使她。她不会是为了圣衣来的。他垂下胳膊，低下头，淹没在一阵突如其来的沉思之中。

为了软化他，萨郎宝用一种抱怨的口气对他说道：

——我到底做过什么，你非要逼我死？

——逼你死？

她继续说道：

——有一天晚上,在我的花园被焚烧的火光里,在酒气蒸腾的杯子和被杀害的奴隶中间,我见到过你,你当时那样狂怒地向我扑过来,我只好赶快逃走!这以后恐怖就降临到了迦太基。不断听到哭诉说城市受到劫掠,乡村的宅邸被焚毁,兵士们惨遭屠戮;这都是你在祸害,你在谋杀!我恨你!仅是你的恶名就让我受到良心责备一样的折磨。你比瘟疫和罗马战争更令人憎恶!各省都在你的怒火下颤抖,沟渠里填满了死尸!我一路经过你战火烧过的踪迹,就像是我随在摩洛神后面行走一样!

马道一跃而起,心里充满无比的骄傲,觉得自己被抬到同神一样高的地位了。

她的鼻翼翕动,咬着牙继续说道:

——好像你对神明的亵渎还没干够,你居然披着圣衣,趁我睡熟时闯进我家!我虽然没听懂你说的话,可是我能看出来你是想把我拖进万劫不复的深渊。

马道挥动着胳膊叫道:

——不!不!我是要把它给你!把它还给你!我觉得那纱帔是月神给你留下的,它是属于你的!放在庙里还是在你家,有什么区别?难道你不是同达妮娓一样无所不能、洁白无瑕、光彩照人、美艳绝伦吗?

他又无限崇敬地望着她说道:

——除非,或许你本人就是月神吧?

萨郎宝跟着自语道:

——我,达妮娓!

他们不再说话。远处响起了隆隆的雷声。羊群受到暴风雨的惊吓,咩咩地叫起来。

他开口道:

——啊！靠近我！靠紧点！不用怕！

——以前，我只是混在佣兵群中的一个极其普通的兵士，而且温顺到经常替别人背柴禾。我根本不在乎迦太基！它那熙来攘往的人群就像消失在你鞋子扬起的尘土里，我蔑视它所有的宝藏以及它统辖的那些省、舰队和岛屿，使我倾慕的只有你鲜艳的嘴唇和扭动的身形。我想推倒它的城墙，只是为了能亲近你，占有你！与此同时，我也是在报复！现在，我杀人就如同碾碎一只贝介，我敢冲击步兵方阵，用手拨开长矛，抓住马鼻子挡住战马，就连投石机也杀不死我！啊！你可知道，在激战时我是多么想你！有时，突然想起你的一个手势、你纱帔上的一道皱褶，这记忆就会像罗网一样把我缠住！我仿佛在火箭的火光中和盾牌的闪闪金光中看见了你的眼睛！我在铙钹的乐声中听见了你的声音。我回过头来，可是你却不在那里，于是我又重新投入战斗！

他举起胳膊，上面青筋交错，宛如常春藤缠绕在树干上。汗水在他的胸膛上结实的肌肉间流淌，他的呼吸带动他的两胁以及铜腰带也跟着一起一伏，腰带上装饰的皮制缕子一直垂到他那比大理石还坚实的膝盖上。萨郎宝已经习惯同阉人交往，如今格外惊叹这个男人的孔武有力。这该算是月神的报复或者是在她周围的五支部队中所传说的摩洛神的威力。她感到极度的疲乏，在一种昏昏沉沉的状态中听着哨兵们互相呼应的时断时续的叫喊。

热风吹得油灯上的火焰摇曳不定。不时有巨大的闪电照亮营帐，过后却更加黑暗；她只能看见马道的两颗眼球，就像在黑夜中燃烧的火炭。然而，她明白她已经大难临头，到了性命攸关、刻不容缓的关键时刻，她竭尽全力重新振作起来，走向圣衣，伸出手来取它。

马道大喊道：

——你要干什么？

她沉着地答道：

——我要回迦太基。

他抱着胳膊走过去，神气那么可怕，使她立刻像脚跟被钉住一样呆住了。

——你要回到迦太基去！

他结结巴巴地喊了一句，然后又咬牙切齿地继续说道：

——你要回到迦太基去！啊！原来你是来取圣衣的，是来战胜我，然后又消失的！不！不，你已经是我的人了！现在没有人能将你从这儿抢走！啊！我从没忘记你安静的大眼睛有多么放肆无礼，也没有忘记你用你的美貌多么傲慢地来压倒我！现在轮到我了！你是我的俘虏、我的奴隶、我的女仆！随便你向你的父亲以及他的军队，向元老们、富豪们和你的可恶的全体民族呼救吧！我是三十万军队的主帅！我还要到吕西塔尼亚、高卢和沙漠深处去招募兵士，我要推倒你的城池，烧毁它所有的庙宇，三层桨的战船将要在血海中航行！我不想留下一所房子、一块石头、一株棕榈树！如果我人手不够，我会到山里去找狗熊和狮子！你别想逃走，小心我会杀了你！

他脸色惨白，攥紧拳头，哆嗦得像琴弦快断裂的竖琴。猛然间一阵呜咽使他窒息，他的腿一软就跪了下去：

——啊！原谅我！我是一个卑鄙的人，比蝎子、污泥、尘土更下贱！刚才你说话的时候，你的气息拂过我的脸颊，我高兴得像一个垂死的人趴在溪边喝到清水。践踏我吧，这样我就可以触到你的脚！诅咒我吧，这样我就可以听到你的声音！请你别走！可怜可怜我吧！我爱你！我爱你！

他跪在她面前的地上，用两条胳膊搂住她的身子，头向后仰，双手来回游移，耳朵上悬挂的黄金圆片在他晒黑的脖子上闪闪发光，大滴泪珠在他的眼睛里像银球般滚动，他柔情脉脉地叹息，喃喃地说着一些含糊不清的话，比微风还轻柔，比亲吻更甜蜜。

萨郎宝身心浸淫在一种温柔、慵倦的感觉之中,使她完全失去了存在的意识。一种既亲切又有权威的东西,大概是天神的命令吧,迫使她委身于他。她像在腾云驾雾,绵软无力地瘫在棕榈床的狮皮上。马道抓住她的脚跟,那条金链爆裂了,分成两半飞出去,弹到营帐上就像蹦起来的蝮蛇一样。圣衣滑落下来,把她裹住,她仿佛看见马道的脸俯到她的胸膛上。她呻吟道:

——摩洛神,你烧痛了我!

马道那比火焰更炙人的亲吻,遍布她的全身;她仿佛被暴风吹走了,被太阳的威力占有了。

他吻遍了她的手指、她的胳膊、她的脚,她的长辫子从头到末梢。一边说道:

——拿走圣衣吧,难道我在乎吗!把我同它一起带走吧!我不要部队了!我放弃一切!离嘉代司不远,在海上航行二十天,可以找到一个布满金砂、青枝绿叶和各种鸟雀的岛屿。高山上有香气四溢的巨大花朵,它们摇曳不定,仿佛永存的香炉;在比柏树更高的柠檬树丛里,奶白色的蛇用它们口中的金刚钻把果子击落在草地上;空气温馨得使人永葆青春。啊!我一定会找到这岛屿,你等着瞧吧。我们要生活在山冈下的水晶岩洞里。从来没有人在这岛上住过,我会成为那地方的国王。

他掸去她靴上的尘土,要她把一块石榴放在嘴里;他在她脑后把衣服堆起来,为她做了一个靠垫。他想尽办法服侍她,自贬身价,甚至把圣衣摊开在她的腿上,把它当作一幅普通的毯子。他说道:

——那些你用来悬挂项圈的羚羊角还在吗?你把它们送给我吧,我喜欢它们!

他说话的神情仿佛战争已经结束,不时发出快活的笑声;如今什么佣兵、哈米加以及一切障碍都不存在了。月亮在两片云之间掠过。

他们从营帐的缝隙中望见它:

——啊!我有多少夜晚在仰望着它!我觉得它像遮蔽你面貌的一块面纱,你透过面纱来看我,对你的回忆是同它的光辉混在一起的,我简直不能把你们区别开来!

说完他把头埋在她的乳房中间,嚎啕大哭起来。

萨郎宝心中暗想:

——原来这就是使迦太基战栗的那个可怕的人!

他睡着了。她挣脱出他的臂膀,把一只脚放到地上,发觉脚上的小金链条已经折断了。

名门望族的处女们总是被教育把这些绊脚的金链条当成宗教的圣物去珍惜,因此萨郎宝红着脸,把两截断了的金链条缠在腿上。

迦太基、麦嘉辣、她的家、她的闺房和她跨过的田野,都在她的记忆中像旋风似的转动,画面纷乱而又清晰。但是一道张着大口的深渊把它们全都和她隔开了,赶到无限远处去了。

暴风雨渐渐平息,稀疏的雨水一滴一滴溅落下来,使帐顶在颤动。

马道像喝醉酒似的,侧着身子酣睡,一只胳膊伸出床外。他的珍珠头带褪了上去,露出前额。他微微笑着,牙齿上下分开,在他的黑胡子中间发着亮光。他半闭着的眼皮带出一种无声的、几乎是侮辱性的欢悦。

萨郎宝动也不动地注视着他,垂着头,交叉着手。

床头的柏木桌子上放着一把匕首,闪亮的锋刃燃起她嗜血的欲望。远处黑暗中传来拉长的悲惨的哀鸣,就像是天神的合唱在激励她行动。她走近桌子,握住匕首的把。在她长衫的飒飒声中,马道微微睁开眼睛,把嘴凑到她的手上,匕首掉了下去。

一片喊声响起来,营帐后面燃起了骇人的火光。马道揭开篷布,他们看见一片大火正在席卷利比亚人的营盘。

他们的芦苇棚烧着了,芦苇被烧得绞扭起来,在浓烟中炸裂开,像箭一般四处横飞,一些黑影在血红的天幕下狂乱地奔走。听得见棚里有人在尖声哀嚎,大象、牛和马裹在人群里,践踏着人和从火里抢救出来的军需品及行李。军号声吹响了。有人在喊:

——马道!马道!

有人要从门外进来,说道:

——快来!哈米加在烧欧塔芮特的营盘呢!

他冲了出去。她发现只剩下自己一个人。

于是她仔细端详起那件圣衣来。等她看够以后,她很惊讶自己并不像以前想象的那样开心。面对她实现了的梦想,却依然心情忧郁。

这时篷布的下端掀开,一个怪异的形体爬了进来。萨郎宝一开始只能分辨出两只眼睛和一大把长长的拖到地上的白胡子,身体的其余部分在黄褐色的破烂长衫的羁绊下,在地上拖着爬行,每向前挪动一步,两只手就要插进胡子里,然后再收回来。一直等到他这样爬到她脚下,萨郎宝才认出来他就是吉斯孔老头。

事实上,佣兵们为了防止早先被拘禁的那些元老们逃跑,用青铜棍把他们的腿骨都打断了;他们全被扔在一个坑里,乱七八糟地在垃圾当中腐烂。其中最坚强的人听见吃饭的声音就会挺起身子叫嚷,吉斯孔就是这样才望见了萨郎宝。他从那些不断磕碰她半长靴的一粒粒印度闪色绿宝石,猜出来她是一个迦太基女人;预感到其中有重大的秘密,他就在同伴的帮助下,设法爬出了大坑,然后,靠着手和肘拖着身子,爬到二十步外的马道的营帐。有两个声音在里面说话,他在外面偷听,一切都听见了。

——是你!

她终于开口了,差不多吓昏了。

他用手腕撑起自己，答道：

——是的，是我！人家都以为我死了，是吗？

她低下了头。他又往前挪近到她身边触手可及的地方，并且接着说道：

——啊！天神为什么不赐予我这个福分呢！这样我就不必费心来诅咒你了！

萨郎宝猛地向后退缩，她怕极了这个肮脏恶心的家伙，他就像恶鬼那样丑恶，像幽灵一样吓人。

他继续说道：

——我快满一百岁了。我见过阿嘉陶克来斯，也见过赖古路斯和罗马人的鹰旗掠过丰收的布匿田园！我亲历战争的一切恐怖，也目睹过我们舰队在海上的无数残骸！我指挥过的蛮族兵士竟然把我的四肢像犯了谋杀罪的奴隶一样拴上了铁链。我身边的同伴，一个接着一个死去，他们尸体的臭味有时在晚上把我熏醒，我赶走那些来啄他们眼睛的鸟雀；尽管如此，我对迦太基总是满怀信心！哪怕我看见大地上的所有军队都来向它进攻，哪怕我看见攻城的火焰高出庙宇之上，我仍然坚信它会永存不灭！可是如今一切都完了，希望全破灭了！天神厌憎它了！你该受到诅咒，是你的无耻行径加速了它的毁灭！

她动了动了嘴。他喊了起来：

——啊！我刚才就在这里！我听见你像个娼妓似的发出做爱的娇喘，接着他向你申诉他的情欲，你就让他吻你的手！可是，即使淫荡的欲火驱使你这样干，起码你得像野鹿一样，在交配的时候躲藏一下，而不是把你的丑行公然暴露在你父亲的眼皮底下！

她喊道：

——什么？

——啊！原来你不知道两边的堑壕相距只有六十肘，而且你的马道骄狂之极,硬把自己的营盘扎在哈米加对面。你父亲就在你背后,要是我爬过那条小路上到平台,我就能对他叫喊: 来呀,来看你的女儿在蛮族人的怀抱里呀!她为着讨他欢喜,竟穿上了女神的纱帔;她委身于他,也就是在玷污你的英名和天神的尊严,彻底抛弃了祖国的复仇和迦太基的得救!

他那牙齿掉光了的嘴巴一开一合,所有的胡子也都跟着动了起来;他的眼睛死盯着她,仿佛要把她活吞下去;他在尘土中喘着气,连声说道:

——啊!你这亵渎神灵的!你该被诅咒!被诅咒!被诅咒!

萨郎宝掀开篷布,用胳膊托着,并没有回答他,只顾朝哈米加的方向张望。她问道:

——就是这条路吧,对吗?

——这跟你有什么关系!掉转身子,滚吧!最好还是把你的脸贴到地上!那边是神圣的地方,别让你的眼睛把它玷污了。

她把圣衣裹在腰上,飞快地捡起她的面纱、一口钟和肩巾,喊了一声:

——我要赶到那边去!

接着她就逃出营帐,不见了。

起初,她在黑暗里走着,一个人也没遇见,因为所有的人都去救火了;喧闹的声音越来越响,巨大的火焰映红了身后的天空。她发现一座长长的高台挡住了她的去路。

她转过身来,左右乱转,想找个梯子、一条绳子,或者石头什么的来帮她攀上去。她害怕吉斯孔,总觉得有喊声和脚步声正在追逐她。天已开始破晓。她发现堑壕的厚壁上有条小径。她用牙齿把碍事的长衫的下摆咬在嘴里,跳了三下,就跳到高台上面。

一阵嘹亮的鸡啼声从下面黑暗中传出来,同她在船形楼梯底下听见的叫声一样,她赶忙俯下身子,认出了沙哈巴瑞的那个圣奴同他的那两匹马。

他整夜都在两边的营垒之间游荡。后来,火灾使他担心,就走回来想看看马道的营盘里发生了什么事;他知道这地方离马道的营帐最近,为了遵从祭司的命令,就一直待在这儿不动。

他站到其中一匹马的背上。萨郎宝从上面滑到他那里。然后他们骑上马绕着布匿营盘飞驰,想要找到出入口。

马道回到自己的营帐里。冒烟的油灯光线暗淡,他以为萨郎宝还在睡觉。于是他小心翼翼地触摸棕榈床上的狮皮。他喊了一声,她没有回答。他急忙撕开一块篷布让阳光照进来;圣衣不见了。

大地在狂潮般的人群脚步下震颤。呐喊声、马嘶声和兵器的撞击声在空中震荡,嘹亮的军号吹响了冲锋号。这一切就像飓风在围着他旋转。暴怒驱使他扑向他的兵器,冲到外面。

成排的野蛮人奔跑着冲下山坡,向他们进攻的布匿人的方阵笨重而有规律地摇摆着。被阳光划破的晨雾,化成许多小块的云彩,飘飘荡荡,慢慢上升,使军旗、头盔和矛尖都露了出来。在队形快速的机动变化中,部分还留在阴影中的土地,仿佛在整块移动;别的地方则可以说是相互交错的一股股急流在涌动,而在它们中间是一个剑戟矗立、静止不动的庞然大物。马道可以辨认出其中的军官、兵士、传令兵,还有最后面骑着驴子的那些仆役。但是纳哈法不但不守着自己的阵地去掩护步兵,反而突然向右转,仿佛有意让哈米加把自己消灭似的。

他的骑兵越过那些放慢了前进速度的象群,所有的马都伸长它们没戴缰绳的脖子,疯狂地奔跑,以致它们的肚子都快擦到了地面。然后,猛然间纳哈法坚决地朝一个哨兵走去。他扔掉他的剑、长矛和所有标枪,消失在迦太基人中间。

奴米第亚人的国王进了哈米加的营帐,指着他那些停在远处的骑兵们对哈米加说道:

——巴喀!我把他们带来了。他们全归你了。

然后他就匍匐在地以示臣服,并且为了表白自己的赤诚,还把开战以来他的所作所为述说了一遍。

起初他阻止过围攻迦太基和屠杀俘虏。后来,哈龙在雨地克战败之后,他没有去乘胜追击。至于他占领了推罗人的一些城镇,这是因为它们离自己王国的边境太近。最后,他没有参与马加尔之战,他是特意离开以避免同徐率特交战。

事实上,纳哈法想用蚕食布匿各省的办法来扩大自己的地盘,他根据胜利可能性的大小,一会儿帮助又一会儿抛弃佣兵。现在他看到哈米加会是最终的强者,就又倒向了他;他变节投降,也许还出自对马道的怨恨,因为他当上了主帅,或者因为他曾是情敌。

徐率特听着他讲述,没有打断他。一个人这样投奔到正在相互仇杀的敌营,他的作用是不可轻视的。哈米加立刻想到同他结盟对实现自己的宏图大计极为有利。他可以借助奴米第亚人清除掉利比亚人。然后可以把西部地区拉进来,一起去征服伊比利亚。因此,他不质问纳哈法为什么不早过来,也不计较他的谎言,就吻了他,并且用自己的胸膛同他互碰了三次。

他是出于绝望和想寻求了结,才去放火焚烧利比亚人的营盘。现在这支部队的归降,真是天神的恩赐。他掩饰住自己满心的欢喜,回答道:

——愿天神眷顾你!我不知道共和国将怎样对待你,但我哈米加绝不会忘恩负义。

外面的喧器和骚乱在加剧。有些军官走了进来。哈米加一边拿起武器一边说道:

——来吧,杀回去!用你的骑兵去压制那些夹在你的和我的象群之间的步兵!勇敢点!干掉他们!

纳哈法刚要冲出去,萨郎宝出现了。

她很快地跳下马,敞开她的宽大的一口钟,张开双臂,展示那件圣衣。

皮帐篷的四角是掀开的,可以看得见山岭四周布满的兵士;由于萨郎宝正站中央,外边所有的人都可以看得见她。一阵巨大的欢呼声爆发了,那是长时间的、充满胜利和希望的呐喊。行进中的兵士停下脚步,垂死的人用手肘撑起身子,转过头来给她祝福。所有的野蛮人现在都知道她把圣衣取回去了,他们从远处看见了她,或者他们自认为看见了她。于是不顾迦太基人的欢呼喝彩,又响起了另外一种喊声,这是暴怒和复仇的叫骂。五支部队一层一层地排列在山岭上,他们都围绕着萨郎宝顿足和吼叫。

哈米加说不出话来,只是向她点头致谢。他的视线轮流扫视圣衣和萨郎宝,发现她脚踝上的金链条断了。他打了个寒噤,可怕的疑窦涌上心头。然而他迅速恢复若无其事的样子,斜眼看着纳哈法,并没有转过脸去。

这位奴米第亚国王恭谨地站在一旁,额头上还带着些许方才伏地跪拜时沾上的尘土。最后徐率特走到他面前,神情庄重地说道:

——为了奖励你为我效劳,纳哈法,我把女儿许配给你。做我的女婿。

接着,他又加上一句:

——捍卫你的父亲吧!

纳哈法做出十分惊异的表情,扑过去抓住他的手使劲亲吻。

萨郎宝冷静得像个雕像,似乎并没全弄明白。她脸色微红,眼帘低垂,弯曲的长睫毛在她的脸颊上投下了阴影。

哈米加想用牢不可破的订婚礼马上使他们结成一体。萨郎宝的手里被放上一根长矛,让她献给纳哈法;又用一条牛皮带把他们的拇指拴在一起,并且往他俩的头上倾倒麦粒,那些麦粒落在他们周围的地上,像下冰雹似的叮咚乱响。

十二　引水渠

十二个小时以后，佣兵只剩下一大堆伤兵、死了的和濒死的人。

哈米加突然从谷底冲出来以后，就走下俯视伊包茶芮特的西面的斜坡，这里地势比较开阔，他故意把野蛮人吸引到这里来。纳哈法用骑兵把他们围住；同时，徐率特就迎头痛击并且击溃他们。何况他们失去圣衣等于事先已经受到重创，就连那些并不看重它的人也感到懊恼而且沮丧无力。哈米加并不陶醉于夺取了战场，马上退到左边稍远的高地上，从那里俯视他们。

从歪斜的栅栏还可以认出营盘的形状。长长的一摊黑色灰烬在利比亚人的营地上冒烟，蹂躏后的土地仿佛海浪一样高低起伏，篷布已被扯烂的营帐就像半截沉没在暗礁中的模糊的航船。铠甲、叉子、喇叭和木头、铁与青铜的碎片，还有麦子、草料和衣服，全都散乱地堆放在死尸中间；随处可见已快燃尽的火箭还在挨着一堆行李燃烧；有些地方地面完全被盾牌覆盖了；马的尸体一具接一具成了一座座小山；遍地的大腿、皮带鞋、胳膊和锁子甲，还有那些像球一样滚动的、戴着系着扣袢的军盔的脑袋；荆棘上挂着一簇簇头发；象群带着象塔躺倒在血泊里，肚子被剖开，正在发出垂死的喘哮；脚下尽是黏糊糊的东西，虽然没下过雨，到处都是烂泥坑。

这些乱七八糟的尸体，从上到下，铺满了整个山坡。

那些侥幸存活下来的人也像死人一样动也不动。他们三五成群地蹲在那里，胆战心惊地闭着嘴，面面相觑。

长长的草地尽头是伊包茶芮特湖，它在落日下熠耀。右边，从围墙上展现出一幢幢白色的房舍，再过去就是一望无际的大海；——野蛮人手托着下颏，叹着气思念自己的故乡。一阵灰色的沙雾随风飘落下来。

晚风吹拂,所有的胸膛都舒张开来;随着空气越来越凉爽,可以看到蛆虫离开了渐冷的腐尸,奔到热沙上面。乌鸦立在巨石的顶上,动也不动地盯着那些垂死的人。

入夜以后,就有不少黄毛狗,一些专门跟着部队到处走的肮脏畜生,静悄悄地来到野蛮人中间。起初它们只是舔舐尚有余温的残肢上的凝血,接着就贪婪地从肚子开始啃食起尸体来。

逃亡者一个接一个幽灵般地回来了,还有些妇女也壮着胆子回来了,因为她们中间还是有些人躲过了奴米第亚人的大屠杀,尤其是在利比亚人的营里。

有些人拿着一段麻绳,点着了当火把。另一些人把长矛交叉起来当担架,把死尸放在上面,抬到一边。

死尸一排排仰面朝天地躺着,张着嘴巴,身边放着长矛;有些则是乱七八糟地叠在一起,往往要扒开一大堆尸体,才能找到他们要找的人。然后,拿着火把慢慢挨个去照他们的脸。可怕的兵器在他们身上弄出了许多复杂的伤口。额头上挂着一条条暗绿色的破皮碎肉,他们被肢解、被压出骨髓、被勒得发青,或者被象牙豁开了个大口子。尽管他们几乎是同时死的,可是腐烂的程度却相去甚远。北方人浑身发青,肿胀起来;而比较强健的非洲人,则像被烟熏过似的变干了。佣兵可以从他们手上刺的花纹来辨认: 安条克①来的老兵刺的是鹞鹰,在埃及服过役的兵士刺的是犬面狒狒的脑袋,为亚洲王公们服过役的兵士刺的是斧子、石榴或铁锤,在希腊各共和国里服过役的兵士刺的是一座城堡的侧影或者某个执政官的名字,有些人的胳膊上则可以看到布满了各种各样复杂的标志,而且和臂上的老疤痕、新创伤混杂在

---

① 安条克大帝是古代塞琉西帝国(也称叙利亚王国)的国王,其都城也叫安条克,在土耳其南部。

一起。

架起了四座柴堆,用来火葬拉丁族裔人的尸体,他们是萨莫奈人、伊特鲁利亚人、坎巴尼亚人和布鲁提屋穆人。

希腊人用刀尖挖了一些墓穴。斯巴达人脱下他们的红色一口钟包裹死者;雅典人把死者的脸朝向日出的方向;坎达布里亚人把死者埋在一堆鹅卵石底下;那扎蒙人①用牛皮带把死者对折起来绑住;嘉辣芒特人抬走死者埋到沙滩上,使他们能永远得到海浪的冲洗;可是拉丁人因为不能把骨灰存进骨灰瓮感到忧伤;游牧人怀念炎热的沙漠,在那里死尸会变成木乃伊;凯尔特人怀念的则是在小岛星罗棋布的海湾尽头,在细雨蒙蒙的天空下,那三块天然的石头。

响起了一阵大声的呼喊,接着是一段长时间的静默。这是为了召唤亡灵归来。这样的呼喊和静默每隔一段固定的时间便重复一遍。

他们向死者致歉,因为不能依据正规的礼仪举行殡葬,而葬仪被褫夺将使他们在死后永遭种种劫难和灾变;他们呼唤亡灵,探询他们的愿望;有一些人则狠狠地咒骂死者,因为他们让自己吃了败仗。

柴堆的火光使得各处躺在残盔破甲上的死者失去血色的脸,显得越发苍白;眼泪引发出更多的眼泪,呜咽声变得越来越尖锐刺耳,与死者相认和拥抱变得越来越狂热。妇女们扑到尸首上,嘴对着嘴,额头贴着额头;在要埋土的时候,必须狠揍才能把她们驱离。他们涂黑脸颊,绞断头发,把自己的血挤出来往墓穴里洒;有人甚至狠狠砍伤自己来模仿使死者破相的伤口。铙钹声中突然爆发出怒吼。有人摘下他们的护身符,往上面吐唾沫。濒死的人在血泊里打滚,发狂地咬自己的断手;有四十三个正值年华的萨莫奈人,像角斗士一样彼此割喉死掉。柴堆的木头很快就用尽了,火焰即将熄灭,所有的位置全被占

---

① 那扎蒙人是利比亚昔兰尼加西南地区的一个民族。

满；——他们喊累了，精疲力竭，摇摇晃晃，就挨着他们死去的战友沉沉入睡；那些眷恋生命的人满怀忧虑，有些人则希望长眠不醒。

黎明时分，野蛮人驻地外边出现了一些列队经过的兵士，矛尖上挑着头盔。他们同佣兵打招呼，问他们有没有口信捎回故乡。

有些人靠近了，野蛮人认出了其中有些他们过去的伙伴。

徐率特向全体俘虏提议到他的部队里来服役。有些胆大的人拒绝了，他于是果断决定既不再供养他们，也不把他们交给国务会议，而是让他们带着再也不同迦太基作战的誓言离开。至于那些害怕酷刑而顺从的人，则被用缴获来的武器装备起来；现在他们到战败者这里来，与其说是来劝诱，倒不如说是出于自傲和好奇。

起初，他们讲述徐率特对他们的优渥待遇；野蛮人尽管心中鄙视，但是听了仍有点嫉妒。接着，这些胆小鬼一听到谴责，就发起火来；他们远远地把原来属于野蛮人的刀剑、盔甲拿给他们看，并且谩骂着请他们来取回去。野蛮人捡起石头，他们就全逃跑了。山顶上除了高出围栏的矛尖，别的什么也看不见。

于是野蛮人伤心至极，远超过战败的屈辱。想起自己空有满腔豪气，只能瞠目呆视，咬牙切齿。

他们起了同样的念头，一窝蜂地冲向迦太基囚犯。徐率特的兵士，出于偶然，没有发现他们；在哈米加离开战场以后，他们仍然被留在深坑里。

他们被安置在一块平坦的空地上。哨兵围着他们站成一圈，允许妇女们三四十人一组依次走进圈子。为了充分利用限定的那点时间，她们犹疑不决，心突突地乱跳，从一个人奔向另一个人。然后，她们弯下腰，用胳膊狠揍那些可怜的躯体，就像洗衣妇捣衣服一样；她们喊着丈夫的名字，用指甲去抓他们的皮肉，用卡头发的长别针去挖他们的眼珠。男人们接着进去，他们从脚往上折磨他们，先砍掉脚踝，再从额头上揭下头皮，拿来戴在自己的头上当王冠。吃"不洁食物"的人想出来的方法更残酷，为了毒化伤口，他们往伤口里塞进尘土、醋和陶器碎片，别的人还在排队等候；血流出来，他们就像种葡萄的人围着酒气蒸腾的木桶一样兴高采烈。

马道一直坐在地上，就在战斗结束时他所在的地方，胳膊支在膝盖上，两手捧着太阳穴。他什么也看不见，什么也听不见，连思想也停顿了。

直到人群发出开心的叫嚷，他才抬起头来。在他面前，撕裂的篷布条还挂在柱子上，破布的下端拖在地上，盖在一些杂乱的篮筐、毯子和一张狮皮上面。他认出了这是自己的营帐，他的眼睛专注地盯着地面，仿佛哈米加的女儿在消失的时候钻进地里去了。

那块破篷布随风飘舞，有几次长长的布条拂过他的嘴边，他看见了上面有一块像是手印的红色印迹。那是纳哈法留下的结盟的标记。于是马道站了起来。他捡起一根还在冒烟的木柴，鄙夷不屑地向残破的营帐扔了过去。然后又用靴尖把一些掉在外面的东西全都踢进火里，什么也不让留下。

猛然间司攀笛出现了，谁也猜不出他是从哪里钻出来的。

旧日的奴隶在大腿上绑了两根折断的长矛，可怜兮兮地跛着腿走路，一边不住诉苦。

马道对他说道：

——把它拿掉吧，我知道你是一个勇敢的人！

天神的不公道已经把他压垮，他再也无力去对别人发怒了。

司攀笛做了一个手势，把他带到一个山洞里，查耳萨斯和欧塔芮特都躺在里面藏身。

他们两人虽说一个十分残暴，一个十分勇敢，但也都仿效那个旧日的奴隶，逃了出来。他们说，谁能料到纳哈法会叛变、利比亚人的营盘被点燃、圣衣被劫走和哈米加会突袭，尤其是他会使用计谋逼迫他们回到山底，直接落入迦太基人的打击之下。司攀笛死不承认害怕，坚持说，是由于他的腿断了。

最后，三个领袖同统帅相互商量，现在应该采取哪种决策。

哈米加堵住了他们去迦太基的道路，他们被困在他的部队和归属纳哈法的各省之间，推罗的各城市早晚会倒向胜利者，野蛮人将发现自己被逼到海边，所有这些力量将联合起来把他们消灭。结果必然如此。

因此，无法避免战争。也就是说，他们必须竭尽全力把仗打下去。可是，怎样才能使那些泄了气而且伤口还在流血的兵士们理解必须进行这场没完没了的战争呢？

司攀笛说道：

——这件事交给我吧！

两个小时之后，从伊包茶芮特方向来了一个人，他飞奔着爬上山，伸长了胳膊，挥舞着一些书版，并且，由于他叫得极响，野蛮人都过来围着他。

这些书版是撒丁岛的希腊兵士写来的。他们叮嘱他们的非洲伙伴要好好地看住吉斯孔和其他囚犯。萨摩斯[①]地方的一个商人，一个名叫伊波那克斯的人，从迦太基来，告诉他们迦太基人正在筹划要使囚犯越狱，提醒野蛮人加强戒备，共和国是很强大的。

起初，司攀笛的计策并没有像他预想的那样成功。发生新危险的通告，不但没有引起狂怒，反而造成了恐慌。他们想起了不久前在他们中间流传的哈米加的警告，他们都在期待着发生不可预测的、可怕

---

① 萨摩斯岛是爱琴海东部的希腊岛屿，有著名的赫拉神庙，也是哲学家和数学家毕达哥拉斯的出生地。

的事件。一整夜人们都在提心吊胆，有些人甚至丢掉了武器，以便徐率特到来时可以得到宽恕。

但是第二天的三更时分①，第二个信使出现了，而且跑得更加上气不接下气，灰头土脸。希腊人从他的手里夺过一卷写满腓尼基文字的纸莎草纸。信里恳请佣兵们不要泄气；突尼斯的勇士很快就要带着强大的增援来了。

司攀笛先是把信一连读了三遍，然后两名喀巴多西亚人把他扛在肩上到处走并且反复念信。他一口气演说了整整七个小时。

他提醒佣兵追忆国务会议答应过的诸多诺言，告诉非洲人要牢记总管们的种种残暴，并且让所有野蛮人都回想迦太基的不公道。徐率特的温情只是俘获他们的诱饵。投降的人会被卖作奴隶，战败的人将受刑罚折磨到死。想逃的话，往哪儿逃？没有一个民族肯收容他们。可是只要继续努力战斗，他们就可以同时获得自由、复仇和金钱！他们用不着再等多久了，因为突尼斯人和整个利比亚正在赶来解救他们。他挥舞着打开的那卷纸莎草纸说道：

——看看吧！读一读！这就是他们的许诺！我不骗你们。

许多狗在那里游荡，黑色的嘴上全被染红了。火辣辣的太阳晒得没有遮盖的脑袋滚烫。令人作呕的臭气从埋掩得不好的尸体上散发出来。有些尸体甚至露出了地面，一直露到肚子。司攀笛把它们也用来当作自己说话的证据，然后向哈米加的方向挥动着拳头。

马道在旁边观察他。司攀笛起先想用乔装愤怒来掩饰自己的怯懦，渐渐假戏成真，真的激动起来了。一边宣誓笃信天神，一边肆口恶毒地诅咒迦太基人。折磨囚犯只能当作小孩玩的把戏。干吗要留着他们，拖着这些没用的畜生各处奔波？

---

① 古罗马人将一夜分为四更，半夜 12 点至早上 3 点为第三更。

——不行!这事一定要有个了结!他们的计划已经被揭露!绝不能让他们的任何阴谋得逞!不能心慈手软!谁跑得最快,谁打得最有力,就能证明谁是真英雄。

于是他们都转身向囚犯扑过去。有几个还没完全断气,他们就用脚踹进嗓子或者用尖利的长矛全给结果了。

然后他们想起了吉斯孔。哪儿都看不到他,他们都极其焦虑。他们想确认他的死亡并且参与执行。最后三个萨莫奈的游牧人在离马道过去设立营帐的地方十五步外发现了他。从他的长胡子他们认出了他,就赶紧把别人喊了过来。

他仰面朝天躺着,两条胳膊紧贴着身体,双腿并拢,就像个准备好送进坟墓的死人。然而他消瘦的两胁还在一起一伏,他苍白发青的脸上那双眼睛睁得大大的,还在以一种持续不断的、令人难以忍受的方式盯视着四周。

野蛮人起先都十分惊异地瞧着他。自从他被活着扔进大坑以后,几乎已被遗忘了;如今过往的回忆使他们局促不安,他们都站得远远的,不敢去碰他。

可是那些站在后面的人在发牢骚,并且往前推搡,于是一个嘉辣芒特人走了出来,挥舞着一把镰刀;大家全都明白他的意图,他们因心中羞愧而涨红了脸,大声喊道:

——干得好!干得好!

举着镰刀的人走到吉斯孔身边。抓住吉斯孔的头,按在自己的膝盖上,手法快捷地锯起来,脑袋落下,两大股血喷涌而出,在尘埃上冲出一个坑。查耳萨斯跳过去捡起那颗头颅,朝迦太基人的方向跑去,比豹子还轻快。

当登上山的三分之二的高度,他就从怀里取出吉斯孔的头,抓住胡子,手臂飞快地抡了几圈,——然后那东西终于被甩了出去,在空中划了一道长长的弧线，最后落到布匿人的壕沟后面不见了。

过了不久，围栏边上便交叉地竖起了两面军旗，这是传统的要求交还尸首的信号。

于是四名因胸膛宽阔而被选中的蛮族传令兵，举着大喇叭走了出来；他们通过青铜号筒宣告，今后在迦太基人和野蛮人之间，再也不讲信义、仁慈，也无所谓天神，他们事先就拒绝一切谈判，使节一律砍手后遭返。

紧跟着司攀笛奉命出使伊包茶芮特去筹措粮秣，这个推罗城市当晚就把东西送了过来。他们贪婪地大吃了一顿。觉得体力恢复以后，他们迅速收拾好残存的行李和损坏的兵器，让妇女集中在队伍中央，狠心丢下那些在他们背后哭泣的伤员，像一群狼似的，沿着岸边开拔了。

他们向伊包茶芮特进发，决心把它拿下来，因为他们太需要一座城市了。

哈米加远远地望着他们，感到些许失望，尽管看见他们在他面前逃跑也还是感到骄傲。他理应调派生力军立即再次发动攻击。只要再来这么一天，战争就能结束！如果战事拖延下去，他们会更凶狠地卷土重来，推罗各城会和他们结盟，他对战败者的宽宥毫无作用。他决心以后不再有一点仁慈。

当晚，他打发人送了一头骆驼给国务会议，满载着从死者身上搜来的手镯，并且以可怕的威胁口吻，下令给他再派一支部队来。

许久以来，大家都以为他完了，所以猛一听见胜利的捷报，都感到茫然甚至有些惊吓。含糊不清地宣告圣衣复归，更使人们的惊奇达到顶点。这就是说，天神和迦太基的权力全都归他所有了。

他的仇敌中没人敢抱怨或出面指责。由于某些人的狂热和其他人的怯懦，限期未到，一支五千人的部队已经组建好了。

这支部队迅速地朝雨地克方向进军，作为徐率特的后援。其中三千最精锐的乘船到伊包茶芮特登陆，以便截击野蛮人。

哈龙接受了指挥权，可是他把部队交给他的副官玛格达桑，自己乘船带领要登陆的队伍，因为他再也吃不消轿子的颠簸。他的麻风病已经腐蚀掉了他的嘴唇和鼻翼，脸上留下一个大洞，十步以外都能看见他的咽腔后壁。他知道自己奇丑无比，于是像妇女一样在头上蒙了一块面纱。

伊包茶芮特既不理会他的，也不理会野蛮人的招降，可是每天早上城里的居民们都用篮子给后者放下食物，而且在碉楼上大声喊话，诉说他们受到共和国胁迫的苦衷，恳求他们撤退。他们也发信号给驻在海上的迦太基人，提出同样的恳求。

哈龙以封锁港口为满足，并不想冒险进攻。可是他却说服了伊包茶芮特的审判官接受三百个兵士驻扎在城里。然后他驶向葡萄岬，并且采取了一种极不妥当甚至危险的做法，绕了一个大圈子去包围蛮族人。他的嫉妒心阻止他去救援徐率特，他拘捕哈米加的密探，妨碍哈米加的所有计划，危害哈米加作战成功。最后哈米加写信给国务会议要求赶走哈龙。于是后者被迫返回了迦太基，对元老们的卑鄙下作和他这位同僚的疯癫行径表示极端愤怒。因此，迦太基人屡次满怀希望，情况却变得越来越悲惨，但是大家尽量不去想它，甚至绝口不去谈它。

这样的倒霉好像还嫌不够，又有消息说撒丁岛的佣兵把他们的将军钉上了十字架，占领了岛上的各处要塞，而且到处屠杀迦南族人。罗马人也对共和国发出威胁，如果不交出一千二百达郎以及整个撒丁岛，就立刻开战。罗马人答应和野蛮人结盟，给他们运送了好几艘平底船的面粉和干肉。迦太基人追逐这些船只，俘虏了五百人。可是三天以后,从拜扎凯纳①给迦太基运送粮秣的一支舰队,却遇到风暴沉没了。很明显,天神也表态反对迦太基了。

于是伊包茶芮特的市民们,借口说有警报,把哈龙派驻的三百个兵士骗上了城堞,然后从后面抓住他们的大腿,一下子把他们全给扔了出去。那些没摔死的也被赶到海里淹死了。

雨地克也在强忍兵士的骚扰,因为玛格达桑也像哈龙一样,对哈米加的恳求装聋作哑,却听从哈龙的命令,围困着这座城市。于是,雨地克人骗他们喝下掺着曼陀罗花的酒,并且在他们入睡以后全都杀掉。与此同时,野蛮人恰好到达,玛格达桑逃跑了,城门全部开放。从此以后这两座推罗城市就对它们的新朋友表现出持久的忠诚,而对过去的盟邦却是难以置信的怨怼。

这种同布匿的决裂是诱导,是榜样。解脱桎梏的希望复苏了。迄今还没明确表态的民众都不再犹豫。各处都在骚乱动荡。徐率特也听闻了一切,他再不指望得到任何援助!他如今是无可挽回地输定了。

他马上遣走了纳哈法,让他回去守住自己王国的疆界。至于他自己,他决心回到迦太基去招募兵士,重新开始战争。

驻扎在伊包茶芮特的野蛮人,在哈米加的部队下山的时候,看见了他们。

迦太基人会去哪儿?毫无疑问,一定是饥饿驱使他们行动,并且,苦难已使他们丧失了理智,所以尽管如此虚弱,还想前来交战。可是他们向右拐了,原来是要逃跑。追上去就可以将他们全部消灭。野蛮人猛冲过去追逐他们。

迦太基人被大河挡住了去路。这一次河面很宽阔,而且西风也没有刮起来。有些人游了过去,其他人趴在盾牌上泅渡。然后继续行

---

① 拜扎凯纳曾是古罗马在北非的一个行省,相当于今天突尼斯的萨赫勒地区。

448

军。夜幕降临，他们从视线中消失了。

蛮族兵士并没有停下来，他们向上游走，试图找到一处狭窄的河段。突尼斯人急匆匆赶了上来，还带来了雨地克人。每经过一个灌木丛，他们的人数都在增加。迦太基人贴住地面就能听得见黑暗中追逐者的脚步声。巴喀时不时让人向后面射一阵箭并且射杀几个人来阻截追逐。等到日出时，他们已走进阿芮阿那山中，那里正是道路要拐弯的地方。

这时候走在最前头的马道，觉得自己在远处地平线一个高地的顶上能分辨出些许绿色的物体。随着地势下降，一些方尖碑、圆屋顶和房屋出现了：这就是迦太基！他的心狂跳起来，为了不让自己跌倒，赶紧靠到一棵树上。

他想起自从上次经过这里之后，他生活中所发生的一切！那真是无限的惊奇，令他晕眩。然后，想到能够重新见到萨郎宝，他就快活到了极点。一些应该憎恨她的理由，也回到了他的记忆中，但很快就被他抛开了。他战栗着，双目紧绷，凝视着越过艾实穆神庙，一片棕榈树林上方一座宫殿的巍峨的平台；一缕心醉神迷的微笑点亮了他的脸，仿佛某种强烈的光线照耀着他；他伸开双臂，在微风中送去无数飞吻，同时喃喃地说道：

——来吧！来吧！

一声叹息胀满了他的胸膛，两行眼泪，如珍珠落到了他的髭须上。

司攀笛喊了起来：

——谁拦住你了？赶快！前进啊！徐率特就要从我们手里逃掉了！可是你的膝盖在摇晃，你像个醉鬼似的望着我！

他不耐烦地跺着脚，催促马道，两眼闪闪发光，仿佛瞄准好久的目标已经到了眼前：

——啊！我们到了！我们来了！我抓住他们了！

他那满怀自信和扬扬得意的神情，惊醒了处在麻痹状态中的马道，并且令他不自觉地受到感染。在马道苦恼之极时猛然听到这些话，如醍醐灌顶，由绝望转向复仇，愤怒有了出口。他跳上一头在行李堆中的骆驼，抢过缰绳，用长长的麻绳使劲抽打那些落伍的人，他在队尾左右奔跑，就像一条狗在驱赶羊群。

听见他雷鸣似的喊声，兵士的行列凑紧了，就连瘸子也加快了脚步。到了地峡中部，双方的距离缩短了。走在最前面的蛮族兵士简直踏着迦太基人扬起的灰尘在前进。两支部队越来越近，马上就要接触上了。可这时马喀城门、塔噶斯特城门和巨大的嘉蒙城门都敞开着。布匿军队的方阵分成三股往城里挤，在城门洞下乱成一团。过了不久太拥挤的人群便无法前进了；长矛在空中相互冲撞，蛮族人射来的箭已簌簌地落到城墙上。

在嘉蒙城门的入口，人们看到了哈米加。他回转身来大声呵斥，让他的兵士闪开。他跳下了马，用手中握的剑往马屁股上扎，让它径直向野蛮人那边奔去。

这是一匹奥兰日种马，一直用小面团来喂养，它会屈膝跪下让主人骑上身子。为什么他要把它赶走？作为献给天神的牺牲吗？

那匹骏马四蹄腾空，在长矛中间飞奔，踢倒许多人，然后脚被自己的肠子绊住，跌倒了，又狂怒地跳起来。正当人们向一旁闪开，试图拦住它或者吃惊地张望的时候，迦太基人已经重新整合起来进了城，巨大的城门在他们背后轰然关闭。

城门坚不可摧。野蛮人一拥而上过来拼命冲击；——整支军队像弹簧似的前后振动了几分钟，越来越弱，最后停了下来。

迦太基人在引水渠上安排了兵士，他们开始往下扔石头、弹丸和檑木。司攀笛认为不应该这样硬拼。于是野蛮人退到稍远些的地方安顿下来，决心围攻迦太基。

这时战争的传闻已越过了布匿帝国的疆界，从海格力斯之柱[①]直到昔兰尼以外，牧人们在放牧时沉迷在对它的遐想之中，骆驼商队在星光下聊的也是它。伟大的迦太基，海洋上的霸主，如太阳般光辉，像天神一样可畏，居然也有人敢攻击！有好几次人们甚至断言它已被攻陷，所有人都信以为真，因为所有人都盼望这样：被征服者、纳贡的村镇、被迫结盟的省份、独立不羁的游牧部落，以及所有那些痛恨它暴虐、嫉妒它强权，或者觊觎它财富的人。最勇敢的人很快去投奔了佣兵。可是其他所有的人却被马加尔之战的败绩吓退了。最终他们又恢复了信心，逐渐向前靠拢过来。现在，来自东部地区的人都藏身在海湾另一边克利佩亚附近的沙丘中。只要看到蛮族部队，他们就会现身。

他们是利比亚人，但不是迦太基附近的利比亚人；后者早就组成蛮军的第三支部队了，他们是巴咯高地的游牧人，是来自菲斯居斯岬、戴尔内岬、法扎那和马尔玛芮克[②]的强盗。他们越过沙漠时，喝的是咸水井里的水，这些井是用骆驼的骨头砌成的；祖亚埃斯人[③]浑身上下披着鸵鸟毛，他们是驾着四马二轮战车来的；嘉辣芒特人蒙着黑色的面纱，是倒骑着涂饰过的良种牝马来的；其他的人有骑着驴子、野驴、斑马或者水牛来的；甚至有人还携家带口，捧着偶像，拖着外形像单桅帆船的茅屋的屋顶。他们中还有被温泉的热水烫得四肢满是皱褶的阿莫尼特人[④]、诅咒太阳的阿塔朗特人[⑤]、笑着把亡者埋在树枝底下的特洛

[①] 西方经典中用海格力斯之柱来形容直布罗陀海峡两侧的高山。
[②] 菲斯居斯岬、戴尔内岬、法扎那和马尔玛芮克都在昔兰尼加地区。
[③] 祖亚埃斯是利比亚的一个少数民族。
[④] 阿莫尼特人是古代居住在约旦河以东的闪族人的一支，在《旧约》中多有提及。
[⑤] 阿塔朗特也是利比亚的一个少数民族。

451

克洛地特人、吃蚱蜢的可怕的奥塞人、吃虱子的阿西马熙德人、吃猴子的涂抹朱砂的热桑特人①。

他们全都在海边排成一长条直线,然后就像被风卷起的沙尘暴一样向前推进。走到地峡中央,这群人停了下来,他们前面的佣兵,驻扎在城墙附近,并不想移动。

然后从阿芮阿那方向,来了西部地区的人,他们属于奴米第亚民族。事实上,受纳哈法统治的只是马西利安人②,何况习俗允许在情势逆转时可以舍弃他们的国王,于是他们都聚集在扎纳河边,哈米加一退却他们就跨了过去。跑在最前头的是来自马蒂巴勒和加拉福③的所有猎人,他们穿着狮皮,用长矛的柄驱赶着瘦小的长鬃马,接着走来的是穿着蛇皮胸甲的热蒂利人,然后是戴着用蜡和树脂制作的高冠的法鲁塞人④,最后是高纳人、马卡尔人和蒂拉巴尔人⑤,他们每人握着两把投枪和一副河马皮制的圆形盾牌。他们在地下墓穴末端停了下来,正是作为潟湖开端的几个水洼那里。

可是等到利比亚人一离开,他们原先占据的地方出现了一大群黑人,就像贴着平地涌起一堆乌云。他们有的来自白哈鲁实山,有的来自黑哈鲁实山,有的来自奥吉勒沙漠,还有人来自阿加赞巴大地区⑥,它的位置更靠南部,从嘉辣芒特还要再走四个月路程,甚至还有从比它更远的地方来的!尽管他们戴着红木制的镶玉的饰物,可是他们黑皮肤上的污垢使他们看起来就像沾满尘土的桑葚。他们穿着树皮纤维的短裤,干草编织的战袍,脑袋上套着猛兽的头,并且,像狼那样嗥叫,一边摇晃着带环的金属杆,挥舞着按军旗式样拴在棍子顶端的牛

---

① 特洛克洛地特人、奥塞人、阿西马熙德人和热桑特人都是非洲的少数民族。
② 马西利安人是奴米第亚东部地区的民族。
③ 马蒂巴勒和加拉福都在毛里塔尼亚,前者是山名,后者是一座城与湖泊。
④ 法鲁塞人是北非的一个民族。
⑤ 高纳人和马卡尔人生活在毛里塔尼亚;蒂拉巴尔人在利比亚。
⑥ 阿加赞巴大地区在埃塞俄比亚境内。

尾巴。

在奴米第亚人、玛鲁希亚人和皆土利人之后，又聚集了一些皮肤发黄的人，他们散居在比塔日尔①更远的雪松林子里生活。猫皮箭袋拍打着他们的肩膀，手里的皮带牵着些一声不吭、和驴子一般高的大狗。

最后，似乎嫌非洲还没有倾巢而出，有意要再添点狂热，就连最低等的种族也被搜罗进来；在所有其他人后面，人们看到有些外形像野兽并且像白痴般露着牙齿傻笑的人；——他们是受恶疾摧残的可怜虫、畸形的矮人、黑白混血的两性人、红眼珠见到阳光就不停眨巴的白化病人；他们结结巴巴地发出一些错乱费解的声音，同时把一只手指含在嘴里，表示他们肚子饿了。

武器的混乱程度一点不亚于族裔和服饰。任何杀人工具都能在这里找到，从木头匕首、石斧和象牙三齿叉，直到用柔韧的薄铜片制成的带锯齿的长刀，应有尽有。他们使的刀像羚羊的角一样分叉，还有系在绳子头上的砍柴刀以及铁三角、狼牙棒和锥子。来自邦勃特河②的埃塞俄比亚人把有毒的袖箭藏在头发里。有些人带着装在口袋里的石头。另外一些人空着手，可是把牙齿咬得格格作响。

在这一大片人海中经常闹出些风波。一些像船一样用柏油全身涂满条纹的单峰骆驼，撞倒了后腰上驮着孩子的妇女。筐子里的粮食散落在地上，人们走在路上踩碎了盐巴、装在小口袋里的树脂、腐烂的椰枣和可乐果③；——有时在某个人长满虱子的胸膛上，会有细绳悬挂着一颗金刚钻，那竟是波斯总督费尽心机搜寻的传说中的贵可敌国的宝

---

① 塔日尔在非洲内陆。
② 邦勃特河即今非洲西部的塞内加尔河，最早见于古罗马作家老普林尼的著作。邦勃特源于布匿语中的"巨兽（河马）"，但埃塞俄比亚在非洲东部，显然此河不在塞内加尔。应该理解为埃塞俄比亚境内的一条河马河才对。
③ 可乐果又称红可拉，是西非的一种梧桐科常绿乔木的果实，内含少量咖啡因。

石。大多数人甚至都不清楚自己到底要什么。完全是受到某种吸引力或者好奇心的驱使，那些从没见过城镇的游牧民连城墙影子都害怕。

如今整个地峡里塞满了人，在这片狭长的地表上鳞次栉比的帐篷就像洪水中的茅舍，一直延伸到其他野蛮人的前沿，那里刀枪如流水，对称地排列在引水渠的两侧。

迦太基人正在对他们的到来惊魂未定之时，又见到推罗各城镇给野蛮人送来的各种各样的攻城器械，它们就像怪兽和巨大的建筑，带着桅杆、摇臂、绳索、铰链、柱头和外壳，迎面扑来。它们是六十台投石车、八十尊石弩炮、三十具蝎弩机、五十架天平云梯、十二个羊角攻城锤，以及三座特大号的投石机，可以投射十五达郎重的巨石。一大群人聚集在机械的底部往前推，每进一步都会引起摇摆震颤，就这样把它们挪到了城墙跟前。

可是要完成攻城的准备，还要花上好几天工夫。佣兵经过几次败仗已经得到教训，不愿再冒险作徒劳无益的战斗；而且双方都不着急，因为大家都知道一场恶战即将来临，其结果不是完全胜利便是彻底灭亡。

迦太基是有能力长期坚持下去的，它宽大的城墙上有许多凹进和凸起的棱角，这种结构有利于挫败攻击。

然而在地下墓穴方向有一段城墙坍塌了，在漆黑的夜晚，透过这段残垣可以望见马喀郊区破屋里的灯光。它们的地势有的比城墙还高。这里正是被马道赶走的佣兵原先的老婆和她们的新丈夫居住的地方。看见佣兵回来，她们的心再也无法忍受。她们在远处挥舞自己的披巾，随后就在夜里通过城墙的缺口同佣兵对话。一天早上国务会议获悉她们全都逃掉了。有些是设法穿越石头间的缝隙，有些胆子更大的则用绳子从城墙上吊着爬下来。

司攀笛终于决定实施自己的计划。

战争迫使他远离迦太基，始终没机会实施；自从回到它的跟前，他又觉得似乎城里的居民对他的打算有所戒备。可没过多久，他们就减少了引水渠上的哨兵。因为没有足够兵力来守卫城墙。

旧日的奴隶一连几天都在练习用箭来射湖上的火烈鸟。然后，选了一个月色皎洁的夜晚，他先请求马道到了午夜时分用干草点燃一堆大火，同时让所有人都齐声呐喊，自己带着查耳萨斯沿着海湾，向突尼斯的方向走去。

到了最后一排拱架的高度，他们转身直接朝引水渠走去；这地方没人守卫，他们一直爬到拱架的柱子底下。

平台上的哨兵安静地踱来踱去。

巨大的火焰猛然腾空而起，军号响声震天，哨位上的兵士以为开始攻城了，都急忙朝迦太基方向奔去。

只有一个人留了下来。在天空的映衬下现出一个黑色的身形。月亮从他背后照过来，在平原上投下一个奇大无比的倒影，从远处看就像有座方尖碑在移动。

他们等着他走到了他们面前。查耳萨斯拿起他的投石器，不知是出自谨慎还是残忍，司攀笛止住了他：

——别动，抛射石弹动静太大，让我来！

于是他用左脚的大脚趾抵住弓的末端，使足力气把弓拉开，瞄准了，一箭射去。

那个人没有从上面掉下来。他消失了。

司攀笛说道：

——如果他只是受了伤，我们会听见他的声音的！

他迅速借助绳子和鱼叉，就像上一次做过的那样，一层接一层攀登上去。爬到最高一层，到了那具尸体旁边，他再把绳子给放下来。巴莱阿里人把一把鹤嘴锄和一个木槌系到了绳子上，便转身回去了。

军号声已经停了下来。一切恢复安宁。司攀笛掀起一块石板，钻进水里，再把它重新盖上。

凭借自己的步数测算距离，他准确到达以前注意到有条倾斜裂纹的地方，然后连续三小时，发了狂地一直干到天亮，仅靠头顶上石板的缝隙维持呼吸，内心极度焦虑，不下二十次认为自己快死了。终于，听到了劈啪的爆裂声，一块巨石在下面几层拱架上蹦跳着滚落到地面，——突然间一道巨大的瀑布，一整条河流，从天而降，坠落到平原。引水渠被拦腰截断，滴水无存。对迦太基而言，这就是死亡；对野蛮人来说，这就是胜利。

被惊醒过来的迦太基人立刻聚集到城墙、房屋和庙宇上面。野蛮人则推挤着欢呼向前。他们癫狂地围着大瀑布跳舞，而且快活得忘乎所以，跑过来把脑袋浸泡到水里。

人们发现引水渠顶上有一个人，披着一件被撕破的棕色战袍。他两手叉腰，俯身在平台最靠边的地方往下面张望，似乎对自己的成果感到惊讶。

然后他立起身子。神情傲慢地放眼周遭地平线，似乎在说：

——这一切都属于我了！

野蛮人爆发出一阵欢呼喝彩，而终于明白了自己遭遇灭顶之灾的迦太基人，则发出了绝望的哀嚎。于是司攀笛开始绕着平台来回奔跑，——像在奥林匹克竞赛中得胜的战车驭手，骄傲得神魂颠倒，向天空举起双臂。

十三　摩洛神

野蛮人不需要在通往非洲的方向设立壁垒，因为非洲是支持他们的。但是，为了更方便接近城墙，他们把壕沟边上的壁垒也拆掉了。接着，马道又把部队划分成若干个很大的半圆形，为了更好地包围迦太基。雇佣军中的重装步兵被安排在第一线，跟着他们的是投弹兵和骑兵，最最后面是行李、车辆和马匹；在这一大堆人的前面，离碉楼三百步的地方，耸立着那些攻城机械。

它们的名称虽几经嬗变（在过去几个世纪里已变过数次），但这种机械大致可归为两个体系：第一种就靠投掷，第二种类似弓弩。

第一种是投石机，由一个方框、两根垂直的立柱和一根水平的横木组成。在它的前部有一个圆柱体，绕着缆绳，扣住一根粗大的杠杆，支着一个用来装填投掷物的勺子。它的底部被绷紧的绞索缚住，一旦绳子松开，它就会弹起来，重重砸在那根横木上，它被挡住时受到的冲击，又会加大投掷的力量。

第二种是弩机，结构比较复杂，一根横梁，中心固定在一个小立柱上，从这个连接点沿横梁的垂直方向支出去某种管道；横梁的两端立着两个绕着马毛绞索的轴套；两根固定在轴套上的细杆拴住一根麻绳的末端，绳子则一直伸到管道底部的一块铜片上。铜片由弹簧控制，它一被释放，就会沿着凹槽滑动，把箭推射出去。

投石机又叫做野驴，因为野驴会用蹄子把石头踢出去；弩机被叫做蝎子，因为铜片上有个钩子，只要用拳头把它往下一砸，弹簧就弹出去。

制造这些机械需要进行精确的计算，木头要挑选质地最坚硬的品种，传动设备全要采用青铜制作；它们靠杠杆、复合滑车、绞盘或者波斯水车①来工作；射击方向的转换靠坚固的枢轴；要架在圆筒上才能使它们向前推进；其中最巨大的更是需要把部件分拆开运来，然后当着敌人的面组装到一起。

司攀笛把三台巨大的投石机安置在三个主要的攻击方位，在每扇城门前都架设了一具羊角攻城锤，每个碉楼前放了一尊弩炮，再安排一些机动的弩车在后面走动。可是必须保护它们不被守城的人放火烧毁，而且必须先要把阻挡它们接近城墙的壕沟填平。

他们推过来一些用碧绿的芦苇编织的篱笆做围挡的长廊，架在三只轮子上滑行的、像一面巨大盾牌似的橡木制的半圆拱架，在工作人员的棚屋上覆盖充填海草的生皮袋子，投石机和弩炮则用浸过醋的、不会被烧毁的麻绳编织的帘子加以保护。妇女和儿童都到沙滩上去捡石头，用手收集泥土交给兵士们。

迦太基人也在做准备。

哈米加很快就使人心安定下来，因为他宣称蓄水池存留的水足够使用一百二十三天。这样言之凿凿，加上他的现身，尤其是圣衣的失而复得，使人们产生美好的希望。迦太基浴火重生了。那些不是迦南族裔的人，也被别人的热情带动起来。

奴隶也被武装起来，军械库全空了，市民各有各的岗位和职务。一千二百个投诚后幸存的兵士，全被徐率特提升为小队长；木匠、兵器匠、铁匠、金匠，都被安排去制造战争机械。尽管受到与罗马媾和条约的制约，迦太基人还是保留了几具作战机械。他们技艺高超，很快就把它们修好了。

东面和北边有大海和海湾庇护，不可能受到攻击。在面对野蛮人的城墙上，他们堆积了檑木、磨盘石、装满硫磺的瓶罐和注满油的桶，

---

① 波斯水车，也叫波斯轮，是古代波斯人在尼罗河畔利用齿轮原理（把水平的旋动转换为垂直的旋转）制造的一种车水工具。

还砌了好些炉灶。石块被堆放在碉楼的平台上,紧贴着城墙的房子,都填满了沙土,为了使它更坚固,更厚实。

野蛮人看到对方的备战,气愤之极,他们恨不得马上就开打。可是他们往投石机里放的石块实在太重了,连杠杆都给压折了,进攻被迫推迟。

最后,到了细罢特月的第十三天,——太阳刚升起时,——从嘉蒙城门上传来了一下巨大的撞击声。

七十五个兵士拉着拴在一根巨大的横木下面的麻绳,横木通过铁链水平地悬挂在一个吊架上,它的一头是一个青铜制的羊角撞锤。横木外面用牛皮包裹住,并且箍上了一圈又一圈的铁环,它的腰围有人身子三倍那么粗,长一百二十肘,七十五双赤裸的胳膊又推又拉,让它有规律地前后摆动。

其他城门前面的羊角攻城锤也开始摆动起来。在波斯水车的空心轮里,好些人在一级一级地向上蹬踏。滑车和轴套嘎嘎作响,麻绳编织的帘子突然掀开,阵雨般的石头和箭同时投射出去,零散的投弹兵也在往前跑。有些人把一罐罐树脂藏在盾牌下面走到城墙底下,然后使足力气把点燃的树脂扔上去。冰雹似的弹丸、标枪和火箭在空中划出一条弧线,从前面几排人的头上飞过,落到城墙后面。但是架设在城墙顶上的、给船舶安装桅杆的长臂吊车,从上面伸下一副巨大的钳子,它的末端有两排半圆形的锯齿,咬住羊角攻城锤使劲往上拽。佣兵们则紧紧揪住横木,拼命往后拉。战斗一直延续到傍晚。

第二天,佣兵再来攻城时,城墙顶上全都铺上了棉花包、帆布和垫子,雉堞的孔眼里也填塞了席子,城墙上的吊车之间配备了一排排用棍棒加长了的叉和刀。于是,立刻开始了激烈的抵抗。

用缆绳系住的树干,一升一降地落下来攻击羊角攻城锤;弩炮发射出来的铁钩,掀翻了棚屋的屋顶;从碉楼的平台上,燧石和鹅卵石飞瀑般往下砸。

最后，羊角攻城锤终于撞破了嘉蒙门和塔噶斯特门。可是迦太基人早在里面堆砌了大量障碍物，把门扇顶住无法打开。它们照样立在那里。

于是他们就改用螺丝钻来破拆城墙，专挑石料接缝处下钻，以便把砌墙石挖走。攻城机械的管理改进了，操作人员分班工作，从早到晚，机械都在不间断地运行，像纺织工的织布机那样单调和精确。

司攀笛不知疲倦地在指挥攻城。他亲自去把弩炮里的绞索绷紧。要使两根绞索松紧程度完全相同，在绷紧它们的时候，就得轮流左右敲打，直到两根绞索都发出了同样的声音。司攀笛爬到横木上。他用脚尖轻触绞索，扯着耳朵像调琴的乐师一样倾听。然后，等到投石机的杠杆跳起来，弩炮的小立柱在弹簧的冲击下开始震颤，石弹像光束般迸射，箭矢如激流般飞溅的时候，他就全身倾侧，两臂伸向空中，仿佛要随它们而去。

兵士们佩服他的技艺，执行他的命令。他们干得快活，便给那些机械取诨名逗乐。因此，抓羊角攻城锤的大钳子被喊作"狼"，覆盖长廊的是"葡萄藤"；他们是绵羊，他们要去摘葡萄；在装填投射物的时候，他们对"野驴"说：

——来吧，好好尥蹶子！

然后又对"蝎子"说：

——往他们心脏里扎！

这些玩笑始终如一，鼓舞他们的士气。

然而攻城机械并没有摧毁城墙。它是在两道墙体中间夯实沙土筑成的。每当它的上半部遭到破坏，守城的人就会把它修复加高。马道命令建造一些木碉楼，要它们同对方的石碉楼一样高。他们把草皮、木桩、鹅卵石，甚至连车带轮子都一起扔在壕沟里，想尽快些把它填平；但是没等他们干完，平原上铺天盖地的野蛮人已经一齐波动起来，就像泛滥的海水一样滚滚向前，拍打着城墙的墙脚。

他们搬来许多绳梯、直梯和攻城飞桥①，后者是两根桅杆，吊着一溜活动的竹桥，通过复滑车，可以降下来。这些竹桥靠在城墙上形成一条长直的栈道，佣兵们可以手握兵器鱼贯攀登上去。迦太基人全躲了起来。佣兵们爬到城墙三分之二高的地方，被堵塞的雉堞的孔眼突然打开，像巨龙的嘴巴冒出烟和火来；喷射出来的沙子四下散开，钻进了甲胄的缝隙；汽油沾在衣服上；滚烫的铅汁溅落在头盔上，把人肉烧出了窟窿；火花如雨点般飞溅到人脸上，——没了眼珠的眼眶仿佛在流泪，流出杏仁大小的泪滴。有些人身上被油染黄，头发上着了火，他们发狂地奔走，把别的人也烧着了。人们从远处往他们脸上扔过去浸透鲜血的一口钟，帮着扑灭火焰。那些没有受伤的人像木桩一样僵立在那里，动也不动，张着嘴，摊开两臂。

这样的攻击一连好几天都在反复进行，——佣兵们希望凭借他们的优势兵力和过人的勇气，马上夺取胜利。

有时，一个人站在另一个人的肩头上，在石块间插进一根扦子，把它当作向上攀登的踏脚，然后再依次插第二根、第三根。由于雉堞的边沿比城墙突出，可以掩护他们用这种方法向上攀登；可是，到了一定高度，他们总要跌下来。巨大的壕沟已经满得要溢出来，伤兵同死人、垂死的人乱七八糟地堆在一起，任由活人践踏。烧焦的躯干黑点般掺杂在袒露的内脏、散开的脑浆和一摊摊血水中间，从尸堆中伸出半截的胳膊和大腿，僵直挺立，好像葡萄园被大火焚毁后残留的立柱。

梯子既不管用，就改用天平吊，——这个设备由两根相互横向叠

---

① 攻城飞桥是古希腊罗马时使用过的一种攻城云梯。

架着的长长的杠杆组成,杠杆的一头挂着一只四方的吊篮,可以容纳三十名带着武器的步兵。

第一个天平吊刚安装好,马道就想上。司攀笛把他拦住了。

一些兵士俯身趴在绞盘上推。那根巨大的杠杆升了起来,先是变成水平状态,然后几乎垂直地立了起来,由于负荷超重,它弯得就像根粗大的芦苇。那些步兵挤在吊篮里,隐没到下巴,只有盔翎露在外面。最后,等到离地五十肘高时,它开始在空中左右摇晃,然后落了下去,就像一个手里握着一队侏儒的巨人,把一篮子兵士放到城墙边上。他们跳了出来,扑到人群里,无一生还。

其他天平吊也很快都安装完毕。但是要靠它们来夺取城市,必须增加一百倍才行。他们以一种极其残忍狠毒的方法来使用这些机械:一些埃塞俄比亚弓箭手坐在吊篮里,等到缆绳稳定以后,他们就在空中发射毒箭。五十座天平吊包围着迦太基,就像恐怖的秃鹫居高临下地注视着雉堞。看到堞墙上的卫兵在难以忍受的痉挛中死去,黑人们都开怀大笑。

哈米加把重装步兵派到这些岗位上,并且让他们每天早上喝某种可以防止中毒的草汁。

在一个夜色如墨的晚上,他安排最优秀的兵士登上驳船和木板,从港口右侧拐弯,在代尼亚上岸。然后他们向前穿插到野蛮人的第一线,从侧面进攻,大杀一阵。有些人趁夜色用绳子从城墙上吊下来,手执火把,把雇佣军的工事烧毁后,又爬上城去。

马道被彻底激怒了,挫折加重他心中的怒气,使他做出一些可怕而荒诞的行为。他臆想传召萨郎宝同他幽会,然后真去等她。她没来,于是他认为这又是一次新的背叛,——并且从今以后,他对她只有憎恶。倘若看到她的尸体,他也会扭头走开。他在前哨加派了双岗,在城墙脚下插上尖叉,在地面埋设蒺藜,命令利比亚人把整座森林给他搬来，以便放火焚烧迦太基，就像用火燎狐狸洞窟一样。

司攀笛执意继续围城。他试图发明一些可怕的、过去从未有人制造过的攻城机械。

驻扎在地峡远处的其他野蛮人，对于围城进展的迟缓感到惊讶。他们窃窃私语，怀疑自己被剥夺了入城劫掠的机会。

于是他们就拿着弯刀和标枪冲过来，就这样去攻打城门。他们赤裸的身体极易受伤，迦太基人恣意杀戮，佣兵却挺高兴，无疑是因为他们无端嫉妒自己洗劫城市。于是导致相互之间争吵和斗殴。之后，由于乡间已遭蹂躏而荒芜，很快粮食开始短缺。他们都感到沮丧。大批乌合之众离开了。可是围城的人群庞大，并没显出人数减少。

他们之中最优秀的试着去挖地道，但地面不够结实，坍塌了。他们换个地方再试，但是哈米加把耳朵贴在铜盾上，总能猜出他们地道的走向。他在木碉楼必经的途径下面挖了反地道，一旦他们向前推进，就会掉进坑里。

最后，大家都意识到这座城是很难攻下的，除非有一座能升到与城墙比肩的长平台，使他们能和迦太基人在同一高度上作战；而且平台的顶上要好好铺设，方便攻城机械在上面滚动。这样迦太基就会觉得实在难以抵抗了。

城里开始缺水了。围城开始的时候，每一驮水才两个开西塔，现在涨到一个银谢克。储存的肉和小麦也快耗尽了，害怕闹饥荒的恐惧心理蔓延开来，甚至有人开始议论要清理吃闲饭的，这使每个人都心惊胆颤。

从嘉蒙广场直到麦喀耳提神庙，满街都是尸体；如今正当夏末，黑色的大苍蝇拼命滋扰着战士。年迈的老人在运送伤兵，虔诚的人继续为战争中死在远方的亲友举行虚拟的葬礼。透过大门可以看到代替死者的穿戴着衣服和假发的蜡像,在贴近它的燃烧的蜡烛的炙烤下溶化;颜料流淌到了肩膀上,在它身边唱着丧歌的活人的脸上也淌满了泪水。与此同时,人群在来回奔跑,一队队武装在经过;军官们在大声嘶吼着发布命令,羊角攻城锤撞击城墙的轰鸣声也始终在耳边震响。

天气变得异常闷热,尸首都肿胀得没法装进棺材。它们被放在院子中间焚化。然而地方太窄,火燎着了邻居的墙壁,于是长长的火苗霎那间从房屋蹿出来,就像是鲜血从大动脉喷溅出来。摩洛神就这样子占有了迦太基,它紧紧抱住城墙,打着滚穿过街道,甚至连死尸都成了它饕餮的美味。

有人为表示绝望,穿着百衲的破布缀成的一口钟,把自己戳在十字路口的街角。他们宣称反对元老们,反对哈米加,向民众预言全面毁灭,劝大家破坏一切,恣意放纵。最危险的是那些喝天仙子汁①的人,一旦毒性发作,他们就自认为是猛兽,扑到路人身上撕咬。围观者成群结队,保卫迦太基的事被忘得一干二净。徐率特要实行他的主张,只能花钱收买人心。

为求神灵庇护,怕它们离开城市,所有的神像都被链子缠住。凶神巴泰克的头上蒙了黑纱,祭坛周围放上了苦行僧穿的苦衣。为激起天神的自尊和嫉妒,人们在神像的耳边吟唱:

——你就要被打败了!有比你更强的,是吗?你显显灵吧!帮帮我们!别让外人讥笑说:他们的天神如今在哪儿?

各个神庙的大祭司们全都忧心忡忡。月神庙的祭司们尤其害怕,——圣衣的归来没起什么作用。他们把自己关在像堡垒般难入侵的第三道围墙里面。唯一敢冒险出去的只有大祭司沙哈巴瑞。

他常去见萨郎宝。不是一声不吭、两个眼珠动也不动地凝视着

---

① 天仙子是茄科草本植物,又名莨菪、小颠茄子,果实含生物碱,能麻痹中枢神经。

她,就是说个没完,对她的训斥比以往加倍苛刻。

一种不可理喻的矛盾心理支配着他,他无法原谅这个年轻姑娘执行了他的命令;——沙哈巴瑞猜出了一切,——这个挥之不去的想法,更加激起他对自己丧失性能力的妒恨。他指责她是引发战争的祸根。按照他的说法,马道包围迦太基就是想夺回圣衣。他肆口咒骂,恣意挖苦这个野蛮人,说这种人居然也妄想占有圣物。其实这些都不是大祭司真想说的话。

不过萨郎宝如今对他已不再畏惧。过去感到的苦恼已不复存在。她的心境出奇的安谧。眼神也不再游移,而是闪耀着一股清澄明澈的亮光。

与此同时,那条黑蟒却和萨郎宝的复苏相反,它又病倒了。老达纳克却为此感到高兴,因为她确信女主人的萎靡就是蛇带走的,它就是因此才衰弱的。

一天早上,她发现它蜷成一团,藏在皮带床的后边,比大理石还冰冷,脑袋被一大堆蛆盖住了。她的喊声招来了萨郎宝。她只是过来用皮带鞋的鞋尖把蛇翻弄了几下,女奴对她的冷漠感到惊讶。

哈米加的女儿再不像以前那样热衷于延长禁食时间了。她一整天待在她的平台上,胳膊肘支在栏杆上,眺望眼前景致作为消遣。在城市的尽头,城墙的顶端在天空中勾画出参差不齐的之字形曲线,哨兵的长矛把整道城墙装点得就像麦穗的边界。再往远去,可以看到野蛮人在碉楼之间移动。在暂停攻城的日子里,她甚至能辨认出他们的活动。他们在修理武器,往头发上抹油,并且在海水里清洗自己血污的手臂,营帐的门帘关着,驮货的牲口在吃草,远处,排列成半圆形的配备镰刀的双轮战车,就像躺在山脚下的一把银制阿拉伯弯刀。沙哈巴瑞的话又回到她的脑海里。她在等待她的未婚夫纳哈法。尽管她憎恨马道,却依然很想再见到他。在所有的迦太基人中,或许她是唯一能毫无畏惧地同他谈话的人。

她的父亲常到她的房间里来。他气喘吁吁地坐在靠垫上，用差不多带点温情的目光凝视着她，仿佛觉得看着她的身形有助于解乏似的。有时他会问她去雇佣军营盘的经过。甚至问她，是不是受到了谁的怂恿，她摇着头回答说没有，——萨郎宝为仅凭一己之力就能夺回圣衣而深感自豪。

不过徐率特的话头总要回到马道身上，借口说他想了解军情。他不明白她在军营里怎么能待那么长的时间。事实上，萨郎宝只字不提吉斯孔；因为字眼倘若有效，一旦把那些诅咒转述出去，它们可能会在对方身上应验；她也闭口不谈自己有过刺杀马道的想法，害怕因为自己没有实施而受到责备。她只说蛮军的统帅似乎非常震怒，他叫嚷了很长时间，后来就睡熟了。萨郎宝收住口不再往下述说，也许是害羞，也许是极度天真所致，她并不看重马道的亲吻。况且，这一切就像是对一场沉闷的梦境的回忆，既忧郁又模糊不清地在她脑海中漂浮，她不知道该用什么方法、什么样的语言来表达。

一天晚上他们正这样面对面待着，达纳克突然惊慌地走了进来。说院子里有个带着孩子的老头，要见徐率特。

哈米加脸色变白了，立刻回答：

——叫他上来！

伊狄巴没有匍匐施礼就走了进来。他手里牵着一个披着羊毛一口钟的孩子，旋即揭开罩住孩子脸的风帽，说道：

——这就是他，主人！把他带走吧！

徐率特同老奴隶一起走到房间的角落里去。

孩子留在屋子中央，他环顾四周，用专注而不是惊异的目光审视着天花板、家具、随意地扔在深红色床幔上的珍珠项链，以及那位朝他弯下腰的尊贵的年轻女人。

他看上去十岁左右,并不比一柄罗马利剑更高。鬈曲的头发遮住他凸出的前额。双眸仿佛在寻觅更大的发展空间。薄薄的鼻翼遒劲有力地翕动,浑身呈现着某种注定要肩负大任的伟人特有的无法形容的光辉。他脱掉沉重的一口钟,只剩一张猞猁皮缠在腰间,赤裸的沾满白色尘土的小脚坚定地踩在地面的石板上。毫无疑问,他肯定猜出有要事在商谈,所以动也不动,一只手放在背后,低着头,嘴里咬着一根手指头。

最后,哈米加做了一个手势,把萨郎宝叫过去,低声说道:

——听着,把他留在你身边!不准任何人,哪怕是府第的人,知道他的存在!

然后,到了门外,他又再一次叮问伊狄巴,是否肯定没有人看见他们。

奴隶答道:

——没有!街上一个人都没有!

战争蔓延到各省,他为主人的儿子担忧,不知道该把他藏到哪里,只好划着一条单桅帆船,沿着海岸驶来。伊狄巴一边观察城墙一边转悠,已经在海湾里待了三天。最后,这天晚上,看到嘉蒙郊区似已荒无人烟,海港的入口也没被封锁,他便迅速驾船通过水道,在军械库附近上了岸。

可是没过多久,野蛮人就在海港前面放置了不计其数的浮木来阻止迦太基人的船只从这里出入。并且又开始建造木碉楼,继续加高平台。

与外界的交通被切断,难以忍受的饥荒开始了。

被困在城里的人们把所有的狗、骡子、驴全杀了,就连徐率特带回来的十五头象也宰了。摩洛庙里的狮子变得十分残暴,圣奴都不敢靠近它们。起初喂它们吃蛮族伤兵,后来就扔给它们还有余温的死尸，但它们拒绝吃，最后全死了。天色昏暗的时候，人们沿着旧围墙逡巡，搜寻石头缝里的花草，拿来放在酒里煮了吃；——因为酒比水更便宜。还有人偷偷摸摸地爬到敌人的前哨阵地，钻进帐篷里偷食物。蛮族人大吃一惊，有时也放他们回去。终于到了那一天，元老们决定私下里把艾实穆庙里的马杀掉。它们被视为圣物，大祭司用金带子把它们的鬃毛编成辫子；它们的存在意味着太阳的运动——火的观念的最高贵形态。他们把马肉切成同样大小的块，埋在祭坛后面。每天傍晚，元老们借口祈祷，进入庙宇，背着人大吃一顿，而且每个人都在祭服里面藏了一块带回去给他们的孩子。在离城墙较远的冷僻的街区，那里居民的境况不那么悲惨，害怕其他人来抢劫，都筑起了壁垒。

投石机的石块，以及为了保卫城市而下令拆毁的房屋，都在街道中间留下了大堆大堆的废墟。在万籁俱寂的时刻，也会有一大群人突然狂喊着冲出来；从卫城的顶上，大火就像深红色的破布散落到各处平台上，在风中扭摆着。

尽管有如此显赫的战果，那三台巨大的投石机一刻也没有住手。它们造成的损害简直匪夷所思：譬如，一个男人的脑袋会一下子弹到席西特的三角楣饰上去；在肯西道的街上，一个正在分娩的妇女被一块大理石砸中，她的孩子连同那张床竟然飞到西拿桑十字路口，毯子也是在那里找到的。

最恼人的是投弹兵抛射出来的弹丸。它们坠落到屋顶上、花园里、院子中间，而且恰好是人们坐在餐桌前，面对难以果腹的粗劣食物，愁肠欲断的时候。这些残忍的投射物上还刻着字，能在被击中的皮肉上印出字来。于是，在死尸上有时会读出"猪猡"、"豺狗"、"臭虫"这样的恶言秽语，甚或是些恶意的嘲弄："打中了！"或"我活该！"

从海港的一角到蓄水池高台处的那一段城墙被攻垮了。于是马喀的居民发觉自己陷入了前有野蛮人、后有比耳萨老城墙阻挡的绝境。可是要把城墙加高加厚的任务已够繁重,哪还有能力去救他们,只好弃之不顾,听任他们惨遭屠戮;虽说这些人平时挺招人嫌,可哈米加还是为此背上了骂名。

第二天,他就下令打开储藏麦子的地窖,让管家把它们分发下去。全体民众放开肚子狠吃了三天。

然而口渴变得越来越难以忍受,眼前经常浮现引水渠中喷涌而下的清水形成的长长瀑布。在阳光下,一片薄薄的水雾带着彩虹从瀑底升起;一条小溪,在平地上蜿蜒流淌,一直流进港湾。

哈米加并不气馁。他正指望着一件大事,一件有决定意义的、异乎寻常的事件。

他让家奴去麦喀耳提神庙揭取装潢的银片,从港口拉出四条长船,把对着海岸的城墙挖了个大洞,用绞盘把船牵引到马巴勒海岬底下,然后派人乘船去高卢,打算不惜任何代价从那里买些佣兵回来。然而,哈米加最感苦恼的还是不能同奴米第亚国王通消息,他明知他正在蛮族人的背后,并且准备投入战斗。可是纳哈法兵力太弱,不愿冒险单独进攻;徐率特只能下令把城墙加高十二掌①,把军械库里的物资全堆放到卫城山上,并且再次修复他的作战机械。

投石机的绞索通常使用公牛的脖筋或牡鹿的腿筋。可是迦太基城里既没公牛也没牡鹿。哈米加便向元老们索要他们女人的头发,然而即使她们全部奉献,数量也不够。在席西特的院落里,倒是有一千二百个妙龄女奴,指定去希腊和意大利卖淫的,她们的头发因经常使用香脂而富有弹性,最适合在作战机械中使用。但随之而来的损失又太大。因此,最终决定选用那些头发长得最好的平民的女人。她们可不

---

① 掌是古罗马长度单位,等于六分之一肘,约合 0.074 米。

管什么祖国的需要，只要一被国务会议拿着剪刀的爪牙抓住，就绝望地拼命叫喊。

野蛮人的怒气无处发泄。从远处就可以看到他们用死人的脂肪来涂抹机械，还有人拔掉死人的指甲，一片片缝起来做胸甲。他们想了个主意，在陶罐里装满黑人带来的蛇，把它放进投石机；罐子在迦太基城的铺地石上砸得粉碎，这些蛇四下乱窜，似乎还在不断繁殖，而且数量如此吓人，仿佛是从城墙里自然而然钻出来的。野蛮人对这样的发明还不满意，又继续改进，他们投掷各种秽物：粪便、腐肉、死尸。瘟疫爆发了。迦太基人嘴里的牙脱落了，牙龈失去血色，就像经历了过长距离跋涉折磨后的骆驼。

尽管堆砌的平台各处还没全达到和城墙比肩的高度，各种攻城机械已经都搬了上来。对着防御工事里的二十三座石碉楼，蛮族人立起了二十三座木碉楼。所有的天平吊都重新架了起来，中间稍为偏后一点，巍然耸立着一座令人望而生畏的德米特里一世①发明的活动攻城塔，它是司攀笛费尽心机仿造出来的。它像亚历山大港的灯塔②一样，呈金字塔形，高一百三十肘，宽二十三肘，一共有九层，越往上越窄，全都有青铜片防护，四周开了无数扇门，里面装满了兵士；最高的平台上立着一座投石机，旁边还有两尊弩炮。

于是哈米加竖起了十字架，用钉刑来惩戒谈及投降的人，连妇女也收编入伍。人们在街头露宿，忧心忡忡地忍受着煎熬。

随后，在日出前的一个早晨（尼散月③的第七天），他们听见了全体野蛮人同时发出的大声喊叫，装了铅管的喇叭齐声吹响，帕夫拉戈尼

---

① 德米特里一世，绰号"征服城市者"，公元前294年—公元前288年就位马其顿国王。
② 亚历山大港的灯塔位于埃及亚历山大城边的法洛斯岛，高135米，靠橄榄油和木材点燃千年，最终毁于地震。
③ 尼散月是犹太教历的1月，相当于公历的3月到4月。

亚①号角发出公牛似的哞叫。于是所有人都起身跑到城墙上去。

城墙根下竖立着一片密林似的长枪、长矛和刀剑，野蛮人正向城墙扑过来，云梯搭在城墙上，雉堞的垛口出现了他们的脑袋。

一长溜一长溜的人抬着一根根大梁撞击着城门；在平台还没堆砌好的地方，佣兵为了摧毁城墙，就排成密集的步兵大队前进，第一排蹲着，第二排屈着腿，其余几排逐渐升高，直到最后一排完全直立着；有些地方为了攀登，就让最高的人站在最前面，最矮的人排在最后面，每个人都用左臂把盾牌托在军盔上，盾牌的边缘紧密相接，就像一个许多乌龟组成的集合体。所有投掷过来的东西都从这一大块斜面上滑落下去。

迦太基人把石磨、杵槌、酒缸、木桶、床，一切有分量可以往下砸的东西，统统投掷下去。有些人拿着鱼网在城墙的炮眼里埋伏着，野蛮人一进来就被擒住，像条鱼一样在网子里挣扎。他们毁掉了自己的雉堞，坍塌的城墙掀起了大片尘土；平台上的投石机相互对射，它们的石弹在空中相撞，裂成无数碎块，仿佛倾盆大雨落到战士头上。

没过多久，两边的人群就拧成了一股粗大的人体链条；它在原地不停地翻滚，把平台之间的间隙塞得满满的，只有两头稍微松散些。他们相互抱紧，像摔跤手那样平着身子趴在地上，想把对方压垮。妇女们从雉堞上弯下身来尖声喊叫。她们被人拽住自己的纱帔揪下来时，猛然间暴露在外的体侧的白色肌肤，在握着匕首扎她们的黑人胳膊的映衬下，显得分外耀眼。有些尸体被人群紧挤着，根本倒不下去；他们靠在同伴的肩膀上，瞪着两眼，直着身子，走好几分钟。有人两边太阳穴被一根标枪刺穿，像熊一样摇晃着脑袋。正要叫喊的嘴张开着僵在那里，断掉的手掌在空中飞来飞去。有许多精彩的战斗场面，那

---

① 帕夫拉戈尼亚是古代小亚细亚中部的黑海沿岸地区。

些幸存者很久以后还在谈论。

在此期间,木碉楼和石碉楼里都在往外射箭。天平吊的长横梁在快速摆动。由于地下墓穴下方的原住民的古墓已被野蛮人盗挖过,他们就拿那里的墓石往迦太基人头上扔。有时缆绳会因吊篮太重而断掉,于是一大堆人举着胳膊从空中跌落下来。

直到中午,重装步兵中久经沙场的老兵都在猛攻代尼亚,他们想杀进海港,摧毁舰队。哈米加派人在嘉蒙庙的屋顶上点燃了一大堆湿草,用烟熏他们的眼睛,逼迫他们向左转,加入向马喀推进的庞大人群。野蛮人专门挑选出来的硬汉组成的几组小方阵,已经攻破了三座城门。他们被钉板制成的高大障碍物挡住了去路,而第四座城门一攻就破,他们飞奔着冲了进去,却全都掉进埋设了套索的陷阱。在东南角,欧塔芮特带领兵士推倒了城墙,它的裂缝都是用砖胡乱填塞的。墙后面的地势向上升高,他们轻快地爬了上去。可是在顶上还有第二道城墙,它是由石头和水平放置的长长的梁木筑成的,而且交替排列成棋盘格子的形状。这是一种高卢的流行式样,徐率特根据地形需要做了修正。高卢人产生了面对家乡城市的错觉。他们的进攻变得软弱无力,终于被击退了。

从嘉蒙街直到草市的整条巡查道路现在都被野蛮人所控制,萨莫奈人在用长矛结果垂死的人;或者一只脚踏在城墙上,俯视底下冒烟的废墟,还有远处重新开始的战斗。

被安排在进攻队伍后面的投弹兵们,还在不停地发射。可是那些阿卡纳尼亚①投石器的弹簧都被用得断裂了,于是许多人就像牧人那样用手来投掷石子。另一些人则用鞭子的柄来抛射铅弹。黑色长发披肩的查耳萨斯,跳跃着带领巴莱阿里人到处跑。他腰间挎着两个装石弹

---

① 阿卡纳尼亚是希腊中西部濒临爱奥尼亚海的地区。

的皮口袋,左手不停地伸进袋里,而右臂像战车轮子一样转动。

马道为了能更好地同时指挥所有的野蛮人,起初克制住自己没有参加战斗。他在各处出现:沿着海湾同佣兵在一起,在靠近潟湖的奴米第亚人中间,在突尼斯湖畔的黑人中间,或者在平原深处鼓励那些不断涌来向城墙冲击的兵士们继续前进。随着他逐渐接近战场,血腥的气味,厮杀的情景,激昂的号角声,终于使他心动了。于是他回到自己的营帐,甩掉胸甲,换上更方便战斗的狮子皮。狮吻扣住了他的脑袋,一圈獠牙围着他的脸蛋,两只前爪交叉搭在胸口,两只后爪一边一只垂到膝盖下面。

他系着结实的腰带,别着一把闪亮的双刃斧,双手举着他的巨剑,狂热地冲进城墙的缺口。就像个砍伐柳树枝的修剪工,为了多挣钱而不顾一切地狂砍滥伐,他一边前进,一边斩除身边的迦太基人。想从侧面抓住他的人被他用剑柄击倒,从正面进攻他的人被他用剑刺穿,打算逃跑的人被他劈成两半。有两个人一齐跳到他背后,他往后一跃把他们挤死在门上。他的剑不停地起起落落。它在一个墙角上折断了。于是他拿起沉重的斧子,前后挥动,把迦太基人当作羊群,肆意砍杀。人们逃散开去,越退越远,当他冲到卫城底下的第二层围墙时,只剩下他孤零零一个人。从顶上扔下来的东西把上山的阶梯全堵塞了,堆得比城墙更高。马道转过身,在一片废墟中召唤他的伙伴。

他发现他们头盔上的羽饰散失在人群中,几乎被淹没了。他们快要覆灭了。他向他们冲了过去;于是红色羽翎组成的大圆环收拢过来,很快就围着他汇合到一起。可是从旁边的街道里又涌出一大群人。他被人从臀部抱住,托举着拉到城墙外,来到一处高高的平台上。

马道喊了一道命令,让所有的盾牌都顶在军盔上。他跳了上去,想找到一个地方可以重新进入迦太基城;他挥舞着可怕的双刃斧,在如同青铜波浪的盾牌上奔跑,就像在巨浪滔天的大海上挥舞着三叉戟的海神。

与此同时,一个身穿白袍的男子正在城墙边沿行走,毫不在意他周围发生的死亡。有时他把右手举到眼睛上来找人。马道恰好从他的下面经过。突然间这人的眼睛冒出了火,灰白的脸挛缩成一团;他举起两条消瘦的胳膊,冲着马道破口大骂。

马道听不清他的谩骂,可是感到一股仇恨恶毒的目光直刺自己的心窝,于是他发出了一声怒吼。他把长斧瞄准沙哈巴瑞掷过去,有些人也随着扑了上去。马道再看不见他,自己也精疲力竭,仰面倒下。

由远而近传来一片吓人的吱吱嘎嘎的声音,混杂着许多沙嘎的嗓子在一齐有节奏地哼唱。

那是一大群兵士簇拥着的巨大的活动攻城塔。他们用两只手拉,用绳子拽,用肩膀推,——因为从平原上到平台的坡度虽然非常平缓,但是这样沉重的机械,也还是难以移动。它有八个箍了铁的轮子,从早起就这样慢慢地挪动,就像把一座山挪到另一座山上。然后,从它的底层伸出一个巨大的羊角攻城锤。上面三层朝着城市的门全放了下来,里面有许多穿着胸甲如铁柱般的兵士。往里可以看到有些人在连接上下楼层的两座楼梯上奔走。还有些人在等着门上的钩子一搭住城墙就冲过去。塔顶的平台中间,弩炮的绞索绷紧了,投石机粗大的杠杆也压了下来。

这时候,哈米加正好站在麦喀耳提神庙的屋顶上。他料定攻城塔会直接向他这里进攻,因为这是最难攻破的一段城墙,所以连防守的哨兵也没派。已经有很长一段时间了,他的家奴沿着巡查道路用羊皮袋运水过来,而且在那里用黏土砌了两道横断的隔墙,做成一个水池。水悄无声息地沿着平台流走了,奇怪的是,哈米加对此却毫不在意。

可是，等到活动攻城塔相距只有三十步远的时候，他命令在房屋之间的街道上架起木板，从各个蓄水池一直架到城墙。一长排人用手传递盛着水的头盔和双耳尖底瓮，不停地把它们倒空。然而，迦太基人都对这样浪费水感到愤怒。攻城锤撞破了城墙，刹那间一道激流从被拆散的石块后面喷涌而出。于是这座九层高的有青铜片防护的庞然大物，带着三千多忙碌的兵士，开始慢慢像艘船一样摇晃起来。原来，渗入平台的水泡坏了它面前的道路，轮子陷进了泥潭，司攀笛从第二层塔的皮门帘里探出头来，鼓足腮帮子吹起象牙短号。那座巨大的机器，痉挛地抖动了一下，向前挪了十步左右。地面变得越来越软，泥淖没过了车轴，攻城塔停了下来，令人毛骨悚然地向一边倾斜。于是投石机滚到了塔顶平台的边上，被它那沉重的杠杆拽着跌了下去，一路砸烂了塔的下面几层。站在门口的兵士被抛落深渊，有些抱住了梁木的末端，可是他们的重量更加剧了攻城塔的倾斜度，使整座塔终于在各个接合部的爆裂声中坍塌下来。

其他野蛮人奔过来救他们，前呼后拥挤成一团。迦太基人乘机从城墙上下来，从后面发起攻击，杀了个痛快。可是装配镰刀的双轮战车冲了过来，绕着这群人的外围疾驰，迦太基人撤回到城墙上。天黑下来，野蛮人也逐渐退走了。

平原上能看到的只是一大片黑魆魆的攒动的人群，从暗蓝的海湾一直延伸到纯白的潟湖；而被鲜血污染的突尼斯湖，就像一口深红色的水塘向远处扩展开去。

平台上布满了死尸，使得它看上去像是人的身体堆成的。中间立着铠甲覆盖的攻城塔，从它上面不时有些巨大的碎块坠下，就像有石块从颓圮的金字塔上脱落。城墙上留下了铅水流过造成的宽大的烙痕。被捣毁的木碉楼在四下燃烧，朦胧显现的房屋就像古罗马毁弃的圆形剧场残存的阶梯座位。

滚滚浓烟腾空而起，带着翻飞的火星消逝在漆黑的夜空。

这时，被口渴煎熬着的迦太基人向各个蓄水池奔去。他们砸开了大门。池底只剩下一摊淤泥。

这可怎么办？而且野蛮人无计其数，他们一缓过劲，肯定又要卷土重来。

一群一群的人整晚聚在街角上商议。有些人说应该把妇女、病人和老人全都送走，还有人建议放弃这座城，到远处找殖民地重建。可是没有足够的航船可用，议到日上三竿，也还是没有定论。

这一天，双方都精疲力竭，不想战斗。各个睡得就像死人一样。

迦太基人思索灾难降临的原因，想起来今年没有把应该献给推罗之神麦喀耳提的祭品送往腓尼基，心中惊恐之极。天神被共和国激怒了，毫无疑问要进行报复。

天神被认为是残暴的主人，人们可以通过哀求来平息它们的怒气，它们也允许人们奉献礼物贿赂自己。所有神祇中最强大的就是折磨人的摩洛神。人类的生存，乃至肉体，都属于它；——因此，为了保命，迦太基人通常会奉献一点"生命"给它，以平息它的愤怒。这种取悦巴力神的习俗就是用点燃的羊毛灯芯灼孩子的前额或者后颈，由于这样能让祭司挣很多钱，因此这也是他们最爱推荐的简单易行而又皆大欢喜的办法。

可是这一次，关系到共和国本身。既然有所得必有所失，而且每一桩交易的达成都出于弱者的需求和强者的意愿，对神祇而言，更不存在惩罚过度的问题，越是残忍恐怖它越开心，何况如今一切全听凭它支配。必须彻底满足它才行。许多先例证明天灾可以由此得到赦免。此外，人们确信只有通过燔祭才能涤除迦太基的罪孽。世人的残暴本来就有这种倾向。最终的抉择当然只有名门望族才有权决定。

元老院于是召开会议。他们商量了很长时间。哈龙也来了。由于已经坐不起来，只好躺在门边，让挂毯的穗子挡住他的半拉身子；等到摩洛神的大祭司问他们是否愿意交出自己的孩子时，他的嗓音突然像洞窟深处的精灵嗥叫般从阴暗处响起来。他说，他为自己没有血脉相承的子嗣可献而感到遗憾，然后就死盯着坐在大厅另一端面对他坐着的哈米加。徐率特被他看得心慌意乱，眼都不敢抬。所有的人都依次点头表示同意之后，哈米加不得不按惯例回答大祭司说："好吧，就这样办。"于是元老院采用一种委婉曲折的说法宣布要进行燔祭，——因为有些事情公开说比实际干感觉更加难堪。

这个决定几乎立刻传遍了迦太基，于是哀声四起。到处都能听见妇女在哭叫，丈夫在劝慰，或者在叱责与训诫。

可是三个小时之后，传出来一个惊人的消息：徐率特在海边峭壁下找到了水源。人们全扑了过去。水就在沙地上挖出来的一些洞里，已经有好些人趴在地上喝水。

哈米加自己也说不清这是冥冥之中有天神指引，还是由于依稀记起了父亲曾经说起过的意外的发现；总之，离开元老院以后，他带着家奴走下海滩，在砂砾地里挖掘。

他把衣服、鞋子和酒全捐了出来。储藏在地窖里的所有剩下的麦子也统统拿出来施舍。他甚至让人民进入他的府第，敞开厨房、仓库和所有的房间，——唯独萨郎宝的房间除外。他宣布说招募来的六千高卢雇佣军即将到达，马其顿国王也正在派兵过来。

可是，水源的水从第二天起就开始减少；第三天晚上，它们完全枯竭了。于是元老院的决定又在人民中口口相传，并且摩洛神的祭司也开始燔祭的准备。

穿黑袍子的人出现在人们家里。多数情况下，这家的主人会假装出去办事或者哄骗说去买好吃的躲开，然后摩洛神的圣奴们就进来把孩子带走。其他人则是痴骏地俯首听命。孩子们都被送到月神庙里，女祭司负责哄骗和喂养他们，直到祭献的那一天。

他们突然造访哈米加，在花园里找到他：

——巴喀！你清楚我们来干吗……你的儿子！

他们又补充说有人在上个月的一个晚上看见过他，在马巴勒岬区的中心，由一个老头子领着。

起初他怔住了，闷在那里。但很快就想清楚任何否认都毫无用处，哈米加鞠了一躬，把他们领进商行。一些家奴遵照他的手势奔过来，分散在四周进行监视。

他心慌意乱地走进萨郎宝的屋子，一只手抓住汉尼拔，另一只手捡起乱扔乱放的一件外衣的绦带，用它捆住他的两只手和脚，并且把它的一头塞进他的嘴里，让他出不了声，然后把他藏在牛皮床底下，用垂到地面的宽大帐幔遮住。

接着他在屋里来回踱步，咬着嘴唇，举起胳膊，在原地打转。然后两眼发直地呆立着，喘着粗气，仿佛快要死了。

最后他拍了三下巴掌。吉德南出现了。

他说道：

——听着！你到奴隶里去找一个八九岁的男孩来，要有黑头发和凸出的额头，把他带到这儿来！赶快！

不一会儿吉德南就回来了，把一个小男孩领到他跟前。

这是一个可怜的孩子，既消瘦又浮肿；灰黑色的皮肤，就和悬挂在他体侧污秽不堪的破烂衣衫一个颜色；他的头缩在肩膀中间，手背揉着满是眵目糊的两眼。

有谁会把他错认成是汉尼拔！然而已经没时间再换人了！哈米加怒视着吉德南，恨不得一下子就把他掐死。

他大喝一声：

——给我滚!

于是奴隶总管赶快逃走。

一直在让他担惊受怕的大祸终于临头了,他曾经挖空心思想尽一切方法,采取各种手段力图逃避它。

阿布达努尼穆突然在门外传话,说摩洛神的仆役要见徐率特,他们已经等得不耐烦了。

哈米加仿佛被烧红的烙铁烫了一下,好不容易才忍住没有叫出声来。他像个疯子似的又开始在房间里来回踱步。然后颓然跌坐在栏杆边上,胳膊肘支住膝盖,用两只握紧的拳头顶着额头。

斑岩石的蓄水池里还存着一些供萨郎宝净体用的清水。徐率特强压住内心的厌恶和全部自尊,把孩子浸到水里,像个奴隶贩子似的,用刮刀器和红土给他擦洗身子。然后又从墙上的格子里取出两方大红衣料,一块搭在孩子胸前,一块搭在他背后,用两只金刚钻扣针在锁骨处把它们别住。他往孩子头上倒香水,取过一条金银合金的项链套在他脖子上,给他穿上有珍珠后跟的皮带鞋——那可是属于自己女儿的鞋子!由于羞愧和气恼他一直在跺脚,萨郎宝忙着帮他,脸色同样惨白。眩惑于这样的奢华,孩子笑了,也不再畏葸,哈米加拽他走时,他甚至开始拍手和蹦跳。

他紧紧抓住孩子的胳膊,似乎生怕把他丢掉;被弄痛的孩子,一边啜泣一边跟着他跑。

到了地窖牢房旁边,从一棵棕榈树下传来一个凄凉悲惨的哀告声,有人在轻声嗫嚅:

——主子!啊!主子!

哈米加回过头来,看见身边站着一个形貌落魄猥琐的男人,一个偶然在他府第里苟且偷生的可怜虫。

徐率特问:

——你要什么？

奴隶浑身哆嗦，结结巴巴地说：

——我是他的父亲！

哈米加继续走着。那个人紧跟着，弓着腰，弯着腿，脑袋向前突。他的脸由于极度的焦虑在痉挛，强忍的呜咽快要把他憋死了，他多么想质问，想呼喊：

——你开恩吧！

他终于鼓足勇气用一个手指触了一下哈米加的肘部，开口道：

——难道你要把他……？

他实在没有力量把话说完，哈米加停了下来，对于他会这样痛苦深感诧异。

他从未想到过，——由于分隔彼此的鸿沟太深太宽——他们之间会有任何共同点。在他看来，这简直就是侮辱，是对他特权的侵犯。他用比刽子手的斧子更冷酷、更沉重的目光来回答，奴隶昏倒在他脚下的尘土里。哈米加从他身上跨了过去。

三个穿黑袍子的人正在大厅里，靠着石头圆盘站在那里等候。哈米加突然撕破了自己的衣服，在石板地上一壁打滚一壁发出撕心裂肺的尖叫：

——啊！可怜的小汉尼拔！哦！我的儿子啊！我的安慰！我的希望！我的生命！把我也杀了吧！带上我走吧！真不幸！真该死！

他用指甲抓伤自己的脸，揪扯自己的头发，像出殡时哭丧的妇女那样哀嚎：

——把他带走吧！我实在太痛苦了！你们走吧！把我像他一样杀了吧。

摩洛神的仆役十分惊讶，伟大的哈米加居然会这么心软。他们几乎被感动了。

这时响起了赤脚奔跑的嘈杂声,还伴有喉咙里发出的断续的咕噜声,就像猛兽急速冲刺时的喘息;随即在第三道走廊的入口,象牙立柱之间,出现了一个人,面色惨白,神情恐怖,张开着双臂大声叫喊:

——我的孩子!

哈米加一跃而起,扑到奴隶身上,用手捂住他的嘴,用更高的声音叫喊:

——这就是那个领养他的老头!他总叫他"我的孩子"!他急得快要发疯了!够了!够了!

然后,用肩膀把三个祭司和他们要燔祭的牺牲硬推出门外,他也跟着一起出去,用脚向后使劲一踢,把门关上。

哈米加又扯着耳朵听了好一会儿,生怕看到他们会退回来。接着他又想去把奴隶干掉,免得他说出去,可是危险未必就此完全解除,如果他的死亡触怒了神祇,天谴可能返回到他儿子身上。于是他改了主意,让达纳克把厨房里最好的食物给他送去:一块羊肉、一些蚕豆和罐头石榴。那奴隶已经饿了许久,见到食物立刻扑了上去,眼泪不停地落到盘子里。

最后,哈米加回到萨郎宝屋里,解开汉尼拔身上的绦带。被激怒的孩子把他的手咬出了血。他用爱抚把他推开。

萨郎宝想使弟弟安静下来,就用拉弥亚①来吓唬他,拉弥亚是昔兰尼的一个吃人的女妖。

孩子问道:

——她在哪里?

她又声称有强盗要来把他关进牢房。他答道:

——他们敢来,我就把他们全都杀掉!

---

① 拉弥亚是希腊神话中半人半蛇的女妖,曾为利比亚女王,嗜好食幼童。

哈米加于是把可怕的事实真相告诉了他。他却对父亲发起火来，认为既然他是迦太基的主子，就应该能毁灭整个民族。

最后，耗尽了精力和怒气，他睡着了，睡得很不安稳。他背靠在一个猩红色的枕垫上，说着梦话，脑袋稍向后仰，小胳膊伸在外面，直直地一副发号施令的姿态。

天黑以后，哈米加把他轻轻地抱起来，不用火烛照明直接走下船形楼梯。经过商行时，他拿了一筐葡萄和一壶清水。到了贮藏宝石的地下室里，在阿莱特雕像前，孩子醒过来了，他在父亲的臂弯里微笑起来——和阿莱特雕像一个模样——，周围一片金光璀璨。

哈米加如今确信他的儿子再也不会被夺走了。这是一个谁都进不来的地方，还有一条直通海岸的地道，这秘密只有他一个人知道。他向四周扫了一眼，做了一下深呼吸，然后把孩子放到挨着一面金盾的矮凳上。

再不用担心被人撞见，也不必小心翼翼地四处观望，于是他彻底放松下来。就像个找回了丢失的头一胎婴儿的母亲，他扑到儿子身上，把他紧紧搂在怀里，又是哭又是笑，用各种最甜蜜的称呼来叫他，吻遍了他全身。小汉尼拔被这种可怕的柔情吓得安静下来。

哈米加轻手轻脚摸着周围的墙壁往回走。到了大厅里，月光透过圆屋顶的缝隙射进来。屋子中间，那个吃饱了的奴隶伸直身子躺在大理石地板上熟睡。他注视着他，起了一点怜悯之心。他用靴尖把一块地毯推到他脑袋下面。然后抬起眼睛来端详达妮媞，那一弯细细的在天空熠耀的新月，感觉自己比众神更强大，心中充满了对它们的鄙视。

燔祭的准备工作已经开始。

摩洛神庙的一部分墙被推倒了，为的是不触动祭坛的圣灰就把青铜神像从庙里移出来。然后等太阳一露头，寺院的圣奴们便把神像挪到嘉蒙广场。

神像倒退着移动，在滚筒上滑行。它的肩膀比围墙还高，迦太基人远远望见，就急忙地逃走，因为只有在祭祀时瞻仰它，才不会受到惩罚。

浓郁的香料气味弥漫在街道上。所有庙宇的门全都同时打开了。大祭司运送着从庙里抬出来的圣龛，有的用马车，有的用驮轿。巨大的翎饰在它们的四个角上摇曳，尖尖的顶盖里有光线在向外渗漏，最高处装饰着水晶的、金的、银的或者铜的圆球。

它们全都是迦南人信奉的神祇，全都派生自至高无上的日神，如今回到本尊面前，在它的威力面前奴颜婢膝，在它的光辉面前无地自容。

麦喀耳提神的宝帐是精细的大红布料，遮蔽着石油的火苗；嘉蒙神的宝帐是青紫色的，里面立着一具象牙的阳具，周围镶着一圈宝石；艾实穆神的宝帐蓝如以太，在它的帷幔之间熟睡着一条盘成一圈的蟒蛇；那些凶神巴泰克，被它们的祭司抱在手里，如同裹在襁褓里的巨婴，脚跟都触到了地面。

跟在后面的，是形形色色的低级神祇、主管天空的萨敏神、来自圣山的毗珥神、引起疾病的恶魔西卜神，以及邻国的和同种族的神祇：利比亚的伊阿巴尔神，迦勒底的亚得米勒神，叙利亚的基然神，容颜美如处女、靠鱼鳍爬行的女神狄赛多①，在灵台中央，烛台和头发之间是坦姆斯②的尸体。为使苍穹诸神都臣服于太阳，防止它们各自的势力侵犯太阳的势力，人们挥舞着一些安在长杆顶上的各种颜色的金属星星；一切星辰全都聚齐，从水星之神乌黑的纳波，一直到鳄鱼星座丑陋

---

① 狄赛多是古代腓利斯人（海上民族）崇拜的美人鱼，叙利亚人称为阿塔伽提斯。
② 坦姆斯是巴比伦的农神，他的妻子伊什塔尔是主自然与丰收的至高无上的女神，象征金星。

的喇合。被尊为阿帕蒂尔神的月亮陨石，在银线编织的投石器里旋转；模仿女性生殖器的小面包，被放在篮子里由谷物女神的祭司抬着；还有人带着他们自己的崇拜物和符箓；有些久已被遗忘的偶像也重新出现了；甚至还有人取来了船舶上的神秘的符号，就好像迦太基想把自己完全沉浸在死亡与哀伤的单一思想里。

在每一个圣龛前面，都有个男人用脑袋很平稳地顶着一个香烟缭绕的大瓮。到处飘浮着云烟，不过在浓浓的烟雾中仍可以辨认出帷幔、水晶坠子和宝帐上的刺绣。这些圣龛都很沉重，只能缓缓地前进。车轴有时在街道上被卡住，这时信徒们就趁机用他们的衣服去触摸各尊天神，然后把这件衣服当作圣物收藏起来。

青铜神像继续朝嘉蒙广场行进。富豪们带着有绿宝石球饰的权杖，从麦嘉辣深处出发了。元老们戴着冠冕，在肯西道集合，还有那些财政主管、各省总督、商人、兵士、水手，被雇来为燔祭服务的一大群人，都带着他们官职的标志或者职业用具，一齐朝圣龛走过来，这时圣龛正在大祭司们的簇拥之下，从卫城下来。

为表示对摩洛神的敬重，他们都戴上了自己最耀眼的金银珠宝饰物。金刚钻在黑色的衣服上熠耀，然而过大的戒指却总是从他们如今变瘦了的手指上滑脱下来，——再没有比看着这群默不作声的人更叫人心酸的了，耳坠子拍打着他们苍白的脸，金法冠紧箍着他们由于难以承受的绝望而皱缩的前额。

最后，摩洛神像终于到达了广场的正中央。它的大祭司们用青铜格栅拉起一道围栏隔开人群，自己则环伺在它的脚下。

嘉蒙神的祭司穿着浅黄褐色的袍子，在自己庙宇的门廊柱子底下排成一行；艾实穆神的祭司穿着亚麻一口钟，挂着布谷鸟颅骨的项链，戴着尖法冠，站在卫城的台阶上；西边立着穿紫色祭服的麦喀耳提神的祭司；占据东边的是阿帕蒂尔神的祭司，他们身上裹着弗里吉亚①产的布带；依次排列在南边的是遍体文身的巫师、穿百衲一口钟的职业哭嚎人、巴泰克的主管祭司，以及把死人骨头放在嘴里就能占卜未来的伊多南人。席瑞斯神的祭司则穿着蓝袍子，小心谨慎地停留在萨泰布街上，低声地用麦嘉辣的方言吟颂着这位谷物女神。

时不时过来几排赤身裸体的男人，两臂伸开，搭着彼此的肩膀。他们从胸腔深处发出沙嘎而低沉的圣咏，他们的眼睛在尘埃中熠耀，目不转睛地注视着巨像并且每隔一段时间，就像同时受到触发似的，摇晃着他们的身体。他们太狂热了，圣奴们为了恢复秩序，不得不用棍棒击打，迫使他们平躺到地上，脸贴着青铜格栅。

这时有一个穿白袍子的人从广场后面过来。他慢慢穿过人群，人们认出他是达妮娓神的祭司——大祭司沙哈巴瑞。嘲骂声响了起来，因为男性专权的原则在这一天高于一切，人们彻底忘了女神，甚至都没有注意到她的祭司没有出席。然而等看到他打开了格栅上的一扇门以后，大家更惊奇了，因为这里是只让贡献牺牲的人出入的。摩洛神的祭司认为这是对自己天神的侮辱，于是做出激烈的姿势，要把他撵出去。这些人被祭肉养得肥肥的，穿着君王般的大红袍，戴着上下三层的法冠，蔑视这个脸色苍白、因禁食而消瘦不堪的阉人，他们胸前的黑胡须展示在阳光下，随着怒笑在颤动。

沙哈巴瑞一声不吭，继续走着，慎重地越过整个围栏来到巨像的脚下，然后张开双臂，以一种庄严的崇拜仪式，触碰它的两侧。达妮娓已经把他折磨得太久了，出于绝望，或是由于始终没有能使他在思想上感到完全满意的天神，所以才做出这样的决定。

群众被这样变节叛教的行为惊呆了，呶呶不休。觉得把自己的灵

---

① 弗里吉亚位于土耳其中西部，公元前8世纪曾建立弗里吉亚王国，但先后被吕底亚、波斯和罗马吞并。

魂同仁慈的天神联系起来的最后的纽带折断了。

可是由于受过阉割，沙哈巴瑞不能参加太阳神的祭礼。披红色一口钟的人们把他逐出了围栏。他出来之后，继续绕着所有圣职人员转了一圈，然后，这位从今以后失去自己主神的祭司，消失在群众之中。人们见他过来都赶紧躲开。

这时候，用芦荟、雪松、月桂架起来的柴堆已经在巨像的两腿之间熊熊地燃烧起来。神像巨翅的翼尖直插入烈焰，它身上涂抹的香脂像汗水一样在它的青铜四肢上流淌。它脚下的圆石板上，裹着黑纱的孩子们，组成一个动也不动的圆环。巨像长得吓人的胳膊把手掌伸向他们，仿佛要抓住这个花环送上天去。

富豪、元老、妇女以及全体群众都挤在祭司们身后或者站在房屋的平台上。彩绘的巨大星星不再转动，圣龛都落了地，香炉里冒出来的烟柱笔直地上升，在蔚蓝的天空中散开的青烟就像棵大树展现它的枝桠。

有些人昏倒了，另一些人由于神志恍惚而变得呆滞和僵硬。观礼者的胸中都沉沉地压着无边的焦虑。最后的几声喊叫逐渐平息，——迦太基人全都屏住呼吸，全神贯注于对恐怖的渴求。

最后，摩洛神的大祭司把左手伸进孩子们的纱巾，从他们前额揪下一小绺头发扔进火里。然后披着红色一口钟的人们唱起圣歌来：

——向你致敬，太阳！你是阴阳两界的君王，自我繁衍的造世主，父亲和母亲，父亲和儿子，天神和女神，女神和天神！

他们的声音很快就被同时奏响的各种乐器淹没了，这些乐器演奏的目的主要是为了遮掩被燔祭者的哭闹。八根弦的舍米尼特、十根弦的基诺，还有十二根弦的内巴，发出刺耳的吱嘎声、尖锐的呼啸声和震耳欲聋的雷鸣声。插着许多风笛管子的巨大羊皮袋，发出扎心的咕噜咕噜的噪音；在乐手的全力敲击下，猛烈而急促的铃鼓声响个不停；并且,尽管狂热的喇叭吹破了天,铙钹还像蚱蜢扇动翅膀一样继续在敲。

圣奴们拿着长长的钩子,打开了摩洛神身上的七层隔舱。最高一层装的是面粉,第二层放了两只斑鸠,第三层是一只雄猴,第四层一头公羊,第五层一头母羊,第六层由于没有公牛,只好放进一张从圣殿取来的鞣制过的牛皮。第七层张着大口留在那里。

在还没开始以前,最好先试试巨像的两只胳膊。两根系在它手指上的细链子越过肩膀,从背后垂下来,有人从巨像背后抓住链子,把它两只张开的手一直拉到同胳膊肘一样的高度,然后两只手合拢来,搭在它的肚子上。他们反复移动了几次,只是突然轻轻跳动了几下,这时乐器安静下来,火堆烧得呼呼直响。

摩洛神的大祭司们在巨大的圆石板上走来走去,审视着群众。

现在需要一个人来作牺牲,他必须完全自愿,以便带动别的人去作牺牲。可是始终无人响应,通往巨像跟前的七条小径上空荡荡的。于是为了鼓动群众,祭司们从腰带中拔出锥子拉伤自己的脸,把躺在外边地上的虔诚信徒领进围栏,扔过去一堆吓人的废铜烂铁,让他们自选愿受的刑罚。有人把铁扦扎进胸口,有人割破脸颊,有人往头上套上荆冠,然后他们交叉起胳膊,围着那些孩子组成另一个大圆圈,时而扩大,时而缩小。他们退到栏杆边,又向里冲回去,循环往复,用这种伴随着血和呐喊的眼花缭乱的动作把群众吸引过来。

逐渐有人进来了,一直走到小径的尽头。他们把珍珠和金的瓶子、酒杯、烛台,他们所有的财富,全都扔到火里去,祭品越来越多也越来越昂贵。终于,一个因恐惧而脸色苍白、容颜狰狞的男人,推着一个孩子,趔趔趄趄走了过来,接下去就见一团小小的黑东西托在巨像的手里,并且转眼间就消失在黑魆魆的洞口里。祭司们弯着腰在圆石板的边沿上俯视，——新的歌声又轰然响起，赞颂死的欢乐和永恒的复活。

孩子们慢慢地登上去，由于浓烟在消散时形成巨大的涡旋，从远处看来他们仿佛消失在云里。没有一个孩子能动一动。他们的手和脚都被捆住，裹住全身的黑纱又使他们什么也看不见而且也无法被辨认出来。

哈米加像摩洛神的祭司一样，也披着红色的一口钟，他直立在摩洛神旁边，在它的右脚的大脚趾前面。在第十四个孩子被带过来的时候，所有的人都看得见他做了一个恐惧的手势。但很快就恢复了常态，抱着胳膊，看着地面。在神像的另一边，主祭司像他一样动也不动。头上戴着一顶亚述人的法冠，低着头注视胸前那面镶满命运宝石的金牌，火焰反映在上面现出绚烂的虹彩。他脸发白，神情恍惚。哈米加低着头。两个人十分靠近火堆，以致他们一口钟的下摆扬起来时经常拂着火焰。

铜手臂越挥越快，几乎没有间歇。每当一个孩子被放上去时，摩洛神的祭司都把手伸到他的身上，以便把人民的罪恶都加给他带走，同时大声叫喊：

——他们不是人，是公牛！

周围的群众应声说：

——是公牛！是公牛！

虔诚的信徒们叫喊：

——主啊！请享用吧！

普洛塞庇娜女神的祭司由于害怕而顺从迦太基的需要，呶呶不休地吟诵厄琉息斯[①]的祷词：

[①] 厄琉息斯是古希腊地名，主产小麦和大麦，当地有崇拜谷物女神和珀尔赛福涅的秘密教派。

——下雨吧！繁殖吧！

祭献的孩子一挨近洞口就消失了，就像一滴水遇到了烧红的铁板，接着一阵白烟便从一片猩红色中升腾起来。

然而天神的饕餮远未餍足。它还在索要。为了加大给它的数量，祭献的孩子被成堆地码放到它的手里，并且还用粗链条系住，免得他们散开。开头，虔诚的信徒还想要计数，看看他们的数目是否同太阳历一年的日数相同，可是祭献的孩子不断地添加，在那可怕的手臂眼花缭乱的动作当中，根本不可能分辨清楚。燔祭持续了好久，没完没了，一直拖到傍晚。这时内部隔板的红光变弱了，人们才能看见在焚烧的人肉。有些人甚至认为自己能从远处分辨出头发、四肢和整个身躯。

夜晚来临，摩洛神像的上方堆积着云雾。燔祭的火堆里已经没了火苗，只剩下金字塔般的火炭，没过它的膝盖。它全身通红，仿佛一个浑身是血的巨人，脑袋后仰，好像醉得快站不稳了。

祭司们越匆忙，人们就越热狂。还没被祭献的孩子已经不多，有些人高喊饶了他们吧，另一些则说不够还要增加。站满了人群的墙壁，在恐怖和神秘快感的吼声中几乎要坍塌了。接着，又来了一批信徒，拽着自己的孩子进入小径。因为孩子拉住父母不放，他们就打他们，叫他们松手，然后把他们交给穿红袍子的人。奏乐的人由于已经筋疲力尽，有时会停下来，这时就会听见母亲们的哭喊声和人油滴落到火炭上的嗤嗤声。喝了天仙子汁的人，四肢着地绕着巨像爬行，像老虎那样吼叫，伊多南人在预卜未来，一些信徒张着豁开的嘴唇在唱赞歌。青铜格栅早已完全被毁，那些也想做出一份祭献的人都走了进来；——过去死过孩子的父亲们往火里扔孩子的肖像、玩具和保存的遗骨。有些带着刀的人向别的人扑过去，大家自相残杀起来。圣奴们用青铜簸箕收集撒落在圆石板边上的灰烬，他们把灰烬撒向空中，使得祭献物可以惠及全城，甚至所有星辰。

　　巨大的喧闹声和熊熊的火光把野蛮人吸引到了城墙脚下，为了能看得更清楚，他们攀在攻城塔的残骸上张望，全都被惊得目瞪口呆。

十四　斧子隘

　　迦太基人还没有回到屋里，天上已是乌云密布；那些抬头仰望巨像的人，都感到有大滴的水珠掉落在额头上，开始下雨了。

　　雨下了一整夜，而且是瓢泼大雨；隆隆的雷声，就是摩洛神在吼叫；它战胜了达妮娪；——她受孕了，在天顶袒露出巨大的乳房。有时在黑云散开露出一线明亮青天的短暂时刻里，可以看到她依在白云靠垫上。接着一切复归黑暗，仿佛她还是觉得太过疲劳，想继续入睡。于是迦太基人——笃信水是月亮给的——便高声呐喊，帮助她顺利分娩。

　　雨水泼洒在平台上，然后又溢了出来，在院子里汇聚成池塘，在楼梯上形成瀑布，在街角上酿成漩涡。它像海量的温水倾盆倒下，既重且密，高大建筑物四角的粗大排水口喷涌出带泡沫的水柱，墙壁仿佛被挂上一层朦胧的白色的幕布，冲洗后的庙宇屋顶在闪电照耀下乌黑发亮。上千条急流从卫城上奔腾下泄，房屋突然垮塌了，檩条、灰泥、家具，全都被在石板地上汹涌的急流卷走了。

　　双耳尖底瓮、长颈瓶、帆布都被摆到屋外接水。可是火把熄灭了，于是从摩洛神的火堆里引来了火种，迦太基人仰着脖张开嘴喝雨水。另一些人趴在泥塘边上，臂膀没进水里直到腋窝，拼命喝水喝到像水牛似的呕吐。凉气渐渐散布开来，他们呼吸着湿润的空气，活动着四肢，陶醉在幸福之中，很快便涌起了无穷的希望。所有的苦难全被置诸脑后。他们的国家又一次获得了新生。

　　他们感到迫切需要向别人发泄自己心中无法排遣的狂怒。他们决不能白白作出这样的牺牲；——即使他们不感到悔恨，却也明白自己被共同参与无可挽回的罪恶所引发的狂热弄得头脑发昏了。

野蛮人也在挡不住暴风雨的营帐里吃足了苦头，冻得浑身发僵的他们不得不一清早就在泥泞里拖着脚步寻找已损毁和丢失的装备与武器。

哈米加亲自去拜访哈龙，凭借他的绝对权力，把军事指挥权托付给他。这位老徐率特在积怨和权欲之间犹豫了几分钟，终于接受了。

接着哈米加调出一艘双桅战船，在船的头尾分别武装了一座投石机。随即把它泊在海湾中，正对着野蛮人投放的浮木。之后他让自己最精锐的部队登上还能使用的舰船。他显然是想逃跑，他借着风力向北驶去，很快就在雾里消失了。

但是三天以后（正当野蛮人打算重新开始攻城的时候），从利比亚海岸来了一拨闹闹哄哄的人。哈米加到过他们那里。他在到处征粮，而且正在向整个地区扩展。

于是野蛮人被彻底激怒了，仿佛哈米加背信弃义欺骗了他们。那些早已厌倦围城的人，尤其是高卢人，毫不犹疑地离开城墙，试图去找他和他交战。司攀笛想重建攻城塔，马道已策划了一条从他的营帐攻到麦嘉辣的想象中的最佳路线，并且暗暗发誓决不放弃。所以他们的手下都没有骚动。可是其他那些归欧塔芮特指挥的人都走了，丢下西面城墙不管。野蛮人粗心大意到了极点，居然没人想到要派人去接替他们。

纳哈法一直在山里远远地窥伺着他们。他连夜带着他的全部人马沿海边登上潟湖的外岸，进入了迦太基。

他像救世主一般现身，带着六千人和四十头大象，每个人的一口钟下都藏着面粉，每头象都驮着饲料和干肉。大家很快就围了上来，给大象起昵称。对迦太基人来说，看到这些奉献给摩洛神的健壮的动物比援军的到来更令他们高兴。这象征天神垂怜，证明它终于要介入战争保卫他们了。

纳哈法接受了元老们的致谢和慰问。然后登上去萨郎宝宫殿的路。

自从上次他在哈米加营帐里，五支部队中间，领略了握着她那冰凉柔软的小手的感觉之后，就再也没有见过她。订婚仪式一结束，她就回到迦太基。他那一度受到其他野心压制的爱情，又回来了；如今他打算享受他的权利，娶了她，占有她。

萨郎宝弄不懂这个年轻人怎么会变成她的主子！尽管她天天都在向达妮媞祈求马道的死亡，可是她对这个利比亚人的恶感却在慢慢消退。她模模糊糊地感觉他那困扰着她的怨恨，有某种近乎宗教的意味，——他的强暴迄今还在使她眩惑，她很期望在纳哈法身上也看到这种表现。她愿意多了解他，可是他的到来又使她觉得困窘。所以她让人传话说她不想见他。

况且哈米加也吩咐过手下人，不准奴米第亚国王去见她；他想把这赏赐保留到战争结束，以便维持纳哈法的忠诚。于是纳哈法出于对徐率特的畏惧，退走了。

可是对国务会议的百人委员他却显得异常倨傲。他随意改变他们的安排。为他的手下要求特权，让他们身居要位；因此，当野蛮人看到奴米第亚人出现在碉楼上，无不大吃一惊。

迦太基人更加吃惊，因为他们看见一艘陈旧的布匿三层桨战舰运来了四百个自己人，他们是西西里之战中被罗马囚禁的迦太基战俘。原来，哈米加曾经秘密地把推罗各城背叛以前所俘获的拉丁船的船员交还罗马公民，于是，作为回报，如今罗马也送还它的俘虏。撒丁岛反叛迦太基的佣兵向罗马发出的呼吁，它讥为敝履，甚至拒绝接受雨地克的居民归顺为它的属民。

锡腊库扎的统治者希罗二世①由此深受启迪。为保住自己的国家,他必须尽力保持这两大民族之间的平衡;因此,他关切迦南人的安危,宣称自己是他们的朋友,给他们送来了一千二百头牛和五万三千内贝尔②的纯净小麦。

他们救助迦太基还有更深层的理由,那就是感觉一旦佣兵获胜,从兵士到洗碗的奴仆都将揭竿而起,那时任何政府,任何名门望族,都将无力抗拒。

在此期间,哈米加正在东部地区四处游击。他击退了高卢人,使所有野蛮人感觉自己反而处于某种被包围的状态。

然后他就开始对他们进行骚扰。他突然来袭,又很快撤退,反复使用这样的战术,终于把他们引出了自己的营地。司攀笛不得不顺从他们,最后马道也像他一样屈服了。

但马道从不越突尼斯雷池一步。他把自己关在这座城内。这种固执看来十分明智,因为不久人们就看到纳哈法率领他的象群和兵士出了嘉蒙城门。纳哈法是哈米加召他过去的,这时别的野蛮人已经追着徐率特在各省到处乱转。

哈米加在克利佩亚接收了三千高卢人。他又从昔兰尼加得到了马匹,从布鲁提屋穆搞到了盔甲,然后重新开始战斗。

他的天才从来没有像现在这样引人注目,得到这样淋漓尽致的发挥。五个月来他一直牵着敌人的鼻子走。他要把他们引到自己早已设想好的目的地。

野蛮人起初想用小股的分遣队包围他,可总是被他逃掉。他们也

---

① 希罗二世原是叙拉古贵族的私生子,在伊庇鲁斯国王皮洛士离开西西里期间被委任的叙拉古将领,公元前270年在西西里的米拉佐为保卫叙拉古而击败墨西拿的佣兵叛军首领马迈耳提,旋即被位锡腊库扎国王,直至公元前215年去世。锡腊库扎在第二次布匿之战中因倒向迦太基在公元前212年被罗马灭亡。

② 内贝儿是古代一种计量单位,约相当于55升。

就不再分散兵力了。部队总数多达四万人左右,有好几次他们得意地看着迦太基人从他们面前退却。

最使人困扰的是纳哈法的骑兵!往往在最疲倦的时刻,正当他们在武器的重压下打着盹穿越平原,远处突然腾起一股浓密的烟尘,飞一般疾驰而来,云雾中尽是冒火的眼睛,射出密集似雨的标枪。那些奴米第亚人身披白色一口钟,举着胳膊,高声呐喊,用膝盖紧紧夹住直立的骏马,然后猛地勒转马头,转眼间消失得无影无踪。他们总是把驮着备用标枪的骆驼留在较远的地方,等补充好了标枪回扑过来就显得更加可怕,他们像狼一样嚎叫,像兀鹰一样倏忽而逝。排在队列外侧的蛮族兵士一个接一个倒下来,——他们就这样一直折腾到傍晚,然后才设法躲进山里。

虽然走山路对象群来说有危险,哈米加还是这样做。他沿着海耳买屋穆岬到扎古昂峰的一连串山脉跋涉。野蛮人认为这是他掩饰自己兵力不足的策略。可是他使他们长期处在这种不战不和状态中的做法比打了败仗更让他们恼火,终于把他们激怒了。但他们并不灰心,仍然跟在他后面追赶。

最后,有一天晚上,在银山和铅山间的山隘入口处的巨大岩石堆中,他们意外地撞上了一队轻步兵;他们的大部队一定就在前面,因为能听到杂沓的脚步声和军号;迦太基人迅速钻进峡谷逃走了。峡谷向下通往一个铁斧形的平原,四周围着巍峨的悬崖峭壁。为了追赶这队轻步兵,野蛮人也冲了进去。平原深处有别的迦太基人夹在疾驰的牛群中乱糟糟地奔跑。其中有个人披着红色一口钟,这一定是徐率特;他们这样大声相互叫嚷,陡然激增的忿怒和快乐冲昏了他们的头脑。有些人因为懒惰或是谨慎,留在了峡谷入口处。可是从树林里突然杀出一队骑兵,用长矛和马刀把他们赶了进去。于是,不一会儿所有野蛮人全都聚到了山脚下的平原上。

随后,这一大队人马前后左右晃动了一阵之后,终于停了下来,他们找不到任何出口。

那些最靠近隘口的人向后退了回去,可是那条通道已经消失了。他们大声呼喊前面的人催他们继续前进,他们被挤得紧贴住峭壁,只能从远处痛骂同伴太笨,居然连刚走过的路都找不到。

事实是,野蛮人刚一下到平原,躲在岩石后面的迦太基人就用撬棍把岩石掀起,推了下去;由于山坡很陡,这些巨石往下乱滚,于是狭窄的出口被彻底堵死。

平原的另一头伸展着一条长长的峡谷,四壁布满石罅,它通向一道冲沟,上面是陡峭的高山台地,布匿军队就驻扎在这片台地上。峡谷中贴着峭壁事先安装了许多梯子,依仗弯弯曲曲的石罅的掩护,轻步兵们在被追上以前,就抓住梯子攀了上去。有几个人一直跑进了冲沟的底部,他们靠着缆绳才被拉了上去,因为沟底全是流沙,而且如此倾斜,即使用膝盖爬也上不去。野蛮人几乎同时赶到。可是一道高四十肘、宽度和峡谷完全一致的狼牙闸突然在他们面前像是一道铜墙铁壁从天而降。

徐率特的谋划就这样实现了。没有一个野蛮人熟悉这片山区,队伍的先锋把其余的人全给带进了鬼门关。这里的岩石上宽下窄,本来就很容易被推倒,而且,野蛮人在奔跑追逐的时候,还听到他的部队在天际发出类似身陷绝境的大声尖叫。说实话,哈米加的确有可能葬送掉他的轻步兵,他们最终也只有一半得以逃生。然而,为使这样的行动成功,损失再大二十倍他也愿意。

野蛮人整夜都在不停地以密集的队形,推挤着从平原的这一头走到另一头。他们用手触摸山体,想要找出一条通道。

天终于亮了,他们看清四周全是高大陡峭的白色崖壁。没有逃生的办法,没有一点希望!这条死胡同的两个天然出口,一个被狼牙闸挡住，另一个被一大堆岩石封死。

于是大家面面相觑，死一般寂静。他们颓然倒下，觉得一股凉气直透背脊，而且眼皮沉重得睁不开来。

他们猛地跳起来，向岩石扑去。可是最下层的岩石，在上层石块的重压下，根本无法移动。他们想攀着岩石爬到山顶，然而那些鼓胀如鼓的巨大岩体又无处下手攀爬。他们打算劈开隘口两侧的地面，结果只是工具全部报废。他们用支营帐的柱子烧起一场大火，但火烧不毁高山。

他们又折回狼牙闸。闸门上布满了长钉子，它们和木桩一样粗大，如豪猪的刺一般尖利，又密集得像刷子上的毛。可是他们已被愤怒激发到疯狂的程度，竟然奋不顾身地直扑上去。第一批人被刺穿了脊椎骨，第二批人又涌了上去，结果全跌了下来，只是把撕碎的皮肉和沾血的头发留在了那些可怕的枝桠上。

等到沮丧的情绪稍为缓和些以后，他们开始检查储粮。佣兵的行李全丢了，所剩的粮食还不够他们吃两天，其他的人则一无所有，——因为他们在等待南方村落许诺的粮车。

不过，还有些公牛在周围游荡，它们是迦太基人散放在峡谷入口用来引诱野蛮人的。他们用长矛把牛刺死吃掉，肚子一填饱，思想也就不那么悲观了。

第二天，他们又把大约四十头骡子全给杀了，刮净骡皮，砸碎骨头，煮熟脏腑，还没感到绝望；因为驻扎在突尼斯的部队，肯定接到了警报，很快会过来。

可是到了第五天傍晚，饥饿加重，他们开始啃食刀剑的皮带和垫在军盔里的海绵。

这四万人都被压缩在高山围成的一块形如竞技场的地方。有些人留在狼牙闸前或者岩石脚下，其他人则杂乱无章地散布在平原上。强

497

壮的人彼此避开，胆小的人去依附勇敢的人，可是那也救不了他们。

由于轻步兵的尸体发出恶臭，他们很快就被掩埋了，现在已踪迹难寻。

所有野蛮人都垂头丧气地躺在地上。有时会有老兵从他们行列间穿过，这时他们就咆哮着大声咒骂迦太基人，咒骂哈米加——甚至咒骂马道，尽管马道同这场灾难毫无关系，可他们总觉得如果有马道一起分担痛苦，他们就会好受多了。接着他们继续呻吟，有些人就像小孩一样低声啜泣。

他们去找队长，恳求赐给他们一些东西，可以减轻他们受到的折磨。队长们默不作声，——或者大发脾气，捡起石头往他们脸上扔。

的确有些人小心翼翼地在地洞里藏了一点口粮，几把椰枣或者一点面粉，并且等到晚上才吃，而且躲在一口钟里，曲着身子，低着头。有剑的人把出鞘的剑握在手里，多疑的人背贴着山站。

他们责备甚至威胁他们的首领。欧塔芮特却毫不惧怕抛头露面。仗着一股野蛮人不屈不挠的韧性，他每天不下二十次跑到峡谷尽头的岩石跟前，每次都希望能发现它们可以被挪开；他摇晃着披着兽皮的沉重肩膀，使他的同伴们联想到在开春之际跑出洞穴的一头熊，想要看看外面的雪是否已经融化。

司攀笛在希腊人环伺下，躲在一道石罅里；因为他实在害怕，就让人放风说他已经死了。

现在他们都变得骨瘦如柴，皮肤上尽是一块块暗蓝色的大理石斑纹。第九天晚上，三个伊比利亚人死了。

他们的同伴吓坏了，离开了那里。死者的衣服被剥掉了；白色的赤裸的尸体便直接晒在阳光下，躺在沙地上。

于是嘉辣芒特人开始慢悠悠地绕着他们踱来踱去。他们是些喜欢独居而且不信神的人。最后，这帮人里面最年长者做了个手势，他们就屈身用刀子从尸体上割下几条肉，然后蹲坐在脚后跟上吃起来。其他人站在远处张望，他们发出厌恶的叫嚷；——不过，其中有不少人在内心深处却嫉妒他们的勇气。

夜半时分，这些人中有几个走了过来，为掩饰自己热切的欲望，声称只要一小口尝尝味道。胆大的人跟了过来，人数越来越多，很快就变成一大群人。不过，几乎所有人嘴唇一触到冰冷的人肉后，就都垂下手放弃了，然而有些人却恰恰相反，开怀大吃起来。

为了效仿这个榜样，他们相互鼓励。原先拒绝过的人，又走过去查看嘉辣芒特人，而且留下不走了。他们用剑尖把肉叉在火上烤，把尘土当盐撒在上面，还争着要最好的那块。等到三具死尸被吃干净之后，他们便抬眼查看整个平原，希冀发现别的死尸。

他们手里不是还有二十个迦太基人，上次交战抓住的俘虏，不是一直没人注意过吗？于是这些人立刻就被消灭了；再说，这样做也算是一种复仇。——这以后，由于必须活下去，由于已经习惯了这种味道，由于快要饿死了，他们就割水夫、马夫和所有佣兵仆役的喉咙。他们每天都在杀人。吃得多的人又有了活力，也不再忧戚了。

没多久这个来源也告罄。他们又把邪念转向伤病员。反正也治不好，还不如帮他们早点解除痛苦；因此，只要谁步履蹒跚，所有人立刻大喊说这人没救了，应该献给别人享用。有人还使诡计加快他们的死亡：偷走他们最后分得的那点秽肉，假装不小心往他们身上踩，弄得那些濒死者为显示自己还有活力，拼命伸胳膊、起立、装笑。一些晕厥者痛醒过来，惊觉自己的肢体正在被破损的刀片切割；——他们有时还毫无必要地、残暴地杀人，只为宣泄满腔怒火。

这一地区每年冬末常有的一团温暖而且沉重的浓雾，在第十四天的时候，降临到这支部队头上。气温的变化导致了大批人死亡，被四周崖壁留住的温暖的潮气惊人地加剧了腐败的速度。落在死尸身上的蒙蒙细雨使它们软化，不久整个平原就成了腐烂尸体的巨大停尸场。白蒙蒙的水蒸气在空中飘浮，它刺激鼻腔，渗透皮肤，破坏视力。野蛮人认为透过死人呼出的气息可以看到同伴的灵魂。他们被极度厌恶的感觉压垮了。他们再也无法忍受，宁可去死。

两日后天气转晴，饥饿又开始施虐。感觉像是有人在用钳子拧他们的胃。于是他们痉挛得满地打滚，把泥土往嘴里塞，咬自己的胳膊，发了疯似的狂笑。

更难忍受的是口渴，因为他们一滴水也没有，羊皮口袋从第九天起就已经干了。为了排遣这种需要，他们用舌头去舔腰带上的金属片、刀把上的象牙球饰和剑身。过去在商队当向导的用绳子把肚子勒紧。有的人去吮鹅卵石。他们喝铜盔里晾凉的尿。

他们始终在等待突尼斯的救兵！按他们的揣测，既然已经过去那么长的时间，正说明他们马上就会到来。何况马道是位勇士，绝不会抛弃他们。他们相互宽慰说：

——也许明天就到！

然而明天又照样过去了。

起初，他们做祷告、许愿，尝试各种各样的咒语。如今对他们的神祇只剩下憎恨，而且作为报复，尽可能不再相信它们。

性格暴戾的人最先死，非洲人比高卢人更有耐力。查耳萨斯摊开手脚躺在巴莱阿里人中间，头发披散在胳膊上，生气全无。司攀笛发现了一种阔叶多汁的植物，他宣称这东西有毒，从而留下它们，独自用来充饥。

他们虚弱得甚至无力拣块石头去击落飞鸦。有时一只兀鹫落在一具尸体上，啄食了很长时间，于是会有个人用牙齿叼着一支标枪匍匐着向它爬过去。他用一只手撑住身子，仔细瞄准后，掷出武器。那只白毛猛禽，受到声音的滋扰，稍作停顿，就像憩歇在礁石上的鸬鹚那样镇定自若地扫视了一下四周,然后继续用它那黄色的可恶的尖喙啄下去,而那个人只能绝望地把脸埋在尘土里。有些人成功发现了变色龙和蛇。可是使他们能活下来的,主要还是依靠对生命的热爱。他们把整个灵魂都专注在这唯一的信念上,用意志力坚持生存,延长他们的生命。

最能坚忍的人彼此聚在一起,在平原中央东一处西一处地围成一圈坐在死尸中间。他们用一口钟裹住自己,静静地沉浸在忧伤之中。

城里人在回想喧闹的街衢、酒肆、剧院、澡堂,以及可以听到海量传闻的发廊。别的人眼前再次呈现了落日下的原野,金灿灿的麦子在风中摇曳,脖子上套着犁铧的大公牛又在爬上山岗。旅行家梦想着蓄水池,猎人梦想着森林,老兵梦想战斗;——在这种使人麻痹的昏昏沉沉的状态中,他们的思维同激烈而鲜明的梦境发生冲撞。他们突然产生了幻觉,他们要在山里寻找一扇逃生之门,而且试图穿越过去。另一些人认为自己正在暴风雨中航行,而且要给船只下达命令,或者看到云端出现了布匿人的军队,吓得直往后退。还有些人想象自己在赴宴,就唱起歌来。

许多人有了一种怪癖,不停地重复同一句话,或者做同一个手势。然后,当他们偶然抬起头来相互注视,发现彼此容貌可怕极了的蜕变,一阵抽泣使他们哽噎。有些人已经忘却痛苦,为了打发时间,争相讲述以前死里逃生的经过。

死亡对所有人都是必然的,近在眼前的。为了打开一条逃生之路,他们不知道试过多少次!至于说向战胜者乞降,用什么办法?他们甚至连哈米加在哪儿都不清楚。

风从峡谷方向吹来。沙子打在狼牙闸上直直地像瀑布般倾泻下来,野蛮人的一口钟和头发上铺满了沙子,好像土地掀到头上,要把他们埋了似的。周遭没有任何动静,每天早起,永世长存的高山似乎变得更高了。

有时，湛蓝的天空有鸟群在自由地翱翔，他们闭上眼睛不看。

起初，他们觉得耳朵里嗡嗡直响，指甲变黑，胸口发冷；他们侧着身子躺下，一声不吭就咽了气。

到了第十九天，两千个亚洲人死了，还有一千五百个爱琴海群岛的人，八千个利比亚人，雇佣军中最年轻的人和整个部落的人；——总起来有二万名兵士，或者说是部队的一半。

欧塔芮特只剩下五十个高卢人，他正想以自杀来结束这一切，忽然看见他面前的山顶上似乎站着一个人。

由于这人位置太高，看上去像个侏儒。可是欧塔芮特认出来他的左手举着一面三叶形的盾牌。他喊了起来：

——一个迦太基人！

刹那间整个平原上，狼牙闸前，岩石下面，所有的人都站了起来。那个兵士在悬崖边上走来走去，野蛮人在下面注视着他。

司攀笛捡起一个牛头，用两条腰带做成一顶王冠，挂在牛角上，再用长竿挑起牛头表示求和。那个迦太基人不见了。他们等待着。

最后，挨到傍晚，就像一块松动的石头从崖顶坠落似的，一副肩带突然掉了下来。这是一条缀满刺绣的红色皮带，还镶着三颗金刚钻的星星，中间盖着国务会议的印记：一匹马立在一棵棕榈树下。这就是哈米加的回复，他给他们送来的安全通行证。

再没什么让人害怕的了，无论命运将如何改变都意味这场灾难的终结。他们喜出望外，互相拥抱，嚎啕大哭。司攀笛、欧塔芮特、查耳萨斯、四个意大利人、一个黑人、两个斯巴达人自告奋勇充当谈判代表，他们立刻得到了认可。可是他们不知道怎么才能出去。

然而岩石那边传来了噼里啪啦的响声，最高处的一块岩石摇晃了一下，就跌跌撞撞滚落到底部。其实，在野蛮人这一侧它们的确是无法撼动的，因为必须把它们往斜坡上推（何况还要面对狭窄的隘口），而在迦太基人那边则恰恰相反，只要用暴力猛推一下，它们就向下滚了。迦太基人就这样把它们推下来，天亮时，它们已经在平原上被堆摞起来，就像一座巨大的楼梯废墟的石磴。

野蛮人还是爬不上这些石磴。于是梯子被放了下来，所有人都一齐往上拥。一台投石机把人群逼退，只有那十个人被带走了。

他们被夹在胸甲骑兵中间行走，手扶在马屁股上免得跌倒。

最初的兴奋已经过去，他们开始感到担心。哈米加的条件一定极为苛刻，但是司攀笛宽慰大家道：

——让我来说，放心吧！

他吹嘘自己知道该说些什么来拯救部队。

在所有的灌木丛后面都埋伏着哨兵，看到司攀笛披挂着的肩带，全都立刻拜倒致敬。

到达布匿军营时，一大群人围拢过来，他们觉得听见人们在悄声议论和窃笑。一座营帐的门打开了。

哈米加坐在帐篷最里面的一把椅子上，身边的桌子上一把出鞘的利剑在熠耀。军官们围着他站着。

见到这些人，他向后挥了挥手，然后欠身仔细审视他们。

他们的眼珠子大得出奇，眼睛周围有一大片黑晕，一直扩展到耳根；发青的鼻子兀立在干瘪的两颊之间，脸上刻着深深的皱纹；身体上的肌肉萎缩，皮肤松弛，而且被完全湮没在鼠灰色的尘土之下；嘴唇粘着黄牙，身上散发出一股恶臭；简直可以说是从打开的坟墓里爬出来的活的僵尸。

营帐中央，一张供军官们坐的蒲席上，放着一托盘冒着热气的南瓜。野蛮人目不转睛地盯着它，四肢哆嗦起来，眼睑溢满泪水。可他们使劲克制住自己。

哈米加掉过头来要和人说话。他们立刻向那盘子扑了过去，平趴在地上。他们把脸埋到油里，吞咽声同他们发出的快活的呜咽声交织在一起。迦太基人肯定是出于惊愕，而非怜悯，让他们把那盆南瓜吃了个干净。等他们重新站起来以后，哈米加做了个手势，命令那个披挂肩带的人上来说话。司攀笛由于害怕，说起话来都磕磕巴巴的。

哈米加一边听着他说，一边转动着手指上的一枚粗大的金戒指，肩带上的那方迦太基印记就是用它盖上去的。他把戒指掉到了地上，司攀笛立刻凑过去把它捡了起来；在主子面前，他的奴性又复发了。其他人被他这种卑贱行径气得浑身发抖。

可是希腊人抬高了嗓门，细数哈龙的罪行，他知道后者是巴喀的政敌，又试图用他们悲惨遭遇的情景和过去效忠的回忆来博取怜悯。他说了很长时间，急促、狡诈、慷慨激昂，最后，头脑发热到忘乎所以的程度。

哈米加回答说他接受他们的辩解。和约马上就可以缔结，而且是一劳永逸的！可是他要他们交出十个佣兵，任他挑选，而且不能携带武器和穿军服。

想不到条件会这么宽厚，司攀笛嚷起来：

——啊！主子，你要的话，给二十个也行！

哈米加安静地答道：

——不！十个就够了。

他们被领出营帐去商量。当身边没有旁人时，欧塔芮特为牺牲了的伙伴鸣冤叫屈，同时查耳萨斯责怪司攀笛道：

——你为什么不杀掉他？他的剑就放在你手边！

司攀笛叫了起来：

——杀他？！

他又接着重复了好几遍：

——杀他？！杀他？！

仿佛这是根本不可能的事，哈米加是绝不会死的。

他们疲累之极，仰面朝天、摊手摊脚躺在地上，全都没了主意。

司攀笛劝他们让步。最后，他们都同意了，就返回了营帐。

于是徐率特依次把自己的手放在这十个野蛮人手里，按了一下拇指，接着在衣服上揩了几下，因为他们黏糊糊的皮肤摸上去既粗糙又软塌，油腻，令人发麻，浑身起鸡皮疙瘩。然后他追问他们道：

——你们的确是蛮族人的首领而且能为他们作担保吗？

他们回答：

——是的！

——真不勉强，发自内心，愿意履行你们的诺言？

他们保证，一回去就实施。

徐率特回应道：

——那就好！根据我，巴喀，同佣兵的使节所达成的和约，我就选择你们，要把你们留下！

司攀笛晕倒在蒲席上。其他的野蛮人似乎已舍弃了他，彼此紧靠在一起，一言不发，也不怨诉。

一直在等着他们的伙伴们，不见他们回来，确信自己被出卖了。毫无疑问，这些使节卖身投靠了徐率特。

他们又等了两天，第三天早上，他们作出了决定。他们把绳子、铁镐和箭摆放在破布条之间做成梯子的踏脚，终于爬上了岩石；他们把大约三千名身体最衰弱的人留在身后，便开始行军，去同突尼斯的部队会合。

隘口的上面是一片草地，有一些稀疏的灌木，野蛮人把嫩芽全给摘吃了。接着，又发现了一块蚕豆地，转眼间一切都被吃净，仿佛一大群铺天盖地的蝗虫从这里经过。三小时以后，他们到达了第二片高地，四周围着一溜绿色的山丘。

在这些起伏的山丘之间，每隔一段距离，就有一束银白色的东西在熠耀；野蛮人被阳光照花了眼，只模糊辨识出这些银白色的东西下面有大块黑色的支撑物。它们像鲜花绽放似的立了起来。原来它们是武装到吓人的大象和象塔中的长枪。

除了它们胸前的长矛、獠牙顶端的铁尖、身上披挂的青铜护甲、固定在护膝铠甲上的利刃以外，——在它们长鼻的末端还有一个皮套，里面插着一把弯刀的刀把。它们同时从平原深处的各个方向冲出来，齐头并进。

无名的恐怖惊得野蛮人骇住了。他们根本来不及逃走。他们被完全包围了。

象群插进这一大堆人里，用胸前的冲角把他们划开，獠牙上的矛尖像犁头一样把他们挑翻，鼻子上的镰刀又切又割又砍，象塔里全是火矛①，就像一座能移动的火山。在这一大堆东西里只能分辨出白色的斑点是人肉，灰色片状的是青铜碎甲，红色火花是血；这些可怕的畜生从它们中间走过，犁出一道道黑色的垄沟。最凶猛的一头象由一个头上戴着羽饰王冠的奴米第亚人驾驭着。他用可怕的速度投掷标枪，不时发出一声尖锐的口哨；——这些巨大的畜生却像狗一样驯服，一边屠杀一边时刻注意着他。

它们的圈子在逐渐收紧，野蛮人虚弱得根本无力抵抗。象群很快便聚到了平原的中央。空间太窄，它们挤得几乎要立了起来，象牙也在相互磕碰。然而转眼工夫纳哈法就使它们平静下来，并且都掉转屁股，跑回了山丘。

然而，有两组小方阵的野蛮人借助右边的褶皱地形躲过了屠杀，

---

① 火矛是古代伊比利亚人使用的一种长武器，前半截是铁矛，后半截是箭杆，可以添加易燃物投射。

他们扔下武器,面向布匿人的营帐跪下,举起手臂乞求宽恕。

他们的手和脚都被捆住,一个挨一个平放在地上。然后,大象被领了回来。

他们的胸膛像被蛮力击碎的匣子那样爆裂开来,每一步踩烂两个,粗大的象足踏进人体时,象的屁股都要扭动一下,仿佛瘸了腿似的。它们一直走到这排人的尽头。

平原上又恢复了寂静。夜幕降临。哈米加被这幅复仇的景象陶醉了,可是他突然大吃一惊。

他看见,大家也都看见,左边大约六百步远的一座山岗上,还有野蛮人!事实上,四百名最精干的佣兵:伊特鲁利亚人、利比亚人和斯巴达人,从一开始就占据了高地,而且一直待在那里犹豫不决到现在。看到伙伴们遭到屠杀,他们拿定主意从迦太基人中间冲杀出去,他们已经以一种令人惊异的可畏的姿态排成密集的纵队走下山来。

一位迦太基传令官马上被派了过去。徐率特需要佣兵,他无条件地接收他们,因为他实在叹服他们的勇敢。这个迦太基人还说,他们只要再走近一点,到他指给他们看的地方,就能享受到许多食物。

野蛮人奔了过去,而且整夜纵情饕餮。于是迦太基人吵嚷起来,抗议徐率特对野蛮人偏心。

他是受到这无法餍足的仇恨爆发的压力,抑或这本来就是他精心设计好的背信弃义的诡计?第二天,他不挂佩剑,不戴头盔,只在一队胸甲骑兵护卫下亲自来到野蛮人面前,并且宣布说由于口粮不足,他本不想留下他们,可是他的确需要兵士,又不知该用什么方法挑出最好的,只能让他们彼此以死相拼,幸存者就可以成为他的贴身护卫。这样死总比别样死法强;——这时,他命令他的兵士让开(因为布匿军旗的遮挡使佣兵看不清地平线),并且指给他们看纳哈法的一百九十二头战象,它们排成一直线,挥舞着长鼻子上的大刀,就像巨人握着斧子的胳膊举在他们的头上。

野蛮人沉默地相互对视。脸色变得惨白，不是由于害怕死亡，而是被迫要进行的残忍的搏杀。

长期的军旅生涯使他们产生了深厚的情谊。对绝大多数人说来，军营取代了家园。没有妻小，情感的渴求转移到某个战友身上，他们在星光下同盖一件一口钟，并肩入睡。而且，在永无休止的转战过程中，他们一起走过各种国家和地区，一起经历各种死亡和冒险，他们产生了一种奇特的爱情，——一种卑污不洁的结合，但是却如婚姻般严肃，强者会在战争中保护弱者，帮他跨越深渊，替他揩去额上因热病而出的汗，为他去窃夺食物；而那位弱者，原是路边捡来的弃儿，终于也能当上佣兵，便以千般细心体贴和如妻的殷勤疼爱来回报。

他们交换项链和耳环，那都是过去在死里逃生以后，在陶醉的时刻为对方制作的礼物。他们全都求死，没人肯动手。随处可见年轻人在对胡子花白的长者说：

——不，不！你身体更强壮！你可以为我们报仇，杀了我吧！

对方则答道：

——我活不了几年了！别再多想，朝我心口扎吧！

兄弟们互相凝视，双手紧握；情人们彼此诀别，倚着对方的肩头哭泣。

他们脱掉盔甲，为了更方便刀尖刺入。这一下，倒是袒露出他们身上当年为迦太基作战留下的巨大伤疤，看上去就像铭刻在柱子上的碑文。

他们按照角斗士的样式排成相等的四行，开始畏畏缩缩地交起手来。有些人甚至蒙住了眼睛，他们的剑在空中挥动得如此轻缓，就像盲人的手杖。迦太基人嘘了起来，嘲骂他们全是胆小鬼。野蛮人被激怒了，格斗很快铺开，变得急促凶猛。

有时两个浑身是血的人停住手,互相拥抱,在亲吻中死去。没有一个人退缩,他们扑向伸出的利刃。他们像疯子般激昂热狂,使得在远处观望的迦太基人都感到害怕。

终于,他们全停了下来。他们的胸腔发出沙嘎的巨大声响,透过他们披散的仿佛刚从红色染缸中捞出来的长发,可以窥见他们的眼珠。有些人在原地疾转,像只额头受伤的豹子。另一些人动也不动地站着,目不转睛地注视着脚下的死尸,然后,突然用指甲狠抓自己的脸,双手握剑刺进自己的肚子。

最后还剩下六十个人。他们要求给水喝。迦太基人大声喊着命令他们把剑扔掉,然后才把水拿给他们。

趁他们埋头喝水的时候,六十个迦太基人扑上去,用尖刀从他们背后捅进去,把他们全杀了。

哈米加这样做既满足了他的部队的残忍本性,又借助这种背信弃义的诡计使自己的手下更加效忠于他本人。

战争终于结束了,至少他认为是这样,马道不可能再抵抗,徐率特急不可耐地下令部队立刻出发。

他的斥候来向他报告,说发现了一支武装的队列,正在向铅山前进。哈米加听了毫不在意。叛乱的佣兵一旦被消灭,这些游牧部落不足为虑。眼下最要紧的是攻占突尼斯。他要兼程急行赶到那里。

他已经打发纳哈法回迦太基传递捷报;这位奴米第亚国王傲然自得于自己的功绩,他要去见萨郎宝。

她在花园里的一棵大枫树下接见他,靠在一堆黄色的皮枕头中间,达纳克在她身边。她的脸上蒙了一条白色的披巾,绕过嘴和前额,只露出一双眼睛;但是她的嘴唇在透明的纱绢下熠耀,就像她手指上的宝石一样,——因为她的双手也用纱绢裹着,在整个谈话过程中都没有做过一个手势。

纳哈法向她宣布打败野蛮人的捷报。她用祝福感谢他给她父亲帮了大忙。然后他就开始讲述整个战役的经过。

鸽子在他们周围的棕榈树上轻柔地发出咕咕的叫声,草丛中还有许多别的鸟在鼓翼翻飞:有北非的白领燕鸻、西班牙的塔特苏斯①鹌鹑,还有布匿的珠鸡。花园已久未修整,如今草木丛生,更加茂盛,葫芦的藤蔓爬上了山扁豆枝,玫瑰花圃里点缀着尖尾凤②,各种各样的植物缠绕交织在一起,形成绿色拱顶。阳光斜射下来,像在林子里一样,把散乱的叶影铺陈到各处地面上。家畜又恢复了野性,稍有动静就立刻逃走。有时会见到一只羚羊闪过,小黑蹄上沾着散乱的孔雀毛。远处城市的喧嚣被海浪的絮语湮没。晴空碧蓝如洗,海上不见一只帆影。

纳哈法说完了,萨郎宝只是瞧着他,不作回应。他穿着一件下摆缀着金丝流苏、面上印着花的亚麻长袍,梳成辫子的头发在耳际用两枝银箭挽住,右手搭在一根长矛的杆子上,杆上装饰着金银合金的环纹和一绺绺毛发。

她一壁瞧着他,一壁不由自主地陷入一大堆迷蒙的胡思乱想里去。这位嗓音绵软、体形窈窕犹如女性的年轻人,以其优美的风度引她注目,而且觉得他像是诸神派来保护她的一位长姐。对马道的回忆来到她心里,她忍不住想知道他眼下的处境。

纳哈法回答说迦太基人正在向突尼斯进军,准备占领它。随着他详细叙说他们获胜的把握和马道必败的弱点,她仿佛在为一种即将达成的非常愿望而兴奋。她的嘴唇颤抖,胸口急遽起伏。最后他许诺要亲手把他杀死,她失声叫道:

---

① 塔特苏斯是西班牙濒大西洋的一处古地名。
② 尖尾凤又称马利筋,别名莲生桂子花,萝藦科双子叶草本植物,白色乳汁有毒,可入药。

——是的！杀了他，必须这样！

奴米第亚国王回应说，他热烈地希望这死亡早日实现，因为战争一结束，他就能成为她的丈夫。

萨郎宝吃了一惊，垂下了头。

可是纳哈法还在继续这个话题，把他热切的期盼比做枯萎的花朵求雨，迷途的旅人等待天明。接着又说，她比月亮更美，比清晨的微风和东道主的笑容更贴心。他要从黑人的国度给她带来迦太基从未见过的奇珍异宝，将来他们所有的居室都要铺满金砂。

暮色苍茫，花香四溢。他们长时间地相互注视，沉默无语，——萨郎宝的眼睛隐在她的长纱绢下，就像云隙间闪露的两颗星星。不等太阳落山，他就告辞了。

元老们在他离开迦太基以后，才把一颗始终悬着的心放了下来。人民比第一次更加热烈地欢迎他。如果战胜雇佣军的功劳全归了哈米加和奴米第亚国王，那么，以后就没有办法再遏制他们了。因此，为了降低巴喀的声望，元老们决定请出他们最可心的老哈龙来分担拯救共和国的重任。

哈龙立刻向西部各省进军，为了对这片曾经见证过他兵败受辱的地方实施报复。可是当地居民和野蛮人不是死亡就是藏匿或者逃跑了。他只好向乡村泄忿。把已成废墟的地方再焚烧一遍，寸草不留，无论老幼病残一律严刑拷打，纵容兵士奸淫妇女然后割喉处死，最漂亮的全都送到他的轿子里，——因为那难挨的恶疾煽起他强烈的性欲，便以绝望者的疯狂纵情发泄。

时常能看到在山岗上，一些黑色的帐篷像被风刮翻一样倒塌下来，还有些边缘亮晶晶的大圆盘，明显是战车的车轮，带着哀怨的吱吱声慢慢地滚落下来，消失在山谷里。一些部落，放弃了围攻迦太基以后，就这样在各省游荡，为了等待时机或者有了佣兵得胜的消息就能回来。如今由于恐惧，或者因为缺粮，也都各自取道返回故乡，全不见了。

哈米加丝毫不嫉妒哈龙的成功。他只是急于结束战事，于是命令哈龙折回突尼斯；哈龙是爱国的，他在指定的日期到达突尼斯城下。

突尼斯的守卫者有当地的土著居民、一万二千个佣兵和全体吃"不洁之物"的人，他们和马道一样关注迦太基的动向，这些贱民和他们的统帅远眺着迦太基厚实的城墙，希冀着有朝一日也能享受城墙后面无尽的奢华。由于同仇敌忾，守城的组织工作风风火火地开展起来。羊皮袋拿来做成头盔，花园里的棕榈树全被砍了制作长矛，挖了一些蓄水池，至于粮食，他们在湖边捕捞了许多大白鱼，它们都是靠吃死尸和垃圾养肥的。他们的城墙，由于迦太基人的嫉恨而一直得不到修葺，如今已近颓圮，几乎肩头一碰就倒。马道拆了住房的石头填补城墙的窟窿。这是最后一战了，他不抱任何希望，不过还是用命运无常来宽慰自己。

走近来的迦太基人，都注意到城墙上立着一个人，腰部以上全超出了雉堞。在他的身边飞舞的乱箭似乎并不比翻飞的群燕使他害怕。最令人惊异的是，没有一支箭伤到他。

哈米加在南边扎营，纳哈法在他右边，占据着辣代司平原，哈龙沿湖滨驻扎。三位将军各就各位，准备好同时向突尼斯发动攻击。

可是哈米加想先恐吓佣兵们一下：他们会像奴隶一样遭到严惩。他在城对面的一座小山丘上，把那十个使节依次钉上了十字架。

看见这幅惨象，被困的守军立刻弃城出战。

马道自忖，如果他能从城墙与纳哈法的营盘之间快速通过，使奴米第亚人来不及反应，他就能从背后扑向迦太基的步兵，使他们处于他的部队和城里人的夹攻之中。于是他就带领他那批久经沙场的老兵冲了出来。

纳哈法发现了他,于是越过湖滨向哈龙报警,请他立刻派兵援助哈米加。这是他认为巴咯兵力太弱难以和佣兵对抗,还是在耍诡计或是过于愚蠢?谁也不知道。

哈龙想奚落他的死对头,丝毫没有犹豫。他喝令吹响军号,让他的整个部队都向野蛮人冲过去。后者回转身,直接扑向迦太基人,把他们打翻在地,踏在脚下,而且就这样把他们一直逼退到哈龙的帐前。他这时身边正围着三十个迦太基人,都是些最负盛名的元老。

他被他们的勇猛吓晕了,还在拼命召唤他的军官们。人们纷纷把拳头伸到他的喉咙下面,厉声叱骂。大家使劲往前挤,那些抓住他的人几乎快要捉不住了。然而他还是强凑到他们的耳边说道:

——你想要什么我全给你!我很有钱!救救我吧!

他们把他提起来拖出去,尽管他这么重,脚也碰不到地。元老们也被拖了出去。他更害怕了,喊了起来:

——你们已经打败了我!我是你们的俘虏!我要赎回自己!我的朋友们,听我说呀!

他们把他侧过身来抬在肩膀上走,他不停地说:

——你们要干什么?你们想要什么?我是好商量的,你们看得很清楚!我是个好人!

一架巨大的十字架立在城门口。野蛮人吼叫道:

——这里!这里!

可是他叫得比他们更响,他以他们天神的名义,恳求他们带他去见他们的统帅,因为要向他吐露秘密,而且事关他们的生死存亡。

他们停了下来,有几个人说最好还是把马道叫来。于是派人去找他。

哈龙摔落在草地上,看见他周围还有更多十字架,仿佛把他将受到的折磨瞬间加重了数倍,他竭力说服自己他弄错了,只有一个十字架,甚至认为其实一个都没有。最后,他被拽了起来。

马道说道:

——说吧!

他提出他愿意出卖哈米加,然后他和马道一起进入迦太基,携手称王。

马道摆了摆手离开,让其他人快点动手。他认为这只是个诡计,纯粹为了拖延时间。

野蛮人错了,哈龙已经到了山穷水尽、什么都不顾的地步,何况他恨透了哈米加,极愿意把他连同他的所有兵士一起牺牲掉,只要能换来一点点获救的可能。

元老们瘫倒在三十具十字架脚下的地上,绳子已经穿过他们的腋窝。这时候老徐率特终于明白自己死到临头,哭了起来。

他们剥掉了他身上剩下的衣服——于是他那吓人的身子袒露无余。这堆无法称谓的肉块上布满了烂疮,腿上的肥肉遮住了趾甲,手指上像是挂着暗绿色的烂肉,眼泪在他脸颊上的肉瘤中间流淌,使他的脸显得格外可怕的悲惨,似乎他的眼泪要占据比其他人脸更多的空间。他那表示王族身份的头带,松脱开来,随同他的白发一同拖曳在尘土里。

他们认为没有足够结实的绳子把他拽到十字架顶上去,于是就采用布匿人的做法,在十字架竖起前就把他钉上去。痛苦使他恢复了自尊。他用谩骂攻击。他口吐白沫,扭动身躯,就像一只在海滩遭屠宰的海怪,他预言他们的下场会更悲惨,他的仇一定要报。

他的仇已经报了。在城市的另一头,如今升起了火焰和烟柱,佣兵的使节正在咽气。

其中几个原先昏迷过去的人,在凉风的吹拂下又苏醒过来;不过他们的下巴依旧贴在胸口,并且尽管胳膊上的钉子钉得高过脑袋,他们的身体却有点下坠；大滴的血从他们的脚跟和手掌缓缓地滴下来，仿佛成熟的果子从树枝上跌落，——而迦太基、海湾、山和平原，仿佛一只巨大的车轮在他们眼前旋转；有时，从地上升起一股尘云的涡旋把他们裹住，他们渴得冒烟，舌头在嘴里打滚，又觉得身上有冷汗在流，同时灵魂在慢慢离开。

然而，冥冥之中他们似乎在极深邃的地方瞥见了街道、行进中的兵士、挥动着的刀剑。战斗的喧嚣模模糊糊地传入他们的耳中，就像沉船的水手在桅杆旁弥留之际耳中听到的大海的咆哮。比别人更强健的意大利人还在尖声叫喊；拉塞代冒人阖着眼皮，一声不吭；一向精力旺盛的查耳萨斯，如今像折断的芦苇弯着腰；身旁的埃塞俄比亚人，脑袋向后倒在十字架的横梁上；欧塔芮特动也不动，转动着眼珠；他的长头发被木缝夹住，直立在额头上，喉间濒死的喘息却像在怒吼。至于司攀笛，唤起了一股异乎寻常的勇气，如今明确知道他将很快得到永恒的解脱，也就不再看重生命，泰然自若地等待着死亡。

不时有飞鸟的羽翼掠过他们的嘴唇，使他们从昏迷中惊醒。巨大的翅膀在他们周围投下晃动的阴影，空中的呱噪声不绝于耳；由于司攀笛的位置最高，第一只秃鹰就落在他的十字架上。于是他把脸转向欧塔芮特，带着难以形容的微笑，缓缓地对他说：

——还记得西喀路上的狮子吗？

高卢人一边咽气一边回答：

——它们是我们的兄弟！

这时候，徐率特已经攻破了城墙，占领了城堡。一阵风吹散了烟雾，眼前豁然开朗，可以一直望到迦太基的城墙，他甚至认为自己能分辨出有人在艾实穆神庙的平台上眺望。然后，收回视线，他发现左边的湖滨上有三十具大得异乎寻常的十字架。

事实上，为了使它们更吓人，野蛮人在制作时把支撑帐篷的柱子首尾连接了起来。于是三十具元老的尸体就这样高悬在空中。他们的胸前都有类似白蝴蝶的东西在飘拂，原来那是人们从底下射上来的箭上的尾羽。

最高的十字架顶端，有一条宽大的金色绶带在熠耀，它垂落在尸体的肩上，这一侧的胳膊已经缺失，哈米加费了好大劲才认出这是哈龙。他那海绵般的骨头已无法在铁钉上悬挂，四肢残缺不全，——十字架上只剩下一些不成形的残骸，如同猎人挂在门上的野兽的碎块。

徐率特对这些情况一无所知，他面前的城池屏蔽了城市后面发生的一切，陆续派到两位将军那里去的军官们又都没有回来。随后，死里逃生的败兵带来了事变的经过，于是布匿军队停了下来。想不到在胜利中竟然发生了这样严重的灾难，他们全惊呆了。连哈米加的命令也充耳不闻了。

马道趁此机会继续他在奴米第亚人中的砍杀。

摧毁了哈龙的营盘以后，他就扭头向他们扑去。大象出来了。但是佣兵们从墙上拔下许多茅草，挥舞着火把跨过平原前进，那些庞然大物吓坏了，狂奔着一直冲进海湾，在海水里拼命挣扎以致自相残杀，或者囿于沉重的铠甲而溺毙。纳哈法派出了他的骑兵，佣兵们马上趴到地上，然后，等战马驰进三步以内，就从马肚子下跳起来，一匕首把它们豁开，等巴喀率兵到来，奴米第亚人已死伤过半。

筋疲力尽的佣兵们已无力再抵抗他的部队。他们秩序井然地向温泉山退却。徐率特很谨慎，不去追赶他们。他指挥他的人马到马加尔河口驻扎。

突尼斯是他的了，不过它已成了一堆冒烟的垃圾。残砖碎瓦从城墙的缺口一直滚落到平原中央；——远处海湾的沙滩上，大象的尸首在海风的推送下互相撞碰，就像黑色礁岩的群岛漂浮在海面上。

纳哈法为了支持这场战争，把森林里所有的象，无论老、幼、雌、雄，统统搜捕一空，使王国的军事实力一蹶不振。从远处看见它们死亡的人们都伤心欲绝，男人们在街上哀号，呼唤亡友般呼唤着它们的名字：

——啊！我们的"战神"！"胜利女神"！"雷电"！"飞燕"！

第一天，人们谈论它们甚至超过阵亡的将士。第二天，人们看见了驻扎在温泉山上的佣兵的营帐。于是人们如此绝望，以致许多人，尤其是妇女，都头朝下从卫城的最高点跳了下去。

谁都不清楚哈米加的想法。他独自一人待在他的营帐里，身边只有一个年轻侍者，没有任何人同他一起进过食，包括纳哈法在内。然而，自从哈龙兵败以后，他对纳哈法处处表示特别的敬重；不过，奴米第亚国王觉得能否成为他的女婿关系到太大的利益，自然也不敢不谨言慎行。

哈米加表面的懈怠是为了掩饰他背后狡诈的行动。他用各种手腕去蛊惑各个村落的头人，结果佣兵们像野兽般到处遭到拒绝、驱赶和围捕。他们走进树林，周围的树木着起大火；他们去泉边饮水，水里投了毒；他们藏身岩洞过夜，洞口被人砌墙堵死。过去一直保护他们、视为同谋的居民，如今却在追捕他们，这些人中间时常能辨认出杂有迦太基铠甲的身影。

有些人脸上患了红色的脱皮性皮疹，他们认为是受哈龙的恶疾传染。别的人则认为是由于吃了萨郎宝的神鱼，他们不但不后悔，反而梦想再干些更恶毒的亵渎神灵的事，以便大大地羞辱一下布匿的神祇。他们真想把它们连根铲除。

他们就这样在三个月时间里沿着东部海岸逶巡，翻过了舍洛姆山，一直走到沙漠的边缘。他们要找一个避难所，无论哪里都行。雨地克和伊包茶芮特是仅剩的两个没有背叛他们的城市，可它们已经被哈米加包围了。于是他们又毫无目的地向北方乱走,连行军的路线也不清楚。由于经历的苦难太多,把他们的头脑都给弄昏了。

除了日益加剧的愤怒以外,他们再没有别的感觉;终于有一天,他们又到了科比斯峡谷,再一次回到迦太基面前!

于是零星的战斗日益增加。双方互有胜负,可是彼此都已极度厌倦这种无休止的小接触,渴望把它们换成一场大战,只要这是最后一战就行。

马道打算亲自向徐率特提出这个建议。但是他手下的一个利比亚人自愿替他。大家看着他出发,都认为他死定了。

然而当晚他就平安归来。

哈米加接受挑战。约定第二天日出时分在辣代司平原交战。

佣兵们还想知道,他还说了些什么,于是那个利比亚人补充道:

——我当时待在他跟前没走,他问我还等什么,我回答说:"等你杀掉我!"他就回应说:"不!你走吧!还是等着明天同其他人一起死吧。"

这样的宽容使野蛮人深感惊讶,有些人被吓着了,马道很遗憾派去的使节没有被杀掉。

他手下还剩有三千个非洲人、一千二百个希腊人、一千五百个坎帕尼亚人、两百个伊比利亚人、四百个伊特鲁利亚人、五百个萨莫奈人、四十个高卢人和一队那菲尔人①,后者是些居无定所的土匪,是他在椰枣地区遇见的,总共是七千二百一十九个兵士,但是没有一个完整的方阵。胸甲上的破洞靠四脚兽的肩胛骨来填补,破旧的布带鞋取代了青铜战靴。衣服上缀了些铜片和铁片,显得异常笨重,挂在身上

---

① 那菲尔人是埃塞俄比亚的少数民族。

的锁子甲也都破烂不堪,一道道伤痕像红线一样从臂上和脸上的毛发之间显露出来。

为同伴的牺牲激发的愤怒又回到他们心里,于是战斗力遽增。他们隐约觉得自己是替广泛存在于被压迫者心中的那个天神行事的化身,是万能的复仇之神的大祭司!过度的不公平使他们悲愤欲绝,尤其是看到远处地平线上的迦太基!他们发誓要敌忾同仇,齐心协力,战斗到死。

他们杀掉了驮东西的牲口,尽可能地吃饱,以增强体力,然后倒头就睡。有些人各自对着不同的星座祈祷。

迦太基人抢先到达了平原。他们用油涂抹盾牌的边沿,使射来的箭更容易滑下去;蓄长发的步兵,为安全起见都把头发剪短;哈米加从凌晨五点起,就下令把所有的饭盆都倒空,因为他知道过饱对作战不利。他的部队有一万四千人,比野蛮人几乎多一倍。可他却从未有过如此焦虑不安;因为一旦战败,共和国即将不复存在,他也会被钉上十字架;反之,如果获胜,他就能越过比利牛斯山、高卢和阿尔卑斯山直取意大利,巴喀帝国就会永垂不朽。他夜不成寐,无分巨细,亲自检查一切。至于迦太基人,由于长时间受到恐惧的折磨,也被激得怒气冲天。

纳哈法怀疑手下奴米第亚人的忠诚度。再说,他们很可能经不住佣兵的攻击。因此,一种无名的虚弱感压倒了他,拿着个大杯子不停地往肚子里灌水。

恰在这时,一个陌生男人掀开他的营帐,往地上放了一顶岩盐花冠,上面有硫磺和菱形珍珠母装饰的宗教图案,姑娘们有时会送婚冠给未婚夫,它是爱情的明证,也是邀约。

然而哈米加的女儿对纳哈法没有一点柔情蜜意。

只是对马道的记忆难以忍受地折磨着她,以致她认为除非这个人死掉,自己才能摆脱,正如被毒蛇咬伤,必须把它碾碎抹在伤口上一样。奴米第亚国王有求于她,他急不可耐地想要与她完婚,而婚礼只能在胜利后举行,因此萨郎宝送这件礼物来激励他的勇气。于是他的烦恼顿时烟消云散,一心只想着占有这样一个标致女人的快乐。

同样的念头也困扰过马道,可他马上就把它丢开,并且把抑制住的爱情,转移到战友身上。他疼爱他们如同手足,共担仇恨,——由此更觉精神高昂,膂力倍增;他要完成的一切,全都在眼前清晰可见。即使偶尔发出一声叹息,也是因为想起了司攀笛。

他把野蛮人排成相等的六行。伊特鲁利亚人排在中间,用铜链拴在一起,弓箭手排在后面,那菲尔人分布在两翼,骑着光背骆驼,骆驼身上披挂着鸵鸟的翎羽。

徐率特也用同样的方法安排迦太基兵士。在步兵外面排列着胸甲骑兵,紧挨着轻步兵,后面是奴米第亚人。天亮时分,双方就这样排成一行,脸对脸相峙着。他们远远地瞪大了冒火的两眼互相怒视。起初还有些犹豫,随后两支部队就行动起来了。

野蛮人慢慢地前进,避免呼吸急促,用脚蹬踏着土地;布匿部队的中央凸出,形成一条弧线。然后,可怕的冲突爆发了,就像两支舰队接触时互相猛烈撞击一样。野蛮人的第一排迅速闪开,藏身背后的射击手们马上投射弹丸、箭矢和标枪。这时,迦太基人的弧线渐渐拉成直线,然后又凹了进去,随之两边的轻步兵展开成两条平行线,像圆规的两只脚合拢过来。正在凶猛地攻击方阵的野蛮人落入凹陷的罅隙,即将被吃掉。马道及时制止,——由于迦太基的两翼在继续前进,他把队列最里面的三排人调到外面,他们立刻护住了侧翼,使他的部队加长了两倍。

可是安排在两头的野蛮人力量最弱,尤其是左边的,他们的箭袋已空无一物,因此和迦太基的轻步兵一接触,就被杀了许多。

马道把他们撤了回来。他的右边是手持板斧的坎帕尼亚人,他派他们去对抗迦太基人的左翼,中部继续进攻,另一头的队伍已脱离危险,将迦太基的轻步兵挡在一定距离以外。

于是哈米加把他的骑兵分成若干大队,放在重装步兵中间,叫他们向佣兵们进攻。

这个锥形的队伍以骑兵为先导,它的两侧是许多排密集挺立的长枪。野蛮人简直无力抵抗,他们中只有希腊步兵有青铜铠甲,其他人所有的只是长棍上绑着的一把切菜刀、从农场捡来的长柄镰刀,或者用轮辋打造的双刃剑;柔软的剑身一触即弯,等他们用脚跟把剑弄直的时候,迦太基人就趁机左右开弓肆意屠杀。

然而用铜链拴在一起的伊特鲁利亚人却不受扰动,战死者不会跌倒,尸首成了障碍,这条粗大的青铜线时而变宽,时而收拢,柔软如蛇,又坚固似墙。野蛮人躲到他们背后重整旗鼓,略作喘息,——然后,拿起那些残破武器重新出来厮杀。

许多野蛮人早已手无寸铁,他们就像恶狗一样扑到迦太基人身上用嘴咬他们的脸。高卢人脱下外套示傲,远远地炫耀自己白色的魁梧身躯,还故意弄大身上的伤口吓唬人。在布匿人的方阵里,已无法听见传令兵的吼叫声,全靠在烟尘上挥舞的军旗传达号令,每个人都在周围人群的裹挟下,跟着来回移动。

哈米加命令奴米第亚人投入战斗。对面的那菲尔人马上扑过去迎击。

那菲尔人穿着宽大的黑袍子,脑壳上留一撮毛,举着犀牛皮的盾牌,挥舞着用绳子系着的无柄飞刀,骑着的骆驼浑身竖满鸟羽,发出拉长的刺耳的格格声。他们的刀总在很准确的地方落下来,迅猛的一击之后再升上去,后面跟着被斩断的肢体。凶悍的骆驼四蹄腾空冲进方阵。有几只骆驼腿被打折了,只好像受伤的鸵鸟一样跳着走。

521

整个布匿步兵转身向野蛮人扑过来，把他们截断了。野蛮人的小队彼此失联，原地乱转。迦太基人锃光瓦亮的武器像金冠一样把他们围住。中间人头在攒动，阳光照在剑尖上反射出无数耀眼的白色光斑。然而，一排排阵亡的胸甲骑兵还躺在平原上，佣兵扒下他们的铠甲穿在自己身上，再去投入战斗。迦太基人给弄懵了，好几次错站到他们队伍里去。于是只好傻傻地愣着，不知如何行动；抑或集体退却，这时远处便响起胜利的喝彩声浪，仿佛海浪在推送风暴中沉船的漂流物。哈米加越来越绝望，一切都要被马道的天才和佣兵的无敌勇气葬送了。

可是地平线上突然爆出了响亮的铃鼓声。那是一群老人、病人、十五岁的孩子，甚至还有妇女，因为实在受不了焦虑的煎熬，离开了迦太基；为了有个庞然大物做保护，他们从哈米加的家里牵来了共和国仅剩的一头象，——就是那头被割掉鼻子的大象。

于是在迦太基人看来，似乎祖国已弃城前来，命令他们为国捐躯。加倍的愤怒激励着他们，跟着奴米第亚人冲了上去。

野蛮人背靠着平原中央的一座小山。他们已毫无胜利的，甚或是活命的希望，但他们是最精锐、最勇猛和最强悍的战士。

迦太基的百姓把铁扦、铁条和铁锤从奴米第亚人的头上扔了过去；那些使执政官丧胆的人，竟然死在妇女们抛掷的棍棒下；布匿的贱民正在歼灭佣兵。

佣兵们退到小山顶上。每次他们的圈子被打破后都能重新合拢。他们两次冲下山来，又被反击逼了回去；迦太基人乱七八糟地伸直胳膊，把长矛从同伴的腿间穿过去，向前面乱捅。他们在血泊中滑倒，地面坡度太陡，死尸都滚落下去。想爬上山去的大象的肚子几乎贴住了死尸，看样子它挺开心这样匍匐在它们上面，它那削短了的鼻子，末端粗大，不时抬起来，活像一条巨大的蚂蟥。

然后双方停了下来。迦太基人咬牙切齿呆呆地瞅着站在小山顶上的野蛮人。

最后,他们猛然向前冲杀,混战又开始了。时不时会有些佣兵让迦太基人走近来,大喊说要投降,然后发出瘆人的冷笑,突然就自杀了,死了的人一倒下,剩下的人就踩上去继续抵抗。就像在砌一座金字塔,越堆越高。

没过多久,上面只剩下五十人,然后是二十人,三个人,最后只剩两个人,一个手持板斧的萨莫奈人,还有马道,手里还拿着他的剑。

那个萨莫奈人屈着小腿,拿着斧子左挥右砍,同时还不断提醒马道防备人家对他的攻击:

——主子!这边!那边!弯腰!

马道的护肩、军盔和铠甲早已全没了,全身赤裸着,——脸色铁青比死人更可怕,毛发竖立,嘴角壅着两摊白沫,——他飞快地挥舞着手里的剑,围着他形成了一道光环。一块石头飞来齐根砸断了剑身,只剩下护手。那个萨莫奈人也被杀了,迦太基人如潮水般步步紧逼,已经挨到他身边。于是他向天空伸出两只空手,闭上眼睛,——张开双臂,纵身一跃,就像从海岬之巅投身大海一般,把自己掷向矛头枪尖。

可是它们忽然在他面前分开。有好几次他冲向迦太基人。他们总是迅速后退,并且把武器挪开。

他的脚碰到一把剑。马道想捡起它来,忽然觉得手腕和膝盖都被缚住,跌到地上。

原来纳哈法已经在他身后亦步亦趋地跟踪他好长时间,手里拿着一张捕捉野兽的大网,趁他弯腰的机会,把他套住了。

然后大家把他四肢撑开成十字绑在大象背上,在所有未受伤者的簇拥下,锣鼓喧天地直奔迦太基。

说也奇怪,从夜里三点起胜利的消息就传到了迦太基;嘉蒙庙的漏壶刚注满第五小时,他们就到达了马喀。这时马道睁开了眼睛。家家户户灯火通明,恍若全城浴在火光之中。

巨大的喧闹声隐隐约约地传入耳间,他仰卧着,望见天上的星斗。

然后,门关上了,黑暗笼住了他。

第二天,同一时间,留在斧子隘的最后一个人咽了气。

自从他们的伙伴离开之后,来了一些祖亚埃斯人,推开了堵住隘口的岩石,向他们提供了一段时间的给养。

野蛮人始终在等待马道出现,——由于气馁,由于衰弱,由于病人常有的拒绝挪动位置的执拗,他们就是不肯离开山谷。最后,粮食耗尽,祖亚埃斯人也走了。迦太基人清楚这里只剩不足一千三百人,而且根本犯不上派兵来消灭他们。

各种猛兽,尤其是狮子,在这三年战争期间,数量遽增。纳哈法发动了一次大规模的驱赶猛兽的行动,在它们前面每隔一段距离绑上一只山羊,引诱它们进入斧子隘;——如今它们全都在这里住了下来。这时候,元老院派了个人来查看残留的野蛮人怎么样了。

整个平原广袤的土地上遍布着狮子和尸体,死者混在衣服和铠甲中间。它们几乎不是缺脸就是少胳膊,难得有几个比较完整的;有些则已完全干瘪了,头盔里塞着满是灰土的颅骨;没了肌肉的腿骨从胫甲里直挺挺地伸出来,骷髅身上还披着一口钟;被阳光清理干净的骸骨在沙土中熠耀。

多数狮子在憩息,胸脯贴地,双爪前抻,在刺目的阳光下眯皮,阳光在白色岩石的反射下显得更为强烈。另一些狮子蹲坐着,定睛向前观望;或者蜷成一团在睡觉,脑袋半藏在浓厚的鬣毛里。全都是一副餍足、慵倦、无聊的神气。它们像四周的山岭和死尸一样动也不动。夜幕降临了，西边的天际抹上了几道宽阔的红霞。

平原上散乱分布的堆积物使地面显得高低不平，从它们中间缓缓爬起一个比幽灵更缥缈的形体。于是一只狮子动了起来，血红色的天幕上勾勒出它巨大身躯的黑色剪影；——等它走到那人身边，一掌就把他打翻在地。

然后，它平趴到他的肚子上，用獠牙的尖慢慢地叨出他的内脏。

接着它张开大嘴，发出一声持续了好几分钟的啸吼，山谷传来阵阵回声，最后才消逝在荒野的寂静之中。

突然间，山顶滚落下一些细小的砂砾。传来一阵急促脚步发出的窸窣声，——从闸门和隘口两边，出现了许多尖嘴竖耳的家伙，黄褐色的眼珠在熠耀。它们是一群来吃残骸的豺狗。

在悬崖上俯身张望的迦太基人，掉转头回去了。

十五　马道

　　迦太基沉浸在欢乐之中，——一种深邃、普遍、巨大而且狂热的欢乐。损毁的墙垣和房舍上的窟窿全给填补修葺，诸神的雕像统统油漆一新，街上撒满桃金娘的枝子，十字路口香烟缭绕，平台上挤满了人，他们的衣着色彩斑斓，好比一簇簇鲜花在空中开放。

　　挑水洗街的杂役的吆喝声压倒了一直没停的尖声欢叫；哈米加的家奴以主子的名义向大家派送炒麦粒和生肉；大家互相攀谈，边哭边拥抱；推罗诸城都已攻克，游牧人如鸟兽散尽，野蛮人被彻底歼灭。卫城完全被湮没在五颜六色的顶篷之下；三层桨战船在防波堤外一字排开，它们船艏的冲角锃光发亮，就像砌了一道金刚钻的堤岸；到处都可以感到旧秩序已恢复，新生活在重启，而且处处洋溢着幸福欢乐的氛围：因为这是萨郎宝同奴米第亚国王举办婚礼的大喜日子。

　　在嘉蒙庙的平台上，硕大的金银器皿摆满了三张长条桌子，祭司、元老和富豪将要在这三张桌子上就座，更高处的第四张桌子，那是为哈米加、纳哈法和萨郎宝准备的；萨郎宝取回圣衣，拯救了祖国，人民把她的婚礼变成一个全国欢庆的日子，大家都在下面广场上等待她露面。

　　可是另外一个更具刺激性的欲望，却在挑逗他们的耐性：处死马道的活动也安排在这场庆典中举行。

　　起初有人建议活剥了他，往他肚子里灌铅，让他饿死；或者把他绑在树上，让猴子在背后用石头敲他的脑袋，他触怒了达妮娓，应该让达妮娓的狒狒来为她报仇。还有人认为应该在他周身植入多根浸过油的亚麻灯芯,然后把他绑在骆驼上游街;——想到这头高大的畜生将驮着这个人穿街过巷,让他在火焰的炙烤下扭来扭去,像在风中摇摆的烛台一样,他们就开心之极。

可是哪些公民有权去行刑,凭什么剥夺别人的权利?最好有一种死法,能让全城的人都可参与,所有手,所有武器,所有迦太基的东西,就连街上的铺路石和海湾中的波浪,都能撕毁他,压碎他,消灭他。于是元老院决定让他从监狱走到嘉蒙广场,没有任何人押送,只把他的双手绑在背后。禁止打击心脏,尽量延长他受折磨的时间;禁止弄瞎眼睛,使他能一直看着自己受刑;不准往他身上扔东西,不准对他施加超过三个手指的打击。

虽然要等到日暮他才露面,可是不时会有人误传已经看见了他,人群就向卫城奔去,街道也被清空,然后大家又长时间地说着牢骚话回来。有些人从头天晚上就占好位置,他们隔空互相打招呼,并且显示自己已经留好指甲准备深挖他的皮肉。另外有些人无休止地来回走动,有些人脸色苍白,仿佛是在等待自己受刑。

突然,高大的羽毛扇从马巴勒岬区的人群头上展现出来。这是萨郎宝离开了她的宫邸;大家总算松了一口气。

不过这个队伍要花很长时间才能到达,因为他们是一步一步地在走。

排在最前面的是凶神巴泰克的祭司,然后是艾实穆神的祭司,麦喀耳提神的祭司,以及别的祭司,络绎不绝,标识与顺序都和上次燔祭大典时一致。摩洛神的大祭司低着头走过,群众都怀着歉意远远避开。这回辣拜媞娜的祭司却迈着骄傲的步伐前进,手里抱着里拉琴;女祭司跟在他们后面,披着黄色或黑色的透明长袍,发出嘤嘤的鸟鸣声,像蛇一般扭动着腰身;或者伴着笛声旋转,跳着模仿星辰运行的舞蹈,随着罗衫的飘动把一股股柔和的香气送到街上。夹在这些女人中的克德希神①的祭司,激起群众的鼓掌欢呼,他们是雌雄同体神祇的代表,涂眼影,洒香水,穿女人的衣衫,只是胸口扁平,臀部狭窄。再说,在这一天里唯女性为大,掌控一切,颠倒一切,沉闷的空气中充斥着一股神秘的色情氛围,在圣林的深处早已点起了火把,当天夜里会有大规模的卖淫活动,除了从西西里岛运来的三船娼妓,还有些来自沙漠地区的。

祭司们陆续到达,排列在神庙的院子里、外廊上和双折楼梯上。这种楼梯沿着墙从两侧上升,到上面又合成一股。成排的白色长袍在廊柱之间出现,建筑物里充斥着这样的人体雕塑,动也不动和石像一样。

接着财政主管、各省总督和所有的富豪都来了。下边响起了一片喧哗声。人群从附近的街道里拥出来,圣奴用棍子把他们赶回去。随之在头戴金冠的元老们中间,萨郎宝出现在一顶有红色华盖罩着的轿子里。

于是人群立刻爆发出巨大的欢呼声,铙钹和响板敲得更加响亮,铃鼓也声震如雷,高大的红色华盖隐没在神庙入口的两扇塔门之间。

华盖又在二楼出现。萨郎宝在它下面款款而行,然后穿过平台,走向里面自己的座位,坐到一把用龟壳刻制的宝座上。有人递过一张有三级踏板的象牙脚蹬子,放到她的脚下;两个小黑孩跪在第一级踏板的两边,有时她会把胳膊支在他们头上,因为她戴了许多太重的手镯。

从脚踝到腰部,她紧裹着一件贴身的锁子甲,锁环模仿鱼鳞,像珍珠贝母那样在熠耀;一条蓝色的带子扣紧腰肢,顶端开了两个新月形的叉口露出双乳,两颗红宝石吊坠恰好遮住乳尖。她戴着孔雀翎毛

---

① 克德希神是阴阳两性同体的神祇,起源于叙利亚,后引入希腊。

做的头饰,上面洒满繁星似的宝石;一件洁白如雪的宽大的一口钟垂在身后,——两肘贴身,双膝并拢,上臂套着一堆金刚钻圆环,腰板挺直,一副正襟危坐的姿势。

下面低一些的位置上,坐着她的父亲和丈夫。纳哈法穿着一件金黄色的华丽长袍,戴着岩盐王冠,冠下露出两条发辫,鬈曲犹如阿蒙神头上的羊角;哈米加穿着一件有金色葡萄藤蔓图案的紫色长衫,腰间佩挂着战剑。

在桌子围成的空地上,艾实穆神庙里的蟒蛇在一些粉红色的油坑之间,咬着自己的尾巴盘成一个巨大的黑色圆圈。圆圈的中心立着一根铜柱,柱顶放着一枚水晶蛋,它在太阳的照耀下向四周发出耀眼的光芒。

在萨郎宝后面,排着一溜达妮媞的祭司,穿着亚麻布的袍子;她右首是头戴金冠的元老,形成一长条金线;左首是手握绿宝石权杖的富豪,连成一长条绿线,——排在最下首的是摩洛神的祭司,他们披着的红色一口钟看上去像一道红墙。其他祭司都站在下面几层平台上。街道上挤满了人。甚至爬上了屋顶,而且沿街一直排到卫城的最高处。她脚下是人民,头上是苍穹,四周是辽阔的大海、港湾、山峦和远方各省,光辉夺目的萨郎宝与达妮媞合成一体,似乎成了迦太基的真神,成为它有形的灵魂。

酒宴要通宵达旦,枝形烛台像棵小树一样立在铺着染色羊毛毯的矮桌上。高大的琥珀长颈壶、蓝色玻璃的双耳尖底瓮、玳瑁壳的勺子和小圆面包摆放在两排珍珠镶边的盆子中间,带着枝叶的成串葡萄码在像酒神杖①一样的象牙支架上,大块的冰雪在乌木托盘中融化,柠檬、石榴、角瓜、西瓜像小山一样摞在高高的银餐具里,张着嘴的野猪

---

① 酒神杖是古罗马神话中酒神巴克斯手持的权杖,顶端是颗松果,杖上缠绕葡萄藤蔓或系飘带。

在调料粉末里翻滚,盖上皮毛的兔子像要在鲜花丛中跳跃,贝介里塞的是喷香的混合肉糜,糕饼的形状都有特殊的含义,揭开餐盘上的钟形罩,鸽子仿佛要飞出来。

与此同时,奴隶们卷起长衫,踮着脚尖来回走动。时不时,里拉琴就弹奏一段圣曲,或者响起吟唱圣诗的歌声。百姓的喧嚷像海浪的涛声一样持续不断,隐隐约约地在筵席周围飘荡,似乎要将它带入更宽容的和谐境地。有些人回忆起佣兵的那次盛宴,他们都陶醉在幸福的梦幻中;夕阳西下,新月已从另一边天际升起。

但是萨郎宝却仿佛有人呼唤她一样,回过头来。那些注视着她的百姓也跟着她的视线望过去。

卫城山顶,神庙脚下,从岩石中开凿出来的黑牢,刚把牢门打开,黑魆魆的洞口站着一个人。

他弯着腰走了出来,神色惊恐,好像一头猛兽突然被释放出来那样。

光线晃眼,他茫然呆立了片刻。所有人都认出了他,而且全屏住了呼吸。

在他们眼中,这个受难者的身体有点特殊,几乎带着某种神圣的光辉。他们都向前探着身子看他,尤其是妇女。她们渴望看一眼那个使她们的孩子和丈夫失去性命的人,她们克制不住发自内心深处有些可耻的好奇心,——一种想彻底了解他却又夹杂着几分愧疚的欲望,很快它就转变成更深的憎恨。

终于他向前移动了,惊奇导致的茫然过去了。数不清的胳膊举了起来,他被挡住看不见了。

卫城一共有六十级台阶。他走下来的时候,就像是从高山之巅随着急流在滚落。有三次人们看见他跳了起来,一直落到山下才两只脚重新着地。

他的肩膀在流血，胸脯剧烈起伏，大口喘气；他使了那么大劲要挣脱把两臂交叉反绑在赤裸的腰身上的绳索，以致肌肉隆起像一段段粗壮的蛇身一样。

从他所在的位置，前面有好几条街道伸展出去。每条街上都拉着三排铜链，一头固定在凶神巴泰克的肚脐眼里，然后三排铜链平行地延伸出去，它们把群众挡住，挤在房屋前面；元老的仆役们则在街心挥舞着皮鞭，来回走动。

他们中的一个狠狠抽了他一鞭，逼他前进，马道开始迈步。

人们从铜链上伸出胳膊，大声叫嚷给他留的路太宽了；他沿着街向前走，一边被所有这些手指触摸，刺掐，撕扯；他走到一条路的尽头，另一条路又开始了；有好几次他向人群冲过去要咬他们，大家急忙闪开，铜链子把他拦住，于是人们哄堂大笑。

一个孩子撕裂了他的耳朵，一个年轻姑娘把纺锤的针尖藏在袖子里，划破了他的脸颊。他们一把一把扯掉他的头发，一条一条抠下他的肌肉。有人用木棍绑住粘满秽物的海绵，弄脏他的脸。一缕鲜血从他脖子的右侧喷涌出来，立刻引发了狂热。这最后一个野蛮人对他们来说就代表全体野蛮人，代表整个叛军，他们要为自己遭受的全部灾难、恐惧和耻辱，对他进行报复。人民的狂怒越得到满足就越加强烈，弯曲的链子超过了负荷，快要折了。人们毫不理会奴隶要他们后退的鞭打威胁，有些人爬上了房屋的凸出部分，墙上所有的开口都挤满了人头。凡是他们不能亲手实施的暴行，便吼叫着鼓动别人去做。

他们的谩骂既恶毒又下流，还夹杂着讥讽的挑唆和诅咒，并且，对他现在所受的折磨似乎还不满足，向他宣告来生还要承受更可怕的酷刑。

狗吠似的谩骂充斥整个迦太基城，而且愚蠢地持续下去。往往一个音节——一个沙嗄、深沉、狂热的音调——会被所有人反复喊上好几分钟。墙壁从头到脚都在颤抖，马道觉得街道两边仿佛在向他挤压，把他从地上提起，仿佛有两条巨大的胳膊要把他在空中扼死。

然而他想起过去也曾有过类似的感受。那时平台上也挤满了同样的人群、同样的目光、同样的愤怒，可那时他是自由地走着的，所有的人都向后退让，有位神祇在佑护着他；——这个回忆渐次变得清晰起来，带来沉重的悲哀。各种影像从他眼前掠过，整个城市在他的脑子里旋转，血从后腰的一个伤口汩汩涌流，他觉得自己即将死亡，小腿一弯，慢慢倒在石板地上。

有人从麦喀耳提神庙列柱廊下的三脚烤架上取来一根炭火烧红的铁棍，从第一条铜链子底下伸进去，杵在他的伤口上。肌肉冒起烟来，群众的嘲骂声盖住了他的喊叫，他站起来了。

他又走了六步，期间摔倒不下三四次，总有新的酷刑使他再站起来。他们用管子把沸腾的油滴到他的身上，把碎玻璃撒在他的脚下，他继续走着。到了萨泰布街的拐角，他靠在一家商店房檐下的墙上，再也不走了。

国务会议的奴隶用河马皮的鞭子使足了劲抽他，抽了许久，长衫贴边的流苏都被汗湿透了。马道显得毫无知觉，突然，他向前一冲，漫无目的地狂奔起来，嘴唇像在严寒中哆嗦的人那样出声。他经过波德斯街、索珀街，穿过草市，来到了嘉蒙广场。

现在他全归祭司处置了。奴隶们把人群赶走，广场空多了。马道望了望四周，眼睛遇上了萨郎宝。

从他迈出第一步，她就站了起来。然后，随着他的靠近，她也不由自主地一步步来到平台的边沿；所有外界的一切很快就都不复存在，她眼里只有马道。灵魂深处一片寂静，——全世界都在这一个思想、一个回忆、一个注视的压迫下消逝于一个无底深渊。这个向她走过来的男人吸引着她。

除了那双眼睛，他已失去人的模样，只是一个上下通红的长条物体；断掉的绳子搭在大腿上，和手腕上袒露的筋腱完全无法区分；他的嘴仍大张着，眼眶中喷出的火焰似乎要一直升到头发里；——而这个可怜的人还在继续走着！

他走到了平台底下。萨郎宝俯身在栏杆上，那对可怕的眼珠凝视着她，她的内心意识到他为她所受过的一切痛苦。尽管他已处于濒死的痛苦状态，可她却再一次看见他在营帐里跪着，用胳膊搂着她的腰，喃喃地说着甜言蜜语；她渴望再感受，再听一次；她不要他死！她差点喊出声来，这时，马道剧烈地颤抖起来。他向后翻倒，再也不动了。

萨郎宝几乎昏厥过去，殷勤地围在她身边的祭司赶紧把她带回宝座。他们向她祝贺，这是她的功劳。大家鼓掌、顿足，高呼着萨郎宝的名字。

一个男人扑到那具死尸上。这个人虽然脸上没长胡子，肩上却披着摩洛神祭司的一口钟，腰带上系着一把切割祭肉的刀，刀柄的末端变成一把金抹刀，他一刀就剖开了马道的胸膛，挖出心来放到勺子上，于是沙哈巴瑞举起胳膊，把这颗心献给太阳。

太阳已经落到海浪后面，它的光线就像长长的箭射到这颗通红的心上。随着心跳渐渐慢下来，太阳也渐渐没入大海；等它最后一跳结束，太阳也完全隐没了。

于是，从海湾到潟湖，从地峡到灯塔，在所有的街道上，在所有的房屋和所有的神庙上，响起一种喊声；有时它停下来，不久又重新开始；建筑物都震动了，迦太基仿佛在异乎寻常的欢乐与无限的希望中痉挛了。

纳哈法在扬扬得意中陶醉了，他把左臂伸过去挽住萨郎宝的腰，表示占有；他用右手拿起一只金爵，要为迦太基的保护神干杯。

萨郎宝同她的丈夫一样站了起来，手里拿着一只酒杯，也要干杯。她突然倒了下去，脑袋后仰，跌倒在她的宝座的靠背上——脸色苍白，全身僵直，张着嘴——散落的头发一直拖到地上。

　　哈米加的女儿因为接触过达妮媞的圣衣，就这样死了。

福楼拜信函选

目 录

福楼拜的书简 …………………………………………… 539

福楼拜函札选：学生生活 ……………………………… 553

福楼拜与屠格涅夫 ……………………………………… 559

书信八封 ………………………………………………… 564

乔治·桑和福楼拜的文学论争书信 …………………… 587

福楼拜的书简[①]

一八八〇年福楼拜去世之后,友朋从各方面搜集他的信札和遗著,预备成书问世。在信札方面,最先轰传文坛的,是一八八四年贾芒·赖维(Calmann-Lévy)书店出版的《乔治·桑与福楼拜的书简》(Correspondance entre George Sand et Gustave Flaubert),前面有亚米克(Henri Amic)一篇小序。同年,印行福氏全集的沙邦地耶(Charpentier)即现今的法斯盖勒(Fasquele)书店,另外出了一册《福楼拜致乔治·桑的信札》(Lettres de Gustave Flaubert à George Sand),前面附有莫泊桑一篇重要的长序。从一八八七年到一九〇六年,福氏甥女在法斯盖勒书店刊行四册《福楼拜的书简》总集。她又出了一册《与甥女书》(Lettus à sa nièce Caroline)。对于国内外文坛,《福楼拜的书简》简直是哥伦布发见的新大陆。有的零星发表,有的成书问世,最后一九二五年,法兰西书店刊行福氏百年纪念全集,特请著名专家德沙木(René Descharmes)编校,重新考订年月,安排前后次序,数目也增加到一千六百三十二封。根据德沙木的版本,一九二六年,高纳(Conard)书店把数目增到一千九百九十二封(最重要的是福氏致高莱 Colet 女士的全部情书),重新改版付印,直到一九三三年,才出完最后的第九册。《福楼拜的书简》要算这最为完备了,虽然大家明知还有好些重要的信札,因为私人和事实的阻碍,不能公之于世。在第九册后面,书店附有一部分析的引得,对于读者颇称便利。

有些书成于作者的意外,尤其出乎我们读者的意外。唯其是意外的收获,如若作者看得一文不值,我们却往往视为无价之宝,特别垂以青眼。作者用力隐藏自己,然而读者由于好奇,或者由于景慕,偏偏要探索他的底细。他想从书里寻到作者的面目,寻不到,他惶惑了,以为作者——于是他更要找见一点线索,来证实自己的解释,哪怕错误也罢,原谅而且安慰自己的心力。他这样做,他不得不这样做,哪怕惹恼所爱慕的作者,他也无能为力,因为人活着第一是满足自己,而他必须满足自己不可抑捺的欲望。

这正是福楼拜终身不能也不要忍受的一种烦渎。他讨厌极了一般新闻记者。他要读者注意他的著作,绝不要注意他的生活。通常文人引以为荣的,福氏自来不肯接受。《圣安东的诱惑》(la Tentation de Saint Antoine)出版了,他向乔治·桑叙述他的气苦道:

"人家写了好些文章,关于我的住宅,关于我的拖鞋,关于我的狗。新闻记者描写他们见到我的居室;'墙上有画,还有铜器'。但是,我墙上什么也没有!"

而且知道了这些,和他的著作有什么关系,除去增加一些茶余饭后无聊的谈资?这里不仅仅是羞怯与骄傲的问题,如法盖(Faguet)之于福氏性格的分析。因为,我们都知道,福氏有一个创作原则,是不许作者在他作品之中出现。艺术有它自己的尊严,如若不是冷淡的,也应如歌德所云,是平静的。这不唯制止情绪的浪费,如缪塞(Musset)之于诗歌,乔治·桑之于小说,同时制止作品一致性的破裂,俾能达到一种完美的境界。福氏一点不想从书里删去作者的性情,他自己说过:杰作的秘密就在作者的性情与主旨一致。而且在《布耶(Bouilhet)遗诗》的序里,一开始他就坚持道:

"我们说不定简单化了批评,如果,在裁判之前,我们先行宣布我

---

① 这是李健吾先生关于福楼拜书简的一篇重要文稿,发表于1935年7月1日《文学》五卷一号。我们转载在这里说明译者重视译介福楼拜信函的缘由。——编者

们的爱恶；因为一切艺术品全含有一桩特殊的事物，而这特殊的事物又持有艺术家的人格，在写作之外，引诱或者烦激我们。所以我们的羡慕不会完全，除非作品同时满足我们的性情和我们的精神。"

所以福氏不唯不要把作品和人性斩而为二，更要合而为一，成功一种艺术的完美。伟大的艺术不建筑在身边的琐事，而在普遍的人性。作者自己同样含在里面，而不是另有什么单独的存在。乔治·桑希望福氏用一个艺术家作为写作的对象，他回绝了，以为天下就没有什么艺术家，如若有的话，也只是一种怪物。这也就是为什么，福氏不许私人混入一件正经其事的作品：

"人不算什么，作品是一切！"

尼采的英雄观容纳不下这种酷苛的论调。太消极，太悲观，太否定，正是尼采的道德哲学所要排斥的人生态度。但是尼采忽略了一层更深的用心，只有一个把艺术看做神圣的人的用心：就是，福氏把这当做一种方法，他的目的是完成一件艺术品，他的方法是在这工作的过程之中牺牲了私人。"这种训练"，福氏把这看做一种训练："也许来自一种错误的观点，却不见其容易遵循。至少，对于我，这是我献与美好底一种永久的牺牲。说出我的思想，用词句叫福楼拜先生舒服，自然惬意，可是这位先生又有什么要紧？"

我们可以看出为什么他不许自己露面，在这一方面，我们更可以看出他的克腊西克的修养，和他对于浪漫精神的节制。克腊西克，他要人和作品一致，他不要人（私人，不是人类）把作品压得喘不出气，闻其声而不见其人，正好用作这种理论的一个注脚。我们读到荷马的史诗，莎士比亚的戏剧，辣布莱（Rabelais）的小说，但是我们看不见荷马、莎士比亚和辣布莱。看不见,因为他们不在各自的作品里面说话,虽然他们已经说了多多少少,天衣无缝,露不出丝毫的痕迹。但是沉默也罢,我们感到他们的存在,感到他们的伟大和我们的渺小。作者不用说他私人的意见,他的艺术就是他意见最好或者最高的表现。一切全在读者自己,必须他亲自从书里寻味,如若一无所获,不是他蠢,就是书谬。

一方面要人和作品一致,一方面要人和艺术分开,初看似乎矛盾,实际基于福氏同一的理论。然而对于一般读者,特别是他同代的读者,这却生出一种严重的误解,差不多成为一种指责,或者文学上两派分野的起点。所谓人和艺术分开,如今我们有他的《书简》做我们了解的根据。然而在当时,除去他五部纯粹艺术的制作,福氏隐居乡里,轻易不和世人往来,没有一篇文章说到切身的情事。这种处世的态度和态度的表示(实际是一种表示),正是当代误解的原因。福氏从不介意。他并非矫情立异。他倒希望他有以超然而独处!可怜他连自己的存在,一个平常的生活,他也从心厌倦。他不要写日记:

"我厌恶我的人格,同时我觉得刹那的事物丑恶而且愚蠢。我重新回到观念。"

而且,

"有什么用?一个人也不过是一个跳蚤。我们的欢悦,我们的痛苦,应该融于我们的作品。人看不见云里太阳蒸上来的露水!"

然而要用怎样的力,怎样的意志,福氏必须从艺术把自我删掉!如若这成全了作品的纯白无疵,却要牺牲了多少自我,多少时日,得到心所向往的那一点理想！在这一点上，我们可以说，没有再比福氏自觉的，也没有比他了解自己更为清切的。他所有的力量，全是从这一点追求，这一点自我的省视而来。别瞧生活单调，他是有所为而工作：

"我的生活是一个上满了弦的机轮，正规地转动着。今天我做什么，明天我还要做，而且昨天我已然做过。十年以来，我是同一的人。我觉得我的构造自成一种系统，自身全然不具成见，准事物的自然倾向而行，犹如白熊生息于冰上，骆驼在沙上缓步。我是一个笔人。我由之而感觉，因之而感觉，系于斯而大半生活于斯。"

这样数十年如一日，从他父妹相继去世以后，在乡间伴着他的寡母，教养着他的甥女：

"女孩子给家里带来一点欢悦。至于我母亲，脾气跟着身子都老多了。一种忧郁的无事可为袭有她的心境，而失眠也就够她苦的。我哪，正好属于二者之间。只有星期日，布耶来一来；我聊会儿天，然后一礼拜就完了。"

过着这种纯朴而沉闷的生活，福氏纳心于观察、体味、写作，然而特别是观察。他的生活如若单调，至少是平静的，一个小有资产的家庭，是高地耶（Gautier）和左拉羡嫉得了不得的一种悠闲的创作环境。他有长久的期间从事工作。但是这极度的自觉者，一种神怪性的病患者，却不安于生，探寻他自己存在的究竟：

"然而终于有点什么苦恼我的，就是我自己的尺度我不认识。这位先生把自己说得那么沉静，是充满了自我的疑虑。他想知道他能上到多么高,同他筋肉确实的力量。然而想知道这个,未免过分野心,因为一己能力的准确的认识,或许不是别的,正是天才。"

但是,老天爷!认识自己有什么用处,如果都像福氏那样对于自己不公道,不许他自己和人世其他的材料一样,也成为一部书?和宇宙相比,福氏自以为算不了什么东西。他把自己看做宇宙的一粒微尘,然而看做宇宙,一个新世界,和浪漫主义者一样,他摇摇头,死也不肯那般冒失。这就是他那点儿观察——我们晓得他怎样劝导他的弟子莫泊桑观察——的高不可及的厉害处。在所有浪漫主义者歌颂自我的时候,他第一个醒悟过来:

"我梦想爱情、光荣、美丽。我的心和世界一样浩大,我呼吸着四野的天风。然而渐渐我就凝定、皱折、憔悴起来。呵!谁我也不怪,怪我自己!在疯狂的情感的角斗之中,我毁了我自己。我以克抑我的官感为乐,我以鞭拷我的心为乐。我摈拒呈上来的人类的酷酊。我发狠收拾自己,用我一双充满力与骄傲的手,从根把人刨起。我想将这棵绿叶扶疏的树,修成一根赤裸裸的圆柱,仿佛在神坛上面,好往顶端放上自己憧憬的圣火……这就是为什么才只三十六岁,我觉得如此空虚,有时如此疲倦!"

他用了那样大的力,犹如耶稣用了那样大的爱,只为把自己钉在文学的十字架上。他要人在书里感到他的存在,然而昧于他的存在;他要私人和著作分开,因为一个卑不足取,一个高不可犯。他做到了,但是这离古贤的道德该有多远!古贤自自然然达到的境界,福氏却要用九牛二虎之力才做到。他自比是一个三、四世纪的苦修的圣者,一点也不错,圣者,同时属于三、四世纪苦修的时代。

然而这公道吗？对于他自己？

试想想，除去五部巨著（不算他的遗作），我们无从知晓他创作的过程，过程的苦难，和他绮丽而纷繁的心理。一个厌憎人生的规律的人，却用艺术的规律拘束自己：还有比这更可笑，然而更值得虔敬的意志？他创造下那么多的人物：爱玛、包法利、郝麦、全福、毛诺、亚鲁、玛利亚、圣安东、萨郎宝、马道、希罗底、莎乐美……只有一个人，比他们内在的生活还要复杂，比他们的轮廓还要显明，比他们还要惹人注目，他却秘而不宣，因为别人没有权利知道，他更没有义务呈览，因为他们分有他的存在，而他自己已然融入他们的存在。

像福楼拜那样，一定要把作品削成无比的完美，不见一丝斧凿的痕迹，不透一点私人的气息，未尝不是艺术上应有的最高的理想；但是到了实际欣赏上，这却往往形成一种扞格。真实的自然不全在外形的模拟，也不尽是恰到好处。福氏所要观察、要综合、要叙述的宇宙的流动的现象，其实重现出来，已然变作他的观察，他的综合，他的叙述，非复宇宙本来的面目。他自己说得好，性情是著作的底子。我们的性情，正如自然所赋予，永久是残缺的。福氏的著作，只有福氏写得出来。他以为世界如此，我现在还你一个如此就够了。

惟其如此，直到如今，大多数批评家以为福氏仅仅是一位外在的描写的圣手。我们记得浦鲁斯提（Proust）奇辟的见解，以为福氏独到的描写，正是空白的地方。浦鲁斯提自然是从正面说，然而反面来看，这不恰好证明福氏的描写失败吗？这或许失之吹毛求疵，但是福氏的描写，如果受一般人推重，也正有人以为缺乏点儿什么东西。而这些人，例如吉德（Gide）、瓦莱芮（Valéry）、浦鲁斯提，几乎占有现代文学最高的造诣和地位。在这双方夹攻——因为实际恭维他描写的人们，或许正以为他小说写得最坏——之中，大家忽略了一点，那福氏真正做到的一点，就是：福氏的描写，如若不纯粹属于内在，却也不全属于外在,虽然很容易叫人误为纯粹地外在。

他把内在和外在交织在一起,成为一幅华丽的锦霞。他推求二者交相影响的全付效果。他探索的是事物的关联,和这种关联相成相长的因缘。

这是他在近代小说方面最大的贡献,而且也只有他做得——如此完美。

然而,即使福氏的描写正确,即使世界果然如此,他依旧脱离法国自来小说传统的一脉,而自成一个天地,一个小于巴尔扎克然而真于巴尔扎克的天地。在这个天地里面,命运是最大的权威,男女仅仅做成神坛前面的牺祭。天定胜人,犹如爱玛服毒,包法利发现她的不贞,然而这可怜虫,只有一句话表示他的心碎:

"——一切由命不由人!"

这种人生观——一种消极的、虚无的、悲观的思想,不是法国人,一个永久寻逐快乐的民族,所能承受得下的。这太东方化,太佛教化,也就和西方的精神相去未免过远。福氏撇开了人,但是人,一个人有道德气质的万物之灵,几乎占有全部法国文学的中心。大家向他要求一个深邃的灵魂——他自己,然而他充耳不闻。所以一般人把他看做一个外在的建筑家,而他哪,比巴尔扎克还要变本加厉(因为巴尔扎克没有他那样深厚的人生观),打断法国小说一个正常的传统,一个直到现实主义才中断,然而马上就复兴的心理小说的传统。

差不多所有法国著名的小说,从十七世纪算到二十世纪,从拉法耶蒂(La Fayette)夫人到现存的纪德,大半集中于人的兴趣,从内在的变动来测度人的永生。而其间屹然为一代宗师的,正是福氏不屑一顾的司汤达(Stendhal)。在文学史上,道不同不相为谋,再没有甚似这两位老先生的了。一个永久怀疑,直到否认自己的存在,抹杀人世的幸福;一个永久乐观,用他毕生的智能,研求幸福的获有。一个用客观的态度,观察宇宙,而自我只是一粒微屑;一个用客观的态度,观察宇宙,而自我是无上的主宰。一个要美;一个要力。一个要平常;一个要英雄。对于福氏,英雄属于例外,而例外不应作为一个作家的对象;对于司氏,英雄象征人生可贵的努力,也唯有英雄的事迹值得一写。因为要美,所以福氏注重文章;因为要力,所以司氏把文章看做雕虫小技。司氏要的是简洁、深刻,一个观念论者的思想;福氏要的是颜色、音乐、正确,一个艺术家的理想。也就是这因之而生的文笔的差异,拦住福氏的同情,错把司氏看做毫无价值。二十四岁,福氏第一次读《红与黑》,已然怀疑这里的文笔不是真正的文笔(这是福氏的成见,总以为文笔只有一种,一生只在追求这唯一的文笔)。但是到了三十一岁,他便一点好处也不留给司氏,以为巴尔扎克绝不应该恭维"那样一个作家"。八年以后,他一直把司氏归入"反艺术者"之流。这种执拗越来越深,等到五十七岁,给莫泊桑写信,他老实叫"这白痴的司汤达"起来。

然而,无论福氏理论上的成见多么牢不可拔,和司氏在艺术上多么不可两立,然而,我们必须承认,这两位好好先生(其实司氏狡黠多了)精神上有若干根本相同的地方。第一,他们全是观念论者,司氏直接从德塔西(De Tracy)受教,福氏从他父亲间接承受毕沙(Bichat)的影响。他们应用同一的方法观察、分析、综合。第二,在性情上,他们同样具有浪漫的热情,向往异域,恋念往昔,和所有的浪漫主义者一样,要到野蛮人群里去生活,一个从他们中间看见颜色,看见一切,然而另一个却只讴歌他们的活力。实际,司氏的热情,果有十八世纪的佻达,类似一个纨绔子弟;福氏真正热情,然而他用思维、意志和艺术克抑自己,表面极其冷静。第三,他们全用自身做观察的起点,不同的是，司氏把自己赤裸裸地呈出来，和读者一同推敲；而福氏却耻为人知。

把这种种的同异合拢来看，我们马上明白司氏生时的失意，正好做成死后的胜利；他有一个最好的武器，就是他自己。同一的原因，福氏的《书简》自从问世以来，那样受人推崇，唯其这里有一个非凡的作家，把他赤裸裸的存在，把他所有见拒于艺术的热情、意见、思想、爱恶，随手抛给后人咀嚼。所以纪德，福氏今日的同乡，曾经道：

"我好久就爱福楼拜，仿佛一位师尊，一位朋友，一位兄长；"

然而这不是由于福氏的作品，而是：

"他的翰札是我的枕边书。呵！二十岁的时候，我念了多少回！没有一个句子，我今天不认识的……从此我精神上最重要的进步，就是敢于批判它！"

纪德以为爱过福氏的人，才配恨他。没有爱过他的人，任凭肆口谩骂，依然是小犬吠月，尼采容不下福氏，正因为从前羡慕、喜爱他。在另一个地方，纪德招认道：

"他的《书简》，足有五年多，在我枕边替代了《圣经》，这是我的力的蓄水池。"

能够作为一个青年（而且是怎样一个青年）的《圣经》，我们可以想象福氏《书简》的地位。在这里面，他唯一的信仰是艺术，从他九岁的第一封信起，他就宣布他的使命和他的憎恨道：

"我还把我的戏送给你。你要愿意和我们一起写作的话,我哪,我写戏,你哪,你写你的梦想。爹爹这里来了一位太太,总给我们说点儿蠢事,我要把它们写下来的。"

直到五十九岁去世那一年,在他最后一封信,他还向莫泊桑报告《布法与白居谢》(Bouvard et Pécuchet) 进行良好,他怎样厌恶人事的烦琐;同时他怎样羡嫉《麦当之夜》(Les Soirées de Médan) 出到八版,而他的短篇小说集 (Trois Contes) 才只四版。家庭、读书、友谊、爱情、旅行、战争,一切人生应有的现象,他全放在他创作以外,然而他统统诚恳地接应着。他在信纸上打开自己,犹如对着一屋的老友,说着,谈论着,讲演着,手指脚画着。他自己批评得好,他不把虚荣放在里面。一星期他写不到一页文章,一夜他可以写出十页书信。什么也不拘束他了,甚至于他的艺术理论,一切都丢开了,而活在笔下的,只有一个疲倦的,或者挣扎垂败的血肉活人。一切不准在作品中露面的,如今全一泄无余,好像一口冤气,泼在信笺上。文法也许错了,他所厌憎的接续词也许多了,他忍住不说的意见也来了,他堵住不放的情绪终于找到了一条大路:

"一轮到你,也真怪,我就写坏了;这里我不放文学的虚荣,听其自然。在我的信里,全撞在一起,好像我一时要说三个字。"

不仅和他情妇这样,他和任谁写信也是这样,人家敬重他的作品,但是人人从他谈话一样的《书简》重新寻见他,而且爱他。谈到莫里哀的《恨世者》,苏代 (Paul Souday) 想起福氏的《书简》道:

"没有一个人的谈话,比起福楼拜,这近代的恨世者和文人,更其叫我心爱了。读任何人的书，也没有再比读他的《书简》，更其滋补了。"

福氏的谈话，都德（Alphonse Daudet）夫人以为呈有"天才的闪烁"（éclairs de gé-nie），和他的文章正好是截然不同的两种风格。这也就是他《书简》出版了以后，不识的读者第一个惊异的印象。人们不明白他用了怎样一座丹炉，炼出他的文章。在他的小说里面，一切是创造，甚至于文笔。然而只有在他的《书简》里面，我们才可以用那句克腊西克的方式，总括起这里的美丽：文如其人。所以法郎士（Anatole France）读完《书简》，和一八七三年拜访福氏的回忆比较道：

"我重新寻见，我的福楼拜，在他的《书简》，在新近出版的第一集，犹如十四年前，在穆瑞鲁（Murillo）胡同的土耳其式的客厅，我看见他的模样：粗野然而良善，热情然而吃力，平庸的理论家，然而优越的工人和伟大的忠实人。"

他不赞同福氏的艺术理论，但是他钦佩他的工作，喜爱他的为人。因为说实话，法郎士羡赏的，犹如他给批评留下的那句名言，只是"灵魂的冒险"。而福氏的《书简》，正好是一部灵魂冒险血泪斑斑的记录。但是法郎士忘掉这"优越的工人"实际全在根据他的艺术观而工作。他的《书简》便证明他是一个最自觉的作家；他明白他在做什么，从最短的一个字母，到最后脱稿的效果，全经过他再三的考虑；一切有理论作为他实验的指南。这也正是福氏《书简》的另一个特征，处处显示他有一个渐将凝定的艺术观。而这艺术观，正是多少作家缺乏的。巴尔扎克就没有艺术观做他创作的背景（这不是什么坏处，一个作家可以不知道什么叫做艺术观，然而写出很好的作品）。巴尔扎克只看见金钱，福氏却看见一个固定的美。

所有现代人从福氏的作品直接得来的反感，多半是由于这里面的固定的性质。他不给读者一条可以逃走的道路。然而读者，一种最靠不住的水性的东西，绝对不要叫人笔直逼上——哪怕是一条风景宜人的道路。他太吸收读者，而不留下一点工夫，也叫读者吸收吸收他。我们可以想象浦鲁斯提不欢喜他的作品，我们更可以想象纪德，何以把他的《书简》看做"力的蓄水池"。纪德把这看做青年的《圣经》，然而有一个荷兰作家考司特（Pick Coster），正相反，把这看做老年人的良伴，和青年极不相宜：

"这不是一本和青年相宜的好书，所以一九二七年的青年不再读它正对。这杀掉生活的力量。这把文学的思慕给得太早，而文学只应来在生活以后，不应来在生活以前。这让人梦想，而不是让人生活的福楼拜的《书简》，危险的鸦片，令人嗜好绝望，而实际绝望，正是一种富有物感的忽略。然而对于垂老之人，怎样的宝藏！哪怕只为念念福楼拜的信札，人也值得变成一个老头子，在一个红的秋夕，或者窗外落雪渐高的冬夜……"

然而爱慕福氏的人们，却不仅只从《书简》看见道德的教训，更看见一个作家的福楼拜，和福氏之所以为福氏。通常以为福氏是一个现实主义者，缜密而冷酷，如今于自由的文笔之外，更行发现他是一个极端热情的浪漫主义者，对于他熟极的朋友，从他日常的谈话和行事，或者对于细心的读者，从他小说的字句和气质，都可以探出一点消息。但对于不识者，《书简》才确然坐实他的来源：

"好些年前，我们乡下有一群年轻的荒唐鬼，生活在一个奇异的世界。我们旋转于疯狂和自杀之间。有的自己害掉自己的性命,有的死在他们的床上,有一位用领带勒死自己,好几个嫌无聊,胡闹死掉。美哉其时!剩下的只有布耶我们两个人。"

唯其浪漫,唯其自觉,唯其意志坚强,知彼知己,福氏不仅摧毁一己的壁垒,而且用他另一个性情,现实的沉着,捣毁一八三〇年竖起来的浪漫主义大纛。从热情的奔放,他渐渐觉醒过来,给自己立下一个更高的艺术的理想,强迫自己在这唯一的标准之下工作,用科学的精神约制他蓬勃的气势。他不是没有发表的欲望,然而他能克住自己。把早年的作品束诸高阁;他能搁下《圣安东的诱惑》,一搁二十多年,这才禁不住友朋的敦促,拿出最后的改定稿问世。在他写给高莱女士的情书里面,他批评他早年作品的得失,没有第二个人更能比他认识得清楚。也就是从他写给高莱女士的情书,我们今日获有《包法利夫人》创作过程的重生。

从福氏的《书简》寻见福氏是一种喜悦,但是从人转到艺术,又是《书简》一种必有的程序。然而《书简》,做成福氏文学作品重要的注释和补充,在人和艺术的两种兴趣之外,更有一种史的价值,是他那时代最有力的一种反映或者宣示。从一八三〇年他第一封信起,到一八八〇年他末一封信为止,中间整整五十年,政治上是一而再、再而三的变故,文学上先是浪漫主义的崛起,继而尚福勒芮(Champfleury)的现实主义一波未平,左拉的自然主义又已高唱入云,或由耳闻,或由亲授,一一行经福氏的脑海,重现于他的函札。勿怪狄保戴(Thibaudet)以为这是"法国文学最大的窖藏",自从服尔泰(Voltaire)以来,一个法国大作家留下来的最美的书简之一。

福楼拜函札选[①]
——学生生活——

（一）　致杜其松先生 Gourgand-Dugazon

我亲爱的先生：

我一提笔就同你讲，我盼望得到一封回信。我计划在四月看你，不过，你的信一来就要人等上三个月六个月，在这日期以前，我很可能得不到你的消息。好啦，吓我一跳，准确点儿：这是一种你应当夸口的学校道德，既然别的道德你有。我在月初来到巴黎，停了两天，一天到晚是事，是上街，就没有一刻闲暇去吻你。春天，某一星期日早晨，我要来看望你，不管你愿意也罢，不愿意也罢，你得把你的整天送给我。我们在一块儿的时候，钟点过得很快；我有许许多多事情告诉你，你要好好儿听着我讲！

我现在特别需要你的谈吐，你的干练和你的友谊。我精神上的地位起了危机；我们前次相会的时候，你就明白。我什么也不向你隐瞒，我同你说话，不把你当做我从前的先生，而是你不过二十岁，面对面，你坐在我壁炉的角落。

我总算进了法科，这就是说，我买了些法律书籍，注了册。过不了几天我就要上课，希望七月通过考试。我依然学习希腊文和拉丁文，或许我将永远学习。我爱这些美丽的语言的芬芳；对于我，塔西特犹如古铜浮雕，荷马似地中海般美丽：他们就是那纯洁的碧流，就是那太阳和天际。然而每分钟兜向我来、夺去我手里的笔（假如我记笔记的话）、抛掉我的书（假如我读的话）的，却是我的老情人，是我同一坚定的观念：写作——这就是我为什么没有大进步，虽说我起床极其早，更少出门。

　　我来到一个决定的时刻：必须后退或者前进，对于我，这是一切。这是一个生与死的问题。我打定了主意之后，没有东西阻止得住我，哪怕是我见笑、见辱于人人。你知道我的执拗和我的刻苦，总该信得及我这话的。我要通过律师考试，然而我不相信我为了一堵分界的墙而去辩护，或者为了什么不幸的家长被一个霸道的阔人欺凌而去辩护。谈起律师职业，人们就同我讲：这小伙子辩护会好的，因为我肩膀宽，声音嘹亮；我告诉你，我心里好不厌恶，觉得我不是整个为这种物质的轻虚的生活而来的。正相反，我每天越来越羡慕诗人，我在他们里面发现万千我从前没有看到的东西。我擒住其中的关联和对比，它们的正确令我惊奇，等等。这就是我所决定的。我脑子里面有三部小说，三篇体类完全不同的故事，要求一种完全特殊的方式去写。这足能向我自己证明我有没有才分，然或否。

　　我往里尽我的力量放进风格、热情、智慧，随后我们再看吧。

　　我希望在四月给你看点儿东西。这就是我先前和你讲起的那个感伤而恋爱的大杂烩。动作毫无。我没有法子给你来一段分析，因为这也只是心理的分析和解剖。这也许十分美丽；然而我怕这也许十分虚伪，并且相当矫情自负。

　　再见，我不写了，因为你或许看够了我的信，我在这里只谈我和我可怜的热情。可是我没有别的东西和你谈，不赴舞会，不读报纸。

　　又一次再见，我拥抱你。

——1842 年 1 月 22 日，鲁昂。

---

① 这是李健吾先生 1940 年 5 月选译的福楼拜巴黎求学时期的三封书信，发表在《西洋文学》期刊 1940 年第 5 期。——编者

（二） 致佘法利耶 Chevalier

我什么也敬重，什么也不做，什么也不读也不写，什么也不合宜……

看起来，你拼命在干，好伙计。"科学是一个美丽的部分，憎恶它的人们足足表露他们的愚蠢"；然而像你那样，闹得病了下来，这是我责备的，或者倒不如说，我不责备的，因为我就不清楚什么是我的意见，根本我有没有意见：是的，你错了；不是，你对了。是，不是，是，不是，是，不是，是；其实，随你愿意好了。至于我哪，六个星期以来，我就没有可能用随便什么东西去建筑。不过，我已经开始《民法》，我读了一下例言，莫名其妙；我也开始了《法律纲要》，我读了三章，已经忘了个干净；滑稽！也许过上几天，我又有了狂劲儿，早晨三点钟起就从事写作。现在哪，我吸着我的烟斗，盼着春天。四月我要在巴黎停十五天；我希望我们在这里相会，能够过一阵快乐日子。想法儿在这期间活着。上星期六我赴戴面具的舞会，中产阶级打扮，靴子揩得雪亮，等等。我仅仅和两个骆驼同奥尔劳斯基在一起吃饭；她们是我的女人，奥尔劳斯基不在内。我把她们弄到手，带了走，哄她们开心；她们两个是朋友，鲁昂贵族花钱养的姑娘。我要交好一个，为了她的智慧，作为人心的研究。我们必须养成习惯，把四周的男女当做书看。明睿之士研究他们、比较他们，把这一切综合起来，供给自己使用。对于真正的艺术家，世界只是一架竖琴；他从表面提取销魂或者慑惧的声音。应当研究好和坏的社会。真理在一切当中。让我们了解每件物事，无所责备。这是知道许多而又心平气静的方法；心平气静便难得：这差不多就是快乐。

昨天我遇见约翰。他吸着他的烟斗；我们使劲儿握了握手；他走出咖啡馆。——阿尔赖德在高等检查官那边工作,下午用来写公诉状;明天他在一件窃案露面。一个男孩子偷几枚五法郎而已。

迺奥在忙。

你怎么样过活?你做点儿什么消遣?因为娱乐娱乐的话,是一件好事。减减你对科学的热衷,永远吸你的烟斗;我把它看成一种宗教,越来越虔诚。人世没有东西比得上飞散的烟,留在斗底的烟。不错,它可以破碎;不过,它可以替换;幻象并不如此,爱情也不似十七号土的颜色白,雕刻家欢喜的十七号土。

——1842年2月23日,星期三,鲁昂。

(三) 致妹书

你,我的老耗子,让我腻烦?得啦!你在胡闹,你在开玩笑。倒不如说你腻烦我写信,并不是害怕让我腻烦,你才住手。你清楚的,你的信越长,我越爱。我觉得我似乎好久没有看见你,我极其需要吻你。我离开鲁昂有三个星期了,十五天之内,四月九日,你就看见我来了。我要一直待到四月二十二日,随后我就赶快回到巴黎,把考试马马虎虎结束了。这开始在折磨我,以后你再要见我,就得到六月了,也不过三四天工夫。

星期二我去圆场来的。亨芮耶特穿着一件玫瑰色的大袍子,显得她比平常还要俊俏,还要雅致。她总是那老样子,脾气没有变化,可是皆耳屯德永远有新花样给你看。她很爱王室,奥尔莱昂公爵的死惹她悲伤。关于这桩事,高里耶一家人在土维勒就已经看出我们不大欢喜现今的朝代,原因是妈妈听见太子丧命的消息,并不十分难受。

达尔塞疯了一样在准备文官考试。不过他或许瞎累自己一阵。为了在辩论中称雄,他以为应该读司比奴萨,笛卡特以及许多他不很明了的同类人士，觉得一个人有一点点哲学观念，便很容易叫人心服。你别说出去，他有点儿不行。

下星期六，我的朋友毛笛斯请我去参加一个盛大的年宴。我答应去；这会给我打点儿气的。

对话（一小时以前发生）：我，我的女门房。（我听见响声）

女门房（在前厅）——是我，先生，你用不着劳动。（女门房开开门。通常是女门房自己把门帘掀开。）我给你拿火柴来了，先生。因为你等火柴用。

我——是的。

女门房——先生点了不少火柴。先生可真用功！啊！先生多用功！我可办不了，我跟你讲。

我——是的。

女门房——先生不久就要回家了，您是对的。

我——是的。

女门房——吸点儿空气，要对您好极了，因为自打您到这儿以来，说真个的，说真个的……

我——（示意）是的。

女门房（提高声音）——爹妈有您这样的一个儿子，一定满意。（这是她的成见，因为她已经这样对哈马尔说过）

我——是的。

女门房——这因为，您明白，没有比看自己孩子好好用功更让爹妈满意的了。可不！我一看见阿勒奉辛做活，没有比这叫我开心的了。你要不要好好做活，你要不要好好做活，天天我这样儿跟她说，丑懒货！你倒想待在那儿，什么也不做！可是，我告诉您，她有点儿软，这可怜的阿勒奉辛。是的，她现在有点儿小病；她缝不了东西。得啦，她病多也多不过我。是的，我年轻时候，我的长相比她俊多了。噢！

是的，真是的，她的长相不及我俊，我天天跟她这样讲： 阿勒奉辛，你的长相不及我俊。可是您，您就不同了；您是头在做活；要的是记性。那还用说，您需要吸点儿空气。

她还在讲，我不再听下去了。

呵！耗子，我的好耗子，我的老耗子，加意把小脸蛋给下一个星期养好，因为我急于吻你的脸蛋。我的脸蛋，我自己奉上！我一想到这里，不用说，我免不掉要伤你一下子，因为从前，好些次我奶奶式的大吻一响，妈妈就说："别再跟可怜的姑娘闹了！"你自己哪，闹急了，双手推着我，你说："呵！好人！"

说着说着，天已经黑了；我差不多什么也看不见。又少了一天。我要封住我的信，送到邮局，吃晚饭，回来再弄使益权，我永远是记了又记；不过我记不住。

——1843 年 3 月梢，巴黎。

福楼拜与屠格涅夫

屠格涅夫 Tourgueneff 来到巴黎，写信向他敬爱的福楼拜致意。福氏立即复了他一封信。他们从此结为好友。一八七六年，福氏的《三故事》Trois Contes 脱稿，屠氏亲自译成俄文，还送给托尔斯泰看。托氏有一篇文章批评福氏的《圣·朱莲》。现在我们选出福氏三通书信，全是和屠氏讨论文艺的，给爱好屠格涅夫的中国人们参看。

——译者

(一)

我亲爱的同业：

你给我写了一封十分可爱的信，你是太谦虚了。因为我最近读到你的新书[①]。我在这里寻见你，比以前更强烈，更难得。

我最最欣慕你的才分的，就是明净——最高的品德。你有方法真实而不庸俗，多情而不虚矫，滑稽而没有一点点卑鄙。你不寻求惊人之笔，仅仅以制作的绵密得到悲剧的效果。你的样子是老好人，然而十分强壮。犹如蒙田 Montaigne 所云"狐皮镶着狮皮"。

艾勒纳 Elena 的故事是一个美丽的故事；我爱她，也爱书宾 Choubine 和此外所有人物。读你的书，人向自己说："我就是从这里活过来的"。所以我相信，没有人会像我这样体验第五十一页。但是向你表白我全部的思想，我需要许多字句才成。

至于你的《初恋》，正因为这像我的一位知友的故事，我越发容易了解。所有老浪漫派（我就是一个，我曾经拿刺刀垫着头睡），所有那些人,都应当为这个小故事感谢你,把他们的年轻时期说的那样详尽!齐脑吃喀 Zinotchka 是怎样一个活着的女孩子!知道创造妇女,是你的一个特点。她们是理想而又现实的。她们具有晨曦的吸力。然而主有全篇,甚至于全书的,是这两行:"我对于父亲没有任何恶感。正相反,他在我眼睛里面就像还在长大。"我觉得这具有一种惊人的深度。这受不受人注意,我不知道。但是,对于我,这就是崇高。

是的,亲爱的同业,我希望我们的关系不就此打住,而我们的同情将变为友谊。

现在,一千次握你的手。

——一八六九年,星期二夜晚,克瓦塞②

(二)

关于你的亲爱的魁梧的存在,我的甥女给我寄来一份悲惨的描写。昨天你的信虽说没有让我喜悦,却也让我放心:总之(至少是一时)你不痛苦了!啊!我可怜的老友,永远被这可恶的风湿困扰,我同情你。你能够工作一些事,读书,思索一些文学什么的吗?

对于《纳巴布》Nabab③,我的想法和你完全一样。这不调和。问题不仅仅在看,必须安排熔铸所看的东西。依照我,现实只应当是一个跳板。我们的朋友以为现实就仗着自己组成一切境界!这种物质观使我气忿,几乎每星期一,读到这好左拉的副刊,我感到一阵愤怒。在现实主义以后,我们有自然主义与印象主义,这也好叫进步!一堆小

---

① 指屠氏《莫斯科小说集》Les Nouvelles Moscouites 而言。
② 克瓦塞 (Croisset) 是福楼拜的家乡。他父亲在这里有一所房产,他一直住到去世。
③ 都德 Daudet 的小说,里面叙写一个殖民地的有钱人,来到巴黎,被形形色色的吸血虫所包围,终于自杀。

丑，想叫自己也想叫我们相信他们发现了地中海。

我呀，我的好友，我卖力气，我卖性命，我卖苦力气活如同乃格芮西 Nigritie[①]。

成功什么？啊，这就到了难题！我有时候觉得自己压在这沉重的制作（就许失败）底下压瘪了。假如失败的话，不会失败一半。截到现在为止，进展还不太坏。可是此后？我还有许许多多东西要读！许许多多相似的效果要变化！

最后，一个星期左右，我大概可以完成三分之一。还要三年的苦工。现在我和"布与白"在开特人的古物学里面跋涉，一团糟[②]。

我结实得像一棵树；可是我睡不着，再也睡不着了。所以将近黄昏的时候，我的后脑就感到相当激烈的疼痛。

今天早晨，我在《公益报》Bien Public 看见我们或许有内阁了。巴雅 Bayerd 并不退出。我害怕暗地里有花样；或者结局，老百姓追念帝国，要求复辟。那样一来，完事大吉。

在这里，在克渥塞，雨下个不停；人泡在水里。因为我不出门，我满不在意。而且，我有你送我的睡衣！每天两回，我为这件礼物祝福你，早晨下床，黄昏五六点钟，我裹在里面，倒在沙发上打盹。

我相信，从现在到新年，必须放弃希望在舍下看见你了。

我有意就在这时候到巴黎来。

如今，亲爱的好友老友，我吻你。

你的。

——一八七七年十一月八日，星期六，克瓦塞

[①] 非洲黑人之中最矮小最低落的一种，游猎为生。
[②] "布与白"就是福氏没有完成的《布法与白居谢》。开特人是法国西部滨海地带的土著，极少存在。

(三)

我的好友老友,你的沉默我不知道怎么样想才是!我曾经请我的甥女(她在巴黎有一时了)到你府上,看看我的屠格涅夫是不是死了。

我觉得你软弱忧愁。为什么?缺钱用?好啦,我呀,你看!我不因之而少工作,甚至于比以前还要多。我要是这样下去的话,二月底我可以写完《希罗底》。我希望新年写成一半。成功什么?我不知道。无论如何,就表面看起来,很可以扯开嗓朗诵,因为,说到临了,只有:响亮,繁缛,夸张。让我们乱来好了!

我和你一样读到一些《大海红》L'Assommoir 的断片。我不喜欢。左拉变成了一个斯文人,走了相反的路。他相信有些字强韧,犹如喀道斯 Cathos 和马德隆 Madelon 相信有些字高贵①。学理让他迷路。他有些原则,缩小了他的头脑。你读一下他的星期一的副刊,可以看出他以为自己发现了"自然主义"!至于永生的两个成分,诗和风格,他从不提起!同样,你不妨问一下我们的朋友贡古 GonCourt。假如他坦白,他将向你承认,法兰西文学在巴尔扎克以前并不存在。这就是精神的妄用和陷于庸俗的恐惧的结果。

在布劳 Buloz 的刊物十二月号,你有没有读到罗朗 Renon 一篇文章②?就道德的高度和独创性而言,我觉得无可比拟。此外,就在同期,有公民孟太居 Montign 一篇闲话③,一边完全否认我的书(没有说到《萨郎宝》),一边却拿我和莫里哀与塞万提司相比。我并不谦虚,不过,虽说只是一个人,"在书斋的沉寂之中",我羞红了脸。蠢到没

---

① 喀道斯和马德隆是莫里哀的讽刺喜剧《可笑的斯文小姐》里面的两位女主人公。
② 布劳是法国十九世纪的大出版家,发行《两世界杂志》Revue des Deux Mondes。罗朗是当时著名的宗教学者,主张思想自由。
③ 孟太居在《两世界杂志》从事于文字批评,对于外国著作娴熟。

有更比这个无聊的了。

　　而且，我是任何报纸也不读。还是上星期日，我偶尔听到内阁改动，其实我就完全没有这回事。至于战争，我希望：第一，土耳其全部灭亡；第二，反响不要牵动我们，我们法国人①。普鲁士拒绝参加展览会，我以为所见太小。小！小！②

　　注意——现在，我的好友，明明白白地回答我，我的三个故事的俄文翻译可以在四月刊出吗（《希罗底》在二月结束）？如然者，我也许可以在五月初成书问世。我近日的贫困使我热望它成功。换一个方式，就要迟到冬季，那就于我不利了。

　　为了加速起见，我可能在这里待到一月梢。但是回到你身边，将是怎样的盛会！我殷殷盼望。

　　好啦，摇醒你的慵懒！写信给我！我是道德的，值得关切。

　　你的福楼拜多情地吻你。

　　日耳米尼 Germing 老爷的故事是怎样的故事！也就是这类佳话安慰而且帮助着支持生存。③

　　　　　　　　　——一八七六年十二月十四日，星期四。

（原载文潮出版社《文潮月刊》1946 年 6 月 1 日一卷二期）

---

① 土耳其位介欧亚之间，在十九世纪不断和邻邦冲突。
② 一八七八年，巴黎举行万国展览会。
③ 日耳米尼伯爵，前任国家银行总裁的儿子，一八七五年担任赛茵省的省议会秘书，警察发现他在公共厕所和一个男子有反常行为，加以逮捕。

563

书 信 八 封

——《包法利夫人》成书一百周年纪念

福楼拜的《包法利夫人》,一般认为是近代匠心最深的长篇小说,今年正好是成书一百周年。这是他第一次和世人见面的作品,当时轰动文坛,它的特征立即被人看成现实主义文学的特征。马克思的女儿艾林诺尔 Eleanor Marx Aveling 最先把它译成英文。

福楼拜在一八五一年开始写这部书,经过五年,在一八五六年四月完成,同年十月,开始在《巴黎杂志》发表。一八五七年一月,政府以败坏宗教与道德的罪名,对作者提起公诉。由于辩护得力,作者被宣告无罪,《包法利夫人》得于四月成书问世。他在写作期间,给后人留下非常可贵的经验之谈,全散见于他给朋友的书信中。这些书信,就目前读到的而言,已有十三册。它们的价值,一般认为仅有服尔泰的书信集差可相提并论。我们这里选译有关《包法利夫人》的书信八封,权当介绍与纪念。有些地方,思想并不正确(应当说很不正确),读者在欣赏他的书信和咀嚼他的艺术见解的时候,当然同时需要加以鉴别。

——译者

(一) 给路易丝·高莱①

(克瓦塞)星期一夜1时(1852年7月27日)

把我的上卷②整个看一遍,我还得足足工作十五天。我发现有些地方,忽略了一个出奇。不过我答应下星期看你来;我不会爽约的。不是星期一,而是星期三;我可以待九天。我们在十五左右,要去土镇③一趟(家母有事去)。你得奖那一天,我不能许你一定来。万一我赶不回来,我会在九月上旬偷出工夫看你一趟来的,到时我还不见得就动笔,我的中卷的提纲可能修改出来了。我已经修改了七八天了,活活儿把我烦死。我尽快赶,其实就该慢慢腾腾做才是。发现句句话有字要换,有相同的声音要去掉,等等!是一种枯索、腻长与事实上极其令人气短的工作。这样一来,你心里就起了小而好的惭愧作用。昨天我读最后二十页给布耶④,他表示满意;不过,下星期日,我要再给他全读一遍。我不带给你看的;对你,我就撒娇了,不到完全结束,哪怕我直想给你看,一行也不给你看。其实,这样做,也更合理;你也就更好评判了,也只有更开心,假如好的话。再等一整年吧!

我收到达布耐药水、书评⑤与药粉。为什么买药粉?几年以来,我用勒白莱地耶牙疼药水,就很见效。可是为了你的缘故,我要用用这种药粉。

诗在《乡土》上刊出了。(我的可怜的心肝,我们两个人没有白忙活。)⑥鲁昂有一家报纸,第二天就转载了。昨天我到鲁昂看浦瓦万特表演气球上升;真有他的。仰慕之至。——你写的两首诗,真正好的,只有《王家广场》这一首的中段;结尾没有力量。你为什么不多用用你

---

① 路易丝·高莱(Louise Colet, 1810—1870)是一位女诗人。她的丈夫是一位音乐家。她和好几位知名之士有过关系。福楼拜(1821—1880)比她年龄小了许多,不但是她的情人,而且也是她的写诗的导师。她写的诗,有好几首得过法兰西学院的奖金。福楼拜写给她的情书,非常多,也非常重要,他在信里谈了很多他的文艺理论和对古今作家的见解。在《包法利夫人》写成之前,他们的关系就永远断绝了。
② 指《包法利夫人》而言。
③ 土镇(Trouville)是海边一个小码头,在塞纳河入口之南。福楼拜幼年常和家人到这里消夏。
④ 布耶(Louis Bouilhet, 1822—1869)是一位诗人兼剧作家。他是福楼拜的挚友。
⑤ 布耶的叙事诗《麦莱尼斯》(1852)成书问世,福楼拜嫌高莱夫人写的书评稿不好,代写一篇寄给她,要她严守秘密,用笔名发表。
⑥ 布耶的一首诗,福楼拜寄给高莱夫人,托她送到《乡土》刊物上发表。

的绘画才分？你是绘画的、戏剧的，更甚于是感伤的，记住这话；不要以为笔和心的本能一样。你的特长不是感情诗，而是激昂或者形象诗，南方人都是这样的。你还是照直朝这方面走罢；《王家广场》这首诗有可爱的地方，例如新颖别致与造型的意境，它们是你的，少说也是新的。过不了十四到十六个月，等我在巴黎住定下来，看罢，我要让你过艰苦的日子的，我要像你应得的那样，严厉待你的。

是的，笔在一边，人在一边，是一件怪事。有谁比我更爱古代，更梦思缅想，更想尽方法认识它的？可是在最不古气的人里，我是一个（在我的书里）。看外表，人家会以为我应当写史诗、写戏、写凶险事实，不料相反，我喜欢从事的，只是宜于分析、解剖（假如我能这样说的话）的材料。事实上，我是雾人，白希希的脂肪包住了我的筋肉，我靠耐心和钻研，才把全部脂肪去掉。我一心想写的书，正是我最没有办法写的书。从这意义来看，《包法利夫人》将是一种未之前闻的坚持不渝的成就，单我自己，怎么也意想不出：故事、人物、效果等等，全在我以外。书写成了，我一定会大迈一步的。我写这本书，就像一个人弹钢琴，每一节指骨都带了铅球一样。不过等我手法练熟了，碰巧曲谱合我的口味，我又可以卷起袖子弹，就许弹得好的。其实，我相信，我在这方面，合乎要求。你写的东西不是为你写的，而是为别人写的。艺术没有什么好和艺术家争执的。他不爱红颜色、绿颜色或者黄颜色，活该；样样颜色都好，问题在把颜色画出来。你读过《金驴》①这本书吗？在我来以前，设法读完，我们也好谈谈它。我给你带西哈诺的作品来②。他是一个幻想家，这个硬汉子，而且还是一个道地

---

① 《金驴》或《变形记》是二世纪古罗马作家阿普列乌斯（Lucius Apuleius）的长篇小说。
② 西哈诺（Cyrano de Bergerac, 1619—1655）是法国作家，福楼拜这里指的是他的幻想游记《月球诸国纪行》。

硬汉子！这就非同小可了。高地耶的诗集①，我读过了：可怜呀！东一节好诗，西一节好诗，只是不见一首完整的好诗。这里是腰酸背疼、苦心孤诣；他用尽了手法。他的脑子，让人觉得用过芫菁②来的。恶性勃起，就像精力衰退的人在勃起一样。啊！这些大人物，全老了，衬衫上头全是哈喇子。其实他们尽了他们应尽的力了。

放心罢，年轻人收得到他的稿子的，不由我经手（可能被人看成有偏心眼的），而由布耶经手。

我后天为你到鲁昂去，再有八天，我们就见面了！我要多么欢欢喜喜搂你，吻你！再见，亲爱的路易丝，吻一千遍眼睛上头和脖子底下。

我给你带来所有的书、刊。星期六或者星期天，我给你写信，告诉你我到的准日子。

（二）给路易丝·高莱

（克瓦塞）星期六夜1时（1853年6月25—26日）

我方才总算结束了我的第一部分（中卷）。我先前要自己在我们最近一次在芒特③相会的时候写完的地方，现在才写到。你看迟了多久！下星期我还要再读一遍，再抄一遍，从明天起，一整星期，我要给布耶这家伙全念一过。假如过得去的话，这就去了我一大份心思，也敢保险它是好东西了，因为土壤是很硗薄的。不过我想，这本书将有一个大缺点，就是：篇幅比例的缺点。我已经写了二百六十

---

① 高地耶（Théophile Gautier, 1811—1872）是法国浪漫主义运动健将，主张为艺术而艺术，福楼拜很受影响，但是这并不妨碍他对他的诗集《珐琅与浮雕》（1852），提出严格的批评。
② 芫菁是一种昆虫，又名地胆，成虫入药，功同斑蝥，有发泡与春药作用。这里指后一作用。
③ 芒特（Mantes），正在巴黎和鲁昂之间，是福楼拜和高莱夫人选定的幽会地点。

页，内容只是一些行动准备，以及性格、风景、场所的多少有些伪装的陈述（有层次也是真的）。我的结论将是我的小妇人的死亡的叙述、她的殡葬和丈夫的跟着而来的悒郁，少说也要有六十页。那么，行动本身，顶多就只有一百二十到一百六十页。这不是大毛病是什么？使我心安（然而也就够勉强的）的是，这与其说是一种经过铺演的变局，不如说是一种传记。这里不大有戏剧，假如书的一般情调淹没了这种戏剧成分的话，人也许就体察不出，在不同造境之间，以及有关造境的发展上，会缺少这种和谐了。再说，我觉得生活本身就有一点是这样子。一分钟的事，盼望倒要盼望几个月！我们的热情就像火山一样，永远在吼，爆发却只是间歇的。

不幸的是，法兰西精神对娱乐偏又是那样热狂！它需要许许多多鲜妍夺目的东西！例如陈述，在我看来是诗，它就很不喜欢；这种陈述不是通过描绘，如画地表现出来，就是通过心理分析，道德地表现出来：我这种看法很可能错或者表面错。我不是今天才感到用这种语言写、用这种语言想的痛苦。事实上，我是德意志人！我靠钻研，才去掉笼罩着我全身的北方的雾。我真想写些只写词句（假如可以这样说的话）的书，就像为了活着，只呼吸空气就成了一样。我觉得苦恼的，就是提纲的刁难、服装的组合、内部的种种计算（其实一样属于艺术），因为风格的效果靠它们，完全靠它们。你，好女神、各方面亲爱的同事——同事（Collègue）这个字来自"捆在一起"（colligere）——，你这一星期好好工作来的？我急于看第二篇故事。我对你只有两点建议：一，用隐喻要前后一致；二，题外话不要写，线条要直。家伙！只要我们高兴，添枝画叶，要多少就多少，而且比谁也高明。必须让古典主义者们看看，我们比他们还古典；必须把浪漫主义者们气得脸发白，超过他们的意图。我相信做得到，因为只有一个作法。一行诗好了的话，就失去了派别。一行布瓦楼的好诗是一行雨果的好诗①。完美的特征，到处相同，这就是：精确，适当。

我千辛万苦写的这本书，假如有成就的话，单靠把它写成了这个事实，我就创下两条真理，——在我看来，也就等于格言，——就是：首先，诗是纯粹主观的，文学上没有美丽的艺术题材，伊茹斗②可以媲美君士坦丁堡；因而不管是什么，人全可以写。艺术家应当提高一切；它像一架抽水机，有一条大管子，下到事物的脏腑，深奥的地层。他往里一吸，就见人眼看不见的地下的伏流，成为大股涌泉，朝阳光喷了出来。

我明天醒过来，会不会收到你一封信？你这一星期来信可不多，亲爱的朋友。不过我设想是工作把你忙住了。巴比奈老爹当了高亭的剧本委员会的委员③，样子要多神气呀！听人读剧本，我想得出他那副 facies，像我的药剂师说的④。

不过阿尔邦迪尼⑤也该当委员才是。他待小女演员可和蔼了！这位好队长，有两样好处：白领巾大得不得了，靴子里头鼓鼓囊囊的。

你问我对艾德玛和艾漏⑥的种种逸事的印象。你要我说什么呀？这一切我觉得十分异常、愚蠢。可是社会不就正是这种种卑鄙行为、狡诈行为、虚伪行为、猥琐行为的无限组织？人类这样在地球上滋生，像一把脏虱子在大块土上头一样。一个漂亮的比喻。我把它奉献给法兰

---

① 布瓦楼（Nicolas Boileau Despréaux, 1636—1711）是法国十七世纪讽刺诗人、古典主义的代言者；雨果是法国浪漫主义运动的中心人物。
② 伊茹斗（Yvetot）是一个小镇，离福楼拜居住的地方不远。
③ 巴比奈（Jacques Babinet, 1794—1872）是法国物理学家、科学院院士。高亭（Odéon）是巴黎的法国国家剧院。
④ 药剂师指《包法利夫人》里的郝麦，喜欢卖弄学问。Facies 是拉丁文，意思是"脸相"。
⑤ 阿尔邦迪尼（Arpentigny）是法国一个研究手相的。
⑥ 艾德玛是洛皆·代·皆奈特（Roger des Genettes, 1818—1891）夫人的名字，她是福楼拜的忠实朋友。
艾漏（Louis Erault, 1824—1900）是法国记者、小说家，他写了许多游记。

西学院的老爷们。奉请居曹、古散、孟达朗拜尔、维尔曼、圣佩甫①等等老爷们知道。

说到被尊敬的人们，像你说的那些官方的人们，本地新近出了一桩意想不到的漂亮案子。刑事法庭审问一位老实先生，罪名是杀死他的太太，然后缝在一只袋子里，扔进了河。这可怜的女人有好几个情人，大家在她（一个低级女工）家里发现一位德拉包尔德·都狄老爷的画像和书信。这位老爷是勋章获得者、正统派②的党羽、州议会的议员、教会财产理事会的理事，不是这会，就是那会，极得教会人士敬重，他又是圣·万散·德·保罗会的会员、圣·赖吉会的会员、保婴会的会员、莫名其妙的大会小会的会员，在当地上流社会很有地位，是一个头、一座半身像、一位地方上感到光荣的人物，谈起他来总是"我们本乡幸有某某先生"。忽然之间，大家发现这位妙人和一个末流荡妇，是啊，太太，私下有关系（正是这话）！啊！我的上帝！我呀，看着这些正派人士个个吃瘪，好似一个无赖一般开心。这些老爷们，处处追求荣誉（什么样的荣誉！），出丑丢脸，我觉得是他们酷好自负这个缺点的公平惩罚。老是这样出人头地，等于自己作践自己；爬上高处，等于栽到下头。回泥里去罢，贱种！那才是你待的地方。说实话，我没有民主意愿。可是我爱一切不寻常的东西，甚至于卑污也爱，只要真挚。不过扯谎、作态，一面谴责热情，一面假装道德，我从心里厌恶。我如今对我的同类，有一种平心静气的憎恨或者一种十分消极的怜愍：它们是虽二犹一。两年以来，我得到很大的进步。政治局势证

---

① 居曹（Guizot，1787—1874）法国历史学家，长期担任路易·菲利浦政府的外交部部长。
　古散（Cousin，1792—1867）是法国哲学家、高莱夫人最初的情人，当过教育部部长。
　孟达朗拜尔伯爵（Mantalanbert，1810—1870）是法国宗教理论家，当过上院的议员。
　维尔曼（Villeman，1790—1870）是法国文学批评家，当过教育部部长。
　圣佩甫是法国权威批评家。他们都是法兰西学院的院士。
② 正统派指拥戴旧王室长支的人们。

实了我对没有羽毛的两脚动物的先天的旧理论。在我看来，它是一只母火鸡与一只秃鹫的总和。①

再见，亲爱的鸽子。一千次吻嘴。

致意。你的居②

（三）给路易丝·高莱

（土镇）星期日 4 时（1853 年 8 月 14 日）

下着雨，窗户底下，船帆成了黑的，有些农妇打着雨伞走过，有些水手在嘶唤，我闷闷无聊！我觉得我离开你像有十年了。我的存在如同死水塘子一样，平静的就连一点小事掉了进去，也激起无数圈圈，面与底一般就要许久才恢复得了平静！我在这里一步一个回忆。这些回忆就像石子一样，从一个坡度不大的斜坡，朝一个我身体里的辛酸深潭滚了过来。泥泞搅动开了；形形色色的忧郁，就像蛤蟆睡了一半觉，把头探出水面，唱起古怪的歌；我听着。啊！我多老，多老哟，可怜的亲爱的路易丝！

我在这里又见到十年前我认识的那些好人。他们穿的还是那身衣服，长得还是那副脸相；只有妇女发胖，男人胡须有一点发白。这些生命，个个如故，我好不惊呆！而另一方面，他们兴建房屋，放宽码头，修建道路等等。我方才正赶上倾盆大雨回来，天灰灰的，晚祷的钟声在响。我们去豆镇来的（家母有一所田庄在那里）。农夫们烦透了我，我这人真还不配当地主！不到三分钟，我就忍受不了这些野蛮家伙。我觉得烦恼仿佛潮水，一阵一阵涌上心头。但丁要给伪君子们穿的铅

---

① 母火鸡有"愚蠢"之意；秃鹫有"贪婪"之意。
② 福楼拜的名字是居斯塔夫。"居"是缩写。

制道袍①,也比不上当时压着我的天灵盖的重量。家兄夫妇和他们的女儿来了,同我们一道过星期天! 他们如今正在捡贝壳,浑身上下胶皮,十分开心。用饭的时候,我也十分开心,因为我如饕似餮,大吃酒糟鱼。我每夜照例睡十二小时左右,白天吸烟也吸得可观。我的一点点工作,就是准备准备历史课的教程,一回克瓦塞,我就要教我的外甥女。至于《包法利夫人》,连分心想想也不可能。我必须回到我的房间写。我的精神自由,靠千百附带事物,微不足道,但是极其重要。知道你正在写《女仆》,我很高兴。我巴不得这就读到!

昨天看太太们海浴,看了足有一个小时。什么样的画! 什么样的丑画! 从前,人在这里海浴,不分男女。可是现在,有了隔离,有筏子和网阻挡,还有一位制服先生巡查(什么样残酷、阴惨的事哟,这种滑稽事!)。所以昨天,站在我待的地方,鼻梁上架着眼镜,我在大太阳地,望妇女海浴望了许久。人类一定是完全变成了蠢物,才把风雅观点整个抛到九霄云外。女人身子装进口袋,头上戴着漆布帽子,没有比这两样东西再难看的了! 什么样的脸相! 什么样的步态! 还有脚! 又红,又瘦,穿鞋把脚穿走了样,一块脚膙又一块脚膙,长长的像织布梭子,宽宽的像洗衣服用的棒槌②。人堆里还夹着一些害瘰疬的小孩子,又是哭,又是叫的。再往远去,有些奶奶在结毛线衣,有些老爷戴着金丝边眼镜,看报纸看上两行,不时显出一副称赞的神色,玩赏水天浩渺。我是不看便罢,看过之后,一整黄昏想着逃出欧洲,住到夏威夷岛上或者巴西的森林里去。那边,至少没有这样丑的脚,没有这样奇臭的人物糟蹋海滩。

前天,我在杜克森林里,泉水旁边一处优雅地方,看到灭了的雪茄

---

① 参阅但丁《神曲》中的《地狱》篇第二十三节。
② 棒槌是圆的,法国是平板,应否就叫棒槌? 棒槌,中国人懂。

烟头和吃剩下的点心。有人在这里寻乐来的!十一年前,我在《十一月》①里就写到了!当时完全是意拟的,而那天却获得了真凭实据。诗像几何学一样,是一种精确东西。归纳法和演绎法一样有价值。再者,人到了某一程度,对一切有关灵魂的事物,也就不再弄错了。我的可怜的包法利夫人,不用说,就在如今,同时在法兰西二十个村落受罪、哭泣。

有一天,我看见一件事,很受感动,其实和我并不相干。我们到一里格②远的拉塞庄园(杜巴利夫人③起意,到这地方洗海水浴,六个星期就盖成了这所庄园)的废墟。如今只剩下一座楼梯、一座路易十五时代的大楼梯,几扇没有玻璃的窗户,一堵墙,还有风、风!这是在面海的高原上。旁边是一间农民的破房子。莉莲④渴了,我们进去讨牛奶给她喝。小花园有齐房顶的美丽的蜀葵、刀豆、一只盛满脏水的小锅。附近有一只猪在哼唧(像在你的《贞妮东》⑤里一样),再往远去,篱笆外有几匹自由自在的小马,一边吃草,一边嘶叫,马鬃长长的,随着海风飘拂。茅屋里头,墙上有一张皇帝⑥像,另外还有一张巴旦盖像!不用说,我正要打趣,就见壁炉近旁一个角落里,坐着一个瘦骨棱峥的老头子,一半瘫了,两个星期不刮胡子。就在他坐的扶手椅上方,墙上挂着一对金肩章!可怜的老头子,一病奄奄,吸一口烟,费老大的事。没有人当心他。他在那边嚼着,哼着,吃着一碗蚕豆。太阳照着吊桶的铁箍,照得他直眨巴眼睛。猫在舔一个土坯浅底碗里的牛奶。此外就没有什么了。老远传来隐约的海涛声。我寻思道:老头子在这风烛残年的永恒的半眠状态里(这半眠状态来在永眠状态之

---

① 《十一月》是福楼拜1842年写的一篇自传性质的小说,生前没有发表。
② 里格(légua)是古老的长度测量单位,大约5—6公里。——编者加注
③ 杜巴利(Du Barry, 1743—1793)夫人是路易十五的宠姬,死在断头台上。
④ 莉莲是福楼拜的外甥女卡洛琳的昵称。
⑤ 《贞妮东》是一个农妇,见于高莱夫人的长诗《农妇》。诗里同样说起一个拿破仑时代的老兵,在乡村悒郁以终。
⑥ 皇帝指拿破仑。巴旦盖(Badinguet)是拿破仑侄子、拿破仑三世的绰号。

前,像是从生命到虚无的过渡),不用说,准是又见到俄罗斯的雪或者埃及的沙了①。是什么虚像漂浮在这双迟钝的眼睛前头啊?什么样的衣服!什么样补缀的干净的上衣!伺候我们的女人(我相信是他的女儿)是一个五十岁的婆子,短打扮,腿肚子像路易十五广场的小柱子,戴一顶布帽。她穿一双蓝袜,一条肥大的衬裙,不断地走来走去,而巴旦盖呢,他在这穷窟,显得神采焕发,胯下一匹黄马前蹄撩起,手执三角帽,向一队伤兵致敬,这些伤兵的木头腿全排得整整齐齐的。我上一回来拉塞庄园,有阿耳夫莱②在一起。我又记起了我们当时的谈话、我们吟诵的诗句、我们盘算的计划……

大自然多不在乎我们!树木、草、波涛的模样,多无动于衷!勒哈佛③的邮船的钟一个劲儿在响,我只好中断。工业给世上带来什么样的喧嚣!机器是一个多吵闹的东西!说到工业,你有时候可曾想到,它制造了大量愚骇的职业,因而势必出现众多行尸走肉的蠢才?做这番统计工作,会把人都吓坏了的!曼彻斯特的居民做一辈子别针,你对他们有什么好指望的?而制造一枚别针,必须有五六种不同的专门知识,工作区分细了,机器旁边,产生了大批机器·人。这是些什么样的职务啊,铁路调度员的职务!印刷厂皮带管理员的职务!以及诸如此类的职务。是的,人越来越蠢了。勒共特④有一个方式表现这种情形,我一直记得牢牢的。他说得对:中世纪的冥想者,对近代的活动家说来,是另一世界的人了。

人类憎恨我们,我们不服伺它,我们憎恨它,因为它伤害我们。所以我们寓自己的爱于艺术,如同神秘教派寓自己的爱于上帝一样。

---

① 指拿破仑远征的事。
② 阿耳夫莱·勒·普瓦特万(Alfred Le Poittevin,1816—1848)是福楼拜青年时代的挚友、莫泊桑的舅父。
③ 勒哈佛(Le Havre),法国北部仅次于鲁昂的大城市,位于塞纳河流入英法海峡处,一个重要港口。
④ 勒共特(Leconte de Lisle,1818—1894),法国诗人,所咏多属古代异域题材。

愿一切让位于这种爱！愿生命的其他脂油烛①（枝枝有臭味），在这颗大太阳前，枝枝化为乌有！在这个时代，一切共同联系已经消失，社会只是或多或少组织好了的整个强盗生涯（政府词令），当肉体和精神的利益又像狼一般互相规避，闪在一旁嗥叫的时候，我们就该学人人的榜样，也给自己培养一种自私心（只是更美），在自己的窝里过活。我呐，一天甚似一天，心里觉得和我的同类之间有了一道鸿沟，而且越来越宽：在我倒也满意，因为正是由于这道鸿沟，我对意气相投的事物的理解力才越来越大。我想念这位好勒共特，如饥如渴。我听他说上三句话，就起了兄弟之谊，爱上了他。我们这些美神的情人，全是亡命者。在这谪居之地，遇到一位同乡，该喜成了什么！亲爱的夫人，这句话有一点拉马丁②味道。不过你知道，我体会得最深的东西，是我说的最坏的东西（多啰嗦！）。所以你对他讲、对我们这位朋友勒共特讲，我很爱他，我想他已经想了有一千回。我是望眼欲穿，急于读他写塞尔特人③的大诗。心灰意懒的时候，回忆一下他这样人的知音之感，也是好的。假如我的知音之感对他有同样愉快，我就适意了。我愿意写信给他，只是我没有一点点事好和他谈。我一回到克瓦塞，就埋头推敲《包法利夫人》。你就代我深深向他致意吧。

　　我到这里转眼已有八天，还没有给布耶写信，也没有收到他的信。可怜的亲爱的路易丝，我怕我要得罪你了（不过我们的办法是好的，就是彼此什么也不瞒着），好！别寄你的照相给我。我越爱真人，越厌恶照相。说什么我也不觉得照相真。是从你的版画翻照下来的？我有你的版画，挂在我的卧室。这张版画画得好，勾得好，刻得好，对我也就够了。那种机械方法，特别是用在你身上，不但没有快感给我，

---

① 强调它们不像没有臭味的洋蜡烛。
② 拉马丁（Lamartine，1790—1869）是法国浪漫主义诗人。
③ 塞尔特人（Celtes）是北欧南下的野蛮民族之一，英国和法国西部还有他们的遗迹。

反而惹我生气。你明白吗？我这种想法就无药可救，因为我说什么也不会答应人家给我照相的。马克西莫①给我照相来的，不过我是吕比人②装束，照的又是全身，人很小，在花园里。

黄昏读书，书上说起地球上各民族的风俗细节（一本我在巴黎买的书），引起我一些奇特的欲望。我想看看拉伯兰③、印度、澳大利亚。啊，地球多美！一半没有看到就死！没有乘过鹿车，骑过大象，坐过轿子！我要把一切放进我的东方故事。我要把我心爱的东西放进去，如同我把我憎恨的东西放进《语录》④的序言一样。

我在巴黎从来没有逗留过这样久，有过这样开心，你可知道？离现在有两个星期了，我从沙镇回来，到了你家。这已经是多远的事！我们身子后头有什么东西在把消失的东西朝远处拉，像急流一样迅速。我现在难以静下心来，不用说，由于一连两次出门的缘故。行动中断了。离开我的书桌，我就变成了傻瓜。墨水是我的自然成分。其实，这种深颜色的水，才叫漂亮！才叫危险！人淹到里头，别想出得来！也真吸人！

好啦，再见，亲爱的好女神，放大胆子，好好儿干！我觉得你有那股子斗劲儿。向《女仆》致敬一千次，吻主妇一千次。致意。你的居。

（四）　给路易丝·高莱

(克瓦塞)星期五黄昏、中夜(1854 年 4 月 7 日)

我刚把自新年以来，或者不如说，自二月中旬以来——因为我从

---

① 马克西莫·杜刚（Maxime Du Camp, 1822—1894）是福楼拜幼年时代的挚友，但是由于做人方式和思想不相投，福楼拜从《包法利夫人》写作时期起，就同他疏远了。
② 吕比（Nubie）人，非洲东北部民族，居地相当于今日的苏丹。
③ 拉伯兰（Laberland），指北欧瑞典与挪威北部一带。——编者加注
④ 《语录》指他早年搜集的《入世语录》（Dictionnaire des idées reçues）。他把听到、看到的资产阶级语汇，作为笑谈，收在一起，还打算写篇序。这篇序就是后来的长篇遗作《布法与白居谢》（Bouvard et Pécuchet）。

巴黎回来，就全烧了——写成的东西，又誊了一遍。这有十三页，一页不多，一页不少，七个星期写了十三页。这十三页，我相信，总算写成了，像我可能做到的那样完美。只有一个字，重复了两三回，要去掉；还有两处分段，太相似，也要再来一过。如今总算写出一点什么来了。这是难写的一章：必须不知不觉把读者从心理分析方面过渡到行动方面，还要他体会不出。我现在要进入戏剧和行动部分了。再有两三回紧张行动，我就体会到了结尾。我希望在七、八月动手写结尾。我要吃多少苦，我的上帝！吃多少苦！多少劳瘁和灰心！昨天，一整黄昏，我花在看人行大手术上。我在研究跛脚理论。我在三小时内，狼吞虎咽一般，读完一本关于这类有趣文献的书，还记了笔记①。书上有许多美丽的词句："母亲的乳房是一座神秘莫测的圣堂"等等。而且是一本精心之作。我怎么就不年轻！我会多用功啊！要写就该知道一切！别看我们全是耍笔杆的人，我们是出奇的愚昧无知，可是这一切会提供多少观念、多少对比！我们一般都缺少髓！成为各种各类文学的根源的著作，例如荷马、拉伯雷，就是他们的时代的百科全书。这些好人无所不知；而我们一无所知。龙沙②的诗学，有一条妙则：他劝诗人学各行技艺，锻冶工、金属细工、锁匠等等，为了钻研隐喻。的确也是的，你从这方面可以得到丰富多彩的语言。词句在一本书内动了起来，就像树叶在一座森林里一样，在相同之中却又各自不同。

不过谈谈你罢。说起医药，我一点不明白你害的是什么病。你究竟害了什么病？有谁照料你？你照料自己又怎么样？假如是我在你家见到的两位中间的一位、法勒朗或者阿里拜耳③，我可怜你。这两位先

---

① 他研究跛脚，为了写《包法利夫人》中卷第十一章。
② 龙沙 (Pierre de Ronsard, 1524—1585) 是法国著名爱情诗人，七星诗派领袖。这里所引的文字见于《法兰西诗学摘要》(1565)。
③ 法勒朗 (Valerand) 与阿里拜耳 (Alibert) 都是医生。

生，在我看来，简直就是蠢蛋。你不相信医学，没有用，我告诉你，这有很大的害处。他们治不好你的病，倒把你治死。我过去一直劝你，找名手请教一下你的心悸。你执意不肯，情甘忍受。就死而言，很美；可是就事理而言，欠通。

我收到你说起德·维尼①在法兰西学院读你的诗（读得相当坏）的那封信。所以放心好了，信没有丢。这位好德·维尼，在我看来，是一位卓绝之士。而且是本世纪稀有的一位真正作家：大恭维！从前我读《查特尔顿》，非常兴奋，（故事有大作用。且不管它）就感激在怀。《司太劳》和《散·马斯》有些地方也挺好。总之，他是一个可喜的优异的有才之士，再说，属于高贵时代，他有信心！他译莎士比亚，骂有产者，写历史小说。取笑这些人，没有用，他们对后代的一切照样有悠久影响。到头来都当了法兰西学院院士②！哦，揶揄！我今天想起了他们在那边对诗蔑视，和告诉你的那些关于蔑视的话，不由就又怒上心头，觉得非把这一类把戏戳穿不可，将来把他们戳穿的也一定是我。有两本道德书值得一写，一本关于文学，一本关于社交。我就心痒痒地想写。（不幸的是我再快也得三年后动手。）我实对你说，假如有什么东西能把窗玻璃砸破了的话，就是写这样的书。这样一来，正人君子就呼吸自如了。人类的良心缺空气，我愿意给它一点。我觉得该是时候了。我一脑子全是批评的见解，我得找一个地方倒掉，用最艺术的形式，然后我也好便便当当，用长时间，写我许久以来就怀育的两三部大书。

不，我对勒共特没有什么太不好，因为说到临了，我没有讲过他的坏话；不过我说过，而且要坚持说：我气不过他的钢琴作为。我

---

① 德·维尼（Alfred De Vigny, 1797—1863）是法国浪漫主义诗人，《查特尔顿》（Chatterton）是他的悲剧，《司太劳》(Stello) 和《散-马斯》(Cing-Mars) 是他的长篇小说，后者是历史小说。
② 根据近年传记材料，德·维尼晚年特别反动，私下干些密营生。福楼拜当时不曾知道！

578

发现他是个不开口的装腔作势的人。这位先生不完全为艺术而艺术，是一定的了。他希望他的诗全配上曲谱，在沙龙里唱出来、吼出来、哼出来（然后他帮自己找借口，说：荷马的诗就是唱的，等等）。气死我了；我不原谅他这种卖淫行径。你以为我说话狠，只是一时的怪癖罢。我告诉你，他在诗上、音乐上、我所爱的他上，把我得罪下了，因为尽管你把我说成"一辈子也没有兴奋过"，我是一个全心全意相信别人的骏人。我看见手生得好看，就膜拜胳膊。一个人写了一首好十四行诗，他就是我的朋友；过后，我自己跟自己冲突，哪怕我发现了实情，我也不肯相信。勒共特可能是一个卓绝之士，我不知道；不过我看见他干了一件事（渺不足道，我同意），我觉得，就艺术等级而言，这件事如同脚汗之于物理一样，气味是臭的。控制他的声音的颤音、音阶和八度音程，就像一双脏袜子的线网一样，令人作呕的虚荣之汗，惬惬意意，从网眼流了出来。而可怜的诗，却在这中间受罪！不过这里有太太们呀！难道不该和和气气的吗？社交原则，去他妈的！！！

  关于仙女①和她的活动，你告诉了我许多趣事。看见别人出事，你就头晕眼花，是不是？生活就是这样过掉的，尽是愚蠢活动，旁人看了，只好耸耸肩膀。

  世上没有认真的事，除非是笑！

  你想得出布耶该和可怜的莱奥妮②怎样颠鸾倒凤吗？她盼他像盼甘霖一样。除非是她不对他说，——像席莫道赛对欧道尔说的："啊！罗马妇女太爱你了"③——……

---

① 仙女（Sylphide）是洛皆·代·皆奈特夫人的绰号。
② 莱奥妮是布耶的情妇，住在鲁昂。布耶在巴黎待了许久，这才回来。
③ 席莫道赛（Cymodaocée）和欧道尔（Eudore）是天主教浪漫主义作家沙陀布里安（François-René de Chateaubriand, 1768—1848）的长篇小说《殉教者》（Les Martyrs）的男、女主人公。故事发生在三世纪。席莫道赛是希腊少女，改奉情人的基督教，一同在罗马殉教。引文见原书第五章，然而是叙述体，不是对话体。

再见，可怜的亲爱的女神；把病治好！我吻你。

你的怪物。

为了教外甥女，我又读了一遍希腊史。希罗多德的德摩比利之战①，把我激动得就像我在十二岁上一样，这证明我心地率真，不管别人怎么说我。

（五） 给洛皆·代·皆奈特夫人

（1856 年 10 月或 11 月）

亲爱的夫人：

你那封漂亮的信跑了许多地方，方才到我手里。我总算收到了，我的喜悦就不用说了。你知道我多重视你的鉴赏力；这就是说，亲爱的夫人，你呀恰好挠到我心头自大的弱点。

我说的对吗？是不是？我直想和你就有关的理论长谈一番（但是什么时候，什么地点？）。人家以为我爱上了现实，其实我恨透了它；因为我是由于憎恨现实主义，才写这部小说的。可是并不因此就减少我对虚伪的理想化的憎恨。时间如飞，理想成灰，我们受尽了它的奚落。恨阿耳芒骚尔像恨约翰·库多狄耶一样②！奥维涅人③与理发师，全去他们的！

得罪人吗？但愿如此！有一位极轻佻的太太，已经对我宣称，她不许她的女儿读我的书。我听了这话，得到一个结论，就是我道德

---

① 希罗多德（Herodotus，约前 484—前 425）古希腊伟大的历史学家，名著《历史》的作者。公元前 480 年 6 月斯巴达王列奥尼达率领 300 勇士在希腊北部德摩比利隘口（亦称温泉关）拼死抵抗百万波斯大军，直至全部壮烈牺牲。——编者加注
② 阿耳芒骚尔（Almangzor）是十七世纪西班牙南部摩尔人的领袖。天主教作家对他多有污蔑之词。约翰·库多狄耶（Jean Couteaudier），出典不详，当是近代人，语气上是对称的。
③ 奥维涅（Auvergne）是法国旧行省，在法国中部，居民每届春、秋二季，纷纷出外谋食，去巴黎的最多。奥维涅人与理发师，常被作家赋以神秘色彩。

之至。

同我开一个最可怕的玩笑,就是把蒙蒂永①奖金颁发给我。你读到结尾,就会看出这份奖金我当之无愧了。

不过我求你别替我下判决。《包法利夫人》对我是一桩既经决定、就非干不可的事,一首命题。我爱的东西统统不在这本书里。过些时候,在一个更相宜的环境,我给你看一点更高超的东西。再见,或者不如说,不久再见。允许我吻你的手,你的手给我写了那样漂亮、那样称心的话;再允许我对你说,我(不说一句礼行话)向你深深致意。

(六) 给阿实耳②

星期五下午8时半(可能是1月16日)

我的亲爱的阿实耳,我没有再给你写信,因为我以为这件公案已经结束;拿破仑亲王③对三个不同的人,把这话讲了三回;卢朗先生④亲自跟内政部的人谈过话,等等、等等,皇后面谕艾都阿·德莱赛尔⑤(他星期二在宫里用的晚餐),转达他的母亲,不起诉了⑥。

昨天早晨,塞纳⑦老爹告诉我,我才知道,把我发落在轻罪审判所。特赖亚尔⑧前天黄昏在法院告诉他的。

---

① 蒙蒂永 (Baron de Montyon, 1733—1820) 男爵是法国一个富裕贵族,遗嘱设立三种奖金,道德奖金是其中之一。
② 阿实耳是福楼拜的哥哥。
③ 拿破仑亲王是拿破仑一世的兄弟吕先 (Lucièn) 的长子,是当政的拿破仑三世的堂兄。
④ 卢朗 (Rouland) 当时是上议院议员,兼宗教与教育部部长。
⑤ 德莱赛尔 (Delessert) 是法国游记作家。出身于一个有名的银行家、企业家的家庭。
⑥ 根据后人的研究,坚持提出公诉的正是皇后本人。
⑦ 塞纳 (Sénard) 是福楼拜给自己请的律师。他和福楼拜是同乡、世交,曾经被选为国民议会主席,当过内政部部长。第二帝国时代,他在巴黎执行律师业务。
⑧ 特赖亚尔 (Treilhard) 是《包法利夫人》案件的预审官。

我马上就禀告亲王知道，他回说不确实；不过被蒙哄的是他。

我知道的就是这些。连篇谎话与丑行，我就不知道信谁好。其中必有缘故，有一个人在暗里捣乱；我起初只有一个借口，莫非有谁怀恨我的某一保护人不成？我那些保护人势力相当雄厚，地位高于数量。

人人不认账，个个在说："不是我，不是我。"

肯定的是，控诉中止了，接着又进行了。怎么会急转直下的？来源是内政部，司法方面奉行公事而已；司法是自由的，完全自由的，可是……我一点公道也不希望，反正准备坐牢就是，我当然不会要求恩赦，否则我就不成其为人了。

你要是能打听出些什么来，要是能看出些此中奥妙，告诉我。

你放心好了，我一点也不心乱，那就太蠢了！太蠢了！

谁也封不了我的口，谁也不成！我要像过去一样工作，就是说，照样本着良心，照样保持独立思考。啊！我要给他们写……小说的！真实的小说！我在用心钻研，记笔记；不过发表的话，我要等一下对文艺更有利的时机。

尽管情形如此，《包法利夫人》还是声誉日隆，越来越重要，人人曾读、在读、要读。

我受到了迫害，同情纷至沓来。假如我的书坏的话，这下子倒变成好书了；假如相反，它能留传后世，这倒是替它打了个基础。

情形就是这样！

我盼诉状来，望眼欲穿，我好知道该哪一天去受审（罪名是用法文写东西），坐到小偷和鸡奸犯的板凳上啊。

再见，亲爱的哥哥，我拥抱你。

致意

(七) 给尚特比女士①

巴黎(1857年3月18日)

夫人：

我急于谢你，寄来的东西，我都收到了。谢谢信、书，特别是画像！用心细致，我很感动。

你那三本书，我要慢慢地、仔细地读，就是说，照应当读它们的样子读，我先拿稳了它们成功。

不过眼下我还不能读，因为在回乡间去之前，我忙着一件关于古代最渺茫的一个时期的考古工作。做另一件工作的准备工作。我要写一部小说，情节发生在纪元前三世纪②，因为我感到走出现代的需要，我的笔在里头泡得太久了，再说，不但我在再现上感到疲倦，而且看也觉得厌恶。

夫人，对待像你这样一位读者，而且是这样富于同情的一位，坦白是一种责任。因此我在这里回答你的问题：《包法利夫人》没有一点是真的。这完全是一个虚构的故事；这里没有一点关于我的感情的东西，也没有一点关于我的生活的东西。正相反，虚像（假如有的话）来自作品的客观性。这是我的一个原则，不应当写自己。艺术家在他的作品中，应当像上帝在造物中一样，销声匿迹，而又万能；到处感觉得到，就是看不见他③。

---

① 尚特比 (Chantepie) 女士 (1800—1885) 是《包法利夫人》的读者，写信给作者，祝贺小说成功。这是他的第二封回信。
② 福楼拜在准备写他描写迦太基战争和异域风光的长篇小说《萨郎宝》(Salammbô) 了。
③ 根据福楼拜的同乡、女作家包司盖 (Améilie Bosquet) 女士的谈话，——见于代沙尔莫 (Descharmes) 的《1857年前的福楼拜》一书第五章 (103页，注三)，——福楼拜有一回在回答她的问话时，再三对她说道："包法利夫人，就是我！——照我写的！"这句话应当和这一段信参照来读。

再说，艺术应当超出个人的爱好和神经的敏感之外！到了以大公无私的方法把物理学的精确给它的时候了！就我来说，最主要的困难并不少在关于它的风格、形式、得自孕育的难以言传的美：像柏拉图说的，美是真的光辉。

夫人，我很久就在过着你的生活了。我也好些年以来，完全一个人在乡间过活，冬天听不见别的噪音，除非是风从树木间掠过的呼啸，和塞纳河在窗外载着冰块流过，冰块发出冲击的响声。假如我对生活有所认识的话，这是因为我在"生活"这个字的寻常意义上很少活过，因为我吃得很少，但是嚼得很长；我出入各色会社，游历不同地带。我步行，也骑骆驼。我知道巴黎的免费生，也知道大马士革的犹太人、意大利的流氓和黑种人的杂技家。我是圣地的一位香客，在巴那斯的雪地迷过路，这可以看做一种象征罢①。

不要抱怨；我多少见过一点世面，我清楚你所梦想的巴黎的底细；什么也比不上在炉旁读一本好书……读《哈姆雷特》或者《浮士德》……在有兴致的日子。我个人的梦想，就是在威尼斯的大运河旁置一座小公馆。

夫人，我满足了你的某一点好奇心了罢。添上这个，我的画像和我的传记就完备了：我三十五岁，五尺八寸高，有一副挑夫的肩膀、一种小情妇的易怒的神经。我是单身汉，过独居生涯。

允许我在结束的时候，再为送"肖像"来谢你一回。我要把它配上框子，挂在我心爱的那几幅人像中间。我猛然想起一句恭维，不过我不写出来了，请你相信我是你忠诚的同事。

---

① 巴那斯是古希腊的神山，献给阿波罗与文艺女神。福楼拜曾游历过，他又从事于文艺创作，所以他把"迷路"看做"一种象征"。

(八) 给泰纳[①]

克瓦塞,星期二,夕(1866年11月梢)

亲爱的朋友,尽蠢人们说去好了。——你的风格既不"令人疲倦",也不"难以领会"。你新近这本书,充满了片段,一个人写得出这些片段,他就是用字表现他的思想的艺术大师[②]。

不过游记本身就差不多是一种几乎写不好的体裁。要书免去任何重复,看见的东西,只有不说。叙述发现的游记[③]就两样了,作者本人先招人注意。不过就你这本书来说,用功的读者就能看出,和事物有关的见解太多,——或者关系到见解的事物太多。我首先觉得遗憾的,就是风景的描写少,作为效果,不足以比衬你书里的富饶的绘画。总之,我在这方面(关于游记),有些看法,极为执着,我自己是一部也不会写的了[④]。我们将来再谈吧。现在,我回答你的问题。

第一,是的,总是这样的。对我来说,相关的(?)形象是和事物的客观现实同样真实,——现实提供于我的东西,没有多久,在我这面,就和我给它的装饰或者修正,分不出来了。

第二,想像的人物迷我、追我,——或者不如说是,我深入到他们的皮肤里去。我写包法利夫人服毒,我一嘴的砒霜气味,就像自己中了毒一样,一连两回闹不消化,因为我把晚饭全呕出来了。

有不少细节我没有写。例如,我认为,郝麦先生有几颗细麻子。——在我接下去写的一段东西里,我看见全部动产(包括家具上

---

① 泰纳(Taine,1828—1893),法国评论家、史学家,曾写了一封长信给福楼拜,要他回答几个关于想像的问题。有一部分回答,他用在他的《论智慧》一书。
② 当时泰纳的《意大利游记》第二册新近问世。
③ 指哥伦布等发现者。
④ 福楼拜早年写过游记,而且写得很好,只是在世时没有发表过。

的污迹在内），不过我一句话也不提到①。

第三个问题比较难解决。我相信，就一般而论（不管别人怎么说），回忆是在理想化，或者是在选择吧？不过，眼睛或许也在理想化吧？我们看见照相样张，注意注意我们的惊奇看。我们见到的，决不就是这样的。

艺术直觉，的确类似将睡将醒时际的幻觉，——由于它的刹那性的特征，——它经过你的眼前，——你这时候就该贪婪地扑过去。

但是艺术形象往往也有来得很慢的，——一点一点来，——就像安置一个部分不同的布景一样。

而且不要把艺术家的内在虚像和真害幻觉症的人的虚像等同起来。我完全清楚这两种情况；截然不同。幻觉本身永远包含恐怖在内，你觉得你要走出你的存在，你以为你要死。诗的虚像，正相反，有喜悦在内。有什么东西到你身里来。——你不晓得你在什么地方，不见得就不真实罢？

我匆忙中想到告诉你的，只有这些。假如你认为我的回答不满意的话，告诉我好了。——我再尽力解答也就是了。

再见。我紧握你的手。

（原载 1957 年 4 月《译文》）

---

① 参看《包法利夫人》中卷第一章。他写出他"有几颗细麻子"，他忘记了，厨房"污迹"却没有写。

乔治·桑和福楼拜的文学论争书信

(一) 福楼拜致乔治·桑

现在好点了,我利用这时候给你写信,我崇敬的亲爱的好师傅。

你知道,我放下我的大小说,改写一篇中世纪胡闹的小东西,不到三十页长。这把我放在一种比现代社会更相宜的环境,对我是有好处的。随后我物色一部现代小说;不过几个想法都才冒头,我还拿不定主意写哪一个好。我直想写一点紧凑、激烈的东西。我还缺少穿珠子的线(就是说主干)。

看外表,我的生活一点也没有改变:我看到同样的人,我接见同样的宾客。星期天一定来看我的朋友首先是高大的屠格涅夫(他现在越发可爱了)、左拉、都德和贡古。你从来没有和我谈起前两位过①。你觉得他们的书怎么样?

我什么也不读。除去莎士比亚,我从头到尾又读了一遍。他让你精神焕发,送空气到你的肺里,好像站在一座山头。放在这不可思议的老好人一旁,一切显得庸俗。

因为我很少出门,我还没有见到雨果。不过今天夜晚,我要勉强自己穿上鞋子,去向他献上我的敬礼。我万分喜欢他,可是他周围那些人!……算了吧!

上议院选举成了公众(我也在内)一种娱乐的材料。幕后一定出现闻所未闻的丑陋和卑鄙的对话。十九世纪注定了看见所有的宗教毁灭。阿门!我一个也不哀怜。

高亭②将有一只活熊登台。这是我知道的一切关于文学的事。

——1875 年 12 月 11 日,巴黎。

（二） 乔治·桑致福楼拜

那么，你又要开工了吗？我也一样；因为自从"福拉马朗德"以来，我什么也没有写。我一夏天都在害大病！可是我的古怪的好朋友法茹尔，居然神乎其技，把我医好了，所以我又准备写东西了。

我们写什么呢？你呀，不必说，一定要写伤人心的东西，我呀，要写安慰人心的东西。我不知道什么作成我们的生命；你看它过去，加以批评，拒绝从文学观点上加以欣赏，限制自己于描写，同时有系统地、极其小心地藏起你私人的感情。其实读者透过你的言词，照样看得一清二楚；你让你的读者分外忧愁。我呀，我直想减轻他们的不幸。我不能忘记我本人克服绝望是我的意志和一种新的了解方式的成就。这种了解方式完全和我往日的了解方式相反。

我知道你反对拿私人的学说干预文学。你真就对吗？是不是与其说成美学原则，不如说成信心缺乏？心里有一种哲学，偏不许它露到外头来，就办不到。我没有文学建议给你，我没有意见批判你对我说起的你那些朋友作家。我曾经亲自把我的全部想法告诉贡古来的；至于别位，我确实相信他们比我有学问、有才分。不过我相信他们，尤其是你，对人生缺乏一种明确和广大的视野。艺术不仅仅是描绘。而且真正的描绘，充满推动画笔的灵魂。艺术不仅仅是批评和讽刺：批评和讽刺单只描绘到真实的一面。

我愿意看见人原来是什么样子就是什么样子，不是或好或坏，而是又好又坏。不过还有一点东西，……——就是差异！在我看来，差异就是艺术的目的，——人既然是又好又坏，就有一种内在的力量，把

---

① 指左拉和都德而言。乔治·桑和屠格涅夫相熟。
② 剧场名。

他带到极坏和微好——或者极好和微坏的路上。

我觉得你这一派不关心事物的本质,太在表面上逗留。你这一派用心寻找方式,过于忽视内容,变成文人的读物。不过实际上就没有所谓文人。人首先是人。我们希望在一切历史和一切事件里头找到人。这正是"情感教育"的缺点。很久以来,我就在为这部书思索,奇怪怎么会有那么多的人反对一本这样完善、这样牢实的作品。这种缺点就是:人物的动作没有反射到自己身上来。他们承受事件,永不加以占有。好啦,我以为一个故事的主要兴趣,正是你所不愿意做的。我要是你的话,我就试试。相反,你如今又在拿莎士比亚滋养自己,你做得对!就是他,放出人来,和事件斗争;你注意一下,他们好也罢,坏也罢,永远战胜事件。在他的笔底下,他们击败了事件。

政治在今天是一出喜剧。我们以前演的是悲剧,我们将来会不会以歌剧或者小歌剧结束?我每天早晨细心读报纸;可是在这时辰以外,我就不可能想它、注意它。因为这一切完全缺乏任何一种理想,我对烧这种菜肴的厨子不感丝毫兴趣。全是事件的奴才,因为他们生下来就是自己的奴才。

——1875 年 12 月 18 日与 19 日,鲁昂。

(三) 福楼拜致乔治·桑

你十八日那封好信,非常慈祥,我读过以后,思索了许久。我读了十遍,实对你说,我不确信自己了解。一句话,你要我怎么做?说明白你的指示。

我不断尽我的力量扩大我的头脑,我诚心诚意工作。别的就不由我作主了。

我不是有意写些"伤人心的东西",相信我吧,不过我不能换掉我的眼睛！说到我"信心缺乏"，唉呀！信心把我活活噎死。我郁结了满腔的忿怒，就欠爆炸。然而说到我对于艺术的理想，我以为就不该暴露自己，艺术家不该在他的作品里面露面，就像上帝不该在自然里面露面一样。人算不了什么，作品才是正经！这种训练可能从一个错误的观点出发，不过也并不容易遵守。至少对我说来，这是为了适应良好欣赏力，我经常做的一种牺牲。说出我的想法，拿词句慰藉居斯塔夫·福楼拜老爷，我会很趁心的，可是这位老爷的重要又是什么？

我的大师，我的想法和你的想法一样，艺术不只是批评和讽刺；所以我从来没有存心在这两方面尝试一下。我总是强迫自己深入事物的灵魂，停止在最广泛的普遍上，而且特意回避偶然性和戏剧性。不要妖怪，不要英雄！

你告诉我，"我没有文学建议给你，我没有意见批判你对我说起的你那些朋友作家，等等"。啊？怎么的啦！可是我要求建议，我等待你的批判。你不给，请问给谁？你没有，请问谁有？

说到我那些朋友，你添了一句"你这一派"。可是我破坏我的气质，努力不要成派！我事先拒绝一切派别。我常见到和你指明的人们，搜寻一切我看不上眼的东西，很少关心使我苦恼的东西。我把艺术上的细节、当地的报导，总之，事物的历史和正确方面，看的十分次要。我特别搜寻美，而我的伙伴就不大寻找。我发出赞叹和厌憎的时候，看见他们无动于衷。有些词句让我发昏十二章，他们觉得很平常。贡古在街头听到一个字，可以贴进一本书去，就很快活；我写出一页听不见同声和看不见重复的文章，就很满意。我愿意拿嘎法尔尼①的全部连环画换取大师们某些表现和顿挫，例如雨果的"影子像婚礼一样，庄重、严肃"，或者孟德斯鸠主席的"亚历山大的罪恶，像他的道

---

① 嘎法尔尼（Gavarni），法国十九世纪的漫画家，作品有八千幅，光怪陆离，无所不有。

德那样极端。他发起怒来很可怕。忿怒使他残暴"。

最后,我用心想好,为了写好。不过写好是我的目的,我不隐瞒。

我"对人生缺乏一种明确和广大的视野"。你一千次对,可是有什么方法改一个样子?我请教你。你拿形而上学照不亮我的黑暗、我的黑暗或者别人的黑暗。一方面,宗教或者天主教这些字样,另一方面,进步、博爱、民主这些字样,都不再应付得了现下的精神需要。激烈派宣扬的崭新的平等教义,被生理学和历史在实验上否定了。我看不见在今天建立一种新原则的方法,也看不见尊重旧原则的方法。所以我寻找那应当是一切所从属的观念,不过没有找到。

我这期间,向自己重复着李泰①有一天对我说的话:"啊!我的朋友,人是一种不稳定的组合,地球是一个很次的行星。"

支持待在行星上的,只是这种希望:在最近离开它,不要走到另一个可能更坏的行星上去。马拉②说:"我倒愿意不死。"啊!不!够、够疲倦的了!

我如今在写一个小傻东西,母亲可以允许女儿读。全长有三十来页。我还需要两个月写。这就是我的兴致。 一发表我就给你送去(不是兴致,是小故事)。

——1875年12月。

(四) 乔治·桑致福楼拜

我的亲爱的小傻瓜:

我天天想给你写信;就是没有时间。天上终于有了晴意;我们埋

---

① 李泰(Littre),法国十九世纪的语言学家。
② 马拉(Marat),法国资产阶级革命时期的领袖之一,后被暗杀。

在雪底下了;我顶爱下雪了: 这种白颜色就像一种普遍净化,室内的娱乐越发亲密、越发甜蜜了。人怎么能恨乡间的冬天!雪是一年最美丽的景色之一!

我似乎没有把我传道的话讲清楚;我在这上头倒和教会正统派一样了,不过我可不是正统派;无论是平等概念,无论是权威概念,我都没有一定的尺寸。你那样子像是以为我要你皈依一种学说。不是的,我没有这种想法。各人有各人的观念,我尊重选择的自由。我用几句话就可以撮述我的观点: 不要站在厚玻璃窗后面,除去本人鼻子的影子,人是什么也看不见。尽量朝远处看: 好的,坏的,近旁,周围,远处,四处;注目一切显明和不显明的事物不断被善、好、真、美的必然性所吸引的情势。

我没有说人类正在朝高峰走。反正我这样相信就是了;不过关于这一点,我不发议论;发也没有用,因为人人根据个人的看法批判,而一般面貌在刹那间是可怜和丑陋的。再说,我不需要确实知道行星和它的居民有福了,才相信善与美的必然性;假如行星不合这条法则,就要灭亡的;假如上面的居民拒绝这条法则,就要被摧毁的。别的星宿、别的灵魂掠过他们的身体,活该!可是说到我呀,我希望被吸引一直希望到我出最后一口气,并非由于确信或者要求在别的地方找到一个好位置,而是因为我唯一的享乐,就是在上升的道路上维持我和我的亲人。

换一句话说,我逃避阴沟,寻求干燥和清洁,确信这就是我的生存的法则。是人不算什么;我们还离猴子很近,据说猴子是我们的祖先。就算是吧,我们更要离远了,起码也要远到我们的种族被许可了解的相对真理;非常可怜、非常有限、非常卑微的真理!好啦,起码我们也要尽力守牢它,不让别人抢掉。

我相信我们的意见是一致的;不过我照着这简单的信条做,你不照着做，因为你由着自己消沉；它没有深入你的心，因为你诅咒生命，希望死，好像一个天主教徒切望补偿，即使是永久安息也好。你和别人一样，拿不稳这种补偿。生命也许是永久的，所以工作也就成了永久的了。真是这样的话，我们就勇敢地走完我们的行程吧。万一不是这样的话，万一我要全部毁灭的话，我们就光荣地完成我们的苦役吧，这是责任；因为我们对自己和我们的同类有明显的责任。我们在自身中摧毁的东西，也在他们身上摧毁。我们的堕落牵连他们堕落，我们的溃灭把他们卷入溃灭；为了他们不倒下去，我们也应当站直了。所以早死的愿望，就像长寿的愿望一样，是一种弱点；我不希望你再把它当作一种权利长久承认下去。我相信自己从前也有这种弱点；其实我往日相信什么，今天还相信什么，不过我先前少气无力，像你一样，也说什么："我无能为力了。"我是对自己撒谎。人无所不能。人先前以为自己没有力量，可是每天热切希望被吸引①，多上一级，对自己讲："明天的福楼拜一定要高过昨天的福楼拜，后天的福楼拜还要强壮、还要明亮，"你就有了力量。你觉得自己是在楼梯上，你很快就上去了。你就一步一步走进人生最快乐、最顺利的岁月：老年。艺术就在这里显出它和颜悦色的面貌；只有在人年轻的时候，它才焦忧急虑地把自己露在外头。你喜欢一个完美的句子，在全部形而上学之上。我呀，也爱看用几个字就撮述干净几本书的文章；可是这些本书，必须先彻头彻尾地了解（为了承认也好，为了拒绝也好），才能寻到崇高的撮要，变成文学的最高的表现；所以为了达到真理，就决不应当轻视人类精神的努力。

我对你说这话，因为你在语言方面成见太深。实际上，论读书，论钻研，论工作，你比我和许多人都分外努力。你的学识我永远追赶

---

① "被吸引"在前面已两次出现，借用重心引力学说，和"行星"属于一个性质的比喻。意思像她前面说起的："善、好、真、美"是行星，它们的必然性有吸引力，人要使自己朝这方面走。

不上。所以你比我们任何人富裕一百倍；你是一个富人，你哭喊起来，却像一个穷人。一个叫花子，草褥里头塞满金子，可是他要吃的只是完美的词、精选的字。对我做做好事吧。蠢东西，摸摸你的草褥，把你的金子用掉吧。把你的心、脑聚集起来的情感和观念当作你的粮食；字句，你那样重视的形式，就自动从你消化的东西里头流出来了。你把它看成一种目的，它只是一种效果。成功的显露只从一种情绪里来，一种情绪只从一种信心里来。你不热切相信的东西绝不感动你。

　　正相反，我并非说你不相信。你一生对人的挚情、保护和动人而单纯的善行①，证明你是人世最有信心的一个人。可是你一弄文学，我不知道为什么，你就想另变一个人，这个人应当消失、毁灭、不存在！多滑稽的癖好！多错误的良好欣赏力的规则！我们的作品有没有价值，永远只看我们自己有没有价值。

　　谁告诉你把你本人放到场面上的？假如不像一个故事那样老老实实写出来，当然，不值一文。可是从写的东西里头抽去自己的灵魂，这又是什么病态的幻想？把本人对自己创造的人物的意见隐藏起来，因而让读者对人物应有的意见陷入迷离惝恍，等于甘愿不要人了解；这样一来，读者只好丢开你了；因为，假如他想听听你对他讲的故事的话，就全看你有没有明白指出：这个人强，那个人弱。

　　"情感教育"是一本不为人了解的书，我三番四次对你讲，你不肯听我。这里需要一篇短序，或者有机会，来一段贬斥的语言，哪怕只是一个恰到好处的形容字也好，谴责一下罪恶，说明过失的特点，指出力图上进的情况。这本书的人物，除去本能恶劣的那些人，个个软弱、流产；这是人家责备你的话，因为人家不了解你的意图恰好是要描绘一个鼓励这些恶劣本能、毁坏高贵努力的可悲的社会；人家不了解我

---

① 福楼拜为了侍奉寡母，终身不娶；为了亡友布耶，怒斥本城；为了心爱的甥女，把财产完全送给他的破产的甥婿还债。他的忘我的举措赢得亲友的敬爱。

们，错误总在我们这边。读者最希望的是深入我们的思想，可是你偏偏在这方面，傲然拒绝了他。他以为你蔑视他，你存心戏弄他。我呀，我了解你，因为我认识你。假如有人拿你的书给我，上面没有你的名姓，我会觉得这本书又美又奇怪的，我会问自己：你会不会是一个不道德的人、一个怀疑派、一个漠不关怀的人。或者一个伤心的人。你说应当这样，福楼拜先生假如泄露他的思想和他写这本书的目的，等于违背良好欣赏力的规则。这是错的，绝对错。只要福楼拜先生好好写、认真写！人家就依附他的人格，想和他同生死、共存亡。假如他让人家不知所从，人家不再对他的作品感到兴趣，就会误解，就会冷淡的。

我早就在攻击你心爱的邪说了，那就是：写给二十个聪明人看，别人看不看就不在乎了。这不是真的，因为不成功刺激你，惹你有气。再说，关于这本十分完美、十分重要的书，没有二十个批评家有过好感。所以不应当写给二十个人看，正如不应当写给三个人或者十万人看一样。

必须写给所有渴想读书的人看、能利用好书的人看。所以必须笔直走向自己有的最高道德，不把作品的道德和有益的意义神秘化。人家找到"包法利夫人"的意义。假如有一部分读者大惊小怪的话，最健康最广大的读者，却在这里看见一种对没有良心和没有信仰的女人、对虚荣、野心、理性丧失的严厉而又触目的教训。人可怜她，艺术要这样做；但是教训是清楚的，也许会更清楚些，个个人都会可怜她的，假如你当时愿意这样做，多表白一下你的意见、人对女主人公和她丈夫和她情人应有的意见。

依我看来，这种描写本色事物和生活上实际遭遇的意图，并不十分通情达理。像诗人或者像现实主义者那样描写静物，我无所谓；不过写到人心变化，就另是一回事了。你不能把自己从这种静观抽开的；因为人就是你，别人就是读者。你白费心，你的故事是你和他之间的一种密谈。假如你冷然指罪恶给他看，永远不指善良给他看，他会生气的。他问自己：是他坏，还是你坏。可是你写东西，就是为了感动他、争取他；假如你自己先不感动的话，你就永远达不到这个目的；或者假如你瞒得实实的，他以为你无动于衷了。他有道理：绝对大公无私是一种反人性的想法，一部小说首先应当合乎人性。假如不是这样的话，凭你写得好，编得好，细节观察得好，人家不会满意的。它缺乏主要特征：兴趣。

书里的人物个个好，但是没有差异，没有弱点，读者同样会丢开了的；他看出这一样不合乎人性。我相信艺术、这种叙述故事的特殊艺术，只由于性格对立而有价值；但是在斗争中间，我愿意看见善良胜利；事件压倒正人君子，我承认，但是不要沾污他，不要损害他，要让他走向火场，觉得他比他的刽子手们还要快乐。

——1876年1月12日，鲁昂。

这封信我写了三天了，我天天想把它扔到火里去；因为又长又乱，或许就没有用处。在某些点上对立的人，是难于互相了解的；我怕你今天不见得就比往日更了解我。话虽如此，我还是把这封乱涂的信寄给你了，也好让你知道我关心你，差不多和关心我自己一样。

在恶运深深扰乱过你以后[①]，你需要一次成功；我告诉你这种成功的秘诀。保留你对形式的信仰；但是多多关心内容。不要把真实的品德看成文学上的一般场所。给它一个代表；让正直的人和强壮的人从你喜欢嘲笑的那些愚人和白痴中间走过。在精神流产的深处，指出坚固的东西；最后，离开现实主义者的约言，回到真正的现实：这里有

---

① 指1875年，福楼拜为甥婿破产，陷入精神的痛苦和物质的贫困而言。

美、有丑、有暗也有明，但是善的意志同样在这里找到位置和职分。

我替我们一家人吻你。

——1876 年 1 月 15 日。

（五） 乔治·桑致福楼拜

你看不起色旦①，大不敬神的人！显然是形式学说弄瞎了你的眼。色旦不是一个作家，对，不过他缺不了多少，也就是作家了；但是他是一个人、一个有感情的人，他是真正道德的意义、人类情操的正直面貌。我才不在乎一些过时的理论和干燥的词句！字总在这里，而且一直钻进你的心里。

我亲爱的老色旦！他是我心爱的爸爸之一，我觉得"不知道自己达观的达观者"远在"维克陶琳"②以上；这是一出令人十分悲痛、针脚十分绵密的戏！可是你寻找的只是完美的词句，这是一点东西，——也只是一点东西，——不是全部艺术，甚至于半部艺术也不是，顶多也就是四分之一；有四分之三好，人也就不在乎不好的四分之一了。

——1876 年 3 月 8 日。

（六） 福楼拜致乔治·桑

亲爱的大师，你心里应当骂我"狗彘不如"才是，因为我没有回你最近的信，也没有和你谈起你的两本书，还不算今天早晨我收到的

---

① 色旦（Sedaine）是法国十八世纪剧作家，1765 年法兰西剧院公演他的杰作《不知道自己达观的达观者》。

② 《维克陶琳》（Victorine）是乔治·桑的剧本，1851 年公演。

第三本。可是半个月以来，我完全让我的小故事占住了，也就快要结束了。我有几件事要办、各样的书要读，尤其要命的是，我可怜的甥女的健康让我焦心，有时候搅得我头昏脑涨，就不清楚自己干了些什么。你看够我受的！这年轻女子贫血到了极点。她越来越瘦。她不得不放下她唯一的消遣、绘画。所有普通补品全不见效。有一位医生，我觉得比别的医生更有学问，三天以来，吩咐她用水疗法试试。他能让她恢复消化和睡眠吗？身体强壮起来吗？你可怜的小傻瓜活着越来越没有趣味，简直活够了，一万二千分太够了。谈谈你的书吧，这要好多了。

它们让我兴会淋漓，证据是我一口气读了"福拉马朗德"，又读"两兄弟"。福拉马朗德夫人是什么样可爱的妇人，萨塞德先生是什么样的男子！拐骗小孩子的叙述、乘车出门和萨莫那的故事属于完美的篇幅。兴趣处处在维系着，同时还在进行着。最后，两部小说特别吸引我的是（其实，你的著作全这样吸引我），观念的自然的顺序、叙述的才分，或者不如说是叙述的天才。可是你那位福拉马朗德老爷，简直讨厌！至于讲故事的听差，显然爱着太太，我奇怪你为什么不更多写一下他本人的妒忌。

除掉伯爵，这个故事里的人物全是有道德的人，甚至于道德非常高尚。可是你相信他们真实吗？像他们这样的人多吗？自然啦，手法巧妙，人读的时候，也就接受下来了；可是，过后呢？

最后，亲爱的大师，我来回答你最近的信；我相信这是分开你我的主要的情形。你，事无巨细，一下子就升到天空，再从上空降到地面。你由先见、原理、理想出发。这就是你对人生宽厚的原因、你心平气和的原因，把话说正确些，你伟大的地方。——我呀，可怜的东西，胶着在地面上，好像穿的鞋是铅底；一切刺激我、撕裂我、蹂躏我；我上去要费老大的气力。假如我用你的方式来看整个人世，我会变成可笑了的，如此而已。因为你自向我布道，我不能另来一个我的气质以外的气质，或者另来一套不是根据我的气质发展起来的美学。你指摘我不由着"自然"。好吧，可是这种训练，这种品德，我们又拿它们怎么办？我羡慕布封先生戴套袖写文章。这种奢侈是一种象征。总之，我尽可能天真无邪地包罗万象。还要我怎么样呢？

至于泄露我本人对我所创造的人物的意见：不，不，一千个不！我不承认我有这种权利。一本书应当具有品德，假如读者看不出来的话，若非读者愚蠢，便是书就精确的观点看来是错误的。因为一件东西只要真，就是好的。淫书仅仅因为缺乏真实性，才是不道德的。人生之中不是"那样的"。

而且注意，我憎恨众口一致叫作现实主义的东西，虽说人家把我派作它的大祭司之一；安排安排这一切看！

说到公众，他们的喜好越来越让我惊奇。譬如说，昨天我去看第一夜演出的"马丁奖金"①、一出我觉得充满机智的滑稽戏。没有一句话逗人笑，戏结束得很不寻常，就没有引起人的注意。所以，寻找能讨人欢喜的东西，在我看来，成了最狂妄的企图。因为我打赌，天下没有人敢对我说，有什么方法讨人欢喜。成功是一种结果，不应当是一种目的。我从来没有追求过成功（虽说我希望成功），如今我也越来越不追求了。

写完我的小故事，我将再写一篇②，因为我刺激受得太深，干不了大东西。开头我想在报纸上发表"圣·朱莲"来的，可是我放弃这种想法了。

——1876年2月16日，星期日夜。

---

① 《马丁奖金》是法国十九世纪两位喜剧家欧吉艾（Augier）和拉比佘（Labiche）合写的喜剧。
② 乔治·桑的劝告对于福楼拜起了好作用。他写了《一颗简单的心》酬谢她，但是她来不及看，就去世了。

(七) 福楼拜致乔治·桑

不！我没有看不起色旦，因为我不看不起我不了解的。对于我，他就和品达和弥尔顿一样①，完全把我关在门外；不过我的感觉是，色旦公民完全不是他们的对手。

………………

你有点儿让我难受，亲爱的大师，你给了我一些不属于我的美学见解。我相信词句的圆润算不了什么，但是写好才是一切，因为"写好同时就是感受好、想好和说好"（布封）。可见末一个全仗前两个，为了想就必须感受强烈，为了表现就必须想。

个个资产者可能很有感情，很会体恤别人，充满最好的情操和最伟大的品德，但是并不因而就变成艺术家。总之，我相信形式和内容是两种细致东西、两种实体，活在一起，永远谁也离不开谁。

你所责备于我的这种外在美丽，在我只是一种方法。我在我的句子里头发现一个恶劣的同声字或者重复的时候，我就确信自己陷到错误里了；靠着搜寻，我找到正确的表现、唯一的表现，同时也是谐和的表现。人有观念，决不会没有字的。

注意好了（回到善良的色旦），我接受他所有的意见，我赞同他的倾向。就考古学的观点来看，惹人注目；就人道主义的观点来看，十分值得赞赏；我承认。可是今天这和我们有什么关系？这也好算作永生的艺术？请问你。

他同代的作家同样拟过一些有用的原则，但是风格不朽，同时方式也更具体、也更广泛。

---

① 品达是古希腊的抒情诗人。弥尔顿是英国十七世纪的史诗诗人。

总之,法兰西剧院执意要拿这①当作"一部杰作"给我们看,活活把我气死,回到家(为了去掉这股奶味道),我在睡觉以前读欧里彼得的"美狄亚",因为手边没有别的经典作品;天亮了,小傻瓜还在读。

我写信叫左拉把他的书送给你②。我也告诉都德把他的"雅克"送给你,因为很想知道你关于这两部书的意见,写法和气质极不相同,然而各有千秋。

选举给资产者带来了恐惧,怪有意思的。

——1876 年 3 月 9 日。

(八) 乔治·桑致福楼拜

关于左拉先生的小说,我有许多话讲,顶好在副刊上说,比信里说要好多了,因为这里有个一般问题,必须头脑清楚了再写。我倒是先想念念都德先生的书,你也告诉我来的,可是我不记得书名了。设法叫发行者寄一本给我,假如他不愿意白送,先垫上好了;这是很方便的。总之,我说的话将来绝不改口(虽然对写法在理论上还要批评两句);像你说的,"卢贡"是一部价值很高的书、一本了不起的书,值得放在第一流。

这并不改变我的看法:艺术应当寻求真理,真理不是描写罪恶。它应当是善与恶的描写,仅仅看见一方面的画家,和仅仅看见另一方面的画家,同样虚伪。人生不只装满了妖精。社会不光由恶棍和坏人组织成,正人君子并不属于少数,因为社会一直存在于某种秩序之中,罪行不受惩罚的也不太多。愚人在统治,对;可是有一种公众的良心,

---

① 指当时正在公演的《不知道自己达观的达观者》。
② 乔治·桑在前信要左拉的小说看。福楼拜送了一本新出的《卢贡大人》给她。

压在他们身上，强迫他们尊重法律。指出坏蛋，加以鞭挞，是好事，也是教训，不过也要告诉我们、帮我们指出对立的一面；否则天真烂漫的读者，也就是一般读者，就要起反感、发愁、惊恐了，为了不绝望起见，还否认你。

你近来好？屠格涅夫写信给我，说你最近的工作很可观：那么，你不像你所说的那么糟了？

——1876年3月25日，鲁昂。

（九） 乔治·桑致福楼拜

亲爱的小傻瓜，我喜欢"雅克"，我求你为我谢谢都德先生。啊！是的，他有才分，也有感情！何况写得也好，看得也透！

——1876年3月30日。

（十） 福楼拜致乔治·桑

我很高兴你喜欢"雅克"。这是一本可爱的书，不是吗？假如你认识作者的话，你爱他会比爱他的作品还要厉害的。我请他送你"里斯莱"和"达尔达南"看。我事前拿稳了你要感激我叫你看这两本书的。

屠格涅夫对"雅克"的严厉，对"卢贡"的盛大赞美，我不同意。一个可爱，一个有力。不过两个人全不特别关心我所重视的艺术的目的，那就是：美。我记得自己观看阿克洛包耳①一堵墙、一堵光秃秃的墙（在去浦洛皮莱的道路的左侧），心直跳，感到遽烈的喜悦。是啊！我问自己，假如一本书去掉所说的东西，能不能产生同样的效果？在

---

① 阿克洛包耳是雅典的古城，上面有些著名的庙宇，前面的建筑叫做浦洛皮莱。

正确组合中、珍贵成分中、光滑表面中、全部谐和中，有没有一种内在的品德、一种神奇的力、什么永生的东西如同一种原则的？（我像一个柏拉图派说话）在正确的字和音乐的字之间，为什么有一种必然的联系？把思想压缩太紧了，为什么结果就永远是一行诗？这样一来，数目的法则控制着情绪和形象，看上去是外在其实就是内在。假如我长久继续这种调调的话，我就要完全走上岔路了，因为另一方面，艺术应当真实才是；或者不如说，艺术就是人所能做得到的东西：我们并不自由。各走各的路，意志坚强也不济事。总之，你的小傻瓜的脑壳就没有一个坚定的观念。

然而互相了解又多困难！这里是两个我极爱的人，我认为是真正的艺术家，屠格涅夫和左拉。这并不妨害他们一点也不欣赏沙斗柏里昂的散文，尤其是戈季耶的散文。我入迷的句子他们认为空洞。谁错？当你最近的人们是这样远的时候，又怎样讨公众喜欢？这一切都很让我忧愁。你别笑啊。

——1876 年 4 月 3 日，星期一夜。

后记：

乔治·桑晚年和小十七岁的福楼拜成了很好的朋友。福楼拜尊敬前辈，总是把她称为"大师"。乔治·桑把他当作孩子看待。但是在她去世前几个月（她在一八七六年去世），他们之间忽然有了关于文学的争论。一个是理想主义者，一个是现实主义者；乔治·桑看上去正确，但是仔细推敲下来，就感到她的出发点往往是唯心的，宗教情绪在这里有不小分量。她没有能说服福楼拜。但是她的热情感动他，让他想到写"一颗简单的心"，也是为功不小的。福楼拜受生理学的影响，错把艺术看成气质的发展；同时也确有偏重形式的美的倾向。